KB239155

옛 선비들의 애틋한 글

떠난 사람에 대한 그리움의 미학, 애제문 哀祭文

신해진 편역

보고사

머리말

　죽음이 갈라놓아 가슴 저미며 누군가를 떠나보내야만 했던 경험을 가지지 않은 사람이 몇이나 되랴. 세상 떠난 사람을 천상에서 재회하기를 바라지 않을 자가 그 얼마이랴. 떠난 자는 말이 없지만, 떠나보내야만 했던 자는 그 뜻하지 않은 아픔과 회한을 고스란히 떠안아야 한다. 죽음 앞에서 쫓아갈 수 없는 자는 절절히 통곡한들 안타까움이 달래질 것이랴. 울려고 해도 울어지지 않는 그 처절한 슬픔을 온전히 가슴에 묻어야 하는 것이다. 절절한 통곡의 소리를 삼키고, 떠난 자를 기리며 애도한 글이 바로 애제문(哀祭文)이다.

　애제문은 사람뿐만 아니라 천지(天地)·산천(山川)·사직(社稷)·종묘(宗廟) 등에 제사지낼 때 지은 문장도 포함하고 있다. 그래서 망자(亡者)에게 애도의 정을 표시하는 제문(祭文)·애사(哀辭)·뇌문(誄文)·조문(弔文) 등과, 산천의 신에 대하여 기도하는 고문(告文)·축문(祝文)·도량문(道場文) 등이 이에 속한다. 애제문에는 산문도 있고 운문도 있으며 사부 형식도 있는데, 그 특징에 대해 유협(劉勰)은 《문심조룡(文心彫龍)》의 〈애조(哀弔)〉에서 "애사의 본질은 심정의 면에서는 통상(痛傷)을 주안으로 하고, 문사의 면에서는 애석(愛惜)의 느낌을 철저하게 표현함에 있다."고 하였다.

　그러나 애제문 가운데서도 이 책은 망자에게 애도의 정을 표시하는 문장인 제문에만 국한되었으며, 또 유별나게 '가족'이라는 인연으로 만났다가 죽음으로 헤어질 수밖에 없었던 자의 글로만 채워져 있다. 이렇게 선정한 연유는 11살의 나이에 맏상제로 시작하여 반백을 넘긴 나이에 고애자가 되기까지 어쩌면 나의 굴곡 많은 삶을 살아온 과정에서 비롯된 것일 수 있다. 1968년에 할아버지를, 1979년에 20살의 남동생을, 1980년에 친어머니를, 1992년에 친아버지를, 2009년에 양어머니를 피눈물로 떠나보내고는, '나는 결코 떠나보내지 않았다'며 넋두리하다가 그리울 때면 가슴속에 묻었던 것을 꺼내보며 살아가고 있기 때문일러라. 가족으로서 늘 그 자리에 있을 것이라고 여겼던 분들이 어느 날 홀연히 떠나시고 나서야 그 얼마나 소중했는지 깨닫게 되고, 왜 더 잘해드리지 못했는지 후회하게 된다. 만나지 않는 것과 만나지 못하는 것은 엄청난 차이인 것을.

제문은 산자가 망자의 영혼에게 글을 통해 추모·위로의 념을 전달하려는 구슬프고도 애달픈 내용을 담고 있다. 가족을 대상으로 한 제문은 무엇보다도 그들만의 구구절절 애절한 사연을 근간으로 하고 있다. 허구의 사연이 아니라 실제의 사연들을 보게 된다. 이 망외의 소득은 어쩌면 고소설을 전공하는 내가 관심을 갖게 된 소이연이라 할 수 있을 것이다. 지금과는 상당히 동떨어진 시대의 인물 형상을 이해하려면 그 시대의 다양한 인물상을 접해야 하지 않으랴. 그것도 인위적으로 다듬어진 모습이 최대한 탈각되고 희석된 원래의 모습을 말이다. 격정적일 수밖에 없는데도 그리 격하지 않고, 쉽게 무너질 수밖에 없는데도 쉬 무너지지 않은 수많은 인물들을, 제문을 통해 있는 그대로 볼 수 있어서 나는 좋았다.

이 제문을 쓴 사람은 대부분 조선시대 사대부 남성들이다. 흔히들도덕윤리만 연마하는 근엄한 존재로서 균제한 이미지를 떠올리기 십상이다. 사람살이를 전공하는 나로서는 그들의 보다 진솔하고 인간적인 모습을 살펴보는 데는 서간문과 애제문만 한 것이 없다고 여겼으며, 서간문은 단면적이라 한다면 애제문은 그에 비해 입체적이고 종합적인 인간상이 그려져 있기에 후자를 택하였던 것이다. 단, 애제문 가운데 제 가족 이외의 타인에 대한 것은 대부분 일면적인 인연과 일변도의 칭송을 담고 있는 것이어서 취택하지 않았다. 결국 사대부 그들이 지은 제문은 그들의 진솔한 감정뿐만 아니라 당시 여인네들의 생활상을 비롯한 다양한 풍속도 아울러 드러내고 있기에 주의 깊게 읽어볼 필요가 있지 않을까 한다. 남성 중심적 시각을 통한 인식일망정 보다 정확하게 알고 그 의미를 다시 짚어보아야 하지 않을까 하는 것이다.

이 책은 일반 독자들도 읽을 수 있도록 했지만, 애제문에 관한 학술서적 역할을 하도록 꾸몄다. 이 책에 수록된 제문은 특별한 기준 없이 임의적으로 선택한 것이지만, 나에게 무어라 할 수 없는 감동을 안겨준 제문들이다. 제문의 대상이 되는 인물들은 다양한 위계(位階)를 지니도록 했다. 그 제문들에 대한 길잡이 설명은 순기능과 역기능을 양면의 날처럼 가지고 있는 것이기에 생략하고, 각주의 내용을 통해 해당인물의 삶을 재구하도록 세심하게 배려했다. 이처럼 당대 인물의 삶을 드러내는 데 주안점을 두었기 때문에 운문으로 된 제문도 산문체로 번역했음을 밝혀둔다.

원문은 구두하고 각주를 달되 문단나누기는 하지 않았다. 원문을 읽을 수 있는 수준의 독자라면 스스로가 그것을 하는 것이 좋을 듯했기 때문이다. 역문에 되어 있는 문단나누기를 참고할 수도 있을 것이기 때문이다. 그리고 각주를 하는 가운데 인물들과 관련된 사건 및 생몰년도를 비교적 정확히 표기하려고 애썼다. 특히, 하찮게 여겨지는 인물이라 할지라도 재구할 수 있는 실마리가 있으면 끝까지 추적하여 기록하였다. 각 문중의 대동보와 파보를 통해 확인했으며, 그래도 확인할 수 없을 때는 대종회 및 종친회 관계자들에게 자문하였다. 친절하고도 따뜻한 도움을 주신 수많은 분들을 일일이 열거하지 않으나, 이 지면을 빌려 고마운 마음을 고개 숙여 전하는 바이다.

번역은 직역하는 것을 원칙으로 하되, 가급적 원전의 뜻을 해치지 않는 범위 내에서 호흡을 간결하게 하고, 더러는 의역을 통해 자연스럽게 풀고자 했다. 이 책은 100편의 제문을 번역하였는데, 초역과 재번역을 포함하고 있다. 재번역은 기존 번역에 힘입은 바가 크지만, 단순 참고하는 것에 머무르지 않고 초역을 방불할 정도로 공력을 들였을 뿐만 아니라 무시 못 할 오역을 바로잡았음도 밝힌다. 그렇지만 나 또한 오역이나 잘못 등을 범하고 있을 터, 대방가의 질정을 청한다.

이제 이 책을 상재하려니 아침이면 전남대학교 중앙도서관 5층 고서영인본실과 고문헌자료실에서 각 문중들의 대동보와 파보를 뒤지며 맡았던 책 내음이 그리워진다. 켜켜이 앉은 먼지를 털어내고 맡았던 그 내음을 통해 길어 올린 선인들의 향기와 체취 등이 단지 옛 글 속에 있었다는 이유만으로 빛바랜 옛 사진 정도로 취급할 것이 아니라, 지금의 우리들에게 뜻있는 읽을거리가 되기를 소망한다. 이 고금의 만남을 통해 잃어버린, 회복되어야 할 그 무엇을 찾을 수만 있으면 얼마나 좋으랴. 아, 선현들은 죽은 자를 산 자의 기억 속에 환기되도록 그 도리를 다하였거늘, 나는 언제쯤 자손으로서의 도리를 다할런가. 가족들로부터 사랑의 빚을 졌고 또 지고 있음을 깨달음에랴.

나의 아린 마음을 한결같이 온화하게 보듬어주는 아내 그리고 버팀목 두 아들에게 무슨 말을 하랴, 그저 늘 고마울 뿐이다. 그리고 제문들을 공부하도록 하기 위해, 나의 작업 결과물을 전남대학교 한문고전번역협동과정의 박사과정생 김은미 양, 석사과정생 이영삼 군에게 읽도록 하였는데, 그 과정을 통해 망외의 도움을 받았음도 밝히면서 그들의 고마운 정을 아울러 기린다. 끝으로 편집을 맡아 수고해 주신 보고사 가족들의 노고에도 심심한 고마움을 표한다.

오늘도 나는 자료학의 척박한 토대를 다지기 위해 고졸한 작업을 하는 데 부박하지 않았기를 간절히 바랄 뿐이다. 또한 감성(感性)이라는 밭의 밑거름이 되기를 희망한다.

2011년 겨울
빛고을 용봉골에서 신해진 謹識

차례

부친 · 백부 · 중부 · 숙부 · 계부 · 고숙 · 외숙 · 장인

형님·남동생·누나·누이

아내·형수·제수·첩

아들·딸·조카·질녀·며느리·질부

유모·노비·시비

부록

일러두기

이 책은 다음과 같은 요령으로 엮었다.

1. 인물은 생몰년도와 가족관계 등을 고려하며 철저히 고증하였다. 각 문중의 대동보 및 파보를 참고하였고, 대종회 및 종친회 관계자 그리고 후손들에게 직접 자문하였다. 그리하여 어떤 인물이든지 그가 살다간 흔적을 알 수 있도록 온 힘을 기울였다.

2. 번역은 직역을 원칙으로 하되, 가급적 원전의 뜻을 해치지 않는 범위 내에서 호흡을 간결하게 하고, 더러는 의역을 통해 자연스럽게 풀고자 했다. 재번역 때 참고한 기존 번역서는 다음과 같다.
   『옥같은 너를 어이 묻으랴』, 이승수, 태학사, 2001.
   『빈 방에 달빛 들면』, 유미림 외, 학고재, 2005.
   『17세기 여성생활사 자료집』 1～4, 김경미 외, 보고사, 2006.
   『18세기 여성생활사 자료집』 1～8, 김경미 외, 보고사, 2010.

3. 원문은 저본을 충실히 옮기는 것을 위주로 하였으나, 활자로 옮길 수 없는 古體字는 今體字로 바꾸었다.

4. 원문표기는 띄어쓰기를 하고 句讀를 달되, 그 구두에는 쉼표(,), 마침표(.), 느낌표(!), 의문표(?), 홑따옴표(‘ ’), 겹따옴표(“ ”), 가운데점(·) 등을 사용했다.

5. 주석은 원문에 번호를 붙이고 하단에 각주함을 원칙으로 했다. 독자들이 사전을 찾지 않고도 읽을 수 있도록 비교적 상세한 註를 달았다.

6. 주석 작업을 하면서 많은 문헌과 자료들을 참고하였으나 지면관계상 일일이 밝히지 않음을 양해바라며, 관계된 기관과 여러분들께 진심으로 감사드린다.

7. 이 책에 사용한 주요 부호는 다음과 같다.
   1) ( ) : 同音同義 한자를 표기함.
   2) [ ] : 異音同義, 出典, 교정 등을 표기함.
   3) “ ” : 직접적인 대화를 나타냄.
   4) ‘ ’ : 간단한 인용이나 재인용, 또는 강조나 간접화법을 나타냄.
   5) < > : 편명, 작품명, 누락 부분의 보충 등을 나타냄.
   6) 「 」 : 시, 제문, 서간, 관문, 논문명 등을 나타냄.
   7) ≪ ≫ : 문집, 작품집 등을 나타냄.
   8) 『 』 : 단행본, 논문집 등을 나타냄.

조부모·외조부모·처조모

할아버지 진사부군과 할머니 안인 류씨 제문

祭先祖考進士府君先祖妣安人柳氏文

송시열

숭정(崇禎) 후 26년인 계사년(1653) 6월 22일에 9대손 유학(幼學) 송규연(宋奎淵)이 9대 할아버지 진사부군(進士府君)과 9대 할머니 안인(安人) 고흥류씨(高興柳氏)께 삼가 밝게 고하나이다. 생각건대 할머니께서 추증(追贈)되신 것은 참으로 우리 집안의 더할 수 없는 경사이옵니다. 임금님의 명(命)이 방금 내리시니, 할머니의 묘소에 그 사유를 간략히 아뢰나이다. 그러나 할아버지 산소가 있는 곳을 찾지 못하여 아득하게도 묘제(墓祭)를 받들 수가 없으니, 어이 한스러움을 감당할 수 있겠나이까? 지금 정문(旌門)이 이미 세워졌고 임금께서 내리신 편액(扁額)도 이미 걸렸나이다. 이 쌍청당(雙清堂)의 서쪽은 실로 우리 할머니가 사셨던 집터이고 손수 심으신 뽕나무와 가래나무가 아직도 남아 있으니, 신령이 오르내리는 것도 참으로 이에 있을 것입니다. 그러므로 감히 맑은 술과 여러 가지의 제물을 갖추어 할아버지와 할머니의 영전에 나란히 제사를 지내오며, 또 감히 할머니의 사적(事蹟)과 정려 받은 전말을 할아버지께 사뢰나이다.

할아버지께서 돌아가셨을 때에 할머니는 22세의 나이였사옵니다. 그때는 고려의 풍속이 아직 바뀌지 않아서, 비록 대대로 권세가 있는 가문일지라도 지아비가 죽으면 개가(改嫁)하는 것을 아무렇지도 않아 이상하게 여기지 않았습니다. 하지만 우리 할머니는 친정부모가 자신의 심정을 몰라주자, 바로 어린 아이를 업고 경황없이 걸어서 개성(開城)으로부터 시댁이 있는 마을로 왔으니, 이 마을은 집단부군(執端府君 : 宋明誼)이 살고 계셨던 곳이옵니다. 할머니는 시부모를 효성으로 봉양하고 아들을 훌륭히 키워 삼종(三從)의 도리를 빛냈으며, 오랜 세월 동안 애통하고 괴로웠으나 한결같이 절개를 온전하고 깨끗하게 지키셨으니, 비록 옛날 위(衛)나라의 공강(共姜)과 진효부(陳孝婦)일지라도 어찌 이보다 더할 수가 있겠사옵니까?

지난번 우리 후손들과 고을사람들이 이러한 실제의 행적을 사후일망정 알리고자 하였습니다. 이에 고을의 관원[縣官]에게 호소하여 방백(方伯 : 관찰사)에게 알려졌고, 조정에까지 그 소문이 전해지자 예관(禮官)이 논의하여 주상께 아뢰고 대신(大臣)들도 의견을 아뢰었나이다. 정려(旌閭)의 은전(恩典)을 내리는 임금의 교지를 마침내 받자오니, 200여 년 동안 미처 겨를이 없었던 일이 이때에 이르러 이루어져서 다시는 여한이 없게 되었사옵니다. 후손들의 책임을 거의 조금이나마 메울 수 있었고, 할아버지께서 자신을 수양하고 집안을 다스린 결실을 이에서 징험할 수 있었사옵니다. 그 후로는 맑고 신령한 기운이 크게 펴져서 후손들이 곱고 아름다웠사옵니다. 이에 효자와 충신에다 정숙한 부인과 공경하는 아우가 열이면 8,9이니, 어찌 자애로운 음덕이 변함없이 덮어주고 남기신 교훈이 드리워져서 실추됨이 없는 것이 아니겠사옵니까?

삼가 존령(尊靈)께서는 지금부터 계속하여 영예로운 어명을 아울러 흠향하시고 후손들로 하여금 충성하고 효도하도록 더욱 깨우쳐서 임금님의 기리고 높이는 뜻을 보답케 해주신다면 그 보다 더 큰

소망은 없겠사옵니다. 다만 생각하오면, 처음 묘에 고했을 때는 옛
집터 앞에다 정문을 세우겠다고 이미 고했사옵니다. 그런데 도중에
쌍청당의 동쪽으로 정문을 옮겨 세웠으니, 이것도 아울러 고하나이
다. 적지만 흠향하옵소서.

祭先祖考進士府君先祖妣安人柳氏文

維崇禎歲次二十六年癸巳[1], 六月乙未朔, 二十二日丙辰, 九代孫幼
學[2]奎淵[3], 敢昭告于顯[4]九代祖[5]考進士府君[6], 顯九代祖妣安人[7]高興
柳氏[8]。惟我祖妣追典, 實我宗莫大之慶也。成命[9]初下, 略告事由于祖

---

1) 崇禎歲次二十六年癸巳(숭정세차이십육년계사) : 숭정은 명나라 毅宗의 연호(1628~
   1644)로, 명나라가 망한 뒤에도 청나라 연호를 쓰는 것을 꺼려 이 연호를 사용한 것이니,
   계사년은 1653년임.
2) 幼學(유학) : 조선시대에, 벼슬하지 아니한 儒生을 이르던 말.
3) 奎淵(규연) : 宋奎淵(1620~1685). 본관은 恩津, 자는 子靜. 증조부는 戶曹正郎 宋柟壽
   이고, 조부는 成均館學諭 宋希遠이며, 부친은 吏曹判書 霽月堂 宋國銓이다. 동생은 禮曹
   判書 宋奎濂과 監役 宋奎洛이다. 곧, 송규연은 맏종손이다. 따라서 송시열이 맏종손
   송규연을 대신해서 제문을 지은 것으로 보인다.
4) 顯(현) : 자손이 죽은 부모를 존경하여 이르는 말.
5) 九代祖(구대조) : '宋克己'를 가리킴.
6) 府君(부군) : 죽은 아버지나 남자 조상을 높여 이르는 말.
7) 安人(안인) : 조선시대에, 정7품·종7품 문무관의 아내에게 주던 품계.
8) 高興柳氏(고흥류씨, 1371~1452) : 고려 말·조선 초의 무신 柳濬(1321~1406)의 딸. 유
   씨 부인은 宋克己에게 출가하였으나, 송극기가 성균관에 들어가고 낭장이라는 벼슬에
   이르렀지만 불행히도 일찍 죽는 바람에 22세의 젊은 나이로 과부가 되었다. 당시 풍속
   으론 재가가 가능해 시집을 가라는 친정부모의 권유를 물리치고, 유씨 부인은 開京에서
   시댁이 있는 懷德까지 4살 난 아이를 업은 채 수백 리를 걸어왔다. 시댁에서 "여자가
   부모의 뜻을 거스르는 것은 삼종지도가 아니라."며 홀로된 며느리를 받아들이지 않자,
   류씨 부인은 등에 업은 네 살짜리 아들을 보이며 "남편은 잃었지만 어린 자식을 따르며
   삼종지도 하겠다."고 하며 시부모를 모시고 아들을 훌륭히 키워 1653년에 열녀로서

妣之墓矣。而惟是府君墳塋, 莫尋所處, 茫不可契蕝[10], 可勝摧恨哉? 今者旌門[11]已成, 恩額已揭。惟此雙淸[12]西偏者, 實我祖妣舊基, 則桑梓[13]猶存, 而神靈陟降, 實在於斯。故敢以淸酌庶羞, 並祭于府君曁祖妣之靈, 而敢告祖妣事蹟及旌表顚末于府君。惟我府君卽世[14]之時, 卽我祖妣二十二歲之年也。其時麗俗未變, 雖巨室大家, 夫死改適, 恬不爲異。而惟我祖妣知父母之不諒, 卽負幼孩, 匍匐徒行, 自松京[15]以抵此鄕, 此鄕者, 實我執端府君[16]之居也。祖妣孝養閔育, 義著三從[17], 百

旌閭되었다. 그 어린 아들이 은진 송씨 중시조인 雙淸堂 宋愉이고 그 후손으로 송준길, 송시열과 같은 유학자들이 탄생한다.

9) 成命(성명) : 임금이 신하의 신상에 관하여 결정적으로 내리는 명령.

10) 契蕝(계체) : 蕝는 綿蕝의 준말로, 면체는 띠[茅] 풀을 묶어세운 것을 이름. 漢高祖 초기에 叔孫通이 조정의 儀禮를 제정하기 위해 魯나라의 유생 30여 인을 불러들여서 그들과 함께 야외에서 띠 풀을 묶어서 차례대로 죽 세워 尊卑의 위차를 표시해 놓고 禮를 강론했던 데서 온 말이다. 따라서 여기서는 香火 곧, 제사를 의미한다.

11) 旌門(정문) : 대전광역시 대덕구 중리동에 있는 유씨 부인의 정려각을 가리킴.

12) 雙淸(쌍청) : 대전광역시 대덕구 중리동에 있는 雙淸堂. 이 건물은 1433년 학자 쌍청당 宋愉(1389~1446)가 지은 별당이다. 송유는 조선 초기의 문관이자 학자였다. 자는 怡叔, 호는 雙淸堂. 젊은 나이에 벼슬하기 시작하여 副司正에 이르렀으나 神德王后 康氏의 위패가 종묘에 모셔지지 않자 벼슬을 버리고 향리로 돌아왔다. 이후 회덕 배달촌에 은거하면서 영달을 구하지 아니하였다. 恩津 송씨가 회송(회덕 송씨)이라고 칭해질 만큼 가문이 번성하게 된 것은 송유부터였다.

13) 桑梓(상재) : 뽕나무 가래나무. 《詩經》〈小雅·小弁〉의 "어버이가 심어 놓으신 뽕나무와 가래나무도, 반드시 공경해야 하는 법이다.(維桑與梓, 必恭敬止.)"에서 나온 말이다. 이는 부모가 생전에 누에치고 재목으로 쓰는 이 나무들을 담 아래에 심어 자손에게 물려준 것임을 말한 것이다. 그래서 더러는 조상 대대로 살아온 고향이란 말로 쓰이기도 한다.

14) 卽世(즉세) : 사람이 죽어 이 세상을 떠나감.

15) 松京(송경) : 조선시대 이후 고려시대의 도읍지인 開城을 松嶽山 밑에 있던 서울이란 뜻으로 일컫는 말.

16) 執端府君(집단부군) : '宋明誼'을 가리킴.

17) 三從(삼종) : 三從之道. 예전에, 여자가 따라야 할 세 가지 도리를 이르던 말. 어려서는 아버지를, 결혼해서는 남편을, 남편이 죽은 후에는 자식을 따라야 하였다.

年[18]痛毒, 一節完潔, 雖古之衛共姜[19]·陳孝婦[20], 何以加焉? 頃者我
子姓[21]及鄕人, 追擧實蹟。籲于縣官, 申于方伯, 轉聞于朝, 禮官論奏,
大臣獻議。旌閭之典, 竟蒙睿旨, 二百餘年未遑之事, 至是而無復餘憾
矣。子姓之責, 庶幾少塞, 而我府君修己刑家之實, 於此而可徵矣。厥後
淑靈恢宣, 後孫嬋媛。孝子忠臣, 貞婦弟弟, 十望八九, 豈非慈蔭覆於無
倦, 遺敎垂而罔墜也歟? 伏惟尊靈, 繼自今並歆榮命[22], 益啓後人勸忠
勉孝, 以報我聖上[23]褒崇之意, 不勝大願。第惟當初告墓之時, 旣告以
立門于舊基之前矣。中間遷就立於東偏, 並此申告。尙饗。

[宋子大全, 卷152]

송시열宋時烈, 1607-1689

조선의 문신·성리학자·정치가. 본관은 恩津, 자는 英甫, 아명은
聖賚, 호는 尤庵·尤齋·橋山老夫·南澗老叟·華陽洞主, 시호는 文
正. 유교 주자학의 대가이자 서인 분당 후에는 노론의 영수였다.
효종, 현종 두 국왕을 가르친 스승이었으며, 별칭은 大老 또는
宋子이다.

---

18) 百年(백년) : 100년을 정확히 지칭하기보다는 막연히 '오랜 세월 동안'이라는 의미.

19) 共姜(공강) : 衛나라 태자 共伯의 처. 남편이 일찍 죽은 후에도 친정부모의 개가 권유를
    뿌리치고 재가하지 않고 절조를 지킨 인물이다.

20) 陳孝婦(진효부) : 전장으로 나가게 된 진효부의 남편은 아내에게 "늙은 어머니가 계시
    니, 내가 만약 못 돌아오는 날이면 그대가 내 어머니를 잘 봉양해 달라." 부탁했는데,
    그 남편이 과연 죽으니 효부는 시어머니를 더욱 잘 봉양하였다. 효부의 친정부모가
    改嫁하기를 권하니, 효부는 자살하려고 하므로 두려워서 감히 권하지 못했다. 그 결과
    조정에서 황금 40근과 종신 免役의 은전을 내리어 그 효행을 포상하였다.

21) 子姓(자성) : 후손.

22) 榮命(영명) : 임금의 명령.(御命)

23) 聖上(성상) : 살아 있는 자기 나라의 임금을 높여 이르는 말.

외할아버지 정언 이공 제문

祭外王考正言李公文

유척기

　기축년(1709) 4월 23일 외할아버지 사간원 정언(司諫院正言) 이공(李公)의 영구(靈柩)가 금양(衿陽 : 경기도 시흥)의 옛 무덤에서 떠나 도중에 발인제(發靷祭)를 하고, 장차 양주(楊州)의 선영 곁으로 합장하기 위해 가는 길에 서울을 지나게 되어 3일 앞서 20일에 외손자 기계(杞溪) 유척기(俞拓基)는 삼가 떡이며 술을 갖추어 제를 올리고, 상여가 머무는 곳에서 영구를 맞이하여 통곡하고 사뢰나이다.

　아아, 애통합니다. 선하다고 해서 반드시 복을 받지도 않고 어질다고 해서 꼭 장수하지도 않으니, 하늘이 생을 마치게 하신지도 이미 오래되었습니다. 그런데 오늘은 유별나서 저의 마음은 병이 있는 듯합니다. 돌아보건대, 외할아버지 돌아가신 뒤에 태어나서 얼굴을 뵙지도 못했지만, 차차로 어버이를 따르면서 아주 조금이나마 우러러 알고 있습니다. 효도하고 우애한 행실과 충직하고 순후한 자질은 그 옛날에 찾는다 하더라도 또한 견줄 데가 없었을 것입니다.

　관직은 높은 벼슬을 하지 못하셨고 수명은 44년밖에 되지 않았으니, 할아버지의 덕으로 견준다면 요절한 것이며 이치에 궁박한 것입니다. 20년 동안 슬픈 일과 즐거운 일이 번갈아 몰아쳐서 두서너 존속(尊屬)들이 차례로 세상을 하직하였습니다. 시집가지 않은 효성스

런 누이에게까지 거듭되다가, 놀랍게도 기나긴 밤의 어둠 속에서 또
한 과거에 급제하는 경사가 있어 쇠퇴하던 가문이 창성하게 되었습
니다. 그럼에도 지금에 이르기까지 화변(禍變)이 몹시 혹독하니, 소
자는 말하고 싶어도 눈물만이 앞서 흐릅니다.

양주의 기슭은 선영에서 아주 가까우니, 이에 옛 무덤에서 이장하
여 새로운 무덤에 합장하려 합니다. 영령께서는 영묘하여 어둡지 않
고 밝으시니 또한 기쁘고 반갑게 응할 것인데도, 슬픔에 잠겨 허둥
지둥 지내다가 제문을 지을 겨를이 없었나이다. 다만 지극한 정성만
있다면 이승이든 저승이든 차이가 없을 것이니, 평생 두강주(杜康酒)
로 성하게 곁에서 따르겠나이다. 변변찮은 제물이라 여기지 마옵고
부디 강림하소서. 아아, 애통합니다. 적지만 흠향하소서.

祭外王考正言李公文

維歲次己丑[1], 四月朔壬寅, 二十三日甲子, 外王考[2]故司諫院正言李
公之柩, 自衿陽[3]舊壟, 啓靷于塗, 將合窆[4]于楊州先塋之側, 道過于京,

---

1) 己丑(기축) : 肅宗 35년인 1709년. 이해에 외할머니 淑人 全義李氏가 향년 68세로 2월
  24일에 죽었고, 그래서 부부를 합장하였다.

2) 外王考(외왕고) : 외할아버지 李斗岳(1644~1687)을 가리킴. 본관은 龍仁, 자는 季瞻.
  아버지는 형조참판 李後山(1597~1675)이며, 어머니는 참찬 金壽賢의 딸이다. 1669년
  진사시에 합격하여 성균관에 들어갔으나, 그 뒤 연이어 친상을 당하여 시묘를 극진히
  하다 병을 얻어, 오랫동안 외가인 부여에 우거하다가 門蔭으로 벼슬길에 올라 孝陵參奉
  이 되었다. 1682년 증광문과에 병과로 급제, 전적에 발탁, 예조·병조 좌랑을 거쳐 1684
  년 사헌부지평이 되어 時政의 득실을 논하다가 왕의 노여움을 사 파직되었다. 곧 지평으
  로 재기용되어 성균관직강을 거쳐 사간원정언이 되었다. 비변사낭청을 거쳐 1686년
  평강현령이 되어 惠政을 베풀었으나, 병을 얻어 사직하고 귀향, 다음해에 죽었다.

3) 衿陽(금양) : 경기도 시흥.

先三日辛酉, 外孫杞溪兪拓基謹具餠醪之奠, 迎哭于旅次曰：嗚呼慟矣！
善未必福, 仁未必壽, 天之老[5]矣, 其來已久。偏於今日, 我心若瘝。顧
生也後, 不及承顔, 稍從庭闈[6], 仰認萬一。孝友之行, 忠厚之質, 求之
於古, 亦罕其比。官未大夫[7], 壽四十四, 較以斯德, 爲殀爲窮。二紀之
間, 哀樂交攻, 數三尊屬[8], 次第凋謝。申姑孝妹[9], 遽然長夜, 亦有科
慶, 以昌闌閥。式至于今, 禍變孔酷, 小子欲言, 有淚先零。維楊之麓,
孔邇先塋, 爰移舊壟, 將窆新原。精爽[10]不昧, 亦應歡欣, 悲撓卒卒[11],
文不暇成。只有單誠, 無間幽明, 平生杜康[12], 藹其在罇。不以菲薄,
庶我格思。嗚呼痛哉！尙饗。

[知守齋集, 卷6]

---

4) 合窆(합폄)：合葬. 여러 사람의 시체를 한 무덤에 묻음. 또는 그런 장사. 흔히 남편과
  아내를 한 무덤에 묻는 경우를 이른다.

5) 老(로)：죽게 함.(死)

6) 庭闈(정위)：부모의 거처, 곧 부모를 이르는 말.

7) 大夫(대부)：벼슬의 품계에 붙이던 칭호. 조선시대에는 정1품에서 종4품까지의 벼슬에
  붙였다.

8) 尊屬(존속)：부모 또는 그와 같은 항렬 이상에 속하는 친족.

9) 申姑孝妹(신고효매)：족보상에는 나타나지 않지만, 이두악이 증광문과에 급제하기 전
  에 시집가지 않은 누이동생이 죽은 듯.

10) 精爽(정상)：精靈. 英靈.

11) 卒卒(졸졸)：허둥지둥 보냄. 당황하여 침착하지 못한 모양이다.

12) 杜康(두강)：周나라 때 술을 잘 만들기로 유명했던 사람. 여기서는 술이라는 의미이다.

유척기俞拓基, 1691-1767

조선 후기의 문신. 본관은 杞溪, 자는 展甫, 호는 知守齋. 아버지는 목사 俞命岳이며, 어머니는 李斗岳의 딸이다. 金昌集의 문인이다. 1714년 증광문과에 병과로 급제해 검열이 된 후 正言·수찬·이조정랑·사간 등을 역임하였다. 1722년 신임사화 때 소론의 언관 李巨源의 탄핵을 받고 海島에 유배되었다. 1725년 노론의 집권으로 풀려나서 이조참의·대사간을 역임하고 이듬해 승지로 참찬관을 겸하다가 경상도관찰사·양주목사·함경도관찰사·도승지·元子輔養官·世子侍講院賓客·평안도관찰사·호조판서 등을 두루 지냈다. 1739년 우의정에 오르자, 신임사화 때 세자 책봉 문제로 연좌되어 죽은 金昌集·李頤命 두 대신의 復官을 건의해 伸寃시켰다.

외할머니 이씨 제문

祭外祖母李氏文

이이

삼가 생각건대, 존령(尊靈)께서는 빼어난 기운을 받고 태어나시어, 성품과 도량이 정숙하고 진실하였습니다. 어진 배필을 만나 집안을 화목하게 하고, 지아비를 손님 대하듯 공경하였습니다. 애태우고 근심하여 〈왼손 중지 두 마디를 자르고 하늘에 빌어서〉 지아비의 열병을 구제하시니, 그 지극한 정성은 신명(神明)을 감동케 하였습니다. 이 같은 의리는 온 고을을 감동시켰고, 그 소식은 궁궐에까지 알려졌습니다. 마침내 사셨던 마을에 정표(旌表)하였고, 꽃다운 행실은 서책에까지 전합니다.

중년에 지아비를 여의고 외로이 상중에 계셨습니다. 선행에 대한 보답으로는 상서가 아니었으니, 하늘의 뜻은 아득하게도 알 수가 없습니다. 그러나 아득하게도 알 수가 없다고 하지 말아야 하니, 날마다 살펴보심이 여기에 있기 때문이옵니다. 오복(五福)의 으뜸인 장수는 참으로 하늘이 주시는 것입니다. 그리하여 등엔 검버섯이 가득하고, 누런 머리털이 눈썹까지 덮었습니다.

제가 어렸을 때 외가에서 양육을 받았습니다. 어루만져 주고 안아주며 길러주신 은혜는 산보다 높고 바다보다 깊었습니다. 장례, 제사 등 후사(後事)를 부탁하시니, 저를 총명하고 영특한 아이로 보셨습니다. 그 외형이야 외조모와 외손자 사이이지만, 그 정만큼은 어미와 자식 사이이었습니다. 제가 서울로 올라가 벼슬에 매이게 되었습니다. 더구나 대관령이 높이 가로막혀 멀어지니 소식마저도 아득해졌습니다. 그리하여 저는 외할머님이 마을 어귀에서 기다리실 것을 생각하여 벼슬을 버리고 고향으로 돌아왔습니다. 한 집에서 얼굴을 뵈올 수 있었으니, 그 즐거움으로 근심 걱정을 잊었습니다.

외할머님의 임종 때 곁에서 정성을 다할 생각이었으니, 만사 가운데 이것 외에 또 무엇을 생각하였겠습니까? 그러나 임금의 조서(詔書)가 재차 내려와서 잠시 고향을 떠났었습니다. 그런데 갑자기 심통(心痛)이 심해졌다는 소식에 놀라서 수레를 재촉하여 돌아오는 길에 올랐습니다. 도중에 부음(訃音)을 듣게 되니, 오장(五臟)이 타고 찢어지는 듯했습니다. 저는 때를 잘못 타고나서 부모를 일찍 여의는 슬픔을 안았습니다. 오직 외할머님 한 분만을 자나 깨나 가슴속에 품고 있었사옵니다. 이제 마저 또 저를 버리시니, 하늘은 어찌 이리도 가혹하단 말입니까? 돌아가실 때 쌀 한 숟가락 입에 물려드리는 반함(飯含)도 못하여 드렸으니, 저의 한없는 슬픔을 더할 뿐이옵니다.

허둥지둥 어쩔 줄 모르다가 겨우 마음이 진정되자, 상복(喪服) 입는 기간이 끝나버렸습니다. 선왕이 정하신 법제이니, 감히 어길 수도 없습니다. 이승에서의 인연은 이제 끝났을망정 침통한 마음은 영원할 것입니다. 공손히 약간의 제수를 차려서 영전에 올리옵니다. 아아, 슬프옵니다.

祭外祖母李氏文

伏惟尊靈, 生稟秀氣, 性度[1]淑眞。擇配宜家[2], 禮敬[3]如賓。憂以救疹, 至誠感神。義動鄕鄰, 聲徹紫宸[4]。表厥宅里, 流芳[5]汗靑[6]。中年[7]晝哭[8], 在疚煢煢。報善非祥, 天道冥冥。勿謂冥冥, 日監在玆[9]。五福之

---

1) 性度(성도) : 性品과 度量을 아울러 이르는 말.

2) 宜家(의가) : 여인이 시집가서 그 집안을 화목하게 하는 것을 이름. 《詩經》〈周南·桃夭〉의 "복사꽃이 곱고 고움이여, 그 잎이 무성하도다. 이 아가씨 시집을 감이여, 그 집안 식구를 잘 화합하게 하리로다.(桃之夭夭, 其葉蓁蓁. 之子于歸, 宜其家人.)"에서 나온 말이다.

3) 禮敬(예경) : "서로 사랑하고 공경하는 것이 부부간의 예의이니라.(愛之敬之, 夫婦之禮.)"에서 나온 말.

4) 聲徹紫宸(성철자신) : 紫宸은 궁궐이란 뜻이니, 궁궐에 알려짐을 말함. 《중종실록》 21년(1526) 7월 15일조 2번째 기사에 전한다. 강원도관찰사 黃孝獻이 馳啓한 내용은 "江陵府 進士 申命和의 아내 李氏는 천성이 순수해서 학문을 대강 알았으므로 늘 《三綱行實圖》를 외었습니다. 그래서 어버이와 남편을 섬김에 있어 그 도리를 다했으므로 일찍부터 고장에 소문이 났었습니다. 지난 신사년(1521)에 어미 崔氏가 時病으로 죽자 申命和가 訃音을 듣고 서울에서 내려왔습니다. 그런데 그도 시병에 걸려 증세가 날로 심해져 헐떡이는 숨결이 목구멍에 걸려 여러 번 숨이 끊어졌다가 가까스로 다시 이어지곤 했습니다. 이씨는 남편이 살아나지 못할까 염려해서 밤낮으로 하늘을 우러러 기도했습니다. 그러던 어느 날 새벽 몰래 命和의 佩刀를 가지고 先祖의 묘에 올라가 향불 피워 禮拜하고서 기도하기를 '첩이 남편을 따른 지 20여 년이 되었습니다. 그간 남편은 不義한 짓을 하지 않았고 첩도 남편의 뜻을 저버린 적이 없습니다. 그런데 하느님께서 어쩌면 이다지도 가혹한 죄를 내리십니까? 첩은 이미 어미를 여의었으니 우러를 데라곤 남편뿐입니다. 남편마저 첩을 버리게 된다면 첩 혼자 구차스럽게 이 세상에 살 수 있겠습니까?' 하고, 드디어 패도를 뽑아 왼손 가운데손가락을 자르니 피가 철철 흘러 흥건히 괴었습니다. 이씨는 남편이 이 사실을 알게 될까봐 전혀 내색을 않고 있었는데, 그날 밤 이씨의 꿈에 하늘에서 크기가 대추만한 약이 떨어졌습니다. 그랬는데 다음날 남편의 병이 씻은 듯이 나았습니다."이다. 이 외에도 《율곡전서》 권14의 〈李氏感天記〉에도 기재되어 있다.

5) 流芳(유방) : 향기로운 美名을 전하는 것을 말함.

6) 汗靑(한청) : 汗簡. 옛날에 종이가 없었을 때, 푸른 대를 불에 구어 기름을 빼어 청색을 제거하여 글씨를 썼던 데서 서책의 의미로 쓰이기도 한다.

7) 中年(중년) : 용인이씨가 태어난 것이 1480년이고, 신명화가 죽은 것이 1522년이므로 그녀의 나이 43세 때를 일컬음. 그녀는 1569년 향년 90세로 죽었다.

首¹⁰⁾, 實天所貽。鮐紋滿背, 黃髮覆眉¹¹⁾。我在孩提¹²⁾, 鞠于外家。撫抱
顧復¹³⁾, 恩重山河。託以後事, 視以寧馨¹⁴⁾。祖孫其名, 母子其情。我徂
京師¹⁵⁾, 累于簪纓。嶺嶠阻隔, 消息杳茫。我念倚閭¹⁶⁾, 掛冠¹⁷⁾歸鄕。一

---

 8) 晝哭(주곡) : 남편을 여읜 것을 말함. 《禮記》〈檀弓 下〉에 의하면, 춘추시대에 敬姜이
    남편 穆伯의 상을 당해서는 낮에만 곡을 하고, 아들 文伯의 상을 당해서는 주야로 곡을
    하였는데, 孔子가 이를 두고 禮를 안다고 평했던 고사가 있다.

 9) 日監在玆(일감재자) : 하늘이 날로 살펴보심이 여기에 계신다는 뜻. 하늘이 항상 내려다
    보고 있으니 공경하는 마음을 잃지 말라는 의미를 담고 있다. 《詩經》〈周頌·敬之〉의
    "공경할지어다, 공경할지어다. 천명이 밝은지라 명을 보건하기가 쉽지 아니하니, 높고
    높아 저 위에 있다고 말하지 말지어다. 그 일에 오르내리어 날로 살펴보심이 여기에
    계시니라.(敬之敬之, 天維顯思. 命不易哉, 無曰高高在. 陟降厥士, 日監在玆.)"에서 나온
    말이다.

10) 五福之首(오복지수) : 장수함을 일컫는 말.

11) 鮐紋滿背, 黃髮覆眉(태문만배, 황발부미) : 장수한 노인에게 나타나는 징표를 일컫는
    말. 鮐紋은 복어처럼 노인의 등에 거뭇거뭇하게 점이 찍혔다는 것이고, 黃髮은 본래
    머리가 하얗게 세었다가 다시 누런빛을 띠는 것이다.

12) 孩提(해제) : 유년기를 일컫는 말. 《孟子》〈盡心章句 上〉의 "유년기의 아동 가운데 자
    기 어버이를 사랑할 줄 모르는 자가 없고, 커서는 자기 형을 공경할 줄 모르는 자가
    없는데, 어버이를 친애하는 것은 인에 속하고 윗사람을 공경하는 것은 의에 속한다.(孩
    提之童, 無不知愛其親也, 及其長也, 無不知敬其兄也, 親親仁也, 敬長義也.)"에서 나오
    는 말이다.

13) 顧復(고복) : 양육 보호하느라 반복하여 두루 돌보는 것을 일컫는 말.

14) 寧馨(영형) : 이와 같다[如此]는 뜻. 唐나라 시인 劉禹錫의 〈贈日本僧智藏〉 시에 "묻노니
    중국에서 도를 닦는 사람 중에, 이처럼 용맹스러운 이 몇이나 될꼬.(爲問中華學道者,
    幾人雄猛得寧馨.)" 구절이 있다. 여기서 寧馨兒의 의미로 쓰였는데, 아주 총명하고 영특
    한 아이라는 말이다.

15) 京師(경사) : 서울. 수도를 일컫는 말이다.

16) 倚閭(의려) : 閭는 동리의 문이니, 마을 어귀에 기대어 돌아오기를 기다린다는 말. 《戰
    國策》〈齊策〉에 의하면, 齊나라의 王孫賈의 어머니는 "네가 아침에 나가서 밤에 오면
    내가 집문에 기대어 너 오기를 기다리고 저물게 나가서 돌아오지 않으면 마을 문에
    기대어 기다린다."고 하였다.

17) 掛冠(괘관) : 관을 벗어서 걸어 놓는다는 뜻으로, 벼슬을 그만두는 것을 의미. 《後漢書》
    〈逸民列傳·逢萌〉에 의하면, 東漢의 逢萌이 王莽의 정사에 환멸을 느껴 인륜이 끊어졌다
    고 탄식하면서 관을 벗어서 동쪽 도성 문에다 걸어 놓고 곧장 시골로 돌아갔던 고사가
    있다.

室承顏，樂以忘憂。擬以終孝，萬事何求？ 天書[18]再下，暫辭林丘。忽驚心痛，促駕回軸。訃音迓路，五內焚摧。我生不辰[19]，風樹抱哀[20]。惟一祖母，寤寐在懷。今又棄我，昊天何酷？ 殁未飯含[21]，增余罔極[22]。皇皇[23]纔息，禮服[24]已闋。先王定制，不敢踰越。此生已矣，沈慟終天[25]。敬設薄具，以薦几筵[26]。嗚呼哀哉！

[栗谷先生全書, 卷14]

이이李珥, 1536–1584

조선 중기의 학자·문신. 본관은 德水, 자는 叔獻, 호는 栗谷·石潭·愚齋. 아버지는 사헌부감찰로 좌찬성에 증직된 李元秀이며, 어머니는 申命和의 딸인 師任堂申氏이다. 본가는 파주 율곡리이며, 외가인 강릉 오죽헌에서 태어났다. 관직에 있으면서 당쟁의 조정에 힘쓰는 한편, 여러 가지 폐정을 개혁하고 민생을 안정시켰으며, 후에 《향약》을 지었다. 성리학을 깊이 연구하여 자신의 학설을 정립했는데, 主氣派의 종주로 사상계·정치계에 큰 영향을 끼쳤다. 이 제문은 경오년(1570)에 지은 것이다.

---

18) 天書(천서) : 임금의 詔書.

19) 不辰(부진) : 때를 잘 만나지 못한 것을 말함.

20) 風樹抱哀(풍수포애) : 부모가 계시지 않아 봉양하지 못함을 이름. 《韓詩外傳》 9에 "나무가 고요하고자 하나 바람이 멎지 아니하고, 자식이 어버이를 봉양하고자 하나 어버이가 기다려주지 않는다.(樹欲靜而風不止, 子欲養而親不待.)"에서 나온 말이다. 곧, 李珥의 아버지 李元秀는 1501년에 태어나 율곡의 나이 26세 때인 1561년에 죽었고, 어머니 申師任堂은 1504년에 태어나 율곡의 나이 16세 때인 1551년에 죽은 사실을 일컫는다.

21) 飯含(반함) : 喪禮에서 小殮을 할 때, 상주가 버드나무숟가락으로 쌀 몇 낟알과 구슬 한 알을 亡者 입 속의 오른편·왼편·한가운데에 차례로 물리는 의식.

22) 罔極(망극) : 罔極之痛. 한이 없는 슬픔.

23) 皇皇(황황) : 어떻게 해야 구할 수 있을지 방황하는 모양.

24) 禮服(예복) : 예절에 정해진 상복 입는 기간을 이름. 이는 이이가 1569년에 돌아가신 외할머니의 상복을 1570년에 벗었음을 일컫는다.

25) 終天(종천) : 이 세상의 끝이라는 뜻으로, 영원이나 영구를 이르는 말.

26) 几筵(궤연) : 3년상 동안 신주를 모셔 두는 곳.

외할머니 이부인 제문
祭外祖母李夫人文

김익희

　삼가 존령(尊靈)께서는 타고난 자질이 현숙하고 총명하셨으며, 몸가짐이 얌전하고 바르셨습니다. 경전과 사서(史書)를 두루 통달하셨으니, 사군자의 행실과 같은 광채가 있었습니다. 능히 군자와 짝할 만하여, 부덕(婦德) 있다는 좋은 명성이 매우 자자했습니다. 영화(榮華)가 막 성하려던 차에 경강(敬姜)처럼 지아비를 일찍 여의었습니다. 20년 동안이나 거적자리에서 자시고 거친 밥을 잡수셨으니, 옛날에도 보기 드문 일이었습니다. 아비 잃은 자식을 보살피고 가문을 이으셨으니, 지어미로서 갖추어야 할 부덕이 더욱 엄숙했습니다. 이처럼 부덕을 갖추었지만 보답에는 인색하였으니, 그 이치를 아득하게도 알 수가 없나이다. 그러나 아득하게도 알 수가 없다고 하지 말아야 할 것이니, 하늘이 불쌍히 여겨 장수(長壽)를 주셨기 때문입니다. 오복(五福) 가운데 장수를 누리심이 가장 으뜸입니다. 그리하여 등엔 검버섯이 가득하였으니, 칠순을 넘기고 여든을 바라보셨습니다. 돌아보건대, 저는 할머니를 닮지 못하여 외손자의 이름을 더럽히고 있었습니다. 그런데도 외할머니는 어버이처럼 이끌어 주시고 가르쳐 주셨으니, 받은 은혜를 헤아릴 길이 없사옵니다. 불효자의 죄가 쌓여서 그 화가 어머니께 미치고 말았습니다. 이에 돌아가신 외할머니를 생각만 하면 제 마음이 더욱 아픕니다.

세월은 머무르지 않고 흘러서 상복(喪服)을 입은 지가 이미 1년이 지났습니다. 집 뜰을 돌아보며 어버이를 그리노라면, 뵈오며 절하고 싶사옵니다. 너절한 상복 차림인 저이지만, 외할머님께서 연세가 높으시어 상할까 두려웠습니다. 또한 훗날에 외할머님의 슬하에서 다시 뫼실 수 있기를 바랐습니다. 어찌 하늘은 차마 모시지도 못하게 하면서, 좀 더 오래 살게 해주지도 않는단 말입니까? 약 한 첩도 미처 드리지 못했고, 염(斂)할 때 쌀 한 숟가락 입에 물려드리는 반함(飯含)도 드리지 못했습니다. 멀리서 부음(訃音)을 듣고는 돌아가신 슬픔을 견딜 길이 없습니다. 지금 와서 한 번 곡하니, 만사가 다 끝나버렸습니다. 먼 길 떠날 장례일이 다가와서 흰 상여가 떠나려 하옵니다. 길게 슬피 울면서 영결을 고하는 이 마음이 어찌 끝이 있겠나이까? 변변찮은 제물로 작은 정성을 드리노니, 부디 굽어 살펴 흠향하시기를 바라나이다.

祭外祖母李夫人文

伏惟尊靈, 稟資淑哲, 飭躬端莊。涉通書史, 士行有光。克配君子, 令聞[1]孔穆。榮華始茂, 敬姜晝哭[2]。卅載苦蔬[3], 古所罕覿。撫孤[4]承家,

---

1) 令聞(영문) : 좋은 소문.(令名)

2) 晝哭(주곡) : 남편을 여읜 것을 말함. 《禮記》〈檀弓 下〉에 의하면, 춘추시대 魯나라의 敬姜이 남편 穆伯의 상을 당해서는 낮에만 곡을 하고, 아들 文伯의 상을 당해서는 주야로 곡을 하였는데, 孔子가 이를 두고 禮를 안다고 평했던 고사가 있다.

3) 苦蔬(점소) : 枕苫蔬食. 枕苫은 寢苫枕塊의 준말로 거적으로 자리를 삼고 흙덩이로 베개를 삼는다는 뜻이며, 蔬食은 거친 밥을 먹는다 뜻이다. 이 모두 居喪하는 예를 말한다.

壼儀[5]益肅。德備報嗇，　其理冥冥。勿謂冥冥，　天畀仁[6]齡。五福之中，壽居其一。鮐紋滿背[7]，　逾七望八。顧余不類[8]，　名忝宅相[9]。鞠育[10]提敎，　受恩無量。不孝罪積，　禍延慈母[11]。言念祖妣，　我懷愈疚。日月不居，　衰麻[12]旣練[13]。瞻戀庭闈，　願言拜展。纍然棘[14]容，　懼傷高年。尙期異日，　更侍膝前。胡天不忍，　而不少延。藥不及嘗，　斂不視含[15]。遙聞凶訃，　哀隕罔堪。今來一哭，　萬事已焉。卽遠有期，　素車[16]將遷。長號告訣，　此心何極？薄具微誠，　冀垂歆格。

[滄洲先生遺稿, 卷15]

---

4) 孤(고)：孤子. 아비 잃은 자식.

5) 壼儀(곤의)：아내로서 갖추어야 할 婦德(의례). 반면에, 慈範은 어미로서 갖추어야 할 婦德(규범)을 이른다.

6) 仁(인)：불쌍히 여김.

7) 鮐紋滿背(태문만배)：장수한 노인에게 나타나는 징표를 일컫는 말. 鮐紋은 복어처럼 노인의 등에 거뭇거뭇하게 점이 찍혔다는 것이다.

8) 不類(불류)：착하지 못하다는 겸사.

9) 宅相(택상)：장래에 높이 잘 될 外孫.

10) 鞠育(국육)：《詩經》〈蓼莪〉의 "아버지 날 낳으시고, 어머니 날 기르셨네.(父兮生我, 母兮鞠我.)"에서 나온 말로, 어버이를 뜻함.

11) 金集의 〈亡弟參判墓表〉에 의하면, 김익희의 어머니 徐氏는 병자호란 때 아들 金益謙과 강화도로 피란했다가 남한산성의 함락 소식을 듣고 자결하였다. 김집은 김익희의 백부이다.

12) 衰麻(최마)：부모, 증조부모, 고조부모 등의 상중에 입는 상복인 베옷.

13) 練(련)：練服. 小祥 때 입는 상복이란 뜻으로, 여기서는 1년이란 의미. 김익희의 모친 서씨는 1636년 병자호란 때 자결하였고, 부친 김반은 1640년에 죽었으니, 이 해가 1641년일 것으로 추정된다.

14) 棘(극)：棘人. 親喪中에 있는 사람의 自稱.

15) 含(함)：飯含. 喪禮에서 小殮을 할 때, 상주가 버드나무숟가락으로 쌀 몇 낟알과 구슬 한 알을 亡者 입 속의 오른편·왼편·한가운데에 차례로 물리는 의식.

16) 素車(소거)：喪事에서 사용하는 백토를 칠한 흰 수레. 곧, 흰 상여를 이른다.

김익희金益熙, 1610-1656

조선 중기의 문신. 본관은 光山, 자는 仲文, 호는 滄洲. 할아버지는 金長生이고, 아버지
는 金槃이며, 어머니는 徐澍의 딸이다. 김만중의 仲父이다. 1636년 병자호란 때 척화론
자로서 화의를 반대하고 인조를 따라 남한산성에 가서 督戰御使가 되기도 하였다.

외할머니 숙인 김씨 제문

祭外祖母淑人金氏文

김창협

갑술년(1694) 2월 초하루에 외손자 안동 김창협(金昌協)은 삼가 맑은 술과 여러 가지 음식을 갖추어 외할머니 숙인(淑人) 경주김씨(慶州金氏)의 영전에 곡하고 제사를 올리며 다음과 같이 사뢰나이다.

"옛날 우리 외가에는 초상이 연달아 생겨서 10여 년 동안 비바람이 거듭 몰아쳤나이다. 그때 외할머님께서는 갖은 고초를 겪으면서도 두루두루 구휼하셨으니, 죽은 이를 전송하고 살아남은 이를 돌보느라 눈물로 나날을 보내셨나이다. 그래도 혼이 떨어져나감이 없이 장수하셨으니, 어떻게 그러실 수 있었는가 하면 곧은 덕이 있으셨기 때문이옵니다. 갈아도 갈리지 아니하는 옥 같으셨고 쪼개려도 쪼개지지 아니하는 바위 같으셨으니, 늘 푸른 잣나무며 소나무처럼 조금도 시들지 않으셨나이다. 덕성이 그러하신 데다 장수함이 이와 같으시니, 영고성쇠 가운데 만년에 크나큰 복을 누리심은 운수의 마땅함이나이다.

효성스런 자손들이 봉양(奉養)을 잘하여 빠진 것 하나 없게 하고 지극히 삼갔으니, 비록 기쁘고 즐거우시더라도 오히려 더욱 엄히 올바르게 가르치셨나이다. 품성을 갈고닦아 경계하고 조심하여 의젓하게 고상한 식견을 지니셨으니, 어찌 시서(詩書)를 익혀서 그러했겠습니까? 오히려 본바탕이 그러해서였사옵니다. 엄숙히 북당(北堂)에서 늙도록 허물이 없으셨는데도 팔순에 생을 마치시니, 어떤 사람은 하늘을 의심하곤 합니다. 100세를 누리는 사람도 있으니, 어찌 여한이 없다고 하겠습니까?

지난날 소자(小子)는 귀신이 재앙을 내려서 피눈물을 흘리며 깊은 산속에서 3년 세월을 멀리 묻혀 있었사옵니다. 어찌 가고 싶지 않았겠사옵니까만 감히 근심과 걱정을 끼쳐드릴 수가 없어서였사온데, 늙으신 연후에야 달려가 모셨던 것도 한두 번에 불과하였습니다. 병환 소식을 듣고 달려오니 이미 관이 덮어져 있었사옵니다. 한 번 통곡하고 나면 영영 그만일 터라 가슴이 막히고 애간장이 녹았건만, 병이 틈을 타고 더하여 빈소를 지키지 못하고 비웠사옵니다. 생각건대, 외할머님은 평생 사랑을 쏟아주셨건만 백에 하나도 보답하지 못했으니, 그 죄는 죽어도 용서받기 어려울 것이옵니다. 이 깊은 한스러움과 함께 지극히 슬퍼함을 어떻게 고해야 하겠사옵니까? 삼가 한잔의 술을 올리나이다."

祭外祖母淑人金氏文

維歲次甲戌[1], 二月朔日[2], 外孫安東金昌協, 謹以淸酌庶羞之奠, 哭祭于外祖母淑人[3]慶州金氏之靈曰 : 昔我外氏[4], 喪威[5]洊集, 十數年間,

---

1) 甲戌(갑술) : 肅宗 20년인 1694년.

2) 朔日(삭일) : 음력으로 매월 초하룻날.

3) 淑人(숙인) : 조선시대에, 정3품 당상관의 아내에게 내리던 외명부의 품계. 숙인 경주김씨(1614~1693)는 예조판서 金南重(1596~1663)의 딸이다. 16세 때 나성두에게 시집가 3남2녀를 낳았다. 나만갑의 며느리, 나양좌의 어머니, 김수항의 장모가 된다.

風驟雨急6)。時惟祖母, 備嘗百恤, 送往撫存, 涕淚爲日。無有隕爽, 以究于壽, 夫何能爾, 貞德之有。如玉不磷, 如石難鍥, 如松如柏, 莫之凋敝。其德則然, 其壽如之, 乘除7)晚泰, 亦數之宜。孝子善養, 備物致愼, 雖則怡愉8), 尙嚴義訓。砥礪警飭, 凜然高識, 何事詩書? 緊自性得。肅焉北堂9), 黃髮10)無恙, 八袤以終, 人或疑天。豈曰無憾, 猶有百歲? 往余小子, 鬼神降戾, 血泣窮山, 三年違逖。豈不欲往, 未敢以戚, 晚乃趨侍, 亦止一再。聞疾而奔, 棺則已蓋。一慟永已, 胸摧肝蝕, 疾病乘之, 又曠喪側。永念平生, 慈愛之鍾, 百不報一, 罪死難容。惟此深恨, 與其至哀, 何以告之? 敬奠一杯。

[農巖集, 卷29]

---

4) 外氏(외씨) : 외가를 이르는 말.

5) 喪威(상위) : 초상.

6) 風驟雨急(풍취우급) : 비바람이 몰아쳤다는 뜻이나, 고난의 겪음을 의미. 곧, 나성두의 동생 나성한, 나성원, 나성위가 모두 요사하였고, 아들 나명좌와 나석좌도 요절하였으며, 큰며느리도 남편을 따라 자결한 것을 이른다. 羅星斗(1614~1663)는 본관은 安定, 자는 于天, 호는 碁洲이다. 아버지는 참의 羅萬甲이며, 어머니는 좌찬성 鄭曄의 딸이다. 張維・鄭弘溟의 문인이다. 병자호란이 일어나자 아버지를 따라 안동에 기거하였는데, 이때 金尙憲이 여기에 살아 서로 내왕하였다. 봉산현감과 이산현감을 지내면서 백성에게 농경에 힘쓰도록 하고, 가난한 농민들을 구휼하여 訟事를 공명하게 처리하는 등 선정에 노력하였다. 이러한 치적이 알려져 송시열의 천거로 해주목사에 발탁되었는데, 李珥의 향약을 실시하도록 하였다.

7) 乘除(승제) : 모두 算數의 용어. 승은 곱셈이며 제는 뺄셈이다. 인간의 일에 있어 승은 잘 되는 일을 가리키고, 제는 잘못되는 일을 가리키는 말로 쓰인다.

8) 怡愉(이유) : 어버이를 옆에서 모시며 기쁘고 즐겁게 해드리는 것을 이름.

9) 北堂(북당) : 부인이 거처한 곳을 가리키며, 흔히 어머니의 처소를 지칭함.

10) 黃髮(황발) : 누런 빛깔의 머리칼. 7,80세의 노인을 이른다.

김창협金昌協, 1651-1708

조선 중기의 문신·학자. 본관은 安東, 자는 仲和, 호는 農巖·三洲. 좌의정 金尙憲의 증손자이고, 영의정을 지낸 金昌集의 아우이다. 아버지는 영의정 金壽恒이며, 어머니는 安定羅氏로 해주목사 羅星斗의 딸이다. 학문적으로는 李滉과 李珥의 설을 절충하였고, 그의 문장은 단아하고 순수하여 歐陽修의 정수를 얻었으며, 그의 시는 杜甫의 영향을 받았지만 그대로 모방하지 않고 고상한 시풍을 이루었다. 이 제문은 1694년에 지은 것이다.

외할머니 유인 류씨 제문

祭外祖母孺人柳氏文

임헌회

제 외할머님 유인(孺人) 류씨(柳氏)의 지극한 덕과 아름다운 행실을 저는 저의 어머님으로부터 들은 적이 있고, 그 중의 한두 가지는 직접 본 적도 있습니다. 친정부모께 효도하시고 시부모를 공경하셨습니다. 지아비를 섬기는데 조금도 부덕(婦德)에 어긋남이 없으셨고, 자식들 가르치는데 의리에 입각하여 하셨습니다. 가정의 살림을 위해 부지런하고 검소하셨으며, 몸가짐은 얌전하고 바르셨습니다. 그래서 옛날에 선비의 행실을 지닌 여선비[女士]라고 일컬은 사람과 아마도 거의 같을 것입니다. 계사년(1833)에 향년 75세로 자손들을 버리고 돌아가셨습니다. 아, 애통하옵니다.

2년 뒤인 을미년(1835) 10월 2일은 대상일(大祥日)입니다. 그러나 외손자 임헌회(任憲晦)와 임헌명(任憲明)은 몸이 서울에 있어서 소리를 내어 슬피 우는 데에 참여할 수가 없습니다. 옛날을 더듬어 생각하니 지극히 침통한 슬픔을 이길 수가 없습니다. 마침내 하루 전날에 멀리서 변변치 못한 제수(祭需)를 갖추어 영연(靈筵) 집사인(執事人)으로 하여금 대신 술을 따라 올리고 사뢰게 했사옵니다.

어머니의 어머니는 외할머니가 되는 것이요, 딸의 자식은 외손이 되는 것이옵니다. 그래서 외손이 자기의 어머니를 외할머니로 여길 수가 없고, 외할머니도 역시 자기의 자식을 외손으로 여길 수가 없는 것은 진실로 당연하옵니다. 하지만 우리 외할머님께서는 그렇지가 않으셨으니, 그 은혜를 갚고자 하면 산과 바다라도 오히려 가볍습니다. 금년에 제 어머니의 딸이 제 어머니 곁에서 딸을 낳으니, 제 어머니가 애지중지하실 뿐이지 딸의 딸이라 하여 차이를 두지 않으셨습니다. 저는 이에서 우리 외할머님께서 저희들을 사랑하셨고, 또한 제 어머니도 딸의 딸에 대해서 같으신 것을 더욱 알 수 있었으나, 저희들만 제 어머니처럼 볼 수가 없었사옵니다. 이것이 바로 외손이라 이르는 것인가 보옵고, 이것이 바로 외손이라 이르는 것인가 보오니, 또 무슨 말을 하겠으며 또 무슨 말을 하겠사옵니까? 아아, 애통하옵니다.

祭外祖母孺人柳氏文

維我外祖母孺人[1]柳氏之至德懿行, 吾嘗聞之於吾母矣, 又嘗目其一二矣。孝於父母, 敬於舅姑。事君子[2]無違德, 敎子女以義方。爲家勤儉, 持身端莊。古所謂女士者, 盖近之矣。歲在癸巳[3], 享年七十五而棄子孫。嗚呼痛哉! 再明年乙未, 十月丙辰朔, 二日丁巳, 卽大朞[4]也。而外孫任憲晦憲明, 身在京師[5], 未與哭泣之列。撫念疇昔, 不勝沉慟之極。

---

1) 孺人(유인) : 생전에 벼슬하지 못한 사람의 아내의 신주나 銘旌에 쓰던 존칭.
2) 君子(군자) : 예전에, 아내가 자기 남편을 이르던 말.
3) 癸巳(계사) : 純祖 33년인 1833년.
4) 大朞(대기) : 大祥. 사람이 죽은 지 두 돌 만에 지내는 제사.
5) 京師(경사) : 서울. 수도를 일컫는 말이다.

乃用前一日，　遠致菲具，　俾靈筵[6]執事人，　替酌而告曰：母之母爲外祖
母，　女之子爲外孫。外孫不能以其母視外祖母，　外祖母亦不能以其子視
外孫固宜也。吾外祖母則不然，欲報其恩，山河猶輕。今年吾母之女，生
女于吾母之側，　吾母之愛之，　不以女之女間焉。吾於是益知吾外祖母之
愛吾，亦如吾母之於女之女，而吾獨不能視之如吾母。斯之謂外孫歟，斯
之謂外孫歟，又何言哉？又何言哉？嗚呼痛哉！

[鼓山先生文集, 卷10]

임헌회任憲晦, 1811-1876

조선 후기의 문신·학자. 본관은 豊川, 자는 明老·仲明, 호는 鼓山·全齋·希陽齋. 아버
지는 任天模이며, 어머니는 南陽洪氏로 洪益和의 딸이다. 宋穉圭·洪直弼 등의 문인이
다. 경학과 성리학에 조예가 깊어 洛論의 대가로서 李珥·宋時烈의 학통을 계승하여
그의 제자인 田愚에게 전수하였다.

---

6) 靈筵(영연) : 죽은 사람의 靈几와 그에 딸린 모든 것을 차려 놓는 곳.

처조모 정경부인 신씨 묘제문

妻祖母貞敬夫人申氏墓祭文

최석정

　임인년(1662)에 제가 사위가 되어 고귀한 가문과 좋은 인연을 맺었습니다. 처조모님께서 돌아가시고 거의 1년이 된 때였으니, 흰 휘장 쳐진 곳에 참배를 하고 여막(廬幕)으로 가서 장인을 뵈었습니다. 훌륭한 어머니로서의 교훈과 온전한 지어미로서의 규범은 미처 생전에 뵙지 못했어도 보고들은 것을 통해 알 수 있었습니다. 제 아내를 돌아보아 생각건대 어릴 때부터 처조모님께서 맡아 길러주시고 가르쳐주신 까닭에 시집을 가기에 이르렀습니다. 누군들 할머니가 없겠습니까마는 은혜라 해서 모두 이 같을 수는 없을 것인데, 벼슬을 하여 반대(鞶帶)를 차고 뵙기도 전에 처조모님께서 갑자기 돌아가셨나이다.

　10년간의 기쁨과 슬픔이 훌쩍 꿈결처럼 흘러갔습니다. 처조모님의 무덤을 돌아보려니 호서(湖西)에 있사와, 산과 물로 가로 막혀 있어서 우러러 쳐다보기만 할 뿐 아직도 찾아뵙지 못하였나이다. 날마다 밝은 조정에 나아가 외람되이 8번이나 영의정이 되었지만, 선영에 성묘하는 예를 중히 여기니 은정은 깊어지고 옛 생각에 마음이 아픕니다. 이렇게 와서 조촐한 술을 올리오니 가슴이 미어지지만, 밝은 혼령이 만약 계시거든 공경하는 이 마음을 굽어보소서. 적지만 흠향하옵소서.

妻祖母貞敬夫人申氏墓祭文

玄黓[1]之歲, 攝提[2]其辰, 余時委禽[3], 託好[4]高門。夫人[5]之喪, 旣成練事[6], 展拜素帷, 省舅于次[7]。慈訓之懿, 梱範[8]之純, 不及升堂[9], 徵諸見聞。眷惟我儀[10], 夙奉含飴[11], 載鞠載誨, 以底勝笄[12]。孰無王母[13]？恩莫如斯, 結鞶[14]未覩, 萱華[15]遽謝。十載歡戚, 倏如夢過。顧玆玄宅[16],

---

1) 玄黓(현익) : 壬에 해당하는 古甲子.

2) 攝提(섭제) : 攝提格. 寅에 해당하는 古甲子.

3) 委禽(위금) : 사위가 되었다는 말. 禽은 기러기이니, 婚禮 때에 신랑 집에서 신부 집에 보내는 納采로 쓴다.(奠雁)

4) 託好(탁호) : 託契姻好. 연분을 맺고 인연을 맺음.

5) 夫人(부인) : 최석정의 처조모 高靈신씨(1590~1661)를 가리킴. 곧, 최석정의 장인 華谷 李慶億(1620~1673)의 모친으로, 승지 申應榘의 딸이다.

6) 練事(연사) : 練祭를 지내는 일. 여기서 1년이 되었다는 말이다.

7) 次(차) : 喪次. 곧, 여막이다.

8) 梱範(곤범) : 아내로서 갖추어야 할 규범.

9) 升堂(승당) : 升堂拜母. 벗을 친하게 사귀면 堂에 올라 친구의 어머니에게 절하고 뵙는다는 뜻. 漢나라 范式과 張劭가 친하게 지내다가 각자 향리로 돌아가고 난 뒤, 범식이 장소의 모친을 찾아가 뵙겠다고 약속을 한 날에 찾아와서 마루에 올라 모친에게 절을 하고 즐겁게 술을 마시다가 떠나갔던 고사이다. 여기서는 '생전에 찾아뵙다'는 의미이다.

10) 我儀(아의) : 나의 짝. 《詩經》〈鄘風·柏舟〉에 의하면, 衛나라 세자 共伯이 일찍 죽고 그의 아내인 共姜이 절개를 지키려 하였는데, 그녀의 부모가 이를 막고 재가를 시키려 하자 공강이 자신의 의지를 노래한 시의 첫 장에, "저 다팔머리 드리운 분이시여, 실로 나의 짝이시니, 죽을지언정 맹세코 다른 사람에게 가지 않으리라. 하늘같은 어머님이 이토록 사람 마음 몰라주시는가.(髧彼兩髦, 實維我儀, 之死矢靡他. 母也天只, 不諒人只.)"고 한 데에서 나온 말이다.

11) 含飴(함이) : 含飴弄孫. 후한의 馬皇后가 "나는 엿이나 먹으면서 손자나 데리고 놀겠다. 더 이상 정사에는 간여하고 싶지 않다."고 말한 고사이다. 여기서는 처조모 신씨를 지칭하는 말로 쓰였다.

12) 勝笄(승계) : 비녀를 머리에 꽂는다는 뜻으로, 여기서는 시집가다는 의미.

13) 王母(왕모) : 할머니.

14) 鞶(반) : 鞶帶. 큰 가죽 띠. 임금이 선비에게 벼슬을 준다는 뜻.

15) 萱華(훤화) : 남의 어머니에 대한 경칭. 萱은 萱花로 '원추리꽃'인데, 北堂에 심는다 하여

在湖之西[17], 山河隔閡, 瞻省尙稽。日造明庭, 濫陪八縠[18], 禮重拜
掃[19], 情深愴舊。來薦洞酌, 心焉有惕, 不昧者存, 鑑此顒若[20]。尙饗。

[明谷集, 卷10]

최석정崔錫鼎, 1646-1715

조선 후기의 문신·학자. 본관은 全州, 초명은 錫萬, 자는 汝時·汝和, 호는 存窩·明谷.
崔起南의 증손으로, 할아버지는 영의정 完城府院君 崔鳴吉이고, 아버지는 한성좌윤 完
陵君 崔後亮이다. 어머니는 安獻徵의 딸이다. 응교 崔後尙에게 입양되었다. 1697년 우
의정에, 1699년 좌의정과 홍문관 대제학을 겸했다. 1701년 영의정으로 장희빈의 처형
을 반대하다 유배되었으나 곧 풀려났다. 少論의 영수로 많은 파란을 겪으면서도 8번
이나 영의정을 지냈고, 당시 배척받던 양명학을 발전시켰다.

   '어머니'를 지칭한다.

16) 玄宅(현택) : 幽宅. 무덤.

17) 在湖之西(재호지서) : 최석정의 처가가 충남 연기군에 있었는데, 이를 가리킴.

18) 八縠(팔구) : 최석정이 8번 영의정에 올라 국정에 가담한 것을 일컬음. 唐太宗이 정권을
　　장악한 뒤에 文治를 강조하는 각종 시책을 행하였는데, 이에 新進士流가 줄지어 조정에
　　나오자, "천하의 영웅들이 내 손아귀 안에 들어왔다.(天下英雄入吾縠中矣.)" 하면서
　　기뻐했다는 이야기가 있다. 이 글귀로 말미암아 이 제문은 아마도 致仕한 1711년 이후에
　　지어진 것이 아닌가 한다.

19) 拜掃(배소) : 省墓.

20) 顒若(옹약) : 《周易》〈觀卦〉의 "손만 씻고 제수를 올리지 않았을 때처럼 하면 백성들이
　　정성을 다하여 우러러 존경하리라.(盥而不薦, 有孚顒若.)"에서 나오는 말로, 공경하는
　　마음을 일컬음.

부친·백부·중부·숙부·계부·
고숙·외숙·장인

친부 진사부군 묘제문

祭先考進士府君墓文

이안눌

만력(萬曆) 27년 기해년(1599) 5월 3일, 과거에 막 급제한[新及第] 지차아들[介子] 이안눌(李安訥)이 삼가 맑은 술과 여러 가지 제수를 갖추어 감히 돌아가신 부친 진사부군의 묘에 밝게 고하나이다.

슬프고 슬프게도 자식으로 태어나니, 부친이 쇠약해서는 어렸고 부친이 늙어서는 젊었으며 부친이 돌아가시고서야 비로소 이름났습니다. 허나 자식은 외롭고 외로우니, 뉘라서 영예롭다 하겠습니까? 예전에 아버님은 어린 자식을 다독이며 경계하고 가르치는 것이 간절하셨습니다. "너는 부디 힘쓰고 힘써라, 사서(史書)와 경전(經傳)을 배우고 배우지 않는데서 서인(庶人)과 공경(公卿)이 있느니라. 세상길은 욕된 일이 많아 벼슬 없는 선비인 포의(布衣)로는 살아가기가 어려우니, 사람들이 과거급제 못하면 애비 마음은 기쁘지 않더구나. 너는 그것을 게을리 말고 우리 집안의 명성을 떨치도록 하어라." 하셨지만, 자식은 못나고 어리석기만 하여 그 뒤로도 큰 명성을 이룬 것이 없습니다. 가지는 바람 잘 날이 없었고 세월 흐르는 것이 빨리도 갔지만, 저 푸른 하늘이 죽이지 않고 살려주셨습니다. 관복(官服)에 홀을 들고 지금에야 와서 성묘를 하는데, 주위의 가래나무가 이미 한 아름이나 되고 덩굴 풀은 서로 엉켜 있습니다. 어사화(御賜花)가

겸연쩍고 부끄러우며 악기소리가 부질없이 들릴 뿐입니다. 자식이 어렸을 때 과거를 보아 성균관을 제패한 적이 있사온데, 기뻐하시면서 환한 미소를 지으셨고 기쁜 빛을 얼굴에 지으셨습니다. 세상 떠나가시는 것은 따를 수가 없고 부르시는 것은 들을 수가 없습니다. 아버님께서 예전에 "남은 생애가 얼마나 되겠느냐?"고 자식에게 말씀하셨을 때, 애초에는 슬픈 줄도 알지 못했지만 지금은 눈물이 줄줄 떨어집니다. 그 말씀이 아직도 귓전에 맴돌고 있으나 황천길은 아득하기만 하니, 쓸쓸히 생각하며 조용히 듣고 있습니다. 얼핏 얼굴을 뵙는 듯하고 엄숙히 가르침을 받는 듯하니, 밝은 신령께서는 어찌 이승이든 저승이든 차이가 있겠습니까? 울면서 술잔을 올리오니 이 애처로운 정성을 흠향하소서. 삼가 고하나이다.

祭先考進士府君墓文

維萬曆二十七年歲次己亥[1], 五月戊申朔, 初三日辛亥, 介子[2]新及第安訥, 謹以淸酌庶羞之奠, 敢昭告于顯考進士府君[3]之墓。哀哀子生, 父衰而嬰, 父老而丁, 父歿而名[4]。子之赑赑, 伊誰爲榮? 父昔拊子, 戒誨丁寧。曰'爾勉旃, 載史載經, 學與不學, 庶人公卿。世途多辱, 布衣[5]難行, 人不科第, 罔悅親情。爾其無怠, 振我家聲。' 子惟不肖[6], 後時無

---

1) 己亥(기해) : 宣祖 32년인 1599년.

2) 介子(개자) : 之次. 맏이 이외의 자식들.

3) 府君(부군) : 죽은 아버지나 남자 조상을 높여 이르는 말.

4) 父歿而名(부몰이명) : 18세 때 진사 초시에 장원하고 한성시에 뽑혔으나 시샘에 따른 비방 때문에 벼슬길을 접었다가, 29세 때 1599년 庭試에 을과로 급제한 사실을 일컬음.

5) 布衣(포의) : 벼슬이 없는 선비를 비유적으로 이르는 말.

成。風枝不靜，隙駟[7]遄征，彼蒼者天，不死而生[8]。袍笏如今，來掃封塋[9]，行楸已拱，蔓草相縈。宮花[10]無色[11]，伶樂[12]徒轟。子少戰藝[13]，曾霸芹黌[14]，怡然以笑，喜色斯形。逝[15]不可追，呼莫我聆。父昔謂子，餘生幾齡，始不覺悲，涕泣交零。言猶在耳，泉路冥冥，悄然而思，嘆然而聽。優若承顔，肅若趨庭[16]，神之不昧，寧間幽明？ 哭以薦觴，庶歆哀誠。謹告。

[東岳先生集, 卷26]

---

6) 不肖(불초) : 못나고 어리석음.

7) 隙駟(극사) : 세월이 매우 빠름을 비유한 말. 《墨子》〈兼愛 下〉의 "사람이 땅 위에서 사는 기간이 얼마 되지 않기가 비유하자면 마치 사마가 달려서 벽의 틈새를 지나기와 같다.(人之生乎地上之無幾何也, 譬之猶駟馳而過隙也.)"에서 나온 말이다.

8) 彼蒼者天, 不死而生(피창자천, 불사이생) : 《詩經》〈秦風·黃鳥〉의 "저 푸른 하늘이여, 어찌하여 우리 좋은 사람을 죽이셨는가.(彼蒼者天, 殲我良人?)"를 활용한 것임.

9) 掃封塋(소봉영) : 무덤을 쓸다는 뜻으로, 성묘를 의미함.

10) 宮花(궁화) : 궁중의 꽃이라는 뜻으로, 여기서는 御賜花를 일컬음.

11) 無色(무색) : 겸연쩍고 부끄러움.

12) 伶樂(영악) : 악공이 연주하는 음악.

13) 戰藝(전예) : 문예를 다투다는 뜻으로, 과거를 보다는 의미.

14) 芹黌(근횡) : 조선 최고의 교육 기관인 성균관을 가리킴. 《詩經》〈魯頌·泮水〉의 "즐거운 빈궁의 물가에서 미나리를 캔다.(思樂泮水, 薄采其芹.)"와 "즐거운 빈궁의 물가에서 마름풀을 캔다.(思樂泮水, 薄采其藻.)"에서 유래한 芹藻泮宮을 변형한 것이다.

15) 逝(서) : 逝去. 죽어서 세상을 떠남.

16) 趨庭(추정) : 아들이 어버이에게 가르침을 받는 것을 이르는 말. 《論語》〈季氏篇〉에서 孔子가 집에 혼자 서 있을 때, 아들이 종종걸음으로 뜰을 지나가자(鯉趨而過庭), 詩와 禮를 배우도록 가르쳤다고 한 데서 유래한 것이다.

이안눌李安訥, 1571–1637

조선 중기의 문신. 본관은 德水, 자는 子敏, 호는 東岳·東广. 李荇의 증손으로 아버지 진사 李泂과 어머니 경주이씨 사이에서 태어났다. 澤堂 李植이 그의 조카이다. 아내는 장령 宋承禧의 딸 礪山宋氏이다. 鄭碏·權韠·尹根壽·李好閔 등과 교유하였다. 1601년 서장관이 되어 조천하였고, 같은 해 겨울 중국 사신을 맞이하는 원접사의 종사관이 되어 중국 사신의 찬탄을 받았다. 이후 20여 년간 함경도 단천군수를 비롯하여 충청도 홍주, 경상도 동래, 전라도 담양, 금산, 경주, 경기도 강화 등의 지방관을 역임하였다. 1632년 명나라에 주청부사로 가서 오랜 숙원이던 元宗의 추존을 받아왔다. 병자호란이 일어나자 병중에 남한산성에 호종하였고, 환도한 뒤 병이 악화되어 세상을 떴다.

양부 감찰부군 묘제문

祭先考監察府君墓文

이안눌

　만력(萬曆) 38년 경술년(1610) 3월 14일 효자 통정대부(通政大夫) 행 담양부사(行潭陽府使) 이안눌(李安訥)이 삼가 맑은 술과 여러 가지 제수를 갖추어 감히 돌아가신 부친 통덕랑(通德郞) 행 사헌부감찰부군과 돌아가신 모친 공인(恭人) 능성구씨(綾城具氏)의 묘에 밝게 고하나이다.

　불효자의 죄가 무거워 그 화가 부모께 미치었으니, 일찍이 참혹하게도 양부께서 돌아가신 화를 당한 뒤로 오래도록 봉양할 수 없게 되었습니다. 이 모진 목숨 구차하게 보전하며 오늘에 이르렀더니, 유훈(遺訓)에 힘입어 조정으로부터 벼슬을 얻었습니다. 영남의 고을 수령이 되어 나가 두 해를 다스리는 동안, 봉분이 거칠어졌지만 돌아와 성묘할 수가 없었습니다. 봄에 이슬이 내리고 가을에 서리가 내릴 때면 추모하는 마음만 간절하였는데, 지금 다시 고을을 맡은 병부(兵符)를 차니 호남으로 가는 길이 매우 멀기만 합니다. 어버이를 생각하면 마치 음성을 듣는 듯하나 이승과 저승은 차이가 있으니 곁에서 봉양하지 못하옵니다. 소나무며 잣나무를 돌아보고서 슬퍼하는 마음만 더욱 깊어지니 술잔을 올리고 제문을 지으나 부모의 은혜가 어찌 끝이 있겠사옵니까. 적지만 흠향하소서.

祭先考監察府君墓文

維萬曆三十八年歲次庚戌[1], 三月丁丑朔, 十四日庚寅, 孝子通政大夫[2]行[3]潭陽府使安訥, 謹以淸酌庶羞之奠, 敢昭告于顯考通德郎[4]行司憲府監察[5]府君, 顯妣恭人[6]綾城具氏之墓。不孝罪重, 禍延庭闈[7], 早罹荼毒[8], 永違晨昏[9]。頑命苟全, 以至今日, 遺訓是賴, 獲官于朝。出守嶺表[10], 再換歲序, 塋封就蕪, 莫克歸省。春露秋霜[11], 追慕徒切, 今又佩符, 湖路甚遙。言念鞠育[12], 怳奉聲音, 幽明有間, 色養[13]靡及。顧瞻松柏, 悲感增深, 奠酌以辭, 昊天[14]何極？尙饗。

[東岳先生集, 卷26]

---

1) 庚戌(경술) : 光海君 2년인 1610년.

2) 通政大夫(통정대부) : 조선시대에 둔, 정3품 문관의 품계.

3) 行(행) : 조선시대에, 官階가 높고 관직이 낮은 경우에 벼슬 이름 앞에 붙여 이르던 말.

4) 通德郎(통덕랑) : 조선시대에 둔, 정5품 문관의 품계.

5) 監察(감찰) : 조선시대에, 사헌부에 속하여 관리들의 비위 감시, 회계 감사, 儀典 감독 따위의 일을 맡아 하던 정6품 벼슬.

6) 恭人(공인) : 조선시대에, 정5품 및 종5품 문무관의 아내에게 주던 외명부의 품계.

7) 庭闈(정위) : 부모의 거처, 곧 부모를 이르는 말.

8) 荼毒(도독) : 사람이 凶禍를 당하는 것을 이르는 말. 《書經》〈湯誥〉의 "흉하고 해로운데 걸리어 荼毒을 견디지 못한다.(罹其凶害不忍荼毒.)"에 대한 주에 "荼毒은 고통스럽다는 뜻이다." 하였다. 여기서는 부모의 상을 의미한다.

9) 晨昏(신혼) : 昏定晨省. 밤에는 부모의 잠자리를 보아 드리고 이른 아침에는 부모의 밤새 안부를 묻는다는 뜻으로, 부모를 잘 섬기고 효성을 다함을 이르는 말.

10) 嶺表(영표) : 嶺南.

11) 春露秋霜(춘로추상) : 《禮記》〈祭儀〉의 "봄에는 약제를 지내고 가을에는 상제를 지낸다. 봄에 이슬이 내리거나 가을에 서리가 내리면 그것을 밟아 보고 반드시 돌아간 어버이를 위하여 슬픈 마음이 생긴다.(春禘秋嘗. 霜露旣降, 君子履之, 必有悽愴之心.)"에서 나온 말.

12) 鞠育(국육) : 《詩經》〈蓼莪〉의 "아버지 날 낳으시고, 어머니 날 기르셨네.(父兮生我, 母兮鞠我.)"에서 나온 말로, 어버이를 뜻함.

13) 色養(색양) : 부모의 표정을 보고 마음을 살펴서 섬김을 말함.

14) 昊天(호천) : 昊天罔極. 부모의 은혜가 끝없는 하늘과 같이 그지없다는 말.

이안눌李安訥, 1571-1637

조선 중기의 문신. 본관은 德水, 자는 子敏, 호는 東岳·東厂. 李荇의 증손으로 아버지 진사 李泂과 어머니 경주이씨 사이에서 태어났다. 澤堂 李植이 그의 조카이다. 아내는 장령 宋承禧의 딸 礪山宋氏이다. 鄭磏·權韠·尹根壽·李好閔 등과 교유하였다. 그는 양자 입양되었으니, 양부가 사헌부감찰 李泌(1538~1592), 양모는 具淪의 딸 綾城具氏로 연산군의 외증손녀이다. 양가의 증조부가 李芑(1476~1552)이다.

신은 부친 부군 묘제문

新恩祭先考府君墓文

이원정

삼가 고하건대, 사람이 세상에 태어나서 누구인들 아버지를 잃어 하늘에 사무친 비통을 겪지 않겠습니까? 그러나 죄악이 더할 수 없이 크니 자식 같은 자가 다시 있겠사옵니까?

공경히 생각건대, 부군(府君)께서 어렸을 때는 병에 걸리셨고 한창 때는 세상을 싫어하셨습니다. 그러나 불초자(不肖子)는 형편없어서 평소에 마음을 다하여 부모를 섬기는 정성이 부족하였으니, 살아계실 때도 그 봉양(奉養)을 다하지 못하고 돌아가셨을 때도 그 상례(喪禮)를 다하지 못했습니다. 길러주신 은혜를 영원히 끊어버리고 벼슬이 없는 사람들의 반열에 다시 끼어있으니, 하늘을 우러르고 땅을 굽어보매 슬픔과 부끄러움이 늘 깊사옵니다. 죄악이 더할 수 없이 크니 저희 자식 같은 자가 다시 있겠사옵니까?

어린 나이에 글을 배웠는데 게으르기 짝이 없었고, 일깨워주고 가르쳐주셨지만 또한 힘들면 그만두었습니다. 갑신년(1644) 과거보러 갔을 때 실로 요행을 바라는 마음이 간절했으나 뜻을 이루지 못하고 돌아왔으니, 마을 어귀에서 기다리시는 부군의 마음을 위로하지 못했습니다. 이때 부군께서는 병이 매우 중하여 생명이 위태하셨습니다. 의원도 찾고 약도 쓰면서 신명께 도와주기를 기도하며 회복하시기를 바랐지만, 끝내 돌아가시고 말았습니다. 말이 여기에 이르면 애간장이 끊어지고 찢어집니다. 소과(小科)와 대과(大科)의 장원급제는 비록 더할 나위 없이 빛나는 영광일지라도, 부군의 무덤이 거칠고 풀까지 해묵었으니 단지 서글픈 마음을 돋울 뿐입니다. 사람이 살다가 이 지경에 이르고 보면, 어떻게 마음을 가누겠습니까?

자식의 형제들은 모두 아주 변변치는 못하였으나 정이 깊고 사랑이 도타워서 서로 입신양명하기를 간절히 바랐습니다. 그래서 잡으면 꺼질까 걱정하면서도 모질게 종아리를 쳤고, 불면 날아갈까 걱정하면서도 억지로 글을 읽도록 하였습니다. 애써 부지런히 기르며 장성하여 자립하기를 바랐지만, 부모의 은덕을 갚고자 한다면 저 하늘처럼 그 끝이 없을 것입니다. 오직 과거에 급제하여 부모 이름 빛내려는 것은 자식들의 직분입니다. 그러나 어버이를 모시려는 마음이 먼저 꺾이고 말았으니 어버이의 수명은 기다려주지 않았나이다. 죄악이 더할 수 없이 크니 자식 같은 자가 다시 있겠사옵니까?

오호라! 원정(元禎)은 무자년(1648)에 생원과 진사 두 향시(鄕試)를 모두 장원하여 마침내 사마시에 합격하였습니다. 신묘년(1651)에는 원례(元禮)가 향시에 장원하고, 원록(元祿)은 사마시에 장원하고, 원정은 경해(京解)에 장원하였습니다. 금년(1652)에는 또 향시에 장원하고 전시(殿試)에 부장원하여서 7품직[尚衣院直長]에 초서(超敍)되어 조정에서 첫 벼슬을 하였습니다. 형제로 본다면 한 집안에 세 사람이 장원하였고, 기간으로 본다면 5년 사이에 일곱 번이나 장원하였으니, 근래에 과거로 인한 공명(功名)으로서 이와 견줄 만한 사람이 드뭅니다. 부군께서 아신다면 어찌 기뻐하시지 않겠습니까마는, 구천에서 다시 살아나실 수 없으니 엄친의 얼굴을 뵈올 수가 없습니다.

영화로워도 면대하여 사뢰지 못하고, 녹봉으로도 봉양할 수가 없습니다. 죄악이 더할 수 없이 크니 자식 같은 자가 다시 있겠사옵니까?

오호라! 할머님은 금년에 82세이신데, 한 번 걸린 병환이 오래 끌더니 병이 나을 가망이 없사옵니다. 효심으로 사모함이 곧 법칙이 되는 것은 이승이든 저승이든 차이가 없을 것인데, 캄캄한 지하에도 과연 말없이 돕는 도리가 있는지는 알지 못합니다. 병환을 걱정하는 것으로 인하여 성묘할 겨를이 없다가, 집에 돌아온 지 한 달 이상 지나서야 지금 비로소 성묘하니, 불효의 죄가 이에 이르러 더욱 현저합니다. 막 과거에 급제한 자가 관원으로 술잔을 드린 것은 나라에 성대한 은전(恩典)이 있어서입니다. 사람들이 살아계실 때는 모두 존경하였고 돌아가시고는 모두 애통하게 여기니, 비통함이 되레 절실해집니다. 섬돌 앞에서 한 번 통곡하니, 오장이 찢어지는 듯합니다. 삼가 존령(尊靈)께서는 강림하시어 흠향하시기 바라나이다.

新恩祭先考府君墓文

伏以, 人生於世, 孰不遘終天之慟? 而罪大惡極, 復有如子者乎? 恭惟府君[1], 夙歲嬰疾, 盛年厭世。而不肖[2]無狀, 素乏誠孝, 生不能致其

---

1) 府君(부군) : 죽은 아버지나 남자 조상을 높여 이르는 말. 李道長(1603~1644)을 가리킨다. 본관은 廣州, 자는 泰始, 호는 洛村. 張顯光의 문인이다. 1630년 식년문과에 병과로 급제, 承文院權知正字에 등용되고 沙斤道察訪·注書 등을 역임, 1636년 병자호란 때는 史官으로서 어가를 따랐으며, 또한 치욕적인 강화 체결 후 청나라에서 斥和主張者의 명단을 요구하자 전후좌우에서 척화자의 명단을 빠짐없이 불렀으나 척화주장자로 이름이 드러난 三學士 이름만 쓰고 붓을 놓으며 "敵의 요구는 사람 수를 정한 바 없는데 우리 스스로 많은 사람을 올려 희생을 늘릴 필요가 없다."고 하여 많은 인명을 구하였다고 한다. 이듬해 檢閱에 이어 持平에 올랐으며, 그 후 校理·吏曹佐郎·修撰 등을 지내고

養, 歿不能盡其禮。永割顧復[3]之恩, 更齒平人[4]之列, 俯仰天地, 悲愧恒深。罪大惡極, 復有如子者乎? 穉年受學, 懶惰無匹, 提撕[5]敎訓, 亦旣勞止。甲申[6]赴擧, 實切僥倖之望, 而落魄[7]歸來, 莫慰倚閭[8]之情。于時府君, 病已篤矣。尋醫詢藥, 禱神求佑, 庶望回春[9], 終罹巨創[10]。興言及此, 腸摧心裂。白蓮丹桂[11], 雖極榮耀, 荒原宿草, 只增感愴。人生到此, 何以爲懷? 諸子兄弟, 俱甚無似[12], 而情深慈愛, 望切立揚。執之恐陷, 而忍加捶楚, 噓之若飛, 而强其課讀。辛勤鞠育, 以冀成立, 欲報之德, 昊天罔極[13]。惟有得科顯親, 是諸子之職。而風樹先摧[14], 親年不待。罪大惡極, 復有如子者乎? 嗚呼! 元禎於戊子[15]之年,

---

陜川郡守에 이르렀다.

2) 不肖(불초) : 不肖子. 아들이 부모를 상대하여 자기를 낮추어 이르는 1인칭 대명사.

3) 顧復(고복) : 부모가 양육하느라 반복하여 두루 돌보는 것.

4) 平人(평인) : 벼슬이 없는 사람.

5) 提撕(제시) : 가르쳐 인도함.

6) 甲申(갑신) : 仁祖 22년인 1644년.

7) 落魄(낙백) : 뜻을 얻지 못함.

8) 倚閭(의려) : 閭는 동리의 문이니, 마을 어귀에 기대어 돌아오기를 기다린다는 말. 《戰國策》〈齊策〉에 의하면, 齊나라의 王孫賈의 어머니는 "네가 아침에 나가서 밤에 오면 내가 집문에 기대어 너 오기를 기다리고 저물게 나가서 돌아오지 않으면 마을 문에 기대어 기다린다."고 하였다.

9) 回春(회춘) : 싹트는 봄이 돌아오다는 뜻으로, 여기서는 '甦生하다'는 의미.

10) 巨創(거창) : 부친 李道長의 喪事를 일컬음.

11) 白蓮丹桂(백련단계) : 소과와 대과의 급제를 일컬음. 蓮榜은 司馬試인 生員科·進士科의 鄕試·會試에 합격한 사람의 이름을 적은 명부이니, 白蓮은 사마시 곧 小科에 오른 사람을 일컫는다. 桂籍은 과거에 급제한 사람을 적은 명부이니, 丹桂는 문과 곧 大科에 오른 사람을 일컫는다. 대과에 급제한 사람을 折桂라고 부른다.

12) 無似(무사) : 현인과 닮지 않았다는 뜻으로, '변변찮은 자질을 지녔다'라는 의미. 자기를 낮추는 말이다.

13) 欲報之德, 昊天罔極(욕보지덕, 호천망극) : 《詩經》〈蓼莪〉의 "그 은덕을 갚고자 한다면 저 하늘처럼 끝이 없을 것이다.(欲報之德, 昊天罔極.)"에서 나온 말.

幷魁兩解[16]，遂參蓮榜。辛卯[17]之歲，元禮[18]魁鄕解，元祿[19]魁蓮榜，元禎魁京解。今年又居魁於鄕解，亞元於殿試[20]，超敍[21]七品[22]，筮仕[23]于朝。以兄弟則一家三魁，以前後則五年七魁，近世[24]科名，罕與爲比。府君有知，寧不怡悅？而九原難作，嚴顔莫及。榮不奉對，祿不及養。罪大惡極，復有如子者乎？嗚呼！祖母今年八十有二，一疾彌留，痊蘇無期。孝思維則[25]，無間幽明，未知冥冥之中，果有默佑之理耶？憂病所縶，不遑省墓，還家閱月[26]，今始瞻掃[27]，不孝之罪，到此尤著。新恩[28]官奠，國有盛典。哀榮備至[29]，悲痛轉切。一哭階前，五內

---

14) 風樹先摧 : 부모가 돌아가셨음을 이르는 말.

15) 戊子(무자) : 仁祖 26년인 1648년.

16) 兩解(양해) : 解는 鄕解로 곧 鄕試를 이르니, 생원과 진사 두 향시를 일컬음.

17) 辛卯(신묘) : 孝宗 2년인 1651년.

18) 元禮(원례) : 李元禮(생몰년 미상). 이도장의 셋째아들이다.

19) 元祿(원록) : 李元祿(1629~1688). 조선 중기의 문신. 본관은 廣州, 자는 士興, 호는 朴谷. 洛村 李道長의 아들. 眉叟 許穆의 문하에서 수학하였다. 1651년 생원진사시에 합격하고, 1663년 식년시 을과에 장원으로 급제하였다. 이천현감·장연부사·의주부윤·부승지 등을 거쳐 예조참판·호조참판·대사간·대사헌 등을 역임하였고, 1680년 庚申黜陟으로 관직에서 물러나 안동에서 은거하며 말년을 보냈다.

20) 殿試(전시) : 조선 시대에, 覆試에서 선발된 사람에게 임금이 친히 치르게 하던 과거. 문과 33명, 무과 28명의 합격자를 재시험하여 등급을 결정하였는데, 특별한 사유가 없는 한 떨어뜨리는 법은 없었다.

21) 超敍(초서) : 남을 뛰어넘어서 뽑아 쓰는 것.

22) 七品(칠품) : 이원정이 尙衣院 直長이란 종7품직 제수받은 것을 말함.

23) 筮仕(서사) : 처음 벼슬함.

24) 近世(근세) : 近來.

25) 孝思維則(효사유칙) : 《시경》〈大雅·下武〉의 "길이 효심으로 사모하니 효심으로 사모하는 것이 곧 법칙이 되니라.(永言孝思, 孝思維則.)"에서 나온 말.

26) 閱月(열월) : 한 달 이상이 지남.

27) 瞻掃(첨소) : 성묘.

28) 新恩(신은) : 新來. 과거에 급제한 사람.

29) 哀榮備至(애영비지) : 생전과 사후 모두 영광스럽다는 말. 《論語》〈子張篇〉의 "살아서

如割。伏惟尊靈，庶賜降歆。

[歸巖先生文集，卷8]

이원정李元禎, 1622-1680

조선 중기의 문신. 본관은 廣州, 자는 士徵, 호는 歸巖. 아버지는 副應敎 李道長이며 어머니는 안동김씨, 아내는 벽진이씨이다. 1660년에 謝恩使의 書狀官으로 청나라에 다녀왔으며, 이듬해 동래부사가 되어 잘 다스렸다. 그 후 도승지·대사간·형조판서를 지냈다. 1680년 이조판서 때 庚申大黜陟으로 유배되었다가 杖殺 당하였다.

는 사람들이 모두 존경하고 죽어서는 사람들이 모두 애통하게 여긴다.(其生也榮, 其死也哀.)"에서 나온 말로, 子貢이 孔子를 평한 말이다.

백부 목사부군 제문
祭伯父牧使府君文

이건명

삼가 돌아가신 백부님[李敏章]께는 네 분의 형제가 계셨으니, 모두 대를 이어 시례(詩禮)의 유풍을 이었고 고관대작을 오르내리셨습니다. 가문이 크게 빛남을 귀신이 심히 꺼려 화(禍)가 중년에 미치니, 마치 불길이 활활 타는 것과 같았습니다. 저승 가는 머나먼 길을 모두 서둘러 가느라 이 세상을 떠나니, 공(公)만이 아무 탈이 없으셔서 둘째·셋째·넷째 동생들의 죽음을 슬퍼하셨습니다. 동생들 여읨을 깊이 슬퍼하시고 어린 조카들에게 은혜를 흡족히 베푸시니, 사당은 우뚝하고 뜰의 원추리 꽃은 시들지 않았습니다.

기쁜 일과 슬픈 일을 두루 겪을 때 먼저 곡(哭)을 하고도 뒤에 또 눈물을 흘리니, 지난 몇 해 사이의 비참한 변고는 지금 생각만 해도 곧장 두근거리옵니다. 근심과 울분으로 밤낮을 지내니 머리칼이 희어지고 마음이 병들어서, 기호(畿湖)를 두루 둘러보아도 집 지을 만한 땅이 없었습니다. 강가에 있는 집 사립문이 한쪽으로 치우쳐 있고 좋아하는 음식이 더러 떨어져 없는데도, 시끄러움을 사양하고 고요함을 취하면서 짚신에 죽장을 짚으며 마음껏 보냈습니다.

나이가 드시는지라 거의 백세에 이르시기를 바랐더니, 어찌하여 하루아침에 갑자기 세상을 떠나신단 말입니까? 서울에서 멀리 떨어지지 않은 지척에 있으면서도 미처 둘러앉아 모시지 못했지만, 부여 잡고 울부짖는 것은 때를 놓쳤어도 입관하고 장례하는 것은 차례로 치렀습니다. 아, 공의 지극한 덕은 옛사람에 비해 부끄러울 것이 하나 없었고, 지극히 겸손하여 몸을 낮추니 마음가짐도 두루 갖추었습니다. 제가 무슨 말을 하겠습니까마는 여러 사람들의 말도 한가지였으니, 천리마의 큰 기량을 제대로 펴지 못하시고 그 큰 기량으로 작은 고을들을 맡아 다스렸을 뿐입니다.

무릇 그 나머지로도 스스로를 닦고 구제하셨고, 이 어리석은 저를 돌아보시고는 자식 대하듯 똑같이 사랑하셨습니다. 영락한 집안 살림을 더욱 은혜로 보살펴주셨으니, 지금은 모든 것이 끝이 났을지라도 감히 가문을 실추시킴이 없게 하겠나이다. 물가의 풀은 골고루 푸르고 강둑의 버들은 봄이 되면 하늘하늘한데, 공께서는 이 언덕을 즐기실 것이지 어찌 차마 지금 버리신단 말입니까? 흰 배가 떠나려 하니 절하며 술 한 잔을 올리오나 마음이 다급하여 상세히 기록할 겨를이 없나이다.

祭伯父牧使府君文

惟我先君, 天倫有四[1], 詩禮箕裘[2], 簪笏[3]軒輊[4]。門闌所耀, 鬼神深

---

1) 天倫有四(천륜유사) : 형제가 4이 있다는 말. 이건명의 아버지 이민서는 종백부 李厚興에게 양자로 갔으나, 생부 李敬輿와 생모 豊川任氏 사이에서는 4남2녀 가운데 셋째아들이었다. 네 형제는 장남 원주목사 李敏章(1620~1694), 둘째 참판 李敏迪(1625~1673), 셋째 대제학·이조판서 李敏敍(1633~1688), 넷째 지평 李敏采(1635~1670)이다. 따라서 이 제문의 백부는 이민장을 가리키는 것이다. 자는 斐仲. 1651년 別檢, 1672년 延安府使로 선정을 베풀었으며, 1683년 靑松都護府使, 통정대부 原州牧使를 지냈다. 李頤命이 묘표를 지었고 사위 金鎭圭가 썼다. 아내는 都正 李楚老의 딸 咸平李氏이다.

忌, 禍延中歲[5], 若火斯熾。長途咸促, 世路逾閟, 公獨無恙, 哭仲叔季。哀深鴒原[6], 恩洽諸稚, 靈殿[7]巋然, 庭萱[8]不悴。歷閱歡悲, 先哭後淚[9], 頃年慘故, 念今卽悸。憂憤晝夕, 髮改心瘁, 徊徨畿湖, 起樓無地。江扉寄僻, 旨甘或匱, 辭喧就寂, 杖屨愜致。庶幾晚暮, 期頤[10]馴至, 云胡一朝, 遽超塵累[11]? 城闉[12]咫尺, 未及環侍, 攀號[13]已失, 殯襄[14]有次。嗟公至德, 古人無媿, 謙謙卑牧[15], 內行[16]咸備。小子何

---

2) 箕裘(기구) : 대를 이어 선조의 업을 잇는 것을 일컬음.

3) 簪笏(잠홀) : 머리엔 잠을 꽂고 손엔 홀을 쥔다는 뜻으로, 벼슬아치를 의미. 여기서는 고관대작을 이른다. 이민장은 원주목사, 이민적은 이조참판, 이민서는 이조판서, 이민채는 지평을 지낸 사실을 일컫는다.

4) 軒輊(헌지) : 오르내림. 軒은 수레의 앞이 높고 뒤가 낮은 것이고, 輊는 수레의 앞이 낮고 뒤가 높은 것이다.

5) 禍延中歲(화연중세) : 1694년에 죽은 이민장이 그보다 먼저 죽은 동생들, 곧 1670년 넷째의 죽음, 1673년 둘째의 죽음, 1688년 셋째의 죽음을 이름.

6) 鴒原(영원) : 형제간의 우애를 말하는데, 흔히 형제의 뜻으로 쓰임. 《詩經》〈小雅·常棣〉의 "물새가 언덕에 있으니, 형제가 위급함을 서로 구하네. 언제나 좋은 벗 있지만 길이 탄식만 할 뿐이네.(脊令在原, 兄弟急難. 每有良朋, 況也永歎.)"에서 나온 말이다. '脊令'은 곧 할미새로 '鶺鴒'과 같다.

7) 靈殿(영전) : 신주를 모신 사당.

8) 萱(훤) : 원추리꽃.(萱花) 일명 忘憂草라고 하는데, 唐나라 玄宗이 755년 안록산의 난이 일어나자 헤어져 있던 양귀비에게 잊지 않겠다는 의미로 이 꽃을 보냈다는 고사가 있다. 여기서는 원추리꽃이 시들지 않았다고 했으니, 이민장을 잊지 않고 있다는 의미이다.

9) 先哭後淚(선곡후루) : 먼저도 울고 나중에도 울었다는 뜻으로, 움직이지 말고 고요히 기다리면 좋은 기회가 있어 기뻐해야 함에도 그렇지 못했다는 의미.

10) 期頤(기이) : 100세.

11) 塵累(진루) : 세상살이에 얽매인 너더분할 일이라는 뜻으로, 여기서는 세상을 의미.

12) 城闉(성인) : 도성의 문이라는 뜻으로, 여기서는 서울을 의미.

13) 攀號(반호) : 상사를 당하여 매우 슬피 울며 가슴을 두드림을 일컫는 말. 옛날 黃帝가 용을 타고 승천할 때 땅에 떨어진 용의 수염을 지상에 남은 신하들이 부여잡고 號哭하였다는 고사에서 유래한 것이다.

14) 殯襄(빈양) : 殯殯襄葬. 입관하는 것과 장례하는 것.

15) 卑牧(비목) : 《周易》〈謙卦·初六·象辭〉의 "지극히 겸손한 군자는 몸을 낮춤으로써 자

述¹⁷⁾？ 輿言¹⁸⁾不二¹⁹⁾, 驥步²⁰⁾未展, 牛刀²¹⁾屢試。凡厥緒餘²²⁾, 修齊
以自, 顧余顚蒙, 均荷子視。零丁孤露, 盆恃恩庇, 今焉已矣, 敢曰毋
墜。汀草綠均, 岸柳春媚, 公樂斯丘, 豈忍今棄？ 素舸²³⁾將行, 拜奠單
觶, 情迫于中, 不暇詳記。

[寒圃齋集, 卷10]

신을 기른다.(謙謙君子, 卑以自牧.)"에서 나온 말.

16) 內行(내행) : 마음가짐.

17) 小子何述(소자하술) : 《論語》〈陽貨篇〉의 "공자가 '나는 말하지 않으련다.(子欲無言.)'
하니, 子貢이 '선생님께서 말씀하지 않으신다면 저희들이 어떻게 따르겠습니까?(子如
不言則小子何述焉.)' 하였다. 이에 공자가 '하늘이 무슨 말을 하던가. 그럼에도 네 계절
이 운행하고 만물이 생장하나니, 하늘이 무슨 말이 필요하겠는가?(天何言哉？ 四時行
焉, 百物生焉, 天何言哉?)' 하였다."에서 나온 말.

18) 輿言(여언) : 公論. 여러 사람들의 말.

19) 不二(불이) : 두 마음을 품지 않음. 《詩經》〈衛風·氓〉의 "그 남자는 확고한 신념이 없어
서, 자꾸만 이랬다저랬다 한다.(士也罔極, 二三其德.)"가 참고된다. 신념이 확고해서
세상과 타협하지 않음을 말하는 것이다.

20) 驥步(기보) : 천리마의 기량.

21) 牛刀(우도) : 牛刀割鷄. 큰 재능이 작은 일에 쓰임을 비유하는 말. 《論語》〈陽貨篇〉에
의하면, 孔子의 제자 子游가 武城의 수령이 되어 禮樂으로 고을을 다스리는 것을 보고
공자가 "닭을 잡는 데 어찌 소 잡는 칼을 쓰리오.(割鷄焉用牛刀.)"고 한 데서 나온 말이다.

22) 緒餘(서여) : 餘力. 남은 힘. 본업 이외에 하는 일.

23) 素舸(소가) : 칠을 하지 않은 허름한 배. 여기서는 상여를 일컫는다.

이건명李健命, 1663-1722

조선 중기의 문신. 본관은 全州, 자는 仲剛, 호는 寒圃齋. 아버지는 이조판서 李敏敍이고, 어머니는 좌의정 元斗杓의 딸이다. 노론 4대가(金昌緝, 李頤命, 趙泰采)의 한 사람이다. 좌의정을 지냈으며, 1721년에 왕세제 책봉을 주청하여 실현하였으나, 신임사화(1721~1722) 때 유배되었다가 賜死되었다.

백부 성건재부군 제문
祭伯父省愆齋府君文

강재항

아아, 애통하옵니다. 이 소자(小子)가 어찌 차마 말을 하겠습니까? 이 소자는 아비[姜鄹]를 잃고 오직 큰아버님[姜鄹]을 아버님처럼 여겼사옵니다. 지금 또 큰아버님을 잃었사오니, 이 소자는 장차 누구를 믿고 살아간단 말입니까? 큰아버님의 훌륭한 언행은 족히 한 집안의 모범이 되었습니다. 그러나 소자는 어리석고 둔하여 능히 그것을 알고 배울 수가 없었습니다. 오직 그 숨결과 호흡하는 기운을 통하여 오히려 밤낮으로 팔 다리를 부지런히 움직여서 만분의 일이라도 닮기를 바랐으나 이제는 끝나고 말았습니다. 이 소자가 어찌 차마 말을 하겠습니까?

이 소자가 어찌 차마 말을 하겠습니까? 큰아버님은 팔순을 넘게 사셨고 벼슬이 3품[知中樞府事]에 이르셨으며, 올바른 행실이 한 세상에 높이 존경받으셨고, 부모에 대한 효도와, 형제에 대한 우애를 가정에서 몸소 행하셨으며, 자손들도 번성하였습니다. 비록 빈궁한 처지로 낮은 신분에 있어서 계책을 우리 임금에게 올리지 못하고, 은택을 우리 백성들에게 미치지 못했을지라도, 이러한 구구한 것을 두고 또한 어찌 감히 하늘과 땅의 위대한 것에 대해서 유감스럽게 생각했겠습니까? 그러나 소자가 오늘 창천(蒼天)을 부르며 비통함을 길이 품는 것은 다만 평소 아버지이자 스승으로서 막중히 은혜와 사랑이 도타웠기 때문만이 아니라 다른 사람은 알지 못해도 하늘만은 아는 것이 있기 때문입니다.

아아, 애통하옵니다. 우리 집안이 효도하고 우애하였음은 세상이 아는 바입니다. 우리 종백조(從伯祖 : 姜恰)의 하늘을 감동시킨 행실은 예나 지금이나 보기 드문 일이었습니다. 선조를 닮아 선악을 잘 분간하신 이는 우리 큰아버님이십니다. 우리 할아버지와 할머니가 이미 일찍이 돌아가셨을 때, 우리 큰아버님과 아버님은 의지할 곳이 없고 제대로 걷지도 못하는 아이였으므로 오직 우리 종백조만을 의지하셨습니다. 부모를 일찍 여의어서 미처 슬퍼하지도 못하였기 때문에 낳아준 부모님을 위하여 힘든 일을 부지런히 하는 것으로 그 사랑과 공경을 다하셨습니다. 장성해서는 부모에게 효도하는 정성을 미처 행하지 못하였기 때문에 봄가을 제사를 받들 때에 효성을 다하여 그 인정과 예절을 극진히 하셨습니다. 우리 선친(先親)과의 우애는 더욱 돈독하여 아기처럼 보살피시고 엄부(嚴父)처럼 꾸짖곤 하셨습니다. 불행히도 우리 선친이 먼저 세상을 떠나자 종신토록 슬퍼하고 그리워하셨습니다. 숨을 거두려 할 즈음에 다른 일에 대해서는 언급하지 않았으나 슬픔을 견디지 못하고 오열하였으니, 오직 우리 선친을 생각했기 때문이었습니다. 외로이 남겨진 우리 형제들을 보살펴주심에 낳은 자식뿐만 아니라 곁에 있던 일가붙이와 외척들, 이웃과 마을 사람들까지 사랑하고 공경하며 즐거워하지 않은 이가 없었으니, 모두가 우러러보았습니다.

우리 강씨가 실낱같은 맥이 끊어지지 않고 지금까지 이어지게 한 분은 오직 우리 백부만 계실 뿐입니다. 조상이 기대고 믿는 바요,

가문이 의지하고 믿는 바요, 후손들이 본받는 모범이었으니 모두가 큰아버님께 달려 있었으나, 지금은 조상의 사당에는 주관할 이가 없고, 가문에는 사람이 없으며, 후손에게는 두려워하고 꺼려서 물리치게 할 사람이 없습니다. 오호라! 우리 가문을 끝내 폐하려는 것이옵니까? 선조님의 유업을 끝내 끊어지게 하려는 것이옵니까? 이것이 소자가 저 푸른 하늘을 부르짖으며 한없이 애통해하면서 그칠 수 없는 까닭입니다.

아아, 애통하옵니다. 큰아버님께서 이 소자의 못남을 모르시고서 기대를 걸고 권장하고 힘쓰신 것이 지극하였습니다. 그러나 소자는 재주와 식견이 미치지 못하고 실행하는 것에는 더욱 힘쓰지 않아서 우리 큰아버님께서 길러주신 은택을 저버렸으니, 소자가 더 무슨 말을 하겠습니까? 그렇지만 만일 말없이 도와주시는 것에 힘입어서 그대로 좇아 몸을 닦고 허물을 보완하여 위로는 선조들에게 더럽지 않고 아래로는 가문에게 욕되지 않는다면, 이것은 실로 큰아버님의 시종 한결같은 은덕이옵니다. 큰아버님께서는 부디 이 점을 살펴주시지 않으시겠습니까?

祭伯父省愆齋府君文

嗚呼慟哉! 余小子尙忍言耶? 余小子失父[1], 而惟伯父視若父也。今又失伯父[2]矣, 余小子將何恃而爲命耶? 伯父言行之美, 足爲一家之模範。

---

1) 父(부) : 姜鄩(1651~1720)를 가리킴. 본관은 晉州, 자는 叔鎭, 호는 潛溪. 姜恪의 아들이고, 姜䢡의 아우이다. 백부에게 양육되었다. 아내는 眞城 李世俊의 딸이다. 자제들을 엄하게 가르쳤으며, 효성이 지극하고 형제간에 우애가 도타웠다.

而小子頑愚, 不能識而學焉。惟其喘息呼吸之氣攸通, 尙夙夜勤勞四體, 以庶幾萬分一之肯似, 而今其已矣。余小子尙忍言耶? 余小子尙忍言耶? 伯父壽躋大耋[3], 爵至三品[4], 行誼高於一世, 孝悌[5]行於家庭, 子姓[6]蕃衍。雖貧窮在下, 謨猷不進於吾君, 利澤不及於吾民, 而是區區者, 亦何敢有憾於天地之大也[7]? 而小子今日呼號蒼天而長懷永慟者, 不但爲平日父師之重恩愛之篤, 則盖亦有人所不知, 而天獨知之者耶。嗚呼慟哉! 吾家孝友, 世所知也。我從伯祖[8]格天之行, 今古所罕聞也。而克肖克類, 惟我伯父也。我先祖考妣[9], 旣已早世, 惟我伯父及我先考, 零零偌偌, 惟我從伯祖是依。風樹之憾未逮, 而所以服勤[10]於伯叔父母[11]者, 盡其

---

2) 伯父(백부) : 姜鄯(1647~1729)을 가리킴. 본관은 晉州, 자는 子鎭, 호는 省愆齋. 아내는 안동 權華의 딸이다. 처음에는 鄭瀁으로부터 글을 배우다가 尹拯의 문인이 되었다. 1727년 壽職으로 副護軍에 제수되었고, 이어서 僉知中樞府事가 되었다.

3) 大耋(대질) : 나이 80세를 가리키는 말.

4) 三品(삼품) : 조선시대 中樞府의 정3품 堂上官인 僉知中樞府事를 가리킴.

5) 孝悌(효제) : 孝友. 부모에 대한 효도와, 형제에 대한 우애를 통틀어 이르는 말.

6) 子姓(자성) : 후손.

7) ≪中庸章句≫ 제12장의 "하늘과 땅처럼 위대한 것에 대해서도 사람들은 오히려 치우친 점이 있다고 유감스럽게 생각한다.(天地之大也, 人猶有所憾.)"에서 활용한 말.

8) 從伯祖(종백조) : 姜恰(1602~1671)을 가리킴. 본관은 진주, 자는 正吾, 호는 潛隱·二吾堂·潛老. 아버지는 의금부도사 姜胤祖, 어머니는 漢陽趙氏로 趙璹의 딸이다. 동생이 陶隱 姜恪이다. 신흠·김장생의 문인이다. 효행으로 천거되어 省峴道察訪을 거쳐 삼읍 현감 역임하였다. 1637년 三田渡의 치욕에 통분함을 누를 길 없어 沈長世·洪錫·鄭瀁·洪宇定 등과 함께 태백산 아래에 은거하여 太白五賢으로 불렸다.

9) 我先祖考妣(아선조고비) : 姜恪(1620~1657)과 그의 아내 南陽洪氏로 洪南勛의 딸을 가리킴. 강각은 평소 학문에 전념하였고, 평생 ≪소학≫을 높이 받들었으며 禮學에도 조예가 깊었다. 어려서부터 효성이 지극하였으며 일찍이 양친을 모두 여의어 밤마다 애통하면서 고기를 입에 대지 않았고, 추우나 더우나 성묘하는 것을 게을리 하지 않았다. 부모 사후에는 큰어머니 沈氏를 어머니처럼 섬기면서 밤낮으로 문안 인사를 드렸고, 새로운 음식이 있으면 늘 큰어머니를 먼저 맛보게 하였다. 1727년 壽職으로 副護軍에 제수되었고, 이어서 僉知中樞府事가 되었다.

10) 服勤(복근) : 힘드는 일에 부지런히 종사함.

愛敬。反哺之誠¹²⁾靡及，而所以致孝於春秋奠祀者，極其情文。與我先子，友愛尤篤，保若嬰兒而責若嚴父。不幸我先子¹³⁾卽世，終身悲念。及其屬纊之際¹⁴⁾，言不及他，而愴感嗚咽者，惟吾先子是思。撫我諸孤，不翅己出，傍及宗戚鄰里鄉黨，無不愛慕欣悅，爲其觀瞻。吾姜氏如線之緒，綿綿至今者，惟吾伯父在耳。宗祊¹⁵⁾之所憑恃，門戶之所依賴，子弟之所矜式，皆在於伯父，而今則宗祊無主矣，門戶無人矣，子弟無所畏憚而禁戢¹⁶⁾矣。嗚呼！吾家其遂替矣乎？先世遺澤，其遂斬矣乎？此小子所以呼號蒼天長慟，而不能已者也。嗚呼慟哉！伯父不知余小子之不肖，所以期望而責勵之者至矣。而小子才識劣，行又不力，以負我伯父生成之德，余小子尙何言哉？然倘賴冥佑嘿而相之，使飭躬補過，上不忝於祖先，下不爲門戶之辱，則是實伯父終始之賜也。伯父其尙鑒于玆否耶？

［立齋先生遺稿，卷17］

강재항姜再恒, 1689-1756

조선 후기의 문신. 본관은 晉州, 자는 久之, 호는 立齋. 처음에는 큰아버지 姜鄴 밑에서 배웠고, 다음에는 尹拯의 문인이 되었으며, 尹東源·權絿·申益愰 등과 교유하면서 講磨하기도 하였다. 1735년 학행으로 천거되어 將作監監役에 임명되었고, 이어 義盈庫主簿·京兆府主簿·懷仁縣監 등을 역임하였다.

---

11) 伯叔父母(백숙부모) : 남의 양자가 된 자가 자신을 낳아준 분을 일컬을 때 쓰는 말.

12) 反哺之誠(반포지성) : 제비 새끼가 다 자라서는 늙은 어미 제비에게 먹을 것을 물어다 준다는 뜻으로, 자식이 장성한 뒤에 부모에게 효도하는 것을 말함.

13) 我先子(아선자) : 先親.

14) 屬纊之際(촉광지제) : 임종을 달리하는 말.

15) 宗祊(종팽) : 조상의 사당이란 뜻이나, 여기서는 先祖 또는 조상이란 의미.

16) 禁戢(금즙) : 어떤 사람을 물리치거나 어떤 일을 하지 못하도록 금함.

백부 제문

祭伯父文

홍석주

아아, 애통하옵니다. 큰아버님[洪義謨]은 그래도 소자(小子)가 온 것을 알고 계십니까? 소자는 7,8세 이전부터 일찍이 하루도 큰아버님의 곁을 떠난 적이 없었고, 성인이 된 이후에도 또한 몇 개월 이상 그 곁을 떠난 적이 없었습니다. 비록 열흘 정도일지라도 교외로 나가면 큰아버님께서는 반드시 보고 싶어 하는 마음을 버리지 않으시다가, 집으로 돌아와 침상 앞에서 절을 올리면 입을 벌리시어 활짝 웃지 않은 적이 없으셨고, 이마를 어루만지며 기뻐하시고는 다시 떠나 갈까봐 걱정하셨습니다. 누가 3년 동안 헤어졌다가 천리를 분주히 달려와서 음성과 모습을 뵙고자 하는데도 까마득히 다시 뵐 수 없다고 이른단 말입니까? 아아, 하늘이여. 이 사람은 어떤 사람이란 말입니까?

몇 해 전 겨울, 동곽(東郭)에서 송별연을 열었을 적에 '다녀올 길이 그리 멀지 않다.' 여기고 훗날에 만날 때가 있기를 손꼽아 기다렸거늘, 일찍이 영원한 결별이 이 날일 줄을 알지 못했습니다. 바삐 떠나느라 한 번 절한 뒤로 문득 영원히 결별하였으니, 이것은 소자의 죄입니다. 겨울에는 봄을 기약하고 봄에는 가을을 기약하다가, 세상일에 얽매니 찾아뵈려는 수레가 여러 차례 막혔습니다. 그리하여 비록 마음이 아프지만 작은 정성을 펼치지 못했을지라도 오히려 내일을 기다리면 된다고 하였습니다. 마침내 3년 만에 돌아와 가만히 앉아서 영원한 한을 겪었으니, 이것 또한 소자의 죄입니다. 금년 가을에 서읍(西邑 : 成川)으로부터 돌아와 그제야 편찮으시다는 소식을 들었다가, 이내 약을 쓰지 않아도 절로 나을 것이라는 소식을 듣고서 근심거리가 사라져, 찾아뵈려던 것을 이내 그만두었습니다. 이럭저럭 세월을 흘러 보내다가 문득 이 지경에 이르렀으니, 이것은 또 소자의 죄입니다. 아아, 애통하옵니다. 이승에서의 이 한을 장차 어느 때에나 잊을 수 있겠습니까? 경내(境內)에 들어오면 장차 소식이 있을 것도 같았고, 집에 들어서면 장차 뵐 수 있을 것도 같았지만, 대청마루에 올라서는데 휘장이 걷어졌으니 천지가 아득하기만 하였습니다. 창자가 끊어지고 가슴이 막혀 목이 메도록 통곡했을 뿐이었습니다. 소자의 걸음이 열흘 전쯤이라도 조금 더 빨랐더라면 그래도 끝없는 애통함을 조금이나마 위로할 수 있었을 것입니다. 그러나 지금 끝내 이 지경에 이르렀으니, 이것들은 모두 소자의 죄입니다.

더 무슨 말을 하겠습니까? 더 누구를 원망하겠습니까? 지난밤의 꿈에서 불길한 조짐을 알려주었음에도 소자는 깨닫지를 못했습니다. 초가을의 편지에 말과 뜻이 처연하여 평소보다 매우 달랐는지라, 소자는 편지를 들고 섬뜩한 두려움이 생겨 마음이 오랫동안 편하지가 않았음에도 또한 멍하니 깨닫지를 못했습니다. 비록 소자가 어리석고 사리에 어두웠지만, 진실로 하늘은 착한 사람에게 복을 내리니 길인(吉人)은 오래 살아야 마땅합니다. 그래서 그동안 수양에 힘쓴 노력과, 근래 정정했던 존체(尊體)만으로도 또한 반드시 100세를 누려야 함은 의심할 여지가 없었습니다. 대저 세상의 운수와도 어긋나고 사람의 운명과도 어그러졌으니, 천도(天道)와 인사(人事) 다 믿지 못할 것이 있음을 누가 알았겠습니까? 아, 하늘이여. 이 사람은 어떤 사람이란 말입니까?

장례일에 오래 머물러 있을 수가 없고 타향에 오래 머물러 있을 수는 없어, 상여를 아침 일찍 명하여 약속이나 있는 듯 곧장 길을 떠나니, 강호의 옛 들판은 우리 큰아버님께서 평소 즐기시던 곳입니다. 아버님도 상여를 따르시고 소자도 곁에서 모시니, 모두가 우리 큰아버님께서 평소 가슴속에 담아두고 잊지 못하셨던 사람들입니다. 이승과 저승이 비록 떨어져 있을지라도 정성은 차이가 없으리니, 그 정성이 캄캄한 지하에 계시는 혼백을 위로하기를 바라옵니다. 또 소자가 온 줄 아시고 소자의 말씀을 들으신다면, 목 놓아 울부짖는 것조차 미처 다 못함을 가련하게 여기시기를 바라나이다. 아아, 슬픕니다. 아아, 애통하옵니다. 적지만 흠향하소서.

祭伯父文

嗚呼慟哉! 伯父[1]其尙知小子之來耶? 小子自髫齔[2]以前, 未嘗一日離伯父膝下, 自旣冠[3]以後, 亦未嘗踰數月而不在側。雖旬朔之間[4], 莽蒼之

---

1) 伯父(백부) : 洪義謨(1743~1811)을 가리킴. 본관은 豊山, 초명은 義榮, 자는 而中, 호는 何愚堂·今是軒. 아버지는 영의정 洪樂性이다. 金元行의 문인이다. 1763년 생원시에 합격하였으나 時世에 뜻이 맞지 않아 벼슬하지 않았다. 영조의 특제로 繕工監監役에 임명되었으나 사퇴하였다. 1775년 童蒙教官이 되고, 1802년 한성부판윤·개성부유수를 거쳐, 1806년 공조판서·형조판서를 지내고, 강원도관찰사에 보직되어 재임 중에 죽었다.

2) 髫齔(초친) : 다박머리에 이를 갈 시기의 어린아이. 곧 7,8세 정도의 아이이다.

3) 冠(관) : 冠禮. 성인이 되는 예식.

適, 伯父必爲之戀戀不置, 及其歸拜床前, 又未嘗不爲之啓齒而笑, 拊頂而喜, 唯恐其復去。孰謂其三歲離違, 千里來奔, 而聲容謦咳[5], 漠然不可以復承耶? 嗚呼天乎! 此何人斯? 頃歲之冬, 祖道[6]東郭, 謂前路之匪遐, 指後期之有時, 曾不知千古之訣, 在於斯日。惓惓一拜, 奄隔終天[7], 此小子之罪也。冬期于春, 春期于秋, 世故多絆, 行車屢尼[8]。雖悵微誠之莫展, 尙云來日之可竢。遂令再朞之間[9], 坐貽畢世之恨[10], 此又小子之罪也。今玆之秋, 返自西邑[11], 纔抱愆和[12]之憂, 旋聞勿藥之喜, 回慼爲忻, 欲行旋留。荏苒[13]拘掣, 奄及于此, 此又小子之罪也。嗚呼慟矣! 此生此恨, 將何時而可忘耶? 入境而若將有聞, 入門而若將有覿, 升堂褰帷而穹壤[14]茫茫。惟有膓摧胸塞, 失聲長號而已。使小子之行, 稍在於旬日之前, 則猶可以少慰無涯之慟。而今竟至此, 此皆小子之罪也。尙何言哉? 尙誰恨哉? 疇昔之夜, 夢寐告凶, 而小子不之悟。秋初之書, 辭旨悽楚, 大異平昔, 小子執書怵惕, 心爲之不怡者良久, 而亦昧然不之悟。是雖小

---

4) 旬朔之間(순삭지간) : 열흘 동안.

5) 謦咳(경해) : 윗사람을 만나 뵘을 이르는 말.

6) 祖道(조도) : 祖道祭. 먼 길을 떠날 때 무사하기를 비는 뜻으로 行路神에게 제사지내는 것을 말함. 옛적에 황제의 아들 累祖가 여행길에서 죽었으므로 후인이 행로신으로 모신다고 한다. 祖道宴이라고도 하는데, 전하여 送別宴을 의미한다.

7) 終天(종천) : 이 세상의 끝이라는 뜻으로, 영원이나 영구를 이르는 말.

8) 尼(니) : 그치게 하다는 뜻. 《맹자》〈梁惠王章句 下〉의 "가는 것을 가게하며, 멎는 것을 멎게 하다.(行或使之, 止或尼之.)"에서 그 용례가 보인다.

9) 再朞之間(재기지간) : 2년. 大祥 기간으로 2년이 걸린다.

10) 畢世之恨(필세지한) : 1812년 10월 홍석주의 부친상을 일컫는 듯.

11) 西邑(서읍) : 홍석주가 1811년 4월에 府使로 부임한 成川인 듯. 같은 해 9월에 홍의주 상을 당하여 귀향하였기 때문이다.

12) 愆和(건화) : 몸이 병들어 편안하지 못한 것을 높인 말.

13) 荏苒(임염) : 세월이 흘러감을 이르는 말.

14) 穹壤(궁양) : 하늘과 땅.

子之愚迷, 誠以上天祐善, 吉人[15]宜壽。而宿昔頤養[16]之力, 邇來康彊之
節, 又必享期頤[17]無疑也。夫孰知世運錯盩[18], 常理[19]舛迕, 而天道人
事, 俱有所不可恃者耶? 嗚呼天乎! 此何人斯? 靈辰[20]不可以久淹, 它鄉
不可以久留, 輀車[21]夙戒, 卽路有期, 江湖舊墅, 吾伯父平日之所樂也。
家親[22]隨車, 小子侍側, 皆吾伯父平日之所眷戀而不忘也。幽明雖隔, 精
忱無間, 其尙有以慰釋於冥冥之中耶。其又尙知小子之來, 聞小子之言,
而哀憐其號呼靡及也耶。嗚呼哀哉! 嗚呼慟哉! 尙饗。

[淵泉先生文集, 卷23]

홍석주洪奭周, 1774-1842

조선 후기의 문신. 본관은 豊山, 자는 成伯, 호는 淵泉. 할아버지는 영의정 洪樂性이
며, 아버지는 우부승지 洪仁謨(1755~1812)이다. 1795년 殿講에서 수석을 해 直赴殿試
의 특전을 받고, 그 해 춘당대문과에 갑과로 급제해 사옹원직장을 제수받았다. 1797
년 승정원주서가 되고, 1802년 정언이 되었으며, 1807년에는 이조참의가 되었다. 이
듬해 가선대부에 올라 병조참판이 되고, 1815년 충청도관찰사로 나갔다. 그 뒤 1832
년 兩館大提學을 거쳐, 1834년 이조판서가 되었다. 이어 좌의정 겸 영경연사 감춘추관
사 세손부를 제수받았다.

---

15) 吉人(길인) : 성품이 바르고 복스러운 사람.

16) 頤養(이양) : 頤神養性. 마음을 가다듬어 정신을 수양함.

17) 期頤(기이) : 100세.

18) 錯盩(착주) : 어그러짐.

19) 常理(상리) : 당연한 이치라는 뜻이나, 여기서는 사람의 운명을 일컬음.

20) 靈辰(영신) : 신령스런 날이란 뜻으로, 장례날짜를 의미.

21) 輀車(이거) : 관을 실은 수레로, 상여를 일컫는 말.

22) 家親(가친) : 남에게 자기 아버지를 높여 이르는 말.

중부 직장공 제문

祭仲父直長公文

송징은

지난 신해년(1671)에 하늘이 재앙을 혹독하게 내려 친어머니[富平李氏]가 돌아가시고 둘째아버님[宋光濂]도 또 돌아가셨습니다. 하루에 흉변(凶變)이 갑자기 거듭 닥쳤으니, 언제나 그때를 생각하면 속이 남모르게 다 탑니다. 수십 년 세월 속에 거듭 크나큰 슬픔을 겪게 되어 한 집안의 어르신들 반이나 유택(幽宅 : 무덤)으로 돌아가셨습니다. 저승에서 단란하게 모이시어 그 즐거움을 함께 누리시겠지만, 저는 혼자 이승에서 겨우 목숨을 부지하면서 이른 아침부터 밤늦도록 근심을 참고 있습니다.

생각건대 우리 둘째아버님은 타고난 자질이 걸출하셨으니, 남보다 출중한 지혜는 7,8세부터 지니셨습니다. 용만(龍灣)에서의 일은 누군들 탄복하지 않겠습니까마는, 어려서부터 사람들의 눈과 마음을 놀라게 하는 문장에 힘쓰시어 문장을 지으실 때면 빛을 발했습니다. 성균관에 유학하셨을 때 모든 서생들이 굽혔음에도, 검은 용[玄虯]이 진흙에 넘어질 때가 있듯 과거급제 길에 막혀 답답하였습니다.

메기가 대나무에 오르듯 미관말직으로 불우하게 보내시니, 사람들이 공을 늙게 하기가 어려우리라 하여 오래오래 장수하실 것으로 여겼습니다. 중년에도 이르지 못한 나이에 더욱이 요절까지 하시니,

타고난 재주도 해박하셨는데 어찌 그리도 복이 없고 팔자가 사납단 말입니까? 천도(天道)가 어긋나는 것은 헤아릴 수가 없나니, 소성(邵城)의 옛 무덤은 오래도록 누수(漏水)에 침식되었습니다. 그래서 장지(葬地)를 택하여 이장(移葬)해야 하는데 어찌 조금이라도 소홀하겠습니까마는, 묏자리 잡기가 어려워 몇 년이 지나고 말았습니다. 우리 숙부[宋光淵]께서 이 송악(松岳)을 맡아 다스렸었는데, 세상일의 변천이 빠르더니 문득 숙모[全州李氏]께서 돌아가셨습니다. 하여 숙모의 무덤을 먼 조상의 산소 곁에다 새로이 쓰는 바람에, 근처의 산속에다 다시 좋은 터를 잡은 이곳에 이장하려 하옵니다. 끝없이 넓은 강물을 붉은 만장이 무사히 건너니, 저 남쪽 기슭에 구덩이를 파서 도끼 모양의 봉분을 만들었습니다.

형제들이 빽빽이 모여 신령스런 검들이 회합하는 듯하고, 면례(緬禮 : 이장하는 일)가 임박하자 친지와 손님들이 전부 모였습니다. 조촐한 제수를 갖추어 술잔을 올리옵고 애도하는 글을 가지고 와서 곡을 하오니, 세월이 꽤 오래되었을지라도 애통하고 그리워하는 마음은 더욱 간절합니다. 음성과 모습이 희미하기만 하나 직접 보고 듣는 것만 같으니, 신령께서는 가버리지 마시고 흠향하시기를 바라나이다.

祭仲父直長公文

往在辛亥[1], 天降禍酷, 慈母見背[2], 仲父[3]又歿。一日之內, 凶變遽

---

1) 辛亥(신해) : 顯宗 12년인 1671년.
2) 見背(견배) : 친족의 죽음을 이르는 말. 여기서는 친어머니의 상을 이른다.
3) 仲父(중부) : 송광렴을 가리킴. 송징은의 할아버지 宋時喆(1610~1673)은 7형제를 두었

疊, 居常念及, 五情[4]潛爍。數十年間, 荐遭鉅慽[5], 一家尊親, 半歸幽宅[6]。泉下團會, 共與愉樂, 顧焉在世, 夙夜茹恤。念我仲父, 稟姿魁傑, 出人之智, 蓋自齠齔[7]。龍灣[8]一事, 孰不欽服? 早事劇鉰, 詞績艶發。出遊膠庠[9], 曹偶[10]皆屈, 玄虯蹶泥, 公車[11]滯鬱。鮎魚緣竿[12], 微宦拓落, 謂公難老[13], 將享耆耊。中身未及, 而又夭閼, 賦材閎博, 何命之薄? 天道爽鼇, 蓋不可測, 邵城[14]舊域, 久傷濼嘬[15]。擇兆移厝,

---

으니, 宋光淹·宋光濂·宋光洵·宋光浚·宋光淵·宋光涷이다. 송광엄(?~1681)은 첫째부인에서 슬하가 없었고, 둘째부인에서 딸만 셋이 있었다. 그래서 셋째동생 송광순의 맏아들인 송징은을 양자로 들였다. 송광렴(1629~1671)의 자는 道源. 尙衣院直長을 지냈다. 송광순(1632~1682)의 자는 道允. 1654년 식년시에 합격, 光陵參奉에 제수되었고 義禁府都事, 掌苑署別提, 掌隸院司評 등을 역임하였고, 橫城 및 唐津 현감을 지냈다.

4) 五情(오정) : 사람이 가진 다섯 가지 감정으로, 기쁨, 노여움, 슬픔, 욕심, 증오 등을 말함.

5) 鉅慽(거척) : 크나큰 슬픔이라는 뜻으로, 상사를 겪었음을 이르는 말. 송징은은 1671년에 친모상과 중부상을, 1673년에 조부상을, 1681년에 양부상을, 1682년에 친부상을, 1695년에 다섯째숙부상을, 1705년에 양모상을 겪었다.

6) 幽宅(유택) : 무덤.

7) 齠齔(초츤) : 이를 갈 7,8세의 어린이.

8) 龍灣(용만) : 義州의 다른 이름. 송징은이 지은 〈仲父直長公墓表陰記〉에 의하면, 8세 때 병자호란이 일어나서 오랑캐에게 잡혀 가 용만에 이르렀지만 기지를 발휘하여 되돌아왔다는 일화가 적혀 있다.

9) 膠庠(교상) : 周代의 학교 이름인데, 조선조의 成均館을 가리킴.

10) 曹偶(조우) : 曹는 무리라는 뜻이므로, 書生들이라는 의미.

11) 公車(공거) : 과거에 급제하는 것.

12) 鮎魚緣竿(점어연간) : 아무리 힘을 들여 풀려고 해도 잘 풀리지 않는 고난에 찬 상황을 비유적으로 이르는 말. 歐陽脩의 〈歸田錄〉에 의하면, 宋나라 梅聖俞가 시로 이름을 날리면서도 30년 동안 관직을 얻지 못하다가 만년에 《唐書》를 편수하게 되었을 때 "자유스럽던 원숭이가 푸대 속에 들어가 구속당하는 것 같다.(可謂猢猻入布袋矣.)"고 아내에게 호소하자, 그의 아내 刁氏가 "당신이 벼슬길에 오르는 것은 메기가 대나무 꼭대기에 올라가는 것과 무엇이 다르냐?(君於仕宦, 亦何異鮎魚上竹竿耶?)"고 한 데서 나온 말이다.

13) 難老(난로) : 不衰라는 말과 같으니, 늙게 하기가 어렵다는 뜻.

14) 邵城(소성) : 인천시와 부천시 일부 및 시흥시 일부를 포함한 지역.

寧容少忽？堪輿[16]難圖，屢更歲籥[17]。惟我叔父[18]，尹玆松岳，人事嬗變，奄哭閨閤[19]。新建兆宅，遠祖塋側，更占近岡，謀遷窀穸。淼淼江海，丹旐利涉，窆彼南麓，爰營斧屋[20]。天倫密邇，神劍會合[21]，緬禮[22]旣迫，親賓畢集。聊奠薄具，操文來哭，歲月寖久，痛慕彌切。曖曖音容，若接乎目，神其未泯，庶幾歆格。

[約軒集，卷11]

---

15) 灤囓(난설)：灤水. 중국 淮河의 지류인 渦水의 끝에 있는 강 이름. 周나라 文王의 아버지 王季를 과수의 끝에 장사지냈었는데 난수에 의해 그 무덤이 깎여나가 관이 드러난 일이 있어, 장지가 좋지 않은 것을 이른다.

16) 堪輿(감여)：죽은 사람을 묻는데 알맞은 장소를 구하는 이론. 풍수지리를 일컫는다.

17) 歲籥(세약)：한 해의 변천을 뜻함. 籥은 기절의 변화를 측정하는 갈대 대롱을 가리킨다.

18) 叔父(숙부)：宋光淵(1638~1695)을 가리킴. 조선 중기의 문신. 자는 道深, 호는 泛虛亭. 예조참의·황해도관찰사를 지냈고 춘천부사로 좌천되었다가 이듬해 병으로 돌아왔다. 진주목사·형조참의·개성유수·이조참판 등을 역임하였다. 성품이 강개하고 벼슬을 좋아하지 않았으며 오로지 학문을 했다는 평을 받았다.

19) 奄哭閨閤(엄곡규합)：송징은이 지은 〈叔母貞夫人全州李氏行狀〉에 의하면 숙부 송광연의 아내 전주이씨(1639~1694)가 죽은 것을 이름. 李正英의 딸이다. 閨閤은 閨房과 같은 말로 부녀자를 말한다.

20) 斧屋(부옥)：斧屋封. 《禮記》〈檀弓 上〉에 장사지낼 때에 무덤을 만드는 데에 있어서 공자의 말을 인용하여, "나는 封墳을 堂과 같이 하는 이를 보았고, 夏屋(문간의 행랑인데 넓으면서 낮은 집)을 덮은 것같이 하는 이를 보았으며, 도끼의 형상과 같이 하는 것도 보았다."고 한 데서 나온 말이다.

21) 神劍會合(신검회합)：춘추시대 吳나라의 匠人인 干將·莫邪 부부가 명검 두 자루를 만들어 雄劍을 간장이라 하고, 雌劍을 막야라 하였는데, 이들이 죽은 뒤에는 결국 그 쌍검이 延平津의 깊은 물속으로 들어가 雙龍으로 변했다는 고사를 염두에 둔 표현이다.

22) 緬禮(면례)：무덤을 옮겨서 다시 장사를 지내는 일.

송징은宋徵殷, 1652-1720

조선 중기의 문신. 본관은 礪山, 자는 質夫, 호는 約軒. 아버지는 현감 宋光洵이며, 어머니는 富平李氏로 찰방 李尙載의 딸이다. 친모상을 1671년 3월에 당하고, 백부 宋光淹에게 양자로 갔는데 1681년 양부상을 당하고, 1682년 2월 친부상을 당하고, 1705년 全州李氏 양모상을 당했다. 朴世采의 문인이다. 이조참의·대사성을 거쳐 개성유수로 나갔다가, 형조 및 호조참판 등을 지냈다. 박학하고 문명이 높았다.

중부 제문

祭仲父文

황덕길

    황덕길(黃德吉)은 공자(孔子)께서 '군자는 하늘을 원망하지 않고, 사람을 허물하지 않는다. 종일토록 말을 해도 제 원한으로 남을 원망하지 말 것이며, 종일토록 어떤 행동을 해도 제 허물로 남을 탓하지 말 것이다.'고 하신 말씀을 늘 외웠는데, 둘째아버님[黃道坤]께서 이르신 것을 들은 것입니다.

    둘째아버님은 세상에 태어나시어 45년을 사시는 동안 빈천(貧賤)을 조금도 개의치 않으셨고 기뻐하거나 성내는 기색(氣色)이 전혀 없으셨으니, 궁벽한 시골의 허름한 집에서 거친 음식조차 늘 제대로 채우지 못했습니다. 10년 동안 휘장을 드리우고 책을 소리 내어 읽으셨는지라, ≪서경(書經)≫의 〈상서(商書)〉와 〈주서(周書)〉가 지닌 뜻은 끝없이 넓고 아득하여 알기 어렵지만 진실로 이미 마음속으로 묘리(妙理)를 터득하셨습니다. 그러나 보기 드문 전아한 문장은 세상과 서로 맞지 않으니, 초야에 떳떳이 은둔하셨습니다. 이름을 이 세상에 드날리지 못하시니, 세상을 떠나셨어도 알아주는 이가 없었습니다. 알아주든 몰라주든 진실로 해로울 것도 없고 유익할 것도 없지만, 어찌 그리도 타고난 명(命)이 없단 말입니까? 남을 조금도 탓함이 없었으니, 하늘도 역시 믿을 수 없는 것이란 말입니까?

　오호라! 저의 선친(先親)의 형제 세 분 가운데 선친[黃以坤]께서는 맏이셨습니다. 덕길이 미처 이 세상에 태어나기도 전에, 선친께서는 자식들을 남겨두고 돌아가셨습니다. 그렇지만 다행히도 둘째아버님께서 어루만지며 길러주시고, 돌아보며 가르쳐주신 은혜에 힘입어 진실로 오늘날까지 살아 있습니다. 둘째아버님께서는 친자식처럼 사랑해주셨고 덕길은 친아버지처럼 받들었습니다. 제오씨(第五氏)는 이를 두고 사사로운 정이라 하나, 덕길은 그러하다고 믿어본 적이 없습니다. 지난해 가을, 둘째아버님께서 노곡(魯谷)의 남쪽에 새로이 몇 칸짜리 모옥(茅屋)을 지었고 우리 집도 또한 지었는데, 섬돌을 따라 오갈 수 있는 곳에 집을 나란히 하여 살았습니다. 가만히 혼자 생각하건대, 부모를 여의고 의지할 데 없던 제가 오직 둘째아버님을 대신 섬김에 있어 잠시도 떨어진 적이 없었으며, 학문을 닦으면서 자문하였고 근심스런 일이든 기쁜 일이든 모두 함께하였으니 이 또한 다행한 일이었습니다.

　그 누가, 이제부터 우리는 쓸쓸히 외톨이 신세이거늘 의지하지 않아도 된다 했단 말입니까? 덕길은 못나고 어리석음이 형편없어 하늘을 거슬러서 하늘이 우리 집에 재앙을 내려 갑자기 이처럼 닥친 것이니, 우리는 또 어찌 하늘을 원망하겠습니까? 그리하여 도리어 스스로를 탓할 뿐입니다. 아아, 슬픕니다.

祭仲父文

　德吉每誦"子曰：'君子不怨天，不尤人[1]。終日言毋以己之怨以怨，終日行毋以己之尤以尤[2]."蓋聞之仲父[3]云。仲父生於世四十有五年, 貧賤不能介於心, 喜慍不足著於色, 弊廬陋巷[4], 藜藿[5]常未充。十年下帷[6], 呻其佔畢[7], 帝典[8]臣謨[9], 灝灝爾噩噩爾[10], 固已妙契于中。然雅瑟希音[11], 見罵於齊門[12], 嘉遯[13]林下。名不出閭閻[14], 沒世而不見知。知

---

1) 《論語》〈憲問篇〉에서 공자가 "하늘을 원망하지 않으며, 사람을 탓하지 않는다. 아래로 인간 세상의 일을 배워, 위로 하늘의 이치를 통달하나, 나를 알아주는 것은 하늘일 것이다.(不怨天, 不尤人. 下學而上達, 知我者其天乎!)"고 한 말에서 나온 말. 이 구절은 또 《孟子》〈公孫丑章句 下〉에도 인용되어 있다.

2) 《孔子家語》〈子路初見〉의 "자기가 능하지 못한 것을 가지고 남을 의심하지 말 것이며, 자기가 능한 것을 가지고 남에게 교만하지 말 것이다. 종일 말을 해도 스스로에게 근심을 끼치지 않고 종일 어떤 행동을 해도 스스로에게 환난을 남기지 않는 것, 이는 오직 지혜로운 자라야 가능한 일이다.(毋以其所不能疑人, 毋以其所能驕人. 終日言不遺己之憂, 終日行不遺己之患, 唯智者能之.)" 구절을 활용한 것임.

3) 仲父(중부) : 황도곤(1727~1771)을 가리킴. 창원황씨 都正公派 黃昱(1694~1736)은 黃以坤(1719~1750), 黃道坤, 黃處坤(1733~1785) 3형제를 두었다. 장남 황이곤을 4촌형 黃最(1680~1750)에게 양자로 보냈고, 또 삼남 황처곤을 동생 黃昬(1698~1769)에게 양자로 보냈다. 따라서 이 제문의 주인공 仲父는 황도곤을 이른다. 자는 聖由. 아내는 林川趙氏(1721~1788)로 趙風仁의 딸이다. 황처곤의 자는 聖居이며, 아내는 連山徐氏(1732~1788)로 徐秉垡의 딸이다.

4) 陋巷(누항) : 가난한 시골살이를 말함. 《論語》〈雍也篇〉의 "한 대광주리의 밥과 한 표주박의 물을 먹으며 궁벽한 시골에서 사는 것을 다른 사람들은 견디지 못하는데 顔回는 그 즐거움을 고치지 않았다.(一簞食, 一瓢飮, 在陋巷, 人不堪其憂, 回也不改其樂.)"에서 나온 말이다.

5) 藜藿(여곽) : 명아주잎과 콩잎을 말하는 것으로, 빈천한 사람의 거친 음식을 뜻함.

6) 下帷(하유) : 휘장을 내리다는 뜻으로, 글 읽음을 의미. 漢나라 董仲舒가 장막을 내리고 외인과 떨어져 글만 읽은 데서 유래한 下帷攻讀이다.

7) 佔畢(점필) : 책을 보고 읊음. 佔은 본다는 뜻이요, 畢은 簡牘이란 뜻이다. 《禮記》〈學記〉의 "지금의 敎란 그 점필을 吟諷할 따름이다.(今人敎者, 呻其佔畢.)"에서 나온 말이다.

8) 帝典(제전) : 《書經·虞書》의 〈堯典〉·〈舜典〉을 가리킴.

9) 臣謨(신모) : 《書經·商書》의 〈仲虺之誥〉·〈湯誥〉와, 《書經·周書》의 〈康誥〉·〈大誥〉를 가리킴.

10) 灝灝爾噩噩爾(호호이악악이) : 광대하고 엄숙함을 이르는 말. 대개 읽기 어렵고 이해하기 까다로운 글을 비유한다. 揚雄의 《法言》에 "상서는 광대하고, 주서는 엄숙하다.(商書灝灝爾, 周書噩噩爾.)"고 한 데서 나온 말이다.

之不知[15], 固不爲損益, 而抑何其無命也[16]? 人無足尤焉, 惟天亦不可信耶? 嗚呼! 昔我先君[17]伯季[18]三人, 先君序居其一。德吉未生世, 先君棄諸孤。幸賴仲父撫育眷敎之恩, 寔存今日。仲父愛之猶子也, 德吉視之猶父也。第五氏自謂之私, 德吉未嘗信其然也。去年秋, 仲父新築數間茅於魯谷之南, 吾家又適成, 循除而往, 幷戶而居。私竊以爲孤露餘生[19], 惟當替事[20]不暫離, 學業以咨之, 憂喜以共之, 是亦幸也。孰謂今而已而吾其惸惸然孑立而莫之依乎? 德吉不肖無狀, 獲戾于天, 天其降割于我家, 遽至於斯, 吾又何怨乎天? 於是反而自尤焉。嗚呼痛哉!

[下廬先生文集, 卷12]

---

11) 雅瑟希音(아금희음) : 맑고 자연스러우며 보기 드문 문장을 비유적으로 이르는 말인 듯.

12) 見罵於齊門(견매어제문) : 세상과 서로 맞지 않음을 이르는 구절. 唐나라 陳商이 세상 사람들에게 맞지 않는 난해한 문장을 즐겨 썼는데, 韓愈가 일찍이 그에게 답한 편지에서, 어떤 사람이 피리[竽]를 좋아하는 齊宣王의 문에 비파를 가지고 가서 벼슬하기를 구했으므로, 끝내 벼슬을 얻지 못했다는 이야기를 비유로 들어 충고한 데서 나온 말이다. 세상과 맞지 않으면 아무리 유능하여도 쓰일 수 없다는 뜻이며, 전하여 세상과 서로 맞지 않음을 의미한다.

13) 嘉遯(가돈) : 出處去就를 치우치거나 모자람이 없이 곧고 올바른 도리에 맞게 하여 은둔한 것을 이르는 말. 《周易》〈遯卦·九五·爻辭〉의 "아름다운 은둔이니, 바르므로 길하다.(嘉遯, 貞吉.)"에서 나온 말이다.

14) 闤闠(환궤) : 저자거리라는 뜻이나, 여기서는 '속세 또는 이 세상'의 의미.

15) 《論語》〈爲政篇〉의 "아는 것은 안다고 하고, 모르는 것은 모른다고 하는 것이 아는 것이다.(知之爲知之, 不知爲不知, 是知也.)"에서 활용한 말.

16) 何其無命也(하기무명야) : 《莊子》〈雜篇·寓言〉의 "그 끝나는 바를 알지 못하는데, 어찌 천명이 없다고 하겠는가?(莫知其所終, 若之何其無命也?)"에서 나온 말.

17) 先君(선군) : 先親.

18) 伯季(백계) : 맏이와 막내라는 뜻이나, 여기서는 형제의 의미.

19) 孤露餘生(고로여생) : 어릴 때 부모를 여의고 의지할 데가 없는 사람.

20) 替事(체사) : 대신 섬김. 곧, 친부가 돌아가신 뒤에 태어난 황덕길이 중부를 아버지처럼 섬겼다는 뜻이다.

황덕길黃德吉, 1750-1827

조선 후기의 학자. 본관은 昌原, 자는 耳吉, 호는 下廬. 할아버지 黃最이고 아버지는 黃以坤(1719~1750)이며, 어머니는 白川趙氏로 趙景采의 딸이다. 安鼎福의 문인이다. 형 黃德壹과 함께 經傳 공부를 열심히 하고 제자백가서를 두루 읽어 15, 16세 때 벌써 學藝로 이름이 높아 친구가 많았다. 어머니는 시집간 지 겨우 3년 만에 남편이 세상을 뜨자, 두 아들을 훌륭하게 키웠다.

숙부 제문

祭叔父文

남구만

　갑자년(1684) 2월 9일에 조카인 대광보국숭록대부(大匡輔國崇祿大夫) 의정부우의정(議政府右議政) 겸 영경연사(領經筵事) 감춘추관사(監春秋館事) 홍문관대제학(弘文館大提學) 예문관대제학(藝文館大提學) 지성균관사(知成均館事) 남구만은 숙부이신 정헌대부(正憲大夫) 예조판서(禮曹判書) 겸 지경연의금부사(知經筵義禁府事) 동지성균관사(同知成均館事) 부군(府君)의 영구(靈柩) 앞에 감히 밝게 아뢰나이다.

　지난날 제가 일찍 가르침을 받았을 때, 숙부께서 말씀하시기를 "나와 너는 세대로 말한다면 존엄한 부자의 관계가 있고, 나이로 말한다면 가까운 형제의 관계가 있으며, 학업으로 말한다면 교제하는 벗의 관계가 있고, 벼슬로 말한다면 어깨를 나란히 하여 임금을 섬기는 의리의 관계가 있으니, 내가 너에게 바라는 것이 어찌 끝이 있겠는가?"고 하셨습니다. 이어서 우리 친족 가운데 인재가 없는 것과 자손들마저 번성하지 못한 것에 대해 말하고는 오랫동안 비탄에 잠기셨습니다. 그런데 지금 숙부께서 저를 버리시고 떠나셨습니다. 숙부께서 일찍이 저에게 가르쳐주신 것으로 오늘 제 마음의 슬픔을 미루어 보신다면 저의 슬픔을 알 수가 있을 것입니다. 어찌 한마디인들 더할 수 있겠습니까?

병환이 있을 때에도 오히려 조카가 병든 몸으로 관직에 있는 것을 걱정하여 말씀하시기를 "내 병은 이미 소용없으니 말할 것이 없다. 그러나 너 또한 벼슬길에 나아가기는 쉽고 물러나기는 어려운 것이 이와 같으니, 장차 나처럼 죽을 생각이로구나. 이 무슨 이치란 말인가?" 하셨습니다. 지금 이 조카는 새로 제수 받은 벼슬이 더욱 분수 밖에 벗어났으니, 만일 가르침과 경계하는 말씀을 힘입으려 한다면 누가 다시 저를 가르칠 것이며, 만일 재앙이 이르게 된다면 누가 다시 저를 경계하겠습니까? 아무리 부르짖어도 미칠 수가 없으니, 오장육부가 칼로 에듯 아플 뿐입니다.

이 몸이 벼슬에 매여 있고 나라에 국상(國喪 : 顯宗의 비 明聖王后의 상)이 있어서 숙부님 발인(發靷)하는 행렬을 또 따를 수가 없으니, 슬픔과 한스러움이 서로 맺힌 것을 어찌 다 말할 수 있겠습니까? 너무나 슬퍼서 글을 다 짓지 못했으나 이에 그칠 뿐입니다. 하늘이여, 하늘이여, 일러 무엇 하겠습니까? 적지만 흠향하소서.

祭叔父文

維歲次甲子[1], 二月丁酉朔, 初九日乙巳, 姪大匡輔國崇祿大夫議政府右議政兼領經筵事監春秋館事弘文館大提學藝文館大提學知成均館事九萬, 敢昭告于叔父[2]正憲大夫禮曹判書兼知經筵義禁府事同知成均館事府

---

1) 甲子(갑자) : 肅宗 10년인 1684년.

2) 叔父(숙부) : 남이성을 가리킴. 남구만의 할아버지 南斌(1589~1650)이 2남 1녀를 두었으니, 아들로 南一星(1611~1665)·南二星(1625~1683)이다. 남이성의 자는 仲輝, 호는 宜拙. 아버지는 평강현감 南斌이며, 어머니는 徐澍의 딸이다. 1657년 사마시에 합격, 1675년 인조의 계비이던 慈懿大妃의 服喪問題가 일어나서 영의정 金壽恒이 中途付處되

君之柩。昔者嘗承教於叔父曰：“吾與汝，以世則有父子之嚴，以年則有兄弟之親[3]，以業則有朋友之交，以宦則有比肩之義，吾之有望於汝者，其有旣乎？”因言宗黨之無人，嗣續之不蕃，悲咤者久之。今叔父棄我而逝矣。以叔父所嘗教我者，推今日我心之悲，悲可知矣。更何加一辭乎？當其疾病之時，猶以姪抱病而在職爲憂曰：“吾疾已矣，無可言者。汝亦易進難退如此，計將隨我而死矣。此何理也？”今姪新叨[4]盆出匪分，如曰教戒是賴爾則孰復訓我？如曰災孽將至爾則孰復警我？號呼莫及，五內如割而已。身係爵秩，當國有喪[5]，引紼之行，又不得從，悲恨交結，如何可極？哀不成文，而止斯矣。天乎天乎！謂之何矣？尙饗。

[藥泉集, 卷26]

자 남인 權大運을 규탄하고 김수항을 변호하는 상소문을 올렸다가 진도에 유배되었으며 배천(白川)으로 이배되었다. 1678년 풀려나 1680년 좌부승지에 이어 대사성이 되었는데, 이때 대동법의 폐단을 지적한 시무소를 올렸다. 홍문관부제학을 거쳐 예조참판에 재직하면서 동지 겸 사은부사로 청나라에 다녀와 예조판서를 지냈다.

3) 숙질 간의 나이 차이가 4살이기 때문임.

4) 新叨(신도)：1684년 1월 남구만이 우의정 된 것을 이름.

5) 當國有喪(당국유상)：顯宗의 비 明聖王后 청풍김씨가 1683년 12월 5일에 승하한 것을 이름.

남구만南九萬, 1629-1711

조선 중기의 문신. 본관은 宜寧, 자는 雲路, 호는 藥泉·美齋. 아버지는 현령 南一星이며, 어머니는 權睰의 딸이다. 宋浚吉의 문인이다. 1651년 진사시에 합격하고, 1656년 별시문과에 을과로 급제하여 이듬해에 正言을 지냈다. 1660년 이조정랑·執義·應敎·大司諫·承旨를 거쳐서, 1668년 安邊府使·전라도관찰사가 되고, 1674년 함경도관찰사가 되어 유학을 진흥시키고 변방수비를 다졌다. 숙종 초에 대사성·형조판서를 거쳐, 1679년 한성부좌윤을 지냈다. 西人으로서 南人을 탄핵하다가 南海로 유배되고, 이듬해 庚申大黜陟으로 남인이 실각하자 도승지·부제학·대제학·대사간을 역임하였다. 1683년 병조판서가 되어 廢四郡의 복치를 주장하여 茂昌·慈城 등 2군을 설치하였다. 이때 西人이 老少論으로 분열되자 소론의 영수가 되었으며, 1684년 우의정·좌의정을 거쳐, 1687년 영의정에 올랐다. 1689년 기사환국으로 남인이 득세하자 江陵에 유배되었다. 1694년 갑술옥사 때 다시 영의정에 기용되어, 1696년 중추부영사가 되었다. 1701년 禧嬪 장씨의 처벌에 대해 輕刑을 주장하다가 뜻을 이루지 못하고 퇴관, 經史·문장을 일삼았다.

숙부 제문

祭叔父文

김익

    아아, 애통합니다. 사람으로 백부·중부·숙부·계부의 상을 당한 자가 어찌 한정이 있겠습니까마는, 소자(小子) 같이 기막힌 한과 깊은 슬픔을 품은 자가 어찌 있겠습니까? 우환이 갈수록 더하는데도 보살펴드리는 예절에 정성을 다하지 못하다가, 상사(喪事)가 너무나 갑작스러워 돌아가시기 전에 미처 인사 한번 드리지 못했습니다. 아아, 애통합니다. 어찌 숙부[金相說]께서 이다지도 쉬 이 세상을 버리시어 소자로 하여금 기막힌 한과 깊은 슬픔을 품게 한단 말입니까?

    아아, 애통합니다. 숙부는 형제들 중 셋째이신데 백부[金相翊]께서는 젊은 나이에 세상을 떠나셨고, 경자년(1720)에는 중부[金相尹]께서 중년에 세상을 떠나시니, 숙부와 아버님[金相奭]은 서로 의지하여 사시며 단 하루라도 함께하지 못할까 걱정하셨습니다. 신임사화(辛壬士禍 : 1721~1722년 사이에 왕통문제와 관련하여 소론이 노론을 숙청한 사화) 이후로 시국이 험난하고 불운했던 때에 아버님은 호서(湖西)를 떠도셨으니 두 분이 멀리 떨어져 계신 지가 19년이었으며, 저 신유년(1741)에 이르러서야 비로소 도성에 자리를 잡아 살게 되었습니다. 다시 꾸준히 나아질 기회를 얻었는데, 얼마 지나지 않아서 아버님은 교주(交州 : 강원도 회양)에 제수하는 명(1744)을 받았고, 숙부도 또한 경기고을의 현감으로 제수되어 늙바탕에 각자 나뉘어 헤어지니 천리 먼 곳으로 떨어지게 되었습니다. 소자도 또한 어머니를 모시고 교주로 갔습니다. 아버님께서 숙부를 생각하는 것처럼, 숙부께서도 아버님을 생각는 것을 또한 알았습니다.

작년(1745) 가을에 배탈 설사가 심각하여 위중하다는 소식을 들으시고 아버님께서는 한달음에 달려가서 뵙고자 했으나 나랏일에 바쁘기 그지없어 가 뵙지를 못하자, 머리를 들고 애태우며 편안히 자지도 못하고 제대로 먹지도 못하셨습니다. 금년 초여름에 증세가 위급하다는 소식을 들으시고는 이내 벼슬을 던져버리고 서쪽으로 곧장 숙부의 임소에 다다랐으나, 며칠도 되지 않아서 이토록 지극히 애통한 상사(喪事)를 만났습니다. 아아, 애통합니다. 아버님이 오지 않았을 때엔 기다리심이 그리도 극진하시더니, 아버님이 오신 뒤엔 떠나가심이 어찌 그리도 쉽단 말입니까? 아아, 애통합니다.

소자가 교주(交州)에 있을 때에 모친이 지병을 여러 해 동안 몹시 앓고 계셔서 몸을 부축하며 보살펴드려야 했기에 잠시도 곁을 떠날 수가 없었으니, 한 번 찾아뵙고 싶었지만 그렇게 할 수가 없었습니다. 두 어르신을 모시고 서울에 돌아온 뒤, 어머님의 병환은 먼 길에 시달린 나머지 더욱 나빠져 숨결이 끊어질 듯 말 듯 하여 아슬아슬 위태롭게 하루를 넘기고 있는지라, 진위(振威 : 경기도 수원부 진위현)와의 거리가 90리에 불과한데도 또한 잠시라도 버려두고 갈 수가 없었습니다. 애타는 마음으로 오로지 몸이 회복되었다는 소식을 기다렸지, 어찌 5월 26일이 이토록 기막힌 한과 깊은 슬픔을 안길 줄을 생각이나 했겠습니까? 한 해나 앓은 오랜 병은 천고에 길이 빛날 행실로도 끝내 한번 뵙게 해주지 않으니, 하늘 탓입니까 사람 탓입니까?

이를 차마 할 수가 있단 말입니까? 아아, 애통합니다.

　숙부의 도타운 덕과 순수한 행실은 소자가 감히 똑같이 본떠 따를 수 없는 것이지만, 안빈낙도한 안회(顏回)와 자식이 없었던 등씨(鄧氏)에 견주더라도 하늘의 뜻을 알기 어렵다며 사람들은 또한 비통해 합니다. 소자는 이에 대해서 또 차마 붓끝으로 제기하여 말할 필요는 없고, 오로지 혼자 스스로 통곡하고 속으로 피눈물을 흘립니다. 아아, 애통합니다. 이승과 저승을 돌아볼 때 애간장이 찢어지고 녹습니다마는, 하늘과 땅처럼 이 애통한 마음이 어찌 끝이 있겠습니까? 아아, 애통합니다. 적지만 흠향하소서.

祭叔父文

　嗚呼痛矣! 夫人之喪諸父者何限? 而豈有如小子之抱至恨深痛者哉? 患憂彌篤, 不能效誠於扶護之節, 喪事遽忽, 未及一拜於易簀[1]之前。嗚呼痛矣! 何叔父[2]棄斯世若是易, 而使小子抱至恨深痛耶? 嗚呼痛矣! 叔父居昆季第三序, 而伯父早年捐背, 及至庚子[3], 仲父中道喪逝, 惟我叔父與我大人[4], 相依爲生, 或恐一日之不相將[5]也。辛壬[6]以後, 時事

---

1) 易簀(역책) : 《禮記》〈檀弓 上〉의 "내가 아직 바꾸지 못하는구나. 원아 일어나 이 돗자리를 바꾸라.(我未之能易也. 元起易簀.)"에서 나온 말. 죽었다는 뜻이다.

2) 叔父(숙부) : 金相說을 가리킴. 김익의 할아버지 金澔(1634~1699)가 4남을 두었으니, 金相翊(1652~1688)·金相尹(1674~1720)·金相說(1684~1746)·金相奭(1690~1765)이다. 김상열의 자는 汝任. 1714년 增廣試에 합격하였다.

3) 庚子(경자) : 肅宗 46년인 1720년.

4) 我大人(아대인) : 아버지를 높여 이르는 말. 金相奭을 가리킨다. 자는 君弼, 호는 市隱. 1718년 庭試文科 급제, 檢閱·正言을 역임, 1721년 辛壬士禍에 삭직되었다. 1724년 노론이 재집권하자 諫官으로 소론 李光佐·趙泰億 등을 탄핵, 南人 南九萬·崔錫恒 등의 종묘

險屯, 維時大人棲遑[7]湖外, 兩地[8]廻阻十有九年, 粤在辛酉[9], 始占京居。復得向也之源源[10], 曾未幾何, 大人承交州[11]之命, 叔父亦除畿縣, 老境分張, 千里夐濶。小子亦陪慈東下。以吾大人之思叔父, 亦知叔父之思吾大人也。昨年[12]秋承泄痢[13]沉重之報, 大人欲一鞭馳省, 而王事鞅掌[14], 不得自由, 矯首焦憂, 眠食不甘。今夏之初, 聞症候涉危, 乃投紱西上, 直抵任所, 不數日罹此至痛。嗚呼痛矣! 大人之未來也, 待之何其勤至, 大人之旣來也, 棄之何其容易耶? 嗚呼痛矣! 小子之在交州, 慈氏[15]宿恙, 閱歲沉苦, 扶將省護, 不可離捨, 雖欲一番往候而不能得矣。及夫陪兩老還洛也, 慈病又添於撼頓之餘, 神氣綿綴, 凜凜度日, 距振境[16]不過三舍[17], 而亦不得暫捨而抽往。左右煎慮, 惟待勿藥[18]之

배향을 반대했다. 校理·副修撰·義州府尹·漢城府右尹을 거쳐 判敦寧府事가 되었다.

5) 相將(상장) : 동반함.

6) 辛壬(신임) : 1721년과 1722년 사이에 일어났던 辛壬士禍를 일컬음. 왕통문제와 관련하여 소론이 노론을 숙청한 사건이다.

7) 棲遑(서황) : 몸 붙여 살 곳이 없음.

8) 兩地(양지) : 양쪽이란 뜻이나, 여기서는 두 분이라는 의미.

9) 辛酉(신유) : 英祖 17년인 1741년.

10) 源源(원원) : 근원이 깊어서 끊어지지 않는 모양.

11) 交州(교주) : 강원도 동북쪽에 있는 淮陽郡의 옛 이름. 김상석은 1744년 이 고을에 제수되었다.

12) 昨年(작년) : 김상열의 졸년이 1746년이므로 1745년임.

13) 泄痢(설리) : 배탈 설사.

14) 王事鞅掌(왕사앙장) : ≪詩經≫〈小雅·北山〉의 "누구는 부름도 전혀 받지 않고, 누구는 참혹하게 고생을 하며, 누구는 제멋대로 거드럭거리고, 누구는 나랏일로 정신없이 분주하누나.(或不知叫號, 或慘慘劬勞, 或棲遲偃仰, 或王事鞅掌.)"에서 나온 말. 이 시는 征役을 나간 周나라의 한 大夫가 자기만 유독 나랏일에 고생이 많음을 한탄하며 王의 불공정한 정사를 풍자하여 부른 노래라고 한다.

15) 慈氏(자씨) : 모친.

16) 振境(진경) : 경기도 水原府 振威縣.

17) 三舍(삼사) : 90리. 舍는 군대가 하루에 행군할 수 있는 거리로서 30리를 일컫는다.

報, 豈意五月二十六日, 遽抱此至恨深痛耶? 周歲久痾, 千古永行, 終未
得一詣承眄, 天耶人耶? 此可忍哉? 嗚呼痛矣! 叔父之厚德純行, 非小
子所敢模寫, 至於顔聖[19]之累空[20], 鄧氏[21]之無子, 天難諶斯, 人亦悲
之。小子於此, 又不忍提說於筆端, 惟以私自痛者, 入之數行。嗚呼痛
矣! 俯仰幽明, 腸摧肝蝕, 天長地久[22], 차통갈已? 嗚呼痛矣! 尙饗。

[竹下集, 卷19]

김익金熤, 1723-1790

조선 후기의 문신. 본관은 延安, 자는 光仲, 호는 竹下·藥峴. 아버지는 돈령부판사
金相奭이다. 1763년 정시문과에 급제하여 홍문관에 등용되었다. 이듬해 왕이 仁元王
后(肅宗繼妃)의 제삿날을 전후해서 매일같이 불공을 올리는 것에 반대하여 갑산에 유
배되었다. 풀려나온 뒤 應敎 등을 거쳐 1778년 대사헌이 되고, 1780년 예조판서로
冬至使가 되어 청나라에 다녀왔다. 1782년 우의정에 오르고, 1786년 다시 동지사은사
가 되어 청나라에 다녀왔으며, 1789년 영의정이 되었다.

---

18) 勿藥(물약) : 병이 완치되거나, 몸이 회복됨을 일컫는 말.

19) 顔聖(안성) : 공자의 제자 顔回.

20) 累空(누공) : 屢空. 안회의 安貧樂道를 일컬음.

21) 鄧氏(등씨) : 한나라 章帝의 황후 和熹. 아들 和帝가 일찍 죽었으나, 어진 덕이 있었다.

22) 天長地久(천장지구) : 하늘과 땅처럼 영원히 변함이 없음을 이르는 말.

계부 성균관생원공 제문
祭季父成均生員公文

임성주

　오호라! 소자(小子)는 못나고 어리석어 형편없었는지라 하늘로부터 죄를 얻어 20세가 되기도 전에 인자한 부친[任適]이 돌아가셨고, 또 10년도 되지 않아서 다시 아내[新昌孟氏]가 죽었으며, 올해 나이가 33세입니다. 그리고 자식 하나도 없사오니, 맹자가 말한 궁민(窮民 : 천하에 의지할 데 없는 백성)의 네 가지 가운데 남자와 관련된 세 가지를 소자는 진실로 다 갖추고 있으니, 근심 걱정을 하다가 어찌할 바를 몰라서 세상일에 다시는 뜻을 두지 않았습니다.

　그런데 유독 스스로를 위로하며 살아온 것은 우리 큰아버님[任選]과 막내아버님[任迥]이 계셨기 때문입니다. 의심나는 것이 있으면 질문을 하고, 일이 있기만 하면 아뢰면서 아버님을 섬기는 도리로써 받들었더니, 가르쳐 일러주시는 것에 거의 물들어서 갈 길을 잃은 아득한 마음에서 벗어날 수 있었습니다. 외롭고 쓸쓸한 이내몸도 또한 의뢰할 곳이 있어서 온전히 살아갈 수가 있었습니다. 불행히도 큰아버님께서 갑자기 한창 나이[58세]에 세상을 떠나시니, 제 마음은 천치마냥 만사에 의욕이 없었지만 마음에 간직한 오직 한 가지 생각은 항상 막내아버님의 곁을 잠시도 떠나지 않는 것이었습니다.

　하여 의지하고 우러러 뵙는 정성과 간절히 그리워하는 마음이 실로 이전보다도 몇 곱절은 더 커졌습니다. 언제나 스스로 '소자와 같이 아버님을 여읜 자가 세상 끝나도록 사모하는 정을 막내아버님께 부치지 않으면 누구에게 부치랴, 소자 같은 자가 평생 곤궁하고 기막힌 목숨을 막내아버님께 어찌 의지하지 않고 어느 누구에게 의지하랴?'고 생각했었습니다. 얼마 있지 않아 집을 옮기게 되면 아침저녁으로 모시고 기쁨을 함께 나누며 여생을 마치고자 한 것은 실로 소자가 평소 생각하여 계획한 것인데, 어찌 소자의 계획이 미처 이루어지지도 않았는데 하루아침에 예기치 않던 병으로 갑자기 천고에 길이 남을 한을 끼치신단 말입니까? 아득하고 아득한 푸른 하늘이여, 어찌 차마 이 같은 일을 하십니까?

금년(1743) 봄, 소자는 어머님을 모시고 여강(驪江)에서 서울로 돌아와 예전 살던 곳의 남쪽에 있는 집으로 옮겼습니다. 또한 그리 멀지 않은 곳으로 막내어머님을 옮겨 모시고자 하온데, 아침저녁으로 오가면 수십 년 전의 단란했던 즐거움을 이어서 소자가 계획했던 바를 이룰 수 있을 듯합니다. 그러나 필경에는 볼 수 있는 것이 막내아버님의 궤연(几筵)일 뿐이옵고, 들을 수 있는 것이 막내어머님과 착한 사촌누이가 원통하게 부르짖는 울음소리뿐이었습니다. 의심나는 것이 있어도 어느 누구에게 질문할 것이고, 일이 있어도 어느 누구에게 아뢰겠습니까? 집안에서는 눈물이 마를 때가 없고 집밖에서는 마음이 마른 나무와 같으니, 이른바 단란하다고 하는 것이 그 마음을 괴롭게 하고 그 슬픔을 더하는데 불과할 뿐이었습니다. 아아, 앞으로는 영원히 의뢰할 곳이 없고, 다시 스스로를 위로하며 살아갈 수가 없을 것입니다. 세상에 진실로 궁민(窮民)이 있다 한들, 어찌 소자와 같이 원통하고 지독한 자가 다시 있겠습니까? 아득하고 아득한 푸른 하늘이여, 어찌 다함이 있으리까? 아아, 소자의 마음은 이미 다 썩었고 애간장은 이미 다 녹았으니, 얼마 못 가서 막내아버님을 따라 죽을 것이옵니다. 오직 죽기 전에 막내어머님을 친어머님 같이 섬기고 착한 사촌누이를 친누이처럼 보살펴서 막내아버님의 혼령을 위로해 드려 제가 평소에 존경했던 마음을 저버림이 없게 할 따름입니다.

아아, 슬픕니다. 오호라! 하늘을 의심하고 귀신을 의심한다는 것은 이미 죽은 이를 애도할 때 쓰는 상투적인 말입니다. 하지만 막내아버님 같이 타고난 성품이 완전하며 기개와 도량이 단정하고 중후한데도 수명이 미처 50세를 채우지 못하셨고, 막내아버님 같이 문장에 나타난 말이 박학하고 뛰어나며 글 솜씨가 정교하였는데도 이름이 끝내 한 번도 과거에 오르지 못하셨으며, 심지어 막내아버님과 같이 인후한 덕, 관대한 도량이면 마땅히 하늘로부터 도움을 받아야 하거늘, 돌아가신 뒤에 처량히 대를 이을 자식 하나 없었으니, 이른바 착한 사람에게 복을 준다는 이치는 어긋나고 틀림이 너무나 심한 것입니다. 하인이나 아녀자까지도 탄식하고 크게 한숨짓지 않는 자가 없었으니, 슬퍼하고 애석히 여기는 뜻을 나타낸 것입니다. 더군다나 소자들은 어찌 가슴을 치며 목이 메도록 하늘에 부르짖고 귀신을 부르지 않을 수 있겠습니까? 아아, 원통하옵니다. 아아, 원통하옵니다.

막내아버님께서 돌아가신 뒤의 일은 진실로 마땅히 소자의 동생들에게 맡기겠으며, 또한 마땅히 3년 안에 의논하여 대를 이를 자를 세워서 그 상(喪)을 주관하도록 하겠습니다. 다만, 지금은 지목할만한 자가 어린 나이에 병들어서 실로 버티어나갈 가망이 없는 까닭에,

어머님은 차마 곧바로 허락할 뜻이 없어서 천천히 의논하고자 하십니다. 이 또한 인정상 어쩔 수 없는 것이고, 막내아버님의 마음이라도 역시 어찌 다르겠습니까? 이것은 소자들이 억지로 받들 수밖에 없어서 자세히 변통하여 처리하려는 까닭이옵니다. 막내아버님은 어두운 저승에서라도 이 작은 정성을 굽어 살피시고 죄로 여기지 마시기 바라나이다.

오호라! 막내아버님의 장례에 소자가 어머님 병환 때문에 갈 수가 없어서 마침내 부득이 글로 영결을 고하나이다. 지금 벌써 소상(小祥)이 닥쳐서 상복(喪服)을 벗으려는 때에 비로소 정신을 수습하여 이 슬픈 마음을 고합니다. 그러나 슬픔이 지극해서 글자로 제대로 나타낼 수가 없었고, 가슴속에 쌓인 것들을 백에 하나도 말하지 못했습니다. 막내아버님께서는 묵묵히 이해해주시기를 바랄 뿐입니다. 오호라! 정녕 죽은 것입니까, 아닙니까? 정녕코 죽은 것입니까, 아닙니까? 아아, 슬픕니다.

祭季父成均生貟公文

嗚呼! 小子不肖無狀, 獲罪于天, 未二十而失慈父[1], 又未十年而再喪耦[2], 今年三十有三矣。而未有一子[3], 孟子論窮民者四[4], 其屬乎男子

---

1) 失慈父(실자부) : 부친상을 당함. 임성주는 나이 18세 때인 1728년에 아버지를 잃었다.

2) 再喪耦(재상우) : 또 아내상을 당함. 임성주는 나이 20세 때인 1730년에 아내 맹씨를 잃었다.

3) 未有一子(미유일자) : 자식 하나 있지 않음. 임성주는 新昌孟氏 孟淑興의 딸, 恩津宋氏 宋洛源의 딸, 南陽洪氏 洪晚昌의 딸을 아내로 맞이하였으나 슬하에 자식 없이 사별하였고, 昌寧成氏 成道源의 딸을 아내로 맞이하여 2남2녀를 두었다.

者三, 而小子實備有之, 恤恤乎遑遑乎[5], 無復有人世之意矣。獨其所自慰而爲生者, 以有吾伯父[6]及公[7]耳。有疑則質, 有事則稟, 以所以事吾父[8]者事之, 庶幾孺染[9]敎詔, 得免於倀倀[10]。而此身之子子者, 亦有所依賴而得以全活。不幸伯父奄以盛年棄世, 則此心如癡, 萬事灰冷[11], 而耿耿一念, 常不離乎公之左右。依仰之誠, 戀慕之情, 實倍蓰于前

---

4) 窮民者四(궁민자사) : 鰥寡孤獨을 일컬음. 《孟子》〈梁惠王章句 下〉의 "늙었으면서 아내 없는 것을 홀아비라 하고, 늙었으면서 남편 없는 것을 과부라 하며, 늙었으면서 자식 없는 것을 독거자라 하고, 어리면서 부모 없는 것을 고아라 하나니, 이 네 가지는 천하의 곤궁한 백성으로서 하소연할 곳이 없는 자들이다.(老而無妻曰鰥, 老而無夫曰寡, 老而無子曰獨, 幼而無父曰孤, 此四者, 天下之窮民而無告者.)"에서 나온 말이다.

5) 恤恤乎遑遑乎(휼휼호황황호) : 韓愈가 과거에 급제하고도 벼슬길이 순탄치 못하자 당시 재상에게 올린 편지 〈上宰相書〉의 "예부의 과거 시험에 네 번 응시해서 겨우 한 번 급제하였다. 그 뒤 이부에 세 번 천거되었으나 끝내 이루어진 것이 없다. 그러니 9품의 말단 직위인들 바라볼 수가 있겠으며, 1묘의 허름한 누옥인들 생각할 수가 있겠는가. 사해 안에 돌아갈 곳이 없어서 어찌할 바를 모른 채, 배고파도 먹을 수 없고 추위도 입을 수 없는 걱정에 휩싸여 있다.(四舉於禮部乃一得, 三選於吏部卒無成, 九品之位, 其可望, 一畝之宮, 其可懷? 遑遑乎四海無所歸, 恤恤乎饑不得食寒不得衣.)"에서 나온 말.

6) 伯父(백부) : 임성주의 백부 任選을 가리킴. 임성주의 할아버지 任士元(1666~1702)은 4남1녀를 두었으니, 아들로는 任選(1683~1740)·任適(1685~1728)·任逸(1687~1724)·任逈(1698~1742) 등이다. 임성주의 백부 임선은 학식과 덕망이 높았으나 벼슬을 단념하여 明陵參奉에 그쳤다. 숙부 임일은 38세로 요절하였으며 자는 德休이다.

7) 公(공) : 임성주의 막내아버지 任逈을 가리킴. 자는 遠甫, 1721년 생원진사시인 式年試에 합격하였다.

8) 吾父(오부) : 임성주의 부친 任適. 자는 道彦, 호는 老隱. 송시열의 학통을 이어받은 권상하의 문인이다. 1710년 사마시에 뽑혀 진사가 되었고, 長寧殿參奉·掌苑署別提·양성현감 등을 거쳐, 1725년 함흥판관이 되어 2년간 재직하다가 실정을 탄핵받아 관직을 떠났다. 그 뒤 벼슬에 뜻을 버리고 오직 유가경전은 물론, 陰陽象律·醫方卜筮 등 다방면으로 서적을 섭렵, 이치를 궁구하여 이에 박통하였다. 5남2녀를 두었으니, 아들로는 任命周(1705~1757)·任聖周·任敬周(1718~1745)·任秉周(1724~1756)·任靖周(1727~1796)이고, 막내딸이 任允摯堂(1721~1793)이다.

9) 孺染(유염) : 좋은 행실을 남에게서 본받음.

10) 倀倀(창창) : 어디로 가야할 지 알지 못하는 모습을 이르는 말.

11) 灰冷(회랭) : 재처럼 차갑다는 뜻으로, 아무런 의욕이 없음을 비유한 말.

矣。每自以爲如小子風樹終天之慕，不於公焉寓之，于何焉寓？ 如小子一生窮阨之命，不於公焉依之，于何焉依？ 早晩移家，朝夕陪歡，以終餘年者，實小子所蓄積而經營，豈意小子之志未及成，而一朝无妄之疾，遽貽千古之遺恨耶？ 悠悠蒼天，胡忍爲此？ 今[12]春小子奉母西歸[13]，僦屋于舊居之南。而又將移奉季母於不遠之地，以圖其昕夕來往，若可續數十年前團圓之樂，而遂小子所經營者。而畢竟所見者公之筵几[14]耳，所聞者季母若淑妹冤號之聲耳。有疑而于何焉質？ 有事而于何焉稟？ 入焉而淚無乾時，出焉而心如槁木，所謂團圓，不過疚其心而益其悲爾。嗚呼！ 自今以後，永無依賴之所，而無復可以自慰而爲生者矣。世固有窮民者，豈復有如小子之冤且酷者哉？ 悠悠蒼天，曷其有極？ 嗟乎！ 小子之心已朽矣，膓已蝕矣，其幾何不從公以死也。惟是未死之前，事季母如吾母，撫淑妹如吾妹，以慰公長逝之魂，而毋負吾平日愛仰之誠而已。嗟乎悲夫。嗚呼！ 疑天疑鬼，已成悼死之常談。而若公禀賦之完健，氣度之端重，而壽未滿於五十，若公文詞之瞻敏，札翰之精工，而名未成於一第，而至若公仁厚之德，寬大之量，宜其受佑於天，而身後[15]凄凉，無一子以爲嗣，則所謂福善之理，乖舛[16]盡矣。輿儓[17]婦孺，不咨嗟太息，致其悼惜之意。況小子輩安得不拊心失聲叫天而呼鬼耶？ 嗚呼冤哉！ 嗚呼冤哉！ 公之後事，固當在於小子之輩弟，而亦當議立於三年之內，以主

---

12) 今(금) : 1743년.

13) 西歸(서귀) : 임성주가 27살 때 어머니를 모시고 驪江으로 거처를 옮겼었는데, 이때 다시 서울로 移居한 것을 일컬음.

14) 筵几(연궤) : 几筵. 죽은 사람의 靈几와 그에 딸린 모든 것을 차려 놓는 곳.

15) 身後(신후) : 死後. 죽은 뒤.

16) 乖舛(괴천) : 어긋나고 틀림.

17) 輿儓(여대) : 하인. 고대 중국에서 열 등급으로 나눈 백성들 중 가장 아래의 두 등급에 속하는 賤民 계급을 말한다.

其喪矣。但今所指擬者, 弱齡抱病, 實無支保之望, 故慈母之意不忍便許, 而欲徐徐議之。此亦人情之所不免, 而雖公之心, 亦豈異哉? 此小子輩所以黽勉奉承而委曲區處者也。公於冥冥之中, 庶幾有以鑑此微誠而不以爲罪矣。嗚呼! 公之葬也, 小子以親病不得赴, 迄不得以一字告訣。今則初期[18]已迫, 衰麻將除, 始欲收召神魂, 控此哀情。而哀極而文不能成, 胸中襞積[19], 百不吐一。公其有以默會也。嗚呼! 其然也否? 其不然也否? 嗚呼哀哉!

[鹿門先生文集, 卷23]

임성주任聖周, 1711-1788

조선 후기의 학자. 본관은 豐川, 자는 仲思, 호는 鹿門. 아버지는 함흥판관 任適이며, 어머니는 호조정랑 坡平尹氏로 尹扶의 딸이다. 李縡의 문인이다. 1733년 사마시에 합격하였으며, 1750년 世子翊衛司洗馬가 되고 侍直에 승진하였으나 잇따라 형제가 죽자 곧 사직하고, 1758년 공주의 鹿門에 은거하였다. 1776년 정조가 즉위한 뒤 동궁을 輔導하고 지방관을 지내다가 다시 녹문에 은거하여 학문연구로 여생을 보냈다.

---

18) 初期(초기) : 小祥.
19) 襞積(벽적) : 주름처럼 쌓임. 곧 겹겹이 쌓여 있음을 말한다.

고모부 권공 제문
祭姑夫權公文

윤증

숭정(崇禎) 을사년(1665) 8월 11일에 파평(坡平) 윤증(尹拯)은 삼가 술이며 닭으로 변변찮은 제물을 장만하여 고(故) 통훈대부(通訓大夫) 사도시 정(司䆃寺正) 월천(月川) 선생 권공(權公 : 權僑)의 묘에 올리고 고하나이다.

아아, 지초(芝草)와 난초(蘭草)의 특성은 다북쑥과 다르고, 구슬과 옥의 특질은 자갈과 같지 않으니, 서로 견주기도 전에 귀함과 천함은 본디부터 유다릅니다. 그러나 세상에 지초와 난초가 있어도 군자로서 마음먹은 바를 채울 수가 없고, 구슬과 옥이 있어도 성균관의 반열에 들 수가 없으니, 다북쑥과 자갈의 비웃음을 당하지 않는 것이 거의 드뭅니다. 이는 바로 굴원(屈原)이나 가의(賈誼) 같은 사람들이 한평생 곧고 바른 절개를 지니고서 세상을 원망하는 데에 이르게 되는 까닭이옵니다.

오직 고모부[權僑]만의 꽃답고 향긋한 덕은 한량없이 이어받을 만하고, 온화하고 윤기 있는 모습은 우람하기 짝이 없어 보배라 할 만한 것이어서, 속세의 사람들 속에 놓아두면 아무리 사람들이 많다한들 드러나 보였으니, 어찌 오늘날의 세상에서 쉽게 얻을 수가 있겠습니까? 뛰어난 재주가 겉으로 드러나더라도 그 바탕은 안으로 온전하시고, 얼굴엔 미소가 화락하더라도 그 지키는 바는 매우 곧으셨습니다. 선(善)을 좋아하고 의(義)를 경외하여 권세와 이권 좇는 것을 부끄러워 하셨고, 분수를 편히 여기고 빈궁을 그대로 받아들여 원망하지도 번민하지도 않으셨습니다. 그 재주와 지략, 풍채와 아취는 실로 옥당(玉堂)에 몸을 담고 경연(經筵)의 자리에 앉아야 마땅하였으며, 그 간결함과 담박함은 또한 아귀다툼의 풍조를 억누르며 어리석고 고지식한 사람을 권면할 만했습니다.

그러나 도리어 공문서를 다루고 쌀과 소금의 출납을 다루는 일에 그저 종사하며 지내다가 일생을 마치고 말았습니다. 아, 고모부의 평소 마음은 세상의 늙음을 탄식하고 지위가 낮음을 한탄하는 자처럼 그렇게 악착스럽지 않았음을 아노니, 눈을 감으신 이후에 영고성쇠를 어찌 굳이 고모부를 위한다고 하여 말할 것이겠습니까? 그리고 뛰어난 인재들이 날마다 사라지고 세상의 도가 날로 떨어지니, 어찌 우리를 위해서라도 깊이 애통하지 않을 수 있겠습니까?

아아, 소자가 고모부를 슬퍼하는 것은 또한 이보다 더 심한 이유가 있습니다. 초년에는 부모를 봉양하기 위해 벼슬길에 나아간 지극한 마음으로 말미암아 벼슬길에 나아가지 않고자 했던 뜻을 지키지 못하였고, 말년에는 검은 먹물로 쓴 교서를 피한다는 작은 혐의로 말미암아 진흙탕 속에서 더럽혀지는 불우를 면치 못하셨습니다. 때문에 깊은 골짜기의 맑은 향기가 다북쑥이 우거진 곳에서 스스로 변명해야 했으니, 누른 술이 들어 있는 옥잔과 같은 인재가 자갈 사이에 절로 섞이고 말았습니다. 결국 벼슬살이에 나아가서는 자신이 뜻했던 바를 펴지 못하셨고, 물러나서는 자신이 기약했던 바를 궁구하지 못하셨습니다. 그나마 다행스럽게 나이가 많지 않으셨는데도 벼슬살이에 이미 싫증이 나셨고, 머리야 희끗희끗했지만 기운이 쇠하지 않으신 터라, 장수를 누리면서 은둔하는 것으로 노년의 계획을 삼으셨는데, 고모부께서 갑자기 병이 들고 말았습니다. 고모부께서 평생 수립하신 것이 이에 그치셨으니, 어찌 진정 이른바 천명(天命)이 있다고 하는 것이 아니겠습니까?

아아, 부친[尹宣擧]은 고모부에게 서로 동기(同氣)이고 동지(同志)였습니다. 고모부는 소자에게 아버지이시면서도 스승이셨습니다. 그 정리와 의리가 어떠하겠습니까? 그럼에도 병든 데다 가난하여 제대로 인사를 드리지 못하였으니, 고모부께서 병환에 계신데도 곁에서 보살펴드리지 못했고 돌아가실 때에도 붙들어드리지 못했으며, 염할 때에도 쌀 한 숟가락 입에 물려드리는 반함(飯含)하지 못했고 장례할 때도 영결하지 못했습니다. 이승과 저승 간의 도리를 저버렸으니, 어찌 부끄럽고 애통함을 이루다 말할 수 있겠습니까?

아아, 옛날 고모부를 뵈었을 때, 좌측엔 하도(河圖)가 우측엔 경서(經書)가 있었고, 앞에는 거문고가 뒤에는 바둑판이 있었는데, 화색이 만연한 얼굴로 낭랑히 말씀을 들려주셨습니다. 이제 제가 이곳에 와 보니, 황량한 들판에 풀이 시든 데다 이슬이 하얗게 내렸고 바람만이 처량하게 불고 있사옵니다. 봉긋한 봉분 속에 편히 누워 계시면서 깨어나지 않으시니, 통곡을 해도 듣지 못할 것이나 흘린 눈물은 저 황천에 사무칩니다. 영령(英靈)께서는 어둡지 않고 밝으시니 부디 굽어 살피소서. 적지만 흠향하소서.

祭姑夫權公文

維崇禎歲次乙巳[1], 八月甲寅朔, 十一日甲子, 坡平尹拯, 謹以酒鷄薄
奠, 薦告于故通訓大夫司䆃寺正月川先生權公[2]之墓曰：嗚呼！ 芝蘭之
性, 異於蓬艾, 珠玉之質, 不同瓦礫, 不待相較, 而貴賤自別。然世有芝
蘭, 而不得充君子之佩[3], 珠玉而不得在東序[4]之列, 其不爲蓬艾瓦礫之
所笑者幾希, 則此屈賈[5]之徒, 所以終身耿介[6], 而至於怨尤者也。惟公
馨香之德, 藹然其可襲也, 溫潤之姿, 瓊然其可寶也, 置之於流俗人之
群, 雖千百而可見, 則豈可易得於今世也？ 文彩表見而其質內全, 色笑
樂易而其守甚貞。好善畏義而恥勢與利, 安分固窮[7]而不怨且悶。其才猷
風雅, 固宜盛玉堂[8]而倚金華[9], 其簡淡修潔, 亦可鎭躁競而礪頑鄙。顧

---

1) 崇禎歲次乙巳(숭정유세차을사) : 숭정은 명나라 毅宗의 연호(1628~1644)로, 명나라가
   망한 뒤에도 청나라 연호를 쓰는 것을 꺼려 이 연호를 사용한 것이니, 을사년은 顯宗
   6년인 1665년임.

2) 權公(권공) : 權㑥(1610~1665)을 가리킴. 본관은 安東, 자는 秀夫, 호는 月川. 蔭仕로
   나아가 큰 벼슬은 하지 않았지만 송준길, 송시열, 권시, 이유태, 윤선거 등과 교류하였
   다. 1633년 증광시에 합격하였다. 그는 윤황의 둘째딸과 혼인하였으므로 명재에게는
   고모부가 된다.

3) 佩(패) : 마음먹음. 마음속에 간직한 바를 의미한다.

4) 東序(동서) : 성균관의 별칭.

5) 屈賈(굴가) : 屈原과 賈誼. 굴원은 전국시대의 楚나라 문학가이자 三閭大夫. 懷王의 신
   임이 두터웠는데, 간신의 참소를 당하여 疏遠되매 〈離騷〉를 지어 忠諫하였으나 용납되
   지 아니하자 끝내 汨羅水에 빠져 죽었다. 한편, 가의는 西漢의 문학가이자 정치가.
   20세 때 文帝의 신임을 받아 博士가 되었다. 이듬해 太中大夫가 되어 개혁정치를 주장하
   다가 周勃 등 당시 고관들의 시기로 長沙王의 太傅로 좌천되었다.

6) 耿介(경개) : 절조가 곧고 깨끗함.

7) 固窮(고궁) : 道義를 고수하면서 빈궁한 처지를 편안하게 여기는 것을 말함. 《論語》〈衛
   靈公篇〉의 "군자는 아무리 빈궁해도 이를 편안히 여기면서 도의를 고수하지만, 소인은
   빈궁하면 제멋대로 굴게 마련이다.(君子固窮, 小人窮斯濫矣.)"라는 공자의 말에서 나온
   것이다.

8) 玉堂(옥당) : 弘文館. 고려시대에는 學士들이 임금의 자문에 응하는 일을 맡아보던 관아

乃浮沈埋沒於簿書米鹽之間10), 以終其身。噫知公之素心, 不肯與世之
歎老嗟卑者同其齷齪, 則瞑目之後, 榮枯屈伸, 何足爲公道哉? 而高才
日替, 世道日下, 安得不爲吾黨之深慟也? 嗚呼! 小子之悲公者, 又有
甚焉。初因奉檄11)之至情, 不克守東岡12)之志, 末爲避濕13)之小嫌, 未
免蹈泥塗之辱。以幽谷之淸芬, 自列14)於蓬艾之林, 以黃流之瑟瓚15),
自混於瓦礫之間。進未有以展其所至, 退未有以究其所期。尙幸齒未至
而仕已倦, 髮已蒼而氣未衰, 庶幾享用遐齡, 復我初服16), 以爲晩節之
計, 而公遽病矣。以公之平生, 其所樹立, 止於如此, 豈眞所謂有命也者
非耶? 嗚呼! 家尊17)之於公, 同氣18)也, 同志也。公之於小子, 父兄也,

였고, 조선시대에는 궁중의 경서, 문서 따위를 관리하고 임금의 자문에 응하는 일을
  맡아보던 관아였다.

 9) 金華(금화) : 金華殿. 漢나라 때 未央宮 안에 있던 궁전으로, 成帝가 일찍이 이곳에서
    《尙書》와 《論語》 등의 강론을 들었다. 후대에는 이를 인하여 經筵이나 書筵을 뜻하는
    말로 쓰였다.

10) 浮沈埋沒於簿書米鹽之間(부침매몰어부서미염지간) : 權儁이 1664년에 司䆃寺(사도시)
    正의 직임을 맡은 것을 이름. 사도시는 궁중의 미곡과 소금, 장을 담당하는 관부이다.

11) 奉檄(봉격) : 奉檄之喜. 부모를 봉양하기 위해 벼슬길에 나아간다는 말. 後漢의 毛義가
    가난하여 노모를 봉양하기 어려웠는데, 효행이 널리 알려져 수령에 제수하는 檄文이
    오자 "태수 사령장을 받고 기뻐한 것은 늙은 부모를 위해서이다.(奉檄而喜爲親屈也.)"
    에서 나온 말이다. 그러나 노모가 돌아가시자 벼슬을 그만두었다고 한다.

12) 東岡(동강) : 벼슬에 나가지 않고 물러나 지내는 장소를 뜻하는 말. 《後漢書》〈周燮傳〉
    의 "先世로부터 勳寵이 줄을 이었는데 그대만 어찌 유독 東岡의 비탈을 지키는가."에서
    나온 말이다.

13) 濕(습) : 鴉濕. 까마귀 빛깔 같은 검은 먹. 이 먹물이 아직도 마르지 않은 새로 쓴 교서란
    말인 듯.

14) 自列(자열) : 허물을 스스로 늘어놓음. 곧 변명하다.

15) 黃流之瑟瓚(황류지슬찬) : 《詩經》〈大雅·旱麓〉의 "아름다운 저 옥찬에 황류가 담겨 있
    도다.(瑟彼玉瓚, 黃流在中.)"에서 나온 말. 옥찬은 옥 손잡이에 바닥은 금으로 된 국자로
    강신제 때 쓰며 黃流는 누른빛의 울창주인데, 모두 귀한 인재를 뜻한다.

16) 初服(초복) : 벼슬하기 이전에 입던 청결한 옷. 곧, 벼슬을 떠나 은거하는 것을 말한다.
    屈原의 《離騷》에 "물러가 다시 나의 초복을 손질하리.(退將復修吾初服)" 하였다.

師友也。其情與義, 爲如何哉? 而病與貧俱, 人事不振, 病不侍而歿不扶, 殮不臨而葬不訣。孤負幽明, 慙痛曷勝? 嗚呼! 昔者拜公, 左圖右書, 前琴後棋, 眉宇[19]春敷, 德音[20]鍾亮。今我來斯, 荒原衰草, 露白風悲。宰如睪如[21], 長臥無覺, 哭不可聞, 有淚徹泉。爽魄不昧, 當賜鑑臨。尙饗。

[明齋先生遺稿, 卷33]

---

17) 家尊(가존) : 자기의 아버지를 높여 이르는 말. 尹宣擧(1610~1669)를 가리킨다. 본관은 坡平, 자는 吉甫, 호는 美村·魯西·山泉齋. 아버지는 대사간 尹煌이며, 어머니는 昌寧成氏로 成渾의 딸이다. 尹文擧의 아우이며, 尹拯의 아버지이다. 金集의 문인이다. 병자호란이 일어나자 가족과 함께 강화도로 피신하였다. 이듬해 강화도가 함락되자 처 이씨가 자결하였으나 평민의 복장으로 탈출하였다. 1651년 이래 사헌부지평·장령 등이 제수되었으나, 강화도에서 대의를 지켜 죽지 못한 것을 자책하고 끝내 취임하지 않았다.

18) 同氣(동기) : 형제와 자매, 남매를 통틀어 이르는 말.

19) 眉宇(미우) : 얼굴을 일컫는 말. 唐나라 房琯이 元德秀를 만날 때마다 "紫芝와 같은 眉宇를 대하면 그때마다 名利의 마음이 죄다 없어지게 된다."고 감탄한 데서 나온 말이다.

20) 德音(덕음) : 덕망 있는 사람의 말을 높여 이르는 말.

21) 宰如睪如(재여고여) : 《列子》〈天瑞〉에서 子貢이 孔子에게 편안히 쉴 곳이 없느냐고 묻자, 공자가 "반드시 안식할 곳을 찾으려 한다면 안식할 곳이 있기는 하다. 저 무덤을 보거라. 흙이 얹혀 있고, 그 속은 비어 있다. 그 바깥 모습은 불룩 나와 커다란 솥과 같다. 그곳이 바로 네가 편안히 쉴 곳이다.(有焉耳, 望其壙, 睪如也, 宰如也, 墳如也, 鬲如也, 則知所息矣.)"고 답한 데서 나온 말.

윤증尹拯, 1629-1714

조선 중기의 문신. 본관은 坡平, 자는 子仁, 호는 明齋·酉峯. 할아버지는 尹煌이다. 아버지 미촌 尹宣擧는 金集의 문인으로 일찍이 宋時烈·尹鑴·朴世采 등 당대의 명유들과 함께 교유하였다. 어머니는 李長白의 딸 公州李氏이다. 윤증은 俞棨와 宋浚吉, 宋時烈의 3대 師門에 들어가 주자학을 기본으로 하는 당대의 정통유학을 수학하면서 朴世堂·박세채·閔以升 등과 교유하여 학문을 대성하였다. 登科는 하지 않았지만, 학행이 사림 간에 뛰어나 遺逸로 천거되어 여러 벼슬에 임명되었으나 일체 사양하고 실직에 나아간 일이 없다. 그러나 그의 정견은 정치적 중요문제가 생길 때마다 상소로 피력하였고, 또는 정치당국자나 학인과의 往復書를 통하여 나타났다. 그러한 그의 정치적 성행이 서인의 노소분당과 그를 이은 당쟁에 큰 영향을 끼쳤을 뿐만 아니라 노론의 일방적인 정국 전횡을 견제하였다.

외숙 통정대부 이씨 제문
祭亡舅李通政文

이안눌

　외숙은 이름이 천록(天祿)이고, 경주 사람[경주이씨]이다. 신라 혁거세(赫居世)의 좌명공신(佐命功臣) 알평(謁平)의 후손인데, 고조부는 이름이 길안(吉安)으로 가선대부(嘉善大夫) 호초참판(戶曹參判)에 추증되었고, 증조부는 이름이 감(堪)으로 통정대부(通政大夫) 수전주부윤(守全州府尹)을 지냈고, 조부는 이름이 하신(夏臣)으로 봉직랑(奉直郎) 행 사용원직장(行司饔院直長)을 지냈으며, 선친은 이름이 양(暘)으로 절충장군(折衝將軍) 행 호분위(行虎賁衛) 부호군(副護軍)를 지냈다. 곧 나의 외조부이다. 외조부는 홍치(弘治) 임자년(1492) 10월 9일에 태어나 가정(嘉靖) 을유년(1525) 생원시에 합격하였다. 처음에는 광릉참봉(光陵參奉)에 제수되었다가 예빈시 주부(禮賓寺主簿)를 거쳐 현감을 4번이나 지냈으니 고창(高敞)·만경(萬頃)·안음(安陰)·진보(眞寶)이다. 관직으로 평시령 제용감 첨정(平市令濟用監僉正)을 역임한데다 나이도 80을 채우니, 국가의 전례(典例)에 따라 절충장군으로 관품이 승진하였다. 만력(萬曆) 경진년(1580) 12월 20일에 죽으니, 향년 89세였다. 교하현(交河縣 : 지금 경기도 파주)의 동쪽 본촌(本村)의 언덕에 장사 지냈다. 적실(嫡室)은 딸이 둘인데, 장녀는 김천(金泉) 찰방을 지낸 김색(金涑)에게 시집갔으나 후사가 없었으며, 막내는 바로 나의 어머니이다. 측실은 딸 하나 아들 하나인데, 딸은 율곡(栗谷) 이이(李珥) 선생의 측실이고, 아들은 곧 나의 외숙이다. 외숙은 가정 신해년(1551)에 태어나 일찍이 역군(役軍)에 뽑혔다가 상으로 당상관 품계의 첩지를 받았다. 작년에 나의 모친을 뵈러 우리 고을에 왔다가 금년 6월에 병으로 죽었는데, 고향의 선영 옆으로 옮겨다 장사지냈다.

만력 41년 계축년(1613) 7월 5일 생질(甥姪) 통정대부(通政大夫) 행 금산군수(行錦山郡守) 이안눌이 삼가 맑은 술과 계절 음식을 올리고, 돌아가신 외숙(外叔) 통정대부 이부군(李府君 : 李天祿)의 혼령께 경건히 제사를 지내나이다.

아, 훌륭하신 우리 외숙은 우리 외할아버지[李暘]의 핏줄인데, 효도하고 우애하는 마음씨는 천성에서 우러나온 것입니다. 3년간의 시묘살이는 자신을 해치는데 이르렀으나, 저 자로(子路)가 100리 길에 쌀 지고 온 뜻으로 효양(孝養)하여 능히 마치셨습니다. 거친 음식조차 배불리 먹지 못하면서도 제사 음식만은 한 번도 거르지 않으셨고, 만년에 더욱 가난했어도 자효(慈孝)의 도리를 삼가 다하셨습니다. 네 딸들은 시집을 가서 제 가정을 이루었고, 두 아들은 성인이 되어서 무과(武科)에 뛰어났습니다. 사람들은 이러한 경사를 일러 선을 쌓았기 때문이라 하였으며, 외숙 또한 직품(職品)이 있었으니 당상관의 첩지였습니다.

옛날 우리 외할아버지는 아흔에 한 살이 모자랐고, 외할아버지의 막내 동생[李岌]도 또한 나이가 여든이었습니다. 일흔 셋은 우리 외숙의 모친[高靈申氏]이었고, 일흔 여섯은 우리 어머니의 언니이었는데, 지금 우리 어머니도 여든 둘이십니다. 사람들은 외가를 일러 '어진 사람이 오래는 사는 가문'이라 하였으며, 외숙은 예순 셋이거늘 귀밑털이 아직도 희지 않았습니다. 외숙이 건강하시니 팔십이나 구십까지 사시리라 생각했거늘, 저 푸른 하늘은 갑자기 재앙을 내린다고 누가 말했습니까? 우리 어머니는 형제가 네 명인데, 비록 같은 어미가 낳은 것이 아닐지라도 한 몸에서 낳은 것과 같았습니다. 자매가 모두 죽으니 외숙이 유일한 남동생이었으며, 우애가 더욱 돈독하여 인지상정의 백배나 되었습니다.

우리 어머니께서 태어나신 날이 7월 29일인데, 같은 달 9일에 태어난 분이 우리 외숙이었습니다. 제가 남쪽으로 벼슬을 하게 되자 우리 어머니도 따라오셨는데, 어머니가 이 세상에 처음 태어나신 날을 위한 잔치에 참석코자 외숙도 이곳에 오셨습니다. 생신 잔치는 밤늦도록 촛불 밝혀 피리 불고 북을 치며, 축수(祝壽)의 술잔을 가득 채워 열 순배나 돌고 다시 돌았습니다. 외숙이 얼큰하게 취하자 우리 어머니 위안 받고, 외숙이 일어나 춤추자 우리 어머니 기뻐하셨습니다. 온 집안이 화락하니 사람들은 부러워하였고, 떠나기를 잠시 그만두려더니 해가 바뀌었습니다. 어찌 돌아갈 마음이 없었으랴만 우리 어머니 노쇠한 것을 염려하여, 차마 떨치고 가지 못하고 여기에서 마냥 즐겁게 보냈던 것입니다. 아침엔 즐겁게 이야기하고 저녁엔 기쁘게 웃으며, 봄부터 여름까지 그 즐거움이 가득하였습니다. 병마에 한 번 걸려서 한 달도 채 넘기지 못하였거늘, 세월은 빨리도 흘러 어느새 옛일이 되었습니다. 아아, 슬픕니다.

금산(錦山)의 산마루는 험준하고 금수(錦水)는 넘실대는데, 나와의 연고가 아니라면 어찌 타향에서 머물렀겠습니까? 백발이 성성한 늙은이를 노래 부르며 맞았거늘, 흰 상여에 붉은 만장으로 통곡하며 떠나보냅니다. 길 가는 사람도 슬퍼하는데 하물며 우리 어머니의 마음이야 운명을 탓하겠습니까? 시절을 탓하겠습니까? 슬픔이 하늘보다 높고 땅보다 깊습니다. 처한 곳이 고향이 아니니 신령도 오래 머물지 않았고, 상여 실은 수레도 고향을 향해 북쪽으로 갔습니다. 아아, 슬픕니다.

푸른 오동이 흔들리자 검은 매미가 일제히 우나니, 계절은 어제만 같거늘 세상을 떠난 지가 어찌 그리도 빨리 지났단 말입니까? 춤추는 모습이 눈에 아른거리니 마치 꿈인 듯한데, 작년엔 즐거웠으나 지금은 애통합니다. 이승의 혼백을 거두어 저승으로 가니, 오늘 이렇게 멀리 가면 어느 때에나 다시 뵐 수 있겠습니까? 임종할 때에 영결을 고하며 자상한 그 말씀으로 가난한 집을 부탁하시니 비 오듯 눈물을 흘렸습니다. 알뜰살뜰 잘 보살펴주기 바라면서 간절히 저버리지 말라고 하셨으니, 제 몸이 죽기 전에는 마땅히 외숙 살아계시듯 하겠습니다. 아아, 슬픕니다.

우리 어머니는 여기 계신데 우리 외숙은 어디에 가셨단 말입니까? 저 교하의 언덕은 우리 조상의 선영이 있습니다. 강과 언덕이 험난한데다 길마저 구불구불하고, 높이 구름이 짙게 끼어 있는데다 세찬 바람이 휙휙 지나갑니다. 상여 실은 수레가 출발하려 하니 길 제사를 지내기 위해 제수를 진설하고, 절하여도 뵐 수가 없는데 부여잡고 울어도 누가 듣겠습니까? 군수 벼슬은 법도가 있나니 장지에 가고 싶으나 갈 수가 없습니다. 이제 끝났습니다. 외숙이여! 하늘의 뜻을 어찌하겠습니까? 피눈물 훔치고 술잔 올리오며, 제문을 지어 마음을 다지나이다. 세월이 흘러갈수록 외숙이 그리워질 것입니다. 아아, 슬픕니다. 적지만 흠향하소서.

祭亡舅李通政文

舅諱天祿, 慶州人。新羅赫居世佐命功臣諱謁平[1]之後, 高祖諱吉安, 贈嘉善大夫戶曹參判, 曾祖諱堪, 通政大夫守全州府尹, 祖諱夏臣, 奉直郎行司饔院直長, 考諱暘, 折衝將軍行虎賁衛副護軍, 卽我外王父也。外王父, 生於弘治[2]壬子[3]十月初九日, 中嘉靖[4]乙酉[5]榜生員, 初授光陵參奉, 轉禮賓寺主簿, 爲縣監者四, 高敞 · 萬頃 · 安陰 · 眞寶。歷官平市令濟用監僉正, 以年滿八十, 依國典, 階陞折衝。卒于萬曆[6]庚辰[7]十二月二十日, 享年八十有九歲。葬于交河縣[8]東本村之原。嫡女二, 長嫁金公諱湸, 金泉察訪, 無後 ; 季我慈氏。副室女一男一, 女卽栗谷李先生副室, 男卽我舅氏。生嘉靖辛亥[9], 嘗用募賞受堂上階帖。去年, 來覲慈氏于郡, 今年六月, 病歿。歸葬[10]先墓側。

維萬曆四十一年歲次癸丑[11], 七月丁巳朔, 初五日辛酉, 甥通政大夫行錦山郡守[12]李某, 謹以淸酌時羞之奠, 敬祭于先舅通政大夫李府君之

---

1) 謁平(알평) : 신라 초기 斯盧六村 중의 하나인 閼川楊山村의 촌장. 서기전 57년 박혁거세를 왕으로 추대하고 나라이름을 서라벌이라 하였다.

2) 弘治(홍치) : 중국 明나라 孝宗의 연호(1488~1521).

3) 壬子(임자) : 成宗 23년인 1492년.

4) 嘉靖(가정) : 중국 明나라 世宗의 연호(1522~1566).

5) 乙酉(을유) : 中宗 20년인 1525년.

6) 萬曆(만력) : 중국 明나라 神宗의 연호(1573~1619).

7) 庚辰(경진) : 宣祖 13년인 1580년.

8) 交河縣(교하현) : 지금의 경기도 파주.

9) 辛亥(신해) : 明宗 6년인 1551년.

10) 歸葬(귀장) : 타향에서 고향으로 옮겨다 장사지냄.

11) 癸丑(계축) : 광해군 5년인 1613년.

12) 錦山郡守(금산군수) : 이안눌은 李泂과 경주이씨(李暘의 딸) 사이에 태어났지만 李泌과 綾城具氏 사이로 양자를 갔는데, 생모를 봉양하고 있던 仲氏 李安訥이 石城縣監에서 파직되자 1611년 9월에 생모를 봉양하기 위해 錦山郡守가 되어 1613년 10월까지 역임하였음.

靈。於鑠[13]我舅，後我外祖，孝悌之性，寔出天與。三年廬墓，致毀自中，百里負米[14]，爲養克終。藜藿不飽，蘋藻[15]無虧，晚以益婁，勤以盡慈。四女于歸[16]，成得其家，二男旣冠[17]，長武于科。人謂斯慶，緊善之積，舅亦有職，上大夫帖。昔我外祖，九十少一，外祖有季，亦年八十。★[18]　七十又三，惟我舅妣，★[19]　七十又六，惟我母姊，★[20]　今我慈氏，八十加二。人謂外家，仁壽[21]之門，舅六十三，鬢尙未銀。謂舅康寧，直至耇鮐，孰云彼蒼，忽焉降災？惟我慈氏，兄弟四人，雖不同生[22]，視若一身。姊妹俱殞，惟舅其子，友愛彌篤，常情寔百。惟慈氏降，七月上九[23]，是月中九[24]，生者我舅。我吏于南，我母我隨，初辰之讌，舅亦來斯。廣筵華燭，吹笙擊鼓，壽酒盈觴，一旬再擧。舅醉其

---

13) 於鑠(오삭) : 《詩經》〈周頌·酌〉의 "아, 훌륭한 왕사로, 어두운 때에 힘을 길러서, 때맞춰 큰 빛을 발하여, 크게 군사를 일으켜셨다.(於鑠王師, 遵養時晦, 時純熙矣, 是用大介.)"에서 나온 말.

14) 百里負米(백리부미) : 가난하게 살면서 부모에게 孝養하는 것을 비유한 말. 공자의 제자 子路가 어렸을 적에 가난하여 부모를 위하여 백리 밖에서 쌀을 구하여 지고 왔던 고사가 있다.

15) 蘋藻(빈조) : 제사 음식.

16) 于歸(우귀) : 시집감.

17) 冠(관) : 冠禮. 성인이 되는 예식.

18) 원문에 "작은 외할아버지는 이름이 岌으로 斂使를 지내셨는데다 나이 80을 꽉 채워서 또한 절충장군으로 관품이 승진하였다.(從外祖諱岌斂使, 以年滿八十, 亦陞折衝將軍.)"는 협주가 있음.

19) 원문에 "외숙의 생모는 고령신씨이다.(舅之生母高靈申氏.)"는 협주가 있음.

20) 원문에 "종숙모 김씨는 가정 신사년(1521) 9월 2일생이며 만력 병신년(1596) 11월 26일에 죽었다.(從母金氏, 以嘉靖辛巳九月初二日生, 卒于萬曆丙申十一月二十六日.)"는 협주가 있음.

21) 仁壽(인수) : 《論語》〈雍也篇〉의 "인자는 오래 산다.(仁者壽.)"에서 나온 말.

22) 不同生(부동생) : 같은 어머니가 낳은 것이 아님.

23) 上九(상구) : 그달의 29일을 이르는 말.

24) 中九(중구) : 그달의 9일을 이르는 말.

醮, 我母以慰, 舅舞以蹈, 我母以喜。一堂和樂, 談者稱榮, 徒御[25]姑止, 歲序聿更。豈不懷歸? 念我母衰, 未忍捨去, 於焉戲嬉。朝言愉愉, 夕笑嘻嘻, 自春徂夏, 其樂熙熙。二豎[26]纏繞, 曾不旬月, 六驥遽騁[27], 奄成今昔。嗚呼哀哉! 錦嶺礏礏, 錦水湯湯, 微我之故, 胡爲異方[28]? 蒼顔白鬚, 歌以迓之, 素幕[29]丹旐, 哭以送之。行路悽悲, 況我母心, 命耶時耶? 天高地深。境非吾土, 神不久留, 輀車載駕, 北歸故丘。嗚呼哀哉! 碧梧欲飄, 玄蟬齊咽, 節候如昨, 存亡何速? 婆娑[30]在目, 髣髴若夢, 去歲之娛, 今日之慟。斂此精魄, 就彼幽窴, 惟日而遜, 曷月其復? 臨絶告訣, 諄諄其語, 託以家徒[31], 涕泗如雨。庶幾呴濡[32], 毋負慇懃, 我身未死, 當如舅存。嗚呼哀哉! 我母斯在, 我舅焉適? 惟交之原, 我祖玄室[33]。川陸阻脩, 道路逶迤, 高雲靉靆, 迅風颸颸[34]。殯紼將發, 祖軷[35]式陳, 升拜罔覿, 攀號孰聞? 守官有制, 臨穴無緣, 已矣

---

25) 徒御(도어) : 도보로 가면서 수레를 끄는 자와 수레 위에서 말을 모는 자를 합해 일컫는 말. 여기서는 떠날 준비하는 것을 이르는 말이다.

26) 二豎(이수) : 病魔를 달리 이르는 말. 춘추시대 晉나라 景公의 꿈에 병마가 두 아이[二豎]의 모습으로 나타나 膏肓 사이에 숨는 바람에 끝내 병을 고칠 수 없었다는 고사에서 유래한 것이다.

27) 六驥遽騁(육기거빙) : 六驥騁缺隙. 세월의 빠름을 비유적으로 이르는 말.

28) 微我之故, 胡爲異方(미아지고, 오위이방) : 《詩經》〈國風·邶風·式微〉의 "쇠미하고 쇠미하거늘 어찌 돌아가지 않는고. 인군의 연고가 아니면 어찌 이슬 가운데에 있으리오? (式微式微, 胡不歸? 微君之故, 胡爲乎中露?)"를 활용한 말.

29) 素幕(소막) : 흰 장막이라는 뜻이나, 여기서는 상여를 가리킴.

30) 婆娑(파사) : 춤추는 모양. 《詩經》〈國風·東門之枌〉의 "동쪽 문에는 느릅나무, 완구에는 상수리나무, 자중의 따님들이 그 아래서 덩실덩실 춤을 추네.(東門之枌, 完丘之栩, 子仲之子, 婆娑其下.)"에서 나온 말이다.

31) 家徒(가도) : 家徒四壁. 가난한 집을 형용하는 말.

32) 呴濡(구유) : 애처롭게 여겨 알뜰살뜰 보살펴 주는 것을 말함.

33) 玄室(현실) : 先塋.

34) 颸颸(시시) : 바람이 휙 부는 모양.

我舅, 奈何乎天? 抆血以酹, 矢心以辭, 日往月來, 惟舅之思。嗚呼哀
哉! 尙饗。

[東岳先生集, 卷26]

이안눌李安訥, 1571-1637

☞54면 참조.

---

35) 祖軷(조발) : 祖奠. 상여가 묘소로 가기 위해 집을 나갈 적에 지내는 제사.

장인 제문

祭外舅文

안정복

　아아, 슬픕니다. 삼가 생각건대, 장인어른[成純]은 타고난 진실한 덕성, 세속을 뛰어넘은 고매한 행실을 지니시어 근본이 탄탄하고 몸가짐이 의젓하셨습니다. 말과 행동이 일치하여 안과 밖이 서로 바르셨으며, 겉치레를 하지 않으시고 자신을 오로지 갈고 닦으셨습니다. 사람들은 그 덕을 우러르고 집안사람들은 그 다스림에 교화되었으며, 효성과 우애가 아울러 지극하셨으니 천성에 근본한 것이었습니다. 친애하셨던 맹자(孟子)의 가르침을 후손들이 시로 읊조리며 가슴에 새기고 잃지 않으니 옛 성인들에게 부끄럽지 않았습니다. 숨겨진 덕을 그윽이 드러내어 향시(鄕試)에 이름 석 자를 올리셨지만, 명예며 부귀는 자신을 더럽힐까 피하시고 조촐히 지낼 뿐 다투지 않으셨습니다. 호남의 서쪽 모퉁이[전남 영광]는 진실로 아름다운 곳이었으니, 시골 늙은이로서 한가로이 유유자적하셨습니다. 세상에 나가지 않고 은거하는 건초고상(乾初蠱上), 이 이치를 길이 편안히 여기시니, 각박한 사람도 이에 돈후해지고 나약한 사람도 공경하여 분발하였습니다.

　아, 소자가 어린 나이에 장가를 들어 스스로 사위되기에 부끄러워했습니다만 장인어른은 얼음처럼 맑고 깨끗하셨습니다. 알을 품에 안듯이 하셨지 배척하여 물리치지 않으셨고, 말없는 가르침을 주시니 마음이 저절로 주의하고 깨우쳤습니다. 진실하고 믿음성 있는 말씀과 돈독하고 경건한 행실은 마음에 맹세하며 우러러 사모했거늘, 이제는 그마저도 끝이 났으니 만사가 구름처럼 흩어지고 말았습니다. 선(善)은 누구를 보고 쫓을 것이며, 학업은 누구에게 청하여 배울 것이란 말입니까?

소자의 운명이 기구하여 중도에 기이한 병에 걸려 처가에 머물러 있었으니, 을묘년(1735)에서 병진년(1736)까지였습니다. 온정을 베풀고 다독거려주시어 골육지친(骨肉之親)의 은정을 입으니, 가슴에 새겨 뼈에 사무치도록 매번 그리워하는 마음뿐 잊히지 않았습니다. 그러나 광릉(廣陵 : 경기도 廣州)에서 집을 짓고 살게 되면서부터(1736) 거리가 멀어서 찾아뵙기가 어려웠던 데다 또한 사람을 보내 안부를 여쭙는 것도 드물었습니다. 헤어져 있는 날은 많고 만나는 날은 적어 걱정하는 마음만 가득하니, 가정이 한가한 틈에 일 년에 한 번씩은 와서 뵈었습니다. 봄에는 대낮의 한적한 마루에서, 가을에는 한밤의 고요한 방에서 격의 없는 회포를 풀면 기대하시는 것이 매우 높았습니다. 제 보잘것없는 자질을 돌아보며 끝내 이루지 못할까 두려웠습니다만, 언제나 덕성스러운 장인어른의 모습을 그려보며 정신을 엄정히 가다듬곤 했습니다.

오래 사시어 800세까지 살았다는 저 노팽(老彭)과 나란하시기를 은근히 바랐더니, 어찌 한번 병에 걸린 것이 문득 재앙이 될 줄을 생각이나 했겠습니까? 갑자기 부고(訃告)를 받들고는 진짜 꿈인지 아닌지 눈이 휘둥그레졌고, 서쪽을 바라보며 길이 통곡하니 애간장이 끊어지고 눈물이 쏟아졌습니다. 하늘이 내리는 재앙이 아직 끝나지 않아서 어린 며느리도 불행을 당했으니, 덕 있는 가문이 거듭 재앙을 당하는 이치를 실로 말하기가 어렵습니다. 그렇지만 복(福)은 선(善)으로써 응하여 조화의 자루에 어긋나지 않을 것이니, 빛나고 빛나는 구슬 같은 자손들에게 못다 한 경사를 넉넉히 끼칠 것입니다. 저 직산(稷山)의 묘소를 바라보건대 진실로 장인어른이 명하셨던 곳으로 선영과 떨어져 있지 않으니 효심이 더욱 빛났습니다.

초상을 당하여 장례지낼 때까지 병이 들어 몸소 달려오지 못했으니, 살아서의 정분을 죽은 뒤에 저버린 것 같아 부끄러워서 마음이 마치 우물에 빠진 듯합니다. 이제 와서 곡을 하고 절을 하자니 바람과 이슬이 차갑습니다만, 그 옛날을 생각하노라면 슬픈 마음에 목이 멥니다. 공경히 술 한 잔을 올리오니, 바라건대 오셔서 흠향하소서. 아아, 슬픕니다.

祭外舅文

嗚呼哀哉! 恭惟我公[1], 稟天實德, 邁俗高行, 壇宇[2]坦夷, 操履[3]堅勁。言行一致, 表裏交正, 不脩邊幅[4], 自歸磨鋥。人仰其德, 家化其政, 孝友兼至, 本乎天性。親愛孟訓, 錫類[5]詩詠, 服膺勿失, 不媿往

---

1) 我公(아공) : 안정복의 장인 成純(1669~1745)을 가리킴. 자는 一卿. 1남4녀를 두었는데, 3녀가 안정복에게 시집갔다.

2) 壇宇(단우) : 壇은 堂基로 집터이고, 宇는 집 언저리이므로 일정한 지역을 가리키나, 여기서는 '근본'이란 의미. 《荀子》〈儒效篇〉의 "군자는 그 말에 근본이 있고 그 행동에 한계가 있다.(君子言有壇宇, 行有防表.)"에 나오는 말이다.

3) 操履(조리) : 몸가짐.

4) 邊幅(변폭) : 사물의 외모. 겉을 휘갑쳐서 꾸미는 것을 비유하는 말이다.

5) 錫類(석류) : 길이 복을 받을 사람이라는 뜻으로 효자를 가리키는데, 여기서는 후손이라는 의미. 《詩經》〈大雅·旣醉〉의 "효자의 효도 다함이 없는지라, 영원히 복을 받으리로

聖。幽光6)潛發, 鄕擧7)名姓, 聲利若浼8), 澹泊無競。西湖之隅9), 寔惟佳境, 山巾野服10), 婆娑游沫。乾初蠱上11), 此理永靖, 薄夫斯敦, 懦者起敬12)。嗟余小子, 早歲委娉13), 自慙玉潤14), 公實氷鏡。如卵以翼, 不斥而屛, 無言之敎, 心自戒警。忠信篤敬15), 矢心欽景, 今焉已矣, 萬事雲迸。善從何觀? 業從何請? 小子命舛, 中嬰奇病, 留滯甥舘16), 自

다.(孝子不匱, 永錫爾類.)"라는 말에서 나온 것이다.

6) 幽光(유광) : 남에게 알려지지 아니한 덕.

7) 鄕擧(향거) : 각 도에서 그 도 안의 선비에게 보이는 初試.

8) 若浼(약매) : 주위의 좋지 않은 것들이 마치 자신을 더럽힐 것처럼 여겨 피함.

9) 西湖之隅(서호지우) : 전남 영광을 가리킴.

10) 山巾野服(산건야복) : 산골과 촌에 사는 사람의 소박한 복색.

11) 乾初蠱上(건초고상) : 《周易》〈乾卦·初九〉에 "잠긴 용이니 쓰지 말라.(潛龍勿用.)"하고, 〈蠱卦·上九〉에 "왕후를 섬기지 아니하고 그 일을 고상히 함이라.(不事王候, 高尙其事.)"한 것을 이르는 말. 세상에 나가지 않고 은거함을 말한다.

12) 薄夫斯敦, 懦者起敬(박부사돈, 유자기경) : 《孟子》〈盡心章句 下〉의 "백이의 풍도를 들은 자는 탐욕스런 사람도 청렴해지고, 나약한 사람도 홀로 불굴의 뜻을 세우게 되며, 유하혜의 풍도를 들은 자는 각박한 사람도 돈후해지고 비루한 사람도 너그러워진다. 백대 이전에 분발해서 일어났던 사실이 백대 이후에 듣는 사람들로 하여금 감동하지 않는 사람이 없게 하니, 성인이 아니고서야 어찌 이와 같을 수 있겠는가?(聞伯夷之風者, 頑夫廉, 懦夫有立志, 聞柳下惠之風者, 薄夫敦, 鄙夫寬, 奮乎百世之上, 百世之下, 聞者莫不與起也, 非聖人而能若是?) 구절을 활용한 말.

13) 早歲委娉(조세위빙) : 안정복은 18세 때 결혼한 사실을 이르는 말.

14) 玉潤(옥윤) : 사위가 됨. 晉나라 樂廣이 衛玠를 사위로 맞아들였는데, 이에 대해서 裴叔道가 "장인은 얼음처럼 맑고 사위는 옥돌처럼 윤이 난다.(婦公氷淸, 女婿玉潤.)"고 한 데서 나온 말이다.

15) 忠信篤敬(충신독경) : 《論語》〈衛靈公篇〉에 공자가 子張에게 "말이 충신하고 행실이 독경하면 비록 오랑캐 땅일지라도 행해질 것이다.(言忠信, 行篤敬, 雖蠻貊之邦, 行矣.)"라고 답한 말에서 나옴.

16) 甥舘(생관) : 사위가 거처하는 방을 뜻하나, 여기서는 처가에서 더부살이하고 있음을 의미함. 《孟子》〈萬章章句 下〉의 "순이 올라 요임금을 뵈었을 때, 요임금이 사위에게 부궁을 주어 유숙시키고 또한 향연을 베풀어 번갈아 서로 객이 되기도 하고 주인이 되기도 했으니, 이는 천자로 필부를 벗하심이다.(舜尙見帝, 帝舘甥于貳室, 亦饗舜, 迭爲賓主, 是天子而友匹夫也.)"에서 나온 말이다.

乙至丙[17]。煦濡撫摩, 骨肉恩俀, 銘感次骨[18], 每懷耿耿。自寓廣陵[19], 道里[20]紆夐, 旣難造謁, 又罕伻偵。別多會少, 憂心怲怲[21], 家庭乘暇, 歲一來省。春堂晝寂, 秋房夜靜, 忘形[22]托懷, 期許[23]太盛。顧此賤質, 恐難究竟, 常瞻德容, 神氣脩整。窃期遐籌, 老彭[24]與幷, 何意一疾, 遽爾爲眚? 遄承訃書, 眞夢疑瞠, 西望長慟, 腸摧涕鯁。天未悔禍, 穎婦[25]不幸, 德門荐罹, 理實難評。福以善應, 不差化柄, 燦燦珠樹[26], 裕後餘慶。瞻彼稷阡, 式公所命, 不離先兆[27], 孝思愈炳。自喪及襄, 病未躬騁, 慙負幽明, 心如溺穽。今來哭拜, 風露凄冷, 撫念疇昔, 悲思塡哽。恭薦泂酌[28], 庶幾來饗。嗚呼哀哉!

[順菴先生文集, 卷20]

---

17) 自乙至丙(자을지병) : 안정복이 창녕성씨와 결혼한 것이 1729년이고 그의 장인 성순의 몰년이 1745년이므로, 을년과 병년은 곧 을묘년(1735)과 병진년(1736)임.

18) 次骨(차골) : 뼈에 사무침.

19) 廣陵(광릉) : 경기도 廣州. 안정복은 1736년 廣州 德谷里에 집을 짓고 정착하였다.

20) 道里(도리) : 거리.

21) 憂心怲怲(우심병병) : 《詩經》〈小雅·頍弁〉의 "좋은 분 만나지 못해 시름 가득하던 마음, 좋은 분 만나 이 마음 좋아라.(未見君子, 憂心怲怲, 旣見君子, 庶幾有臧.)"에서 나온 말.

22) 忘形(망형) : 형체를 잊는다는 뜻으로, 격의 없다는 의미.

23) 期許(기허) : 期待.

24) 老彭(노팽) : 800세를 살았다는 彭祖. 이름은 籛鏗이라 한다. 《論語》〈述而篇〉의 "傳述하기만 하고 창작하지 않으며 옛것을 믿고 좋아함은 내 삼가 우리 노팽에게 견주노라.(述而不作, 信而好古, 竊比於我老彭.)"에서 나온 말이다.

25) 穎婦(영부) : 성순의 아들 成守祖(1694~1756)가 있는데, 그의 아내 順興安氏는 1755년에 졸한 것으로 되어 있어 현재로서는 누구를 지칭하는지 미상.

26) 珠樹(주수) : 玉樹. 훌륭한 자손을 비유적으로 이르는 말.

27) 先兆(선조) : 先塋.

28) 泂酌(형작) : 제사에 올리기 위하여 장마에 괴인 물을 떠오는 일이라는 뜻으로, 여기서는 술 한 잔이라는 의미. 《詩經》〈大雅·泂酌〉의 "저 멀리 길 바닥에 고인 물을 퍼다가 저기에 붓고 여기에 쏟아도 선밥 술밥을 지을 수 있도다.(泂酌彼行潦, 挹彼注兹, 可以餴饎.)"에서 나온 말이다.

안정복安鼎福, 1712-1791

조선 후기의 역사학자·실학자. 본관은 廣州, 자는 百順, 호는 順庵·漢山病隱·虞夷子·軒. 提川 출신이다. 아버지는 증 오위도총부부총관 安極이며, 어머니는 전주이씨로 李益齡의 딸이다. 처는 昌寧成氏로 成純의 딸이다. 李瀷의 문인이다. 그는 어릴 때부터 병이 많았다. 또 할아버지의 잦은 관직 이동과 일생을 處士로 지낸 부친을 따라 오랫동안 자주 이사를 하였다. 조부가 벼슬을 그만두고 茂朱 적상산에 들어가자 그도 그곳에서 생활하는 한편, 외가인 전남 영광에도 부친과 함께 자주 왕래하였다. 그는 외가가 孝寧大君의 후손인 관계로 외가의 영향도 많이 받았던 것으로 알려져 있다. 실제로 안정복은 역사에 관심이 깊었던 어머니의 영향을 크게 받았다. 1726년부터 무주에 복거하던 그의 일가는 1735년 조부의 사망으로 이듬해 고향인 경기도 광주 慶安面 德谷里(현재 경기도 광주시 경안면 덕곡리, 일명 텃골)로 돌아와 살았다. 텃골로 돌아온 그는 '順菴'이라는 小屋을 짓고 학문생활에 몰입하였다.

장인 처사 유안재 이공 제문
祭外舅處士遺安齋李公文

박지원

정유년(1777) 6월 23일에 사위 반남(潘南) 박지원(朴趾源)은 삼가 맑은 술을 올리고 장인 유안재(遺安齋) 이공(李公 : 李輔天)의 영전에 곡하며 영결을 고합니다.

오호라! 이 소자가 16세 때 선생의 가문에 사위로 들어와서 지금 26년이 되었습니다. 제가 비록 어리석고 사리에 어두워 선생의 도를 잘 배우지는 못했지만, 그래도 좋아하는 사람에게 아첨하여 선생을 부끄럽게 하는 지경에 이르지는 않았다고 스스로 여깁니다. 이제 선생이 멀리 떠나시는 날에 한마디 말로써 끝없는 슬픔을 표하지 않을 수 있겠습니까?

아아, 벼슬 없이 선비로 일생을 마치는 것을 세상 사람들은 수치로 여기지만, 비천하다고 생각는 저들이 어찌 선비를 알 수 있겠습니까? 이른바 선비란 뜻을 높게 가지고 스스로 만족하나니, 유하혜(柳下惠)의 절개와 유신(有莘)의 자득(自得)도 이런 정도에 불과한 것이옵니다. 이로써 보건대 선비로 일생을 마치는 것도 역시 어렵다고 할 것입니다.

아아, 선생은 살아서든 죽어서든 선비의 본분을 어기지 않으셨고, 64년의 평생 글 읽기를 좋아하셨던 분입니다. 오랫동안 쌓은 찬란한 덕이 온화하게 드러나니, 배부른 듯이 굶주림을 즐기셨고 과부처럼 절개를 지키셨습니다. 쓸쓸히 벗들을 떠나서 지내지 않으셨고 꼿꼿이 세속에 거짓되지 않으셨으며, 말씀을 하시면 정곡을 찔렀고 일을 처리하시면 쇠를 끊듯 단호하였습니다. 인품의 해맑기가 얼음으로 만든 호리병과 맑은 가을 달처럼 안팎 모두 툭 틔었으니, 비루하기로는 세상의 썩은 유자(儒者)들이었고 부끄럽기로는 융통성 없는 선비들이었습니다. 초년에는 객기어린 부질없는 욕심을 없애셨고 만년에는 영걸(英傑)같은 뛰어난 기개를 감추셨으니, 참된 길만을 보고 그 길로만 가셨으며 심기가 가라앉았고 조화로우셨습니다. 타고난 본성 외에는 터럭 하나라도 마음을 두지 않으셨던 바, 먹 묻으면 곧 씻어버렸으니 잡초를 어찌 뽑지 않으셨겠습니까? 팔을 베고 물마시더라도 즐거우셨고 말 사천 마리가 매여 있어도 거들떠보지 않으셨으니, 이미 조금도 더하고 뺄 필요가 없는 것이 바로 선비[士] 한 글자였습니다. 그러니 운명은 정해진 것이고 때는 만나야 하는 것을 능히 분별할 줄 아는 자만 장인어른의 뜻을 비로소 알 것이옵니다.

아아, 대들보가 꺾인 것과 같은 장인어른의 죽음을 슬퍼하고, 강한(江漢)으로 씻은 것 같은 장인어른의 고결한 덕을 기려서 술잔을 올리며 통곡하노니, 만사가 끝났습니다. 그렇지만 어른의 모습을 빼닮은 아들 한 분[李在誠] 두셨으니, 기쁘든 슬프든 잠시라도 부디 함께 손잡고서 서로 책선하고 화기애애하기를 잊지 않도록 하여 장인어른께서 저를 알아주신 은혜에 보답케 하소서.

아아, 예전의 어린 사위가 이젠 역시 백발이 된 바, 지금부터 죽기 전까지 후회와 허물이 적기를 바라오니 오직 덕으로 사랑하시어 넌지시 도와주소서. 마음속에서 쏟는 눈물을 영령(英靈)께서는 아실 듯도 모르실 듯도 하오니 아아, 슬픕니다. 적지만 흠향하소서.

祭外舅處士遺安齋李公文

維歲丁酉[1], 六月二十三日丁巳, 外甥[2]潘南朴趾源, 謹以淸酌, 哭訣
于外舅[3]遺安齋[4]李公之靈曰 : 嗚呼! 小子年十六, 入先生之門, 于今二
十六年矣。雖愚鹵[5]顓蒙未能學先生之道, 亦自以爲不至阿好[6]以羞先生
爾。今於先生卽遠之日, 可無一言以攄其無窮之哀乎? 嗚呼! 以士沒身,
世俗所恥, 彼以卑賤, 惡能識士? 所謂士者, 尚志得己[7], 柳介[8]莘囂[9],

---

1) 丁酉(정유) : 正祖 1년인 1777년.

2) 外甥(외생) : 사위가 장인·장모에게 자기를 이르는 1인칭 대명사.

3) 外舅(외구) : 岳父. 丈人을 이르는 말.

4) 遺安齋(유안재) : 李輔天(1714~1777)의 호. 본관은 全州, 자는 汝翼. 世宗의 둘째아들
   桂陽君의 후손. 農巖 金昌協의 제자인 종숙부 李命華의 문하에서 수학하고, 농암의
   제자인 장인 魚有鳳에게서도 사사받았다. 尤庵에서 농암으로 이어지는 노론 학통을
   계승하였고, 사위 연암 박지원에게 《맹자》를 가르쳤다.

5) 愚鹵(우로) : 어리석음.

6) 阿好(아호) : 좋아하는 사람에게 아첨함.

7) 尚志得己(상지득기) : 《孟子》〈盡心章句 上〉에서 齊나라 왕자 墊이 "선비란 무슨 일을
   하는가?(士, 何事?)"라고 묻자, 맹자는 "뜻을 고상하게 가진다.(尚志.)" 답하고, 宋句踐
   이 "어떻게 해야 이처럼 스스로 만족할 수 있는가?(何如斯可以囂囂矣?)"라고 묻자, 맹
   자는 "곤궁해도 의를 잃지 않기 때문에 선비는 스스로 만족한다.(窮不失義, 故士得己
   焉.)" 답한 데서 나온 말.

8) 柳介(유개) : 유하혜의 절개. 《孟子》〈盡心章句 上〉의 "유하혜는 三公의 지위로도 그
   절개를 바꾸지 않았다.(柳下惠, 不以三公易其介.)"에서 나온 말이다. 柳下는 魯나라 大
   夫 展禽이다. 유하라는 곳에 살았고 諡號가 惠였기 때문에 柳下惠라고 불렀다.

9) 莘囂(신효) : 有莘의 自得. 《孟子》〈萬章章句 上〉을 보면, 伊尹이 有莘의 들판에서 농사
   지으며 살고 있을 때 湯임금이 사람을 시켜 초빙하자, 이윤이 스스로 만족해하며(囂囂
   然) "내가 어찌 탕왕의 폐백을 받아들이리오. 내 어찌 들판에서 농사지으며 이대로
   堯舜의 도를 즐기는 것만 하겠는가?(我何以湯之聘幣爲哉? 我豈若處畎畝之中, 由是以樂
   堯舜之道哉?)"고 말한 데서 나온 말.

不過如是。由是觀之, 沒身以士, 亦云難矣。嗚呼！ 先生存沒, 不違士
也, 六十四年, 善讀書者。積久光輝, 溫乎發雅, 樂飢若飽, 守節如寡。
孤不離群[10], 貞不詭物, 發言破鵠, 制事截鐵。氷壺秋月[11], 外內洞澈,
陋世酸儒, 耻士一節[12]。夙刊客浮, 晚韜英豪, 視眞履坦, 心降氣調。
所性之外, 不著一毫, 墨則斯浣, 稂豈不薅？曲肱飮水[13], 繫馬千駟[14],
旣無加損, 士之一字。命有所定, 時有所値, 能辨此者, 始識公志。嗚
呼！ 梁木之哀[15], 江漢之思[16], 奠斝一慟, 萬事已而。眉宇[17]之寄, 獨

---

10) 離群(이군) : 離群索居. 벗들을 떠나서 혼자 쓸쓸히 지내는 것을 이름. 《禮記》〈檀弓
上〉에 의하면, 子夏가 아들을 여의고 상심하여 실명을 하고서는 죄 없는 자신에게 불행
을 주었다며 하늘을 원망하자, 曾子가 조문을 왔다가 이를 듣고 나무라니, 자하가 "내가
벗들을 떠나 혼자 산 지 역시 너무 오래되었기 때문에 그렇게 되었다.(吾離群而索居亦已
久矣.)"고 뉘우쳤던 데서 나온 말이다.

11) 氷壺秋月(빙호추월) : 얼음으로 만든 호리병에 맑은 가을달이 비친 것과 같이 티 없이
고결한 정신을 비유적으로 이르는 말. 朱子의 스승인 延平 李侗의 인품을 형용한 말이다.

12) 一節(일절) : 절조만 지켜 융통성이 없는 사람.

13) 曲肱飮水(곡굉음수) : 《論語》〈述而篇〉에서 공자가 "나물밥 먹고 물마시며 팔을 베고
눕더라도 즐거움이 또한 그 가운데에 있다.(飯疏食飮水, 曲肱而枕之, 樂亦在其中矣.)"
고 한 데서 나온 말.

14) 繫馬千駟(계마천사) : 《孟子》〈萬章章句 上〉에서 맹자가 "伊尹은 유신의 들판에서 농사
짓고 살 때에 堯舜의 道를 좋아하여 義가 아니고 道가 아니거든, 천하를 녹으로 주어도
돌아보지 않고, 좋은 말 4000필을 마구간에 매어 놓아도 거들떠보지 않았다.(伊尹耕於
有莘之野, 而樂堯舜之道焉. 非其義也, 非其道也, 祿之以天下, 弗顧也. 繫馬千駟, 弗視
也.)"고 한 데서 나온 말.

15) 梁木之哀(양목지애) : 대들보의 슬픔. 대들보가 부러진다는 것은 스승이나 철인의 죽음
을 뜻하는 말로 쓰인다. 《禮記》〈檀弓 上〉을 보면, 공자가 자신의 죽음을 예견하는
꿈을 꾸고서 "태산이 무너지는구나. 대들보가 꺾이는구나. 철인이 시드는구나.(泰山其
頹乎. 梁木其壞乎. 哲人其萎乎.)"에서 나온 말이다.

16) 江漢之思(강한지사) : 죽은 스승을 애타게 추모한다는 말. 《孟子》〈滕文公章句 上〉에
曾子가 공자를 찬양하여 "江漢으로 씻은 것 같고 가을볕으로 쪼인 것 같아서 밝고 깨끗
하기가 이보다 더할 수 없다.(江漢以濯之, 秋陽以暴之, 皓皓乎不可尙已.)"고 한 데서
나온 말이다. 江漢은 揚子江과 漢水를 가리킨다.

17) 眉宇(미우) : 얼굴을 일컫는 말. 唐나라 房琯이 元德秀를 만날 때마다 "紫芝와 같은 眉宇

有庭芝[18]，歡戚造次，庶共挈携，不忘偲怡[19]，以報受知。嗚呼！ 昔日
小婿，今亦白頭，從今未死，庶寡悔尤，維德之愛，願言冥酬[20]。肝膈之
寫，靈或知不，嗚呼哀哉！ 尙饗。

[燕巖集, 卷3, 孔雀舘文稿]

박지원朴趾源, 1737-1805

조선 후기의 문신·학자. 본관은 潘南, 자는 美仲·仲美, 호는 燕
巖·煙湘·洌上外史. 아버지는 朴師愈이며, 어머니는 李昌遠의 딸
咸平李氏이다. 아버지가 벼슬 없는 선비로 지냈기 때문에 할아버
지 朴弼均이 양육하였다. 1752년 李輔天의 딸 全州李氏와 혼인하
면서 《맹자》를 중심으로 학문에 정진하였다. 1765년 처음 과거
에 응시했으나 낙방했으며 이후로 과거 시험에 뜻을 두지 않고
오직 학문과 저술에만 전념하였다.

를 대하면 그때마다 名利의 마음이 죄다 없어지게 된다.”고 감탄한 데서 나온 말이다.

18) 庭芝(정지) : 庭玉. 빼어난 자제를 뜰에서 자라는 芝蘭과 玉樹에 비유하여 이르는 말.
여기서 연암의 처남 李在誠을 가리킨다.

19) 偲怡(시이) : 책선하고 화기애애함. 《論語》〈子路篇〉에서 자로가 “어떻게 해야 그 사람
을 선비라 부를 수 있습니까?(何如斯可謂之士矣?)”라고 묻자, 공자는 “간절하게 서로
責善하고 화기애애하면 선비라고 부를 수 있다. 붕우간에 간절하게 책선하고 형제간에
화기애애하니라.(切切偲偲, 怡怡如也, 可謂士矣. 朋友切切偲偲, 兄弟怡怡.)”라고 한 데
서 나온 말이다.

20) 冥酬(명수) : 陰助. 도움 받는 사람도 모르게 넌지시 뒤에서 도와줌.

모친·백모·숙모·고모·이모·장모

어머니 증 정숙부인 조씨 제문
祭先妣贈貞淑夫人曺氏文

변계량

아아, 어머님[昌寧曺氏]께서는 타고난 바탕이 곧고 맑았으며, 행실이 남다르게 검소하고 근면하셨으며, 길러주신 은혜 또한 깊었습니다. 생각건대 소자는 됨됨이와 성질이 용렬하고 천박한데, 성스럽고 밝으신 주상(主上)을 만나 특별히 발탁되는 은혜를 입었습니다. 오랫동안 문형(文衡 : 대제학)을 관장하며 마침내 높은 품계를 받았습니다. 돌아보건대 이 특별한 영광은 실로 어머님께서 남기신 덕 때문이었으니, 보답하고자 생각해도 그 끝없는 은혜를 갚을 길이 없었습니다.

삼가 생각건대 우리 임금께서는 효도로 나라를 다스리어, 어머님 돌아가신 뒤에 영예로운 은전(恩典)을 내리시니 아름답고 찬란한 빛이 무덤을 비추었습니다. 이 성은(聖恩)에 감회가 깊어 무덤가의 솔과 잣을 살피고, 이에 분황(焚黃 : 은전의 교지를 무덤 앞에서 불사르는 일)의 예를 드리며 또 술잔을 올리나이다. 삼가 영령(英靈)께서는 어둡지 않고 밝으시니, 이르러 흠향하시기 바라나이다.

祭先妣贈貞淑夫人曺氏文

嗚呼先妣, 稟資貞淑, 行著儉勤, 恩深鞠育。念余小子, 材質庸薄, 遭遇聖明[1]，特蒙奬擢。久典文衡[2]，遂膺崇秩。顧玆殊榮，實由遺德，思欲報之，罔知其極。恭惟我后，孝理爲國，追榮有典，光耀窀穸。祗恩感懷，省視松栢，載焚其黃[3]，且奠以爵。維靈不昧，庶垂歆格。

[春亭先生文集, 卷11]

변계량卞季良, 1369-1430

조선 전기의 문신. 본관은 密陽, 자는 巨卿, 호는 春亭. 아버지는 檢校判中樞院事 卞玉蘭이며, 어머니는 濟危寶副使 曺碩의 딸 昌寧曺氏이다. 李穡·權近의 문인이다. 진덕박사, 사헌부시사, 성균관학정, 예문관의 응교, 직제학, 예조우참의, 예문관제학, 대제학·예조판서, 참찬, 판우군 도총제부사을 지냈다. 대제학 재임 시 외교문서를 거의 도맡아 지었다. 고려 말 조선 초 鄭道傳·권근으로 이어지는 관인문학가의 대표적 인물로서 <華山別曲>·<太行太上王諡冊文>을 지어 조선 건국을 찬양하였다.

---

1) 聖明(성명) : 임금의 밝은 지혜를 이르는 말로, 성스럽고 밝으신 임금을 의미.
2) 文衡(문형) : 저울로 물건을 다는 것과 같이 글을 평가하는 자리라는 뜻에서, '大提學'을 달리 이르던 말.
3) 載焚其黃(재분기황) : 焚黃을 말함. 분황은 贈職이 된 때에 官誥의 副本을 쓴 누런 종이를 무덤 앞에서 불사르는 일이다.

어머니 손부인 제문

祭先妣孫夫人文

이언적

가정(嘉靖) 28년 기유년(1549) 10월 모일에 부모를 다 여읜 언적(彦迪)은 멀리서 제철의 제수를 갖추고 생질 이순인(李純仁)을 보내어 공경히 어머님 정경부인(貞敬夫人) 손씨(孫氏 : 경주손씨) 영전(靈前)에 제사를 드리나이다.

삼가 아뢰나이다. 저를 낳고 기르신 은혜가 깊사와 저 하늘처럼 넓고 커서 갚을 길이 그지없었는데, 마치 해가 서산에 이른 듯 세상 떠날 날이 멀지 않았으니 자식으로서의 정은 더욱더 간절하였습니다. 벼슬을 그만두고 병수발을 하며 잠시도 곁을 떠나지 않다가, 끝내 임종을 지켜서 자식 된 도리를 다하기 바랐습니다.

그런데 행실이 신명을 저버리고 정성이 하늘을 감동시키지 못하여, 조정으로부터 죄를 얻어 멀리 유배를 가게 되었습니다. 모자가 서로 부둥켜안고 울며불며하다가 헤어지니, 천지도 참담한 기색이 었고 귀신도 흐느꼈습니다. 그렇게 하늘과 땅이 맞닿은 곳에 유배오니 소식도 끊어지고, 산과 물에 겹겹이 막히어 혼은 사라지고 마음마저 꺾였습니다.

꿈속에서 저는 밤마다 훨훨 나는 듯이 달려가서는, 흰머리에 색동옷을 입고 늙으신 어머님께 문안드렸습니다. 주름지고 수척한 얼굴이 참담하고 학의 터럭 같은 백발이 무성하였지만, 그런 어머님을 어루만지니 완연히 지난날과 같았습니다. 서글픈 마음에 놀라 깨어나니 귀양을 온 신세인지라, 한밤에 가슴 쓸며 눈에 어린 눈물은 붉은 피로 물들었습니다. 그래서 하늘을 우러러 울부짖었거늘 하늘 역시 막막하게도 말이 없으니, 남아있는 목숨 부지하여 기쁘게 받들 날이 있기만 바랐습니다. 아침에 문안인사 드리고 저녁에 잠자리를 보살펴 드릴 수 있기를 마음속으로 빌며 행여 천재일우(千載一遇)라도 바랐으나, 하늘이 굽어 살피시지 않으시고 갑자기 믿고 의지했던 어머님을 앗아 가버렸습니다. 죄악이 극도에 달하여 화(禍)가 이 지경에 이르렀을지라도, 날마다 무사하다는 소식을 바랐건만 부음(訃音)을 갑자기 듣게 되었습니다. 목 놓아 통곡하여 숨이 넘어갈 듯하고 애간장이 타는 듯 찢어지는 듯하여, 땅을 치고 하늘에 부르짖어도 끝내 미칠 수가 없나이다.

쑥이 무성히 자란다고 여기셨겠지만 쑥이 아니라 흰 쑥이었으니, 가련하신 우리 어머니 저를 낳아 키우시느라 고생만 하셨습니다. 저를 돌아보시고 또 저를 돌아보시며 들어가고 나가시면서 저를 보듬어주셨지만, 저는 잠시도 떨어지지 않고 가슴에만 안기려고 하여 곁에서 울어대기만 했습니다. 그래도 알뜰살뜰 기르시며 어린 자식을 불쌍해라 하셨으니, 한 치의 풀과 같은 자식의 마음이 깊다한들 봄날의 햇볕 같은 어머니의 사랑을 보답할 수가 없었습니다.

평생 어머님 말씀 받들어 따르지 않고 어긋난 것이 많아서 언제나 한이었는데, 어려서는 아버님[李蕃]을 여의고 기댈 곳이 없어도 학문에 뜻을 두었습니다. 그러자 자애심을 끊고 사랑하는 마음을 참으시면서 자식의 유학을 허락하시고, 옷을 꼼꼼히 꿰매시어 돌아오는 것이 행여 더딜까 염려하셨습니다. 아침저녁 문안인사도 오랫동안 드리지 못하고 소식도 또 자주 드리지 못하였으니, 밤새도록 등불을 마주하고 지새우며 자식 생각에 눈물만 훔치셨습니다.

이리저리 벼슬살이하기에 이르러서는 박한 녹봉에 몸이 매여 있었으니, 해마다 봄과 가을이면 높은 곳에 오르시어 자식을 전송하셨습니다. 그리고 바라보아도 미치지를 못하니 우두커니 서서 옷깃을 적시며, 아침저녁으로 마을 어귀에 기대어 날마다 자식 돌아오기를 바라셨습니다. 속 태우고 애 끓이시느라 쇠하고 병들어 급박하셨으나, 나라를 위한 의리가 무거워 물러나기를 결단하는데 용기내지 못했습니다. 어머님을 받들어 모신 날이 길지 않고 짧은 것을 아무리 후회해도 어찌할 수가 없으니, 이를 생각하기만 하면 가슴이 무너져 타들어 가는 듯하고 칼로 베인 듯합니다.

병환이 위독할 때 자녀들이 모두 시중들며, 저만 홀로 없더라도 평안히 잠드시기를 비는 마음 어찌 그칠 수 있었겠습니까? 잠드신 곳에서 이를 아시거든 어느 때에 눈을 감을 것이며, 영령(英靈)께서는 어둡지 않고 밝으시니 바람처럼 돌아오셨나이다. 먼 변방을 찾느라 천리 길을 멀다 않으시고 오시어, 곤궁한 초옥에서 변변찮은 제물을 차리니 완연히 어머님의 얼굴을 뵈었습니다. 그런데 홀연히 보이지 않으시고 어머님의 모습은 자취조차 없으니, 울부짖어 보아도 따라갈 수가 없고 온 산에는 눈보라만 칠뿐입니다. 사람이 세상에 살면서 그 누가 이러한 통곡이 없겠습니까마는, 만 리 밖에서 통한(痛恨)을 겪은 이는 오직 저뿐일 것입니다.

한 번 영원히 이별하면 이세상과 저세상이 영영 막히게 되는 것인데, 사람들은 모두 잘 지내니 저만 효도를 제대로 끝마치지 못한 것입니까? 무궁한 하늘과 땅도 또한 다하는 때가 있을지라도, 오직 이 원통함만은 뼈가 가루가 되더라도 잊기 어렵습니다. 염(殮)할 때 관(棺)도 잡아보지 못하였고 장사 때 묘소에도 가보지 못하였으니, 자식 된 도리에 어긋난 것이라 천지간에 죄를 지었습니다.

외로운 이 한 몸이 살아도 또한 아무런 도움이 될 것이 없으니, 원컨대 구천으로 따라가서 다시 한 번 어머님 모습을 뵙고 싶습니다. 하늘은 캄캄하고 땅은 드넓어 찾아갈 곳을 알지 못하는데, 서리와 이슬이 내린 무덤에는 묵은 풀만 이미 무성할 것입니다. 애통해 하며 하늘 끝을 바라보다가 기절했다 다시 깨어납니다. 아아, 애통합니다. 아아, 애통합니다. 삼가 적지만 흠향하시기 바라옵니다.

祭先妣孫夫人文

維嘉靖[1]二十八年歲次己酉[2], 十月日, 孤哀子[3]彦迪, 遠具時羞之奠, 使姪李純仁[4]敬祭于顯妣貞敬夫人孫氏之靈。伏以。恩深生育, 昊天罔極[5], 日迫西山[6], 兒情采切。休官侍藥, 不忍離側, 庶遂終養[7], 以盡

---

1) 嘉靖(가정) : 중국 明나라 世宗의 연호(1522~1566).
2) 己酉(기유) : 明宗 4년인 1549년. 회재는 10살 때(1500) 부친을 이미 잃었는데, 그는 1547년 윤9월 良才驛壁書事件으로 江界에 유배되었다가 다음해 6월에 모친상을 당하였다. 따라서 원문은 무신년(1548)을 기유년으로 착종한 것 같다.
3) 孤哀子(고애자) : 두 부모를 여읜 아들.
4) 李純仁(이순인) : 회재가 강계 유배시 데리고 갔던 인물로, 회재의 누이동생이 碧珍李氏 察訪 李師益 사이에서 낳은 3남 가운데 장남임.
5) 昊天罔極(호천망극) : 부모의 은혜가 끝없는 하늘과 같이 그지없다는 말. 《詩經》〈蓼莪〉의 "그 은덕을 갚고자 한다면 저 하늘처럼 끝이 없을 것이다.(欲報之德, 昊天罔極.)"에서 나온 말이다.
6) 日迫西山(일박서산) : 李密이 晉武帝에게 올린 〈陳情表〉의 "다만 조모 유씨가 마치 해가

子職。行負神明, 誠未格天[8], 獲譴淸朝, 身遭遠遷。母兒相持, 號哭永訣, 天地慘色, 鬼神亦泣。地角天涯[9], 消息斷絶, 水阻山重, 魂消心折。夢魂飄飆, 夜夜飛馳, 華髮[10]斑衣[11], 省侍萱闈[12]。衰顔慘慘, 鶴髮依依[13], 手撫肌體, 宛如平昔。惘然驚覺, 身在絶域, 中宵撫膺, 淚凝成血。仰天號籲, 天亦漠漠, 庶存殘性, 承歡有日。晨昏[14]默禱, 望幸千一[15], 不弔昊天[16], 遽奪所恃[17]。罪大惡極, 禍至於此, 日望平書[18],

---

서산에 이른 듯 기식이 곧 끊어질 지경이니, 목숨이 위태롭고 얕아서 아침에 저녁 일을 예측할 수 없는 형편입니다. 신은 조모가 없었으면 오늘에 이를 수 없었고, 조모도 신이 없으면 여생을 편히 마칠 수가 없으리니, 조모와 손자 두 사람이 서로 생명을 의탁한 처지라, 이 때문에 구구하여 그만두고 멀리 떠날 수가 없습니다. 신 밀은 금년에 44세요, 조모 유씨는 금년에 96세이니, 이는 신이 폐하께 충절을 다할 날은 길고, 유씨에게 보답할 날은 짧은 것입니다. 까마귀의 사사로운 정이 끝까지 봉양할 수 있게 해주시기를 원합니다.(但以劉日薄西山, 氣息奄奄, 人命危淺, 朝不慮夕. 臣無祖母, 無以至今日, 祖母無臣, 無以終餘年, 母孫二人, 更相爲命, 是以區區不能廢遠. 臣密, 今年四十有四, 祖母劉, 今年九十有六, 是臣盡節於陛下之日長, 報劉之日短也. 烏鳥私情, 願乞終養.)"라고 한 데서 나온 말. 이밀은 어려서 아버지를 여의고 어머니 何氏는 개가하여 조모 劉氏의 양육을 받고 자랐으므로, 그는 조모에게 효심이 매우 두터웠는데, 晉나라 武帝가 일찍이 그에게 조칙을 내려 太子洗馬로 부르자 그가 陳情表를 올려 이를 사양한 바 있다.

7) 終養(종양) : 부모의 임종을 마지막으로 봄.

8) 格天(격천) : 하늘에 이름. 하늘을 감동케 함.

9) 地角天涯(지각천애) : 평안북도 江界에 유배 간 것을 일컬음.

10) 華髮(화발) : 하얗게 센 머리털. 노인을 비유적으로 이르는 말이다.

11) 斑衣(반의) : 斑衣之戲. 춘추시대 楚나라의 老萊子는 효성으로 어버이를 섬기어, 일흔 살의 나이에도 자신의 나이가 많은 것을 어버이에게 보이지 않으려고 색동옷[斑衣]을 입고 어린 나이의 놀이를 하며 어버이를 기쁘게 하였다는 고사이다.

12) 萱闈(헌위) : 萱堂. 어머니를 칭하는 말.

13) 依依(의의) : 《詩經》〈小雅·采薇〉의 "전에 내가 갈 때는 버들이 무성했어라.(昔我往矣, 楊柳依依.)"에서 나온 말.

14) 晨昏(신혼) : 昏定晨省. 어버이를 정성껏 봉양하는 것을 이르는 말. 《禮記》〈曲禮 上〉의 "자식이 된 자는 어버이에 대해서, 겨울에는 따뜻하게 해 드리고 여름에는 시원하게 해 드려야 하며, 저녁에는 잠자리를 보살펴 드리고 아침에는 문안 인사를 올려야 한다.(冬溫而夏凊, 昏定而晨省.)"에서 나온 말이다.

訃音奄至。失聲隕絶，五內焚裂，扣地叫天，竟無逮及。蓼蓼者莪，匪莪伊蒿，哀哀父母，生我劬勞[19]。顧我復我，出入腹我[20]，未離懷抱，呱呱[21]膝下。恩斯勤斯，鬻兒閔斯[22]，寸草情深，莫報春輝[23]。每恨平生，承順多違，少孤無賴，有志講習。割慈忍愛，許兒遊學，衣縫密密，歸恐遲遲[24]。定省久曠，音問又稀，夜對孤燈，念兒涕揮。及其遊宦，薄祿是縻，歲歲春秋，登高送兒。瞻望不及，佇立霑衣，昏朝倚閭，日望兒歸。傷懷斷魂，哀疾催迫，義重徇國，退不勇決。日短奉親，痛悔莫及，

---

15) 千一(천일) : 千載一遇. 천 년 동안 단 한 번 만난다는 뜻으로, 좀처럼 만나기 어려운 좋은 기회를 이르는 말.

16) 不弔昊天(부조호천) : 《詩經》〈小雅・節南山〉의 "하늘이 굽어 살피시지 않으시니 나라의 어지러움 가라앉지 않네.(不弔昊天, 亂靡有定.)"에서 나온 말.

17) 所恃(소시) : 어머니를 일컬음. 《詩經》〈小雅・蓼莪〉의 "아버지 아니시면 누구를 의지하며, 어머니 아니시면 누굴 믿을까.(無父何怙, 無母何恃.)"에서 나온 말이다.

18) 平書(평서) : 무사하다는 소식.

19) 《詩經》〈小雅・蓼莪〉의 "쑥이 무성히 자란다 하였더니, 쑥이 아니라 흰 쑥이었네. 가련하신 우리 부모 나를 낳아 키우시느라 수고하셨네.(蓼蓼者莪, 匪莪伊蒿. 哀哀父母, 生我劬勞.)"에서 나온 말. 부모가 자기를 키을 적에는 큰 기대를 걸었으나 아무런 도움을 드리지 못했다며, 효자가 부모를 봉양하지 못하고 부모의 기대를 저버렸다고 한탄하는 뜻이다.

20) 《詩經》〈小雅・蓼莪〉의 "아버지 나를 낳아 주시고 어머니 나를 길러 주셨다네. 나를 쓰다듬어 주시고 나를 길러 주시며, 나를 길러 주시고 나를 키워 주셨도다. 나를 돌아보시고 또 나를 돌아보시며, 들어가고 나가시면서 나를 보듬어 주셨다네.(父兮生我, 母兮鞠我. 拊我畜我, 長我育我. 顧我復我, 出入腹我.)"에서 나온 말.

21) 呱呱(고고) : 아이가 세상에 처음 나오면서 우는 소리.

22) 《詩經》〈豳風・鴟鴞〉의 "사랑하고 애써 왔으니 어린 애가 불쌍하구나.(恩斯勤斯, 鬻子之閔斯.)"에서 나온 말.

23) 唐나라 시인 孟郊가 지은 〈游子吟〉의 "한 치의 풀과 같은 자식의 마음을 가지고서, 봄날의 햇볕 같은 어머니의 사랑을 보답하기 어려워라.(難將寸草心, 報得三春暉.)"에서 나온 말.

24) 唐나라 孟郊가 지은 〈遊子吟〉의 "인자하신 어머님의 손에 쥔 실은, 길 떠날 아들의 옷을 짓는 거라네. 떠나기에 앞서 꼼꼼히 꿰매시며, 행여 더디 돌아올까 염려하시네.(慈母手中線, 遊子身上衣. 臨行密密縫, 意恐遲遲歸.)"에서 나온 말.

念此摧心, 如焚如割。當其疾病, 子女俱侍, 兒獨不在, 默念[25)何已?
冥漠有知, 曷時瞑目? 精靈不昧, 來返飄忽。絶徼[26)相尋, 不遠千里,
窮廬薄奠, 宛見容止。奄忽不見, 儀刑無迹, 攀號莫追, 萬山風雪。人生
斯世, 誰無此哭? 萬里茹痛, 惟我獨兮。一別終天[27), 幽明永隔, 民莫
不穀, 我獨不卒?[28) 天長地久[29), 亦有涯盡, 惟此寃痛, 粉骨難泯。斂
不憑棺, 窆不臨壙, 子職虧闕, 負罪天壤。煢煢一身, 生亦無裨, 願從泉
下, 復見容儀。天冥地漠, 不知所之, 霜露丘壟, 宿草已蕪。慟望天涯,
絶而復蘇, 嗚呼痛哉! 嗚呼痛哉! 伏惟尙饗。

[晦齋先生集, 卷6]

이언적李彦迪, 1491-1553

조선 중기의 성리학자. 본관은 驪州, 자는 復古, 호는 晦齋·紫溪翁. 생원 李蕃의 아들
이며, 어머니는 慶州孫氏로 鷄川君 孫昭의 딸이다. 원래 이름은 迪이었으나 중종의 명
령으로 彦迪으로 고쳤다. 그는 朱熹의 主理論的 입장을 정통으로 하는 조선의 유학이
나아가야 할 방향을 제시함으로써 성리학의 정립에 선구적인 역할을 하였다. 27세
때 영남지방의 선배학자인 孫叔暾과 曹漢輔 사이에 벌어진 '無極太極' 논쟁에 참여하
여, 주희의 입장인 主理的 관점에 입각하여 이들의 견해를 모두 비판하였다. 그의 氣
보다 理를 중시하는 주리적 성리설은 李滉에게 계승되어 영남학파의 중요한 성리설이
되었으며, 조선 성리학의 한 특징을 이루었다.

---

25) 默念(묵념) : 말없이 마음속으로 빎. 주로, 죽은 이가 평안히 잠들기를 기원하는 뜻으로
   한다.
26) 絶徼(절요) : 絶域. 이언적이 유배되었던 江界를 일컬음.
27) 終天(종천) : 이 세상의 끝이라는 뜻으로, 영원이나 영구를 이르는 말.
28) 《詩經》〈小雅·蓼莪〉의 "남산은 높다랗고, 회오리바람은 거세도다. 사람들 모두 잘
   지내는데, 나만 왜 해를 입나.(南山烈烈, 飄風發發. 民莫不穀, 我獨何害?)"에서 나
   온 말.
29) 天長地久(천장지구) : 하늘과 땅처럼 영원히 변함이 없음을 이르는 말.

큰어머니 제문

祭伯母文

김창협

　무진년(1688) 2월 12일에 조카 김창협(金昌協)은 삼가 맑은 술과 제수들을 차리고 감히 큰어머님 숙인(淑人) 창녕조씨(昌寧曹氏) 영전(靈前)에 밝게 고하나이다.

　아아, 부녀자의 덕은 동사(形史 : 부인들의 역사)에서 많이 볼 수 있습니다. 그러나 그 마음이 편안하고 담박하며 몸소 검소함을 실천하여 고생을 꺼리지 않고 사치에 빠지지 않아서, 남편의 맑고 고결한 이름을 이루는데 있어 양홍(梁鴻)의 아내 맹광(孟光), 포선(鮑宣)의 아내 환소군(桓少君)처럼 한다는 것은 가장 어려운 일입니다. 우리 큰아버님[金壽增]의 성품은 아무런 욕심이 없이 깨끗하시고 취향은 고상하시어, 비록 고귀한 가문에서 사셨어도 늘 세속을 벗어나 자연 속에 사시려는 바람이 있었습니다. 그리하여 마음을 비우고 한가히 지내며 어떠한 일도 스스로를 얽매이지 않을 수 있었던 것은 또한 우리 큰어머님께서 내조하신 공이 많았다고 할 것입니다. 큰어머님은 타고난 성품이 얌전하고 수수하신 데다 뜻도 소박함을 숭상하시어 평소에 옷을 입을 때 절대로 사치하지 않았으니, 비록 집안에 잔치가 있어서 손님들이 가득해도 옷에 울긋불긋 장식한 적도 없으셨고, 곱게 수놓은 비단이나 보석으로 된 머리꾸미개도 마뜩하게 여기지 않으셨습니다.

우리 큰아버님은 온 가족을 이끌고 동협(東峽 : 강원도 화천 화악산)에 은거하셨는데, 산은 깊고 물에 막힌 데다 사슴과 멧돼지가 오가는 곳으로 인간세상과는 거의 단절되었습니다. 그런데도 기쁜 마음으로 즐겁게 큰아버님을 좇아 걸어서 큰 고개를 넘어가 집을 짓고 좁은 방에 지내며, 날마다 소를 먹이고 남새밭을 일구며 산나물을 뜯어 거친 밥을 먹는데도 기쁜 마음으로 생활하셨는데, 6,7년이 지나도록 끝내 고달파하거나 원망하고 후회하는 기색이 전혀 없으셨습니다. 정녕 이와 같았으니, 아무리 옛적에 가시나무 비녀로 검소한 생활을 했던 맹광인들, 사슴 한 마리 실을 만한 작은 수레로 청빈한 생활을 했던 환소군인들, 어찌 이보다 더하겠습니까?

아아, 우리 큰어머님의 부덕(婦德)은 실로 아름다웠습니다. 그러나 평생 고생만 하시고 누리신 것은 너무나도 보잘것없었습니다. 게다가 중년 이후로 상화(喪禍)가 계속되어 자손 4,5인이 연달아 요절했으니 가슴아파하고 비통함에 빠져서 눈물이 마를 날이 없었습니다. 그리하여 세상에서 일컫는 더할 나위 없이 기쁘고 좋은 일 가운데 사람이면 누구나 바랄 수 있는 것을 하나라도 지니지 못했습니다. 그러다가 병인년(1686) 겨울에서야 셋째아들[金昌直]이 비로소 대과(大科)에 급제하니, 온 집안이 서로 기뻐하고 축하하는 사람들이 문에 가득하였습니다. 생각하기를, 하늘은 상화(喪禍) 내린 것을 후회하고 가운(家運)은 회복되어 마침내 만년의 복을 누리실 것으로 여겼습니다. 그런데 어찌 몇 개월도 지나지 않아서 조문하는 사람들이 벌써 동네 어귀에 있을 줄을 생각이나 했겠습니까?

아아, 주고 앗아가는 것도 운명이니 이것이 풍부하면 저것은 인색한 법이며, 좋고 나쁜 것도 운수이니 좋은 일 한 번 일어나면 나쁜 일 한 번은 제거되는 법이라, 날카로운 이빨을 주었으면 뿔은 주지 않고 여울이 세차게 흘렀으면 연못은 멈추어 있는 것이 이치의 불변이니 마땅히 그렇지 않을 수가 없는 것입니다. 그러나 지금 보건대 또한 유독 한쪽으로만 치우친 것은 무엇 때문입니까? 아아, 애통합니다.

소자가 형편없는 데다 병에 걸렸기 때문에 반함(飯含)하고 염습(殮襲)하는 때부터 제대로 다하지 못했고, 정성과 예로써 술과 제수를 올리는 것도 또한 장례하는 때를 맞추지 못했습니다. 1년이 지나 소상(小祥)이 임박하고 나서야 비로소 변변찮은 제물을 갖추니, 세상을 굽어보든 하늘을 우러르든 몹시 부끄러워 슬픔을 더욱 가누기가 어려우나, 다만 존령(尊靈)께서 이 작은 정성을 헤아려 주시기 바랄 뿐입니다. 아아, 슬픕니다. 적지만 흠향하소서.

祭伯母文

維歲次戊辰[1], 二月甲辰朔, 十二日乙卯, 從子昌協, 謹以淸酌庶羞之奠, 敢昭告于伯母淑人昌寧曹氏[2]之靈。嗚呼! 婦人之德, 見於彤史[3]多

---

1) 戊辰(무진) : 肅宗 14년인 1688년.

2) 昌寧曹氏(창녕조씨) : 김창협의 할아버지 金光燦은 3남5녀를 두었으니, 아들로는 金壽增(1624~1701)·金壽興(1626~1690)·金壽恒(1629~1689)인데, 바로 김수증의 아내. 曹漢英(1608~1670)의 딸이다. 3남 4녀를 낳았으며, 1687년 2월 13일 77세의 나이로 죽어 경기 楊州 石室의 선영에 묻혔다. 조한영은 조선 후기의 문신. 본관은 昌寧, 자는 守而, 호는 晦谷. 아버지는 공조참판 曹文秀이며, 어머니는 李直彦의 딸이다. 한편, 김창협은 김수항의 6남1녀 가운데 둘째아들이다.

3) 彤史(동사) : 彤管史. 彤管을 가진 史官. 동관은 옛날 女史가 궁중에서 궁중의 政令과

矣。然其心安澹泊, 身履儉素, 不疚於隱約[4], 不浸於華靡, 以成君子[5]清高之名, 如梁家之德耀[6], 鮑氏之少君[7], 斯最難矣。夫以我伯父[8]雅性之恬淡[9], 趣操之高潔, 雖處門戶鼎貴[10]之中, 而常有山林獨往[11]之韻。沖然蕭然, 不以一事自累者, 亦惟我伯母內助之功多焉。蓋其資性簡質, 志尙朴素, 平居衣物服用[12], 絶不爲華靡, 雖門內燕集[13], 賓客盈堂, 而縞綦靑碧, 亦未嘗加飾, 顧視綺繡珠翠[14], 如不屑也。及我伯

后妃의 일을 기록할 때 쓰던 붓이다.

4) 隱約(은약) : 고생함. 《論語》〈里仁篇〉의 "어질지 못한 자는 누추한 곳에서도 오래있지 못하고, 즐거운 곳에서도 오래있지 못한다.(不仁者, 不可以久處約, 不可以長處樂.)"에서 나온 말이다.

5) 君子(군자) : 예전에, 아내가 자기 남편을 이르던 말.

6) 梁家之德耀(양가지덕요) : 梁家는 後漢의 梁鴻을 가리키며, 德耀는 양홍의 아내 孟光의 자임. 맹광은 본디 부유한 집안 출신이었으나 남편의 뜻을 따라 화려한 의복을 벗어던지고 가시나무로 만든 비녀를 착용하는 등 검소하게 지내며 기꺼이 함께 覇陵山에 은둔하여 지냈다.

7) 鮑氏之少君(포씨지소군) : 鮑氏는 後漢의 鮑宣을 일컬으며, 少君은 桓少君을 가리킴. 환소군은 포선의 스승의 딸로 부유한 환경에 자랐으면서도 화려한 생활을 멀리하고 포선에게 검소한 덕을 권면하여 함께 작은 수레를 이끌고 향리로 돌아가 살았다는 인물이다.

8) 伯父(백부) : 金壽增을 가리킴. 조선 후기의 문신·성리학자. 자는 延之, 호는 谷雲. 좌의정 金尙憲의 손자이다. 1650년 생원시를 거쳐 1652년 洗馬가 되었다. 그 뒤 형조정랑·공조정랑을 거쳐 各司의 正을 두루 역임하고, 1675년 동생 金壽恒이 宋時烈과 함께 유배되자 당시 성천 부사의 직을 그만두고 지금의 강원도 화천군 사내면 영당동에 籠水精舍를 짓고 은거하였다. 1694년 갑술옥사 이후 남인이 몰락하고 소론이 집권하였으나 1689년 송시열과 김수항이 기사환국으로 죽음을 당한데 충격을 받고 벼슬하기를 사양하였다. 그 후 1697년 12월 한성부 좌윤에 임명되었으며, 이어 공조 참판을 제수받았다.

9) 恬淡(염담) : 명예나 이익에 대한 욕심이 없는 것을 이름.

10) 鼎貴(정귀) : 고귀한 사람을 이르는 말.

11) 獨往(독왕) : 세속의 굴레를 벗어나 자유롭게 사는 것을 말함.

12) 服用(복용) : 옷으로 입음.

13) 燕集(연집) : 잔치의 모임.

14) 珠翠(주취) : 구슬과 翡翠. 이것은 모두 여인의 髮飾에 쓰이는 것이기 때문에 전하여

父盡室爲東峽之隱[15]，則山深水阻，麀豕交跡，幾與人境隔絶。而欣然樂而從之，徒步而蹠大嶺，樹屋而依環堵[16]，日飯牛鋤圃，採山蔬以佐脫粟[17]，而處之怡怡，歷六七寒暑，而卒無困苦怨悔之色。若是者，雖古之荊釵鹿車[18]，何以加焉？嗚呼！此在我伯母之德，則固美矣。然其平生勤苦，所享亦已薄矣。況自中年以來，喪禍洊仍，子姓四五人[19]，相繼夭札[20]。哀傷隕慘，涕淚無晞時。凡世所謂吉祥善事[21]人情之所可願者，無一之有焉。乃於丙寅[22]之冬，三哥[23]始闡大科，室家交慶，賀者盈門。意者天心悔禍，家運回泰[24]，卒享晚塗之福矣。豈謂未及數月而弔者已在閭耶？嗚呼！予奪者，命也，此豐則彼嗇，吉凶者，數也，一

여인의 머리꾸미개를 말한다.

15) 爲東峽之隱(위동협지은) : 김수증은 1670년에 지금의 강원도 화천군 사내면 영당동에
籠水精舍를 지었는데, 1675년 동생 金壽恒이 宋時烈과 함께 유배되자 당시 성천 부사의
직을 그만두고 그곳으로 들어간 것을 이름. 이때 주자의 행적을 모방하여 그곳을 '谷雲'
이라 하였다고 한다.

16) 環堵(환도) : 陶淵明이 지은 〈五柳先生傳〉의 "좁은 방 쓸쓸하여 바람과 해를 가리지 못
한다.(環堵蕭然, 不蔽風日.)"에서 나온 말. 環은 사방의 둘레이며, 堵는 담의 길이와
넓이가 각각 1尺인 것으로, 환도는 매우 작은 집을 뜻한다.

17) 脫粟(탈속) : 껍질만 벗기고 쓿지는 않은 쌀. 즉 玄米로 지은 밥을 말한다.

18) 荊釵鹿車(형차녹거) : 荊釵는 양홍의 아내 맹광이 가시나무 비녀에 베치마(布裙)만 입었
던 데서 나온 말이며, 鹿車는 청빈을 숭상한 鮑宣의 아내 桓少君이 결혼하면서 가지고
온 화려한 혼수품을 모두 친정으로 돌려보내고 남편과 함께 녹거를 끌며 향리로 돌아갔
다는 데서 나온 말. 부인의 검소한 생활, 부부의 청빈한 생활을 일컫는 말이다.

19) 子姓四五人(자성사오인) : 1673년에 둘째아들 金昌肅이 죽고, 1682년에 손자 金五一이
죽는 등 喪事가 이어졌던 것으로 보임.

20) 夭札(요찰) : 젊은 사람의 죽음을 이르는 말.

21) 吉祥善事(길상선사) : 더할 나위 없이 기쁘고 좋은 일.

22) 丙寅(병인) : 肅宗 12년인 1686년.

23) 三哥(삼가) : 셋째아들. 곧, 金昌直(1653~1702)을 가리킨다. 조선 후기의 문신으로 자
는 季達이다. 1686년 通德의 신분으로 정시문과에 병과로 급제한 인물이다.

24) 回泰(회태) : 泰로 회복함. 태는 《周易》의 卦名인데, 上坤下乾으로 천지가 화합하여
만물을 태평으로 인도하는 象이다.

乘而一除。齒之予而角之去, 湍之激而潭之停, 斯理之常, 宜無不然。而
以今觀之, 亦獨何偏哉? 嗚呼痛哉! 小子無狀, 拘於病故, 自始含斂, 不
克自致, 其誠禮觴豆之奠, 亦不及柩。初朞旣迫, 始薦薄具, 俯仰慚痛,
哀益難勝, 只冀尊靈鑑其微誠而已。嗚呼哀哉! 尙饗。

[農巖集, 卷29]

김창협金昌協, 1651-1708

☞ 42면 참조.

큰어머니 제문

祭伯母文

김주신

경진년(1700) 4월 5일에 조카 중훈대부(中訓大夫) 행 호조좌랑(行戶曹佐郎) 김주신(金柱臣)은 삼가 맑은 술과 제수를 갖추고 공경히 큰어머님 숙인(淑人) 한산이씨(韓山李氏) 영전에 제사를 드리나이다.

아아, 애통합니다. 저는 태어나서 하늘로부터 복을 받지 못해 이도 갈기 전에 아버님[金一振]을 잃었고, 겨우 약관(弱冠)하고도 4년이 지났을 때에 끝내 어머님[豊壤趙氏]마저 돌아가시어 자식이 부모를 봉양하는 효도도 할 수 없게 되었습니다. 외로운 몸으로 죽다가 살아남은 것은 오로지 백숙부모의 은덕 때문이었습니다. 부모를 잃어 돌보고 감싸주는 이 없는 제가 의지할 곳이 있기를 바랐으나, 팔자가 기구하고 박복하여 재앙 내리는 것이 그치지 않았습니다. 큰아버님[金弘振]과 작은아버님[金必振] 그리고 나성두(羅星斗)와 정재악(鄭載岳)께 각각 시집간 두 고모님 등이 20여 년 사이에 서로 뒤따라서 돌아가셨습니다.

작은어머님[安東權氏] 및 큰어머님만이 우뚝하게 살아남아 계시면서 저를 감싸주시고 길러주셨습니다. 제가 추워하면 옷을 입혀주시고 제가 굶주리면 먹여주시며, 저를 생각하고 돌보아주시는 것이 친자식과 조금도 차별이 없으셨습니다. 비록 제가 사리에 어둡고 어리석을망정 그래도 감사하여 떠받들 줄 알았나니, 우리 큰어머님을 바라보기는 늘 하늘처럼 여겼습니다. 오늘 몹시 애통해하는 것이 친상(親喪) 당할 때와 같은 줄을 누가 알겠습니까마는, 푸르고 푸른 저 하늘이여 나는 장차 누구를 우러러야한단 말입니까?

아아, 큰어머님은 음양오행의 맑디맑은 기운을 받아서 태어나셨으니, 마음이 순박하고 현명하시며 행실이 곧고 바르셨습니다. 친족과 화목한 마음씨며 독실한 사랑과 효도는 부인들의 역사에서 찾아보면 예로부터 특별히 드문 것이었습니다. 만약 규중(閨中)의 법도를 말할진댄 저 문왕(文王)의 어머니 태임(太任)과 무왕(武王)의 어머니 태사(太姒)에 견줄 수가 있었으니, 부모님과 처자식 형제들이 본을 받으며 사랑하고 존모하지 않음이 없었습니다.

지금 육친(六親)들이 모여서 조문하는 것이 마치 친상(親喪)을 당한 것처럼 하는데, 하물며 제 마음의 찢어지는 아픔이야 어찌 끝이 있겠습니까마는, 유독 생사의 사이에 제가 기대를 저버림이 되레 심하였습니다. 병환에서부터 빈장(殯葬)에 이르기까지며 빈장에서부터 장례에 이르기까지, 병 수발하는 정성이며 제물을 올리는 범절 등이 호조좌랑(戶曹佐郎)에 분주하느라 예의에 맞게 제대로 행해지지 아니하여 마음이 몹시 섭섭합니다. 어느덧 장례 치를 날이 다가와 먼 길을 떠나시려 하니, 지금부터 이틀을 묵고 나면 무덤 속으로 영원히 갈 것이옵니다.

돌아보건대, 이 깊은 한은 어디에서 조금이라도 풀 수 있겠습니까? 큰어머님의 지극한 행실과 아름다운 몸가짐이 가보(家譜)에 묘사되어 전해져서 우리 후손들에게 교훈이 되기를 바라는 것, 소자의 책임은 오직 이뿐입니다. 우러러 바라옵건대 존령(尊靈)께서는 밝으

시지 결코 어둡지 않으시니, 캄캄한 지하에서라도 이 작은 정성을
굽어 살펴주소서. 아아, 슬픕니다. 적지만 흠향하소서.

祭伯母文

維歲次庚辰, 四月甲子朔, 初五日戊辰, 姪子中訓大夫, 行戶曹佐郎柱
臣, 謹以淸酌庶羞之奠, 敬祭于伯母[1]淑人韓山李氏靈座之前。嗚呼慟
矣！ 我生不天[2], 未齓失怙[3], 甫冠四載, 不卒反哺[4]。煢煢孑子, 在死而
存, 惟我諸父諸母之恩。孤露[5]殘骸, 庶有依庇, 命奇祚薄, 降割未已。伯
父叔父[6], 羅鄭二姑[7], 二紀之間, 相繼而殂。惟玆叔母[8]曁我伯母, 巍然

---

1) 伯母(백모) : 韓山李氏(1626~1700)로 李基祚(1595~1653)의 딸. 김홍진과 결혼하여 3
   남1녀를 두었으나 장남 淸風府使 金鼎臣을 제외한 두 아들은 일찍 죽었다. 이기조는
   본관은 韓山, 자는 子善, 호는 浩菴이다. 아버지는 판서를 지낸 李顯英이며, 어머니는
   平山申氏 申應榘의 딸이다. 朴東說의 문인이다. 1615년 진사로서 謁聖文科에 병과로
   급제하여, 여러 관직을 거쳐 우참찬이 되고 이어서 예조판서가 되었으나 종묘수리에
   태만하였다는 김육 등의 탄핵을 받아 함경감사로 좌천되었으나 병으로 관직을 사퇴하
   였다. 1653년에 공조판서에 임명되어 돌아오던 중 김화에서 병으로 죽었다.
2) 不天(불천) : 하늘로부터 복을 받지 못함.
3) 未齓失怙(미츤실호) : 김주신이 5살 때 아버지 김일진이 죽은 사실을 일컬음.
4) 反哺(반포) : 자식의 효도를 뜻함. 반포는 孝鳥로 알려진 까마귀 새끼가 다 크고 나서
   자기 어미에게 먹이를 물어다 먹이는 것을 말한다. '不卒反哺'는 김주신이 24살 때 어머
   니 豊壤趙氏(1632~1684)가 죽은 사실을 일컫는다. 풍양조씨는 趙來陽(1614~1648)의
   딸이다. 조래양의 본관은 豊壤, 자는 長吉, 호는 道山. 진사에 급제하였고, 인조 때에
   병자호란이 일어나 강화가 성립되자, 벼슬에 뜻이 없어 시골에 내려와 문장과 학문을
   닦았다.
5) 孤露(고로) : 孤露餘生. 외롭고 돌보아주는 이가 없는 남은 생명이라는 뜻으로, 부모를
   일찍 여읜 사람의 삶을 의미.
6) 백부숙부(伯父叔父) : 김주신의 할아버지 金南重은 첫째부인 閔氏 사이에 2녀를 두었
   고, 둘째부인 李氏 사이에 3남1녀를 두었으니, 아들로는 戶曹正郎 金弘振(1627~1671)
   ·생원 金一振(1633~1665)·成川都護府使 金必振(1635~1691)인데, 백부는 김홍진이고

獨存, 我鬻我覆。我寒而襦, 我飢而穀, 念我顧我, 無間似續[9]。雖我冥頑, 尙解感戴, 瞻我伯母, 常猶天只。誰知今日, 慟深如喪? 蒼天蒼天, 吾將安仰? 嗚呼伯母, 二五[10]淸淑, 鍾稟爲性, 純明之德, 貞正之行。媚睦之誼, 慈孝之篤, 求諸女史, 古罕其特。若論閨儀, 可比任姒[11], 六親[12]取則, 罔不愛慕。逮今會弔, 如哭其親, 矧余摧割, 曷有其垠? 獨於幽明, 孤負反甚。自病至殯, 自殯至窆, 擧扶之誠, 侍奠之節, 奔走斗斛[13], 禮廢情缺。日月有時, 祖道[14]將戒, 自今信宿, 窀穸永閟。顧玆深恨, 於何少洩? 至行懿範, 庶幾摹述, 傳于家譜[15], 詔我後昆, 小子之責, 唯斯已焉。仰惟尊靈, 精爽不昧, 冥冥之中, 尙監微衷。嗚呼哀哉! 尙饗。

[壽谷集, 卷8]

숙부는 김필진을 가리킴. 백부가 1671년에 죽었고 숙부가 1691년에 죽었으니, 그 사이가 20년이다.

7) 羅鄭二姑(나정이고) : 민씨 할머니의 소생 고모가 2명으로 큰고모가 海州牧使 羅星斗에게 작은고모가 坡州牧使 徐正履에게 시집갔으며, 이씨 할머니의 소생 고모는 1명으로 敦寧都正 鄭載岳에게 시집갔으니, 나성두와 정재악에게 시집간 고모를 일컬음.

8) 叔母(숙모) : 김필진의 아내, 곧 安東權氏 禮曹參判 權堣의 딸이다. 1711년 사망하였다.

9) 似續(사속) : 선조의 遺業을 계승한다는 의미로, 여기에서는 친자식을 말함. 《詩經》〈小雅·斯干〉의 "먼 조상님들 유업을 받아 거대한 집을 지어 놓았구나.(似續妣祖, 築室百堵.)"에서 나온다.

10) 二五(이오) : 음양오행.

11) 任姒(임사) : 周나라 文王의 모친 太任과 무왕의 모친 太姒를 합쳐서 부른 말. 모두 聖母로 일컬어졌다.

12) 六親(육친) : 부모·형제·처자를 이르는 말.

13) 斗斛(두곡) : 곡식을 되는 기구. 여기서는 1700년에 김주신이 戶曹佐郎을 역임하고 있었음을 가리킨다.

14) 祖道(조도) : 祖道祭. 먼 길 떠날 때에 도중의 무사함을 빌기 위하여 行路神에게 제사지내는 일. 옛적에 황제의 아들 累祖가 여행길에서 죽었으므로 후인이 행로신으로 모신다고 한다.

15) 家譜(가보) : 한 집안의 내력이나 가족 관계를 적은 책.

김주신金柱臣, 1661-1721

조선 후기의 문신. 본관은 慶州, 자는 廈卿, 호는 壽谷·洗心齋. 할아버지는 예조판서 金南重이고, 아버지는 생원 金一振이다. 숙종의 장인이며, 朴世堂의 문인이다. 1686년 생원시에 장원으로 합격하였고, 이듬해 掌苑署別檢, 1699년 歸厚署別提에 이어 사헌부감찰·호조좌랑을 역임하였다. 1700년 順安縣令으로서 명관으로 이름이 높았다. 1720년 그의 딸이 숙종의 繼妃(仁元王后)가 되자 敦寧府都正이 되고, 이어 領敦寧府事로 慶恩府院君에 봉해졌으며, 五衛都總府都總管으로서 尙衣院·掌樂院의 提調 및 扈衛大將을 겸임하였다.

숙부 영의정 정씨 부인 제문
祭叔父鄭領相夫人文

정사룡

　우리 할아버지[鄭蘭宗] 우참찬(右參贊)께서는 실로 지극한 덕이 있으셔서 훌륭한 네 아드님을 기르셨는데 둘째아드님[鄭光弼]이 그 중에서도 빼어났습니다. 나의 훌륭한 아들이니 또한 모름지기 어진 짝이어야 한다 하시고, 이름난 집안에 장가 들여 부인(夫人 : 恩津宋氏)을 맞이하셨습니다.

　우리 가문에 들어오신 유순한 부인은 시부모에게 사랑을 흠뻑 받으셨고, 친족들이 번갈아 감탄할 정도로 동서끼리도 서로 화기애애하셨습니다. 남편의 지위가 높아짐에 이르러서도 집안의 다스림이 더욱 빛나셨고, 부덕(婦德)은 당시의 모범이 되었으니 저를 도와주신 것이 어찌 적었겠습니까? 임금의 은총이 고명(誥命)에 감돌아 벼슬길이 트이면서, 가문이 커지게 되었고 또 훌륭한 자손들도 번성하였습니다. 부부가 서로 화목하게 지낸 기쁨을 60년하고도 남음이 있게 사시면서, 큰 복을 누리신 분은 감히 세상에 비길 자 없었습니다.

　그러하나 벼슬과 명예가 가득하면 근심걱정거리가 많아지는 법이라 임금의 총애를 받은 권신(權臣)들이 드러내놓고 앙갚음을 하니, 숙부(叔父 : 정광필)께서 멀리 남쪽 끝으로 내쫓기어 유배되매 암담한 심정을 아뢸 길이 없었고, 서로 소식이 끊겨 마음 아파하다가 중병에 걸리셨습니다. 멀리 귀양 갔다가 그 기간을 꽉 채우자 임금께서 대단히 밝게 살펴주시매, 온 가족이 도성의 문에서 숙부를 마주 대하니 꿈같았고, 관직(官職)과 봉호(封號)가 모두 회복되어 다시 시대의 동량이 되셨습니다. 그런데 어찌 하늘이 숙부를 거두어 앗아가리라고 생각했겠습니까마는 갑자기 돌아가시니, 따라 죽지 못한 부인은 애통함으로 날마다 근심하고 번민하다가 돌연히 의약을 썼음에도 끝내 돌아가셨습니다.

부인의 올곧은 삶을 헤아려 보면 살아계실 때든 돌아가신 이후든 감동할 만합니다. 제가 일찍이 어머님을 잃었을 때는 실로 이도 갈기 전이었지만, 돌보아주시고 길러주신 은혜가 깊었거늘 보답하는 것조차 하지 못했습니다. 이러한데도 노성한 분들이 세상을 떠나시니 조상이 물려준 가업들을 이을 수가 없고, 후손들은 누구를 의지해야 하며 발 하나조차 보호하지 못하고 있습니다.

상여를 맨 수레가 떠나려 하매 제전(祭奠) 올리는 것이 이미 정해져 있으니, 변변찮은 제물을 차리고 영원한 이별을 고하나 가슴에 품은 비통함은 다함이 없나이다. 아아, 슬픕니다. 적지만 흠향하소서.

祭叔父鄭領相夫人文

我祖[1] 參贊, 實有茂德, 毓慶四鳳[2], 仲氏[3] 挺特。曰予佳子, 亦須良

---

1) 我祖(아조) : 정사룡의 할아버지 鄭蘭宗(1433~1489)을 가리킴. 자는 國馨, 호는 虛白堂. 1467년 황해도 관찰사로 李施愛의 난을 평정하는 데 공을 세우고, 벼슬은 우참찬에 이르렀다.

2) 毓慶四鳳(육경사봉) : 정난종이 4남1녀 둔 것을 일컬음. 아들로는 僉知中樞府事 鄭光輔(1457~1524)·領議政 鄭光弼(1462~1538)·安山郡守 鄭光佐(1506~1564)·直長 鄭光衡

配, 聘于名家, 以夫人[4]對。入門婉娩, 媚于舅姑, 宗黨迭嗟, 妯娌[5]交
愉。逮夫子[6]貴, 內治盆卲, 德爲時式, 我助豈少？恩紆誥花[7], 籍通天
閣[8], 旣大門闌[9], 又多子孫。好合之歡[10], 六旬有贏, 享有胡福, 世莫
與京。盛滿多虞, 權倖[11]肆憾, 遠斥南裔[12], 莫白黯黮, 契闊[13]疚心,
以底沈嬰。竄殛[14]稔盈, 天鑑孔明, 盡室脩門[15], 相對如夢, 悉復官封,
復爲時棟。豈意不愁[16]？遽捐門館[17], 未亡之痛, 日抵憂懣, 頓郤醫藥,

(요절)이다.

3) 仲氏(중씨) : 정난종의 둘째아들 鄭光弼을 가리킴. 자는 士勖, 호는 守夫. 어머니는 完山
李氏 將仕郎 李知止의 딸이다. 1492년 식년문과에 급제하고, 1504년 직제학을 거쳐
이조참의가 되었는데, 임금의 사냥이 너무 잦다고 간했다가 아산으로 유배되었다. 1506
년 중종반정 후 부제학에 오르고, 그 뒤 이조참판·대제학·우참찬으로 전라도도순찰사
가 되어 삼포왜란을 수습하고 병조판서에 올랐다. 1513년 우의정·좌의정을 거쳐, 1516
년 영의정에 올랐다. 1519년 기묘사화 때 趙光祖를 구하려다 영중추부사로 좌천되었다
가, 1527년 다시 영의정에 올랐다.

4) 夫人(부인) : 정광필의 아내 恩津宋氏(1462~1539.8). 4남을 두었다. 正郞 宋順年의 딸
이다. 송순년의 호는 逍遙堂인데, 증조부는 宋克己이고 조부는 宋愉이며 아버지는 宋繼
祀이다. 외조부는 金宗興이고 처부는 金孟獻이다. 1469년 秋場試에 병과로 급제하였고
관직은 禮曹正郞에 이르렀다.

5) 妯娌(축리) : 同壻. 형제의 아내가 서로 부르는 칭호.

6) 夫子(부자) : 남편의 높임말.

7) 誥花(고화) : 誥命. 임금으로부터 내린 職牒을 비유적으로 이르는 말.

8) 天閣(천혼) : 天帝의 궁궐 문이라는 뜻으로, 여기서는 벼슬길을 이름.

9) 門闌(문란) : 가문.

10) 好合之歡(호합지환) : 《詩經》〈小雅·常棣〉의 "처자가 서로 좋아하고 화목하는 것이 거
문고 비파를 타는 것과 같다.(妻子好合, 如鼓瑟琴.)"에서 나온 말.

11) 權倖(권행) : 임금의 총애를 받아 권세를 부리는 신하.

12) 遠斥南裔(원척남예) : 정광필이 1537년 5월 이전에 총호사로서 禧陵을 잘못 썼다는 金安
老의 논의로 金海府에 유배된 사실을 일컫는 말.

13) 契闊(결활) : 멀리 떨어져 있어 소식이 끊어짐.

14) 竄殛(찬극) : 찬은 몰아내서 금고시키는 것, 극은 拘囚하여 困苦하게 하는 것이니, 극형
을 말함.

15) 脩門(수문) : 楚나라 도읍인 郢의 성문 이름으로, 보통 都城의 문을 이르는 말.

竟至奄忽。揆之義烈，足動存沒。某夙遭失恃，實丁未齔[18]，恩深顧育，酬報蓋闕。老成凋謝[19]，緒業莫續，後生何依？不能衛足[20]。紼紖[21]將擧，祖載[22]已訖，薦薄致訣，銜痛罔極。嗚呼哀哉！尙饗。

[湖陰雜稿，卷8]

정사룡鄭士龍，1491–1570

조선 중기의 문신·문인. 본관은 東萊, 자는 雲卿, 호는 湖陰. 아버지는 鄭光輔이다. 1512년 생원이 되었고, 같은 해 별시문과에 병과로 장원했다. 1516년 황해도도사로서 문과중시에 장원하였으며 사간을 거쳐 1523년 부제학이 되었다. 1534년 冬至使로서 명나라에 다녀왔다. 1542년 예조판서로 승진이 되고, 1544년 공조판서로 다시 동지사가 되어 명나라에 다녀왔다. 1554년 대제학이 됐으나 과거의 시험문제를 누설하여 파직됐다. 判中樞府事로 복직되고 이어 공조판서가 되었다가, 판중추부사에 전임됐다. 1563년 사화를 일으켰던 李樑의 일당으로 지목돼 삭탈관직 당했다.

---

16) 不慭(불은) : 하늘이 국가를 위해서 원로를 이 세상에 남겨 두려 하지 않는다는 말. 《詩經》〈小雅·十月之交〉의 "원로 한 분을 아껴 남겨 두어서 우리 임금을 지키게 하지 않는구나.(不慭遺一老，俾守我王.)"에서 나온 말이다.

17) 捐門舘(손문관) : 捐舘. 살던 집을 버린다는 뜻으로, 죽음을 높여 이르는 말.

18) 實丁未齔(실정미츤) : 정사룡이 4,5세 때 모친상 당한 사실을 이르는 말.

19) 凋謝(조사) : 시들어 떨어진다는 뜻으로, 세상을 하직하다는 말.

20) 不能衛足(불능위족) : 《春秋左氏傳》成公 17年條에 孔子가 "포 장자의 지혜는 해바라기만도 못하다. 해바라기도 오히려 제 발을 능히 보호하느니라.(鮑莊子之知不如葵．葵猶能衛其足.)"라고 한 데서 나온 말. 해바라기가 태양을 향하여 잎을 기울여서 제 뿌리를 가려 보호한다 해서 이른 말이다.

21) 紼紖(불진) : 상여를 맨 수레.

22) 祖載(조재) : 葬地로 출발하기 전에 靈柩를 수레 위에 싣고 祭奠을 올리는 것을 이르는 말.

막내숙모 한부인 제문
祭季母韓夫人文

이여

    모년 모월 모일에 조카 이여(李畬)는 삼가 제철의 제수(祭需)를 갖추고 공경히 돌아가신 막내 숙모 정경부인(貞敬夫人) 청주한씨(淸州韓氏)의 관 앞에 고하나이다.

    아아, 소자가 이 애통함을 견딜 수 있겠습니까? 지난 기사년(1689)과 경오년(1690)에 하늘이 우리 집안에 재앙을 내렸으니, 막내 숙부[李端夏]께서 세상을 떠나시고, 그 뒤 겨우 1년을 넘겼을 때에 아버님[李紳夏]께서 또 소자를 버리셨습니다. 이때를 당하여 4촌간 5형제는 일시에 잇따른 거상(居喪)의 아픔에 처했으니, 모두가 어찌 목숨을 보전할 생각이 있었겠습니까? 그래도 서로 의지하고 목숨을 부지한 것은 두 집에 각각 홀로된 어머님이 계셨기 때문이니, 길이 행복한 삶을 누리시기 바랐습니다. 소자의 형제들은 상복(喪服)을 벗고 나서 숙모께 여주(驪州)의 시골집으로 같이 가서 살기를 아뢰었고, 백발의 두 어른들은 서로 왕래하시면서 기뻐하고 즐거워하셨으니 이 또한 인간 세상의 지극한 즐거움이었습니다.

    1년도 되지 않아서 일신상의 벼슬이 점점 변하여 못난 제가 욕되게도 재상의 반열에까지 올랐습니다. 형님[李畓]과 사촌 동생도 이때를 전후하여 또한 〈형님은 삼척부사로 사촌동생은〉 호남지방에 있는 현

[전북 김제]의 수령으로 나아가게 되자, 각기 혼자된 어머님을 자신의 가마에 받들어 모시고 임소(任所)에 갔습니다. 영화롭게 봉양하는 것이야 할 수 있게 되었지만, 같은 집에서 얼굴을 뵈오며 모시고자 했던 바람은 어긋나고 말았습니다.

그 후에 소자는 어머님[寧越辛氏]의 병환이 계속 심했기 때문에 형님의 임소에 가서 머물러 있었으면서도 길을 돌아서 숙모님을 뵈올 엄두를 내지 못하고 미적거리는 사이에 훌쩍 다시 2년이 지났습니다. 금년 가을에 소자가 외람되이 특혜로 품계가 올랐으니 마땅히 선조의 무덤에 인사를 드리러 갈 것인바, 이때에 지름길로 찾아가 뵈면 두 해 동안 뵙지 못한 정을 풀 수 있으리라고 생각했습니다. 이 계획이 또 미처 이루어지기도 전에 천고의 애통함을 영원히 안을 줄을 어찌 생각이나 했겠습니까? 숙모께서 편찮으셨을 때 편지를 소자에게 보내셨는데, 편지 글에 조카들을 다시 보지 못하는 한스러움을 아주 소상히 쓰셨으니, 숙모께서는 소자를 친아들로 여기셨으나 소자는 친어머니로 섬기지 못했습니다. 천지 사이에 그저 아득하기만 하니, 이 애통함이 어찌 끝이 있겠습니까?

오늘 먼저 돌아가신 숙부의 영구(靈柩)가 이전에 썼던 무덤에 변고가 생겨 다시 땅 밖으로 나와 있어서, 온 집안 식구들이 두 영구를 받들고 있습니다. 아들과 조카들이 모두 함께 있으면서 아침저녁으로 서로 부여잡고 울부짖으나 숙모께서는 까마득히 돌아오지 않으셨습니다. 숙모의 자혜로운 마음이 예전과는 달라져서 그런 것이옵니까? 아아, 애통합니다.

졸렬한 제문과 변변찮은 제수는 이 슬픈 마음을 쏟아내기에는 부족하나, 술 한 잔을 올려 영원한 이별을 하노니 애간장이 찢어지는 듯 아픕니다. 아아, 애통합니다. 적지만 흠향하소서.

祭季母韓夫人文

維歲月日, 從子畣, 謹具時羞之奠, 敬告于先季母[1]貞敬夫人淸州韓氏之柩筵。嗚呼! 小子尙可以堪此痛歟? 往在己巳庚午[2], 天割我家[3], 先季父[4]府君捐背[5], 僅踰期而先考[6]府君又棄小子。當是時, 同堂[7]五昆季[8], 一時纍然[9]在疚[10], 俱安有生全之念哉? 尙恃而爲命者, 兩家各有偏慈在堂, 庶幾享受遐祉[11]。小子兄弟, 身旣去苴麻[12], 奉請夫人出住

---

1) 季母(계모) : 淸州韓氏 韓必遠(1578~1660)의 딸. 아들 4형제를 두었다. 한필원은 1605 년 사마시에 합격하고, 成均館掌議가 되었을 때 李滉의 文廟從祀에 반대하는 鄭仁弘을 儒籍(유생들의 가계·학통·학업 등을 기록한 문서)에서 삭제했다가 광해군의 노여움을 받았지만 李恒福·李廷龜의 변호로 무사하였던 일화가 있다.

2) 己巳庚午(기사경오) : 肅宗 15년인 1689년과 16년인 1690년.

3) 天割我家(천할아가) : 《書經》〈周書·大誥〉의 "불행하게도 하늘은 우리 집안에 재난을 내리심에 있어 조금도 지체하지 않았다.(弗吊天降割於我家, 不少延.)"에서 나온 말.

4) 季父(계부) : 이단하를 가리킴. 李植(1584~1647)은 3남3녀를 두었으니, 아들로는 李冕 夏(1619~1648)·禮賓寺正 李紳夏(1623~1690)·左議政 李端夏(1625~1689)이다. 한편, 이단하의 자는 季周, 호는 畏齋·松磵. 송시열의 문인이다. 1662년 증광문과에 급제한 뒤 여러 관직을 거쳐 1686년에 우의정을 1687년에 좌의정을 지냈다. 1689년 3월에 죽었다.

5) 捐背(연배) : 세상을 버리고 등짐. 곧 세상을 떠났다는 의미이다.

6) 先考(선고) : 李紳夏. 자는 仲周. 禮賓寺正을 지냈다. 1690년 6월에 죽었다.

7) 同堂(동당) : 從兄弟. 곧 4촌 형제들이다.

8) 五昆季(오곤계) : 5형제. 이신하의 3남과 이단하의 2남을 일컫는다. 이신하의 府使 李蕃 (1641~1708)·李畣(1645~1718)·李簹(1661~1712) 등 세 아들과, 이단하의 郡守 이심 (1645~1701)·찰방 이자(1652~1737) 등 두 아들이다. 李蕃의 자는 仲培, 호는 守孤堂.

9) 纍然(유연) : 연이은 모양.

10) 在疚(재구) : 居喪.

11) 祉(지) : 福祉. 행복한 삶.

于驪莊[13], 鶴髮兩堂, 往來怡愉[14], 斯亦人世之至樂也。曾未一年, 人事稍變, 以小子不肖, 忝位卿列[15]。家兄[16]與堂弟[17], 亦前後出宰湖縣, 分奉板輿[18]以往。榮養則有之, 而合堂承顔之願則違矣。其後小子連以親癠, 往留於家兄任所, 而不遑枉道就首於夫人, 荏苒之間, 倏復兩歲。今秋小子, 又濫陞恩秩[19], 當有事於先阡[20], 謂於此可得便道[21]造拜, 以伸兩歲未遂之情矣。何意此計又未及成, 而永抱千古之痛也? 方夫人之寢疾也, 有書遺小子, 辭旨縷縷, 以不復見諸姪爲恨, 是夫人視小子猶子, 而小子不能事猶母。穹壤茫茫, 此痛何極? 今先季父府君靈柩, 因舊藏遇變, 還出地上, 一宇之內, 並奉兩筵。諸子姪咸在, 朝夕攀號, 而夫人漠然無顧也。豈夫人慈惠之念, 與平昔有異而然也? 嗚呼痛哉! 菲詞薄奠, 不足以瀉此哀悃, 一獻長辭[22], 五內摧裂。嗚呼痛哉! 尙饗。

[睡谷先生集, 卷10]

---

12) 苴麻(저마) : 喪服.

13) 이여는 1695년 4월 도승지에 제수되었으나 노모의 봉양을 위해 사직하고 여주로 간 사실이 있음.

14) 怡愉(이유) : 부모의 마음이 화락함을 이르는 말.

15) 忝位卿列(첨위경렬) : 卿列은 재상의 반열이라는 뜻이니, 1694년 4월에 형조참판, 대사간, 6월에 홍문관 제학, 동지경연, 대사성이 된 것을 가리키는 말.

16) 家兄(가형) : 李蕃. 자는 茂伯. 三陟府使를 지냈다.

17) 堂弟(당제) : 李藩. 자는 子芳. 金堤郡守를 지냈다.

18) 板輿(판여) : 부들 방석을 깐 노인용 수레로서, 부모를 맞이하여 봉양하는 것을 이르는 말.

19) 濫陞恩秩(남승은질) : 1696년 예조판서에 오른 것을 일컬음.

20) 先阡(선천) : 선조의 무덤.

21) 便道(편도) : 지름길.

22) 長辭(장사) : 영원한 이별.

이여李畬, 1645-1718

조선 중기의 문신. 본관은 德水, 자는 治甫·子三, 호는 睡谷·睡村·浦陰. 할아버지는 판서를 지낸 李植이다. 아버지는 시정(寺正) 李紳夏이며, 어머니는 寧越辛氏 辛後元의 딸이다. 처는 豊川任氏 任座의 딸이다. 백부 李冕夏의 양자로 입양되었다. 송시열의 문인이다. 1662년 진사시에 합격한 뒤 통덕랑으로 1680년 정시문과에 병과로 급제하여 예문관 檢閱이 되었다. 이어 玉堂에 선임되어 湖堂에서 賜暇한 뒤, 홍문관부제학과 사간원대사간 등을 역임하였다. 1689년 己巳換局으로 송시열과 함께 면직되었다가 1694년 甲戌換局에 적극 참여하여 남인이 몰락하자 형조참판에 발탁되었다. 성균관대사성과 사헌부대사성을 거쳐 1702년에 좌의정이 되었고 이어 영의정에 올랐다.

송씨에게 시집간 고모 숙부인 제문

祭宋姑母淑夫人文

윤문거

　삼가 생각건대, 아름다운 몸가짐은 내외를 막론하고 모두 우러러 높이 받들었습니다. 친족들에게 돈독히 하시고 안부 물으시기를 두루두루 똑같이 하셨습니다. 안채는 활짝 열어젖혀져 있고, 뜨락은 반듯하게 치워져 있었습니다. 엄정하면서도 또한 은혜를 베푸셨으며, 자애로우면서도 의(義)를 가리는 법이 없으셨습니다. 무엇을 하시더라도 구차스럽지 않으셨고, 가진 것이 있으시면 반드시 베푸셨습니다. 빈궁한 이들은 배불리 먹이시고 위급한 이는 구제하셨으며, 손님에게는 술대접을 하시고 노복들에게는 먹이셨습니다. 많은 이들이 제집처럼 드나들어, 집은 사람들의 발걸음으로 늘 붐볐습니다. 그러나 조금도 힘들고 수고롭다 여기지 않으시고, 오직 고모부[宋熙祚]의 뜻대로 좇으셨습니다.

　정직과 강함 그리고 부드러움의 세 가지 덕은 이미 갖추셨고, 오복(五福 : 壽·富·康寧·攸好德·考終命)도 이에 갖추어졌습니다. 슬프게도 자식이 없으셨는데, 그래도 다행히 양자[宋時瑩]를 들이셨기 때문입니다. 아들로서 효도하고 어미로서 자애하는 도리를 다하였고, 자손들이 눈앞에 가득하였습니다. 백세토록 편안하게 사기를 바라시며, 함께 늙는 즐거움이 온전하였습니다.

그런데 중년의 아들[송시형]을 잃고 밤에 곡을 하셨으며, 팔순의 남편[송희조]마저 잃었습니다. 세상살이가 슬프디 슬펐고, 홀로 된 몸 붙일 곳 없어 외롭고도 외로웠습니다. 그래도 어미로서의 일을 도맡아 하셨으니, 애비 잃은 어린 손자들을 어루만져 기르셨습니다. 오히려 건강함을 즐거이 여기시어 날이 갈수록 소나무가 무성하듯 하셨습니다.

소자는 하늘이 돕지 아니하시어 영원히 의지하고 믿을 아버님[尹煌]을 잃고야 말았습니다. 부모 항렬의 한 분으로 고모님을 어머님 보듯 하였습니다. 불행하게도 하늘이 버리시어 고모님도 남쪽 고을에서 돌아가셨습니다. 자주 오간 편지를 생각노라면, 곡진하신 정에 더더욱 가슴이 아픕니다. 제가 떠돌아다님을 서글퍼하시고, 다시 보지 못할까 염려도 하셨습니다. 편지글을 받들 때면 절로 마음 아팠으나, 글을 보면서 슬픔을 달랬습니다. 오직 마음으로 말없이 기도하기는 하늘과 똑같이 장수하시라는 것이었습니다. 해묵은 오랜 병이 나아지시도록 신이 보살피기를 바랐습니다. 한 여름에 편지를 받았을 때는 마치 대면하고 명을 받는 듯했습니다. 그리고 소식이 몇 달이나 끊겼다가 갑자기 병에 걸리셨다는 말을 전해 들었습니다.

그런데 하루도 채 못 되어 부음(訃音)이 갑자기 왔습니다. 자리를 마련하고 울부짖으며 통곡하니, 마치 아버님과 어머님을 잃은 상(喪)과도 같았습니다. 이미 약시중 드는 것도 못하고, 끝내 달려가 통곡하는 것도 저버렸습니다. 지난날들을 생각하니 길러주신 은혜를 두터이 입었습니다. 실 한 오라기나 터럭 하나 만큼도 보답하지를 못했고, 처음부터 끝까지 모두 빠트리고 말았습니다. 높이 우러러도 미칠 수가 없으니, 가슴이 무너지고 눈물만 쌓입니다. 다만 병든 저도 이 세상에 살날이 얼마 남지 않았습니다. 저승에서 훗날 영원히 곁에서 모시겠습니다.

저만 홀로 참예하지 못하고 형제들의 후손들이 변변찮은 제수와 거친 제문을 가지고 제 대신 작은 정성을 올리나이다. 그래도 바라건대 오셔서 흠향하소서. 이승과 저승을 달리한 것이 못내 애통하기만 합니다.

祭宋姑母淑夫人文

恭惟懿範, 外內瞻宗。敦親敍族, 溥遍公通。閨闥[1] 洞開, 庭除整理。莊且篤恩, 慈不掩義。爲而不苟, 有則必施。哺窮濟急, 賓酒僕食。衆往如歸, 戶履常委。不以劬勞, 唯公[2]之志。三德[3]旣備, 五福斯具。所嗟無育, 猶幸蜾負[4]。孝慈盡道, 兒孫滿前[5]。期頤[6]保定, 偕老樂全。中

---

1) 閨闥(규달) : 안채.

2) 公(공) : 宋熙祚(1573~1651). 자는 公受. 송시열의 5촌 당숙이 된다. 윤문거의 할아버지 尹昌世(1543~1593)는 5남2녀를 두었으니, 아들로는 尹燧·尹煌·尹烇·尹熿·尹熺이며 딸로는 朴譓과 宋熙祚에게 각각 시집갔다. 결국 송희조는 윤창세의 막내사위이다.

3) 三德(삼덕) : 正直·剛·柔를 말함. 《書經》〈洪範〉의 "삼덕의 첫째는 邪와 曲이 없는 정직이요, 둘째는 강함으로 극복하는 것이요, 셋째는 부드러움으로 극복하는 것이다. 평화롭고 안락한 자에게는 정직으로 대하고, 강경해서 따르지 않는 자에게는 강함으로 극복하고, 유화하여 굽신거리는 자에게는 부드러움으로 극복한다. 그리고 조금 부족한 듯하면서 뒤로 물러나 숨으려 하는 자에게는 강함으로 극복하고, 조금 지나친 듯하면서 높이 드러내려 하는 자에게는 부드러움으로 극복한다.(三德, 一曰正直, 二曰剛克, 三曰柔克. 平康正直, 彊不友剛克, 燮友柔克, 沈潛剛克, 高明柔克.)"에서 나온 말이다.

4) 蜾負(과부) : 양아들을 들임을 이르는 말. 《詩經》〈小雅·小宛〉의 "뽕나무 벌레 새끼들이 있거늘 나나니벌이 업고 가서, 자기 자식처럼 가르치고 깨우쳐 착함을 본받아 근사하게 하라.(螟蛉有子, 蜾蠃負之. 敎誨爾子, 式穀似之.)"에서 나온 말이다. 송희조의 할아버지 宋龜壽는 3남1녀를 두었으니, 아들로는 宋應期·宋應禎·宋應光이고 딸로는 李彪에게 시집갔다. 아버지가 송응광인 송희조는 후손이 없자, 큰아버지 송응기의 6남 2녀 가운데

年夜哭[7], 八旬城崩[8]。 生世慽慽, 隻影煢煢。 猶親母蠱[9], 撫養孤幼。 尙喜康寧, 日升[10]松茂[11]。 小子不弔[12], 永失怙恃[13]。 尊行[14]一人, 視姑猶母。 不幸天廢, 歸死南鄕。 源源[15]書尺, 眷眷憐傷。 愍我流離, 恐不更見。 奉辭自悼, 瞻言悲遣。 惟心默禱, 與天齊壽。 歲交沈疴, 旋慶神

넷째아들 宋邦祚와 鄭谷의 딸인 晉州鄭氏 사이 4남2녀 중 둘째아들 宋時瑩(아내 尹烇의 딸)을 양자로 들였다. 송씨에게 시집간 고모는 양자로 들인 송시형의 아내 윤씨와의 관계를 보면, 친정에서는 종고모와 질녀 사이였지만 시댁에서는 고부 사이가 되었다.

5) 兒孫滿前(아손만전) : 송시형은 尹烇의 딸과 결혼하여 4남2녀를 두었으니, 아들로는 송기선·송기태·송기명·송기항이며 딸로는 朴乃昌과 申心相에게 각각 시집갔다. 송기태는 송시열에게 입양되었다.

6) 期頤(기이) : 百歲.

7) 中年夜哭(중년야곡) : 송시형(1592~1638)이 47세의 나이로 죽은 것을 일컬음. 夜哭은 魯나라 大夫인 穆伯의 아내이며 文伯의 어머니 敬姜의 이야기에서 나온 것이다. 《禮記》〈檀弓 下〉에 의하면, 경강은 일찍 과부가 되었는데, 목백의 상을 당했을 때는 낮에 곡하고 문백의 상을 당했을 때는 밤에 곡하니, 공자가 예를 안다고 하였다.

8) 城崩(성붕) : 남편 잃음을 이르는 말. 《列女傳》에 의하면, 춘추시대 齊나라의 대부 杞梁이 제나라 임금을 따라 莒나라를 공격하다 죽었는데, 일가친척 하나 없는 기량의 처가 남편의 시체 옆에 엎드려 곡을 하자 10일 만에 그 성이 무너졌다는 고사가 있다. 송희조는 79세로 죽었다.

9) 母蠱(모고) : 幹母蠱. 《周易》〈蠱卦·九二〉의 “어미의 일을 주장함이나 가히 바르지 못하느니라.(幹母之蠱, 不可貞.)”에서 나온 말.

10) 日升(일승) : 日升月恒. 날이 갈수록 왕성해짐을 이르는 말.

11) 松茂(송무) : 장수함을 이르는 말. 《詩經》〈小雅·斯干〉의 “대나무처럼 더부룩하고 소나무처럼 무성하다.(如竹苞矣, 如松茂矣.)”에서 나온 말이다.

12) 不弔(부조) : 불쌍히 여기지 않는다는 뜻으로, 돕지 아니함을 이르는 말. 《春秋左氏傳》〈哀公16年〉에서 孔子가 죽었을 때에 魯나라 哀公이 내린 弔辭의 “하늘이 나를 불쌍히 여기지 않는구나. 나라의 원로를 조금 더 세상에 있게 하여 나 한 사람을 도와 임금 자리에 있게 하지 않는구나.(旻天不弔, 不憖遺一老, 俾屛余一人以在位.)”에서 나오는 말이다.

13) 怙恃(호시) : 《詩經》〈小雅·蓼莪〉의 “아버지 아니시면 누구를 의지하며, 어머니 아니시면 누굴 믿을까.(無父何怙, 無母何恃.)”에서 나온 말. 고모부 송희조가 1638년에 죽었고 아버지 윤황이 1639년에 죽었는데, 여기서는 아버지의 죽음을 일컫는다.

14) 尊行(존항) : 높은 항렬. 부모의 항렬 이상에 해당하는 항렬을 이른다.

15) 源源(원원) : 끊어지지 않는 모양.

護。中夏手書，　如承面命。阻音閱月，　遽傳遘病。曾未一日，　凶訃忽至。設位號慟，　如喪考妣。旣違侍藥，　終負奔哭[16]。永念平昔，　厚蒙恩畜。絲毫莫報，　始終俱闕。瞻望不及，　摧心積戾。第此殘疾，　無幾在世。九原他日，　永侍左右。今獨不與，兄弟之後，薄奠荒辭，代薦微誠。尙冀歆格。痛結幽明。

[石湖先生遺稿, 卷6]

윤문거尹文擧, 1606-1672

조선 후기의 문신·학자. 본관은 坡平, 자는 汝望, 호는 石湖. 아버지는 대사간 尹煌이며, 어머니는 昌寧成氏로 成渾의 딸이다. 金集의 문인이다. 송시열과 송준길 등과 교유하였다. 1630년 생원이 되고, 1633년 식년문과에 급제하여 檢閱·부교리 등을 지냈다. 1636년 병자호란 때 인조를 南漢山城에 호종한 뒤 제천현감을 사퇴하였다. 1652년 동래부사 때 교역 단속을 게을리 하여 파직되었다. 그 뒤 관직을 사퇴하고 朱子연구에 전념하였다.

---

16) 奔哭(분곡) : 부모상을 듣고 달려가는 것을 일컬음.

윤도사에게 시집간 큰고모 제문
祭伯姑尹都事夫人文

민유중

소자는 죄가 커서 효도도 하지 못했고 아버님[閔光勳]과 어머님[延安李氏]의 임종도 제대로 지켜보지 못했습니다. 외롭게 거상(居喪) 중에 있으면서도 근심이 풀리지 않았고 내 마음 붙일 곳이 없었으니, 우리 고모님이 아니었다면 그 이후로 살아오면서 누구를 우러렀겠습니까? 삼가 생각건대, 고모님은 우리 아버님보다 손위로 자애롭기가 어머니와 같았으니, 어려서는 제가 잘 자라기를 바라셨고, 커서는 제가 입신양명(立身揚名)하기를 바라셨으며, 높은 지위에 이르러서는 또 저의 관운(官運)이 번창하기를 바라셨습니다. 가끔 찾아뵙고 안부를 여쭈면 자주 볼 수 있는 것을 기뻐하셨고, 먼 지방으로 나아가 나랏일을 보게 되면 늦게 돌아올까 염려하셨습니다.

헤어져야 할 때마다 말씀하시기를, "나는 잠시라도 죽지 않고 더 살다가 여러 조카들 손에서 죽을 수 있기를 바라는데, 하늘은 나의 바람을 들어 줄런가?" 하시니, 사랑이 깊으신 말씀이 어찌 그리도 절절하단 말입니까? 조카들도 근년 이래로 고모님이 나이가 많을수록 기운이 더욱 쇠해지시니, 오래 사시는 것은 기쁘지만 쇠해지시는 것이 두려워지는 마음은 더욱 견딜 수가 없었습니다.

마침 이때(1670) 불행하게도 큰형님[閔蓍重]이 영남지방을 다스리러 나아갔고, 둘째형님[閔鼎重]은 관직을 사임하고 한가하게 물러나 있었으며, 저도 또한 서번(西藩 : 평안도)의 관찰사를 제수 받아 가족들과 나뉘어 헤어져 있었습니다. 미처 단란하게 모여 살기도 전, 귀신의 재앙이 갑자기 들이닥쳐 팔순에 흉사(凶事 : 사람이 죽은 일)를 알렸습니다. 먼 곳에서 슬픈 부음(訃音)을 들었는지라, 염습(殮襲)과 빈장(殯葬)을 핑계로 갈 수도 없어, 단지 동쪽을 바라보며 슬피 울부짖고 이승과 저승을 달리하게 된 것을 한스러워하였습니다.

이제, 땅에 묻는다는 소식을 듣고도 또 무덤에 달려가 통곡하며 영원히 이별하는 애통함을 펼칠 수가 없나이다. 하늘이여, 하늘이시여! 어찌 저로 하여금 우리 고모님의 얼굴을 다시는 보지 못하게 하고, 우리 고모님의 관조차 땅에 묻히는 것을 볼 수 없게 하여, 우리 고모님께서 지난날 더할 수 없이 간절했던 원(願)을 저버리게 한단 말입니까? 애통하고 애통하니, 어떻게 차마 말할 수 있겠습니까? 천리 먼 곳에서 글을 써 보내려니 슬픔으로 인해 제문조차 지을 수가 없습니다. 눈물이 다하고 가슴이 무너지니 죽을 때까지 망극할 뿐입니다. 아아, 슬픕니다.

祭伯姑尹都事[1]夫人文

小子罪積, 不孝, 不克終養[2]于先父母[3]。嬛嬛[4]銜恤[5], 靡所逮及, 微

---

1) 尹都事(윤도사) : 尹昌遠(1591~1650)을 가리킴. 본관은 海平, 자는 伯振. 1615년 식년시에 동생 尹昌立과 함께 급제하였다. 義禁府經歷을 지냈다. 여흥민씨 사이에 자식이 없어 윤창운의 아들 尹尚閔(1622~1696)을 양자로 들였다. 아버지 尹瑒(1568~1624)은 3남 1녀를 두었으니, 아들로는 윤창원·尹昌立(1593~1627)·尹昌運(1601~1637)이다. 윤창립은 1627년 동지사 邊應璧이 해상에서 조난을 당했을 때 서장관이었는데 익사하였다.

我伯叔姑氏, 餘生疇仰? 恭惟姑氏, 序長先君, 慈均阿孃[6], 幼而冀我成
長, 長而冀我立揚, 旣顯矣, 又冀我福而昌也。時省而問起居, 則喜其見
之數也, 遠出而從王事, 則憂其歸之遲也。有別輒曰：“吾幸須臾毋死, 得
終于諸姪子[7]之手, 天其遂吾願乎?” 何其愛之深言之切也? 諸姪子亦以
年來, 姑氏年益高氣益衰, 喜懼之情[8], 益不自勝。適玆[9]不幸, 宗兄[10]出

---

2) 終養(종양) : 부모의 임종을 마지막으로 지켜봄.

3) 先父母(선부모) : 돌아가신 아버지와 어머니. 민유중은 1653년에 어머니 延安李氏를, 1659년에 아버지 閔光勳을 잃었다. 그런데 민유중의 할아버지 府尹 閔機는 1남2녀를 두었으니, 아들로는 민광훈과, 딸로는 都事 尹昌遠과 大提學 趙錫胤에게 각각 시집간 두 딸이 있었다. 따라서 민유중의 입장에서는 부모님 양친이 모두 돌아가시자 의지할 데가 없어 큰고모를 의지할 수밖에 없었다고 고백하는 것이다.

4) 嬛嬛(현현) : 외로움. 《詩經》〈周頌·閔予小子篇〉에서 成王이 武王의 喪을 마치고 처음으로 정사에 나아가려고 太廟에 조회하면서 지은 詩의 “슬프다 내 소자가 가정이 이루어지기 전에 상사를 당하여 외롭게 상중에 거하게 되었다.(閔予小子, 遭家不造, 嬛嬛在疚.)”에서 나온 말이다.

5) 銜恤(함휼) : 근심을 품음. 《詩經》〈小雅·蓼莪〉의 “아버지가 없으면 누구를 믿으며, 어머니가 없으면 누굴 믿을꼬. 나가면 근심을 품고, 들어오면 이를 곳이 없어라.(無父何怙, 無母何恃, 出則銜恤, 入則靡至.)”에서 나온 말.

6) 阿孃(아양) : 어머니.

7) 諸姪子(제질자) : 민유중의 아버지 민광훈은 3남2녀를 두었으니, 아들로는 大司憲 閔蓍重(1625~1677)·左議政 閔鼎重(1628~1692)·민유중이고 딸로는 執義 李延年과 鄭普衍에게 시집간 두 딸인데, 여기서는 민유중 3형제를 일컬음.

8) 喜懼之情(희구지정) : 《論語》〈里仁篇〉의 “부모의 나이는 알지 않으면 안 되니, 한편으로는 기쁘고 한편으로는 두렵다.(父母之年, 不可不知, 一則以喜, 一則以懼.)”에서 나온 말.

9) 玆(자) : 1670년을 가리킴. 민시중이 경상도 관찰사로 나간 때가 이때이기 때문이다.

10) 宗兄(종형) : 閔蓍重을 가리킴. 본관은 驪興, 자는 公瑞, 호는 認齋. 할아버지는 閔機이고, 아버지는 閔光勳이며, 어머니는 형조판서 李光庭의 딸이다. 宋時烈의 문인이다. 1664년 春塘臺文科 회시에서 장원급제하여 전적이 된 뒤, 1669년 수원부사에 이어 1670년 경상도관찰사가 되었는데, 그곳 田結의 등급을 하향조정할 것을 건의하여 백성의 부담을 덜어주는 등 많은 치적을 올렸다. 그 뒤 1674년 대사헌 재직 중 현종의 죽음에 따른 시호와 承襲을 청하기 위한 告訃請諡承襲兼謝恩副使로 청나라에 다녀왔다. 그 뒤 형조참판을 지내다가 사직하였다.

按嶺南, 仲氏[11]辭位退閑, 某亦受西藩[12]之命, 家族分離。 未及團會, 神禍遽臻, 大耋[13]告凶。 遠承哀音, 斂殯莫憑, 東望悲號, 恨結幽明。 今者以瘂來報, 而又不得走哭壙次, 以伸永訣之慟。 天乎天乎! 胡使我不復見吾姑之顔色, 不得視吾姑之棺入于土, 永負吾姑疇昔切至之願也? 痛矣痛矣, 尙忍言哉? 千里緘辭, 哀不能文。 淚盡腸摧, 終天罔極。 嗚呼哀哉!

[文貞公遺稿, 卷5]

민유중閔維重, 1630-1687

조선 후기의 문신. 본관은 驪興, 자는 持叔, 호는 屯村. 할아버지는 閔機이고, 아버지는 강원도관찰사 閔光勳이며, 어머니는 이조판서 李光庭의 딸 延安李氏이다. 숙종의 비 仁顯王后의 아버지이다. 대사헌 閔蓍重과 좌의정 閔鼎重의 동생이다. 1649년 진사가 되고, 1651년 증광 문과에 병과로 급제하여 예문관을 거쳐, 1674년 호조판서가 되었다. 이때 慈懿大妃 복상문제가 일어나자 大功說을 지지하였다. 1681년 딸이 숙종의 계비가 되자 驪陽府院君이 되었다.

---

11) 仲氏(중씨) : 閔鼎重을 가리킴. 조선 후기의 문신. 본관은 驪興, 자는 大受, 호는 老峯. 할아버지는 경주부윤 閔機이고, 아버지는 강원도관찰사 閔光勳이며, 어머니는 판서 李光庭의 딸이다. 宋時烈의 문인이다. 1649년 정시 문과에 장원해 성균관전적으로 벼슬에 나갔는데, 直言으로 뛰어나 사간원정언·사간에 제수되고, 사헌부집의 등을 지냈다. 외직으로는 동래부사를 지냈으며, 전라도·충청도·경상도에 암행어사로 나가기도 하였다. 1659년 병조참의에 제수되었으나 아버지가 죽어 관직에서 물러났다가 상복을 벗은 뒤 사간원대사간으로 나아갔다. 그 뒤 1670년 이조·호조·공조의 판서, 漢城府尹·議政府參贊 등을 역임하였다. 1675년 다시 이조판서가 되었으나 허적·윤휴 등 남인이 집권하자 서인으로 배척을 받아 관직이 삭탈되고, 1679년 長興으로 귀양갔다. 이듬해 경신환국으로 송시열 등과 함께 귀양에서 풀려 우의정이 되고, 다시 좌의정에 올라 4년을 지냈다. 1689년 기사환국으로 다시 남인이 집권하자 노론의 중진들과 함께 관직을 삭탈당하고 碧潼에 유배되어 그곳에서 죽었다.

12) 西藩(서번) : 평안도를 이르는 말. 평안도는 서북쪽 변경 지역으로 항시 외침이 그치지 않는 지역으로서 중시되었다. 민유중은 1669년에 平安道觀察使 兼 兩西管餉使가 되어 1671년까지 역임하였다.

13) 大耋(대질) : 나이 80세를 가리키는 말.

둘째고모 제문

祭仲姑文

박세채

    경신년(1680) 10월 11일에 친정 조카 박세채(朴世采)가 삼가 변변찮은 제수를 갖추고 아들 박태은(朴泰殷)을 보내어 둘째고모 숙인(淑人) 나주박씨(羅州朴氏)의 영전에 곡하며 고하나이다.

    아아, 삼가 생각건대 할머님(여흥민씨, 1570~1625)께서 부녀자로서의 법도가 매우 뛰어나셨고, 우리 할아버님[朴東亮]에게 시집오시어 사리에 밝게 공경하셨습니다. 여러 아들들뿐만 아니라 딸들까지도 선비의 행실을 지녔다[女士]고 칭송이 자자했는데, 큰고모님은 연안이씨(延安李氏 : 李明漢)에게 시집갔습니다. 둘째고모님은 타고난 성품이 순박하고 온화하셨으며 마음가짐이 단정하고 정숙하셨고, 아울러 글과 역사까지 두루 통달하셨지만 겉으로 드러낸 적이 없으셨습니다.

    그런데 시부모님께 순종하시고 더욱이 말소리와 숨소리도 죽이셨지만, 엄청난 슬픈 일을 당하는 것이 양쪽 집안에서 서로 이어 일어났습니다. 치러 나가기에 힘들고 어렵더라도 어찌 지아비[洪處深]께 누를 끼치셨을 것이며, 우리 할아버님께서는 이때에 사랑하며 돌보셨을 것입니다. 그럼에도 상란(喪亂)이 극심하여 형제들이 하나둘씩 멀어져만 가니, 어느새 바람 앞의 등불과 같아 이승과 저승을 달리

하는 것을 원통해 하셨습니다.

외로운 제가 뵈러 갔었던 저옹(著雍 : 1678)의 봄, 그 당시를 아직도 기억하면 기쁨과 슬픔이 함께 몰려옵니다. 서울 집으로 돌아와 살게 되어 간혹 좋은 말씀을 들었으니, 옳고 그름을 대장부로서 가리기가 어렵다고 여겼습니다. 세상의 일이 험난하고 험난하여 먼 외방의 산골짜기로 들어간 것도 또한 어버이를 영화롭게 봉양하는 것이었고 옛일에서 벗어난 길이었습니다. 혼자서 말을 타고 달려가는데 수레를 보내어 맞이해 주셨으니, 이틀 밤을 유숙한 뒤 절하고 이별하며 훗날 화양(華陽)에서 만나기로 약속했습니다. 그 누가 이 발걸음이 영원한 하직이 되리라 생각했겠습니까? 여름날에는 돌아가는 배에 기회가 닿지 않았습니다. 다만 도성에 들어갈 생각이었는데 지엄한 부르심을 급하게 받았는지라, 갑자기 병환이 드셨다는 소식을 듣고도 가지 못하는 저는 마음속으로 슬퍼했습니다. 친히 가서 뵙지 못하고 아이를 보내어 대신 모시게 하였더니, “네 아비를 오게 하여라.” 하셨는데 끝내 서로 마주하지 못했습니다.

하늘이여, 하늘이시여! 어찌 차마 이러실 수 있나이까? 이 우리 둘째고모 땅속에 묻는 일을 장차 가서 다스려 주소서. 나라에 변고가 있어서 임금의 명이 다시 이르렀지만, 떠나보내는 정은 진실로 끝이 없고 은의(恩義)도 마음속 깊이 있습니다. 멀리서 상여 실은 수레를 생각하니 길이 울부짖고 땅에 조아리며, 기절했다가 다시 깨어난들 끝내 또 어찌 따라갈 수 있겠습니까? 살아 계실 적에는 병문안도 여쭙지 못하고 돌아가셨을 때는 장례에도 참석하지 못하니, 인륜상 지극히 가슴 아픈 일로 어느 누가 이보다 더하겠습니까? 죄스럽고 애통한 마음이 그지없어 피눈물이 뚝뚝 떨어지나, 한 잔 술을 멀

리서나마 올리오니 부디 오셔서 굽어 살펴주옵소서. 아아, 슬픕니
다. 적지만 흠향하소서.

祭仲姑文

維歲次庚申[1], 十月丙戌朔, 十一日丙申, 家姪[2]世采, 謹具薄奠, 遣
子泰殷[3], 哭告于仲姑淑人羅州朴氏[4]之靈。嗚呼！ 恭惟王母[5], 梱範最
盛, 配于大人[6], 克哲以敬。非啻諸子, 女士並美, 伯歸延李[7]。仲惟姑

---

1) 庚申(경신) : 肅宗 6년인 1680년.

2) 家姪(가질) : 남에게 자기 조카를 이르는 말.

3) 泰殷(태은) : 朴泰殷(1650~1696). 본관은 潘南, 자는 祖能, 호는 克齋. 관직은 左水運
   判官을 지냈다. 朴世采는 府尹 元斗樞의 딸 原州元氏 사이에 4남3녀를 두었으니, 아들
   로는 朴泰殷·朴泰興·朴泰正·朴泰晦이며, 딸로는 宋淳錫·申聖夏·李德明에게 각각 시
   집간 세 딸이 있다. 박태은은 박세채의 장남이다.

4) 羅州朴氏(나주박씨) : 박세채의 둘째고모. 그녀는 홍처심에게 시집갔다. 박세채의 할아
   버지 右參贊 朴東亮(1569~1635)은 驪興閔氏 사이에 4남3녀를 두었으니, 錦陽尉 朴瀰
   (1592~1645)·弘文館校理 朴渶(1600~1644)·朴潍(1606~1626)·朴濱(1612~1667) 아
   들과, 判書 李明漢(1595~1645)·僉正 洪處深(1604~1671)·縣監 柳誠吾(1608~1674)에
   게 각각 시집간 세 딸이 있다.

5) 王母(왕모) : 박세채의 할머니 驪興閔氏(1570~1625). 閔善(1539~1608)의 딸이다. 민
   선의 자는 尙之, 호는 牛川. 승지 閔世良의 아들이다. 1568년 생원시를 거쳐 1582년
   식년문과에 병과로 급제하여 여러 벼슬을 두루 역임하였다. 1601년 형조 참의·동부승
   지·좌승지 등을 지냈다. 1589년 鄭汝立 모반사건으로 인해 己丑獄事가 일어나 다수의
   東人 인물이 처형되었을 때 崔永慶을 무고하였다 하여 1602년 탄핵을 받고 수안 군수로
   좌천되었다가 벼슬을 단념하고 은둔생활을 하였다.

6) 大人(대인) : 박세채의 할아버지 朴東亮. 본관은 潘南, 자는 子龍, 호는 寄齋·梧窓·鳳
   洲. 아버지는 대사헌 朴應福이며, 어머니는 林九齡의 딸 善山林氏이다. 1589년 진사시
   에 합격, 1590년 증광 문과에 병과로 급제하고 승문원부정자로 등용되어 검열, 호조
   ·병조의 좌랑 등을 역임하였다. 1592년 임진왜란 때 병조좌랑으로 왕을 의주로 扈從하
   였다. 중국어에 능통해 의주에 주재하는 동안 왕이 중국의 관원이나 장수들을 만날
   때는 반드시 곁에서 시중해 對中外交에 이바지했으며, 왕의 신임도 두터웠다. 이듬해
   동부승지·좌승지를 거쳐 다시 도승지에 이르렀다. 1596년 이조참판으로 冬至使가 되

氏, 稟性淳和, 操則[8]端淑, 兼通圖史, 未嘗外暴。旣協尊章[9], 尤屛聲
氣, 泪羅巨創[10], 兩家相繼。從徙艱苦, 寧累夫子[11], 惟我王父, 眷憐
在是。喪亂[12]孔棘, 兄弟逾遠, 倏彼風燭, 幽明痛怨。藐孤趨謁, 著
雍[13]之春, 尙記當時, 悲喜俱臻。返寓京第, 間承德言, 凡諸臧否, 丈夫
猶難。世故[14]崢嶸, 自投關峽, 亦膺榮養[15], 道出舊業。匹馬奔走, 板

어 명나라에 다녀오고, 이듬해 정유재란 때는 왕비와 후궁 일행을 호위해 황해도 遂安에
머물면서 민폐를 제거하고 주민들의 생활을 살폈다. 이어 연안부사·경기도관찰사·강
원도관찰사 등을 역임하면서도 전란 뒤의 민생 회복에 힘을 기울였다.

7) 延李(연이) : 李明漢(1595~1645)을 가리킴. 본관은 延安, 자는 天章, 호는 白洲. 아버지
는 李廷龜이다. 대사간·부제학을 지내고, 한성부우윤을 거쳐 대사헌·도승지·대제학
·이조판서 등을 역임했다. 1616년 증광문과에 급제하여 승문원권지정자·전적·공조좌
랑을 지냈으나, 仁穆大妃의 廢母論이 일어났을 때 참여하지 않아 파직되었다. 1624년
李适의 난 때에는 왕을 공주로 扈從하고 李植과 함께 팔도에 보내는 敎書를 지었다.
병자호란 때의 斥和派라 하여 1643년 李敬輿·申翊聖 등과 함께 瀋陽에 잡혀가 억류되었
다가 이듬해에 世子貳師로 昭顯世子와 함께 돌아왔다.

8) 操則(조즉) : 《孟子》〈告子章句 上〉의 "공자가 이르기를 '가지면 보존되고 놓으면 없어
져서, 일정한 때가 없이 드나들며 향하는 곳도 알 수 없는 것은 오직 마음을 이름인저.'
라고 했다.(孔子曰操則存 舍則亡 出入無時 莫知其鄕 惟心之謂與.)"에서 나온 말. 마음을
굳게 잡아 간직하기가 어려움을 말한 것이다.

9) 尊章(존장) : 남편의 부모라는 뜻으로, 시부모라는 말.

10) 泪羅巨創(계리거창) : 엄청난 슬픈 일을 당함. 친정으로는 둘째오빠 박의가 1644년에,
첫째오빠 박미와 형부 이명한이 1645년에 연달아 죽고, 시댁으로는 남편 홍처심이
1671년에, 시숙 洪處厚와 장남 洪受恒이 1673년에 시동생 洪處大가 1676년에 연달아
죽은 사실을 일컫는 듯.

11) 夫子(부자) : 남편을 높여 이르는 말로, 洪處深(1604~1671)을 가리킴. 본관은 南陽. 아버
지는 경기도관찰사를 지낸 洪命元이다. 1633년 증광시에 급제하고, 1666년 합천군수를
거쳐 僉正을 지냈다. 아들 5남을 두었는데, 洪受恒(1621~1673)·洪受泰(1631~1687)·洪
受濟(1637~1698)·洪受晉(1644~1688)·洪受漸(1646~1698)이다. 5형제가 있었으니, 洪
處厚(1599~1673)·홍처심·洪處尹(1607~1663)·洪處大(1609~1676)·洪處久이다.

12) 喪亂(상란) : 많은 사람이 죽는 재앙.

13) 著雍(저옹) : 古甲子로 戊에 해당함. 박세채의 생존 년간과, 둘째고모의 상란 겪은 것을
고려하면 1678년인 듯.

14) 世故(세고) : 세상의 이러저러한 일.

興是迎, 信宿拜別, 後期華陽。誰謂斯行, 而成永隔? 維夏之月, 歸舟莫
的。擬將入城, 彌疾嚴召, 遽聞愆和, 我心內悼。罔克以躬, 遣兒替侍,
曰來汝父, 終未相視。天乎天乎! 胡寧忍之? 惟此窀穸, 庶將往鑿。國
有星警[16], 君命再至, 情固無涯, 義亦有衷。緬想靈輀, 長號頓地, 絶而
復穌, 竟又何遂? 生未問疾, 死未臨壙, 人倫至痛, 夫孰與尙? 罪痛交
極, 血淚迸落, 一觴遠薦, 幸垂鑑格。嗚呼哀哉! 尙饗。

[南溪先生朴文純公文正集, 卷71]

박세채朴世采, 1631-1695

조선 중기의 문신·학자. 본관은 潘南, 자는 和叔, 호는 玄石·南
溪. 아버지는 홍문관교리 朴猗이며, 어머니는 申欽의 딸이다. 숙
부 朴濰의 양자가 되기도 했었다. 그의 가계는 명문세족으로, 증
조부 朴應福은 대사헌, 할아버지 朴東亮은 형조판서를 지냈으며,
《思辨錄》을 저술한 朴世堂과 朴泰維·朴泰輔 등은 당내간의 친
족이다. 또한 宋時烈의 손자 宋淳錫은 그의 사위이다. 그는 이러
한 가계와 척분에 따라 중요 관직에 나아가 정국운영에 참여하였
으며, 정치현실의 부침에 따라 수난을 겪기도 하였다.

---

15) 榮養(영양) : 부모를 영화롭게 봉양함.
16) 星警(성경) : 변고를 이르는 말.

이모 유인 류씨 제문

祭姨母孺人柳氏文

어유봉

경자년(1720) 10월 22일에 우리 이모 유인(孺人) 류씨(柳氏)가 원주(原州)의 주촌(舟村) 집에서 제명대로 사시다 돌아가시니, 이질(姨姪) 어유봉(魚有鳳) 등이 서울에 있다가 부음을 듣고 어찌할 수 없어 우리 어머님[全州柳氏]께 말씀드리자, 어머님은 동쪽 하늘을 바라보며 통곡하시고는 신위(神位)를 설치하여 상복(喪服)을 입으셨습니다. 이어서 또 오늘 11월 21일에 원주의 아무 기슭에다 임시로 장사지내려 한다는 소식을 아뢰니, 우리 어머님께서 우시며 저희들에게 말씀하셨습니다.

"내가 차마 언니가 땅속에 묻히는 날을 들을 수 있겠느냐? 사람이고서 누군들 형제가 없겠는가마는 어찌 나처럼 지극한 정이 있겠느냐? 또 누군들 동기(同氣) 잃는 상(喪)을 겪지 않겠는가마는 나처럼 지극한 한스러움이 있겠느냐? 생각노라면, 나는 언니보다 13년이나 뒤에 태어났기에, 언니가 나를 쓰다듬고 나를 품어주면서 온갖 고생을 마다않고 애써 돌보아 길러주어 어른이 되었다. 우애는 그야말로 돈독하여 백발이 될 때까지 하루와 같이 지냈다. 불행히도 언니가 나이 들어 늙으신 데다 자식들이 가난에 찌들어 깊은 산골짜기로 옮겨 산 지가 지금토록 16년이 되었구나. 그곳과 이곳은 너무나 멀고 멀어 그림자 하나 볼 수가 없고 소리 하나 들을 수가 없으니, 늘 슬프고 그리웠으며 답답하기가 그지없어 병이 났지만, 마음속에 맺힌 간절한 생각은 죽기 전에 한번만이라도 서로 만나볼 수 있기를 바란 것이었다. 내가 눈병이 있고부터 언니는 늘 내가 쓴 편지를 보지 못하는 것을 한스럽게 여겼고, 언니가 서찰을 보내와도 나 또한 받들어 읽을 수 없음을 한스럽게 여겼다. 그래도 다행스러웠던 것은 언니의 나이가 아흔이 넘었지만 기력이 아직은 강건하고 먹고 자는 것도 젊었을 때에 결코 못지않은 것이었다. 편안하다는 소식을 들을 때마다 기뻐서 잠을 이루지 못했지만 늘 100세까지 사실 것이라고 여겼다. 어찌 오늘 영원히 이승과 정승을 달리할 줄을 생각이나 했겠느냐? 살았을 때는 얼굴을 한 번 제대로 보지 못했고, 죽었을 때는 관에 기대어 통곡조차 못했으니, 아득한 하늘과 땅 사이에서 이 애통함이 어찌 다함이 있겠느냐? 아아, 슬프구나. 나는 평소에 맛있는 음식 하나라도 장만하면 반드시 나의 언니를 생각했고, 명주 한 자라도 있으면 또한 나의 언니를 생각했거늘, 이제는 모두 끝나고야 말았구나. 비록 노인을 봉양할 만한 물건이 있더라도 장차 어디에 쓰겠느냐? 금년에는 쌀이나 돈, 좋은 과일 등을 손수 봉함하고 멀리 영전에 보내어 죽은 사람 초상 치르기를 산 사람 섬기듯이 하려는 것인데, 캄캄한 지하에서는 그 누가 이를 알겠느냐? 너는 두어 줄 되는 글로 나의 지극한 슬픔을 써서 훌륭한 손자로 하여금 영전에 대신 읽게 하여서, 어둡지 않고 밝으신 영령께서 나의 슬픔을 알고 나의 정성을 헤아려 주기를 바란다.”

소자가 어머님의 명을 받들면서 오열하다가 울음을 삼키며 아무런 말을 할 수가 없었습니다. 또 생각건대, 소자가 이모님의 부음을 들고 마땅히 곧바로 달려가야 하나, 몸에 질병이 있는데다 날은 춥고 길은 멀어 스스로의 힘으로 갈 수가 없나이다. 어머님의 깊고 지극한 애통함이 이와 같으나, 끝내 직접 제물을 올려 영전에 곡하며 고하지 못하나이다. 불효의 죄는 모면할 수가 없습니다. 게다가 비색한 마음이 갑자기 일어나 말이 조금도 글을 이루지 못하니, 이모님의 덕행과 아름다움은 또 그 한두 가지라도 칭송하여 서술할 겨를이 없었나이다. 이것도 또한 소자의 죄이옵니다. 비록 그러하오나 제 어머님의 정은 변변찮은 제물에 깃들어 있고, 제 어머님의 말씀은 이 제문에 실려 있나이다. 삼가 바라건대 영령(英靈)께서는 굽어 살피시어 흠향하소서.

祭姨母孺人柳氏文

維歲次庚子[1), 十月二十二日, 惟我姨母[2)孺人柳氏, 考終[3)于原州舟村[4)之居第, 姪魚有鳳等, 在京承訃, 忍告于我母氏[5), 東望痛哭, 設位

---

1) 庚子(경자) : 肅宗 46년인 1720년.

2) 姨母(이모) : 柳椐(1613~1691)의 2남2녀 가운데 장녀이자, 李喜遇의 아내. 유거의 본관은 全州, 자는 子美, 호는 竹石. 할아버지는 柳潭이고, 아버지는 현감 柳宜涵이며, 어머니는 南復興의 딸 宜寧南氏이다. 아내는 都事 鄭文在의 딸 草溪鄭氏이다. 1635년 사마시에 합격하여 생원이 되고, 1639년 식년문과에 병과로 급제하였다. 그 뒤 파란만장한 관료생활을 하면서 승지에 올랐으나 그것마저 끝내 파직되기에 이르렀다. 한편, 이희우의 본관은 德水이고, 아버지는 승지 李程이다. 슬하에 3형제를 두었다.

3) 考終(고종) : 考終命. 제명대로 살다가 편안히 죽은 것을 이름.

4) 舟村(주촌) : 강원도 원주시 鳳川 위쪽인 鳳山 기슭에 있던 마을 이름. 지금의 봉산동 '배말'이라 한다.

5) 母氏(모씨) : 柳椐(1613~1691)의 2남2녀 가운데 차녀이자, 魚史衡(1647~1723)의 아내. 어사형의 본관은 咸從, 자는 子平. 할아버지는 순운판관 魚漢明이고, 아버지는 경기도

成服。繼又伏聞, 將以今十一月二十一日, 權葬[6]于本州某原, 我母氏哭以語有鳳等曰：“吾尙忍聞姊氏入地之期耶？ 人孰無兄弟而豈有如余之至情？ 又孰無同氣[7]之喪而豈有如余之至恨？ 念余後姊氏十三歲而生, 姊氏撫我抱我, 辛勤保育, 以至于成長。友愛篤至, 白首如一日。不幸姊氏年老, 諸子貧困, 移居窮峽, 于今十六年矣。兩地茫茫, 影響莫接, 居常悲戀, 抑鬱成疾, 耿結一念, 惟願一遭相見於未死之前矣。自余之有眼病, 姊氏每以不見吾手札爲恨, 姊氏有書, 而余亦以不得奉玩爲恨。猶幸姊氏年過九耋, 而氣力尙强, 寢食不減。每得安報, 喜而不寐, 常以百歲爲期。豈意今日永隔幽明？ 生而不得承顔, 沒而无由憑棺, 悠悠穹壤, 此慟何極？ 嗚呼痛哉！ 余於平日, 得一味則必曰吾姊氏, 得尺帛則亦曰吾姊氏, 今皆已矣。雖有養老之資, 將焉用之？ 今玆米錢各種, 佳果數品, 手自緘封, 遠致靈筵, 所以事死如事生, 而冥冥之中, 其孰知之？ 汝以數行文字, 寫我至哀, 俾哲孫替讀于柩前, 則庶幾不昧之靈, 其或知余之悲而歆余之誠也.”小子承命, 嗚咽飮泣不能語。仍念小子聞姨母之喪, 宜卽奔赴, 而疾病纏身, 天寒路遠, 无以自力。母氏之深哀至痛如此, 而終不得躬奉奠物, 哭告于靈殯。不孝之罪, 无所逃焉。况悲塞卒遽, 語不

관찰사 魚震翼이며, 어머니는 통사랑 元玭의 딸 原州元氏이다. 과거에 여러 차례 응시하였으나 급제하지 못하다가, 1700년 新溪縣令으로 나갔고 1702년 楊根郡守가 되었으나 1705년 병으로 사직하였다. 1706년 다시 기용되어 인천부사를 거쳐 1712년 軍器寺副正이 되고, 이듬해 승지에 올랐다. 1716년 70세가 되어 통정대부에 加資와 아울러 첨지중추부사·오위장이 되었다. 이 해에 손녀가 世子嬪(景宗妃 宣懿王后)으로 책봉되자 敦寧府都正에 올랐고, 이어 가선대부 同知敦寧府事에 올랐다. 1721년 장례원판결사에 보임되어 사직을 청하였고, 이듬해 다시 한성부우윤에 임명, 재임 중에 죽었다. 슬하에 3남1녀를 두었으니, 아들로는 魚有鳳(1672~1744)·咸原府院君 魚有龜(1675~1740)·敦寧府都正 魚有鵬(1678~1752)이며, 딸은 金純行에게 시집갔다.

6) 權葬(권장) : 임시로 장사지내는 것.

7) 同氣(동기) : 형제.

成篇，姨母之德行懿美，又未暇稱述其一二。此亦罪也。雖然，吾母之情，寓諸薄奠，吾母之言，載在斯文。伏願尊靈，俯垂鑑格。

[杞園集，卷28]

어유봉魚有鳳, 1672-1744

조선 후기의 문신. 본관은 咸從, 자는 舜瑞, 호는 杞園. 할아버지는 경기도관찰사 魚震翼이고, 아버지는 한성부우윤 魚史衡이며, 어머니는 柳椐의 딸全州柳氏이다. 경종의 장인 魚有龜의 형이다. 金昌協의 문인이다. 1699년 사마시에 합격해 진사가 되었는데, 이때 과거 시험의 부정을 보고 대과의 응시를 단념하였다. 뒤에 1706년 우의정 金昌集의 천거를 받고 천안군수에 임명되었고, 1718년 掌令을 거쳐 이듬해 執義에 올랐다. 경종이 즉위한 뒤 양주목사에 임명되었으나 부임하지 않았고, 1722년 신임사화로 스승 김창협이 화를 당하자 유생들과 함께 그를 변호하다가 파직되었다. 그 뒤 1738년 世子侍講院贊善이 된 뒤 영조로부터 지극한 대우를 받았다.

장모 정부인 양성 이씨 제문

祭外姑貞夫人陽城李氏文

정양

아아, 어떤 병이 있어서 갑자기 이 지경에 이르렀단 말입니까? 오래된 병 때문에 이 지경에 이르렀다고 한다면, 매년 대수롭지 않은 병을 앓으셔서 그리 걱정할 만한 일이 아니라고 여겼습니다. 연세가 이미 많았기 때문이라고 한다면, 8,90이 되기에는 아직도 멀어서 그리 두려워할 만한 나이가 아니라고 여겼습니다. 그런데도 목숨이 이 지경에 이르렀으니, 나이는 믿을 만한 것이 못되는 것입니까? 병환이 비록 대수롭지 않았을지라도 쇠하여서 견딜 수 없었던 것입니까? 8월 그믐에서야 겨우 편지를 받아보니, 편지에는 사위에 대한 정이 지극하셨고 건강하심이 평소와 같으셨는지라, 어찌 2개월 사이에 부음(訃音)이 이렇게 갑자기 전해질 줄을 생각이나 했겠습니까?

부음이 전해지던 날, 멀리 강원도 고성(高城)에서 걸객(乞客)이 되어 8일 일정으로 다니던 길에 흉한 소식을 들었으나 말로만 전할 뿐 서찰이 없는지라, 병환이 어떠시냐고 되물으니 또한 알지 못한다고 하였습니다. 다만, 짤막한 종이에 적은 아주 간단한 부고(訃告)가 시마복(緦麻服 : 장모를 위해 입는 상복) 입어야 하는 그 다음날 저녁에서야 이르렀고, 비로소 질부 김씨의 편지를 보니 오랜 병이 한 달이나 낫지 않다가 끝내 지탱하지 못하셨다는 것과 묏자리 좋은 곳에다 장례하는 것마저도 또 이미 지났다는 것이 씌어 있었습니다. 아아, 영해(嶺海)가 아득히 멀어 소식이 끊겼더니, 한 달이나 낫지 않은 병에 대해서도 부고를 듣고 난 뒤에야 비로소 알았으며, 장례를 지낸 것도 무덤구덩이를 덮기 전에 듣지 못했습니다. 병환이 있을 때에도 달려가 병문안하지 못하고, 장사지낼 때에도 곁에서 곡하지 못한 허물이야 평생토록 짊어진다고 해도, 애통하고 한스러움은 끝이 없습니다. 따라서 지난번 8,90이 되기에는 먼 것으로 믿으며 두려워할 줄 몰랐고, 대수롭지 않은 병이라 일컬으며 걱정할 바가 아니라고 했던 것은 모두 그 운명을 알지 못한 것입니까? 어찌 이리도 갑작스레 돌아가신단 말입니까?

아아, 저는 세 사위 중에서도 은혜를 받은 것이 치우치게 후하였습니다. 어려서 사위가 되어 어리석고 패악하여 미친 짓을 일삼았지만 저를 탓하지 않으시고 더욱 마음 아파하시며 보살펴주셨으니, 마침내 어리석고 패악하여 미친 짓을 일삼던 제가 감화되어 지금까지 어머니의 은혜와 같이 우러러 떠받든 것은 모두 우리 장모님의 어진 덕 때문이었습니다. 아아, 이뿐만이 아니옵니다. 일찍이 계해년(1623) 반정(反正) 때 장인어른[李言愓]께서 덕원부(德源府 : 함경도 의주) 부사(府使)로 기용되자 배우자로서 아름다움을 짝했고, 오랑캐들도 그것에 탄복했습니다. 임기가 차서 교체된 뒤에 그 덕원부의 늙은 관리들은 서로 말하기를, "우리들은 나이 꽤 들었지만, 일찍이 부사 아내가 관아에 사사로이 찾아오지 않는 사람으로 부인 같은 경우를 본 적이 없네."라고 했답니다. 그래서 제 친구 이시부(李時敷)는 실제로 듣고 보아서 매번 칭송하기를 마지않았습니다. 그렇지만 이 어찌 우리 장모님의 맑은 인품을 만분의 일이라도 나타내는 것이겠습니까?

제가 사위 된 지 20년 동안 티끌만한 사소한 잘못이라도 본 기억이 없고, 윗사람을 모시고 아랫사람을 거느리거나 먼 친척이든 가까운 친척이든 접대하는데 있어서 모두의 환심을 얻었으니, 한 사람도 장모님을 헐뜯는 자가 없었습니다. 따라서 아, 타고나신 성품이 우뚝하게 이미 높으셨으니, 역시 가정의 가르침에서 그 유래한 바가 오래 되었음을 알 수 있습니다. 장모님의 친정아버님 세마공(洗馬公 : 李光一)께서는 사론(士論)이 허물어지는 때를 당하여 한 손으로 그 파란을 막아서 사문(斯文)에 크나큰 공을 세웠고, 또 오성(鰲城) 이 재상(李宰相 : 이항복)과는 서로 사이가 좋아 사우(死友 : 죽는 한이 있어도 신의를 저버리지 않을 친구)가 되셨으니, 그 훌륭한 모범을 남기신 것은 당연합니다.

아아, 외아들[李廷觀]은 현명한데다 효행이 특출하고 손자들은 번창하여 화목한 기운이 집안에 가득하니, 그 누가 "복과 덕이 있는 집안이다."고 하지 않겠습니까? 그러나 한스러운 것은, 장인어른께서 벼슬에 오른 지 30년 동안의 곧고 깨끗한 굳은 절개가 늠름히 하루와 같았기 때문에 춥고 배고픈 고통이 있었는지라, 영령께서 홀로 상심하여 추워도 옷을 두터이 입지 아니하고, 주려도 밥을 배불리 먹지 아니하였습니다. 따라서 필경 오늘의 변은 어찌 굶주리고 헐벗은 데서 말미암지 않은 것이라 하겠습니까?

아아, 지난해 동쪽에서 돌아온 이후로 늘 늙은 소가 송아지를 핥는 것 같은 자정(慈情)으로서 제 아내[全義李氏]에게 여러 차례 다녀가라고 하셨지만, 범에게 해를 입은 사람처럼 두려워하는 마음이 있어서 세태를 살피려고 머뭇거리며 결정하지 못한 채로 짐짓 후일을 기다린 것은, 우리 장모님의 기력을 믿었고, 반드시 뫼처럼 언덕처럼 오래오래 사셔서 백년을 보전할 수 있을 것이라 의심하지 않았기 때문이옵니다. 그래서 올 9월 초에 가려고 하였다가 도로 그만둔 것도 역시 이러한 이유 때문이었습니다. 지금에 이르러서는 처자식들로 하여금 영원토록 회한을 지니게 하였고, 저의 병세도 더욱 위태로워 조석을 보전하기 어려운 지경이니, 어찌 통탄을 금할 수 있겠습니까?

아아, 친자식처럼 사랑을 받았거늘 부들부들 떠는 몸으로 끝내 은혜에 보답할 길이 없어 이 끝없는 한을 머금으니, 오직 한결같은 애통함이 생겨서 오래도록 울부짖을 뿐입니다. 영령께서는 그것을 아시는 것입니까, 그 제향(祭享)을 캄캄한 속이라 알지 못하시는 것입니까? 아아, 끝났습니다. 갈 곳 없는 이 몸은 이제 어디로 돌아가야 한단 말입니까? 이 세상이 비록 클지라도 의지할 곳이 없어 늘 자애로운 친어머니 같은 영령을 믿었사오나 이제는 끝났으니 운명이 기구할 따름입니다. 멀리서 절 올리고 바라보며 통곡하는데 눈물은 다할지언정 말은 끝이 없나이다. 어둡지 않고 밝은 혼령이 만약 계시거든, 바라건대 저의 마음을 헤아려주소서.

祭外姑貞夫人陽城李氏[1]文

嗚呼! 而有何疾, 遽至於斯耶? 謂以宿疾而至斯歟, 則每歲尋常之患, 必無可虞者也。謂其春秋已高歟, 則耄期[2]尙遠, 必非可懼之年也。其亦

---

1) 陽城李氏(양성이씨) : 정양의 장모. 洗馬 李光一과 郡守 張季文의 딸 仁同張氏 사이에 둔 2남2녀 가운데 장녀이다. 장계문(1478~1543)은 유복자로 태어나 1504년 사마시에 합격하고, 1519년에 식년문과에 병과로 급제, 예문관검열이 되었다. 그 뒤 예문관봉교, 병조 좌랑·정랑을 거쳐 사간원의 정언·헌납, 사헌부의 지평·장령·집의, 의정부검상 ·사인을 역임하고 홍문관응교·승문원교감을 두루 거쳤다.

命至於斯而年不足恃歟? 疾雖尋常而衰不能支歟? 八月之晦, 纔承手書, 辭意懇到3), 康寧如昔, 豈料兩月之間, 傳訃遽忽耶? 訃至之日, 遠作乞客4)於高城5)八日之程, 路逢凶問, 口傳無書, 還問疾祟, 亦云不知。只有短紙草草訃告, 及於加緦6)之翌日夕, 始見姪金婦7)之書, 則云以宿疾彌月而不能支矣, 山運8)趣吉而襄事又過矣。嗚呼! 嶺海遐遠, 消息斷絶, 彌月之疾, 而始聞於告訃之後, 襄事之期, 而未聞於掩壙之前。疾不得奔問, 葬不得臨哭, 辜負平生, 痛恨無窮也。則向之有恃於耄期之遠而不知懼也, 謂其尋常之疾而不爲虞者, 皆不知其命者耶? 何其奄忽如此也? 嗚呼! 瀁於諸倩9), 受恩偏重。早來贅托10), 愚悖作狂, 而不余爲尤, 益軫憐恤, 竟使愚悖之狂, 亦知其感化, 至今仰戴如天只11)之恩者, 皆我婦德之賢也。嗚呼! 不特此也。曾在癸亥12)更化之日13), 聘君14)起廢爲德源

---

2) 耄期(모기) : 여든 살에서 백 살까지의 나이. 耄는 80~90세, 期는 100세를 이른다.

3) 懇到(간도) : 간절하고 주밀함.

4) 乞客(걸객) : 몰락한 양반으로서 의관을 갖추고 다니며 얻어먹는 사람.

5) 高城(고성) : 강원도 고성군.

6) 緦(시) : 緦麻. 喪禮 중 服制를 규정한 五服制度의 하나. 5복은 크게 斬衰·齋衰·大功·小功·시마로 나뉜다. 사위·장인·장모를 위해서 입기도 한다.

7) 姪金婦(질김부) : 이언척의 4촌 李言協이 있는데, 그의 손자 李志萬의 아내가 慶州金氏. 정양에게는 처7촌 질부가 된다.

8) 山運(산운) : 묏자리의 좋고 나쁨에 따라 생기는 운수.

9) 諸倩(제청) : 이언척의 사위가 셋임을 일컫는 말. 곧, 鄭瀁·權順正·朴長善이다.

10) 贅托(췌탁) : 딸을 맡기다는 뜻이나, 여기서는 사위가 되다는 의미.

11) 天只(천지) : 어머니를 일컫는 말. 《詩經》〈鄘風·柏舟〉의 "하늘같은 어머님이 이토록 사람 마음 몰라주시는가.(母也天只, 不諒人只.)"에서 나온 말이다.

12) 癸亥(계해) : 仁祖 1년인 1623년.

13) 更化之日(경화지일) : 왕화를 혁신하는 날이라는 뜻으로, 계해반정을 이르는 말.

14) 聘君(빙군) : 정양의 장인 李言惕(?~1643). 조선 중기의 무신. 본관은 全義, 자는 揚而. 양주목사를 지낸 李慶禧의 손자이며 훈련도정 李孝可의 아들이다. 1608년 선전관, 1612년 의주판관 등을 재직하고 1623년 牧使로서 柳孝立의 난을 진압한 공으로 영사원종공

府, 內政媲美, 獷俗[15)]亦知其嘆服。及於爪遞[16)]之後, 其府中老吏竊相謂
曰："吾等齒已長矣, 未嘗見室內[17)]門無私謁, 如某夫人。"云。故瀁友李
時敷得於耳目而每嘖嘖不已焉。雖然, 此豈足以形容我淑德之萬一也哉?
瀁自作壻二十年來, 纖芥過誤, 未曾覯記, 而其御上下家衆及待遠近親
屬, 皆得其歡, 一無咎咎君。則嗚呼! 天稟卓卓已高, 而亦可見家庭之訓
所由來遠矣。故其皇考[18)]洗馬公, 當士論橫潰之日, 隻手障瀾, 大有功於
斯文, 又與鰲城[19)]李相相善爲死友[20)], 則宜其貽則之懿美者乎。嗚呼!
一子[21)]賢明, 孝行特出, 諸孫振振[22)], 和氣盈堂, 孰不曰福德之家? 而所
可恨者, 聘君立朝三十年, 淸白苦節, 凜凜如一日, 故飢寒之苦, 靈獨偏
傷, 寒而衣不得厚也, 飢而食不能飽也。則畢竟今日之變, 安知不由於飢
寒來也? 嗚呼! 去歲東歸之後, 每以舐犢之情[23)], 而勅歸[24)]於妻累, 惟有

신 1등에 녹훈되었다. 1628년 坡州牧使, 1635년 公淸道水軍節度使를 거쳐 江界府使를
지냈으며 1638년 1월 都摠管에 올랐고, 3월 南陽府使가 되었다가 7월 全羅右水使로
나아갔다. 1639년 慶尙左兵使를 지냈다. 1641년 4월 楊州牧使로 부임하였다가 8월 咸鏡
北道兵馬節度使(약칭 北兵使)에 이르렀으며 임지에서 졸하였다. 陽城李氏 사이에 1남3
녀를 두었으니, 아들로는 李廷觀이고, 딸로는 鄭瀁·權順正·朴長善에게 각각 시집간
세 딸이 있다.

15) 獷俗(광속) : 야만 습속. 곧 오랑캐를 지칭한다.

16) 爪遞(조체) : 瓜遞의 오기. 벼슬의 임기가 차서 갈리던 일.

17) 室內(실내) : 남의 아내를 점잖게 이르는 말.

18) 皇考(황고) : 先考를 높여 이르는 말.

19) 鰲城(오성) : 李恒福(1556~1618). 본관은 慶州. 일명 鰲城大監. 자는 子常, 호는 弼雲
·白沙·東岡. 임진왜란 때 병조판서로 활약했으며, 뒤에 벼슬이 영의정에 이르렀다.
광해군 때에 인목대비 폐모론에 반대하다 北靑으로 유배되어 죽었다.

20) 死友(사우) : 죽는 한이 있어도 서로 저버리지 아니할 정도로 절친한 벗.

21) 一子(일자) : 李廷觀. 全義李氏 족보상에 생몰년은 표기되어 있지 않으며, 관직은 義禁
府都事를 지낸 것으로 표기되어 있다.

22) 振振(진진) : 자손의 번창을 말함. ≪詩經≫〈周南·螽斯〉의 "수많은 여치들 화목하게
모여들듯, 그대의 자손 번성하리라.(螽斯羽, 詵詵兮, 宜爾子孫, 振振兮.)"에서 나온 말
이다.

傷虎之心[25], 而欲觀於時變, 趑趄未決, 姑待後日者, 實恃我康寧氣力, 必享岡陵之壽[26], 可保百年無虞也。故今九月初, 欲去而還止者, 亦爲此也。到今使妻孥負其終天之悔恨, 疾勢逾危, 朝夕難保, 可勝痛哉? 嗚呼! 受恩若子, 而怵惕纏身, 終無報效之道, 飮此無涯之恨也, 則惟有一慟而長號而已。靈其知歟? 其享冥冥而不知者歟? 嗚呼已矣。悵悵[27] 此身, 今尙何歸焉? 天地雖大, 無所歸依, 每恃於靈如母之慈, 今也已矣, 命之奇矣。遙拜望哭, 淚有盡而言不窮。靈其不昧者存, 庶幾鑑我之衷哉。

[抱翁先生文集, 卷4]

---

23) 舐犢之情(지독지정) : 어미 소가 송아지를 핥는 것처럼 부모가 그 자식을 극진히 사랑하는 정.

24) 歸(귀) : 시집간 여자가 친정 어버이를 뵈러 가는 것을 일컬음. 《詩經》〈周南·葛覃〉의 "사씨에게 고해서 친정간다 알렸네.(言告師氏, 言告言歸.)"에서 나온 말이다.

25) 傷虎之心(상호지심) : 《近思錄》권7〈出處〉의 "옛날에 일찍이 범에게 부상당한 자가 있었는데, 딴 사람들은 범을 말할 때에 비록 삼척동자라도 모두 범이 무서운 줄을 알았으나, 끝내 범에게 부상당한 적이 있는 자의 정신과 얼굴빛이 두려워하여 지성으로 무서워하는 것과는 같지 않았다.(昔曾經傷於虎者, 他人語虎, 則雖三尺童子, 皆知虎之可畏, 終不似曾經傷者, 神色懼懼, 至誠畏之, 是實見得也.)"에서 나온 말. 범에게 상했다는 것은 자신이 일찍이 경험한 것을 가지고 매우 걱정함을 이른다.

26) 岡陵之壽(강릉지수) : 《詩經》〈小雅·天保〉의 "하늘이 당신을 편안하게 하사, 흥하지 않음이 없게 한지라, 마치 산인 양 언덕인 양, 높은 뫼나 큰 능인 양 흥성하고, 마치 냇물이 흐르고 흘러, 보태지 않음이 없는 것 같네.(天保定爾, 以莫不興, 如山如阜, 如岡如陵, 如川之方至, 以莫不增.)"에서 나온 말.

27) 悵悵(창창) : 어디로 가야할지 알지 못하는 모습을 형용한 말. 《禮記》〈仲尼燕居〉의 "예법이 없이 나라를 다스리는 것은 마치 소경이 혼자서 길을 가는 것과 같으니, 창창하여라 과연 어디로 가겠는가?(治國而無禮, 譬猶瞽之無相與, 悵悵乎其何之.)"에서 나온 말이다.

정양鄭瀁, 1600-1668

조선 중기의 문신. 본관은 延日, 자는 晏叔, 호는 孚翼子·抱翁. 송강 鄭澈의 손자이고, 아버지는 강릉부사 鄭宗溟이며, 어머니는 참의 南仁傑의 딸 南陽洪氏이다. 아내는 北兵使 李言愓의 딸 全義李氏이다. 1618년 진사시에 합격하고, 1636년 병자호란 이후 수년간 은거생활을 하다가 동몽교관에 제수된 뒤 의금부도사·廣興倉主簿·수운판관을 역임하였다. 1650년 용안현감이 된 뒤로 비안현감·종부시주부·진천현감·금구현령·한성부서윤 등을 역임하였다. 1661년 지평이 된 후 간성군수·시강원진선을 거쳐 1668년 장령에 이르렀으며, 이 해에 죽었다.

장모 제문

祭外姑文

이은상

아아, 사위가 장모님[東萊鄭氏]의 죽음을 애도하는데, 어찌 글을 꾸밀 것이며 어찌 문(文)이라고 하겠습니까? 다만 글에다 애틋한 정을 나타낼 뿐이나이다.

예전에 제가 어린 나이로 귀문(貴門)의 사위가 되었을 때, 저를 어루만지고 저를 길러주신 은혜와 사랑이 도타웠습니다. 하늘이 굽어 살피지 않으시어 일찍이 아버지 어머니[驪州李氏] 두 분을 다 잃은 외로운 신세로서 누구를 의지할 수 있었겠습니까마는 장모님의 보살핌을 받게 되었습니다. 새로운 집은 사는데 부족함이 없었고 아주 가까이 대문과 울타리가 있었는지라, 아침이면 문안인사를 드리고 돌아오는 것은 그래도 사위였습니다. 아들을 낳아 장가들이시고 딸들은 시집보내어 외손을 보시니, 자손들은 아무 탈 없이 평소에 정성껏 봉양하였습니다. 마음속으로 일찍이 탄복하고 부러워하였는데 저만 유독 부모가 없음이 슬펐지만, 친어머니처럼 우러렀으니 서글픈 한편 위로가 되었습니다.

지난해 겨울에 병이 오래 낫지 않아 위독해지셨는데, 약효가 없었지만 그래도 병이 낫기만을 바랐습니다. 제가 욕되게도 승지(承旨)가 되어 이른 아침부터 밤늦도록 공무를 보았는데, 짧을망정 휴가라도 얻으면 반드시 직접 찾아뵙고 안부를 여쭈었습니다. 그런데 바야흐로 숙직실에 있다가 갑작스레 다급하다는 소식을 듣고는, 샛길로 빨리 달려갔으나 이어서 돌아가셨다는 부음(訃音)을 듣게 되었습니다. 대문에 들어서면서 놀라 부르짖는데 울음소리도 눈물도 모두 나오지 않았으니, 그 누가 잠깐이 곧 영원한 이별이 되리라고 생각이나 했겠습니까?

아아, 영화롭고 존귀한 고명(誥命)을 받으셨고 연세는 일흔을 넘기신 데다 머리가 희도록 해로까지 하셨고 자손들이 가득하였습니다. 영령(英靈)께서는 진실로 유감이 없으실 것이나 살아있는 사람들은 슬퍼하기를 저 소련(小連)처럼 하다가 수척하여 병이 나서 거의 위태로운 지경입니다. 발 드리운 적막한 빈소에서 여름날이 조금씩 길어지는데도 저 자형(子荊)처럼 늘그막에 비통해하는 것을 어찌 위로하겠습니까?

아아, 옛집은 처량한데 지나간 일이 어제와 같고, 새 무덤은 터를 잡았고 장사치를 날이 임박하였습니다. 이에 좋은 계절을 만나 감히 제수 갖추어 올리나니, 어둡지 않고 밝은 영령께서 계시거든 와서 흠향하시기 바라나이다.

祭外姑文

嗚呼! 甥之哭姑[1], 何以文爲? 豈曰文乎? 道情於辭。昔我髫齡[2], 忝

---

1) 姑(고) : 丈母. 이은상 장인 密陽朴氏 朴安悌(1590~1663)의 아내로, 鄭恢遠의 딸 東萊鄭氏. 박안제의 본관은 密陽, 자는 季順. 할아버지는 朴好元이고, 아버지는 형조판서 朴鼎賢이며, 어머니는 金汲의 딸이다. 1612년 사마시에 합격하고 廢母論이 일어나자 성균관

贅高門, 撫我育我, 恩愛之敦。不弔于天, 早失怙恃[3], 孑孑何托? 受姑之庇。新居苟完[4], 咫尺門墻, 朝回起居, 猶是東床[5]。生兒有室, 嫁女得孫, 令愛無蟣, 鎭日[6]晨昏[7]。心嘗歎羨, 哀我獨無, 仰如慈母, 悲慰之俱。客歲之冬, 一疾彌留[8], 藥餌無功, 猶冀有瘳。我忝喉舌[9], 夙夜

의 유생들을 이끌고 이에 抗疏하였다. 1621년 정시문과에 장원하여 典籍을 제수 받았으나, 李爾瞻의 농간으로 3년 동안이나 부임하지 못하였다. 1623년 인조반정 때 해미현감으로 발탁되었고, 持平·掌令을 거쳐 1632년에 인조의 私親 追崇을 논의할 때 이를 반대하다가 이조판서 李貴의 상소로 인해 목천 현감으로 좌천되었다. 그 뒤 修撰을 거쳐 외직으로 나가 종성부사가 되었다. 2년 뒤에 서울로 돌아와 동부승지·판결사를 지내고 다시 외직으로 나가 충주목사가 되었다. 1659년 병조참의에 재직하다가 죽었다. 한편, 鄭恢遠(1564~1646)의 본관은 東萊, 자는 大而. 아버지는 宣務郎 鄭象信(1539~1599)이며, 어머니는 全州李氏 李璟의 딸이다. 아내는 宋諄의 딸 鎭川宋氏이다. 슬하에 6남3녀를 두었는데, 박안제가 맏사위이다. 형제로는 정유재란 때 예조참판으로 남원에서 왜군과 항쟁하다가 전사한 형 鄭期遠(1559~1597), 동생 鄭陥遠(1568~1636)·鄭沖遠(1569~1639)·鄭凝遠(1583~1615)이 있다. 1585년 식년시 진사에 급제하였다. 벼슬은 侍直郡守, 僉知中樞府事를 지냈다.

2) 髫齡(초령) : 머리를 늘어뜨리는 때라는 뜻으로, 어린 나이나 그러한 때를 이르는 말.

3) 怙恃(호시) : 《詩經》〈小雅·蓼莪〉의 “아버지 아니시면 누구를 의지하며, 어머니 아니시면 누굴 믿을까.(無父何怙, 無母何恃.)”에서 나온 말.

4) 苟完(구완) : 《論語》〈子路篇〉의 “살림을 잘하여 재산이 있기 시작하자 살기에 합당하다 하고, 재산이 조금 있게 되니 사는데 부족함이 없다 하고, 재산이 많아 부유해지자 사는 것이 정말 아름답다 하였다.(善居室, 始有曰, 苟合矣, 小有曰, 苟完矣, 富有曰, 苟美矣.)”에서 나온 말.

5) 東床(동상) : 남의 새 사위를 일컫는 말. 東晉 때에 太尉 郗鑒이 왕희지의 아버지 王導의 집안에서 사윗감을 고르려고 자신의 門生을 왕도의 집에 보냈더니 다른 신랑감들은 모두 잘 보이려고 점잔을 빼고 몸가짐을 조심하였으나 王羲之만은 東床에서 배를 깔고 누워 음식을 먹으면서 개의치 않았는데, 치람이 이 말을 전해 듣고 그를 사위로 삼았다는 고사에서 유래한다.

6) 鎭日(진일) : 평상시.

7) 晨昏(신혼) : 어버이를 정성껏 봉양하는 것을 말함. 《禮記》〈曲禮 上〉의 “자식이 된 자는 어버이에 대해서, 겨울에는 따뜻하게 해 드리고 여름에는 시원하게 해 드려야 하며, 저녁에는 잠자리를 보살펴 드리고 아침에는 문안 인사를 올려야 한다.(冬溫而夏淸, 昏定而晨省.)”에서 나온 말이다.

8) 彌留(미류) : 병이 오래 낫지 않음. 병이 위중함.

于公, 少有官暇, 問候必躬。方在直廬[10], 遽聞急報, 間道疾驅, 繼承凶
訃。入門驚呼, 聲淚俱渴, 孰謂俄頃, 便成長訣? 嗚呼! 榮奪封誥[11],
壽踰稀年, 白首偕老, 孫曾滿前。靈固無憾, 生者之悲, 小連[12]淸羸, 嬰
疾幾危。空簾闃寂, 夏日初永, 曷慰子荊[13], 暮境之慟? 於戲! 舊館凄
涼, 往事如昨, 新阡載卜, 遠日[14]將迫。茲當令節, 敢奠洞酌, 不昧者
存, 庶幾來格。

[東里集, 卷13]

---

9) 喉舌(후설) : 喉舌之臣. 承旨를 달리 이르는 말. 임금의 명령을 비롯하여 나라의 중대한
   언론을 맡은 신하라는 뜻이다. 이은상은 1663년에 승지가 되었다.

10) 直廬(직려) : 숙직실.

11) 封誥(봉고) : 1품에서 5품까지의 관리가 임금의 誥命을 받는 것을 이름. 여기서는 남편
    이 벼슬길에 올라 아내가 받게 되는 고명을 말한다.

12) 小連(소련) : 《禮記》〈雜記 下〉의 "小連과 大連이 居喪을 잘하여 3일을 게으르게 하지
    않고, 3개월을 해이하게 하지 않고, 1년을 슬퍼하고, 3년을 근심하였는데, 이들은 東夷
    의 사람이다."에서 나오는 인물.

13) 子荊(자형) : 晉나라 孫楚의 字. 《世說新語》〈傷逝〉에서 王武子가 죽었을 때 당시 명사
    들이 모두 모여 조문을 하였는데, 子荊이 뒤늦게 와서 시체 앞에서 통곡을 하고는 끝나
    자 靈几를 향해 "그대가 평소 나를 위해 나귀 울음소리를 잘 내더니, 오늘은 내가 그대를
    위해 나귀 울음소리를 내는구려." 하였다. 죽음을 비통해할 때 활용하는 인물이다.

14) 遠日(원일) : 장례치를 날. 《禮記》〈曲禮〉의 "무릇 날짜를 점칠 때에는 열흘 밖의 날을
    '먼 어느 날'이라고 하고, 열흘 안의 날을 '가까운 어느 날'이라고 한다. 상사에는 먼
    날을 먼저 점치고, 길사에는 가까운 날을 먼저 점친다.(凡卜筮日, 旬之外曰遠某日, 旬之
    內曰近某日, 喪事先遠日, 吉事先近日.)"에서 나온 말이다.

이은상李殷相, 1617-1678

조선 중기의 문신. 본관은 延安, 자는 說卿, 호는 東里. 할아버지는 月沙 李廷龜이고, 아버지는 李昭漢(1598~1645)이며, 어머니는 贊成 李尙毅의 딸 驪州李氏이다. 아내는 朴安悌의 딸 密陽朴氏(?~1674)이다. 밀양박씨 사이에 1남1녀를 두었으니, 아들 李潤朝(1640~1670)와 金萬重에게 시집간 딸이 있다. 큰아버지 李明漢과 사촌형제 李端相 등과 함께 집안이 모두 문장에 뛰어났다. 1651년 별시문과에 급제하였으며, 1656년 文科重試에 급제하였고, 1660년 校理로서 通政大夫의 품계에 오르고, 1663년 承旨가 되었으며, 1666년 大司諫, 1668년 都承旨가 되었다. 1674년 효종비인 仁宣王后가 죽자 시어머니이자 인조의 계비인 莊烈王后의 喪服 문제로 논쟁이 벌어졌을 때 형조판서로서 宋時烈과 함께 大功制를 주장하였다. 같은 해 현종이 죽자 哀册文을 찬진하였으며, 宋時烈이 상복 문제로 유배당하자 벼슬에 나가지 않고 관동지방을 유람하였다. 1678년 가뭄으로 松嶽에서 祈雨祭를 지내고 돌아오다 병으로 죽었다.

장모 전씨 제문
祭聘母全氏文

홍여하

선(善)을 쌓은 가문의 복을 한 몸에 받은 숙인(淑人 : 管城全氏)께서는 여자로서 지켜야 할 법도를 익혀서 말씨와 태도가 유순하고 마음은 곧고 순수하셨습니다. 덕 있는 군자(君子 : 黃德柔)의 배필이 되시어 공경하고 순종하셨으며, 지란(芝蘭)과 옥수(玉樹) 같은 훌륭한 자녀들이 뜰을 가득 메웠는데 그들을 의리에 입각하여 가르치셨습니다. 이에 오복(五福)이 갖추어져 예순까지 수를 누리셨고, 살아서는 영광을 죽어서는 애도를 받으셨으니, 실로 그에 짝할 만한 사람이 드뭅니다.

저는 형편없는 사람으로 일찍이 사위로서 더부살이했을 때 은혜와 사랑을 융숭하게 받았고 중만년(中晚年)까지 변함이 없으셨습니다. 아내[長水黃氏]가 살아 있을 때는 제 몸을 의탁하였고, 아내가 죽은 후에는 아이들을 맡겼었는데, 이제 이에 이르렀으니 어찌 슬프지 않겠습니까? 대상(大祥)이 어느덧 다가오는데 저의 병이 이토록 심하여, 글을 부치면서 변변찮은 제수를 올리니 저의 진정을 다할 길이 없습니다.

祭聘母全氏文

積善之門，鍾慶淑人[1]，閑[2]于女則[3]，柔婉貞純。媲德君子，克敬以順，蘭玉[4]盈庭，義方其訓。備茲五福，壽胡[5]六旬，哀榮終始[6]，實鮮其倫。汝河無似，早處甥館[7]，恩愛隆至，不替中晚。妻在託身，妻亡託兒，今而至此，胡寧不悲？ 再朞[8]奄迫，賤疾斯劇，寓辭菲奠，莫罄衷曲。

[木齋先生文集, 卷7]

---

1) 淑人(숙인) : 조선시대에, 정3품 당하관의 아내에게 내리던 외명부의 품계. 장인 黃德柔의 아내 管城全氏. 황덕유는 관성전씨 사이에 3남3녀를, 진주강씨 사이에 1남을 두었다. 홍여하는 첫째부인 黃德柔의 맏딸 長水黃氏 사이에 2남3녀를, 둘째부인 別坐 金煒의 딸 聞韶金氏 사이에 2남1녀를, 측실 사이에 2남을 두었다.

2) 閑(한) : 閑習. 익히다.

3) 女則(여칙) : 唐나라 太宗의 황후인 文德皇后가 옛날 여인들의 훌륭한 사적을 모아 10권으로 편찬한 책. 여기서는 여자로서 지켜야 할 법도를 일컫는 것으로 쓰였다.

4) 蘭玉(난옥) : 芝蘭玉樹. 《世說新語》〈言語〉에서 晉나라 謝安이 여러 자제들에게 어떤 자제가 되고 싶은지 묻자, 그의 조카인 謝玄이 대답하기를 "비유하자면 지란옥수가 뜰 안에 자라게 하고 싶습니다.(譬如芝蘭玉樹, 欲使其生於階庭耳.)"고 한 데서 나온 말.

5) 壽胡(수호) : 오래 사셨음을 이르는 말. 《周書》〈諡法〉의 "오래도록 사신 분에게 胡耇라 하였다.(彌年壽考曰胡耇.)"에서 나온 말이다.

6) 哀榮終始(애영종시) : 生榮死哀. 생전이나 사후 모두 영예스럽게 됨을 이르는 말. 《論語》〈子張篇〉의 "살아서도 영광이요, 죽어서도 애도를 받는다.(其生也榮, 其死也哀.)"에서 나온 말이다.

7) 甥館(생관) : 사위가 거처하는 방을 말하는데, 전하여 처가에서 더부살이함을 이르는 말.

8) 再朞(재기) : 喪朞로서 만 2년이 되는 때를 말함.

홍여하洪汝河, 1620-1674

조선 중기의 문신. 본관은 缶溪, 자는 百源, 호는 木齋·山澤齋. 할아버지는 洪德祿이고, 아버지는 대사간 洪鎬이며, 어머니는 高從厚의 딸 長興高氏이다. 아내는 郡守 黃德柔(1596~1659)의 딸 長水黃氏이다. 1654년 진사로 식년문과에 을과로 급제, 여러 관직을 거쳐 정언에 이르러 효종에게 時事를 논하는 소를 올려 왕의 가납을 받았으나 반대파의 배척을 받았다. 1658년 다시 경성판관이 되었으며, 왕의 하문에 의하여 올린 소로 인해 이조판서 宋時烈이 사직하는 등의 문제를 일으켜 黃澗에 유배되고, 이듬해에 풀려났으나 벼슬을 단념하고 고향에 돌아가 오직 학문에만 전념하였다.

장모 이상서 부인 제문
祭外姑李尚書夫人文

민유중

　어질고 정숙한 덕은 부인(夫人 : 全州李氏)의 타고난 아름다움이시며, 높은 벼슬을 하사받음은 부군(夫君 : 李景曾)의 귀함이셨습니다. 세 아들이 녹봉(祿俸)으로 봉양함은 뛰어난 인물로서 부친을 계승한 것이었으며, 육십하고도 칠년이 되심은 기년(耆年 : 예순 살이 넘은 나이)에 이르신 것입니다. 예로부터 규문(閨門)에서 그 누가 타고난 복과 벼슬아치의 녹봉을 다 겸하였겠습니까마는, 어떤 이는 어질면서도 자식 하나 못 두기도 하고 어떤 이는 오래 살면서도 마땅한 벼슬이 없기도 합니다. 아, 부인은 오복을 제대로 갖추어 누리셨는데, 어찌하여 만년에 아직도 애통함이 남아 있었단 말입니까? 해로(偕老)도 미처 다하지 못하셨고 맏아들도 먼저 죽었습니다만, 그러나 사람들의 목숨은 각기 길기도 하고 짧기도 합니다. 흙으로 같이 돌아가는데 누가 먼저고 누가 나중이라고 하겠으며, 이치상 본래 그러한 것이니 어찌 슬퍼하겠습니까?

　아, 소자는 일찍이 욕되게도 사위가 되었는데, 깊이 사랑하시고 후하게 보살펴주신 지 세월이 오래 되었습니다. 불행히도 아내[德水李氏]를 잃고 또 피붙이 하나 없었는데도, 정리와 예의가 조금도 변하지 않으시고 사랑하며 어루만져 주시는 것이 더욱 도타웠습니다. 때

때로 장모님께 인사드릴 때 울고 나서 말씀을 드리면, 병환 속에서 하신 한 마디가 지금도 귀에 들리는 듯합니다. 어찌 감히 잊고 소홀하여 지극하셨던 뜻을 저버릴 수 있겠으며, 음성과 모습을 영원히 감추시니 긴긴 밤에 해가 뜨지 않는 듯합니다. 이제 영원히 결별하노니 천지 사이가 그저 아득하기만 하더라도 어둡지 않고 밝은 영령(英靈)께서는 제 술잔을 흠향하소서.

祭外姑李尚書[1]夫人文

仁淑之德, 天賦之美, 命爵之尊, 夫子[2]之貴。三兒祿養, 幹蠱[3]之賢, 六旬有七, 及耆之年[4]。從古閨梱, 孰全福履[5]? 或賢無子, 或壽無位。猗歟夫人[6], 克備嚮用[7], 如何晚境, 尚有遺慟? 偕老未終, 家嗣[8]先殞, 然人之命, 各有脩短。及其同歸, 誰亟誰遲? 在理固然, 何用悲爲? 嗟尒[9]小子, 早添甥室, 深慈厚庇, 積有日月。不幸喪耦, 又絶血屬, 情禮

---

1) 李尚書(이상서) : 李景曾(1595~1648)를 가리킴. 조선 중기의 문신. 본관은 德水, 자는 汝省, 호는 松陰·眉江. 아버지는 군수를 지낸 李通이다. 1613년 진사가 되었으나 廢母論이 일어나자 벼슬을 버렸다가, 1624년 알성문과에 장원하여 정언·예조좌랑·병조좌랑·지평·병조판서·대사간·이조판서 등 여러 관직을 두루 역임하였다.

2) 夫子(부자) : 남편을 높여 이르는 말.

3) 幹蠱(간고) : 幹父之蠱. 아들이 부친의 뜻을 계승 발전시키는 것을 말함.

4) 耆之年(기지년) : 60세를 말함. 《禮記》〈曲禮 上〉의 "나이가 60이 되면 기라고 하며, 이때에는 남에게 지시하며 일을 시킨다.(六十曰耆, 指使.)"에서 나온 말이다.

5) 福履(복리) : 福祿. 타고난 복과 벼슬아치의 녹봉.

6) 夫人(부인) : 李景曾의 아내 全州李氏로서, 宣祖의 왕자 順和君 李珏의 3남2녀 중 둘째딸.

7) 嚮用(향용) : 《書經》〈洪範〉의 "아홉 번째는 오래도록 누리면 좋은 오복과 사람이 두려워해야 할 육극이다.(次九曰嚮用五福威用六極.)"에서 나온 말.

8) 家嗣(총사) : 맏아들. 호조정랑 李椲.

9) 嗟尒(차이) : 嗟爾. 탄식하는 말.

靡替, 眷撫益篤。有時拜堂, 淚與言續, 病裏一語, 今猶在耳。豈敢忘
忽, 以負至意? 音容永閟, 脩夜不暘。從玆一訣, 天地茫茫, 精靈不昧,
歆我酹觴。

[文貞公遺稿, 卷5]

민유중閔維重, 1630-1687

본관은 驪興, 자는 持叔, 호는 屯村. 아버지는 관찰사 閔光勳이며, 어머니는 府院君
李光庭의 딸 延安李氏이다. 첫째부인 李景曾의 딸 德水李氏 사이에는 자식이 없었고,
둘째부인 宋浚吉의 딸 恩津宋氏 사이에는 2남3녀를 두었으며, 셋째부인 趙貴中의 딸
豐壤趙氏 사이에는 1남2녀를 두었고, 측실 사이에는 2남2녀를 두었다. 첫째부인과는
24세(1652) 때 사별하고, 둘째부인과도 43세(1672) 때 사별하였다.

장모 정부인 이씨 제문
祭岳母貞夫人李氏文

오도일

온화하고 공손하신 부인(夫人 : 德水李氏)께서는 바로 덕의 바탕이셨고, 단정하고 정숙한 성품을 타고 나셨으며 그 자태도 순수하셨습니다. 어린 나이에 시집가셔서 명문가의 아내가 되셨는데, 미리 경계하여 어김이 없으셨으며 겸손하고 유순하시어 스스로를 단속하셨습니다. 친척들을 사랑하고 보살피시는데 모두 진정을 쏟으셨으며, 비복을 어루만지며 부리시는데 오로지 은택을 베푸셨습니다. 인자하신 공덕(功德)은 마을에서도 역시 알아주었고, 친척 사이를 좋고 화목하게 한 뜻은 온 집안이 모두 추앙했습니다. 그러므로 두루 복을 받으셔서 경사스런 일을 많이 누리셨으니, 부군(夫君 : 趙復陽)께서 날개를 펴고 높이 날아오르듯 조정에 등용되어 높은 벼슬을 지내셨습니다. 자손들이 빽빽하게 모였는데, 지란옥수(芝蘭玉樹) 같은 자제들이 늘어섰고 벼슬들이 높아서 가문이 성대하였습니다. 세상 사람들이 부러워하고 바라는 바에 이미 부족함이 없으셨지만, 오로지 빌었던 것은 오래오래 사시는 것이었습니다. 그런데 어찌 한 번 병드시자 그만 불미스런 일이 생길 줄을 생각이나 했겠습니까마는, 어찌 세상이 보기 싫어서 광막한 세계로 돌아가셨단 말입니까? 아아, 슬픕니다.

생각하건대, 소자는 일찍이 귀문(貴門)의 사위가 되었을 때, 받은 은혜가 실로 깊었고 덕을 흠모함도 간절하였습니다. 갑진년(1664)에 제가 심도(沁都 : 강화도의 별칭)를 따라 바닷가에서 두어 해를 보내다가 그만 병이 찾아들었습니다. 몸은 바짝 여위었고 피는 모두 빠져나가 죽음만 바라보고 있는데, 게다가 모친상(母親喪 : 漢陽趙氏 喪)을 겪게 되니 산천이 아득하기만 했습니다. 갑작스레 죽을까 몹시도 두려워하면 이세상과 저세상이 영영 막힐 것 같았는데, 매양 이 생각을 하면 마음이 절로 놀라곤 했습니다. 다행히 장모님께서 보살피고 사랑해준 것이 매우 도타우셨던 것에 힘입었으니, 사위를 걱정하여 생각하는 마음이 지극하셨고 건강이 회복되도록 보살피는 조리(調理)도 극진하셨습니다. 마치 어머니가 친자식을 보듯 한 것은 지극한 정에서 나온 것이었는데, 하나의 실낱같은 목숨이 다행히 다시 살아나게 되었습니다. 잊을 수 없는 감사한 마음이 항상 간절하여 가슴에 새겼는데, 어찌하여 인간 세상에는 온갖 일들에 마(魔)가 많단 말입니까? 처음에는 건강이 좋지 못하다는 소식을 들었을 때 저 역시 병에 걸려 있어서, 몸소 약을 달이고 병간호하는 것 또한 미처 마음먹은 대로 하지 못했습니다. 달려가 문안을 여쭈었을 때는 이미 위독한 지경에 이르렀으니, 제 마음을 펴 보일 수도 없었고 말씀조차 건넬 수도 없었습니다. 물결 위의 거품, 바람 앞의 촛불처럼 홀연히 영원한 이별을 하시니, 지난날을 돌이켜 생각하면 은혜를 저버린 부끄러움이 더욱 절절합니다. 아아, 슬픕니다.

당(堂)에 오르는 곳에 빈소가 설치되었는데, 고요히 흰 장막만 드리워 있고 쓸쓸히 붉은 명정(銘旌)만 있나이다. 슬픈 일이든 기쁜 일이든 시종일관 한바탕 꿈처럼 아련하였고, 지나온 발자취를 추모하니 눈물이 줄줄 흘러내립니다. 그저 술 한 잔을 올려서 작은 정성을 표하노니,

어둡지 않고 밝은 영령(英靈)께서 계시거든 이 진정을 굽어 살피소서.

祭岳母貞夫人李氏文

溫溫夫人[1], 維德之基[2], 端淑之質, 純粹其姿。夙歲于歸, 媲于名閥, 儆戒[3]無違, 謙順自律。愛恤親黨, 悉出衷曲, 撫御婢使, 專尙惠澤。仁慈之德, 閭里亦知, 敦睦之義, 閨門咸推。故受敷祉, 用享多吉, 主公翶翔, 登庸顯秩[4]。兒孫森簇, 掩映[5]蘭玉[6], 祿位之盛, 門闌翕奕。世所歆冀, 已無不足, 惟是所祝, 壽考者耋。何期一疾, 遽爾不淑[7]？豈厭棼濁, 而返沖漠？嗚呼哀哉！念余小子, 早贅高門, 受恩實深, 仰德亦勤。歲在甲辰[8], 余從于沁[9], 經年海曲[10], 一病侵尋。形枯血脫, 日於死迫, 況離老

---

1) 夫人(부인) : 豊壤趙氏 趙復陽(1609~1671)의 아내로서, 오도일 첫째부인의 어머니. 곧, 관찰사 李景容(1581~1635)의 2남6녀 가운데 맏딸 德水李氏이다. 조복양과의 사이에 4남3녀를 두었는데, 둘째딸은 요사하였고 오도일은 셋째사위이다. 한편, 오도일의 첫째부인은 判書 趙復陽의 딸 豊壤趙氏이다. 첫째부인과는 17세 때(1661) 결혼하여 28세 때(1672) 사별하였고, 둘째부인 鄭淹의 딸 延日鄭氏와는 30세 때(1674)에 재혼하였다. 첫째부인 사이에는 자식이 없었고, 둘째부인 사이에는 4남을 두었다.

2) 《詩經》〈大雅·抑〉의 "온유하고 공손한 사람은 바로 덕의 바탕이 된다.(溫溫恭人, 維德之基.)"에서 나온 말.

3) 儆戒(경계) : 미리 조심함.

4) 登庸顯秩(등용현질) : 趙復陽이 17세 때(1625) 덕수이씨와 결혼하였고, 그 다음해에 別試 初試에 합격하였으며, 30세 때(1638) 庭試에 丙科로 급제하여 승문원에 들어갔으며, 승정원 주서·예문관 검열을 거쳐 병조좌랑·정언·헌납·지평·이조좌랑·사성·동부승지·예조참의·대사성·대사간·이조참의·부제학·예조참판·한성부 우윤·병조참판·이조참판·예문제학·대사헌·대사성·예조판서를 역임한 사실을 일컫는 말.

5) 掩映(엄영) : 막아 가리거나 그늘지게 함. 즉 훌륭한 자제들이 서로를 가리거나 늘어선 모양을 이른다.

6) 蘭玉(난옥) : 芝蘭玉樹. 남의 집안의 우수한 자제를 예찬하는 말.

7) 不淑(불숙) : 불미스러운 일. 여기서는 죽음을 일컫는다.

8) 甲辰(갑진) : 顯宗 5년인 1664년.

母[11], 山川杳邈。深懼奄忽, 永隔幽明, 每一念及, 方寸[12]自驚。幸賴夫人, 眷愛深篤, 軫念[13]之至, 調護[14]之極。如母視子, 出自至情, 一縷之命, 幸獲再生。感佩[15]常切, 銘鏤于中, 云胡人世, 事故多魔? 始聞愆候[16], 余亦嬰痾, 執藥問疾, 亦未如意。及至趨省, 已臻危憊, 情未獲展, 言未獲接。浮漚風燭, 奄成長訣, 愴念平昔, 憨負彌切。嗚呼哀哉! 升堂之地, 玄殯爰成, 寥寥素帷, 寂寂丹旌。悲懍前後, 一夢依然, 追思陳迹, 有淚漣漣。聊奠一觴, 用表微誠, 不昧者存, 鑑此衷情。

[西坡集, 卷20]

오도일吳道一, 1645-1703

조선 후기의 문신. 본관은 海州, 자는 貫之, 호는 西坡. 할아버지는 영의정 吳允謙이고, 아버지는 吳達天이며, 어머니는 오달천의 둘째부인으로 都事 趙幹의 딸 漢陽趙氏이다. 1673년 춘당대문과에 을과로 급제, 1680년 지평·부수찬을 시작으로 知製敎를 거쳐 1687년 승지가 되어 自派를 옹호하다가 파직되었다. 1694년 개성부유수를 거쳐 奏請副使로 청나라에 다녀와 대사간·부제학·강원도관찰사·도승지·대사헌을 지냈다. 또 예문관제학·사직·이조참판·공조참판을 지내고 양양부사로 좌천, 削黜되었다가 1700년 대제학·한성부판윤 등을 역임하고 병조판서에 이르렀다.

---

9) 沁(심) : 沁都. 강화도의 옛 지명.

10) 海曲(해곡) : 바닷가.

11) 離老母(이노모) : 오도일이 25세 때(1669)에 모친상 당한 것을 일컬음.

12) 方寸(방촌) : 사람의 마음은 가슴속의 한 치 사방의 넓이에 깃들어 있다는 뜻으로, '마음'을 달리 이르는 말.

13) 軫念(진념) : 윗사람이 아랫사람의 사정을 걱정하여 생각함.

14) 調護(조호) : 調理. 건강이 회복되도록 몸을 보살피고 병을 다스림.

15) 感佩(감패) : 고마운 마음으로 깊이 느끼어 잊어버리지 않음.

16) 愆候(건후) : 건강이 좋지 못함.

형님·남동생·누나·누이

첫째형님 제문
祭伯氏文

노진

 아아, 나의 형님[盧禛]이시여 지금 어디로 가신단 말입니까? 대청에 올라서 방에 들어가나, 어렴풋하게라도 형님의 얼굴을 다시 뵐 수가 없고, 고요하여 형님의 음성을 다시 들을 수가 없습니다. 늙으신 어머님[安東權氏]과 형제들이 세 어린 아들을 거느린 과부가 된 형수님[南原梁氏]을 달래며 아침저녁으로 울부짖고 그리느라 정신이 없어 갈팡질팡 허둥대기만 하지만, 달이 가고 계절이 바뀌어도 끝내 뵐 수가 없습니다. 아아, 형님이 돌아가셨습니다.

 형님이 돌아가셨으니, 끝내는 다시 뵐 수 없게 되었습니다. 천륜의 형제로서 무궁한 은혜와 사랑을 받은 것이 단지 30년에 별안간 그치고서 갑자기 영영 이별하고 이승과 저승으로 길이 갈리어 내생에서도 서로 따르며 친하게 지낼 수가 없으니, 이 아우가 어찌 오늘 가슴이 에이고 마음이 찢어지지 않을 수 있겠으며, 하늘에 호소하려 해도 할 곳이 없습니다.

 아아, 나의 형님이 평소에 아우를 사랑하던 정성, 아우를 가르치던 은혜, 화락하던 얼굴빛, 온화하던 모습 등은 친족들에게 미덥게 하고 마을에서 명성을 드날려서, 쇠나 돌도 꿰뚫을 수 있었고 귀신들도 믿을 수 있었으니, 또한 어찌 굳이 말할 필요가 있으며, 말을 한다 해도 어찌 할 말을 다할 수 있겠습니까?

삼가 못난 아우는 고집스럽고 어리석어서 앞뒤가 꽉 막혀 은혜를 저버림이 언제나 많았습니다. 비록 과거에 급제하여 이름이 났을망정 가난과 질병으로 인하여 조금이라도 부모를 능히 영화롭게 봉양하지 못하였으니, 하늘이 사라져 없어지고 땅이 닳아 없어진다 하여도 이처럼 제대로 모시지 못한 한은 없어지지 않을 것입니다. 형님 역시 날마다 아우가 세상에 나아가서 벼슬아치로서의 뜻을 세우기 바라시다가 홀연히 이 지경이 되셨으니, 저는 형님께서 눈도 차마 감지 못하리라는 것을 알고 있습니다.

지난해(1549) 봄, 형님께서 누이를 송별하기 위해 시산(詩山 : 전북 태인)에 갔을 때 아우도 또한 따라가서 역관(驛館)에서 하루를 보냈습니다. 그때에 이 병을 얻었는데도 저는 어리석고 둔한 데다 지극히 어둡고 게을러서 제대로 약 먹이는 도리를 다하지 못했고, 몸이 또한 병으로 인하여 쇠해지는데도 저는 능히 병수발을 다하지 못했습니다. 형님을 모시고 집으로 돌아와서도 또 저는 임금의 신임을 받지 못할까 초조한 마음에 얼마 되지 않아서 하직 인사를 하고 서울로 가버리고 말았습니다. 비록 약물은 간혹 보냈다 하더라도 병세를 친히 보살펴드리지 못한 채로 천리 먼 곳에서 서로 바라보기만 했을 뿐입니다. 단지 걱정하는 마음만 쌓이다가 가을에 남쪽으로 잠시 돌아왔을 때, 비록 병세가 오랫동안 낫지 않고 있었어도 원기(元氣)는 조금 회복하였고 큰 증세도 또한 그쳤기 때문에, 시간이 지나면 병이 낫고 마침내 회복되리라 생각하고는 하직하고 곧 조정으로 달려 갔습니다. 나랏일에 분주하느라 형님을 생각할 겨를도 없이 그럭저럭 세월만 보내면서 병문안도 하지 못했고 약조차도 마련하지 못했습니다. 이내 파면되어 되돌아왔을 때, 아우가 형님의 병에 대해 지극 정성으로 걱정하여 약을 달여 드리고 병 수발을 했었다면, 어찌 오늘과 같은 일이 있지 않았으리라는 것을 알았겠습니까?

집에 돌아왔을 때는, 형님은 아우를 위해 애달파하지도 않았고 아우도 또한 티끌만한 여한도 없었으니, 오히려 오랫동안 서로 따르며 친하게 지낼 수 있게 된 것을 다행으로 여겼습니다. 날씨가 따뜻하고 화창하며 기혈(氣血)이 아무 탈 없이 순조로우면, 다시 정상적인 몸으로 함께 즐기고 놀면서 고기 굽고 술 걸려 마시며 산수 풍광을 즐기는 흥을 마음껏 누리기를 바랐지, 누가 갑작스레 이 지경에 이를 줄을 생각이나 했겠습니까? 정월 보름날, 아우는 사소한 병이 있었고 때마침 처가에 상(喪)이 있었으며, 게다가 처자식을 데리고 어머님 곁으로 돌아가고자 했습니다.

장차 용성(龍城 : 전북 남원)에 가려하니 형님은 여러 번 만류하셨는데, 아우는 형님께서 아우의 병을 걱정하시는 것이라고만 여겼습니다. 지금 스스로 생각하건대, 그때 만류하신 것은 형님의 정신이 예전만 못하여서가 아니라 아우를 조금이라도 곁에 붙들어두고자 한 것이었거늘, 아우는 그러한 줄을 전혀 깨닫지 못했습니다. 마침 산속 사찰에 있었는지라, 부음(訃音)을 듣고도 또 지체하였습니다. 말을 치달려 갔지만 염습(殮襲)하는 것을 지켜보며, 좋은 곳에 잘 가라는 작별의 말도 끝내 하지 못했습니다. 마침내 영원한 이별을 하게 되니, 생각이 이에 이르면 저도 모르게 더욱 서러이 울부짖고 애가 끊어지려 합니다.

형님의 병세가 점점 깊어 감을 알지 못하였으니, 아마도 어찌 해 볼 도리가 없어 아우에게 부탁할 것이 있었음에도 할 수가 없었습니까? 지금 어찌 수시로 아우의 꿈속에 들어와서 미처 하지 못했던 말을 부탁하여, 생전의 끝없는 은혜와 사랑을 조금이라도 펴지 않으십니까? 이 아우가 부탁하기에는 부족하다고 여기기 때문입니까? 아니면 아우의 마음과 생각이 형님께서 내려와 돌보아줄 수 없도록 하는 것입니까? 아아, 애통합니다. 아아, 애통합니다.

아우가 이 세상에 있으면서도 집이 가난하고 힘이 미약한데다 스스로 떨치지 못하여 제사를 일정한 법식에 맞게 올리지 못했고, 장사지낼 시기도 또 놓치고 말았습니다. 달이 지나고 철이 바뀌었는데도 즉시 죽지 아니한 채, 음식을 먹고 담소를 나누며 구차하게 세월을 보냈습니다. 못난 죄는 죽어서도 속죄할 길이 없으니, 저 푸르른 하늘이여 언제나 끝이 나겠나이까? 아아, 애통합니다.

아우가 객지에 나아가 배운[遊學] 때로부터 벼슬하기까지 20여 년 동안 어머님의 봉양을 위해 장만하는 도구는 하나같이 알아서 하기를 형님에게 맡겨놓았으며, 서로 떨어져 있을 때가 아무리 오래일지라도 형님은 거의 편안히 여기고 사는 걱정을 하지 않으셨습니다. 지금에 이르러 형님께서 돌아가시니 어머님은 더욱 늙으시어, 얼굴은 여위셨고 머리는 하얗게 세었으며 눈에는 쓸쓸함이 가득하셨고, 우환에다 변고까지 겹쳐 묵은 병이 더욱 더치게 되었습니다. 동생 관(祼)은 집이 조금 멀리 있고 또 객지에 나아가 배우는 중입니다. 형님의 아이들은 어려서 모두 인사(人事)를 제대로 살필 수가 없습니다. 아침저녁으로 봉양은 그 누가 받들 것이며, 사당의 제사는 그 누가 맡을 것인지, 이것이 아우가 더욱 다시 부르짖으면서 그칠 수 없는 것입니다.

아아, 집안일을 잘 경영하여 가업을 잃지 않게 하고, 아비를 잃은 어린 조카들을 가르쳐서 장성하게 하는 것은 형님께서 반드시 아우에게 바라는 바일 것이며, 아우 또한 스스로 기약하는 것입니다. 몹시 어리석고 진실로 사람들에게 미덥지 못하며, 재주 또한 현실 사정과 동떨어져 거리가 멀지만, 형님이 바라는 바를 저버리지 않을 것입니다.

아아, 천하의 소리를 다해도 그 슬픔을 풀어낼 길이 없고, 천하의 말을 다해도 그 참혹함을 전할 길이 없습니다. 목이 메도록 오열하니 가슴이 답답하여 말은 여기서 그치지만, 아아, 형님이여 능히 알아주소서.

祭伯氏文

嗚呼! 吾兄[1]乎, 于今何所之乎? 升乎堂而入乎室, 邈然不復接其形容, 闃然不復聆其音聲。老母[2]兄弟, 撫寡嫂[3]携三稚, 朝夕號慕, 遑遑瞿瞿, 而逾月逾時, 卒無有覩也。嗚呼! 兄其亡矣。兄其亡矣, 其終不可

---

1) 吾兄(오형) : 盧禧(1494~1550)를 가리킴. 노진의 아버지 노우명(1471~1523)은 典籍 安璣의 딸 順興安氏 사이에 1남 2녀를 두었고, 生員 權時敏의 딸 安東權氏 사이에 2남 1녀를 두었는데, 노진은 안동권씨 소생의 장남이고 노희는 순흥안씨 소생이어서 노진에게는 노희가 이복형이다. 노희의 자는 大受, 호는 敬菴. 타고난 자질과 성품이 자혜롭고 효성이 지극하였다. 또한 학문이 높아 제자백가서에 통달하였으나 아버지가 일찍 세상을 떠나서 아버지를 대신하여 집안을 다스리고 형제들의 훈육을 돌보기 위하여 과거마저 포기하고 進士試에 급제한 것으로 만족하였다. 노진의 33세 때 노희는 죽었다.

2) 老母(노모) : 노진의 친모 안동권씨(1490~1575). 노진이 58세 때 86세로 죽었다.

3) 寡嫂(과수) : 노희는 方有寧(1460~1529)의 딸 軍威方氏 사이에 1녀를 두었고, 梁應麒의 딸 南原梁氏 사이에 3남2녀를 두었는데, 여기서는 남원양씨를 가리킴. 세 아들은 盧士俊(1536~1566)·盧士豫(1538~1594)·盧士佽(1544~1603)이다. 따라서 사준은 15살, 사예는 13살, 사개는 7살 때 노희가 세상을 등졌던 것이다.

得而復見矣。鍾天屬[4]無窮之恩愛, 但止於三十年之倏忽, 而遽然永隔,
路分幽明, 他生又未可必其相從, 則弟安得不於今日推胸裂肝? 籲天而
無所哉。嗚呼! 吾兄平日, 愛弟之誠, 敎弟之恩, 怡怡[5]之色, 闇闇[6]之
容, 信於族黨, 著於鄕閭, 金石可貫, 鬼神可質, 亦何待於言? 而言之亦
何能盡哉? 惟不肖弟, 頑愚蔽塞, 辜恩常多。雖竊科弟之名, 而貧病困
蹙, 不克少致榮養[7], 天消地磨, 此恨不滅。兄亦日望弟之稍立[8]于世,
而奄然至此, 吾知兄之目亦不瞑矣。去歲[9]之春, 兄送妹氏[10]于詩山[11],
弟亦隨行, 在館一日。遂得此疾, 頑冥昏惰, 不能盡其藥餌之方, 身又病
弱, 其能竭其調侍之力。及其奉以還家, 又迫熱中[12]之念, 未幾拜辭入
京。雖藥物或繼, 而候視未親, 千里相望。但積憂念, 及秋南還, 則雖有
彌留[13]之勢, 元氣稍復, 大證亦止, 意其保其歲月, 瘳和遂復, 奉辭[14]

---

4) 天屬(천속) : 血屬. 혈통을 이어가는 피붙이. 같은 아버지의 형제라는 뜻으로 쓰였다.

5) 怡怡(이이) : 《論語》〈子路篇〉의 "붕우 사이엔 간절하고 자상히 권면하고, 형제간에는
   화락해야 한다.(朋友切切偲偲, 兄弟怡怡.)"에서 나온 말.

6) 闇闇(은은) : 《論語》〈鄕黨篇〉의 "조정에서 하대부와 말을 할 적에는 강직하게 하고,
   상대부와 말을 할 적에는 부드러운 태도로 간쟁하였다.(朝與下大夫言, 侃侃如也, 與上
   大夫言, 闇闇如也.)"에서 나온 말.

7) 榮養(영양) : 부모를 영화롭게 봉양함.

8) 稍立(초립) : 벼슬아치의 뜻을 세움. 稍는 稍食으로 관부에서 다달이 주는 벼슬아치의
   녹봉이다.

9) 去歲(거세) : 지난해 1549년. 노진은 1546년 泰仁縣監이었던 매부 申潛의 권유로 정읍
   에 가서 別擧에 응시하여 합격하고 이어 會試와 殿試에 합격한 적이 있다.

10) 妹氏(매씨) : 노우명은 두 아내 사이에 3남3녀를 두었는데, 세 딸은 각각 林崇杜·崔祐
    ·申潛에게 시집갔으니, 안동권씨 소생의 둘째딸로 신잠의 아내. 노희에게는 이복 여동
    생이다.

11) 詩山(시산) : 전북 정읍시 泰仁의 옛 이름.

12) 熱中(열중) : 임금의 신임을 얻지 못할까 초조해 하는 마음을 일컫는 말. 《孟子》〈萬章
    章句 上〉의 "벼슬을 하면 임금을 사모하게 되고 임금에게 받아들여지지 않으면 초조하
    여 몸이 단다.(仕則慕君, 不得於君則熱中.)"에서 나온 말이다.

13) 彌留(미류) : 병이 오래 낫지 않음. 병이 위중함.

趨朝。執掌[15]無暇，因循度日，診問未究，藥石未備。旋復罷歸，使弟誠憂於兄疾，復施其劑餌調治之方，則安知其不有今日哉？ 既來予家，兄不爲弟戚，而弟亦無纖芥之恨，猶以久相從爲幸。若時月暄和，氣血調順，則庶幾復常奉以遊遨，煮鮮漉酒，以盡山水之興，孰意奄忽至此哉？ 正月之望，弟有微恙，時有聘家[16]之喪，且欲携妻孥，還予親側。將有龍城[17]之行，則兄再三勸止，弟以爲兄之憂弟疾也。自度勸止者，不以其精神之不如前日，欲留弟少待，而弟實不覺其然乎。適遊山刹，承凶又遲。馳奔雖劇，而竟未得及於襲斂，以奉辭好行之語。遂爲終天之永訣，言念至，尤不覺其長號欲絶也。不知兄之大漸[18]也，其無奈[19]有可托於弟者而不得耶？ 今胡不時入弟之夢，以托其所未言，而少敍平日無窮恩愛耶？ 其以弟爲不足托諸歟？ 抑弟之精神思慮，不能致兄之降顧耶？ 嗚呼痛哉！ 嗚呼痛哉！ 有弟在世，而家貧力弱，不克自振，奠祭未及於儀，掩葬又將過期。歷月踰時，不卽死滅，飮食言笑，苟度時日。不肖之罪，死無所贖，彼蒼者天，曷其有極？ 嗚呼痛哉！ 弟自遊學，以至從宦二十餘年之間，奉養之具，一倚於兄，離違雖久，庶幾自安而無憂矣。及今兄

---

14) 奉辭(봉사) : 하직함.

15) 執掌(앙장) : 정신없이 분주함. 《詩經》〈小雅·北山〉의 “누구는 부름도 전혀 받지 않고, 누구는 참혹하게 고생을 하며, 누구는 제멋대로 거드럭거리고, 누구는 나랏일로 정신없이 분주하누나.(或不知叫號, 或慘慘劬勞, 或棲遲偃仰, 或王事鞅掌.)”에서 나온 말이다.

16) 聘家(빙가) : 처가. 노진의 장인 順興安氏 安處順(1493~1534)이며, 장모는 韓弘의 딸 扶寧韓氏인데, 슬하에 1남1녀를 두었으니 아들은 安璲(1518~1571)이고 딸은 노진에게 시집갔다. 따라서 1550년 정월의 喪은 노진이 직접 조문한 것으로 보아 아마도 장모상인 것으로 짐작된다.

17) 龍城(용성) : 전북 남원의 옛 이름.

18) 大漸(대점) : 병이 위독하다는 말. 《書經》〈顧命〉의 “오, 병이 크게 더하여져 위태로와졌소.(嗚呼, 疾大漸惟幾.)”에서 나온 말이다.

19) 無奈(무내) : 어찌 해볼 도리가 없음. 방법이 없음.

已亡而母愈老, 蒼顔白髮, 滿目蕭然, 憂患變故, 夙瘵轉增。弟祼[20]家
居稍遠, 且方遊學。兄之幼子, 皆未克省事。朝夕之養, 誰其供之? 寢
廟[21]之薦, 誰其尸[22]之? 此弟之益復籲呼而不能已者也。嗚呼! 經紀家
事, 俾不失業, 敎育幼孤, 使之成立, 兄必有望於弟, 而弟亦有以自期
焉。不肖之甚, 誠未孚于人, 才又闊於事, 其能不負所望也耶。烏呼! 窮
天下之聲, 無以洩其悲矣, 盡天下之辭, 無以傳其酷矣。哽咽抑塞, 言止
於此, 嗚呼兄乎, 其能知也耶。

[玉溪先生文集, 卷2]

노진盧禛, 1518-1578

조선 중기의 문신. 본관은 豊川, 자는 子膺, 호는 玉溪·則庵. 할아버지는 盧盼이고,
아버지는 참봉 盧友明이며, 어머니는 사성원 權時敏의 딸 安東權氏이다. 1537년 생원
시에 합격하고, 1546년 증광문과에 을과로 급제하였다. 전적·예조의 낭관을 거쳐
1555년 知禮縣監으로 나갔다. 그곳에서 선정을 베풀어 높은 治聲을 들었으며 청백리
로 뽑혔다. 1558년 필선·부응교가 되고 이듬해 장령·검상·사인·집의·직제학을 지
냈다. 1560년 형조참의를 거쳐 도승지가 되었는데, 시골에 계신 늙은 어머니의 봉양
을 위하여 외직을 지원하여 담양부사·진주목사를 지냈다. 1567년 이조참의로 있다가
충청도관찰사와 전주부윤이 되어 선정을 베풀었고, 다시 부제학에 임명되어 중앙으
로 들어왔다. 1571년 늙은 어머니의 봉양을 위하여 다시 외직으로 나갈 것을 허가받
아, 친가와 가까운 昆陽의 군수가 되었다. 이듬해 대사간·이조참의가 되고 경상도관
찰사·대사헌 등을 지냈다. 1575년 예조판서에 올랐으나 사퇴하고 그 뒤 대사헌·이조
판서·형조판서·공조판서·예조판서 등의 벼슬에 連拜되었으나, 모두 병으로 나가지
않았다.

---

20) 祼(관) : 盧祼(1522~1574). 노진의 친동생이고, 아내는 新昌表氏(1523~1597)이다.

21) 寢廟(침묘) : 祠堂.

22) 尸(시) : 맡는다(主)의 뜻.

첫째형님 제문

祭伯氏文

이이

아아, 슬픕니다. 형님[李璿]은 지금 저를 버려두고 어디로 가신단 말입니까? 어찌 부모님과 형님은 이승에 계시지 않고 까마득한 저승에 계신단 말입니까? 아버님[李元秀]도 어머님[申師任堂]도 두 분 다 인간 세상에는 계시지 않으니, 형님이 혹시 지하로 돌아가서 모시고자 한 것은 아닙니까? 아니면 형님은 세상을 싫어하는 것이 아니지만, 수명이 길고 짧은 것은 운수(運數)인데다, 하늘이 조금도 더 살게 해 주지 않았기 때문입니까? 그렇지 않으면 어찌 그리도 우애하는 정이 없고 쌀쌀하게 잊어버린 듯이 버려둔단 말입니까? 아아, 슬픕니다.

우리 형님은 천지의 기운을 받고 태어나서 온화하고 유순하게 사셨으니, 거동을 해야 할 때는 남들과 거스름이 없으셨고, 고요히 있어야 할 때는 깊이 숨어 자중하셨습니다. 젊어서는 재능을 익혀 벼슬을 구하였으나 애석하게도 약간의 뜻을 펼쳤을 뿐 크게는 펴지 못하셨고, 만년에야 낮은 벼슬에 오를 수 있었으나 영화와 잇속을 탐내지 않으셨습니다. 아아, 슬픕니다.

제가 세상에 태어나서 크나큰 횡액을 만나 일찍이 부모님을 여의는 아픔을 겪었습니다. 다행히 형제는 아무 탈이 없었으므로 집을 지어 서로 모여살기로 약속했었는데, 안타깝게도 살림살이가 너무나 가난하여 지금껏 그 뜻은 품고도 이루지 못했습니다. 그런데 갑자기 형님께 병환이 생겨 날로 깊어지며 몸이 바짝 여위시니, 병마(病魔) 때문에 그런 것이라 여겼었는데 끝내 목숨이 다하여 구할 길이 없었습니다. 하늘의 뜻에 달린 부귀도 잃었을 뿐만 아니라 또 중년의 수명도 누리지 못하셨습니다. 아아, 슬픕니다.

저 푸르른 하늘이여 우리 집에 내리신 화가 가혹함을 슬퍼함이 어찌 끝이 있겠나이까? 불쌍하게도 홀로 된 아내[淸州郭氏]는 어린 아이를 안고 천리 먼 곳(충남 회덕)에서 서로 부여잡고 통곡하고 있습니다. 그러니 넋이야 선영(先塋)에 의지한다 해도 혼(魂)은 남쪽을 가리키며 근심하고 근심하실 것입니다. 어찌 서울에서 신주(神主)를 봉안하고 영전(靈前)에 제물을 올리고 싶지 않겠습니까? 그러나 지금 저는 쉴 겨를이 없는데다 또 차마 형수님이 하늘에 부르짖으며 슬퍼하심을 볼 수가 없습니다. 이에 잔을 올려 작별을 고하니 정신이 흐릿하고 멍하고 흩어집니다.

집 지을 곳이 정해지면 형님의 가족을 이끌고 서쪽[해주의 석담]으로 돌아가서는, 조카들을 장성토록 가르쳐서 맹세코 집안의 명성을 실추시키지 않겠습니다. 바라옵건대 형님은 편안히 눈 감으시고 남아있는 처자식들일랑 조금도 걱정하지 마소서. 형님이 말씀하셔도 제가 알아듣지 못할 것이고, 제가 말씀을 아뢰어도 형님이 어찌 알겠습니까? 아, 인생 백 년 다하는 날에 슬퍼하지 않기를 영원히 바라나이다. 아아, 슬픕니다.

祭伯氏文

嗚呼哀哉! 兄[1]今捨我而奚適耶? 豈所親[2]不在此而在於冥漠耶? 父[3]兮母[4]兮, 皆不在人世, 無乃吾兄欲歸侍於地下耶? 抑非吾兄厭世, 而脩短有數, 天不少假耶? 不然, 何其友于之情至薄, 而棄之若遺耶? 嗚呼哀哉! 惟吾兄之稟氣, 以和柔而爲資, 動與物而無忤, 靜淵潛而自持。早習藝而干祿, 嗟少伸而大屈, 晚通籍於一命[5], 非榮利焉是覬。嗚呼哀哉! 余生世之孔厄, 夙抱慟於風樹[6]。幸荊花[7]之無故, 期築室而恒聚, 傷舊業之壁立[8], 尙齎志而未就。奄吾兄之遘疾, 日沈綿而消瘦, 謂二

---

1) 兄(형) : 李璿(1524~1570). 이이의 아버지 李元秀와 어머니 申命和의 딸 平山申氏(신사임당)는 4남3녀를 두었다. 이선은 장남이고, 李珥(1536~1584)는 셋째이다. 이선의 자는 伯獻. 참봉을 지냈다. 아내 郭連城의 딸 淸州郭氏 사이에 2남2녀가 있었다.

2) 所親(소친) : 부모형제.

3) 父(부) : 李元秀(1501~1561). 나이 50세에 음보로 종5품의 수운판관에 임명되었으며 내섬시 주부와 사헌부 감찰을 지냈다. 이이의 나이 26세 때 죽었다.

4) 母(모) : 申師任堂(1504~1551). 시·글씨·그림에 능하였던 조선시대의 대표적인 여류 예술가. 아버지는 平山申氏 申命和이며, 어머니는 李思溫의 딸 龍仁李氏이다. 이이의 나이 16세 때 죽었다.

5) 一命(일명) : 말단 관직. 주로 최하위 품계인 종9품의 관직을 말한다.

6) 抱慟於風樹(포통어풍수) : 부모님께서 돌아가셨음을 일컫는 말. 《韓詩外傳》 9에 "나무가 고요하고자 하나 바람이 멎지 아니하고, 자식이 어버이를 봉양하고자 하나 어버이가 기다려주지 않는다.(樹欲靜而風不止, 子欲養而親不待.)"에서 나온 말이다. 곧, 李珥의 아버지 李元秀는 1501년에 태어나 율곡의 나이 26세 때인 1561년에 죽었고, 어머니 申師任堂은 1504년에 태어나 율곡의 나이 16세 때인 1551년에 죽은 사실을 일컫는다.

7) 荊花(형화) : 형제를 비유한 말. 옛날 田眞의 형제 3인이 재산을 똑같이 나누고 나니, 오직 紫荊樹 한 그루만 남았으므로, 이것을 셋으로 쪼개서 나누자고 의논하고서 다음날 그 나무를 베러 가보니, 나무가 이미 말라 버렸다. 그래서 전진이 크게 놀라 아우들에게 말하기를, "이 나무의 뿌리가 하나인지라, 장차 쪼개 나눈다는 말을 듣고 이렇게 마른 것이니, 우리는 나무만도 못하다." 하고는, 나누었던 재산을 다시 합하여 형제간에 아주 화목하게 살았다는 고사에서 온 말이다.

8) 壁立(벽립) : 사방에 벽뿐이라는 뜻으로, 빈궁한 생활을 일컫는 말. 漢나라 司馬相如가 卓文君과 함께 成都로 도망친 뒤에 "살림살이는 하나도 없이 그저 사방에 벽만 서 있었

豎[9]之適然, 竟澌盡而莫救。旣失在天之富貴兮, 又不克享乎中壽。嗚呼哀哉! 彼蒼天兮何極? 哀我家之禍酷。閔寡妻之抱稚[10], 隔千里[11]而攀號。魄有依於先塋兮, 魂南指而忉忉。豈不欲安神於京洛, 奉饋奠於几筵? 伊余啓處[12]之未定, 且不忍嫂氏之顲天。玆薦酌而奉別, 精慌惚而分飛。迨卜築之有所期, 挈兄室而西歸[13], 訓猶子而成立, 矢不墜乎家聲。庶吾兄之瞑目, 少弛念於孤甇。兄有言兮弟莫聞, 弟陳辭兮兄豈知? 噫嘻! 百年兮會盡, 惟不悲兮無窮期。嗚呼哀哉!

[栗谷先生全書, 卷14]

이이李珥, 1536−1584

☞ 34면 참조.

다.(家居徒四壁立.)"는 고사에서 나온 말이다.

9) 二豎(이수) : 病魔를 달리 이르는 말. 춘추시대 晉나라 景公의 꿈에 병마가 두 아이[二豎]의 모습으로 나타나 膏肓 사이에 숨는 바람에 끝내 병을 고칠 수 없었다는 고사에서 유래한 것이다.

10) 寡妻之抱稚(과처지포치) : 이선의 아내 淸州郭氏와 그 어린 자식 2남2녀를 가리킴.

11) 隔千里(격천리) : 이선의 처가가 있었던 충남 懷德을 이름. 이선은 서울에서 출생했으나 처가에서 살았고, 科業을 위하여 서울에 올라와 있었다.

12) 啓處(계처) : 《詩經》〈小雅·四牡〉의 "나랏일을 견고히 하지 않을 수 없는지라, 너무 바빠 편히 거처할 겨를이 없다.(王事靡盬, 不遑啓處.)"에서 나온 말.

13) 西歸(서귀) : 황해도 해주의 石潭을 일컬음.

첫째형님 제문

祭伯氏文

고용후

모년 모월 모일에 아우 고용후(高用厚)가 촉석강(矗石江) 가에서 술과 과일을 차리고 첫째형님 증(贈) 이조참판(吏曹參判) 행 임피현령(行臨坡縣令) 고공(高公 : 高從厚)의 영전(靈前)에 고하나이다.

아, 이 촉석강이여. 저 계사년(1593)에 나의 첫째형님께서는 복수의병장(復讎義兵將)으로서 여러 어른들과 이 진주성을 지키다가, 성이 함락되자 그 어른들과 함께 몸을 던져 희생한 곳일러라. 이왕에 지나간 일을 말할 수도 있지만, 마음이 상하고 눈에 비참하여 말을 하려하니 길어집니다. 지난 계유년(1633) 여름, 아우는 죄와 액운이 함께 무거워 영남으로 유배되었는데, 진주(晉州)가 바로 유배지였습니다. 처음 도착했던 날, 말을 버리고 도보로 이 물가에 이르러 통곡을 하다가 우사(寓舍)로 돌아온 뒤로, 문을 닫아걸고 한 발자국도 성안에 들이지 않은 것이 지금까지 3년입니다.

생각노라면, 그 해 겨울에 큰 병을 얻어서 반달 동안이나 모진 고통 속에 식음을 전폐하고 신음하였는데, 고향도 머나먼데다 부모형제도 멀리 떨어져 있고 병세가 매우 위태로워 목숨을 구할 수 없는 지경에 이르렀습니다. 한밤중에 어떤 사람이 "첫째형님이 병문안하러 찾아오셨습니다." 말하였고, 금방 북과 나팔 소리가 강가로부터 들려왔으며, 시골마을이 들썩이는 광경이 또렷하였는지라, 저는 깜짝 놀라서 깨었습니다. 비로소 그것이 꿈이었지 사실이 아님을 알았으나, 바로 그날 묵은 병이 깨끗이 나아 약을 먹을 필요도 없이 되살아났으니 기이하였습니다. 이것은 첫째형님이 평소에 아우를 사랑하는 마음이 이승에서든 저승에서든 차이가 없어서 캄캄한 지하에서도 말없이 도와주신 것이 분명합니다. 그러니 외로이 타향에서 살더라도 남은 목숨을 부지하고 있는 것은 누구의 덕분이겠습니까?

지금 양이(量移 : 유배지를 옮김)하라는 어명이 있어서 서울 가까운 읍(邑)으로 유배지를 옮기게 되었습니다. 생각건대, 임금께서 돌아가신 아버님[高敬命]과 형님이 목숨을 버려 나라를 위해 바친 것을 측은하게 여기시고 죄를 용서하시어 충절을 권면하는 은전(恩典)을 보이신 것입니다. 하늘같은 임금의 은혜에 감격하여 저도 모르게 눈물이 옷깃을 적십니다. '대대로 충성을 돈독하리라[世篤忠貞]'는 네 글자는 마땅히 뼈에 새겨 그 말을 잊지 않아서, 앞으로는 가정의 교훈을 저버리지 않기를 바라고 있나이다.

이제 떠나려 할 즈음에, 감히 제문을 짓고 술과 과일을 차려 물가에서 제사를 드리나이다. 저는 첫째형님의 충성스런 혼령이 반드시 밝고 밝으셔서 없어지지 아니하고 살아계실 줄 아옵니다. 강물은 소리 내어 흐르고 시름겨운 구름이 푸른 하늘을 가리는 오늘, 저의 마음속에 품은 슬픔이 어찌 끝이 있겠습니까? 바람결에 눈물 흘리며 이 맑은 술을 올리나이다.

祭伯氏文

年月日, 舍弟[1]用厚, 於矗石江[2]邊, 謹以酒果, 告于亡伯氏[3]贈吏曹
參判行臨坡縣令高公之靈。嗚呼此江, 乃歲在癸巳[4], 我伯氏以復讐義兵
將, 同諸公守此城[5], 城陷, 與諸公煞身而成仁之處也。旣往之事, 所可
道也[6], 傷心慘目, 言之長矣。向年癸酉之夏[7], 弟也罪與厄俱重, 流竄
于嶺外焉, 本州, 卽配所也。初到之日, 捨馬徒步而至於斯干[8], 慟哭而
還寓舍[9]之後, 閉關却掃[10], 足跡未嘗入於城府者, 三年於此矣。憶其年

---

1) 舍弟(사제) : 형에게 대하여 아우가 자기를 일컫는 말.

2) 矗石江(촉석강) : 진주시의 남쪽으로 흐르는 강인 南江을 임진왜란 이후에 부르는 이름.

3) 伯氏(백씨) : 高從厚(1554~1593). 조선 중기의 문신·의병장. 본관은 長興, 자는 道沖,
   호는 準峰. 1570년 진사가 되고, 1577년 별시문과에 급제하여 縣令에 이르렀다. 1592년
   임진왜란 때 아버지 高敬命을 따라 의병을 일으키고, 錦山싸움에서 아버지와 동생 高因
   厚를 잃었다. 이듬해 다시 의병을 일으켜 스스로 復讐義兵將이라 칭하고 여러 곳에서
   싸웠고, 위급해진 晉州城에 들어가 성을 지켰으며 성이 왜병에게 함락될 때 金千鎰
   ·崔慶會 등과 함께 南江에 몸을 던져 죽었는데, 세상에서는 그의 三父子를 三壯士라
   불렀다.

4) 癸巳(계사) : 宣祖 26년인 1593년.

5) 此城(차성) : 진주성을 가리킴.

6) 所可道也(소가도야) : 《詩經》〈鄘風·墻有茨〉의 "말할 수도 있겠지만 말하면 추해진다
   네.(所可道也, 言之醜也.)"에서 나오는 말.

7) 癸酉之夏(계유지하) : 1633년 여름. 《인조실록》 1631년 9월 13일조 3번째 기사에 의하
   면, 고용후는 冬至使로 북경에 갔을 때 여비의 예비비로 사용할 補蔘을 멋대로 사용했던
   일이 발각되어 盈德의 유배지에서 잡아와 국문하고 진주에 유배하였다고 되어 있다.
   그러나 고용후가 찰방 안방준에게 보낸 답장(1633년 10월 19일)과 고용후의 형 고순후
   역시 안방준에게 보낸 편지(1636년 6월 5일)에 의하면, 1633년 여름에 晉州로 유배되었
   다가 다시 1636년 서울 가까운 林川으로 이배되었던 것으로 보인다. 출발에 앞서 백씨
   고종후를 촉석강 가에서 제사지내며 지은 제문이 바로 이 제문이다.

8) 斯干(사간) : 《詩經》〈小雅·斯干〉의 "시내에 맑은 물 흘러 내리고.(秩秩斯干.)"에서 나
   온 말.

9) 寓舍(우사) : 임시로 거주하는 집.

10) 閉關却掃(폐관각소) : 문을 닫고 사람을 만나지 아니함.

冬, 得大病, 苦痛半朔, 廢食呻吟, 鄕關遠矣, 骨肉隔矣, 症勢甚危, 幾至不救。夜半有人言‘伯氏爲問病來訪.’云, 而旋聞鼓角聲, 起自江上, 村巷傳呼, 光景了了, 余驚而寤。始知其夢也非眞, 而厥日沈痾頓痊, 不待服藥而獲蘇, 異哉。是伯氏平昔愛弟之情, 無間於死生, 而默佑於冥冥也著矣。孤寄他鄕, 迄保殘喘者, 伊誰之賜歟? 今者有量移[11]之命, 而定配於近京之邑[12]。意者, 淵衷[13]有惻乎先父兄之捨生殉國, 而宥及于世, 以示勸忠之典耳。聖恩如天, 感淚不覺其沾襟也。世篤忠貞四字, 當銘骨誦其語, 庶幾前頭不負乎家庭之訓矣。將行, 玆敢爲文辦酒果, 而告祭于水濱。吾知伯氏之忠魂義魄[14], 必昭昭乎不亡者存焉。江流有聲, 愁雲蒼慘, 此日余懷之悲, 曷有其極? 臨風涕泣, 薦此泂酌。

[晴沙集, 卷2]

고용후高用厚, 1577-1652

조선 중기의 문신. 본관은 長興, 자는 善行, 호는 晴沙·瑞石. 할아버지는 참의 高孟英이고, 아버지는 의병장 高敬命이며, 어머니는 金百鈞의 딸 蔚山金氏이다. 1605년 진사시에 합격하였고, 1606년 증광문과에 을과로 급제하여, 이듬해 예조좌랑이 되었다. 그 뒤 병조좌랑·병조정랑을 거쳐 1616년 남원부사가 되었으며, 1624년 고성군수를 역임하였다. 1631년 동지사로 명나라에 다녀왔으며, 判決事를 마지막으로 관직에서 은퇴하였다.

---

11) 量移(양이) : 귀양간 사람의 정상을 참작하여 조금 나은 지방으로 옮겨 주는 것.

12) 近京之邑(근경지읍) : 林川. 충남 부여군에 속한 지명이다.

13) 淵衷(연충) : 깊은 마음이라는 뜻으로, 여기서는 임금을 가리킴.

14) 忠魂義魄(충혼의백) : 충성스럽고 의로운 넋이라는 뜻으로, 충의의 정신을 비유적으로 이르는 말.

첫째형님 제문

祭伯氏文

장유

　아아, 우리가 형제 되어 지금껏 살아왔던 40년 동안, 우리 집에는 어려움이 많기도 하여 일찍부터 뜻밖의 불행이 거듭되었습니다. 저 기해년(1599)과 신축년(1601)에 각각 아버님[張雲翼]과 할아버님[張逸]을 잃는 크나큰 슬픔을 거듭 겪었을 때, 형님[張綸]은 겨우 열다섯 살이요 나[張維]는 그보다 한 살 적었습니다. 외롭고 의지할 곳이 없는 우리 형제가 함께 어머니[密陽朴氏]를 받들어 모셨는데, 위로는 할머님[昌寧 成氏]이 계셨고 아래로는 남동생[張紳]과 여동생들이 있었습니다.

　형님은 맏아들로서 집안을 실추시키지 않기 위해, 어른들을 모시고 동생들을 돌보는 겨를에 나와 함께 공부하였습니다. 담박한 생활 속에 피나는 노력을 하면서 서로 격려하며 힘써 갈고 닦았는데, 밝게 빛나는 등잔불은 한밤중에도 꺼질 줄 몰랐습니다. 몸은 달라도 그림자는 하나가 되듯 반걸음조차도 서로 떨어지지 않았으니, 사람들은 간혹 칭찬하며 쌍벽(雙璧)처럼 이어져 아름답다 했습니다. 나는 요행히도 빠른 시일 안에 교화(敎化)되어 대과(大科)에 급제하고 홍패(紅牌)에 이름을 올렸으나, 형님은 괴로이 낭패를 거듭 겪어서 늦게야 태학생의 반열에 들었습니다.

　중간에 나는 뜻하지 않은 무고(誣告)의 화(禍)를 만났으나 형들 위의 매질을 요행히 면하고는 노인들을 모시고 어린애들을 이끌어서 저 해변가[경기도 安山]로 내려갔습니다. 고달프게 제 힘으로 먹고 사느라 애쓰고 부지런함이 극진하였으나, 때마침 흉년이 들어 쌀 동이가 씻은 듯 텅텅 비었습니다. 그리하여 죽조차 제대로 못 먹는 판국에 맛있는 음식 가릴 겨를이 없었는데, 형님이 애써 주선해주신 덕택으로 그 많은 식구가 구제되었습니다. 또 변변찮은 제수를 차려놓고 제사를 정결히 지냈는데, 손님이며 벗들이 모여 술잔 기울이고 나물을 베어 먹었습니다. 그렇더라도 유유자적하게 한 세상을 기꺼이 마칠 따름이었으나, 성스러운 임금이 즉위하시어 국운의 막힌 운수가 트였습니다. 용의 비늘을 부여잡고 봉의 날개를 붙들어 그 반정(反正)을 도운 이는 바로 나의 셋째아우[張紳]였는데, 일에 어긋남이 있으면 그 누가 이것을 주관하겠습니까?

　말단관직의 녹봉이 또한 더러는 복이 될 수도 있는데, 형님이 갖춘 재주는 동료 가운데 매우 빼어났습니다. 일을 민첩하게 살피는데다 과단성이 있게 처리하였으나, 벼슬자리가 한스러워 세상에 펼치지 못하고 거두어 숨겼습니다. 하늘이 나를 불쌍히 여기지 않고 우리 할머님[昌寧成氏]을 앗아가시니, 손자로서 맏상제가 되어 장례를 주관하는 중임(重任)을 맡은 형님은 영전(靈前)에 나아가 곡하였습니다. 수척해진데다 형편없는 음식으로 인하여 은연중에 위장을 상한 나머지, 겨우 소상(小祥)이 지났을 즈음 그만 병에 걸리고 말았습니다. 음식은 물리고 물만 마시니 쇠약한데다 점점 지쳐갔으니, 의원이 온갖 의술을 다 쏟았지만 어찌하여 좋은 약이 없단 말입니까? 살게 하려해도 더 살지 못했으니, 누구라서 신의 섭리를 헤아리겠습니까? 아아, 애통합니다.

　형님께서 병환이 있었던 것은 지난해 동짓달부터인데, 금년 초여름에 나를 찾아왔습니다. 석 달쯤 지내는 동안 병환이 조금 차도가 있자, 온가족들은 반가워하며 낫게 되었다고 기뻐하였습니다. 본댁으로 돌아가신 지 한 달여 만에 병마가 다시 도졌는데, 하루가 다르게 위독해져서 끝내 일어나지 못하였습니다. 어머님은 백발을 드리운 채 통곡하느라 땅에 엎드리셨고, 아내[長溪黃氏]와 첩은 가슴 치며 죽고 싶다 울부짖습니다. 울며불며 아빠 찾는 어린 자식들이 아무리 불러도 들어주지 않고 까마득히 긴 잠에 빠지셨습니다. 형님이여, 형님이여. 어찌 차마 이러할 수가 있단 말입니까? 아아, 애통합니다.

　산 자와 죽은 자는 제도를 달리하는데다 사람의 도리는 끝마쳤으니, 이 집을 떠나면 저 언덕의 무덤으로 가야합니다. 묏자리를 정해서 편안히 모시는 것은 인륜의 대사이니, 이제 골짜기에 묏자리를 잡으면 200여 년은 가야합니다. 세대가 멀어지고 무덤이 닳아 없어지면 다른 곳으로 옮기지 않을 수 없을 터, 해장정사(海莊精舍) 동쪽의 산기슭은 예로부터 명당이라 일컬어진 곳입니다. 형님도 일찍이 그 곳을 좋아한 적 있으니 아마도 우연찮은 일이 아닌 듯하고, 점괘에도 그 자리가 정말 좋다고 하여 죽은 사람과 산 사람의 생각이 서로 꼭 들어맞았습니다. 형님을 그 가운데에 묻고 그 묘의 봉우리를 미방(未方)으로 앉힐 것이며, 혹은 왼편에 혹은 오른편에 아직 살아 있으나 묻힐 뒷사람을 기다리도록 할 것입니다.

　노모를 모시고 아비 잃은 조카들을 돌보는 일은 우리 두 사람[장유와 그의 동생 장신]이 있으니, 밤낮으로 부지런히 힘써서 형님의 뜻을 어기지 않겠나이다. 어느덧 시일이 흘러 빈소가 삼가 열리니, 친지와 벗들이 모두 와서 영영 떠나시는 것을 제사지내나이다. 내게 맛

있는 술, 구운 고기, 저민 고기가 있어 형님에게 드리려고 제사를
올려도 형님은 어찌 모른 체 하십니까? 골육을 나눈 동기간은 죽어
서든 살아서든 똑같은 이치이라, 이제 영원히 이별하려니 너무나도
마음이 아픕니다. 아아, 슬픕니다. 적지만 흠향하소서.

祭伯氏文

嗚呼！ 我爲兄弟[1], 今四十歲, 吾家多難, 早鍾釁沴。歲在亥丑[2], 大
戚洊摯, 兄纔成童[3], 弟少一齒。零丁孤露[4], 共奉慈[5]侍, 上有王母[6],
下有弟妹[7]。兄爲家督[8], 門戶不墜, 事育之暇, 共治文字。食淡[9]攻苦,

---

1) 兄弟(형제) : 張綸(1586~1626)과 張維(1587~1638)를 가리킴. 한 살 차이인 형 장륜이
   죽었을 때 장유의 나이는 40세였다. 장륜의 자는 正國. 1616년 사마시에 합격하였고,
   통훈대부 義禁府 經歷을 지냈다.

2) 亥丑(해축) : 기해년(1599)과 신축년(1601). 기해년에는 장유가 부친상을 겪었고, 신축
   년에는 조부상을 겪었다. 부친 張雲翼(1561~1599)은 1579년 사마시에 합격, 1582년
   식년문과에 장원하여 여러 관직을 거쳐 1591년 襄陽府使로 있던 중 鄭澈 일파로 몰려
   穩城으로 유배되었다. 임진왜란으로 풀려나와 왕을 호종하였다. 이듬해 집의로서 주청
   사가 되어 명나라에 다녀오고 도승지·해주목사·형조판서를 역임, 정유재란 때 이조판
   서로서 접반사가 되어 명나라 제독 마귀를 영접하고 울산 싸움에 참전했다. 뒤에 다시
   刑曹判書를 지냈다. 한편, 할아버지 張逸(1540~1601)은 木川현감을 지냈다.

3) 成童(성동) : 열다섯 살 된 사내아이를 이르는 말.

4) 零丁孤露(영정고로) : 부모를 잃고 돌봄이 없는 사람이라는 뜻으로, 주로 부모를 일찍
   여읜 사람을 의미.

5) 慈(자) : 어머니. 장운익의 아내 密陽朴氏(?~1637). 判尹 朴崇元의 딸이다.

6) 王母(왕모) : 할머니. 할아버지 장일은 府使 成子沆의 딸 昌寧成氏(1540~1566)와 縣令
   成孝元의 딸 昌寧成氏(1552~1624) 등 두 아내가 있었다. 첫째부인은 외아들 장운익을
   두었고, 둘째부인은 슬하에 소생이 없었지만, 이 대목은 바로 소생이 없는 둘째 할머니
   를 이른다.

7) 弟妹(제매) : 남동생 張紳(1595~1637), 尹仁演과 黃裳에게 각각 시집간 두 누이를 이름.

8) 家督(가독) : 맏아들. 《史記》〈越王句踐世家〉의 "집에 맏아들이 있으면 그 집안의 감독

以相砥礪, 靑熒一燈, 中夜不寐。分形竝影, 跬步[10]不離, 人或見稱, 雙
璧[11]聯美。弟幸速化, 登名紅紙[12], 兄苦蹇連[13], 晩列庠士[14]。中經奇
禍[15], 幸脫碪几, 扶携老幼, 適彼海澨[16]。作苦食力, 辛勤備至, 値歲之
殺[17], 盎橐如洗。餔糜不給, 遑論甘旨, 賴兄拮据[18], 百口以濟。薦有魚
菽[19], 吉蠲爲饎[20], 賓朋之會, 酌醴芻菜。優哉游哉, 甘以沒世, 聖主龍
興[21], 邦運傾否[22]。鱗翼之攀[23], 唯我叔季[24], 事有緯繣[25], 孰主張

이라 한다.(家有長子曰家督.)"에서 나온 말이다.

9) 食淡(식담) : 《明心寶鑑》〈正己篇〉의 "먹는 음식이 담백하면 정신이 상쾌하고, 마음이
   맑으면 꿈과 잠자리가 편안하다.(景行錄曰 : 食淡精神爽, 心淸夢寐安.)"에서 나온 말.

10) 跬步(규보) : 반걸음밖에 안 되는 가까운 거리. 반걸음.

11) 雙璧(쌍벽) : 본디 한 쌍의 玉璧을 말함. 두 사람이 서로 우열을 가릴 수 없을 만큼
    똑같이 뛰어남을 비유하기도 하고, 또는 형제를 일컫기도 한다.

12) 登名紅紙(등명홍지) : 대과에 급제했다는 말. 급제자에게는 속칭 紅唐紙라고 하는 붉은
    종이의 합격증서, 곧 紅牌를 준 데서 나온 말이다. 장유가 1605년 사마시를 거쳐 1609년
    증광 문과에 을과로 급제한 것을 일컫는다.

13) 蹇連(건련) : 발을 저는 사람이 먼 길을 가듯 세상 살아가는 모습이 몹시 힘들고 괴로운
    모습.

14) 晩列庠士(만렬상사) : 장륜이 1616년 사마시에 합격하여 태학에 들어가 공부한 것을
    일컬음. 庠은 태학 또는 성균관을 일컫는 말이다.

15) 中經奇禍(중경기화) : 장유가 26세 때인 1612년 4월 待敎로 재직 중 金直哉의 誣獄에
    연루, 賊黨 黃裳의 妻男이라는 이유로 파직되고, 모친을 봉양하며 安山 고향집에서
    은둔한 사실을 일컬음.

16) 海澨(해서) : 여기서는 경기도 安山을 가리킴.

17) 歲之殺(세지살) : 歲殺. 일에 막힘이 많고 손해가 크다는 뜻으로, 흉년임을 의미.

18) 拮据(길거) : 갑이 을로부터 받은 돈을 병에게 넘겨준다는 뜻으로, 주선하다는 의미.

19) 魚菽(어숙) : 물고기와 콩이라는 뜻으로, 변변찮은 음식이라는 의미.

20) 吉蠲爲饎(길견위희) : 《詩經》〈小雅·天保〉의 "길일을 택하여 정결하게 술밥지어 흠향
    하시도록 정성을 다하여 올리도다.(吉蠲爲饎, 是用孝享.)"에서 나온 말.

21) 聖主龍興(성주용흥) : 仁祖反正을 이름. 龍興은 임금의 즉위를 뜻한다.

22) 傾否(경비) : 비색한 운수를 기울여 형통하게 만든다는 뜻. 《周易》〈否卦·上九〉의 "상
    구는 비색함을 기울게 하니, 먼저는 비색하고 뒤에는 기쁘다.(上九, 傾否, 先否後喜.)"
    에서 나온 말이다.

是？ 一命²⁶⁾之祿, 亦或錫褫²⁷⁾, 兄有才具, 絶出流輩。敏於見事, 旣果
而藝, 官位所恨, 斂焉莫試。旻天不弔²⁸⁾, 奪我祖妣²⁹⁾, 繼體³⁰⁾持重³¹⁾,
兄哭于位。纍纍³²⁾疏水, 暗鑠藏胃, 纔過于練³³⁾, 美疢伊始。食却歆進,

---

23) 鱗翼之攀(인익지반) : 鱗翼은 龍鱗鳳翼의 줄인 말로 용과 봉을 일컫는데, 용과 봉은 제
왕을 상징하며 이들에게 반부하여 총애를 얻거나 공명을 이룬다는 攀龍附鳳의 말과
같음. 용의 비늘을 부여잡고 봉황의 날개를 붙든다는 뜻, 즉 인조를 따라서 반정의
공을 세운 것을 말하는데, 漢나라 揚雄이 지은 《法言》〈淵騫〉의 “용의 비늘을 끌어
잡고 봉의 날개에 붙는다.(攀龍鱗, 附鳳翼.)”에서 나온 말이다.

24) 叔季(숙계) : 張紳(1595~1637)를 가리킴. 1619년 자기 소유의 집터를 왕실에 바쳐 벼슬
을 얻었다. 1623년 인조반정 때 형 張維와 함께, 당시 궁궐을 수비하던 장인 李興立을
설득하여 내응하게 하는 한편, 직접 왕궁진입에도 참여하여 큰 공을 세웠다. 그 공으로
장유는 靖社功臣 2등에, 그는 3등에 책록되었다. 1627년 정묘호란 이후 남한산성을
수비하기 위하여 三田渡를 요새화할 것을 주장하였으며, 그 해 황해도감사가 되자 황주
성을 수축하였다. 그러던 중 명나라 장수 毛文龍이 椵島에 근거를 두고 후금에 항전하다
가 황해도로 옮겨온다는 소문을 듣고, 이를 꺼려 그 이듬해 감사직을 사퇴하였다. 그
뒤 수원부사, 다시 황해도감사·평안도감사를 지냈고, 1636년 강화유수로 전임되었다.
그 해 12월 병자호란을 당하여 江都방위를 맡게 되었는데, 전세가 불리하여지자 왕실과
노모를 버리고 먼저 도망하여 강도가 함락되었다. 사헌부에서 그를 참할 것을 주장하였
으나 전일의 공로를 생각하여 자진하게 하였다. 여기서는 장신이 인조반정을 도왔음을
말하고 있는 것이다.

25) 緯繣(위획) : 어긋남. 《楚辭》〈離騷〉의 “총총히 흩어졌다 합하였다 하더니, 홀연 어긋
나서 뜻을 바꾸기 어려워라.(紛總總其離合兮, 忽緯繣其難遷.)”에서 나온 말이다. 朱子
의 註에 의하면, 이는 참소하는 사람이 훼방하여 뜻이 임금과 합쳐졌다가 다시 갈라져
마침내 어긋났음을 뜻한다.

26) 一命(일명) : 처음 관직에 진출한 초급 관원을 말함.

27) 錫褫(석치) : 한 때의 복이라는 말. 《周易》〈訟卦〉의 “관복을 하사받더라도 하루아침에
세 번 빼앗길 것이다.(或錫之鞶帶, 終朝三褫之.)”에서 나온 말이다.

28) 旻天不弔(민천부조) : 《春秋左氏傳》〈哀公 16년〉의 “하늘이 나를 불쌍히 여기지 않는구
나, 나릐 원로를 조금 더 세상에 있게 하여 나 한 사람을 도와 임금 자리에 있게 하지
않는구나.(旻天不弔, 不憖遺一老, 俾屛余一人以在位.)”에서 나온 말.

29) 奪我祖妣(탈아조비) : 두 번째 할머니가 1624년에 죽은 것을 일컬음.

30) 繼體(계체) : 할머님의 아들 장운익이 맏상제 역할을 해야 하는데 일찍 죽어서 그 손자가
맏상제 노릇을 하게 되었다는 의미.

31) 持重(지중) : 사당의 제사를 주관하는 중임을 맡게 되었다는 뜻. 承重 즉 남의 후계자가
되었다는 의미이다.

尫然委憊, 醫工殫技, 豈無良餌? 命之不延, 孰測神理? 嗚呼痛矣! 兄之有疾, 去歲建子[34], 首夏之中, 來卽于弟。閱三晦朔, 疾亦少已, 擧家動色, 勿藥是喜[35]。歸餘之月, 二豎[36]復興, 日臻委篤, 遂以不起。慈母垂白, 哭而投地, 一妻一妾[37], 搥胸欲死。啼號呼爺, 孑孑稚子[38], 呼之不應, 漠然長寐。兄乎兄乎, 胡寧忍此? 嗚呼痛矣! 死生異制, 人道畢矣, 違此室堂, 卽彼原隧。宅兆安厝[39], 玆爲大事, 方谷卜塋, 二百餘祀。世遠地盡, 不容無徙, 海莊[40]東麓, 舊稱美地。兄嘗樂之, 殆非偶爾, 卜曰允藏, 神與人契。兄藏在中, 厥封枕未[41], 或右或左, 以待後死。奉老撫孤, 吾二人[42]在, 庶幾夙夜, 不替兄志。日月有時, 殯懷將啓, 親友畢至, 以祖長逝。我有旨酒, 有燔有歲, 饋兄奠兄, 兄何昧昧? 骨肉同氣,

---

32) 纍纍(누루) : 상을 치를 때 여위고 지친 모습.

33) 練(련) : 練祥. 사람이 죽은 지 1년 만에 지내는 제사.(小祥)

34) 建子(건자) : 建子月. 斗柄이 子를 가리킨 달, 즉 음력 11월을 이르는 말.

35) 勿藥是喜(물약시희) : 《周易》〈天雷无妄卦·九五爻〉의 "예기치 않던 병이니 약을 쓰지 않고도 낫는 기쁨이 있으리라.(无妄之疾, 勿藥有喜.)"에서 나온 말.

36) 二豎(이수) : 病魔를 달리 이르는 말. 춘추시대 晉나라 景公의 꿈에 병마가 두 아이[二豎]의 모습으로 나타나 膏肓 사이에 숨는 바람에 끝내 병을 고칠 수 없었다는 고사에서 유래한 것이다.

37) 一妻一妾(일처일첩) : 장륜은 承旨 黃廷喆의 딸 長溪黃氏(1587~?)와 縣監 高尙志의 딸 濟州高氏(1594~?) 등 두 아내를 두었으니, 이들을 일컫는 듯.

38) 孑孑稚子(혈혈치자) : 장륜은 4남을 두었으니, 적자로는 張善淵(1618~1661)·張善涵(1623~1665) 두 아들이 있고 서출로 張善潤·張善浩 두 아들이 있음. 위로 두 아들의 나이가 이때 9살과 4살이다.

39) 宅兆安厝(택조안조) : 《孝經》〈喪親章〉의 "묏자리를 찾아 편안히 모신다.(卜其宅兆而安厝之)"에서 나온 말.

40) 海莊(해장) : 장유가 경기도 안산에 마련한 海莊精舍를 일컬음.

41) 未(미) : 未方. 이십사방위의 하나. 正南에서 서로 30도 방위를 중심으로 한 15도 안의 방향이다.

42) 吾二人(오이인) : 장유와 그의 동생 장신을 가리킴.

死生同理，一別終天，傷哉已矣。嗚呼哀哉！ 尙饗。

[谿谷先生集，卷9]

장유張維，1587-1638

조선 중기의 문신. 본관은 德水, 자는 持國, 호는 谿谷·默所. 할아버지는 목천현감 張逸이고, 아버지는 판서 張雲翼이며, 어머니는 판윤 朴崇元의 딸이다. 우의정 金尙容의 사위이고, 효종비 仁宣王后의 아버지이다. 金長生의 문인이다. 1605년 사마시를 거쳐 1609년 증광 문과에 을과로 급제하였다. 1623년 인조반정에 가담해 靖社功臣 2등에 녹훈되고 대사간·대사성·대사헌 등을 역임하였다. 1624년 李适의 난 때 왕을 공주로 호종한 공으로 이듬해 新豊君에 책봉되어 이조참판·부제학·대사헌 등을 지냈다. 1627년 정묘호란이 일어나자 강화로 왕을 호종하였다. 그 뒤 대제학으로 同知經筵事를 겸임했고, 1630년 대사헌·左副賓客·예조판서·이조판서 등을 역임했으며, 1636년 병자호란 때 공조판서로 崔鳴吉과 더불어 강화론을 주장하였다. 1637년 예조판서를 거쳐 우의정에 임명되었으나 어머니의 訃音으로 18차례나 사직소를 올려 끝내 사퇴했고, 장례 후 과로로 병사하였다.

첫째형님 참봉부군 제문
祭伯氏參奉府君文

이현일

저 임자년(1672)에 둘째형님[李徽逸]과 막내동생[李雲逸]이 함께 죽었습니다. 그런데 어찌 금년에 또 첫째형님[李尙逸]께서 돌아가실 줄을 생각이나 했겠습니까? 애통함을 두 번도 견디기 어렵거늘 어찌차마 세 번이나 견디겠습니까? 덧없는 인간세상에서 제 삶이 즐겁지가 않습니다. 장례치를 날을 당하여 제문 써서 슬픔을 쏟아냅니다.

생각건대 형님께서는 이른 나이에 기개가 호탕하고 재주가 뛰어나셨습니다. 수염 뽑듯 쉽게 진사시에 급제하니, 등용하고자 부르는 말이 먼 길을 달려왔습니다. 그렇지만 조금도 즐거워하지 않으셨고, 벼슬자리에 나아감을 급하게 여기지도 않으셨습니다. 벼슬하기를 늙바탕까지 차일피일 미루며 산림에서 한가로이 지내셨습니다.

만년에는 사림들에 의해 추앙을 받으며 영남의 의론(議論)을 넓게펴셨습니다. 말과 행동이 제왕(帝王) 같으셔서 명성은 조정의 벼슬아치에게도 자자했습니다. 시론(時論)이 어그러지자 10년을 요동도 않고 꼿꼿하셨습니다. 마침 이때 인조반정이 일어나서 현인(賢人)들이대거 등용되었습니다. 형님께도 미관말직이 비로소 내려졌으나 이미 늙고 병든 것이 심하셨습니다. 형님께서 재주 있고 운 없으시니,여론은 탄식하였습니다.

그러나 저는 무능하였지만 남기신 훌륭한 음덕을 입었습니다. 저는 헛된 명성에 쫓기는 신세가 되어 벼슬아치로 두 번이나 조정에 올랐습니다. 지난해 가을에는 임금의 부름이 여러 차례 있었습니다. 그래서 도의상 신발을 신을 겨를이 없이 달려가야 해서 형님께 출행을 아뢰었습니다. 그랬더니 형님은 제 손을 잡고 말씀하시기를 "〈부디 몸조심하다가〉 머물러 있지 말고 돌아오너라." 하셨습니다. 어리석은 저는 제대로 인사를 차릴 줄 모르고, 다만 근면하여 슬픔이 없으시도록 해야겠다고 여겼습니다. 문밖으로 길 나섬에 망망도 한데다, 너무나 다정하시니 울적하였습니다.

기천(基川 : 경상북도 풍기)에서 형님의 병환 소식에 휴직을 청하고, 슬프게 고향을 바라보며 수레를 돌렸습니다. 헤어진 지가 얼마나 되었습니까, 아마도 8, 9일밖에 되지 않았을 것입니다. 흉악한 부음이 홀연히 전해 와 중도에서 실성통곡하였습니다. 엉금엉금 기어 돌아오니, 형님은 이미 관속에 들어가 있었습니다. 부여잡고 통곡한들 미칠 수가 없는데, 눈물이 다하고 울음조차 나오지 않습니다. 아아, 애통합니다.

예전의 우리 집은 삼락(三樂) 가운데 첫 번째 즐거움을 지녔습니다. 부모님 모두 살아계시고 형제들이 무고하여서 오순도순 화락하였습니다. 그 명성이 영원히 전해지도록 변함없이 함께 지키리라 생각했습니다. 중년에 화변(禍變)을 당하여 근심을 겪는데 형제끼리 서로 걱정했습니다. 게다가 아버님[李時明]을 잃은 풍수(風樹)의 설움이 얽히어 형제들은 뼈에 사무치게 절실했습니다. 저는 장차를 누구를 믿었겠습니까? 오직 첫째형님만 의지했습니다. 그런데 형님께서 이에 이르렀으니, 의지할 데 없는 저는 누구에게 의탁해야 합니까? 말하면 기(氣)가 막히니, 무엇으로 저의 마음을 달래겠습니까?

오직 생각는 것은 아비 잃은 조카들을 길러 그들이 잘 장성하기를 바라는 것입니다. 봄에 이슬이 내리고 가을에 서리가 내릴 때면 섬기는데 허물이 없어야 할 것입니다. 집안의 명성을 실추시키지 않고 욕됨이 없기를 바라는 마음입니다. 말이 막히고 마음이 답답하여, 형님을 그리는 정을 이루 다 펼 수가 없습니다.

祭伯氏參奉府君文

昔在壬子[1], 仲季[2]偕亡。豈意今年, 又喪伯氏[3]? 痛不堪再, 其何忍三? 草草[4]人間, 我生靡樂。玆當遠日[5], 陳辭洩哀。念兄夙齡, 氣豪才雋。摘髭[6]蓮榜[7], 逸駕脩途。中不樂心, 倦於進取。遷延遲暮, 偃息丘

---

1) 壬子(임자) : 顯宗 13년인 1672년.

2) 仲季(중계) : 중형 李徽逸(1619~1672)과 막내 동생 李雲逸(1643~1672)을 가리킴. 이현일의 아버지 李時明은 첫째부인 檢閱 金垓의 딸 光山金氏 사이에 1남1녀를 두었고, 둘째부인 張興孝의 딸 安東張氏 사이에 6남2녀를 두었다. 그런데 안동장씨의 소생은 李徽逸(1619~1672)·李玄逸(1627~1704)·李嵩逸(1631~1698)·李靖逸(1635~1704)·李隆逸(1636~1698)·李雲逸(1643~1672) 6형제와 金礦과 金怡에게 각각 시집간 2딸이다. 이휘일의 본관은 載寧, 자는 翼文, 호는 存齋. 朱子·退溪의 학문을 깊이 연구하여 실천하였다. 金誠一·柳成龍를 거쳐 전수된 李滉의 心學을 얻었다. 학행으로 천거되어 慶基殿參奉에 제수되었으나, 사양하고 부임하지 않았다. 그리고 이운일은 20세로 죽었기 때문에 자세한 행적이 남아 있지 않다.

3) 伯氏(백씨) : 李尙逸(1611~1678)을 가리킴. 이시명과 金垓의 딸 光山金氏 사이의 소생이다. 곧, 이현일의 이복형이다. 본관은 載寧, 자는 翼世, 호는 靜默齋. 李時明의 長子이다. 아내는 柳裪의 딸 豊山柳氏이다. 1633년 진사시 합격하였다. 당시 士林의 大議論이 일자 영남유생의 疏頭로 추대되었으며, 아우 徽逸과 함께 '醇儒'로 중망을 받았다.

4) 草草(초초) : 갖출 것을 다 갖추지 못하여 초라함.

5) 遠日(원일) : 장례치를 날. 《禮記》〈曲禮〉의 "무릇 날짜를 점칠 때에는 열흘 밖의 날을 '먼 어느 날'이라고 하고, 열흘 안의 날을 '가까운 어느 날'이라고 한다. 상사에는 먼 날을 먼저 점치고, 길사에는 가까운 날을 먼저 점친다.(凡卜筮日, 旬之外曰遠某日, 旬之內曰近某日, 喪事先遠日, 吉事先近日.)"에서 나온 말이다.

林。晚爲士推，恢張嶺議。言動旒扆[8]，名藉朝紳。時論方乖，十年堅坐。
屬玆更化[9]，拔茅彙征[10]。一命[11]始加，衰病已劇。有才無命，輿論興
嗟。弟以無能，餘休是荷。虛聲所迫，仕再登朝[12]。去歲仲秋，旌招[13]屢
降。義不俟屨[14]，就兄告行。兄執手言，猶來無止[15]。愚不省事，勉以無
悲。出門茫茫，情甚作惡。基川[16]告病，悵悵旋輈。携分幾何？八九朝
暮。凶音奄至，中路失聲。匍匐歸來，兄已就木。攀號莫逮，眼枯聲焦。
嗚呼痛哉！伊昔吾家，三樂[17]有一。俱存無故，湛翕怡愉。謂永長存，共

---

6) 摘髭(적자) : 과거에 합격하는 것이 턱밑의 수염을 뽑듯이 쉽다는 뜻.

7) 蓮榜(연방) : 진사시에 급제한 것을 이르는 말.

8) 旒扆(류의) : 帝王의 代稱. 旒는 왕의 면류관, 扆는 왕의 자리 뒤쪽에 세우는 병풍을
가리킨다.

9) 更化(경화) : 왕화를 혁신한다는 뜻으로, 계해반정 곧 인조반정을 이르는 말.

10) 拔茅彙征(발모휘정) : 《周易》〈泰卦·初九〉의 "그 때 뿌리를 뽑으려함에 뿌리들이 뒤엉
켜선 한꺼번에 뽑혀 일어난다.(拔茅茹 以其彙征, 吉.)"에서 나온 말. 한 가지만 이루어지
는 것이 아니고 제반 것이 다 성사가 될 모양이라는 것이다. 또는 현인들이 무리지어
나아간다는 뜻이기도 하다.

11) 一命(일명) : 말단 관직. 주로 최하위 품계인 종9품의 관직을 말한다.

12) 仕再登朝(사재등조) : 1677년 4월에 장악원 주부가 되었고, 얼마 뒤에 공조 좌랑이 된
것을 가리킴.

13) 旌招(정초) : 학덕이 높은 선비를 과거를 거치지 아니하고 儒林의 천거로 벼슬에 부르던
일을 말함.

14) 不俟屨(불사고) : 군주가 부르면 신하가 맨발로 급히 달려가는 것을 말함. 《禮記》〈玉
藻〉의 "군주가 명하여 신하를 부르면 관청에 있을 때에는 신발을 신기를 기다리지 않고
외부에 있을 때에는 수레를 기다리지 않는다.(君命召, 在官不俟屨, 在外不俟車.)"에서
나온 말이다. 《孟子》〈公孫丑章句 下〉에 인용되어 있기도 하다.

15) 猶來無止(유래무지) : 《詩經》〈魏風·陟岵〉의 "저 민둥산에 올라, 아버지 계신 곳을 바
라보나니, 아버지 이르시기를 '아 내 아들 출정하여 밤낮으로 끊임없이 일하니 부디
몸조심하다가 머물러 있지 말고 돌아오너라.' 하였다.(陟彼岵兮, 瞻望父兮. 父曰嗟子子
行役, 夙夜無已. 上愼無已, 猶來無止.)"에서 나온 말.

16) 基川(기천) : 지금의 경상북도 豐基.

17) 三樂(삼락) : 부모가 살아 계시고 형제가 무고한 것(父母俱存, 兄弟無故), 하늘과 사람에
게 부끄러워할 것이 없는 것(仰不愧於天, 俯不怍於人), 천하의 영재를 얻어서 가르치는

保無替。中罹禍變[18)，銜恤[19)孔懷[20)。風樹悲纏，鴒原[21)痛切。我將誰怙？繄伯是依。兄今至斯，孤露何托？興言氣塞，曷慰我心？惟思撫孤，冀其成立。春秋霜露[22)，將事不愆。不墜家聲，庶幾無忝。辭窮氣短[23)，情不盡宣。

[葛庵先生文集，卷22]

이현일李玄逸, 1627-1704

조선 후기의 문신. 본관은 載寧, 자는 翼昇, 호는 葛庵. 아버지는 李時明이며, 어머니는 張興孝의 딸 安東張氏이다. 아내는 朴玏의 딸 務安朴氏이다. 仲兄 李徽逸을 쫓아 講學했으며, 洪汝河와 도의교를 맺었다. 1666년 영남유생을 대표하여 宋時烈의 朞年禮說을 비판하는 疏를 올렸고, 1694년 甲戌獄事로 남인이 축출되자 流配된 후, 花山[안동]의 錦陽[琴詔]으로 돌아와 후진을 지도하였다.

것(得天下英才, 而敎育之)을 이름.

18) 中罹禍變(중리화변) : 이현일은 46세(1672) 때 1월 중형 이휘일, 그해 12월 아내 박씨, 48세(1674) 때 부친 등의 상을 겪었던 사실을 일컬음.

19) 銜恤(함휼) : 근심을 품는다는 뜻으로, 부모가 세상을 떠나 늘 근심하는 자식의 마음을 일컬음. 《詩經》〈小雅·蓼莪〉의 "아버지가 없으면 누구를 믿으며 어머니가 없으면 누구를 믿을꼬. 나가면 근심을 품고 들어오면 이를 곳이 없노라.(無父何怙, 無母何恃? 出則銜恤, 入則靡至.)"에서 나온 말이다.

20) 孔懷(공회) : 《詩經》〈小雅·常棣〉의 "상체의 꽃이여, 악연히 빛나지 않는가. 무릇 지금 사람들은, 형제만 한 이가 없느니라. 사상의 두려운 일에, 형제간이 매우 걱정하며, 언덕과 습지에 시신이 쌓였을 때, 형제간이 찾느니라.(常棣之華, 鄂不韡韡. 凡今之人, 莫如兄弟. 死喪之威, 兄弟孔懷, 原隰裒矣, 兄弟求矣.)"에서 나온 말.

21) 鴒原(영원) : 형제간의 우애를 말하는데, 흔히 형제의 뜻으로 쓰임. 《詩經》〈小雅·常棣〉의 "물새가 언덕에 있으니, 형제가 위급함을 서로 구하네. 언제나 좋은 벗 있지만 길이 탄식만 할 뿐이네.(脊令在原, 兄弟急難. 每有良朋, 況也永歎.)"에서 나온 말이다. '脊令'은 곧 할미새로 '鶺鴒'과 같다.

22) 春秋霜露(춘추상로) : 《禮記》〈祭儀〉의 "봄에는 약제를 지내고 가을에는 상제를 지낸다. 봄에 이슬이 내리거나 가을에 서리가 내리면 그것을 밟아 보고 반드시 돌아간 어버이를 위하여 슬픈 마음이 생긴다.(春禘秋嘗. 霜露旣降, 君子履之, 必有悽愴之心.)"에서 나온 말.

23) 氣短(기단) : 기가 펴지 못하고 답답함.

첫째형님 제문

祭伯氏文

김진규

　을유년(1705) 3월 12일은 첫째형님 만구와(晚求窩 : 金鎭龜) 부군(府君)이 먼 길을 가시는 장례일입니다. 하루 전날 아우 김진규(金鎭圭)가 슬픈 마음에 제대로 된 제문은 짓지 못하고 대강 몇 줄의 글을 지어서, 변변찮은 제수를 갖추어놓고 곡하며 영전(靈前)에 아뢰나이다.

　아아, 50년간 천륜의 정이 여기서 그칩니다. 천만 가지 변화무쌍했던 인간 세상의 일도 또한 오늘에서야 끝납니다. 생각해보노니 중간에 오래 헤어졌던 것과 만났던 것, 재앙과 복록, 영예와 치욕 등은 대체로 이루 다 말할 수가 없습니다. 그러나 첫째형님께서 시종일관 돈독히 행하고 인륜(人倫)을 다하며 아끼면서도 가르치시던 것은 진실로 자제들이 본받을 바였습니다. 어떤 형편이든 순응하셨으며 득실에 따라 기뻐하거나 슬퍼하지 않으셨고, 비록 달갑게 여기지 않는 자일지라도 또한 후덕하게 아량을 베푸셨습니다.

　생각건대 이로 인해 한 번의 병으로 중년에 돌아가시어 말년의 어머님[淸州韓氏]께서 상복을 입고 호곡하시니, 아우는 실로 위로할 말이 없었으며, 다만 억장이 무너지고 오장이 썩었습니다. 또 세상을 등진 이후로 시사(時事)가 날로 혼란스럽게 무너져 내렸으나, 선한 사람들 가운데 한결 더 애도하고 개연히 비통하고도 애통한 심정을 품은 자가 있었으니, 마치 숙부(서포 김만중)께서 아버님(광성부원군 김만기)을 곡하던 때와 방불하였습니다.

아아, 이 어찌 우리 집만의 전후 불행이겠습니까? 또한 하늘의 운수에 매여서 그런 것입니다. 생각건대, 첫째형님께서 저승에 돌아가서 아버님을 모시고 가르침을 받는 추정(趨庭)의 기쁨은 평상시와 다름이 없을 것입니다. 그리고 아우와 같이 아직 살아있는 사람은 비록 우리 숙부님을 바랄 바는 아닐지라도, 또한 스스로 힘쓰기를 바라서 위로는 어머님을 받들어 모시고 아래로는 자식과 조카들을 잘 길러 남기신 모범을 좇아서 지키겠으며, 또 응당 세상의 재앙과 복록을 따지지 않고 제가 마땅히 해야 할 일을 다 하여 집안의 명성을 실추시키지 않도록 할 것입니다.

아아, 한 잔 술로 영원한 이별을 고하나, 다시는 지난날 형제가 권커니 잣거니 하던 것에 비할 수가 없습니다. 애통하고 참혹합니다. 말은 끝났어도 정(情)만은 그지없나이다. 어둡지 않고 밝은 영령(英靈)은 또한 반드시 이곳을 굽어 살펴주소서. 적지만 흠향하소서.

祭伯氏文

乙酉[1]三月十二日, 卽伯氏晚求窩[2]府君卽遠之期[3]也。其前一日, 弟

---

1) 乙酉(을유) : 肅宗 31년인 1705년.

2) 晚求窩(만구와) : 金鎭龜(1651~1704)의 호. 조선 후기의 문신. 본관은 光山, 자는 守甫. 할아버지는 증 영의정 金益謙이고, 아버지는 영돈녕부사 光城府院君 金萬基이며, 어머니는 韓有良의 딸이다. 仁敬王后의 오빠이다. 1680년 별시문과에 병과 급제하고, 이어 正言·獻納·校理·應敎·執義 등을 역임하였다. 1684년 경상감사가 되었으며 이어 승지가 되었다. 1689년 기사환국에 의하여 남인정권이 들어서자 金錫胄와 함께 남인을 숙청

鎭圭哀不能文, 略綴數行, 哭侑薄具於靈柩曰 : 嗚呼! 五十年天倫之情, 止於此矣。千百變人世之事, 亦終於今矣。追惟中間之契闊[4]合幷·禍福榮辱, 盖有不可勝言。而伯氏始終, 所以篤行盡倫, 愛而能敎者, 允爲子弟之所型範矣。隨遇處順[5], 不欣戚於得喪, 雖不悅者, 亦且歸之以厚德雅量矣。惟是以一疾訖中身, 使臨年慈母[6]被衰號哭, 弟實無辭以慰, 只自摧心而腐腸矣。且自違世以來, 時事日以蠱壞, 善流愈益悼念, 慨焉有殄瘁之痛[7]者, 盖彷彿如叔父[8]之哭我先府君[9]時矣。嗚呼! 茲豈獨我家

하였다는 탄핵을 받고 제주도에 위리안치 되었다. 1694년 갑술환국으로 서인이 집권하게 되자 풀려나 호조판서에 기용되고, 곧 경기도관찰사가 되었으나 부임하지 않았다. 이듬해 도승지·전라도관찰사 등을 거쳐서 1696년 江華府留守·世子嘉禮副使 등을 역임하였다. 이어 형조·공조·호조의 판서를 역임한 뒤 1700년 지돈녕부사·어영대장·수어사 등을 거쳐, 이듬해 우참찬·좌참찬, 1702년 判義禁府事에 이르렀다.

3) 卽遠之期(즉원지기) : 먼 길을 가는 날, 곧 장례일.

4) 契闊(결활) : 멀리 떨어져 있어 서로 소식이 끊어짐.

5) 處順(처순) : 安時處順. 어떤 시운을 만나든 그 변화를 편안히 여기면서 순응하는 것을 말함.

6) 慈母(자모) : 韓有良의 딸. 韓有良(1603~1656)의 본관은 淸州, 자는 相五, 출신지는 전라북도 南原이다. 일찍이 문예가 있었으나 과거에 떨어져, 蔭仕로 掌苑署別座에 나아가, 병자호란 때 定山縣監으로서 즉시 병마를 이끌고 稷山行營으로 달려갔는데, 방백 鄭世規가 놀라고 기뻐하여 칭찬하며, "정산은 畿湖에서 중요한 곳"이라 그로 하여금 다시 돌아가 정산을 수비하도록 하여 정산만은 홀로 온전히 보존하였다. 그 후 義禁府都事, 振威縣令, 咸興府判官, 天安郡守 등을 지내며 공관을 개축하거나 田政의 개혁, 병기를 보수하는 등 선정을 베풀었다. 仁敬王后의 외할아버지이다.

7) 殄瘁之痛(진췌지통) : 훌륭한 사람이 죽어서 나라가 위기에 빠지고 백성들이 곤궁하게 됨을 슬퍼함을 이른 말. 《詩經》〈大雅·瞻卬〉의 "훌륭한 사람이 죽으니, 나라가 병들고 곤궁하다.(人之云亡, 邦國殄瘁.)"에서 나온 말이다.

8) 叔父(숙부) : 金萬重(1637~1692)을 가리킴. 조선 후기의 문신·소설가. 본관은 光山, 아명은 船生, 자는 重淑, 호는 西浦. 조선조 禮學의 대가인 金長生의 증손이며, 金益謙의 유복자이다. 또한 光城府院君 金萬基의 아우로, 숙종의 初妃인 仁敬王后의 숙부가 된다. 그의 어머니는 海南府院君 尹斗壽의 4대손이며, 영의정을 지낸 文翼公 尹昉의 증손녀이고, 이조참판 尹墀의 딸인 海平尹氏이다. 1650년에 진사초시에 합격하고 이어서 1652년에 진사에 일등으로 합격하였다. 그 뒤 1665년 庭試文科에 급제하여 벼슬길에 나갔다. 부침을 겪다가 1687년에 다시 張淑儀 일가를 둘러싼 言事의 사건에 연루되어

之前後不幸？ 亦有關於氣數而然矣。想伯氏歸侍先府君, 趨庭[10]之歡,
無異平昔。而如弟後死者, 雖不敢望我叔父, 亦庶期自勉, 上奉慈母, 下
撫子姪, 以遵守遺範, 而又當不計世之禍福, 盡吾所當爲, 毋底墜隤家聲
矣。嗚呼！ 單杯告訣, 非復前日弟勸兄酬之比矣。痛矣酷矣。言有盡而
情無極矣。不昧之靈, 亦必監格於此矣。尙饗。

[竹泉集, 卷12]

의금부에서 推鞫(특명으로 중죄인을 신문함)을 받고 하옥되었다가 선천으로 유배되었
다. 1년이 지난 1688년 11월에 배소에서 풀려 나왔다. 그러나 3개월 뒤인 1689년 2월
執義 朴鎭圭, 掌令 李允修 등의 논핵을 입어 極邊에 안치되었다가 곧 南海에 위리안치
되었다. 이러한 와중에서 그의 어머니인 윤씨는 아들의 안위를 걱정하던 끝에 병으로
죽었다. 효성이 지극했던 그는 장례에도 참석하지 못한 채로 1692년 남해의 謫所에서
56세를 일기로 숨을 거두었다.

9) 我先府君(아선부군) : 金萬基(1633~1687)을 가리킴. 조선 후기의 문신. 본관은 光山,
자는 永淑, 호는 瑞石·靜觀齋. 형조참판 金長生의 증손으로, 할아버지는 참판 金槃이
고, 아버지는 생원 金益謙이며, 어머니는 참판 尹墀의 딸 海平尹氏이다. 仁敬王后의
아버지이다. 宋時烈의 문인이다. 1652년 사마시를 거쳐, 이듬해 별시문과에 을과로
급제하여 수찬 등을 지냈다. 서인에 속하여 1659년 효종이 죽자, 자의대비의 복상문제
때 윤선도를 공격하였다. 1671년 딸이 세자빈이 되고, 1674년 숙종이 즉위하자 國舅로
서 돈령부영사에 승진, 光城府院君에 봉해졌다. 摠戎使를 겸하여 병권을 장악해 남인들
의 질시를 받기도 하였다. 1680년 경신대출척 때 훈련대장으로 공을 세워 保社功臣
1등에 책록되었다.

10) 趨庭(추정) : 아들이 어버이에게 가르침을 받는 것을 말함. 《論語》〈季氏篇〉에 의하면,
孔子가 집에 혼자 서 있을 때, 아들이 종종걸음으로 뜰을 지나가자(鯉趨而過庭), 詩와
禮를 배우도록 가르쳤던 고사에서 유래한 것이다.

김진규金鎭圭, 1658-1716

조선 후기의 문신. 본관은 光山, 자는 達甫, 호는 竹泉. 아버지는 領敦寧府事 金萬基이다. 仁敬王后의 오빠이며, 宋時烈의 문인이다. 1682년 진사시에 합격하고, 1686년 庭試文科에 장원한 다음 吏曹佐郞이 되었다. 1689년 己巳換局으로 남인이 집권하자 巨濟島로 유배되었다가 1694년 甲戌換局으로 서인이 재집권하자 持平에 기용되었다. 이듬해 少論 南九萬에 의하여 戚臣으로 월권행위가 많다는 탄핵을 받고 삭직되었다. 1699년에 同副承旨로서 스승 송시열을 배반하였다는 명목으로 尹拯을 공박하여 少論과 대립되었다. 1706년에는 병조참판이 되었으나 소론의 집권으로 유배되었다가 2년 뒤 풀려나왔으며 1710년에는 대제학을 지내고 공조판서를 거쳐 1713년에는 좌참찬이 되었다.

매헌공 소상 제문
梅軒公小祥祭文

김일손

아, 한 해의 운수는 돌다가도 돌아옴이 끝없으나 사람의 세상살이
는 한번 가면 돌아올 줄 모르니, 이 세상을 길이 한탄하나 또한 다시
어떻게 돌이킬 수 있겠습니까? 늙으신 어머님[龍仁李氏]이 멀리서 제
때의 제수(祭需)를 갖추어서 형님[金驥孫]의 첫 기일(忌日)에 쓰게 하셨
으니, 형님은 이를 아십니까, 모르십니까? 조씨가(趙氏家)에 시집간
누이가 서울에서 제수를 장만하여 그 아들 조여우(趙如愚)로 하여금
잔을 올리고 슬픔을 아뢰도록 했으니, 형님은 흠향하소서.

형님이 돌아가신 뒤로는 예사로이 혼백을 꿈일망정 서로 만났으
니, 더러는 한 달 간격으로 더러는 열흘 간격으로, 더러는 하루 간격
으로 더러는 밤마다 뵈면, 기뻐하는 듯, 노여워하는 듯, 답답한 듯,
시름에 젖은 듯했습니다. 의기양양하실 때면 평소와 같았지만, 뒤숭
숭하실 때면 병세가 위독할 때와 같았으니 놀라 깨어나 망연자실 눈
물만 뺨을 적셨는데, 혹여 그때는 형님께 편안치 못한 일이 있으셨
습니까? 까마귀는 옛 무덤에서 울고 묵은 풀만 우부룩한지라, 바람
결에 한번 통곡하니 초목들도 함께 슬퍼합니다.

저는 금년 봄, 영남을 다녀오라는 칙명(勅命)을 받들게 되어서 늙
으신 어머님을 뵈오니, 야위신 얼굴에 하얀 머리털이 몹시 쓸쓸하게

보였사온데, 말씀하시기를 "둘째가 뜻밖에 나를 등지고 가버린 것은 둘째야말로 실로 나를 저버린 것이니, 나는 마음속 깊이 둘째를 담아두지 않는다." 하셨지만, 어찌 하염없는 그리움이 없으신 것이겠습니까? 어머님은 근년 이래로 병환이 나으셔서 근력이 조금도 쇠하지 않으셨고, 첫째형님[金駿孫]께서 마침 천령(天嶺 : 경남의 함양)의 원님이 되어 봉양하는데 조금도 부족함이 없으니, 형님께서도 만일 이를 아신다면 응당 마음이 놓이실 것이고, 저도 몇 해 사이에 애를 써서 마침내 서울에 오래 있지 않을 듯합니다. 죽어서도 서로 따르는 법도가 있을지니 돌아가신 아버님[金孟]의 짚신이나 죽장일랑 둘째형님이 뒤따르면서 반드시 받들어 모시오면, 저와 첫째형님은 아직 이 세상에 남아 있으니 늙으신 어머님의 봉양도 역시 감당하지 못할 것이 없사옵니다. 산 사람과 죽은 사람이 서로 부탁할 수 있는 것은 제사 때에 읽는 축문(祝文)만 있을 뿐이나, 이승과 저승은 길이 나뉘어 다르니 누구에게 이 부탁을 할 수 있겠습니까?

비갈문(碑碣文)은 이미 갖추어 놓았으나, 시기가 이롭지 못하다고 하여 아직 세우지 않고 있지만, 끝내 세우는 일을 경영하여 상기(喪期)를 벗어나지 않도록 할 것입니다. 뱃속에 있으면서 아직 세상에 태어나지 않았던 딸아이가 장차 돌이 되려 합니다. 아장아장 기어서 무릎에 오르고, 기왓장을 가지고 놀다가 밥을 찾는데, 어미를 부를 줄 알아도 아비를 부를 줄 모릅니다. 저와 집안사람들은 한편으로는 슬프기도 하고 한편으로 기쁘기도 합니다. 밤낮으로 잘 자라서 시집 잘 가기를 바라오니, 영령께서도 도와주시렵니까? 그러면 자란 아이는 능히 궤연(几筵)을 지키고 무덤을 모실 것이오니, 아울러 아소서.

아, 덧없는 인생이야 끝내 마칠 날이 있으나, 품은 이 뜻은 끝이 없습니다. 목숨이 길기도 하고 짧기도 하는 것은 이미 정해져 있고, 성현(聖賢)들도 죽게 되어 끝내는 한 곳으로 돌아가리니, 내가 또 무엇을 슬퍼하겠나이까?

梅軒公小祥祭文

噫! 歲運環復乎不窮, 人生一去而莫回, 長恨宇宙, 亦復何追? 老母[1] 遠具時羞, 以備兄初忌之供, 兄[2]其知乎? 不知乎? 趙氏妹[3], 自京辦奠, 使其子如愚[4], 酌以告哀, 兄其享之。自兄之歿, 尋常魂魄, 與夢相接, 或間月或間旬, 或間日或連夜, 如喜如怒, 如惱如愁。揚揚如平昔, 忽忽如大漸[5]之時, 驚覺自失, 有淚盈頤, 不知兄有未安於茲耶? 鴉啼古隴, 宿草離披[6], 臨風一慟, 草木共悲。我於今年春, 奉勅往嶺南[7], 因得覲老母, 蒼顏白髮, 滿目蕭然。乃曰: "仲也不意先背我而去, 仲實負

---

1) 老母(노모) : 參議 李讓의 딸 龍仁李氏. 둘째아들 김기손이 죽은 지 4년 뒤인 1496년에 세상을 떠났다.

2) 兄(형) : 金驥孫(1455~1492)을 가리킴. 본관은 金海, 자는 仲雲, 호는 梅軒. 할아버지는 節孝 金克一이고, 아버지는 南溪 金孟이며, 어머니는 參議 李讓의 딸 龍仁李氏이다. 龍馬 세 필의 꿈을 꾸고 세 아들을 낳았다고 전해온다. 일찍이 막내 동생 탁영 김일손과 함께 점필재 金宗直의 문인이 되어 도학문장이 뛰어났다. 1482년 백형 東窓 金駿孫과 같이 알성과에 '仲一伯二壯元'上命으로 형제가 1,2위 급제하였다. 이조와 병조의 좌랑을 역임하고 38세로 죽었다.

3) 趙氏妹(조씨매) : 김일손의 셋째누이. 김일손의 아버지 金孟은 3남3녀를 두었는데, 김일손은 셋째아들이고 조씨매는 셋째딸로 趙健에게 시집갔다.

4) 如愚(여우) : 趙如愚. 조씨매의 2남 가운데 장남.

5) 大漸(대점) : 병이 위독하다는 말.

6) 離披(이피) : 흩어지고 떨어지다는 뜻이나, 흐트러져 덮여 있다는 의미까지 포함하고 있음.

7) 奉勅往嶺南(봉칙왕영남) : 김일손이 1493년 頒諭御史로 嶺南에 간 것을 일컬음.

我, 我不深念仲也." 然豈無無窮之念也? 老母比年來, 疾病去體, 體氣
未嘗少衰, 伯氏[8]曾作天嶺[9], 奉養無闕, 兄若有知, 亦應自慰, 余亦黽
勉數載, 終不久於京師也。死而有相從之道, 則先君杖屨, 兄必奉以自
隨, 吾與伯氏, 尙在人間, 老母之養, 亦無不支。死生相托, 唯有祝詞,
幽冥分道, 孰與接辭? 碑碣已具, 因時不利未立, 終當營竪, 不出喪
內。遺腹女孩[10], 行以及晬, 匍匐上膝, 弄瓦[11]叫食, 知呼孃而不知呼
爺也。吾與族人, 且悲且喜。日夜冀其成長而得嫁也, 靈其佑耶? 童能
守几筵, 以陪塋靈, 竝知之。嗚呼! 浮生有限, 懷抱無涯。脩短前定, 聖
賢亦萎, 畢竟同歸, 我又何悲?

[濯纓先生文集, 卷4]

---

8) 伯氏(백씨): 金駿孫(1453~1507). 본관은 金海, 자는 伯雲, 호는 東窓. 1482년 아우 기
   손과 함께 알성과에 급제, 1486년 重試에 급제하여 弘文館直提學을 지냈다. 함양군수
   시절 무오사화(1498)에 연관되어 호남에 유배되기도 했다. 중조반정에 공을 세워 燕川
   君에 봉해졌다.

9) 天嶺(천령): 경상남도 咸陽의 옛 지명.

10) 遺腹女孩(유복여해):『김해김씨삼현파보』(1998)에 따르면 김기손은 1적자와 2서자를
   둔 것으로, 김일손은 백형의 둘째아들을 양자로 들인 것으로만 되어 있어, 누구인지
   알 수 없음.

11) 弄瓦(농와):《詩經》〈小雅·斯干〉의 "여자아이를 낳아서 … 기왓장을 가지고 놀게 한
   다.(乃生女子 … 載弄之瓦.)"에서 나온 말.

김일손金馹孫, 1464-1498

조선 전기의 문신. 본관은 金海, 자는 季雲, 호는 濯纓·少微山人. 1486년 생원이 되었고, 같은 해 式年文科에 급제하여 승문원에 들어가 權知副正字가 되었다가 곧 정자로서 춘추관 기사관을 겸하게 되었다. 이어 진주의 교수로 부임되었으나 곧 사임하고, 고향에서 雲溪精舍를 열고 김종직의 문하가 되어 정여창·강혼 등과 교유하였다. 뒤에 예문관에 등용된 후, 청환직을 거쳐 1491년 사가독서 하였고, 홍문관 수찬을 거쳐 이조정랑이 되었다. 성종 때 춘추관의 사관으로 전라도관찰사 이극돈의 비행을 비판하였고, 헌납으로 재직시 이극돈과 성준이 새로 붕당의 분쟁을 일으킨다고 상소하여 이극돈의 원한을 샀다. 사헌부 등의 관직을 지내면서 훈구파의 비리를 공격하고 사림파의 정계 진출을 도모하였다. 1498년 《성종실록》을 편찬할 때 앞서 스승 김종직이 쓴 〈조의제문〉을 사초에 실은 것이 이극돈을 통하여 연산군에 알려져 사형에 처해졌다.

둘째형님 서천군 제문

祭仲氏西川君文

정구

아아, 애통합니다. 선친(先親 : 鄭思中)께서 네 명의 동기간을 남기셨으나, 첫째형님[鄭适]과 누님은 이미 일찍 세상을 떠나셨고 세상에 남아 있는 이는 단지 우리 형제 두 사람뿐이었습니다. 그래서 서로 의지하고 살아가는 것이 손발일지라도 우리 형제와 같기가 어려웠습니다. 그런데 형님[鄭達 : 鄭崑壽]마저 또 갑자기 이에 이르렀으니, 외롭게 남겨진 저는 장차 살아가는 동안에 어떻게 마음을 가눌 수 있겠습니까?

형님의 그 아름다운 덕과 높은 행실로도 끝내 하늘이 내리는 크나큰 보답을 입지 못했으니, 하늘은 어찌된 일이며 신의 섭리는 어찌된 일입니까? 관직이야 1품직의 높은 자리에 올랐지만 평소에 품은 뜻을 펼칠 수가 없었고, 목숨이야 60여 세를 누렸지만 더 오래 살기를 도모할 수가 없었습니다. 가승(家乘 : 정씨가승)과 세보(世譜 : 서원정씨족보)를 초안하신 것이 50년이나 병화에 불탄 나머지 끝내 제 모습으로 회복하지 못했고, 의택(義宅 : 가난한 친척을 돕기 위한 집)을 두려는 뜻이 있었으나 이루지 못했으며, 정원 정자와 교외 별장에 모두 기문(記文)이 있었으나 하루도 향유할 수 없으니, 어찌 다 못나고 어리석은 자손들이 형님의 유지(遺志)를 받들어서 계승하여 성취할 수 있겠습니까?

　비록 늘그막에 초연히 홀로 집에 앉아 세상에 큰일을 한 것이 없으셨는데도 온 세상이 우러르고 사람들이 의지하였으며, 모든 일가 친척들이 친하거나 친하지 않건 멀거나 가깝건 이를 따지지 않고 모두 함께 북두칠성과 태산을 떠받들듯이 의지하여 중하게 여겼습니다. 나라의 원로로서 신령한 지혜, 산천을 적셨던 은택 등 세상의 도리와 가정에 도움이 된 것이 어떠했겠습니까? 그런데 산이 무너지듯 도랑이 터지듯 갑자기 떠나시는 저승길은 미치려 해도 미칠 수가 없으니, 사무치게 슬퍼하고 심하게 애통해하는 것이 어찌 유독 한 집안만의 사사로운 일이겠습니까?

　난리로 인해 황급한 지경에 임금의 수레를 붙들고 호종하였으며 중국 천자의 마음을 감동시켜 3도(한양, 개성, 평양)를 되찾았으니, 1등 공신으로 녹훈(錄勳)되고 그 공덕이 종정(鐘鼎 : 큰 공을 새겼던 종과 솥)에 기록되었습니다. 공신녹권(功臣錄券)이 막 완성되려는데 형님에게 질병이 찾아오자, 감정(勘定)을 정지하고 한 해를 넘기더라도 반드시 병이 낫기를 기다리라는 간곡하신 임금의 하교에 듣는 자는 눈물을 흘렸습니다. 그러나 끝내 하루도 더 연명할 수 없을 지경이 되자 공신의 화상(畵像)을 모셔놓는 인각(麟閣)에 형님의 화상만 남았으니, 이 또한 온 조정이 함께 슬퍼하는 바이었고 임금께서 들으시고 또한 놀라며 애통하셨습니다. 심지어 길 지나가는 사람 중에 어질건 어리석건 누구를 막론하고 모두 "으뜸 공신이 돌아가셨다. 원로대신이 세상을 떠나셨다. 덕망 있는 분이 가셨다. 인자하신 분을 보지 못하게 되었다."고 하지 않는 사람이 없었습니다. 형님을 알건 알지 못하건 불문하고 차탄하며 눈물 흘리지 않는 자가 없었으니, 이것이 누가 시킨다고 해서 될 것이겠습니까?

40년간 병을 앓은 아우는 일생 동안 늘 신음하고 있었으나, 우리 형님을 우러를 때면 덕스러운 모습은 순수함으로 가득하고 정신은 화락하고 기운은 성하셨으며 게다가 공덕을 두터이 쌓아 세상이 탄복하는 바이었으니, 반드시 은연중에 하늘로부터 정해 놓은 수명을 부여받아 마땅히 장수를 누리실 것으로 자제들도 믿었을 뿐만 아니라 사람들마다 모두 다 믿었습니다. 늘 제가 반드시 형님보다 먼저 죽을 것으로 생각하였는데, 형님이 어떻게 저보다 앞서 죽기로 마음을 먹었단 말입니까? 누군가가 믿을 수 있는 것은 믿지를 말고 꼭 기필해야 하는 것은 기필되지 않는다고 하더니만, 아우로 하여금 되레 형님이 할 수 없는 것을 하도록 한단 말입니까? 형님은 까마득히 알지 못하시겠지만, 아우는 홀로 슬픔을 머금고 애통함을 품었으니 마음속 깊이 쓰라리고 영원히 괴로울 것입니다. 제가 평생 불평스런 마음이 생기면 반드시 우리 형님에게 하소연했거늘, 지금 이후로는 그런 마음을 누구에게 하소연해야 합니까?

형님이 병을 앓은 것은 80일이지만, 정신이 갈수록 맑아지고 안목도 갈수록 밝아지며 생각도 갈수록 정밀해서 농담하시는 것도 평소보다 줄어들지 않았습니다. 비록 질병의 고통으로 인하여 식음을 폐하는 바람에 자제들이 깊이 우려했을지라도 믿는 데가 있어서 의심치 않았습니다만, 마침내 그 믿는 바를 능히 보존하지 못하여 끝내 이와 같이 바보가 된 듯하고 꿈을 꾸는 것 같은 애통함을 있게 하고야 말았습니다. 아무 소용이 없고, 아무 소용이 없습니다.

차마 말할 것이며, 차마 말할 것이겠습니까? 하늘인들 필경 어찌할 것이며, 신인들 필경 어찌할 것이겠습니까? 형님인들 필경 어찌

할 것이며, 아우인들 필경 어찌할 것이겠습니까? 아득하니 꿈같고 아득하니 알 수 없습니다. 이미 신(神)이 없다면 믿음도 없는데, 또 뉘에게 물어볼 것이고 뉘라서 따진단 말입니까? 이후로부터 죽지 않고 살아 있는 동안은 모두 다 형님을 그리는 날일 것입니다. 살면서 비록 약간의 활기를 되찾는다 하더라도 또한 어찌 살아가는 것이 즐겁겠습니까? 살아갈 여생이 얼마 남지 않았으니, 훗날에 과연 이 세상에서처럼 서로 모일 수만 있다면 진실로 슬퍼하는 것은 오래가지 않을 것이요, 슬퍼하지 않고 즐거워할 시간이 무궁할 것이라 기대합니다. 또한 우리 형님이 오늘 과연 돌아가신 부모님, 첫째형님, 누님 등과 서로 모여서 즐거워하는 것이 제가 훗날 기대하는 바와 같사옵니까? 참으로 그러합니까? 아무 소용이 없고, 아무 소용이 없습니다.

이후로부터 어찌 다시 이 세상에 대해 터럭만큼의 미련이 남아 있겠습니까? 눈이 멀고 입이 닫히며 목이 메고 가슴이 막혀서 통곡의 소리조차 내기가 어렵습니다. 글재주 없는 말이 어찌 우리 형님을 위해 사라지지 않는 귀감이 되기에 족하겠습니까? 아무 소용이 없고, 아무 소용이 없습니다. 애통하옵고 애통하옵니다.

祭仲氏西川君文

嗚呼痛哉! 先人[1]遺體四人, 而先伯先姊[2], 旣已早世, 在世只有我兄弟兩人。而相依爲生, 手足不足以擬其如。而兄[3]又遽至於此, 惇惇[4]殘

---

1) 先人(선인) : 선친. 정구의 부친은 鄭思中(1505~1551)인데 자는 伯時, 호는 明愼齋. 어머니는 李煥의 딸 碧珍李氏로 1568년에 죽었다. 3남1녀를 두었다.
2) 先伯先姊(선백선자) : 鄭适(1530~1564)과 光州盧氏 盧儼에게 시집간 누나를 가리킴.

形, 將何以爲心於餘生也邪? 以兄之懿德峻行, 竟不食天之大報, 天道如何? 神理如何? 官一品之崇[5], 而不得展素志, 壽六十之餘, 而不得究遐齡。家乘世譜[6], 起草五十年, 而竟不復於亂燼之餘, 義宅[7]有志而莫遂, 園亭郊墅皆有記, 而不得一日之享焉, 豈皆愚騃子弟所得奉承遺志, 而可以繼述[8]成就者邪? 雖晚歲蕭然, 獨坐於家, 無所爲於時, 而擧世仰之, 士林依之, 內外門族, 不問親疎遠近, 皆共戴若北斗泰山, 倚而爲重。蓍龜[9]之靈, 山澤之滋, 其有裨於世道家庭者如何? 而如山之頹, 如

---

3) 兄(형) : 정구의 둘째형 鄭逑(1538~1602)를 가리킴. 조선 중기의 문신. 본관은 淸州, 초명은 鄭逑였는데 宣祖가 하사한 이름이 崑壽다. 자는 汝仁, 호는 栢谷·慶陰·朝隱. 아버지는 副司猛 鄭思中이며, 어머니는 李煥의 딸 碧珍李氏이다. 종백부 鄭承門에게 입양되었다. 1567년 진사가 되어 의금부 도사·경력·전생서 직장·주부·장례원 사평 등을 역임하고, 1576년 별시 문과에 장원급제한 후 부사과·공주목사·상주목사, 1581 년 파주목사, 1583년 부호군을 거쳐 강원도관찰사로 있을 때 영월의 단종릉에 祠廟를 세웠다. 1585년 동부승지·우부승지, 1586년 상호군·호조 참의·우승지 등을 지내고, 1587년 피폐한 황해도에 관찰사로 나가 진휼 사업에 성과를 올렸다. 1588년 첨지중추부 사로 있을 때 西川君에 봉군되었다. 1589년 장례원 판결사, 1590년 대사성, 1591년 한성부 좌윤, 1592년 병조참판·형조참판 등을 역임하다가 임진왜란이 일어나자 의주 로 선조를 호종하였다. 이 해에 명나라에 원병을 요청하는 진주사로 파견되어 성공하자 숭정대부에 올라 판돈녕부사가 되었고 명나라 장수의 접반사가 되었다. 이어 판의금부 사·도총관·예조판서·좌찬성 등을 역임하고, 1597년 사은사로 북경에 다녀왔다.

4) 惸惸(경경) : 외롭고 쓸쓸한 모양.

5) 官一品之崇(관일품지숭) : 정곤수가 1596년 59세 때 좌찬성에 오른 것을 가리킴. 좌찬 성은 조선시대 議政府의 從一品 관직으로 정원은 1원이다.

6) 家乘世譜(가승세보) : 鄭逑가 지은 行狀에 의하면 시문집 慶陰甁餘 4冊이 家藏되어 있었 고, 編纂書로 〈鄭氏家乘〉과 〈西原鄭氏族譜〉 등이 있었다고 하였는데, 이를 가리킴. 이후 여러 차례의 兵火로 散逸되어 극히 일부만이 남았다고 한다.

7) 義宅(의택) : 가난한 친척을 돕기 위한 집. 《小學》〈嘉言〉의 "이에 있어 특별한 은혜의 사례로 받은 봉급과 하사품을 항상 족인들에게 균등하게 나누어 주고 그와 함께 친척을 돕기 위한 밭과 친척을 돕기 위한 집을 설치하였다고 한다.(於是恩例奉賜, 常均於族人, 并置義田宅云.)"에서 나온 말이다.

8) 繼述(계술) : 선조의 뜻을 이어받아 발전시키는 것.

9) 蓍龜(시귀) : 점칠 때 쓰는 蓍草와 거북. 《周易》〈繫辭傳〉의 "숨겨진 것을 찾고 심원한

梁之放, 忽忽不可以及焉, 則深悲大痛, 豈獨爲一家之私也? 亂離顚沛,
扶扈日駕[10], 感動天心[11], 恢復三都[12], 勳爲第一, 記功鐘鼎[13]。鐵
券[14]將成, 疾病乘之, 停勘閱歲[15], 必待病間, 聖敎丁寧, 聞者感涕。
而竟不得延一日, 以留麟閣之形[16], 此又滿朝所共悲, 而宸聽亦爲驚
痛。至於行路愚智, 咸莫不曰 : "元勳喪矣。耆舊亡矣。德人逝矣。仁者
已矣." 無問識與不識, 莫不咨嗟涕洟, 是孰使之然哉? 四十年抱疾之弟,
一生長在呻吟之中, 而每仰覯吾兄, 德容充粹, 神和氣盛, 又積德之厚,
爲世所服, 必受陰隲[17], 當享壽考[18], 不惟子弟之所恃, 人人皆以爲
信。每意吾必先兄, 而兄何以爲心於吾沒之後? 孰謂可恃者莫恃, 當必
者不必, 而使弟反爲兄之不能爲者邪? 兄則漠然不知, 而弟獨含疚懷痛,
深酸永苦。吾於平生, 凡有所不平, 則必訴於吾兄, 今後誰訴於此懷乎?

것을 끌어내어 천하의 길흉을 정하고 천하의 힘써야 할 일을 이루는 것은 시초와 거북보
다 더 큰 것이 없다.(探賾索隱, 鉤深致遠, 以定天下之吉凶, 成天下之亹亹者, 莫大乎蓍
龜.)"고 한 말에서 나온 것으로, 믿고서 의지할 수 있는 '나라의 元老'를 일컫는다.

10) 扶扈日駕(부호일가) : 정곤수가 의주까지 어가를 호종한 사실을 일컬음.

11) 感動天心(감동천심) : 정곤수가 1592년 8월 명나라에 원병을 요청하는 陳奏使로 파견되
어 성공한 사실을 일컬음.

12) 三都(삼도) : 한양, 개성, 평양을 말함. 명나라 군대가 임진왜란 때 구원군으로 조선에
와서 회복한 도시들이다.

13) 鐘鼎(종정) : 옛날 큰 鐘이나 鼎을 만들어, 거기에다 국가에 큰 공이 있는 사람들의
이름을 기록하는 것을 일컬음.

14) 鐵券(철권) : 공신에게 나누어 주던 훈공을 기록한 문서.

15) 停勘閱歲(정감열세) : 1601년 여름, 특명으로 元勳에 녹훈되었다가 정지되어 다음해 4
월에 가서 다시 녹훈된 것을 일컬음.

16) 留麟閣之形(유린각지형) : 인각에 화상만 남아있음. 國難을 극복하여 불후의 공적을 세
운 功臣으로 영원히 칭송받을 것이라는 말이다. 漢宣帝가 공신 11명의 초상화를 그려서
麒麟閣에 걸어 놓은 고사에서, 麟閣은 공신의 畫像을 모셔놓는 전각을 일컫는다.

17) 陰隲(음즐) : 《書經》〈洪範〉의 "하늘이 암암리에 백성의 운명을 정해 놓고 그들의 삶을
돕고 화합하게 한다.(惟天陰騭下民, 相協厥居.)"에서 나온 말.

18) 壽考(수고) : 오래 삶.(長壽)

兄病八十日矣, 精神日益爽, 而眼目日益朗, 思慮日益精, 而笑語無減於
平昔。雖疾痛之苦, 飮食之廢, 爲子弟之深憂, 而有所恃而不以爲疑, 竟
不能保其所恃, 終有如此如癡如夢之慟。已矣乎已矣乎! 忍焉哉忍焉哉?
天竟奈何? 神竟奈何? 兄竟奈何? 弟竟奈何? 茫茫夢夢, 悠悠冥冥[19]。
旣無神而無信, 又孰徵而孰詰? 自此未死餘年, 盡是思兄之日。生雖復
少活, 亦何足以爲生之樂邪? 餘生無幾, 而他日果有相聚有同此世, 則
信乎其悲者有限, 而其樂者無窮期矣。亦不知吾兄今日果與先父母先兄
先姊, 相聚而樂, 有如吾他日之所期也邪? 其然乎? 已矣乎已矣乎! 自
此豈復有一毫餘念於此生也邪? 目枯呴口, 哽咽胸塞, 難聲之哭。不文
之言, 豈足以爲吾兄未亡之鑑也邪? 已矣乎已矣乎! 痛焉哉痛焉哉!

[寒岡先生文集, 卷11]

정구鄭逑, 1543-1620

조선 중기의 문신·학자. 본관은 淸州, 자는 道可, 호는 寒岡, 시호는 文穆. 吳健에게
수학하고 曹植·李滉에게 性理學을 배웠다. 1563년 鄕試에 합격했으나 이후 과거를 포
기하고 학문 연구에 전념하였다. 白梅園을 세워 제자를 가르치는 데 힘썼다. 여러 번
관직에 임명되어도 사양하다가 1580년 비로소 昌寧縣監으로 관직생활을 시작하였다.
1584년 同福縣監을 거쳐, 이듬해 校正廳郎廳으로 《소학언해》·《사서언해》 등의 교
정에 참여하였다. 임진왜란이 일어나자 通川郡守로 재직하면서 의병을 일으켜 활약하
였다. 1593년 선조의 형인 河陵君의 시체를 찾아 장사를 지낸 공으로 당상관으로 승진
한 뒤 우부승지, 장례원판결사·강원도관찰사·형조참판 등을 지냈다. 전체적으로 중
앙 관직보다는 지방의 수령으로 더 많이 활약하였다. 그는 문신 겸 학자로서, 경학을
비롯하여 산수부터 풍수에 이르기까지 정통하였고 특히 예학에 밝았으며 당대의 명문
장가로서 글씨도 뛰어났다.

---

19) 冥冥(명명) : 아득하니 알 수 없는 모양.

둘째형님 죽서공 제문

祭仲氏竹西公文

이민서

　아, 예전 우리 선친[李敬興]께서는 덕을 지니심이 순후하고 훌륭하셨습니다. 그 음덕이 후손에게 끼쳤으니, 바로 우리 네 형제입니다. 선친의 가르침을 받들어 잇는 데에 감히 실추하지 않도록 노력했습니다. 슬하에서는 늘 화기애애했고, 출입하실 때면 모두 모시고 다녔습니다. 세상 사람들은 모두 찬미하였고, 선친의 얼굴은 기쁨으로 가득하였습니다. 그러나 중간에 아버님이 돌아가시는 화를 만나서 믿을 곳이 없게 되자 피눈물 흘리며 애통해 하였습니다.

　다만 어머님[豐川任氏]을 받들기 위해서 벼슬을 하여 공양했습니다. 그래서 첫째형님[李敏章]이 나라의 은혜를 입고 여러 번 벼슬살이를 했습니다. 둘째형님[李敏迪], 막내동생[李敏采] 그리고 제가 연달아 관각(館閣)에 올랐습니다. 안팎으로 떼 지어 다녔으며, 길어도 한 해를 넘기며 떨어져 있지 않았습니다. 상을 잡고 설 무렵부터 장난질하며 아침저녁으로 즐겁게 놀았습니다. 또한 누나와 여동생이 있어서 어린 자손들이 따르고 있습니다. 음식을 장만하여 실컷 먹었고 웃음꽃이 활짝 피었습니다. 갓난이는 울고 어린아이는 올망졸망 뛰어다니니, 세상에는 그런 즐거움이 없었을 것입니다.

　최근 몇 년 사이에 이르러 한편으로는 기쁘고 한편으로는 두려운 일이 더욱 심했습니다. 아들딸을 시집 장가 거의 다 보냈고, 더욱 빈번히 예(禮)를 차렸습니다. 형제를 멀리하지 않고 함께 가까이 하라는 법도에 어긋나지 않도록 경계하였습니다. 백 년 동안 길이 잘 보존하여 한 명도 빠트림이 없기를 바랐습니다. 그런데 재중(載仲 : 이민채의 字)이 죽으면서 불행의 기미가 먼저 보이기 시작했습니다. 저도 어린 딸을 잃어서 통곡하던 중이었습니다. 형님[李敏迪]은 그때 아무 탈이 없으셨고, 오히려 나의 슬픔을 위로해 주셨습니다. 형님의 병환을 알리는 급서(急書)가 온 지 10일도 채 되지 않아서, 혼과 넋이 놀라 달아나도록 죽었다는 소식이 이어서 들려왔습니다. 하늘을 향해 크게 울부짖으나, 마치 도끼로 맞은 듯합니다. 서찰을 보내어 안부를 여쭈려 해도 아닌 게 아니라 미칠 수가 없었습니다. 이에 아비 잃은 두 아들(막내동생과 둘째형님)을 불러들이니, 남은 두 형제가 서로 안고 통곡하다가 기절하였습니다.

길게 울부짖다가 마음속으로 생각하는데, 뭇 화살이 기회를 노렸던 것처럼 온갖 흠을 찾아냅니다. 하늘은 어이 그리 어질지 못하시고, 신(神)은 어이 그리 어둡고 아득하단 말입니까? 처음에 제가 자식을 잃었을 즈음에는 경황이 없어 정신을 차릴 수가 없었습니다. 두려운데다 놀랍고 의심스러웠으며, 그리고는 곧 가슴이 무너지고 애간장이 찢어졌습니다. 얼음과 숯불이 번갈아 닥치니 말할 수도 헤아릴 수도 없었습니다. 어머님은 병이 깊어서 형님 돌아가신 것을 감히 아뢰지도 못합니다. 말을 둘러대며 눈물을 참느라, 내 마음은 불타는 듯합니다. 생각건대, 형님께서 오래도록 병을 앓은 것은 말과 안색에 여러 번 나타났었습니다. 시일이 오래 지나면 지날수록 끝내 숨길 수가 없을 것입니다. 아직 살아 있는 나로 하여금 무슨 말로 아뢰라는 것입니까? 정성이 지극할 때면 자나 깨나 불현듯 생각납니다. 형님이 만약 하실 말씀이 있으시면 혹시라도 저를 찾으십시오. 사람이면 누군들 죽지 않을까마는 그래도 이와 같은 참혹함이 있단 말입니까? 아아, 애통합니다.

하늘이 우리 형님을 내셨거늘, 어찌 이렇게 그치고 만단 말입니까? 그 식견은 널리 통달하였으며 그 바탕은 아름답고 순수하였습니다. 덕이 갖추어지지 않음이 없었고, 사물에 적용함에는 맞지 않은 것이 없었습니다. 임금을 도울 만한 지략을 지녔으나 펴보지도 못하였습니다. 그 지략의 나머지만을 드러냈음에도 사람들은 기이하게 여겼습니다. 나라의 자랑이요, 벼슬아치들의 스승은 세상에 혹간 태어나니 나는 우리 형님이라고 생각했습니다. 감히 자신의 사사로운 일로 자기의 영광을 삼지 않았습니다. 누군들 형제가 없겠습니까마는 이러한 그 즐거움은 거의 드물 것입니다. 이제는 모두 끝났으니, 저는 장차 누구를 의지해야 합니까?

나라 은혜 갚지도 못했는데, 그 누가 나와 함께 주선하겠습니까? 어릴 때의 때때옷이 집에 있는데, 그 누가 나와 함께 번갈아 추겠습니까? 느긋하게 즐기면서 술 마시는 것을 그 누가 나와 함께 기뻐하겠습니까? 물에 가고 산에 오른 것을 그 누가 나와 함께 자적하겠습니까? 서하(西河)가 저기에 있어 늘그막에 여기에서 살기로 계획하였습니다. 형님은 아우의 병을 꾸짖고, 모두 전원에서 나란히 집을 지었습니다. 저 영예와 모욕을 모두 잊고, 이 거문고와 술을 즐깁니다. 온 가족은 기뻐하며 모이고 어린 아이들은 즐겁게 달립니다. 가마도 타며 걷기도 하며 아침저녁으로 오고갑니다. 때로 흥겨우면 산의 절간에도 들판의 촌가에도 갑니다. 이 일도 이미 때를 놓치고 만 것이라, 달리 무슨 할 말이 있겠습니까?

천지의 제 그림자를 돌아보고 인간 세상에 대한 생각이 다시는 없게 되었습니다. 병든 외로운 저는 남은 생명이 아슬아슬 위태롭습니다. 사표(師表)로 공경히 받드노니, 함께 욕되지 않기를 바라나이다. 온갖 뒷일은 첫째형님과 함께 처리하여 유감이 없도록 할 것입니다. 슬퍼라, 우리 영령(英靈)이여. 아, 생명은 비록 끝이 있을지라도 썩지 않고 길이 전하여지는 것은 이름입니다. 몸을 상하지 않고 온전히 돌아가는 것(수명대로 살다가 죽는 것)은 대체로 어려우나, 무엇이 장수하는 것보다 귀하겠습니까? 나의 지극한 애통함은 이 세상이 끝나야 그칠 것이옵니다. 한 잔 술로 애통함을 토로하니, 억장이 무너지고 애간장이 찢어지옵니다.

祭仲氏竹西公文

嗚呼！昔我先君[1], 秉德醇懿。遺慶在後, 伯仲叔季[2]。奉承先訓, 罔

---

1) 先君(선군) : 李敬輿(1585~1657)를 가리킴. 조선 중기의 문신. 본관은 全州, 자는 直夫, 호는 白江·鳳巖. 아버지는 목사 李綏祿이다. 1601년 사마시를 거쳐, 1609년 증광문과에 을과로 급제하여, 1611년 검열이 되었으나, 광해군의 실정이 심해지자 벼슬을 버리고 낙향하였다. 1623년 인조반정으로 취임하였고, 이듬해 李适의 난이 일어나자 왕을 공주에 호종하고, 이어 체찰사 李元翼의 종사관이 되었으며, 1630년 부제학·청주목사·좌승지·전라도관찰사를 역임하였다. 1636년 병자호란이 일어나자 왕을 모시고 남한산성에 피란하였다. 이듬해 경상도관찰사가 되고, 그 뒤 이조참판으로 대사성을 겸임하여 선비 양성의 방책을 상주하였고, 이어 형조판서에 승진하였다. 1642년 배청친명파로서 청나라 연호를 사용하지 않은 것을 李烓가 청나라에 밀고함으로써 瀋陽에 억류되었다가 이듬해 세자와 함께 귀국하여 우의정이 되었다. 1644년 사은사로 청나라에 갔다가 다시 억류되었으나, 그동안 본국에서는 영중추부사라는 벼슬을 내렸다. 이듬해 귀국, 1646년 愍懷嬪姜氏(昭顯世子嬪)의 賜死를 반대하다가 진도에 유배되고, 다시 1648년 삼수에 위리안치 되었으나, 이듬해 효종이 즉위하자 풀려나와 1650년에 다시

敢失墜。怡怡膝下, 出入並侍。世且歸美, 親顔悅喜。中罹禍故[3], 泣血靡悖。獨奉慈闈, 以養以仕[4]。伯氏[5]蒙恩, 累奉毛檄[6]。仲季及余, 聯翩館閣[7]。內外群隨, 遠不歲隔。扶床嬉戲, 以娛朝夕。亦有姊妹, 從以孫弱。籩笠之飫, 笑語之適。嬰啼稚舞, 世無此樂。及至近歲, 喜懼逾迫。婚嫁幾畢, 益繁唱諾[8]。莫遠且邇[9], 戒無違則。庶幾百年, 長保圀缺。載仲[10]之亡, 禍機先發。我喪幼女, 在途奔哭[11]。兄[12]時無恙, 念

영중추부사가 되었다. 이어 영의정으로 다시 사은사가 되어 청나라에 다녀온 뒤 청나라의 압력으로 영중추부사로 전임하였다.

2) 伯仲叔季(백중숙계) : 4형제를 일컫는 말. 네 형제는 장남 원주목사 李敏章(1620~1694), 둘째 참판 李敏迪(1625~1673), 셋째 대제학·이조판서 李敏敍(1633~1688), 넷째 지평 李敏采(1635~1670)이다. 물론 李憿·朴世格에게 시집간 두 여형제가 있다.

3) 禍故(화고) : 이민서의 아버지 이경여가 1657년에 죽은 것을 일컬음.

4) 以養以仕(이양이사) : 《孟子》〈萬章章句 下〉의 “벼슬함은 가난을 위해서가 아니지만 때로는 가난을 위한 경우가 있으며, 아내를 얻음은 봉양을 위해서가 아니지만 때로는 봉양을 위한 경우가 있다.(仕非爲貧也, 而有時乎爲貧, 娶妻非爲養也, 而有時乎爲養.)”에서 나온 말.

5) 伯氏(백씨) : 李敏章을 가리킴. 본관은 全州, 자는 斐仲. 1651년 別檢, 1661년 평안도 영유현감, 1672년 延安府使로 선정을 베풀었으며, 1683년 靑松都護府使, 통정대부 原州牧使를 지냈다. 李頤命이 묘표를 지었고 사위 金鎭圭가 썼다. 아내는 都正 李楚老의 딸 咸平李氏이다.

6) 毛檄(모격) : 毛義가 받든 부의 임명장[府檄]이란 뜻. 어버이 봉양을 위한 벼슬살이를 말한다. 後漢의 모의가 모친 생존 시에는 府檄을 받으면 기뻐했으나, 모친 사후에는 일절 벼슬길을 사양했던 고사가 전한다.

7) 館閣(관각) : 조선 시대에, 홍문관·예문관·규장각을 통틀어 이르던 말.

8) 唱諾(창락) : 일반적으로 남자가 예를 행할 때에 손으로 읍을 하는 동시에 입으로 경하하는 말을 하는 것을 말함.

9) 莫遠且邇(막원차이) : 《詩經》〈大雅·生民之什〉의 “친하고 친한 형제를 멀리하지 말고 가까이 하면 혹 자리를 펴며 혹 기댈 궤를 주리라.(戚戚兄弟, 莫遠具爾, 或肆之筵, 或授之几.)”에서 나온 말.

10) 載仲(재중) : 이민서의 동생인 李敏采(1635~1670)의 자. 1651년 진사시에 합격하고 1665년 庭試 丙科에 급제하였으며, 지평을 지냈다. 아내는 朴長遠의 딸 高靈朴氏이다. 1670년에 죽었는데, 南九萬이 숙부에게 올린 〈上叔父〉(《藥泉集》 권34)에 의하면 술로 인하여 죽은 것으로 되어 있다. 뿐만 아니라 이민적도 술로 말미암아 죽은 것으로 언급

我以戚。急書報病, 間不旬日。魂驚魄散, 繼聞不淑[13]。呼天大叫, 若
受創割[14]。發書問使, 果無逮及。召還二孤, 抱哭以絶。長號默思, 萬
端叢鏑。天胡不仁? 神胡冥邈? 始若自喪, 惝怳莫測。惕焉驚疑, 旋又
崩裂。氷炭[15]交迫, 不可狀度。母氏沈綿, 喪不敢告。權辭[16]忍淚, 內
懷焚灼。念兄久病, 累發言色。日月逾久, 不可終匿。使我後死, 何辭以
白? 精誠之至, 夢寐或發。兄若有言, 倘使我接。人誰無死? 尙有此
酷? 嗚呼痛哉! 天生我兄, 豈應止斯? 博達其識, 英粹其姿。德無不備,
用無不宜。佐王之略, 蘊而不施。出其緒餘, 人以爲奇。邦家之華, 搢
紳[17]之師。世或間生, 我以爲兄。非敢自私, 以爲己榮。誰無兄弟? 此
樂幾希。今其已矣, 我將疇依? 國恩未報, 孰與周旋? 斑衣[18]在堂, 孰
與後先? 湛樂飮酒, 孰與爲歡? 臨水登山, 孰與盤桓[19]? 西河在彼, 晚

되어 있고, 또 이민서도 술을 끊지 못하고 있는 것에 대한 안타까움을 나타내고 있다.

11) 奔哭(분곡) : 부모상을 듣고 달려가는 것. 여기서는 어린 딸의 죽음을 듣고 달려가는
것으로 쓰였다.

12) 兄(형) : 둘째형 李敏迪(1625~1673) 가리킴. 본관은 全州, 자는 惠仲, 호는 竹西. 아버지
는 영의정 李敬輿이며, 어머니는 別坐 任景莘의 딸 豊川任氏이다. 작은아버지 李正輿에
게 입양되었는데, 양모는 坡平尹氏로 대사간 尹煌의 딸이다. 아내는 黃一皓의 딸 昌原黃
氏이다. 尹文擧의 문인이다. 1646년 진사가 되었고, 1656년 별시문과에 장원급제한
뒤 정언·교리·암행어사·관찰사·대사성을 거쳐 한성부우윤·도승지, 이조·호조의 참
판 등을 역임하였다. 사간과 응교로 있을 때에는 국사 논의에 참여하여 언사가 쟁쟁하였
으며, 현종은 그의 문학적 소질이 탁월함을 알고 측근에서 보필하게 하였다.

13) 不淑(불숙) : 불행, 곧 죽음을 가리킴.

14) 創割(창할) : 割創. 무겁고 날이 무딘 도끼 따위에 맞아 생긴 상처.

15) 氷炭(빙탄) : 정신적으로 갈등과 번뇌에 시달리는 것을 비유하는 말. 《莊子》〈人間世〉
의 "기쁨과 두려움 등의 감정이 가슴속에서 싸우는데, 이는 원래 인간의 오장 속에
얼음과 탄불이 한데 뒤엉겨 있기 때문이다.(喜懼戰于胸中, 固已結氷炭于五臟矣.)"에서
나온 말이다.

16) 權辭(권사) : 임시변통으로 하는 말.

17) 搢紳(진신) : 지위가 높고 행동이 점잖은 사람.

18) 斑衣(반의) : 색동저고리. 어린애들의 때때옷이다.

計斯存。兄譴弟病，並舍田園。忘彼寵辱，樂此琴樽。室家歡會，稚子載
奔。肩輿步屧，往來朝昏。有時乘興，山寺田村。此事已失，他何尙言？
顧影天地，無復世念。疾病孤露，餘生凜凜。敬奉典刑，庶共無忝。凡諸
後事，伯氏與營。可無遺憾，戚我英靈。嗚呼！生雖有涯，不朽者名。全
歸蓋難，何貴脩齡[20]？唯我至痛，終天以畢。一觴訴哀，心摧腸絶。

[西河先生集，卷11]

이민서李敏敍, 1633-1688

조선 후기의 문신. 본관은 全州, 자는 彝仲, 호는 西河. 아버지는 영의정 李敬輿이며,
어머니는 別坐 任景莘의 딸 豊川任氏이다. 종백부 都正 李厚輿에게 입양되었다. 宋時
烈의 문인이다. 1650년 진사가 되고, 1652년 增廣文科에 乙科로 급제, 檢閱·正言·持
平을 지냈다. 현종 초 校理를 거쳐 修撰에 올라 許積을 탄핵하다가 兵曹佐郎에 전직,
檢詳·獻納·應敎·舍人·羅州牧使를 거쳐 이조와 호조의 參議를 역임했다. 1677년 光州
牧使로서 임진왜란 때의 의병장 朴光玉의 祠宇를 중수하고 金德齡을 祭享케 한 후 병
으로 사직했다. 뒤에 承旨·대사간·대제학에 이어 공조·병조·이조·호조의 參判을 역
임, 右參贊이 되었다가 1683년 江華府留守를 거쳐 예조·호조·이조의 판서를 역임,
知敦寧府事가 되었다. 문장과 글씨에 뛰어났다.

---

19) 盤桓(반환) : 어떻게 할지 결정을 못 내리고 우물쭈물하는 일.

20) 脩齡(수령) : 장수.

둘째형님 제문

祭仲氏文

조지겸

　슬프게도 우리 형제자매는 처음에 7명이 있었으나, 난리를 겪은 뒤의 촌구석은 살아가기가 어렵고 힘들어 오직 다 온전하여 함께 형제간의 화락함만이라도 누릴 수 있기를 바랐지만, 제가 어렸을 때에 둘째누님이 시집도 못가고 죽어서 일찍이 세상 사람들이 슬퍼하였습니다. 이보다 더한 것이 없을 터였으나 뜻밖에도 맏누님(1657)이 젊어서 남편을 잃고 홀로 되셨으며, 이어 첫째형님[趙持衡, 1659]께서 돌아가시매 땅속에 묻었습니다. 그 이후로도 우환이 얽혀 끊이지 않았으니, 10여 년 이래 가슴을 불길 타듯 바작바작 졸였습니다. 두 딸아이가 아직 크지 않았는데 아내[靑松沈氏, 1667]의 무덤가에는 잣나무가 어느새 열매를 맺었습니다. 한 치의 풀과 같은 자식은 은혜에 보답하지 못했는데도, 봄날의 햇볕 같은 어머니[德水李氏]는 이미 나이가 많으셨습니다. 마주 대하고 비탄에 잠기니, 살아 계실 날이 얼마 남아 있지 않은 것 같아 홀연히 두려웠습니다. 제가 죄를 천지신명께 많이 지어 어머님(1668)이 그만 돌아가셨습니다. 부여잡고 통곡하나 비할 데 없는 애통한 마음은 붙일 곳도 없고 미칠 수도 없었습니다.

　마음이 다 타 없어지지 않았을지라도 어찌 살려는 생각이 있었겠습니까? 그래도 서로 권면하고 경계하여 실낱같은 목숨을 겨우 이어 살아가기 바랐습니다. 제가 앞서 역질(疫疾)에 걸려 거의 죽을 지경에 이르렀다가 살아났습니다. 그러나 형님[趙持成]은 병으로 수척해지시더니, 끝내 이 지경에 이르렀단 말입니까? 저 하늘은 나에게 모진 고초를 내리는 것이 한결같이 어쩌면 유독 혹독하단 말입니까? 제게서 어머니를 앗아가 우러러 믿을 데를 없게 하더니만, 형제에 이르러서도 데려간 것이 거의 절반이나 됩니다. 비록 살아있는 사람일지라도 역시 다시 남을 자가 얼마나 되겠습니까? 화를 잇달아 겪으니 사람의 정리가 이처럼 극에 달했습니다. 그 누가 이 세상에서 오늘과 같은 일이 있을 것이라 했습니까? 죽는 것이야 구태여 슬퍼할 것 없지마는, 사는 것이야말로 어찌 차마 할 것이겠습니까? 아아, 애통합니다.

우리 형님의 효도하고 우애한 행실과 굳세고 강직한 뜻이 누구만 못하여서 어찌 홀로 수명이 따르지 않는단 말입니까? 운수가 기구하여 불우하게 지내셨고, 세상에서 쓰이지 않아 아무 것도 이루지 못해서 일생 동안 곤궁하여 만사가 어긋났던 것입니다. 일찍부터 고질병을 앓아 깊은 근심으로 전전하셨고, 오래도록 극심한 고통에 시달린 나머지 야위어 죽을 지경에 이르렀던 것입니다. 덧없는 인생이 괴롭기가 어찌 이다지도 심하단 말입니까? 생각하건대 곤궁하기만 했던 신세로 치료해야 할 때를 놓친 것을 다시 후회한들, 억장이 무너지고 뼈에 사무치게 아프기만 할 뿐이니 더욱더 말할 수가 없습니다.

제가 죄악을 쌓은 몸으로 어찌 갑작스레 죽지 않는단 말입니까? 아직도 이처럼 목숨을 붙이고 있으니, 또한 목석이 아니고서는 어떻게 스스로 견디겠습니까? 하물며 첫째형님과 둘째형님께서 저에 비해 자못 꿋꿋하시고도 서로 뒤따라 요절하셨거늘, 저의 파리하고 연약함을 돌아보건대 어찌 오래 살겠습니까? 이 세상에서 슬퍼할 수 있는 것, 그것도 또한 거의 얼마 남지 않았습니다. 아아, 천륜을 사랑하는 것은 세상 사람의 마음이 똑같은 것입니다. 누군들 둘째형님이 피리를 불어주어 기뻐한 적이 없겠습니까마는, 지극한 즐거움으로 여긴 사람은 거의 없을 것입니다. 환산(桓山)의 새는 어느 순간 서로 헤어져야 했고 황초평(黃初平)의 석실(石室)은 서로 찾을 길이 없었으나, 일찍이 한동안이라도 떨어진 적이 없다가 돌연히 천고의 영원한 이별을 하게 되었습니다. 연못가의 봄풀은 무성한데 황천길은 아득하기만 하니, 저 높은 하늘은 다함이 있을지라도 이 애통함은 끝이 없나이다.

묻힐 곳은 아직 정해지지 않았으나 우선 임시로 매장하였다가 좋은 묏자리를 다시 잡을 것이니, 같이 묻히기를 바랄 뿐이옵니다. 상여가 이제 떠나려 하오니, 한 잔 술을 받들어 올립니다. 불러도 끝내 아무런 대답이 없으시고, 말로는 차마 다할 수가 없나이다. 어둡지 않고 밝은 영령(英靈)께서는 이 진정을 헤아려주기를 바라나이다.

祭仲氏文

哀我同氣, 始有七人[1], 亂後鄉曲, 成長艱難, 惟期俱全, 共盡湛樂,

---

1) 七人(칠인) : 判書 趙復陽(1609~1671)과, 觀察使 李景容의 딸 德水李氏 사이에 둔 4남3녀를 가리킴. 네 아들 趙持衡(1629~1659), 趙持成(1632~1670), 趙持謙(1639~1685), 趙持元(1645~1674)과, 洪九成(?~1657)과 吳道一(1645~1703)에게 시집간 두 딸과 일찍 죽은 딸이 있었다.

幼時仲姊, 未笄而轉, 嘗以爲人世之悲。無過於斯, 不意長姊[2], 爲孀靑
年, 繼以伯氏[3], 埋玉[4]黃壤。自是以後, 憂患纏綿, 十餘年來, 胸火燒
煎。連枝[5]未秀, 秋柏已實[6]。寸草[7]未報, 春暉遲暮[8]。相對傷嗟, 忽焉
以懼[9]。罪積神明, 遽違慈顔[10]。攀號罔極, 靡至靡逮。雖未焚滅, 詎有
生意? 猶相勉戒, 庶延餘縷。我始遘疾, 幾危而甦。兄[11]瘠以病, 終至
於斯? 彼蒼毒我, 一何偏酷? 奪我天只[12], 無所仰恃, 而至於友于, 零

---

2) 長姊(장자) : 맏누님. 홍구성에게 시집갔다. 홍구성이 1657년에 죽었다. 본관은 南陽.
   진사를 지냈으며, 아버지는 判書 洪處亮이다.

3) 伯氏(백씨) : 趙持衡(1629~1659)을 가리킴. 자는 平叔. 아내는 僉知中樞府事 沈橝의 딸
   靑松沈氏이다. 1녀2남을 두었다. 조지겸이 쓴 〈伯氏行狀〉이 있다.

4) 埋玉(매옥) : 玉樹, 즉 재주가 있는 사람을 묻는다는 뜻. 《世說新語》〈傷逝〉에 의하면,
   晉나라 庾亮이 땅에 묻힐 즈음에 何充이 "옥수를 땅속에 묻으니, 사람의 슬픈 정을
   어찌 억제할 수 있으리오.(埋玉樹箸土中, 使人情何能已已.)"라고 한 데서 나온 말이다.

5) 連枝(연지) : 같은 뿌리에서 뻗어 나온 나뭇가지라는 뜻으로, 보통 형제간의 친밀한
   관계를 비유하는 말. 조지겸은 첫째부인 沈檖의 딸 靑松沈氏 사이에 2딸이 있었고,
   둘째부인 李墀의 딸 星州李氏 사이에도 3딸만 있었다. 그리하여 從弟 趙持憲의 아들
   趙命禎을 양자로 들였다. 첫째부인 청송심씨는 1667년에 죽었다. 따라서 청송심씨의
   소생 두 딸을 가리키는데, 李明觀·李宇春에게 각각 시집갔다.

6) 秋柏已實(추백이실) : 《莊子》〈列禦寇〉의 "당신의 아들로 하여금 묵가가 되게 한 것은
   저였습니다. 그런데 어찌 제 무덤을 살피지 아니하고 이미 잣나무 열매가 맺히게 만들어
   놓으십니까?(使而子爲墨者予也. 闔嘗視其良, 旣爲秋柏之實矣?)"에서 나온 말.

7) 寸草(촌초) : 唐나라 시인 孟郊의 〈游子吟〉의 "한 치의 풀과 같은 자식의 마음을 가지고
   서, 봄날의 햇볕 같은 어머니의 사랑을 보답하기 어려워라.(難將寸草心, 報得三春暉.)"
   에서 나온 말.

8) 春暉遲暮(춘휘지모) : 봄날의 햇볕 같은 어머니가 늙었다는 말.

9) 以懼(이구) : 《論語》〈里仁篇〉의 "부모의 연세에 관심을 두지 않을 수 없나니, 한편으로
   오래 사셔서 기쁘기도 하지만 또 한편으로는 살아 계실 날이 얼마 남아 있지 않을까
   두렵기 때문이다(父母之年, 不可不知也, 一則以喜, 一則以懼.)"에서 나온 말.

10) 1668년 어머니 德水李氏가 죽은 것을 일컫는 말.

11) 兄(형) : 둘째형님 趙持成(1632~1670)을 가리킴. 아내는 安廷邦의 딸 順興安氏이다.
    1남을 두었다.

12) 天只(천지) : 어머니를 말함. 《詩經》〈鄘風·柏舟〉의 "어머니는 하늘이시다.(母也天
    只.)"에서 나온 말이다.

落殆半。雖其存者, 亦復餘幾? 禍釁交積, 人理斯極。孰謂天壤, 而有今日? 死不須哀, 生何可忍? 嗚呼痛哉! 吾兄孝友之行, 剛毅之志, 誰之不如, 乃獨無命? 奇蹇不偶, 濩落[13]無成, 一生困窮, 萬事齟齬。夙嬰沈痾, 展轉幽憂, 永抱至痛, 柴毀[14]以盡。浮生苦惡, 何若是甚? 言念身世之阨, 復悔醫治之失, 摧腸痛骨, 尤不可言。惟我積惡之身, 曷不溘先[15]? 尙此視息, 亦非木石, 何以自堪? 而況伯仲, 視我頗強, 而相隨夭折, 顧我羸弱, 何以長久? 在世悲感, 其亦無幾。嗚呼! 天倫之愛, 人情所同。孰無吹篪[16]之懽? 而自謂至樂, 人所鮮有。桓山之禽[17], 倏然相分, 初平之石[18], 無處相尋, 曾無數旬之離, 奄成千古之訣。池草[19]依依[20], 泉路茫茫, 高穹有盡, 此痛無涯。葬地未定, 姑從權窆[21],

---

13) 濩落(확락) : 속이 텅 비어 쓸모없는 모양. 전하여 세상에서 쓰이지 않아 낙탁한 모양으로, 세력이나 살림살이가 줄어듦을 이르는 말이다.

14) 柴毀(시훼) : 상을 당하여 너무 슬퍼하여 몸이 몹시 여윔.

15) 溘先(합선) : 溘先朝露. 아침 이슬보다도 빠르게 사라진다는 뜻으로 일찍 죽는 것을 의미하는 말.

16) 吹篪(취지) : 보통 형제를 가리킬 때 쓰는 말이나, 여기서는 둘째형님의 피리 불어주는 즐거움을 이르는 말. 《詩經》〈小雅·何人斯〉의 "맏형은 훈을 불고 둘째형은 지를 분다.(伯氏吹塤, 仲氏吹篪.)"라 한 데서 나온 말이다.

17) 桓山之禽(환산지금) : 桓山之鳥. 《孔子家語》〈顔回〉에서 나온 말. 孔子가 누군가 슬피 우는 哭聲을 듣고 顔回에게 그 이유를 물으니, 이는 生離別한 자의 곡소리라고 대답하면서 인용한 것으로, 환산에 있는 새는 네 마리의 새끼를 낳는데 자라면 四海로 흩어져 갈 때 어미새가 슬피 울며 보내는 곡성과 같다고 대답한 말이다.

18) 初平之石(초평지석) : 《神仙傳》〈黃初平〉에 의하면, 黃初平은 丹溪 사람으로, 15세에 양을 치다가 道士를 따라 金華山 石室로 가서 수도하였는데, 그 후 40년 만에 그의 형 黃初起가 수소문 끝에 그를 찾아가 만났더니 양은 보이지 않고 흰 돌들만 있었다고 하는데서 나온 말. 그런데 초평이 "양들은 일어나라."고 소리치자, 흰 돌들이 모두 수만 마리의 양으로 변했다고 한다.

19) 池草(지초) : 池塘春草生. 南朝의 宋나라 때 謝靈運이 꿈속에서 從弟 謝惠連을 본 뒤에 지은 〈登池上樓〉의 "못가엔 파릇파릇 봄풀이 돋고, 버들가지 우는 새 달라졌구나.(池塘春草生, 園柳變鳴禽.)"에서 나온 말. 장차 아우를 애타게 그릴 것이라는 말이다.

佳城[22]改卜，　惟願同埋。輀車[23]將發，　一觴載薦。呼莫之應，　言不可
盡。靈其不昧，庶監斯衷。

[迂齋集，卷7]

조지겸趙持謙, 1639-1685

조선 후기의 문신. 본관은 豊壤, 자는 光甫, 호는 汚齋. 할아버지는 좌의정 趙翼이고,
아버지는 이조판서 趙復陽이며, 어머니는 李景容의 딸 德水李氏이다. 1663년 진사가
되고, 1670년 별시문과에 을과로 급제하였다. 대교·설서·이조좌랑·사간·응교·승지
·대사성·부제학·형조참의 등을 두루 역임하였다. 외직으로 1681년 고성군수, 1685
년 경상도관찰사를 지냈다.

---

20) 依依(의의) : 《詩經》〈小雅·采薇〉의 "전에 내가 갈 때는 버들이 무성했어라.(昔我往矣,
楊柳依依.)"에서 나온 말.
21) 權窆(권폄) : 임시 매장.
22) 佳城(가성) : 무덤을 아름답게 이르는 말.
23) 輀車(이거) : 관을 실은 수레로, 상여를 일컫는 말.

종형 기판서 제문

祭奇判尹文

기대승

　가정(嘉靖) 43년 갑자년(1564) 9월 30일에 4촌 동생인 선무랑(宣務郞) 홍문관(弘文館) 부수찬(副修撰) 지제교(知製敎) 겸 경연검토관(兼經筵檢討官) 기대승(奇大升)은 삼가 술과 과일을 갖추고 종형(從兄 : 기대항) 판윤(判尹)의 영령께 밝게 고하나이다.

　아, 나의 형님이시여! 갑작스레 이 지경에 이르렀단 말입니까? 사람의 일은 믿을 수가 없고, 하늘의 뜻은 알 수가 없습니까? 사림(士林)은 장차 누가 붙들어 주고, 나라의 명맥은 장차 누가 튼튼히 하겠습니까? 간신들이 겨냥하여 엿보면서 숨어 교만하니, 착한 선비들은 의기가 꺾여서 모두 풀이 죽어 있습니다. 하늘의 뜻은 나라의 흥망과 관련되고, 시운은 종묘사직의 안위와 관계되는 것입니다. 그러하오니 한 시대의 사림들을 진무하며 허둥지둥 울부짖는 것이 어찌 저의 사사로운 정 때문에 통곡하는 것이겠습니까? 아아, 애통합니다.

　형님이 세상에 태어나 46세 때, 앞으로의 창창한 길을 아직 달리지도 않았는데 타고난 운수가 그만 꺾이고 말았습니다. 형님의 아름다운 자질은 오로지 타고난 것입니다. 마음이 넓디넓어서 너그러우시니, 본받으려 해도 능히 할 수가 없습니다. 사람들은 단지 겉으로 드러난 의젓한 면만을 보았지 속으로 내리는 명확한 판단은 알지 못했고, 사람들은 단지 그 화락하고 온화한 얼굴빛만을 좋아하였지 그 꼿꼿한 절개를 알지 못했습니다. 비록 수많은 관료들이 떼 지어 몰려간다 해도 자신의 능력을 크다고 한 적이 없었으나, 공리(功利)가 국가에 있는 것이라면 또한 이미 널리 펼쳤습니다. 하늘은 어찌하여 덕은 후하게 주고 수명은 인색하게 주어, 이 백성들로 하여금 제대로 그 은혜를 입지 못하게 한단 말입니까? 아아, 슬픕니다.

형님은 약관 시절에 명성이 이미 높았으며, 대과(大科)에 급제하기에 이르자 문장 실력의 뛰어남이 더욱 높아졌습니다. 그리하여 벼슬은 서서히 날아오르는 기러기와 같았고, 아침 햇살에 우는 봉황의 의표를 지니시어, 미원(薇垣 : 사간원)과 백부(柏府 : 사헌부)에서 임금의 잘못을 바로잡고 간(諫)하는데 조금도 속임이 없었습니다. 당시에 권세를 잡은 신하들이 조정의 권력을 제 마음대로 휘둘러서 감히 내치기도 하고 벼슬을 주기도 하는 위복(威福 : 상벌)을 몰래 농간하였으니, 그 기미가 선비들을 모조리 잡으려는 그물망에 이미 촘촘히 쳐져 그 화는 사슴을 가리켜 말[馬]이라 하기에 이르도록 참혹하였습니다. 슬프게도 조정에 있는 신하들이 모두 두려워 떨고 있었으니, 누군들 이리처럼 항상 뒤를 돌아보며 숨을 죽이지 않았겠습니까? 이때 형님은 옥당(玉堂 : 홍문관)에서 솔선하여 직언하는 차자(箚子)를 올려서 외로운 충정의 꼿꼿함을 떨쳤습니다.

임금께서 알기 쉬운 것부터 설명하여 깨닫도록 인도하는[納約自牖] 정성이 깊으시니, 군신 상하의 뜻이 미덥게 된 뒤에야 괴리를 극복할 수 있는 공을 이룰 수 있다는 우주우항(遇主于巷)의 도리에 부합하였습니다. 그리하여 사악한 무리들은 흩어졌고 종묘사직은 더욱 튼튼해졌습니다. 자취가 드러나지 않으면서도 지혜는 굽히지 않았으니, 사람들은 모두 우르르 몰려들며 진심으로 따랐습니다. 바야흐로 나라를 떠받치는 중대한 임무를 맡아 낭묘(廊廟 : 의정부)에 오를 것을 기대하였지만, 형님은 하찮게 여겨 자랑하지 않았고 분수에 넘침을 두려워하여 조심하였습니다. 늘 염려하는 것이 국가의 안위에 매인 것이니 더욱 속으로 걱정하고 근심을 품으셨는데, 어찌하여 한 번의 병환으로 끝내 일어나지 못하셔서, 혼란스럽게도 어리석은 사람들은 좋아하고 지혜로운 사람들은 애통하도록 한단 말입니까? 땅속에 누워계신 분은 다시 살아나기 어려우니 애통해하고, 우리의 도(道)가 끝내 땅에 떨어지니 탄식합니다. 아아, 슬픕니다.

형님은 금년 여름이 한창일 때에 자친(慈親 : 坡平尹氏)께서 병들어 집에 계시자 온갖 고생을 다하며 약시중을 들다가 약탕기의 뜨거운 증기에 데여 화상을 입었습니다. 원기(元氣)가 소모되어 점점 파리해지고 종기는 독이 퍼져 감염되기 쉬워져서, 병세가 갑자기 거세어져 안으로 곪아 들어가니 어찌하여 귀(鬼)와 신(神)이 번갈아 화를 입힌단 말입니까? 아, 자친께서는 병환이 채 낫기도 전에 복이 적어 혹독한 불행을 만나니, 홀로 가슴을 두드리며 내내 울부짖다가 겨우 달을 넘기고 운명하셨습니다. 아, 흉한 변고가 거듭 이르니 참혹하여 차마 다시 말을 하지 못하겠거늘, 하물며 가업(家業)까지 쇠퇴하였으니 끝내 누가 보호하고 누가 구원해주겠습니까? 아아, 슬픕니다.

형님은 대덕(大德)을 힘쓰시고 사소한 일에는 구애되지 않으셨으니, 세세한 절목(節目)에는 어둡고 잘 모른 듯했으나 기강을 세우는 일에는 매우 엄정하였습니다. 비유하면 백옥(白玉)과 같으니, 작은 티가 어찌 아름다운 구슬을 가리겠습니까? 낭랑하던 목소리가 빛나고 빛남은 영원토록 변함이 없을 것입니다. 사람들이 지금 하는 말은 진실로 많이 다릅니다. 형님을 그지없이 무함(誣陷)하고 비방하는 자들은 주로 회오리바람일 뿐인데, 어지러이 참소하는 말을 하여 형님의 참모습을 손상시키고, 간사한 말을 지어 형님을 공격하는 데에 도왔습니다. 그러나 이것은 이른바 올빼미로써 봉황새를 비웃는 격이니 또한 도마뱀으로써 용을 조롱하는 것과 무엇이 다르겠습니까? 아아, 슬픕니다.

저는 성격이 곧고 옹졸하여 남들과 어울리기가 어려웠습니다. 이에 형님의 덕택으로 행실을 갈고 닦으며 스스로 조심하였습니다. 고개를 숙이며 뭇사람을 따라 시행하는 일이 있기를 바랐으며, 힘써 따르고 서로 도우면서 만년에 함께 살기를 기약했었습니다. 이제 다시는 볼 수 없게 되었으니, 하늘에 무슨 죄를 지은 것이겠습니까? 억장이 무너지고 애간장이 찢어지며 눈물이 샘물 솟듯 하옵니다. 상여를 실은 수레를 보오니, 장례를 모시는 날이 얼마 남지 않아서 서글프옵니다. 맹세코 일편단심으로 길이 하직하오니, 우리네 한평생은 떠다니는 것처럼 보입니다. 아아, 슬픕니다. 적지만 흠향하소서.

祭奇判尹文

維嘉靖[1]四十三年歲次甲子[2], 九月庚子朔, 三十日乙巳, 從弟宣務郎弘文館副修撰知製教兼經筵檢討官奇大升, 謹以酒果之奠, 敢昭告于亡兄[3]判尹之靈曰 : 嗚呼! 吾兄乎。而遽至於斯耶? 人事之不可恃, 而天道

---

1) 嘉靖(가정) : 중국 明나라 世宗의 연호(1522~1566).

2) 甲子(갑자) : 明宗 19년인 1564년.

3) 亡兄(망형) : 奇大恒(1519~1564)을 가리킴. 조선 중기의 문신. 본관은 幸州, 자는 可久.

之不可知也耶? 士林將誰使之扶? 而國脈將誰使之肥耶? 奸人徂伺以潛
驕兮, 善類摧沮而俱腓。道關消長兮, 運係盛衰。撫一世以驚呼兮, 寧獨
哭吾之私也? 嗚呼痛哉! 兄之生世四十六歲, 長途未騁, 大運[4]俄替。兄
之美質, 天賦之專。蕩蕩[5]休休[6], 象莫能甄。人但見其表之凝重, 而不
知其中之明決, 人但愛其有愉愉之色, 而不知其有矯矯之節也。雖群趨庶
僚, 未有以大其設施, 而功利之在乎國家者, 亦已博也。天胡厚其德而嗇
其壽, 使斯民不克蒙其澤也? 嗚呼哀哉! 兄之弱冠, 聲譽已鬱, 暨乎釋
褐[7], 文彩[8]愈蔚。漸逵鴻羽[9], 鳴陽鳳儀[10], 薇垣[11]柏府[12], 匡拂無

아버지는 응교 崇遵이며, 어머니는 尹金孫의 딸이다. 1546년에 식년문과에 을과로 급제
하여 淸宦職을 두루 역임하고, 1551년 평안도암행어사로 나가 민폐를 살폈다. 이듬해
이조정랑을 거쳐 전한·직제학이 되었다. 1556년에는 황해도관찰사를 거쳐 이듬해 용
양위대호군에 임명되었다. 1559년 춘천부사로 나가 3년간 선정을 베푼 뒤 예조·호조참
의, 우부승지, 부호군 등을 역임하였다. 그 뒤 1561년 대사간으로서 災變疏 6조목을
올렸다. 1563년 부제학이 되었는데, 당시 권신이던 李樑이 사화를 일으켜 사류들을
숙청하려 하자, 沈義謙 등과 함께 이량의 죄상을 폭로하였다. 이때 이량을 옹호하던
사헌부의 죄상도 함께 탄핵하여 이량을 강계로 귀양 보내고 그 일파도 관직을 삭탈하는
한편, 새로 등용된 사림들을 옹호하였다. 이어 대사헌이 되고 이조참판을 거쳐, 1564년
공조참판·한성부판윤에 발탁되었다. 부임 3일 뒤에 죽었다.

4) 大運(대운) : 天運. 타고난 운수.

5) 蕩蕩(탕탕) : 《論語》〈述而篇〉의 "군자는 마음이 평탄하여 넓디넓고, 소인은 늘 근심만
한다.(君子坦蕩蕩, 小人長戚戚.)"에서 나온 말.

6) 休休(휴휴) : 마음이 너그러운 모양.

7) 釋褐(석갈) : 갈옷을 벗는다는 뜻으로, 과거에 급제한 것을 이르는 말.

8) 文彩(문채) : 文章. 《荀子》〈賦篇〉의 "다섯 가지 채색을 갖추어야 문장이 이루어진다.
(五采備而成文.)"에서 나오는 말이다.

9) 漸逵鴻羽(점규홍우) : 鴻羽漸. 기러기가 날 때 서서히 상승하듯이 벼슬이 점점 올라감을
이르는 말.

10) 鳴陽鳳儀(명양봉의) : 《詩經》〈大雅·卷阿〉의 "봉황이 우나니 저 높은 뫼요, 오동이 자
라나니 아침 해 뜨는 동산이라.(鳳凰鳴矣, 于彼高岡 ; 梧桐生矣, 于彼朝陽.)"에서 나온
말. 가장 높은 경지의 소유자임을 이르는 말이다.

11) 薇垣(미원) : 사간원. 임금에게 諫하는 일을 맡아보던 관아이다.

12) 柏府(백부) : 사헌부. 政事를 논의하고 풍속을 바로잡으며 관리의 비행을 조사하여 그

欺。日權臣之擅朝, 敢潛移乎威福[13], 機已密於打網, 禍將慘於指鹿[14]。怛在庭之懍懍, 就不狼顧[15]而脅息? 倡玉堂[16]以抗箚, 奮孤忠之棘棘。誠深自牖之納[17]兮, 道符于巷之遇[18]。邪黨散落兮, 宗社益固。迹不暴而智不詘兮, 人皆翕然[19]而心服。方膺柱石之寄[20]兮, 佇見廊廟之卜, 顧歉然[21]不自假兮, 畏盛滿[22]以祗栗。每念安危之攸繫兮, 增隱憂而御恤, 夫何一疾而不起兮, 紛慶愚而吊智? 痛九原之難作, 歎吾道之墜地。嗚呼哀哉! 惟今茲之仲夏[23], 親[24]遘疾以在堂, 極辛勤而奉藥, 蒸

책임을 규탄하는 일을 맡아보던 관아이다.

13) 威福(위복) : 罰과 賞을 뜻하는 말. 《書經》〈洪範〉의 "오직 군주만이 복을 짓고 오직 군주만이 위엄을 지을 수 있다.(惟闢作福, 惟闢作威.)"에서 나온 말이다.

14) 指鹿(지록) : 指鹿爲馬. 사슴을 가리켜 말이라고 한다는 뜻으로, 남에게 잘못을 뒤집어 씌워 함정에 빠뜨리는 말. 秦나라 趙高가 二世皇帝(胡亥)에게 사슴을 바치면서 말[馬]이라 말하자, 이세황제가 신하들에게 이를 물었을 때 사슴이라고 옳게 말하는 자도 있었고 조고의 비위를 거스르기 어려워 침묵을 지키거나 말이라고 하는 자도 있었는데, 그 후 조고가 사슴이라고 말한 자를 골라 은밀히 제거하였다는 고사에서 나온 말이다.

15) 狼顧(낭고) : 이리는 겁이 많아서 항상 뒤를 잘 돌아보는데서, 자꾸 두려운 생각이 드는 것을 비유하는 말.

16) 玉堂(옥당) : 홍문관.

17) 自牖之納(자유지납) : 納約自牖. 《周易》〈坎卦·六四〉의 "맺음을 들이되 통한 곳으로부터 하면 끝내 허물이 없으리라.(納約自牖, 終无咎.)"에서 나온 말. 신하가 군주를 깨우칠 때에는 반드시 군주가 잘 알 수 있는 것부터 시작하여야 한다는 말이다.

18) 于巷之遇(우항지우) : 遇主于巷. 《周易》〈睽卦·九二〉의 "군주를 골목에서 은밀히 만나면 허물이 없으리라.(遇主于巷, 无咎.)"에서 나온 말. 신하가 군주를 극진히 받들어 지극한 정성을 다하여야 서로 道에 합하고 뜻이 통하여 일을 이루게 된다는 뜻이다.

19) 翕然(흡연) : 대중의 뜻이 하나로 쏠리는 정도가 대단한 모양.

20) 柱石之寄(주석지기) : 국가를 떠받치는 중대한 임무.

21) 歉然(감연) : 하찮은 듯이 여기는 모양. 《孟子》〈盡心章句 上〉의 "한위(韓魏)의 집안과 같은 부귀를 주어도 만일 스스로 그것을 하찮게 여긴다면 남보다 훨씬 뛰어난 것이다.(附之以韓魏之家, 如其自視歉然, 則過人遠矣.)"에서 나온 말이다.

22) 盛滿(성만) : 분수에 넘침.

23) 仲夏(중하) : 여름이 한창인 때라는 뜻으로, 음력 5월을 달리 이르는 말.

24) 親(친) : 慈親. 尹金孫(1458~1547)의 딸 坡平尹氏(1492~1564). 윤금손은 靖國功臣에

拂熱以致傷。元氣耗而漸瘁, 腫流毒而易染, 忽浸淫以內食, 奈鬼神之交
僭? 嗟親病之未復, 罹薄祐之酷烈, 獨撫心以長號, 僅踰月而隕絶25)。噫
凶變之稠疊, 慘不忍乎復言, 矧家業之零落, 竟誰護而誰援? 嗚呼哀哉!
兄務大德兮, 不拘細行, 目理似闊兮, 綱維甚正。譬如白玉兮, 瑕豈掩
瑜? 琅琅炳炳兮, 終古不渝。人今有言兮, 寔多異同。厚誣醜詆26)兮, 職
爲飄風, 亂萋斐27)之損眞兮, 設淫辭而助之攻。是所謂以鷗鴉而笑鳳凰
兮, 亦何異乎蝘蜓之嘲龍?28) 嗚呼哀哉! 我性剛拙兮, 與物寡合。緊兄
之賴兮, 砥礪自攝。低顔逐隊兮, 庶有猷爲, 僶勉相濟兮, 歲暮爲期。今
其亡矣, 何辜于天? 摧肝裂腸, 淚落如泉。覩靈車29)之載駕, 悵吉辰30)
之不留。矢寸心以永辭, 視吾生之若浮31)。嗚呼哀哉! 尙饗。

[高峯先生文集, 卷2]

책록되면서 坡城君에 봉군되었다.

25) 僅踰月而隕絶(근유월이운절) : 기대항이 1564년 7월 12일에 죽었고, 그의 어머니 파평
  윤씨가 같은 해 8월 11일에 죽은 것을 일컬음.

26) 醜詆(추저) : 욕설과 비방.

27) 萋斐(처비) : 남의 작은 허물을 꾸며서 큰 죄를 만든다는 말. 《詩經》〈小雅·巷伯〉의
  "문채가 조금 있는 것으로, 자개의 비단 무늬를 이루도다. 저 남을 참소하는 자여,
  또한 너무 심하도다.(萋兮斐兮, 成是貝錦. 彼譖人者, 亦已大甚.)"에서 나온 말이다.

28) 漢나라 揚雄의 〈解嘲〉의 "지금 그대는 그만 올빼미를 가지고 봉황을 조소하고, 도마뱀을
  가지고 귀룡을 조롱하는구나.(今子乃以鷗梟而笑鳳凰, 執蝘蜓而嘲龜龍.)"에서 나온 말.

29) 靈車(영거) : 상여.

30) 吉辰(길진) : 장례를 치르는 날.

31) 《莊子》〈刻意篇〉의 "삶이란 浮游하는 것과 같고, 죽음이란 휴식하는 것과 같다.(其生若
  浮, 其死若休.)"에서 나온 말.

기대승奇大升, 1527-1572

조선 중기의 문신·학자. 본관은 幸州, 자는 明彦, 호는 高峯·存齋. 아버지는 奇進이며, 어머니는 姜永壽의 딸이다. 己卯名賢의 한 사람인 奇遵이 그의 季父이다. 李滉의 문인이다. 1549년 司馬試에 합격하고, 1558년 식년문과에 을과로 급제하였다. 승문원 부정자와 예문관검열 겸 춘추관기사관을 거쳐 1563년 3월 승정원주서에 임명되었다. 그 해 8월 李樑의 시기로 삭직되었으나, 종형 奇大恒의 상소로 복귀하여 홍문관부수찬이 되었다. 이듬해 2월 검토관이 되어 언론의 개방을 역설하였다. 1565년 병조좌랑·이조정랑을 거쳐, 1567년 遠接使의 從事官이 되었고, 그 해 선조가 즉위하자 사헌부집의가 되었으며, 이어서 典翰이 되어서는 趙光祖·李彦迪에 대한 추증을 건의하였다. 1570년 대사성으로 있다가 영의정 李浚慶과의 불화로 해직 당했다. 1572년 성균관대사성에 임명되었고, 이어서 宗系辨誣奏請使로 임명되었으며, 대사간·공조참의를 지내다가 병으로 벼슬을 그만두고 귀향하던 도중에 古阜에서 객사하였다.

아우 군서 제문
祭弟君瑞文

구봉령

아, 군서(君瑞 : 具鷗齡)야, 네가 죽었단 말이냐? 네 나이 이제 38세인데다 또 아내를 남겨두었으며, 네게는 7살 난 딸아이가 있고 조정에서 드날리는 네 형도 살아있다. 네 비복(婢僕)들은 부려 쓸 만하고 네 전답들은 넉넉했거늘, 너는 무슨 유감이 있어 이 지경에 이르렀단 말이냐?

네 나이 4세 때라 어머니[安東權氏]를 알아보지도 못했고, 내 나이 7세 때라 문밖을 나가 동동걸음쳤거늘, 하늘이 우리 집에 재앙을 내려 어머님께서 세상을 뜨셨다. 나는 10세를 채워서야 비로소 종이와 붓을 좋아했고, 너는 이를 갈기 전인 7세 때라 배 달라 밤 달라 조르기만 했거늘, 하늘이 우리 집에 재앙을 내려 아버님[具謙]께서 갑자기 돌아가셨다. 영특했던 큰형님은 꽃다운 12살의 나이로, 저 조씨[趙彭齡]에게 시집간 어린 누이까지 맑은 성품에 단정한 모습으로, 둘이 잇달아 죽었으니 하늘이 내린 재앙이야말로 기막혔다. 우리를 길러주시고 키워주신 할머님 권씨께서도 또한 오래도록 살지 못하시고 하늘의 재앙을 만나셨으니 아, 나와 너는 원한이 구천에 사무쳤다. 한 집안의 전후를 살펴보면 수십 년을 상(喪) 없는 해가 없어서 세상에 당(堂)조차 제대로 갖출 수가 없었거늘, 어찌하여 지금에 와서 네가 또 죽는단 말이냐?

계해년(1563) 늦은 봄 내가 고향에 갔을 때, 너는 병들었다가 막 모처럼 일어나서 몸이 파리하고 몹시 야위었었다. 자나 깨나 마주 대하니 한편으로는 기뻐하면서도 한편으로는 울기만 하였는데, 함께 즐거워하다가 얼마 되지 않아서 나는 서울로 돌아와야 했었다. 갑자년(1564) 가을에 나는 남쪽으로 떠돌고자 했었는데, 몸이 박한 녹봉에 매인지라 움직이는 것이 자유롭지 못했다. 그러다가 서관(西關 : 황해도)의 민정을 시찰하는 어사가 되었으니, 일찍이 생각지도 못한 것이었다. 일을 마치고 돌아오려 할 때에 들었지만 너의 병이 처음 발작했을 때는 작은 질병이라고 하였으니 어찌 위태로우리라 생각이나 했겠느냐? 흉년에는 그에 맞는 법도가 있는 법이라 달려갈 수가 없어서 오로지 남쪽을 바라보고 눈물만 흘리며 밤이고 낮이고 슬퍼하였다. 약을 구하러 사방으로 뛰어다니며 무엇이든 하지 않은 것이 없었더니, 지난해(1565) 봄 보내온 편지에 고질병이 조금씩 나아지고 있다고 했었다. 내게는 너무나 기쁜 소식이었고 거의 다 나았다고 하기를 바라며, 가을에는 평상에 둘러앉아서 정담 나누기를 기약했다.

하지만 나는 또 왕명을 받들어 충청도의 민정을 시찰하게 되었다. 고향 산천이 눈에 선하여 바람결에 서글퍼하였으나, 왕명을 완수하고 돌아오게 되니 예전 계획을 이룰 날이 다가왔다. 막 길을 떠나려 하매 네게 알려서 먼저 알게 하였지만, 당시의 정세와 안타까운 흉년이 떠나려했던 나의 생각을 붙들고 말았다. 마음으로 너와 함께할 것을 알았으나 이승에서 영영 이별하였으니, 머리를 들자 돌아가는 구름에 마음이 들끓고 찢어지는 듯하다. 그래도 소식을 들었을 때는 정신이 심히 산란하지 않으며, 음식을 전폐하지 않아서 몸과 살도 여전히 충실하다 했었다. 이것만으로도 조금이나마 위로가 되었고 진실로 천재일우의 기회를 바랐었더니, 정신이 안에서부터 썩어 문드러져 끝내 일어나지 못하는 지경에 이르렀구나. 꿈같기도 하고 생시가 아닌 듯도 하니, 내가 애통해하는 것을 어찌 그칠 수 있겠느냐? 지혜 있는 자나 어리석은 자나 할 것 없이 장수를 누리는 것이 길하거늘, 너만 유독 무슨 죄가 있어서 갑자기 나보다 먼저 요절한단 말이냐? 남들은 좋지 않은 것 없이 잘 지내며 형제들이 서로 화목하게 지내는데, 나만 홀로 어떤 사람이기에 너와 영원한 작별을 해야 한단 말이냐?

벼슬에 매인 생애라 말할 수는 없었으나, 가문을 유지하는 것은 네가 부지런하기를 바랐었다. 조상의 무덤이 처량하게도 쓸쓸하니 받자온 우로(雨露)와 같은 은혜를 누가 상심하며, 조상의 사당이 썰렁하니 명절과 삭망(朔望)에 누가 술잔을 올리랴? 말이 여기에 미치니 내 마음이 타들어가듯 하거늘, 네가 만약 알게 되면 또한 응당 그윽이 흐느끼리라. 네가 죽었다는 것을 듣고부터는 미친 듯 병에 걸린 듯했고, 희미한 등불 아래서 밤새도록 슬프게 눈물 흘리다가 겨우 눈을 붙인다. 밥상을 대하고도 배고픔을 잊고 답답함에 수저를 물리치거늘, 너만 유독 무슨 마음으로 나를 버리고 저승으로 갔단 말이냐? 하늘이여, 귀신이여, 애통하게도 이해하기 어렵나이다. 아아, 애통하다.

사람이고서 그 누가 죽지 않으랴마는 너의 죽음은 애처로우며, 앙화(殃禍)가 오는 길에는 문이 따로 없다더니 네 형에게는 재앙이었다. 3년 동안 서로 떨어져 있어서 직접 얼굴을 본 적이 드물었다고 하지만, 달포 사이에 꺾이어 너무 슬퍼 곡을 하여도 마음 붙일 데가 없다. 의지할 곳이 없게 된 외로운 부인[英陽南氏]은 누가 위로하고 누가 도와주며, 예쁘기만 한 어린 딸은 누가 보살피고 누가 기르랴? 너는 비록 형이 있다고 하더라도 죽었건 살았건 무슨 의탁할 것이 있으랴마는, 원통하다고 한 번 소리 내어 울부짖고는 먼 이곳에서 변변찮은 제사상을 차린다. 너는 어둡지 않고 밝거든 한번 찾아와 흠향하여라. 아아, 애통하다.

祭弟君瑞文

嗚呼君瑞[1]，汝其亡耶？汝年三十八，又有室家，汝有汝女七歲之髫[2]，汝有汝兄寵揚于朝。汝僕可使，汝田可給，汝有何憾，而至此極？汝年四歲，未辨姆孃，我時七齡，出門踉蹌，天禍我家，萱華[3]凋落。我年滿十，始好紙筆，汝時未齔，惟覓梨栗[4]，天禍我家，靈春[5]遽萎。英

---

1) 君瑞(군서) : 구봉령의 남동생 具鷗齡(1529~1566)의 자. 아버지는 具謙(1504~1536)이며, 어머니는 權檜의 딸 安東權氏(1502~1532)이다. 아내는 南瑞林의 딸 英陽南氏이다. 절손이 된 셈이어서 그런지 몰라도 현재의 대동보에는 생몰년간이 기록되어 있지 않다. 그러나 구언령의 생몰년간은 이 제문뿐만 아니라 구봉령의 연보도 또한 참고가 된다.

2) 髫(초) : 髫齡. 머리를 늘어뜨리는 때라는 뜻으로, 어린 나이나 그러한 때를 이르는 말. 이 딸은 順天金氏 金允安에게 시집갔다. 김윤안은 문과에 급제하여 府使를 지냈다. 그의 아버지는 金搏이다.

3) 萱華(훤화) : 남의 어머니에 대한 경칭. 萱은 萱花로 '원추리꽃'인데, 北堂에 심는다 하여 '어머니'를 지칭한다.

4) 惟覓梨栗(유멱이률) : 陶淵明이 지은 〈責子〉의 "통이란 놈은 아홉 살이 되었는데도 배와 밤만 찾고 있네.(通子垂九齡, 但索梨與栗.)"에서 나온 말.

5) 靈春(영춘) : 靈椿. 자기 부친 또는 남의 부친을 祝壽하는 말. 조선시대에 태조의 조부 곧 度祖의 이름이 '椿'이었으므로 '椿'과 관련된 말은 '春'으로 쓰는 것이 관례였다.

英伯氏, 青春十二, 孌彼[6]趙[7]姊, 淑性端儀, 相繼而逝, 天禍之奇。鞠我育我, 惟祖母權[8], 亦不遐壽, 罹禍于天, 嗟我與汝, 怨徹重泉。一家前後, 凡數十年, 喪無虛歲, 世不具堂, 如何今者, 汝復云亡？癸亥[9]深春, 我往桑鄉[10], 汝新病起, 形羸體瘠。夢寐相對, 且喜且泣, 同歡未幾, 我返京轂。甲子[11]之秋, 我欲南浮, 身縻寸廩, 動不自由。持斧[12]西關[13], 曾是不意。逮還而聞, 汝病之始, 尙謂微恙, 豈意惟幾[14]？凶荒有制, 不可以馳, 南望隕涕, 日夜以悲。奔走藥餌, 靡所不爲, 前春一書, 積痾稍休。我有喜言, 庶幾云瘳, 連床會晤, 秋以爲期。我乃銜命, 湖海之垂[15]。家山在眼, 向風忉怛, 竣事言旋, 夙計斯促。方將首路, 報汝先知, 時政憫荒, 掣我征思。心知[16]與汝, 此生永訣, 矯首歸雲, 五

---

6) 孌彼(연피)：《詩經》〈邶風·泉水〉의 "저 어여쁜 여인들, 오직 그들과 함께 할 일 의논한다.(孌彼諸姬, 聊與之謀.)"에서 나온 말.

7) 趙(조)：趙壹齡(1532~?). 본관은 楊州. 아버지는 趙誼이다.

8) 祖母權(조모권)：구봉령의 할머니 安東權氏를 가리킴. 생원 權侶의 딸이다. 구봉령의 할아버지 具仲連(1473~1524)은 忠贊衛 李益通의 딸 興陽李氏 사이에 2딸을 두었고, 안동권씨 사이에는 2남을 두었으니 具謙과 具豐同이다. 구풍동은 절손되었다.

9) 癸亥(계해)：明宗 18년인 1563년.

10) 桑鄉(상향)：先代의 고향을 말함. 《詩經》〈小雅·小弁〉의 "뽕나무와 가래나무를 보면, 반드시 공경한다.(維桑與梓, 必恭敬止.)"에서 그 註에 "뽕나무와 가래나무는 부모께서 심으신 바라 반드시 공경하는 것이다." 하였다.

11) 甲子(갑자)：明宗 19년인 1564년.

12) 持斧(지부)：왕명을 받들고 나가서 법을 집행하는 御史 등의 관원을 뜻함.

13) 西關(서관)：西道. 곧 황해도를 가리킨다. 1564년 6월경 구봉령은 황해도의 재해를 살피는 어사로 다녀온 적이 있다.

14) 惟幾(유기)：《書經》〈顧命篇〉의 "병이 크게 더쳐서 위태롭게 되었다.(疾大漸惟幾.)"에서 나온 말.

15) 湖海之垂(호해지수)：구봉령이 1565년 가을에 충청도의 재해를 살펴보는 어사가 되었음을 일컫는 말.

16) 心知(심지)：知心. 知己.

內煎裂。猶見信音, 未甚萎繭, 無癈食飮, 體膚猶實。以此少慰, 苟冀千
一, 精魂內潰, 竟至不起。似夢非眞, 我痛曷已？ 人無智愚, 壽考[17]維
吉, 汝獨何辜, 溘先夭閼？ 民莫不穀[18], 伯仲塤箎[19], 我獨何人, 與汝
長辭？ 羈官[20]生涯, 已不足言, 維持門戶, 望汝之勤。先壟凄零, 雨露
誰惕？ 先祠冷落, 節朔誰酹？ 興言及此, 我肺如灼, 汝若有識, 亦應幽
咽。自聞汝逝, 如狂如疾, 殘燈徹夜, 哀淚交睫。對案忘飢, 却匙於悒,
汝獨何心, 棄我而冥？ 天耶鬼耶, 痛矣難明。嗚呼痛哉！ 人孰不死, 汝
死之哀, 殃禍無門, 汝兄之災。三霜隔闊, 會面云稀, 一月摧悲, 哭不憑
衣[21]。孑孑孤嫠, 疇慰疇恤？ 婉婉弱子, 疇撫疇鞠？ 汝雖有兄, 死生何
托？ 冤號一聲, 遠奠疏糈。汝其不昧, 倘一歆格[22]。嗚呼痛哉！

[栢潭先生文集, 卷9]

---

17) 壽考(수고) : 오래 삶.

18) 民莫不穀(민막부곡) : 《詩經》〈小雅·蓼莪〉의 "남산은 높다랗고, 회오리바람은 거세도
다. 사람들 모두 잘 지내는데, 나만 왜 해를 입나.(南山烈烈, 飄風發發. 民莫不穀, 我獨
何害?)"에서 나온 말.

19) 伯仲塤箎(백중훈호) : 《詩經》〈小雅·何人斯〉의 "맏형은 훈을 불고 둘째형은 지를 분
다.(伯氏吹塤, 仲氏吹箎.)"에서 나온 말. 형제 사이의 화목과 조화를 비유할 때 쓰인다.

20) 羈官(기관) : 우거하면서 벼슬하는 것.

21) 哭不憑衣(곡불빙의) : 곡을 하느라 옷을 의지할 수가 없다는 뜻으로, 곡을 하여도 마음
을 붙일 데가 없다는 의미.

22) 歆格(흠격) : 내려와서 제사를 받고 흠향하는 것.

구봉령具鳳齡, 1526-1586

조선 중기의 문신·학자. 본관은 綾城, 자는 景瑞, 호는 柏潭. 아버지는 증이조참판 具謙이며, 어머니는 安東權氏로 權檜의 딸이다. 7세에 어머니를 여의고, 11세에 아버지마저 죽자 初喪執禮에서 어른을 능가해 마을사람들로부터 칭찬을 받았다. 외종조 權彭老에게 《소학》을 배워 문리를 얻고, 1545년 李滉의 문하에 들어가 수학하였다. 1546년 사마시에 합격하고, 1560년 별시문과에 을과로 급제해 承文院副正字·藝文館檢閱·奉敎를 거쳐 弘文館正字에 이르렀다. 1564년 文臣庭試에 장원해 수찬·호조좌랑·병조좌랑을 거쳐, 1567년에 賜暇讀書하였다. 그 뒤, 정언·전적·이조좌랑·사성·執義·사간을 두루 거치고, 1573년 직제학에 올랐으며, 이어 동부승지·우부승지·대사성·전라관찰사·충청관찰사 등을 지냈다. 1577년 대사간에 오르고, 이듬해 대사성을 거쳐 이조참의·형조참의를 지냈다. 1581년 대사헌에 오르고, 이듬해 병조참판·형조참판 등을 지냈다. 그는 한때 암행어사로 황해도·충청도 등지에 나가 흉년과 飢荒으로 어지럽던 민심을 수습하기도 하였다. 당시는 동서의 당쟁이 시작될 무렵이었으나 중립을 지키기에 힘썼다.

둘째아우 수찬 신달도 제문
祭仲弟修撰文

신적도

슬프고 슬프도다! 나의 동생[申達道]이 나를 버리고 먼저 떠나가니, 인정 많은 얼굴, 굳세고 점잖은 모습, 바르고 곧은 기상, 의기에 찬 말 등을 나는 다시금 들을 수도 볼 수도 없으리로다. 지난날 우리 형제가 하늘로부터 죄를 얻어 갑인년(1614)에 어머니[順天朴氏]가 먼저 돌아가시고 아버지[申仡]가 나중에 돌아가시어 거듭 상을 당하니, 계시지 않은 부모님 생각했던 마음을 어찌 이루다 말할 수 있으랴. 의지할 곳이 없게 된 여생은 형체가 하나이어서 그림자도 하나이듯 외로웠는지라, 백발이 되도록 서로 의지하며 살기로 하였다.

그런데 우리 3형제[신적도, 신달도, 申悅道]는 어찌하여 뜻밖의 재앙이 거듭 닥쳐서 상사(喪事)가 꼬리에 꼬리를 문단 말인가. 계수(季嫂 : 신열도의 부인, 학봉 김성일의 손녀)의 상, 정 서방(鄭書房 : 둘째사위 鄭復亨)의 죽음, 누이(任乃重에게 시집감)의 죽음 등 모두가 작년(1630) 한 해 동안에 있었는데, 금년에 들어서 또 군(君)의 상(喪)을 당하여 곡을 해야 하다니, 슬프도다. 나는 나이가 많은 것도 아닌데 1,2년 사이에 아우, 누이, 계수, 사위가 세상을 떠나니, 이 세상에서 이것이 내가 가슴을 치며 길게 탄식하고 하늘을 향해 울부짖으며 통곡하는 까닭이로다.

오호라! 금년(1631) 음력 2월에 내가 영동(嶺東 : 상운도 찰방의 부임지)으로부터 돌아와 조상의 무덤을 찾아뵙고 나서, 형제들이 오랫동안 헤어졌다가 한 자리에 둘러앉았으니 그 즐거움이 어떠했으랴. 그렇지만 군(君)이 병들어 누워 있는데 얼굴빛이 파리하고 몸도 몹시 야위어 전날과 달랐는지라, 베개를 나란히 베며 이불을 함께 덮고서 그간 막히고 쌓인 회포를 풀지 못했도다. 그렇더라도 타고난 체질이 강건하여 반드시 백 살은 살 줄 알고 애초엔 걱정도 하지 않았다. 아아, 끝내 이로써 그리도 갑작스레 불미스러운 일에 이른단 말인가? 임금으로부터 부르는 명이 있어 병을 무릅쓰고 조정에 나아가느라 치달리며 가는 길에서 병세가 더욱 심해져 그런 것이었는가? 하늘이시여, 하늘이시여! 우리 집에 무슨 재앙이 쌓여서 나의 어진 아우를 빼앗음이 그리도 빠른지 알 수가 없나이다.

오호라! 군(君)은 부모께 효도하고자 하는 정성, 임금께 충성하고자 하는 절개를 지녔어라. 먼저, 집에서 부모님의 뜻을 받들어 어김이 없었고 곁에서 어떤 일도 마다않아, 자식 된 직분으로 마땅히 할 일을 다 하였다. 다음으로, 임금을 섬기는데 있어서 제 몸을 돌보지 않고 부지런히 곧은 말과 바른 의론으로 지존(至尊)인 임금을 감격케 하고 간사한 무리들을 떨게 하여 이름이 조정에 드날렸을 뿐만 아니라 아울러 조상의 덕까지 드날렸도다. 이야말로 효의 지극함이요, 충의 훌륭함일러라. 아아, 내 동생의 강건, 내 동생의 충효가 어찌 그리 벼슬은 덕에 미치지 못하며, 나이는 80에도 이르지 못한단 말인가? 이른바 하늘이라는 것은 참으로 드러내 밝히기 어려운 것이요, 이치라는 것도 미루어 짐작할 수가 없는 것이로다.

오호라! 군(君)은 나보다 두 살이 적었으면서도 부모의 슬하를 떠난 뒤로 먹을 때면 함께 먹고, 입을 때면 번갈아 입고, 배울 때면 책상을 나란히 했고, 나갈 때면 수레를 나란히 했으니, 형제가 서로 우애하는 즐거움이 나팔 불면 저를 불어 화답하는 정도로 그쳤겠는가. 이제는 다 틀렸도다. 백발에 지기(知己)를 잃었으니, 애달프고 애달픈 이 인생은 뉘에게 의탁하며 누구를 의지해야 하나? 이제 나도 체력이 날로 더욱 쇠약해지고 의지와 원기가 날마다 쇠미해지며 좌우의 치아가 모두 흔들거리다가 떨어져 빠졌으니, 어찌 오래 살기를 바라겠는가? 그렇지만 장차 벼슬을 버리고 남쪽으로 고향에 돌아와 호계(虎溪) 가에서 마음 놓고 다시 형제들끼리 천륜의 즐거운 일을 펴려고 생각했건만, 내 아우가 갑자기 나를 버리고 죽을 줄을 그 누가 알았겠는가? 진실로 이 같을 줄 알았으면, 어찌 하루일망정 서로 떨어져서 이 한없는 비통함을 품으랴. 한 사람은 하늘의 남쪽에 있고 다른 한 사람은 땅의 동쪽에 있었는지라, 병들었어도 나는 그 아픔을 나누지 못했고, 죽었어도 나는 그 날짜를 알지 못했다. 이미 손을 잡아 영결(永訣)하지 못했고, 또한 관(棺)에 기대어 슬픔을 다하지 못했으니, 산사람과 죽은 사람 사이에 생긴 이 한(恨)을 어찌해야 하리오.

오호라! 생각건대 군(君)은 이제 영원히 가면 다시 올 기약이 없으니, 무덤에 기대어 한 번 통곡하는 것이 나의 지극한 소원이로다. 그러나 겨울이 되면서부터 묵은 병이 다시 도졌고, 또한 직책에 얽매어 하늘 남쪽에 있는지라 떨치고 날아갈 도리가 없으니, 하늘을 향해 울부짖는 비통함이 어찌 다함이 있으랴? 천리 먼 이곳에서 글을 보내어 지극한 애통함을 부치노니, 영혼은 아는가 모르는가? 아아, 내 마음 슬프고 슬프도다.

祭仲弟修撰文*

嗟嗟余弟, 棄我而先, 敦厚之容, 剛方之姿, 正直之氣, 慷慨之論, 吾
不可復得而聞見矣。昔我弟兄, 獲戾于天, 歲甲寅[1], 荐遭終天之痛[2]。
風樹[3]之懷, 何可勝言? 孑孑餘生, 形單影隻[4], 白首相托。惟我三人[5],
奈何奇禍荐臻, 喪患疊出? 季嫂之喪[6], 鄭壻之歿[7], 任妹之逝[8], 俱在
於昨年之內, 至今年, 又哭君焉。嗚乎! 吾未耄期[9], 而一二年來, 哭弟

---

* 이 글의 번역과 주석은 『역주 호계선생유집』(신해진 역, 역락, 2011)의 156면~158면과
 423면~426면을 전재한 것이다.

1) 歲甲寅(세갑인) : 광해군 6년인 1614년.

2) 終天之痛(종천지통) : 悲痛이 무한히 오래간다는 말로 보통 부모상을 이름. 갑인년인
 1614년 4월 16일 모친이 죽고, 그해 6월 27일에 부친이 죽어, 같은 해 12월 28일에
 두 분을 합장한 사실을 일컫는다.

3) 風樹(풍수) : 세상을 떠난 부모를 생각하는 슬픈 마음을 의미함. 孔子가 길을 가는데
 皐魚란 사람이 슬피 울고 있기에 까닭을 물었더니, "나무는 고요하고자 하여도 바람이
 그치지 않고 자식이 봉양하고 싶어도 어버이는 기다려 주지 않는다.(夫樹欲靜而風不止,
 子欲養而親不待.)"고 한 데서 유래한다.

4) 韓愈가 그의 조카 韓老成에 대한 제문인 〈祭十二郞文〉의 "나에게 위로 세 분 형님이
 계셨지만 모두 불행히 일찍 돌아가셨으니, 선인의 후사를 이을 자로는 손자의 항렬에서
 는 오직 너뿐이고 자식의 항렬에서는 오직 나뿐이다. 두 대에 걸쳐 한 사람씩 뿐이어서
 외롭고 의지할 곳 없으니, 형수가 항상 너를 어루만지고 나를 가리켜 말씀하시기를,
 '한씨 집안은 두 대에 걸쳐 오직 이뿐이다.' 하였는데, 너는 당시에 더욱 어렸으므로
 응당 기억하지 못할 것이고 나는 당시에 기억할 수는 있었으나 또한 그 말이 슬픈
 줄은 몰랐다.(吾上有三兄, 皆不幸早世, 承先人後者, 在孫惟汝, 在子惟吾. 兩世一身, 形
 單影隻, 嫂常撫汝指吾而言曰 : '韓氏兩世惟此而已.' 汝時尤少, 當不復記憶, 吾時雖能記
 憶, 亦不知其言之悲也.)"에서 나온 말.

5) 我三人(아삼인) : 申適道, 申達道, 申悅道 3형제.

6) 季嫂之喪(계수지상) : 신적도의 막내동생 申悅道의 아내. 그녀의 할아버지는 鶴峰 金誠
 一이고 아버지는 金澋인데, 1630년 2월 26일에 죽었다.

7) 鄭壻之歿(정서지몰) : 둘째사위 鄭復亨. 그의 본관은 東萊, 현감을 지냈다.

8) 任妹之逝(임매지서) : 任乃重에게 시집간 누이. 임내중의 본관은 豊川, 무과에 급제하여
 主簿를 지냈다.

9) 耄期(모기) : 여든 살부터 백 살까지의 나이를 일컬으나, 보통 고령이란 뜻으로 쓰임.

妹嫂壻, 于人世, 此吾所以拊膺長吁, 號彼蒼而痛哭者也。嗚乎! 今歲仲春[10], 余自嶺東[11], 來省墳墓, 鶺原[12]久別, 一場團圓, 其樂如何? 而君方臥痾, 顏色之悴, 形容之瘦, 異於前日, 不得聯枕共被[13], 穩敍積阻之懷。然而稟質康疆, 必享期頤[14], 未始以爲憂也。嗚乎! 其竟以此而遽至不淑[15]耶? 抑自天有命, 强疾趨朝, 驅馳道路, 厥證轉劇而然耶? 天乎天乎! 未知吾家有何積殃而奪我賢弟之速耶? 嗚乎! 君有孝親之誠, 忠君之節。始於庭闈, 養志[16]無違, 左右無方[17], 供爲職分之當爲[18]。終於事君, 匪躬[19]匪懈, 直言讜論, 有以感至尊而震奸佞, 名顯朝端[20],

---

10) 仲春(중춘) : 봄이 한창인 때라는 뜻으로, 음력 2월을 달리 이르는 말.

11) 조선시대 강원도 양양의 祥雲驛을 중심으로 한 驛道인 祥雲道의 察訪을 하다가 돌아온 것을 일컬음.

12) 鶺原(영원) : 형제간의 우애를 말하는데, 흔히 형제의 뜻으로 쓰임. 《詩經》〈小雅·常棣〉의 "물새가 언덕에 있으니, 형제가 위급함을 서로 구하네. 언제나 좋은 벗 있지만 길이 탄식만 할 뿐이네.(脊令在原, 兄弟急難. 每有良朋, 況也永歎.)"에서 나온 말이다. '脊令'은 곧 할미새로 '鶺鴒'과 같다.

13) 聯枕共被(연침공피) : 베개를 나란히 베고 이불을 함께 덮음.

14) 期頤(기이) : 100세.

15) 不淑(불숙) : 불미스러운 일. 여기서는 죽음을 일컫는다.

16) 養志(양지) : 《孟子》〈離婁章句 上〉에서, 공자의 제자 증삼이 그 아버지 증석을 봉양할 때 반드시 술과 고기를 밥상에 올렸으며 상을 치울 때 "누구에게 주시겠습니까?"라고 여쭈고, 증석이 "남은 것이 있느냐?"라고 물으면 "있습니다."하고 대답한 것에 대해서, 공자가 "앞서 증자와 같이하면 '뜻으로 봉양하는 것'이니, 부모 모심을 증자와 같이하는 것이 맞다.(若曾子則養志, 事親若曾子者, 可也.)"에서 나온 말.

17) 《禮記》〈檀弓 上〉의 "부모를 섬길 때에는……좌우에서 나아가 봉양함에 정해진 도가 없다.(事親……左右就養無方.)"에서 나온 말.

18) 《孟子》〈萬章章句 上〉의 "나는 힘을 다하여 밭을 갈아서 자식된 구실을 다할 뿐이니, 부모가 나를 사랑하시지 않는 것이야 나에게 무슨 책임이 있는가?(我竭力耕田, 共爲子職而已矣, 父母之不我愛, 於我何哉?)"에서 나온 말. 共은 恭으로도 供으로도 볼 수 있다.

19) 匪躬(비궁) : 《周易》〈蹇卦·六二〉의 "왕의 신하가 국가의 어려움에 충성을 다하는 것은 자신의 緣故 때문이 아니다.(王臣蹇蹇, 匪躬之故.)"에서 나온 말. 신하가 국사를 돌봄에 있어서 자신의 안위는 생각하지 않고 오직 국사에만 힘을 다하는 것을 말한다.

幷闡先德, 此孝之至·忠之大者也。嗚乎! 以余弟之康疆·余弟之忠孝, 何其位不滿德[21], 而年不至大耋[22]也。所謂天者誠難明, 而理者亦不可推矣[23]。嗚乎! 君少乎余二歲, 自離膝下, 食則同餐, 衣則更衣, 學則聯床, 出則幷駕, 友于[24]之樂, 不啻塤唱而篪和[25]。今焉已矣。白首相失, 哀哀此生, 疇托疇依? 今吾毛血日益衰, 志氣日益微[26], 左右齒牙, 皆動撓脫落[27], 何以圖於久長哉? 思將投紱南歸, 自放於虎溪之上, 更敍天倫之樂事[28], 孰謂余弟遽去吾而歿乎? 誠知其如此, 豈肯一日相離而抱此無窮之慟耶。一在天之南, 一在地之東, 病而不能分其痛, 歿而不能知其日。旣不得執手而永訣, 又不得憑棺而盡哀, 幽明之間, 此恨如

---

20) 朝端(조단) : 朝廷.

21) 《孟子》〈離婁章句 上〉의 "천하에 도가 있을 때엔 작은 덕을 지닌 사람이 큰 덕을 지닌 사람에게 부림을 당한다.(天下有道, 小德役大德.)"는 구절이 있는데, 주자가 "도가 있는 세상에서는 사람들이 모두 덕을 닦아 지위가 반드시 덕의 크기에 걸맞았다.(有道之世, 人皆修德, 而位必稱其德之大小.)"고 주를 단 데서 나온 말.

22) 大耋(대질) : 나이 80을 가리키는 말.

23) 韓愈가 그의 조카 韓老成에 대한 제문인 〈祭十二郞文〉의 "이른바 하늘이라는 것은 참으로 헤아리기 어려운 것이요, 귀신이라는 것은 참으로 드러내 밝히기 어려운 것이다. 그리고 이른바 이치라는 것도 미루어 짐작할 수가 없고, 수명이라는 것도 알 수가 없다.(所謂天者誠難測, 而神者誠難明矣. 所謂理者不可推, 而壽者不可知矣.)"에서 나온 말.

24) 友于(우우) : 惟孝友于兄弟. 형제간의 우애를 뜻하는 말로도, 형제를 가리키는 말로도 쓴다.

25) 塤唱而篪和(훈창이지화) : 하나는 나팔 불고 하나는 화답하여 저를 불듯이 화합하여 지냄. 《詩經》〈小雅·何人斯〉의 "맏형은 훈을 불고 둘째형은 지를 분다.(伯氏吹塤, 仲氏吹篪.)"에서 나온 말이다. 형제 사이의 화목과 조화를 비유할 때 쓰인다.

26) 韓愈가 그의 조카 韓老成에 대한 제문인 〈祭十二郞文〉의 "체력이 날마다 더욱 쇠약해지고 의지와 원기가 날로 쇠미해지니, 너를 따라서 죽지 않을 날이 그 얼마나 되겠는가?(毛血日益衰, 志氣日益微, 幾何不從汝而死也?)"에서 나온 말.

27) 韓愈가 그의 조카 韓老成에 대한 제문인 〈祭十二郞文〉의 "흔들거리던 치아는 혹 떨어져 빠지게 되었다.(動撓者或脫落矣.)"에서 나온 말.

28) 李白이 지은 〈春夜宴桃李園序〉의 "복사꽃 오얏꽃이 만발한 꽃다운 동산에 모여, 형제들끼리 천륜의 즐거운 일을 펴노라.(會桃李之芳園, 序天倫之樂事.)"에서 나온 말.

何? 嗚乎! 念君永歸, 無復來期, 憑穴一痛, 是吾之至願。而入冬以來,
宿痾復發, 又拘職撓, 跋余天南, 不能奮飛, 呼天之慟, 曷有其極? 緘辭
千里, 以寓至痛。靈其知耶? 否耶? 嗚乎! 哀哉。

[虎溪先生遺集, 卷2]

신적도申適道, 1574-1663

조선 중기 의병장. 본관은 鵝洲, 자는 士立, 호는 虎溪. 향시에 장원 급제하였으나,
임진란을 겪은 뒤 과거보는 공부보다는 爲己之學에 뜻을 두어, 寒岡 鄭逑와 旅軒 張顯
光의 문하에 출입하였으며, 향촌교화와 학문수양에 매진했다. 그러나 정묘호란이 일
어나자 慶尙左道 號召使였던 장현광의 천거로 54세 때 의병장이 되어 분연히 몸을 떨
쳐 일어나 우국충정을 펼쳤으나 강화가 체결되는 바람에 자신의 뜻을 이루지 못했다.
이에, 그는 和議論者를 공격하는 충정의 疏를 올렸는데, 仁祖가 매우 훌륭히 여겨 祥雲
都察訪을 제수하였고, 선정을 하고 떠나자 去思碑가 세워졌다. 병자호란이 다시 일어
나자, 의성 儒生들의 추대로 63세의 고령에도 불구하고 의병장이 되어 구국의 대열에
앞장을 섰으나, 이 역시 和親이 맺어지는 바람에 자신의 뜻을 이루지 못했다. 그는
귀향하여 採薇軒을 짓고 산림처사로서 은둔하며 여생을 보내다가 90세의 생을 마친
인물이다. 그 뒤 1867년(고종 4)에 이르러서야 그의 道學과 忠節을 기려서 吏曹參議가
추증되었다.

막내동생 함열공 제문
祭季氏咸悅公文

이유태

형제가 다섯 중에 너[李惟謙]는 막내였다. 네 나이 4세 때 아버님[李曙]께서 돌아가셨다. 네가 마땅히 무엇을 알았으랴마는 몇 달 동안 맨밥만을 먹었다. 타고난 자질이 보통사람과 달랐고, 사람으로서 해야 할 일을 나이에 비해 빨리 알았다. 스스로 능히 책을 읽어서 가르치기에 번거롭지 않았다. 일찍이 신독재(愼獨齋) 김집(金集)을 스승으로 섬겼고, 우암(尤庵) 송시열(宋時烈)에게 인정을 받았다. 〈1650년 성혼과 이이의 문묘종사를 위한 의론에 있어서〉 논의는 악을 제거하고 선을 내세웠으며, 나아가는 방향은 어긋나지 않고 매우 정당하였다. 그래서 사림(士林)들이 중하게 여겼으며, 향당(鄕黨) 사람들이 칭찬하였다. 중년에 미치어서는 봉양하기 위해 처음으로 벼슬길에 나아갔다(1654년 처음으로 내시교관을 지낸 것을 일컬음). 고을[鎭岑과 尼山]의 원님을 지내며 10년간 홀어머니를 효성스럽게 받들었다. 백발이 되어서도 어머님[淸風金氏]을 위로하려고 색동저고리를 입을 만큼 우리 형제들은 무고하였다. 내가 특별한 예우를 받았고, 네게도 크나큰 영화가 내려졌다. 지금 세상 사람들이 복 있는 집안으로 우리를 으뜸이라고 일컬었다.

그러나 영화는 오래갈 수 없으니 재앙이 비로소 싹텄다. 형제들이 화산(花山)에 모였을 때 이미 한 사람이 빠졌다(넷째동생 이유익이 1665

년에 죽었음을 말함). 그리고 정미년(1667)이 되어서는 애통하게도 어머님 상을 당하였다. 하늘과 땅 사이가 그저 아득하기만 하니, 곧장 뒤를 따라가고 싶어도 그럴 수가 없었다. 첫째형님(李惟澤, 1668)이 시묘하던 여막(廬幕)에서 또 어머님 상을 이기지 못하고 죽었다. 앞으로 살아야 할 날이 슬펐지만 천운도 이와 같았다. 너는 또 고을[咸悅縣]의 원님이 되었는데, 실로 늙은 두 형(둘째 이유부와 셋째 이유태)을 위해서였다. 〈1674년〉 병이 있어서 〈집에〉 돌아가서 쉬고자 했으나 오래도록 그 뜻을 이루지 못하고 말았다.

두 며느리는 아들을 낳았고, 둘째아들은 생원시에 합격하여 성균관에 올랐다. 겨우 스스로 즐거워할 따름이나, 또한 영화롭다 할 것이다. 노년에 사비성(泗沘城 : 충남 부여)에 가서 살기를 바랐었지. 한 칸의 집을 지어서 봄이 아니면 여름부터라도 살고자 했었지. 그 누가 몸을 상한 것이 쌓인 데서 너의 독한 질병이 나온 것임을 알겠느냐? 벼슬을 그만두고 돌아오려고 했으나 누추한 집에 오지도 못했다. 마침 용안읍(龍安邑 : 전북 익산에 있는 지명)에 가서 머물렀으나 2달도 채 머무르지 못하고 말았다. 나는 화산의 집에 있으면서 편의대로 찾아가 보살폈었다. 몇 달 안에 증세가 더욱 위중하였다. 너무도 다급하여 한밤중에 달려가는 도중에 부음을 듣고야 말았다. 문에 들어서며 울부짖었으나 이미 너의 말소리가 들리지 않았다. 아아, 애통하구나. 만사가 끝났도다.

효성스럽고 우애 있는 마음, 온순하고 부드러운 얼굴, 꼿꼿하고 곧은 기운, 불의를 보면 의기가 북받친 말. 이런 사람을 어디서 얻을 수 있단 말인가. 나는 다시 볼 수 없을 것이로다. 슬픔을 스스로 억누르지 못하고, 나오는 눈물 금할 수 없도다. 차라리 죽어서 아무

것도 몰랐으면 하고 깨닫지 말았으면 한다. 그러나 나도 또한 늙었고 앞으로 살날이 얼마 남지 않았다. 죽어서라도 혹 내 마음 알거든 저승에서라도 그대로 있어다오. 세상은 너무나 어지러워 세상의 일이 더욱 어려워졌다. 사람들 모두가 등에 지고 어깨에 메고서 떠다니느라 죽을 곳도 알지 못한다. 그렇지만 너는 이 무덤에서 편안하고 이 언덕에서 화락하기 바란다. 너의 네 아들은 어질고, 너의 예순 나이는 요절한 것이 아니니, 네가 조용히 눈 감기를 눈물 거두며 말하노라. 아아, 아우야! 그래도 내 마음일랑 알아다오.

祭季氏咸悅公文

兄弟五人[1], 君[2]其最末。君年初四, 先君棄孤。君當何知, 數月食素。天資異凡, 人事夙成。自能讀書, 不煩教誨。早事愼老[3], 受知尤翁[4]。論議激揚[5], 趨向甚正。士林爲重, 鄕黨稱之。迨其中年[6], 爲養

---

1) 兄弟五人(형제오인) : 李惟澤(1600~1668), 李惟孚(1602~1683), 李惟泰(1607~1684), 李惟益(1610~1665), 李惟謙(1613~1674)을 가리킴. 宋瑞龍에게 시집간 누이도 있었다.

2) 君(군) : 李惟謙 가리킴. 자는 退之, 호는 東嘉. 이유태가 쓴 〈亡弟咸悅縣監李公行狀〉(《草廬先生文集》 권22)에서 이유겸의 자세한 행적을 알 수 있다.

3) 愼老(신로) : 愼獨齋 金集(1574~1656)을 가리킴. 조선 중기의 문신·학자. 본관은 光山, 자는 士剛, 호는 愼獨齋. 金長生의 아들이며, 지평·집의를 거쳐 효종 때에 이조판서가 되어 북벌을 계획하였으나, 김자점이 이 사실을 청나라에 밀고하자 관직을 사임하고 禮學을 연구하였다. 저서에 《신독재집》이 있다.

4) 尤翁(우옹) : 尤庵 宋時烈(1607~1689)을 가리킴. 조선 후기의 문신·성리학자·정치가. 본관은 恩津, 자는 英甫, 아명은 聖賚, 호는 尤庵·尤齋·橋山老夫·南澗老叟·華陽洞主, 시호는 文正. 유교 주자학의 대가이자 서인 분당 후에는 노론의 영수였다. 효종, 현종 두 국왕을 가르친 스승이었으며, 별칭은 大老 또는 宋子이다.

5) 論議激揚(논의격양) : 이유겸이 1650년 牛溪 成渾과 栗谷 李珥를 위한 문묘종사 때 취한 태도를 일컬음.

筮仕[7]。 專城[8]十載, 孝奉偏親。 白首班衣, 兄弟無故。 余蒙異數[9], 君賜孔榮。 今世福家, 我爲稱首。 榮不可久, 禍孽始萌。 群會花山[10], 人已少一[11]。 歲在丁未[12], 痛遭終天[13]。 穹壤茫茫, 靡所逮及。 伯氏[14]堊次[15], 又不勝喪。 餘生可悲, 大運同此。 君又作宰[16], 實爲二兄。 病欲休歸, 久不遂意。 兩婦弄璋[17], 次哥升庠。 聊以自娛, 亦云榮矣。 期以

---

6) 迨其中年(태기중년) : 이유겸이 42세(1654) 때 처음으로 內侍敎官을 지낸 것을 가리킴.

7) 筮仕(서사) : 처음으로 벼슬함.

8) 專城(전성) : 1659년 鎭岑 현감과 1664년 尼山 현감을 지낸 사실을 일컬음.

9) 異數(이수) : 특별한 예우.

10) 花山(화산) : 충청남도 논산시 은진면 있는 마을명. 1664년 이유태 일가가 이곳에 이거하였다.

11) 少一(소일) : 少一之嘆. 객지에서 형제를 그리는 것. 王維의 〈九月九日憶山中兄弟〉 시의 "나 홀로 타향에 와서 나그네가 되고 보니, 명절을 만날 때마다 어버이 생각 갑절 더하네. 알건대 우리 형제들 높은 산에 올라가서, 수유를 두루 꽂고 한 사람이 적다 하리라.(獨在異鄉爲異客, 每逢佳節倍思親. 遙知兄弟登高處, 遍揷茱萸少一人.)"에서 나온 말이다. 여기서는 넷째동생 李惟益(1610~1665)이 죽었음을 말한다. 그의 자는 益元, 호는 遯谷.

12) 丁未(정미) : 顯宗 8년인 1667년.

13) 終天(종천) : 終天之痛. 이 세상에서 잊을 수 없는 슬픔이라는 뜻으로, 親喪을 당한 슬픔을 일컫는 말.

14) 伯氏(백씨) : 李惟澤(1600~1668)을 가리킴. 학문이 이루어져 과거시험에 응시했는데, 1637년 문과에 급제하였다. 마을 사람들이 모두들 부러워했으며, 나라에서도 그에게 벼슬을 내렸다. 그러나 늙으신 부모를 함께 모시지 못하고 멀리 떨어져 지내는 것이 걱정되어, 그는 大興縣監(종6품) 벼슬을 버리고 고향집으로 돌아왔다. 그리고는 몸과 마음을 다하여 부모를 모셨다. 그가 69세 노인이 된 뒤에 어머니가 병들어 세상을 떠나셨는데, 상을 치르는 동안 물도 제대로 넘기지 못해 몸이 다 상하였다. 혹시라도 밥상에 맛있는 반찬이 올라오면 집안사람들을 꾸짖어 물리쳤다. 어머니가 무덤 속에 계시는데 자기 혼자 맛있는 음식을 먹을 수가 없었던 것이다. 그는 석 달 동안 무덤을 지키며 상복을 벗지 않았다. 삼년상을 치르다가, 상복도 갈아입지 못하고 결국 세상을 마쳤다. 숙종이 이 소식을 듣고 1674년에 정려를 세우게 하였으며, 복호 2결과 함께 논밭을 내렸다.

15) 堊次(악차) : 喪中에 상제가 시묘하면서 3년 동안 거처하는 무덤 옆의 뜸집.

16) 作宰(작재) : 이유겸이 1669년 8월 어머니의 복을 벗고 9월에 咸悅 현감으로 나아간 것을 일컬음.

晚計, 于泗之城。一室經營, 未春則夏。誰知毒疾, 發於積傷？罷官旋
歸, 未及衡宇[18]。遂次龍邑[19], 兩月彌留[20]。余在山堂, 取便候省。數
月之內, 症情轉危。蒼黃夜行, 中路承訃。入門叫號, 已不聞聲。嗚呼痛
矣, 萬事已矣。孝友之德, 和溫之色, 剛直之氣, 慷慨之言。何處得來？
吾不復見。悲不自抑, 淚不自禁。寧欲溘然, 無知無覺。然吾且老, 亦不
幾時。死或有知, 期在泉裏。天下大亂, 時事益艱。人皆荷擔, 不知死
所。君安斯宅, 於樂之丘。四兒[21]皆賢, 六十非夭, 君其瞑目, 收淚言
之。嗚呼君乎！尚識此意。

[草廬先生文集, 卷21]

이유태李惟泰, 1607-1684

조선 후기의 문신·학자. 본관은 慶州, 자는 泰之, 호는 草廬. 아버지는 李曙(1570~
1616)이며 어머니는 金養天의 딸 淸風金氏(1580~1667)이다. 金長生·金集의 문인이
다. 遺逸로서 천거를 받아 인조 때 世子師傅를 지내고, 1660년 護軍으로 공조참의를
거쳐 이듬해 이조참의가 되었다. 1663년 均田使·同副承旨, 1669년 贊善, 이듬해 다시
이조참의를 지내고 효종 즉위 후 宋時烈·宋浚吉 등과 함께 북벌계획에 참여했다. 3司
가 金尙憲을 탄핵하자 長文의 상소로써 김상헌의 충의도덕을 높이 찬양하여 그 처벌
을 극력 반대했다. 1675년 服喪問題로 제2차 禮訟이 일어나자 대사헌으로 尹鑴 등 남
인의 배척을 받아 寧邊에 유배, 5년 뒤에 방환되었다. 예학에 조예가 깊었으며, 처음
에는 송시열과 의견을 같이했으나, 뒤에는 학문상 의견의 대립으로 절교했다.

---

17) 弄璋(농장) : 아들 낳은 것을 이름. 《詩經》〈小雅·斯干〉의 "이에 남자 아이를 낳으면
　　평상 위에 재우고 긴 치마를 입히며, 구슬을 갖고 놀게 하나니.(乃生男子, 載寢之牀,
　　載衣之裳, 載弄之璋.)에서 나온 말이다.

18) 衡宇(형우) : 두 개의 기둥에 가로나무 하나를 대서 만든 문을 단 누추한 집.

19) 龍邑(용읍) : 龍安邑. 전북 익산에 있는 지명.

20) 兩月彌留(양월미유) : 1673년 12월에 가서 그 다음해 1674년 1월 22일에 죽은 것을 일컬음.

21) 四兒(사아) : 이유겸은 4남1녀를 두었는데, 네 아들을 가리킴. 곧, 李穎·李穎·李賴·李類
　　이고, 딸은 徐梓에게 시집갔다.

심씨 집안에 시집간 누님 제문

祭沈家姊文

권시

숭정(崇禎) 6년 계유년(1633) 1월 20일에 동생이 병 때문에 곡하러 가지 못하고 사람을 시켜 단술 한 잔을 갖추어 심씨 집안[沈之源]에 시집간 누나 안동권씨(安東權氏)의 영전에 제사를 올리고 그 슬픔을 글로 적습니다.

아, 누나가 세상 떠난 것을 나는 슬퍼하지 않습니다. 나는 타고난 운명이 기구하여 어린 나이(6세, 1609)에 어머님[全州李氏]을 여의고, 18세(1622) 때 아버님[權得己]마저 돌아가셨습니다. 그러니 유독 우리 형제자매들만 모두 함께 백년을 누리어 젊은 나이에 죽는 일이 없도록 보장할 수 있었겠습니까? 어머니가 돌아가셨을 때 나는 겨우 4돌을 넘겼었습니다. 할머님이 나를 길러주셨는데, 다음해에 할머님 또한 세상을 버리시는 바람에 외로이 의지할 곳이 없었으니, 누나 보기를 어머니같이 여겼습니다. 나의 기구한 운명은 오늘 이 끝없는 슬픔을 만나는 것이 마땅하니, 그 운명을 어찌 슬퍼하겠습니까?

아, 누나는 온화하고 아름답고 자애롭고 진실하였으며, 술 담그고 음식 만드는 솜씨가 좋았고 옷감 짜는 일에 재주가 있었으니, 부녀자로서의 아름다운 덕행과 갖추어야 할 솜씨를 두루 갖추지 않은 것이 없었습니다. 웃어른을 효성으로 받들고 친인척들과 화목한 것이

내외의 일가붙이들에게 알려졌습니다. 매우 총명한데다 남보다 뛰어난 재주와 식견이 있었으니, 나는 늘 '누나가 남자였다면 틀림없이 집안을 크게 일으켰을 것이다.'고 생각했습니다. 인물됨이 맑고 빼어난 자는 그르치기가 쉬운 법, 누나는 남다른 품성과 빼어난 기질을 지닌 데다 말세의 쇠미한 집안에 태어났으니 오래 살기를 바랄 수 있었겠습니까? 아, 누나는 타고난 품성이 비교적 굳세어 나처럼 약하지 않았습니다. 그러했음에도 누나의 나이가 38세 때, 하물며 나같이 약한 사람이 어찌 세상에 오래 살아서 누나의 죽음을 슬퍼할 수 있단 말입니까?

아, 누나는 병을 앓고 있으면서도 나를 기다렸고, 숨을 거둘 때에도 서로 보지 못함을 한스럽게 여겼습니다. 나는 누나의 병이 위독하다는 소식을 듣고도 추위에 병이 깊어질까 겁먹고 능히 달려가 누나와 영결을 하지 못하였으니, 마침내 이승과 저승 간의 한없는 원한이 되고 말았습니다. 누나는 우애하는 정이 돈독했지만, 나는 골육의 정이 야박하였던 것입니다. 누나는 나를 그리워하였고 나는 누나를 잊고 있었던 것이겠습니까? 평소 누나에게 중대한 질병과 우환이 생기면 반드시 꿈에 나타났기 때문에, 나는 꿈에서 누나를 볼 수 있었으나 꿈속의 일은 불길하였습니다. 그리하여 나는 반드시 '누나에게 틀림없이 무슨 질병이나 우환이 있을 것이다.' 하고 후일에 알아보면 정말 그러했으니, 이것이야말로 남매가 혼일망정 꿈에서라도 서로 통한 것입니다. 누나가 세상을 떠난 지 6일이 지나서야 나는 부음(訃音)을 들었습니다. 또 누나가 세상을 떠난 지가 지금 10여 일이 되었는데 꿈에서 한 번도 보지 못했으니, 이는 내가 찾아가보지 않은 것을 누나가 유감으로 여긴 때문입니까? 나는 오직 이것을 슬퍼하나, 또한 어찌 슬퍼만 할 것이겠습니까?

　나 역시 병들었습니다. 죽으면 마땅히 지하에서 누나를 만날 것이고, 부모님 슬하에서 좌우로 모시는 것도 즐거운 일이라 할 만한 것이니, 내가 무엇 때문에 슬퍼하겠습니까? 아, 나는 평소 질병에 많이 시달리며 위태로워 죽을 뻔했던 것이 여러 번이었습니다. 누나는 늘 나의 병을 걱정하였고, 나는 늘 하루아침에 눈을 감아서 형제들에게 걱정을 끼칠까 두려워하였습니다. 어찌 내가 도리어 누나의 요절을 슬퍼하리라고 생각이나 했겠습니까? 아아, 애통합니다.

祭沈家姊文

　維崇禎[1]六年歲次癸酉[2], 正月癸巳朔, 二十日壬子, 弟某病不能赴哭, 使人具甘醪一酌,　奠于沈家[3]姊安東權氏[4]之靈,　而敍其悲。嗚呼姊逝, 吾不悲也。吾賦命薄, 稚年喪母[5], 十八而孤[6]。獨能保兄姊弟妹, 共享

---

1) 崇禎(숭정) : 명나라 毅宗의 연호(1628~1644).

2) 癸酉(계유) : 仁祖 11년인 1633년.

3) 沈家(심가) : 沈之源(1593~1662)을 가리킴. 본관은 靑松, 자는 源之, 호는 晩沙. 1624년 檢閱에 등용된 뒤 淸要職을 두루 역임하였다. 1630년에는 咸鏡道按察御史로서 六鎭 방어에 대한 대책을 진언하여 인조의 신임을 얻었다. 1643년 홍주목사로 기용되었으며, 1648년에는 이조참의가 되었다. 효종 초에 대사간으로 있다가 평안감사로 나갔으나 대사헌으로 돌아와 병조·이조의 참판을 역임하고 1652년에는 형조판서에 올랐다. 특히 그의 아들 沈益顯이 효종의 딸인 淑明公主에게 장가들어 효종의 두터운 신임을 받았다. 1654년 우의정에 승서되고 이듬해에는 좌의정으로 옮겼다. 1657년에는 冬至兼謝恩 使로 청나라에 다녀와서 이듬해에 영의정에 올랐다.

4) 安東權氏(안동권씨) : 권시의 아버지 權得己와 어머니 全州李氏(龜城都正 李瞻의 딸) 사이의 장녀. 곧, 權諰·權訊·女(沈之源)·權諶·女(韓彬)이다. 이들 가운데서 장녀(1596~1633), 權訊(1600~1661)과 權諶(1604~1672) 등 3인만 생몰년을 알 수 있다.

百年, 無短折耶? 先姊之逝, 吾才踰四朞[7]。祖妣育我, 明年祖妣又捐世, 零丁無賴, 視姊猶母也。吾之奇命, 宜今日遭此無涯之痛, 命也何悲? 嗚呼! 姊溫懿慈諒, 宜酒食工組紃, 婦德女事, 無所不備。孝順睦姻[8], 著於內外宗族。甚聰明有過人才識, 吾嘗謂'使姊男子也, 必能大門戶.'凡物淸秀者易敗, 姊以異稟秀氣, 當衰世生衰門, 欲其壽得乎? 嗚呼! 姊天稟差剛, 不似我弱。然而姊年三十有八, 況吾之屢弱, 安能久於世而爲姊悲乎? 嗚呼! 姊病中待我, 臨絶猶恨不相見。吾聞姊之疾革, 而怯寒畏疾, 不能馳與之訣, 遂成幽明無窮之憾。姊友愛情篤, 誣骨肉情薄。姊則思我, 我則忘姊也耶? 平日姊有大疾病大憂患, 必見於夢, 故吾夢見姊, 而夢事不吉。吾必曰'姊必有何疾病何憂患也.' 後日驗之信然, 是同氣魂夢亦相通也。姊逝六日, 而吾乃聞訃。又姊之逝, 於今已十數日矣, 不一見於夢, 是知姊以吾不就見爲憾也耶? 吾惟是之悲, 然亦何足悲? 吾亦病矣。死當見姊於地下, 一左一右於父母之膝下, 斯可樂也, 吾胡爲而悲? 嗚呼! 吾平生多疾病, 危死者數矣。姊常以吾病爲憂, 吾常恐一朝溘然, 而貽兄姊之憂。豈謂吾反見姊之夭而悲也耶? 嗚呼痛哉!

[炭翁先生集, 卷12]

---

5) 稚年喪母(치년상모) : 권시가 6살 때인 1609년에 어머니가 죽은 것을 일컬음.

6) 十八而孤(십팔이고) : 권시가 19살 때인 1612년에 아버지가 죽은 것을 일컬음. 여기서는 나이 셈법에 있어서 착오가 있다.

7) 踰四朞(유사기) : 권시가 태어난 1604년 12월 25일부터 그의 어머니가 죽은 1609년 1월까지는 만4년을 조금 넘긴 기간임을 일컫는 말. 그러나 나이로는 6세이다.

8) 睦姻(목인) : 睦은 九族과 화목하는 것이고, 姻은 外戚과 화목하는 것을 가르킴.

권시權諰, 1604-1672

조선 중기의 문신·학자. 본관은 安東, 자는 思誠, 호는 炭翁. 아버지는 좌랑 權得己이고, 어머니는 都正 李瞻의 딸 全州李氏이다. 1636년 大君師傅에 임명된 것을 비롯하여, 宣陵參奉·세자시강원자의 등 여러 차례 벼슬이 주어졌으나 나아가지 않았다. 1649년 효종 즉위 뒤 공조좌랑에 임명되어 처음으로 벼슬길에 나갔으며, 경상도사 등을 역임하고, 그 뒤 집의·進善 등을 거쳐 1658년 승지에 임명되었으며, 이어서 찬선에 오르고, 1659년 현종이 즉위한 뒤에 한성부우윤에 임명되었다. 이듬해 예송문제가 있을 때, 송시열과 송준길에 대립하여 윤선도를 지지하는 상소를 올렸다가 같은 서인의 규탄으로 파직되어 낙향하던 중 廣州의 선영에 머물러 살았다. 1668년 송준길이 임금에게 주청하여 한성부좌윤에 임명되었으나 취임하지 않고, 이듬해 공주(公主현재 大田)의 옛 집으로 돌아갔다.

둘째누님 조참판 부인 제문

祭第二姉趙參判夫人文

신익전

을미년(1655) 6월에 남동생이 삼가 맑은 술과 제수를 갖추어 죽은 누님 정부인(貞夫人)의 영전(靈前)에 공경히 제사를 드리고 글을 지어 흠향하시기를 권하나이다.

아, 누님을 이제 뵈올 수 없으니, 누님은 떠나 어디로 가신 것입니까? 곡하며 제문을 받들어 올리고, 뇌사(誄詞)로 이별을 대신합니다. 수척한 상제(喪制)들이 줄지어 있고, 흰 장막만 너울너울 흩날립니다. 아름다운 덕음을 받들 길이 아득하고, 세월은 달아나듯 흘러갑니다.

생각건대 우리 형제들은 51년 사이에 괴이하여 헤아리기 어려울 정도로 세상을 등졌으니, 누가 이런 것을 주관하는 것입니까? 아, 제가 늦게야 태어나서 부모님의 상을 연거푸 치렀고, 세 누님은 일찍 돌아가셨으며 첫째형님[申翊聖]도 뒤이어 돌아가셨습니다. 부모를 여의고 의지할 데 없던 제가 누님께 의지하여 아무 탈이 없었더니, 누님 또한 갑자기 가시니 장차 누구를 우러러야 한단 말입니까?

오직 누님은 복록(福祿)을 누리시며 선비 같은 행실이 있다고 일컬어졌는데, 군자[趙啓遠]를 만나서 부부가 되어 화합하였고 보배로운 나무 같은 훌륭한 자손들이 빼어났습니다. 유순한 법도와 자애로운 모범으로 다스리시고 가르치셨으며, 집안을 화목하게 하고 몸가짐을 단정히 하는데 5,60세가 되셨어도 더욱 삼가셨습니다. 관작(官爵)을 책봉하는 예(禮)에 따라 정부인(貞夫人)의 교지가 내려져 경사가 넘쳐난 데다 자식들이 과거에 급제하니, 세상 사람들의 부러움을 살 정도로 온갖 복을 누리셨습니다. 그런데 무슨 병이 그리도 심하여서 기가 꺾이고 몸이 상하여 드러나지 않게 쇠약해지고 혈기(血氣)까지 손상되었단 말입니까? 1년 넘게 자리에 누웠어도, 약이 좋지 않은 것은 아니었습니다. 아아, 슬픕니다.

저는 누님보다 13살이나 어린데, 제가 젖먹이였을 때 누님은 이미 딸을 낳으셨고, 제가 20살이 되었을 때에야 누님의 규범(閨範)을 알 수 있었습니다. 계축년(1613)으로 거슬러 올라가 보면 그때 집안에 재앙이 거듭 몰아쳤습니다. 누님은 친정에 돌아와 아버님을 보살펴 드리려고 서쪽으로는 개펄(경기도 김포), 동쪽으로는 골짜기(강원도 춘천)에 이르기까지 온화하게 모시던 일들이 어제처럼 눈에 삼삼합니다. 제가 소민공(昭敏公 : 趙存性)의 가문에 사위가 되었습니다. 그로 인하여 처숙모가 된 누님이 행하신 부녀자의 도를 잠깐이나마 엿볼 수 있었는데 한결같이 경건하고도 온유하게 처신하였고, 슬프거나 기쁠 때든 험난하거나 태평할 때든 누님은 지켜야할 것이 어긋나지 않으셨습니다. 미루어 보면 친인척들과 화목함이 손님들에게까지 이르면 주관해야 할 것들을 조금도 거르는 때가 없었으니, 형님께서는 부도(婦道)에 어긋남이 없다고 말씀하셨습니다. 아아, 슬픕니다.

바야흐로 누님의 병이 위독하였을 때 제가 가서 문후(問候)를 여쭈었더니, 말씀하시기를 "석 달 후면 우리 할머님[恩津宋氏] 제삿날이다. 제사 받들 차례가 너희이나, 나는 병 때문에 일어나기가 어렵겠구나. 옛날의 일들을 추억하노라면 그리움이 어찌 그칠 수 있겠느냐?"

하셨습니다. 낭랑하던 그 음성이 아직도 제 귓가에 가득 쟁쟁하거늘, 지금 제가 울부짖어도 누님은 어찌 들으실 수 있겠습니까? 그 옛날의 집에서 판향(瓣香 : 존경할 때 사용하는 향)을 사르려니, 아득하기만 하고 뵐 수 없어 술잔을 올려 제사지냅니다. 아아, 슬픕니다.

골육을 나눈 동기간은 살아서든 죽어서든 똑같은 이치이니, 어둡지 않고 밝은 영령(英靈)이 살아계시거든 어찌 잠시 오시는 것을 아끼시겠습니까? 아아, 적지만 흠향하소서.

祭第二姊趙參判夫人文

維歲次乙未[1], 六月戊辰, 甥某謹以淸酌庶羞之奠, 敬祭于亡姊貞夫人[2]靈筵, 文以侑之曰 : 嗚呼! 姊今已矣, 姊逝奚之? 哭以當奉, 誄[3]以

---

1) 乙未(을미) : 孝宗 6년인 1655년.

2) 亡姊貞夫人(망매정부인) : 아버지 申欽과 어머니 全義李氏 사이에는 2남5녀를 두었으니, 아들로는 申翊聖(1588~1644)·申翊全(1605~1660), 딸로는 현감 朴濠·佐郞 趙啓遠·典籍 朴潚·侍直 姜文星·參奉 李旭에게 시집간 딸들이 있었는데, 둘째딸(1593~1655)을 가리킴. 첫째 딸은 1643년에 죽었다. 趙啓遠(1592~1670)의 본관은 楊州, 자는 子長, 호는 藥泉. 아버지는 知中樞府事 趙存性이며, 어머니는 李蓋忠의 딸이다. 申欽의 사위로 숙부에게서 학문을 배우고, 뒤에 李恒福의 문인이 되었다. 1616년 진사시에 합격하고, 인조반정 후 의금부도사가 되었다. 1628년 별시문과에 을과로 급제, 정언을 거쳐 형조좌랑이 되었다. 1631년 일시 파직 당하였다가, 그 뒤 1636년 병자호란 때 儒將으로 천거되기도 하였다. 司憲府將令, 옥당의 修撰·校理를 거쳐 사간이 되었다. 이때 金尙憲이 탄핵 당하자 이를 힘써 구원하였다. 1641년 세자시강원보덕으로서 볼모로 瀋陽에 갔던 昭顯世子가 청나라의 요구로 명나라의 錦州 공격에 참가하게 되자 그를 시종, 모래주머니를 이용하여 성을 쌓는 奇計를 써서 세자 일행이 무사히 돌아오게 하는 데 큰 공을 세웠다. 심양에서 돌아와 수원부사·洪淸監司·동부승지·예조참의·강화유수·도승지·경상감사 등을 거쳤다. 1654년 謝恩副使로 청나라에 다녀오고 경기감사·전라남도감사를 거쳐 1659년 함경감사, 형조와 공조 참판, 동지의금부사를 지냈다. 1662년 형조판서에 이르러 사직하고 보령에 은퇴하여 한가한 여생을 보냈다.

3) 誄(뇌) : 誄詞. 죽은 사람의 살았을 때 공덕을 칭송하며 문상하는 말.

替辭。欒棘4)纍纍, 素帷披披。音徽之邈, 日月奔邁。念我天顯5), 五十一歲, 芒芴6)去來, 孰主張是? 嗟某生晚7), 大戚洊摯8), 三姊凤殞, 伯氏9)繼喪。孤露餘生10), 靠姊無恙, 姊又奄忽, 其將焉仰? 惟姊福履, 士行與稱, 和鳴之協11), 寶樹12)之挺。柔則慈儀, 克相克訓, 宜家13)飭躬, 艾耆14)彌謹。從封貞誥, 衍慶登龍, 爲世之艷, 百祥其逢。云何美疢15),

---

4) 欒棘(난극) : 수척한 喪主를 일컬음. 《詩經》〈檜風·素冠〉의 "행여 흰 관을 쓴 극인의 수척함을 볼 수 있을까.(庶見素冠兮, 棘人欒欒兮.)"에서 나오는데, 註에 "棘은 급하다는 뜻으로 상주는 급하여 경황이 없기 때문에 상주를 극인이라 하며, 欒欒은 수척한 모습이다." 하였다.

5) 天顯(천현) : 형제간의 도리를 일컬으나, 여기서는 형제간을 의미. 《書經》〈康誥〉에 의하면, 武王이 동생 康叔에게 "아우가 하늘이 밝히는 도리를 생각하지 않고 형에게 공손하지 않으면 형 역시 부모가 길러준 정을 생각하지 않아서 우애하지 않을 것이다.(于弟弗念天顯, 乃弗克恭厥兄, 兄亦不念鞠子哀, 大不友于弟.)"고 한 데서 나온 말이다.

6) 芒芴(망홀) : 恍惚. 미묘하여 헤아리기 어려운 상태.

7) 某生晚(모생만) : 申欽의 나이 40세 때 신익성이 태어난 것을 일컬음.

8) 大戚洊摯(대척천지) : 신익전이 19세 때 모친상, 24세 때 부친상을 당한 것을 일컬음.

9) 伯氏(백씨) : 申翊聖(1588~1644)을 가리킴. 병자호란 때의 斥和五臣의 한 사람. 본관은 平山, 자는 君奭, 호는 樂全堂·東淮居士. 宣祖의 駙馬이다. 貞淑翁主와 혼인하여 東陽尉에 봉해졌다.

10) 孤露餘生(고로여생) : 외롭고 돌보아주는 이가 없는 남은 생명이라는 뜻으로, 부모를 일찍 여읜 사람의 삶을 의미.

11) 和鳴之協(화명지협) : 군자와 숙녀가 만나서 부부가 되어 화합했다는 말. 《春秋左氏傳》〈莊公22年〉에 의하면, 춘추시대 齊나라 懿仲이 자기 딸을 陳敬仲에게 출가시키려 할 때 점을 쳐서 "봉황새가 날아오르며 서로 화답하며 운다.(鳳凰于飛, 和鳴鏘鏘.)"라는 길한 괘를 얻었던 고사에서 나온 말이다.

12) 寶樹(보수) : 玉樹. 훌륭한 자손을 비유하는데 쓰는 말.

13) 宜家(의가) : 여인이 시집가서 그 집안을 화목하게 하는 것을 이름. 《詩經》〈周南·桃夭〉의 "복사꽃이 곱고 고움이여, 그 잎이 무성하도다. 이 아가씨 시집을 감이여, 그 집안 식구를 잘 화합하게 하리로다.(桃之夭夭, 其葉蓁蓁. 之子于歸, 宜其家人.)"에서 나온 말이다.

14) 艾耆(애기) : 5,60세를 이르는 말.

15) 美疢(미전) : 《左傳》〈襄公二十三〉의 "아름다운 病은 나쁜 藥만 못하다.(美疢不如惡石.)"에서 나온 말.

重以摧傷, 神精潛鑠, 榮衛[16]隨戕? 彌年枕席, 藥非不良。嗚呼哀哉!
某少于姊, 十三星霜, 當某在乳, 姊已設帨[17], 逮某勝冠[18], 姊範可
諦。溯歲癸丑[19], 家難臻疊。姊于寧覲[20], 西滋東峽[21], 愉悗之侍, 森
目如昨。及某委禽[22], 于昭敏[23]門。仍曠婦道, 壹虔以溫, 悲歡屯泰,
姊秉不忒。推而睦姻[24], 以至賓客, 主中無逯, 兄謂靡愆。嗚呼哀哉!
方姊疾革, 某候近前, 日月已三, 我祖妣[25]忌。祀次在汝, 我病難起, 追
惟疇昔, 懷曷能已。琅琅之音, 尙盈我耳, 今某嘷咷, 姊豈有聞? 堂室之

---

16) 榮衛(영위) : 血氣.

17) 設帨(설세) : 《禮記》〈內則〉의 "아들을 낳으면 대문 왼쪽에 활을 걸어놓고, 딸을 낳으면
대문 오른쪽에 손수건을 걸어놓는다.(男子設弧於門左, 女子設帨於門右.)"에서 나온 말.

18) 勝冠(승관) : 弱冠. 겨우 갓을 쓰게 된 나이라는 뜻으로, 20살을 이르는 말.

19) 癸丑(계축) : 光海君 5년인 1613년. 이때 계축옥사가 일어나자, 신익전의 아버지 申欽이
宣祖로부터 永昌大君의 보필을 부탁받은 遺敎七臣인 까닭에 파직되었다. 또 신익전의
맏형 신익성도 仁穆大妃 廢母論를 반대하다가 추방되어 쫓겨났다.

20) 寧覲(영근) : 歸觀. 부모를 뵙기 위하여 객지에서 고향으로 돌아오거나 돌아옴.

21) 西滋東峽(서서동협) : 신흠이 1613년 계축옥사 때 파직되어 김포에 있던 집으로 내려가
살았고, 1616년 인목대비 폐비 및 이와 관련된 金悌男에 대한 加罪가 되어 춘천에 유배
된 것을 일컬음. 1621년에 사면되었다.

22) 委禽(위금) : 사위가 되었다는 말. 禽은 기러기이니, 婚禮 때에 신랑 집에서 신부 집에
보내는 納采로 쓴다.(奠雁) 신익전은 조존성의 손녀, 곧 趙昌遠(1583~1646)의 딸에게
장가갔고, 신익전의 둘째누님은 조존성의 아들 곧 趙啓遠(1592~1670)에게 시집갔기
때문에, 친가로는 남매간이나 처가로는 조카사위와 처숙모 사이가 되었던 것이다.

23) 昭敏(소민) : 趙存性(1554~1628)의 諡號. 본관은 楊州, 자는 守初, 호는 龍湖·鼎谷. 아
버지는 증좌찬성 趙擥이며, 어머니는 李夢奎의 딸이다. 成渾·朴枝華의 문인이다. 20세
에 사마시에 합격하여 李恒福·辛慶晉 등 많은 친구들을 사귀었다. 1590년 증광문과에
병과로 급제하여, 史館에 들어가서 검열이 되는 등 여러 요직을 거쳤다. 1624년 李适의
난이 일어나자, 檢察使로 왕을 공주로 扈從하였다. 뒤에 강원도관찰사를 거쳐, 1627년
정묘호란 때 왕이 강화도로 가면서 分朝의 호조판서에 임명하여 世子를 따라 전주에
갔으나 돌아와 병사하였다. 시조 4수가 《해동가요》에 전한다.

24) 睦姻(목인) : 睦은 九族과 화목하는 것이고, 姻은 外戚과 화목하는 것을 가리킴.

25) 我祖妣(아조비) : 신흠의 어머니 恩津宋氏로, 宋麒壽의 딸.

舊, 瓣香26)之焚, 冥冥罔覿, 薦斝將事。嗚呼哀哉！ 骨肉同氣, 生死一理, 不昧者存, 寧斳假只？ 嗚呼尙饗！

[東江先生遺集, 卷12]

신익전申翊全, 1605-1660

조선 중기의 문신. 본관은 平山, 자는 汝萬, 호는 東江. 아버지는 영의정 申欽이며, 어머니는 全義李氏로 절도사 李濟臣의 딸이다. 金尙憲의 문하에서 수학하였다. 1628년 학행으로 천거되어 齋郎이 되고, 이어 검열·정언·지평 등을 지냈다. 1636년 별시 문과에 병과로 급제, 그해 병자호란이 일어나자 청나라에 볼모로 잡혀갔다가 돌아와 부응교·舍人·사간을 거쳐 光州牧使를 지냈다. 1639년에는 서장관으로 燕京에 다녀오기도 하였다. 효종 때 호조·예조·병조의 참판 등을 지내면서 同知春秋館事로 《인조실록》 편찬에 참여하였고, 그 뒤 한성부의 우윤과 좌윤을 거쳐 도승지에 이르렀다.

---

26) 瓣香(판향) : 花瓣 모양의 香. 존경하는 어른을 欽仰할 때 사용한다.

누님 제문

祭姉氏文

윤선거

아아, 애통합니다. 누님이 병들었을 때 아우가 찾아가 모시지도 못했고, 누님이 돌아가셨을 때 영결(永訣)하지도 못했습니다. 누님은 병이 위태롭게 되어 살날이 얼마 남지 않았을 때도 형제들이 모두 멀리 있는 것을 한스러워 하셨고, 누님이 숨을 거두며 하신 말씀도 형제들을 보지 못한 것이 유감스럽다고 하셨습니다. 누님이 우리 형제들을 생각하시는 것은 죽는 날에 이르러서도 그치시지 않았습니다. 저는 가난하고 의지할 데 없어 극히 곤궁한 데다 상사(喪事)가 겹쳐서 병환이 있은 이후에도 병문안을 하지 못하고, 또 구덩이를 파기 전에도 달려가지 못했습니다. 누님이 빈소에 깃드신 지 이미 보름이 지나고 나서야 저는 겨우 서울에 들어와 관 앞에 엎드려 곡하는데, 하늘을 불러본들 미치지 않고 땅을 두들겨본들 어찌하겠습니까?

아아, 애통합니다. 슬프고 슬프게도 우리 부모님께서는 우리 형제 8명을 낳으셨습니다. 누님은 서열로 둘째였는데, 어려서 부모를 섬기시는 것이 한결같은 성심으로 조금도 게으르지 않았으며, 동생들을 보살피고 사랑하며 골고루 큰 은혜를 베풀어주셨습니다. 부모님께서 집안이 본디 청빈하였던 데다 말년에 여러 번의 상(喪 : 두 동생과 며느리의 상)과 난리(병자호란)를 겪는 바람에, 남동생들과 여동생이

헤어져서 이리저리 떠돌고 스스로 끼니를 해결하지 못하여 부모님
께 걱정을 끼쳐드렸으나, 누님만은 곁에서 봉양하면서 상하로 두루
돌아다니며 간 곳마다 도리를 다하여 농사를 짓지 않고도 끼니를 마
련하여 내놓았으며, 길흉사의 예의범절도 처음부터 끝까지 폐한 적
이 없었으니, 이는 자애롭고 선량하며 어질고 효성스러운 천성을 얻
어서 어그러지지 않은 올바른 행실에 밝게 통달한 것으로 옛날의 군
자보다 못하지 않았습니다.

　반듯하고 엄격한 품성은 예의의 준칙에서 이루어졌고, 부지런하
고 검소한 태도는 선비집안의 조행(操行 : 태도와 행실)에서 비롯한 것
이었습니다. 법도를 세울 때는 게으르다고 꾸짖지도 않고 정색하지
도 않으셨으며, 잘못한 것은 감춰주고 잘한 것은 드러낼 때는 가상
히 여기며 정성스러운 뜻이 간곡하셨던 까닭에 윗사람이나 아랫사
람이든, 친한 사람이나 소원한 사람이든 모두 더욱 경외하며 친애하
고 연모하였습니다. 오로지 밤낮으로 실 잣고 베 짜는 일에 부지런
하셨고, 아껴서 알맞게 쓰는데도 힘쓰되 항상 미치지 못하는 것처럼
하셨습니다. 심지어 마땅히 달려가야 하는 시급한 사람들에게 합당
한 어진 덕을 베풀어야 하는 일에도 아무런 어려운 내색 없이 쓰면서
마치 버리듯 나누어 주셨으니, 굶주리고 춥거나 병든 자들이 모두
살아가는데 힘입었습니다. 이는 진실로 집안의 친인척들이 모두 칭
찬하고 감탄하는 바이며, 남들이 형제들의 칭찬하는 말에 이의(異議)
할 수가 없었습니다.

　일찍이 "종가(宗家)에서 조상님을 제사지내는데 필요한 것들은 넉
넉히 갖추지 않을 수 없다."고 이르며, 별도로 문서를 만들어 종손(宗
孫 : 尹舜擧)에게 넘겼으니 모두 파평윤씨(坡平尹氏)의 옛 법대로 하였습

니다. 그리고 큰 오빠[尹勳擧]가 중년에 죽어 여러 조카들이 의지할 데가 없게 되자, 자기의 집의 종들을 내어서 나누어 주셨습니다. 이는 어진이나 이치에 통달한 선비라도 하기 어려운 것이나, 누님께서는 넉넉하게 행하셨습니다.

저는 사람 축에 끼이지 못하고 곤궁을 견디고 있어 부모와 형제에게 무익한 자식이고 아우인데도, 누님께서는 염려하시는 것이 퍽 살뜰하셔서 먹여주시고 입혀주시는 것을 빈틈없이 그칠 때가 없도록 하셨고, 은혜로이 주신 봉함서찰은 병이 위독하셨을 때에도 폐하지 않으셨으니, 사랑하여 돌보아주신 돈독함은 단지 자애로운 어미가 어린 자식에게 하는 정도가 아니었습니다. 아아, 부모님이 계시지 않는데 누님마저 또 돌아가셨으니, 저는 장차 누구를 믿어야 한단 말입니까? 슬프고도 슬픕니다.

아아, 우리 누님은 예법(禮法) 있는 집안에서 태어나 문덕(文德) 있는 가문으로 시집가셨는데, 남편[李正興]을 공경히 섬김이 마치 거문고와 비파 켜듯 화목하여 훌륭한 아들 훌륭한 며느리이니 시부모님께서 기뻐하셨습니다. 금옥(金玉) 같은 모습, 수놓은 비단 같은 문장, 말과 행실에 대한 가르침, 온화하고 유순한 덕 등을 온 세상이 다투어 알고, 온 집안이 모두 칭송하였습니다. 이러한 좋은 짝은 인륜의 시초를 올바르게 하는 기풍(氣風)을 지녀서 장차 집안을 화목하게 하고 나라를 바로잡을 교화를 보리라 여겼는데, 불행히도 남편을 잃었으니 안자(顏子 : 안회)처럼 수를 누리지 못했습니다. 누님은 경강(敬姜)이 행한 예(禮)를 좇았으니, 단지 낮에만 곡하는 것을 들을 뿐이었습니다. 하늘의 도는 알 수 없다 하나 그 보답함이 어찌 이러합니까?

시아버님[李綏祿]께서 우리 누님을 가엾게 여기시고 어루만지며 위로하시기를, "어진 우리 며느리가 덕은 있는데 남편의 명이 따르지 않으니, 하늘이 장차 훌륭한 자식으로 며느리에게 보답할 것이다." 하시고는, 큰아들[李敬輿]의 둘째아들[李敏迪]로 양자를 삼게 하셨습니다. 그 양아들이 어려서 재주가 뛰어나고 통달하였으며, 22살에 진사가 되었고 32살 때 별시문과에 장원급제하여 경연(經筵)과 홍문관(弘文館)을 드나들었습니다. 우뚝하게 제일가는 명망과 재능이 있는 인물이 되니, 사람들이 칭찬하기를 "이와 같은 훌륭한 아들을 두었으면 좋겠다."고 하였습니다. 누님은 이에서 하늘의 복을 능히 누리셨으니, 진실로 시아버님의 말씀과 같았습니다.

누님께서 행복해하고 기뻐하며 말씀하시기를, "이 아들이 나의 뜻을 잘 받들어 주고 손자들도 또한 나의 마음을 즐겁게 하니, 소원은 이미 더 바라는 바가 없고 즐거움도 이미 다하였다. 그런데 다만 내가 서울에서 살고 있는 것을 견디기가 어려우니, 아들로 하여금 지방 고을원님으로 나아가는 편의를 얻게 하여 다시 백강(白江 : 부여의 백마강)의 옛집에 가서 형제들과 끊임없이 오가며 보는 것이 괜찮겠느냐?" 하셨습니다. 제가 즉시 대답하기를, "부모를 영화롭게 모시는 것은 중앙 또는 지방 벼슬을 가리지 않는 법이나, 난새와 봉새는 가시나무에는 깃들지 않는다고 합니다."고 하였더니, 누님은 그렇다고 하시면서도 그 뜻만은 오히려 조금도 쇠하지 않고 그대로였습니다. 그런데 성스러운 조정은 효로써 다스리며 신하를 예로 중하게 여겼으니, 외직(外職)을 구하는 청은 허가하지 않고 쌀을 내려주시는 은전(恩典)으로써 우대하였습니다. 어버이를 받듦에 있어서 더할 수 없을 만큼의 성대한 일이었고, 가문에도 경사스런 일이었습니다.

아아, 소·양·돼지의 삼생(三牲)을 갖춘 봉양을 받고 있어서 100세를 가히 사실 것 같았고, 정신도 쇠하지 않고 여전하였으나 병환이 그만 빌미가 되고 말았습니다. 나무는 가만히 있고자 하나 바람이 멈추어 주지 않고, 자식은 봉양하고자 하나 어버이가 기다려 주지 않으니, 어찌 하늘은 착한 사람에게 복 내리는 것을 끝마치지 못한단 말입니까? 아니면 우리 형제들이 복이 없는 탓이옵니다. 슬프고도 슬픕니다.

제가 지난봄에 일이 있어서 한양으로 올라갔다가 집에 돌아갈 것을 아뢰러 갔을 때, 이별의 말씀이 슬펐고 암담했습니다. 가을에 편지를 받았을 때 그 내용이 슬프고 고통스러웠으니, 죽을 날이 멀지 않았고 서로 볼 날도 얼마 없을 것이라고 하셨습니다. 병이 드셔서 친척들에게 말씀하시기를, "내가 악몽을 꾸었는데, 악몽이 아니라 이는 상서로운 꿈일러라. 아들은 효성스럽고 며느리는 어질었으니 터럭만큼도 한스러운 것이 없구나. 70세를 강건하게 살았으니 내 이제 죽어도 괜찮구나. 여러 친지들은 잘들 있어라, 나는 되돌아가서 편안히 지내련다." 하셨는데, 생사의 갈림길에서 평온히 조금도 슬퍼하시는 기색이 없었으니, 누님은 여기서 이미 이치에 통달하신 것입니다.

용문산(龍門山)과 백운산(白雲山) 사이는 부군(夫君)이 일찍이 두루 돌아다니며 감상했던 곳입니다. 갈산(葛山)에 장사를 지낸 지가 40여 년이 되어서 토현(土峴)으로 무덤을 옮기려하니 30리 되는 가까운 곳입니다. 청오자(靑鳥子)와 같은 이가 점을 쳐서 실로 거북점과 부합한다고 한 날이 다가와서 장례를 치를 날이 되매, 이장할 때를 기다리고 있습니다. 저 쌍검(雙劍 : 干將·莫邪의 검)이 연평진(延平津)에서 만난 것처럼 두 분이 서로 만나셔서 백세토록 편안히 계실 수 있는 집이라

면, 길인(吉人)의 점괘가 효험이 있는 것이요, 효자의 마음이 흡족해
질 것입니다. 누님도 이에서는 또한 유감이 없을 것이나, 유독 저
같은 사람만 저 자로(子路 : 공자의 제자)의 심정이옵니다. 해가 바뀌도
록 머물러 있으면서 이장할 묏자리 닦는 일을 돕는데, 흙을 덮고 봉
분 만드는 일이 거의 마쳐가매, 누님이 계시지 않는 빈산에서 통곡
합니다. 이제는 끝났습니다, 누님이여. 다시는 뵐 수가 없으니 한 잔
술을 슬피 올리고 두 번 절하며 길이 작별을 고하나이다. 아아, 애통
합니다. 적지만 흠향하소서.

祭姉氏文

嗚呼痛哉！ 姉氏[1]之病也, 弟未能來侍, 姉氏之喪也, 弟未能來訣。姉
氏惟幾[2]之日, 以兄弟具遠爲恨, 姉氏臨絶之言, 以兄弟不見爲憾。姉氏
之念我兄弟, 至于屬纊[3]而不歇。弟之顚連[4]困極, 重之以喪威[5], 旣不
候問於嘗藥[6]之後, 又不奔赴於視牀[7]之前。姉氏在殯, 已過旬望, 弟始

---

1) 姉氏(자씨) : 尹煌(1572~1639)과 昌寧成氏(?~1648) 사이에 태어난 장녀.

2) 惟幾(유기) : 《書經》〈顧命篇〉의 "병이 크게 더쳐서 위태롭게 되었다.(疾大漸惟幾.)"에
　서 나온 말.

3) 屬纊(속광) : 臨終. 장차 죽으려고 하는 사람의 코에 새 솜을 대어 호흡이 있고 없는
　것을 징험하는 일이다.

4) 顚連(전련) : 가난하고 의지할 데 없음.

5) 喪威(상위) : 喪事. 측실 김씨의 상사를 가리키는 듯. 윤선거의 연보에 의하면, 재가하지
　않고 1639년 4월에 두었던 측실 김씨가 1663년 9월에 죽었고, 맏누님은 같은 해 11월에
　죽은 것으로 되어 있다. 참고로 윤선거의 아내 公州李氏(李長白의 딸)는 1637년 1월
　강화도에서 순절하였다.

6) 嘗藥(상약) : 약을 맛본다는 뜻으로, 병환이 있음을 일컫는 말. 부모 등이 병 때문에
　약을 먹을 경우 자식이 그 독성을 시험하기 위하여 먼저 약을 맛보는 데서 나온 말이다.

入京，伏哭柩前，號天無及，扣地奈何？嗚呼痛哉！哀哀我父母[8]，生我兄弟八人[9]。姊氏於序爲第二，早事父母，一誠不懈，撫愛諸弟，恩均顧復。父母家素淸貧，末年遭罹喪亂[10]，諸弟若妹，流離顚沛，不能自食，貽罹父母，而姊氏獨自左右就養，上下周旋，所在盡道，不營而辦，吉凶事禮， 終始無替， 玆蓋得之於慈良仁孝之天性， 而明通順正[11]之行實，不減於古之君子矣。方嚴之質， 濟之以禮義之則， 勤儉之風， 本之於儒素[12]之餘。繩非警惰，正色不借，而隱揚[13]嘉矜，誠意藹然，故卑尊戚疏，皆加畏敬而親慕之。惟日夜孜孜於紡績織紝之間，疾舒撙節[14]，恒若不及。而至於當趨之急合施之仁，用之無難，散之如棄，飢寒疾痛者，皆得而賴焉。此誠宗黨族姻之所共稱歎， 有不間於兄弟之言者也[15]。嘗謂宗家祭先之具，不可不厚置，別券成書，付諸宗孫[16]，一依坡山[17]舊

---

7) 肂(사) : 장례를 치르기 전 임시로 시신을 진설하는 구덩이. 이 구덩이에 시신을 안치하는 것을 殯이라 한다.

8) 哀哀我父母(애애아부모) : 《詩經》〈蓼莪篇〉의 "슬프고 슬프다 부모여, 나를 낳으시느라 몹시 수고하셨다.(哀哀父母, 生我劬勞.)"에서 나온 말.

9) 兄弟八人(형제팔인) : 尹煌과 昌寧成氏 사이의 6남2녀를 가리킴. 尹勳擧(1591~1639)·尹舜擧(1596~1669)·尹商擧(1603~1668)·尹文擧(1606~1672)·尹成擧(조졸)·尹宣擧(1610~1669) 등 6형제와, 李正輿·權儁에게 시집간 2자매가 있다.

10) 末年遭罹喪亂(말년조리상란) : 尹煌이 1639년에 죽었는데, 1633년에 넷째동생 尹熻을, 1636년에 셋째동생 尹烇을, 1637년에 여섯째 며느리 李氏를 잃고, 1636년에 병자호란을 겪은 것을 일컬음. 윤문거의 연보에 의하면, 같은 해에 윤황의 맏아들 윤훈거도 아버지를 이어서 죽었다.

11) 順正(순정) : 도리에 따라 어그러지지 않고 올바름.

12) 儒素(유소) : 선비집안의 操行.

13) 隱揚(은양) : 《中庸》의 "순임금은 묻기를 좋아하시고 하찮은 말도 살피기를 좋아하셨으며, 남의 허물을 덮어주시고 남의 잘한 일을 널리 드러내주셨다.(舜好問而好察邇言, 隱惡而揚善.)"에서 나온 말.

14) 撙節(준절) : 씀씀이를 아껴서 알맞게 씀.

15) 《論語》〈先進〉에 공자의 "효성스러워라 민자건이여! 남들이 그의 부모나 형제의 칭찬하는 말에 異議할 수가 없구나!(孝哉閔子騫, 人不間於其父母昆弟之言.)"에서 나온 말.

法。而伯氏¹⁸⁾中身，諸姪零丁，乃出自家臧獲¹⁹⁾而分與之。是蓋賢人達士之所難，而姊氏行之有餘裕矣。弟之不齒²⁰⁾固窮²¹⁾，於父兄爲無益之子弟，而姊氏念之特甚，飮食之衣服之，無虛使無已時，恩錫題封，不替於疾革之日，眷顧之篤，不翅若慈母之於幼子也。嗚呼！父母不在，姊氏又亡，弟將何恃？痛哉痛哉！嗟嗟我姊氏，生於禮法之家，入於文德之門，敬事夫子，如鼓瑟琴²²⁾，佳兒佳婦，舅姑悅之。金玉之相，錦繡之章，言容之敎，和順之德，擧世爭知，一門咸稱。有是好逑²³⁾正始²⁴⁾之風，將見宜家宜國之化，而不幸天喪，顏子無年²⁵⁾。敬姜之禮，徒聞晝哭²⁶⁾。天道無知，報施何如？大碩人²⁷⁾哀憐我姊氏，撫以慰之曰："賢婦

---

16) 宗孫(종손) : 백부 尹燧에게 양자를 가서 대를 이은 尹煌의 둘째아들 尹舜擧를 가리키는 듯.

17) 坡山(파산) : 경기도 파주시 파평면을 일컬음.

18) 伯氏中身(백씨중신) : 尹勳擧(1591~1639)가 49세로 죽은 것을 가리킴.

19) 臧獲(장획) : 노비.

20) 不齒(불치) : 사람으로 인정하지 않음. 곧, 병자호란 때 아내는 순절하였지만, 자신은 살아 돌아온 것을 일컫는 말이다.

21) 固窮(고궁) : 道義를 고수하면서 빈궁한 처지를 편안하게 여기는 것을 말함. 《論語》〈衛靈公篇〉의 "군자는 아무리 빈궁해도 이를 편안히 여기면서 도의를 고수하지만, 소인은 빈궁하면 제멋대로 굴게 마련이다.(君子固窮, 小人窮斯濫矣.)"에서 나온 말이다.

22) 如鼓瑟琴(여고슬금) : 《詩經》〈小雅·常棣〉의 "처자가 서로 좋아하여 화목하는 것이 거문고와 비파를 타는 것과 같다.(妻子好合, 如鼓瑟琴.)"에서 나온 말.

23) 好逑(호구) : 《詩經》〈關雎篇〉의 "끼룩끼룩 징경이는 하수의 섬에 있네, 요조숙녀는 군자의 좋은 배필이네.(關關雎鳩, 在河之洲, 窈窕淑女, 君子好逑.)"에서 나온 말.

24) 正始(정시) : 인륜의 시초인 부부관계를 바르게 함. 《詩經》〈大序·疏〉의 "周南·召南은 시초를 바르게 하는[正始] 大道이고 王業을 이룩하는 기본이다."고 하였다.

25) 顏子無年(안자무년) : 顏回는 공자의 제자인데, 공자보다 30살이나 적은데도 공자보다 먼저 죽은 것을 일컬음.

26) 晝哭(주곡) : 남편을 여읜 것을 말함. 《禮記》〈檀弓 下〉에 의하면, 춘추시대에 敬姜이 남편 穆伯의 상을 당해서는 낮에만 곡을 하고, 아들 文伯의 상을 당해서는 주야로 곡을 하였는데, 孔子가 이를 두고 禮를 안다고 평했던 고사가 있다.

27) 大碩人(대석인) : 매우 덕이 큰 사람이라는 뜻으로, 여기서는 시아버지를 일컫는 듯.

有德無命, 天將以令子報婦矣." 乃命伯衮[28]之介子[29]而子之。少而才長而達, 妙年進士[30], 壯元及第[31], 出入金華[32]玉堂[33]。蔚爲第一名勝, 國人稱之曰 : "有子如此哉." 姊氏於是克享天祿, 允如大碩人之言矣。姊

곧 李綏祿(1564~1620)이다. 혹여는 시어머니(1640년 몰)로도 볼 수 있으나, 이정여의 생몰년을 확인할 수 없어서 일단 시아버지로 보았다.

28) 伯衮(백곤) : 큰 아들. 李敬輿(1585~1657)를 가리킨다. 조선 중기의 문신. 본관은 全州, 자는 直夫, 호는 白江·鳳巖. 아버지는 목사 李綏祿이다. 1601년 사마시를 거쳐, 1609년 증광문과에 을과로 급제하여, 1611년 검열이 되었으나, 광해군의 실정이 심해지자 벼슬을 버리고 낙향하였다. 1624년 李适의 난이 일어나자 왕을 공주에 호종하고, 이어 체찰사 李元翼의 종사관이 되었으며, 1630년 부제학·청주목사·좌승지·전라도관찰사를 역임하였다. 1636년 병자호란이 일어나자 왕을 모시고 남한산성에 피란하였다. 1642년 배청친명파로서 청나라 연호를 사용하지 않은 것을 李烓가 청나라에 밀고함으로써 瀋陽에 억류되었다가 이듬해 세자와 함께 귀국하여 우의정이 되었다. 1646년 愍懷嬪姜氏(昭顯世子嬪)의 賜死를 반대하다가 진도에 유배되고, 다시 1648년 삼수에 위리안치되었으나, 이듬해 효종이 즉위하자 풀려나와 1650년에 다시 영중추부사가 되었다. 영의정으로 다시 사은사가 되어 청나라에 다녀온 뒤 청나라의 압력으로 영중추부사로 전임하였다.

29) 介子(개자) : 둘째아들. 곧, 李敏迪(1625~1673)을 가리킨다. 본관은 全州, 자는 惠仲, 호는 竹西. 아버지는 영의정 李敬輿이며, 어머니는 別坐 任景莘의 딸 豊川任氏이다. 작은아버지 李正輿에게 입양되었는데, 양모는 坡平尹氏로 대사간 尹煌의 딸이다. 아내는 黃一皓의 딸 昌原黃氏이다. 尹文擧의 문인이다. 1646년 진사가 되었고, 1656년 별시문과에 장원급제한 뒤 정언·교리·암행어사·관찰사·대사성을 거쳐 한성부우윤·도승지, 이조·호조의 참판 등을 역임하였다. 사간과 응교로 있을 때에는 국사 논의에 참여하여 언사가 쟁쟁하였으며, 현종은 그의 문학적 소질이 탁월함을 알고 측근에서 보필하게 하였다. 요컨대, 윤문거는 이민적에게 외삼촌이면서 또 사제지간이었으므로 이경여가 윤문거를 남달리 예우하였다.

30) 妙年進士(묘년진사) : 묘년은 스무 살 안팎의 나이. 이때 이민적이 22살(1646)에 진사된 것을 일컫는다.

31) 壯元及第(장원급제) : 이민적이 32살 때 별시문과에 장원급제한 것을 일컬음.

32) 金華(금화) : 金華殿. 漢나라 때 未央宮 안에 있던 궁전으로, 成帝가 일찍이 이곳에서 《尙書》와 《論語》 등의 강론을 들었다. 후대에는 이를 인하여 經筵이나 書筵을 뜻하는 말로 쓰였다.

33) 玉堂(옥당) : 弘文館. 고려시대에는 學士들이 임금의 자문에 응하는 일을 맡아보던 관아였고, 조선시대에는 궁중의 경서, 문서 따위를 관리하고 임금의 자문에 응하는 일을 맡아보던 관아였다.

氏幸而喜之曰：“此子能養吾志，諸孫又樂吾心，願已足矣，歡已盡矣。而顧余不堪在京，使兒乞得專城[34]之便，重到白江[35]舊居，仍與兄弟源來[36]而相見之可乎？” 弟卽對之曰：“榮養[37]不間於內外，鸞鳳非棲於枳棘.” 姊氏然之而志猶未衰也。聖朝孝理，禮重儒臣，不準求外之請，而優以賜米之典。尊親莫大之盛事， 門闌與有慶焉。嗚呼！ 三牲[38]有具，百齡可期，神精不減，疾病爲祟。樹欲止而風不停，子欲孝而親不留，豈其天之福善不終耶？ 抑無非吾兄弟之無祿也。痛哉痛哉！ 弟於前春， 有事上都， 告歸之時， 別語悽黯。秋來拜書， 辭旨悲苦， 死亡無日， 相見無幾。病謂諸親曰：“吾得惡夢， 匪惡伊祥。子孝婦賢， 纖毫無恨。七十康强， 吾今可死。好在諸親， 我則歸休得泰.” 定於死生之際， 了無怛化[39]之色， 姊氏於此， 已達乎理矣。龍門白雲之間， 是夫子所嘗遊賞處也。葛山從葬， 四十年餘， 土峴移窆， 一舍[40]而近。靑鳥[41]穆卜[42]， 實協人龜，日月將葬， 緬禮[43]有待。雙劍延津[44]， 百世安宅， 吉人之占驗[45]矣， 孝

---

34) 專城(전성)：한 지방의 일을 담당한다는 뜻으로, 고을 원님을 일컬음.

35) 白江(백강)：扶餘의 白馬江.

36) 源來(원래)：源源而來. 끊임없이 옴. 계속하여 옴. 《孟子》〈萬章章句 上〉의 "순임금이 동생 象이 항상 그를 만나보고자 하여 끊임없이 오게 하였다.(欲常常而見之故, 源源而來.)"에서 나온 말이다.

37) 榮養(영양)：부모를 영화롭게 봉양함.

38) 三牲(삼생)：매일 소, 양, 돼지 세 가지 고기를 갖추어 풍요롭게 봉양하는 것을 말함.

39) 無怛化(무달화)：《莊子》〈大宗師〉에서 나온 말. 슬퍼함이 없다.

40) 一舍(일사)：군사가 하루에 삼십 리를 걷고 하룻밤을 묵는다는 뜻으로, 삼십 리를 이르는 말.

41) 靑鳥(청오)：《靑鳥經》의 약칭. 곧, 地理風水說이 담긴 책인데, 여기서는 지리를 잘 아는 地官을 뜻한다.

42) 穆卜(목복)：공경히 점쳐서 신에게 길흉을 물음.

43) 緬禮(면례)：무덤을 옮겨서 다시 장사를 지내는 일.

44) 雙劍延津(쌍검연진)：춘추시대 吳나라의 匠人인 干將·莫邪 부부가 명검 두 자루를 만

子之心恔矣。姊氏於此, 又無所憾矣, 獨如弟者, 季路[46]心事。易歲留滯, 厎事營域, 復土[47]幾畢, 痛哭空山。已矣姊氏, 不可復見, 一酌哀奠, 再拜長辭。嗚呼痛哉!　尙饗。

[魯西先生遺稿, 卷17]

윤선거尹宣擧, 1610-1669

본관은 坡平, 자는 吉甫, 호는 美村·魯西·山泉齋. 아버지는 대사간 尹煌이며, 어머니는 昌寧成氏로 成渾의 딸이다. 尹文擧의 아우이며, 尹拯의 아버지이다. 金集의 문인이다. 병자호란이 일어나자 가족과 함께 강화도로 피신하였다. 이듬해 강화도가 함락되자 처 이씨가 자결하였으나 평민의 복장으로 탈출하였다. 1651년 이래 사헌부지평·장령 등이 제수되었으나, 강화도에서 대의를 지켜 죽지 못한 것을 자책하고 끝내 취임하지 않았다.

들어 雄劍을 간장이라 하고, 雌劍을 막야라 하였는데, 이들이 죽은 뒤에는 결국 그 쌍검이 延平津의 깊은 물속으로 들어가 雙龍으로 변했다는 고사를 염두에 둔 표현.

45) 占驗(점험) : 어떤 조짐으로 그 결과를 징험하는 것을 뜻하는 말.

46) 季路(계로) : 공자의 제자 仲由로 자가 子路. 魯나라의 季孫氏에게 벼슬하였으므로 계로라 한다. 《孟子》〈公孫丑章句 上〉의 "子路는 다른 사람이 자신의 허물을 말해 주면 기뻐하였다.(子路, 人告之以有過則喜.)"를 염두에 둔 표현이다.

47) 復土(복토) : 下棺한 후에 파낸 흙으로 덮고 봉분을 만드는 일.

누님 제문

奠告姉氏文

윤증

아아, 누님이여! 늘 동생들이 병들어 집안에 틀어박혀 있어서 끊임없이 만나 즐거워할 수가 없었으나, 이제 동생들이 모두 왔습니다. 그런데 누님은 어디로 갔단 말입니까? 그 음성 그 모습 이미 멀어져 어디에도 뵐 수가 없으니, 영원히 뉘우치고 애통해한들 다시 어떻게 미칠 수가 있겠습니까? 아아, 애통합니다.

매번 편지 가운데 오로지 빨리 죽어서 그지없는 슬픔과 번뇌를 영영토록 잊는 것이 소원이라 하더니, 이제부터 누님은 아마도 그 소원을 이룬 것 같습니다. 그러나 부모 잃어 의지할 데가 없던 동생들은 앞으로 살아갈 때 다시금 의지하고 믿을 데가 없게 되었으니 어찌해야 합니까? 아아, 애통합니다.

작년(1689)에 참화(慘禍 : 양자 박태보가 유배 가던 도중에 죽음)를 겪은 뒤라, 서둘러 받들어 남쪽으로 모시고가서 잠시나마 죽은 곳(노량진)을 멀리하여 슬픔과 고통을 조금이라도 덜어드리려 했지만, 끝내 허락하지 않으시다가 금년 봄이 되어서야 가을이 지나면 가겠다는 말씀을 하셔서, 집 한 채를 지어놓고 자식 며느리 손자들이 단란하게 모여 모실 계획을 세우며 날마다 손꼽아 기다리고 있었습니다. 그런데 그 누구인들 이런 화가 전혀 깨닫지도 못하는 사이에 닥칠 줄 생각이나 했겠습니까? 하늘이여, 하늘이여! 제 누님의 맑은 덕, 아름다운 행실, 어진 마음, 지극한 성품 등을 이치로 헤아려보건대, 의당 온갖 복(福)으로 보답 받아야 하거늘 도리어 이 지경에 이르게 한 것은 무엇 때문이란 말입니까 아아, 애통합니다.

금릉(金陵 : 지금의 김포)의 언덕에 있는 구묘(舊墓 : 남편과 시아버지의 묘)는 산운(山運)과 맞지 않아, 누님의 무덤을 잠시 이곳에(楊州 수락산 서쪽 기슭으로 양자 박태보의 묘가 있는 곳) 쓰기로 했습니다. 가만히 생각해보면 누님은 반드시 구묘 곁으로 돌아가서 골육의 친족이 있는 자리로 가고자 할 것이나, 영혼은 서로 통하는 법이니 거리가 멀고 가까운 것이 무슨 차이가 있겠습니까? 또 새 무덤(박태보의 무덤)이 뒤에 있으니 우선 서로 의지하고 있으면, 내년 봄에 〈구묘를 이장할 때〉 누님의 무덤을 옮겨 합장하리니 또한 그다지 멀지는 않을 것입니다. 한편으로 생각하건대 살아서나 죽어서나 의탁할 곳은 오로지 이 집안인데, 이 집안이 보잘것없이 되었으니 민망할 뿐입니다. 그 형세로는 서로 의지하며 보살피도록 하는 것이 옳지, 서로 떨어져 있도록 하는 것은 옳지 않은지라, 다시 온 집안이 잘 헤아려 구묘를 이곳으로 옮겨 모시어 길이 제사를 받드는데 편리한 방책을 도모하는 것도 하나의 도리일 것입니다. 생각이 여기에 미치니 다만 오열을 더할 뿐입니다. 아아, 슬픕니다.

동생들은 오래 머물러 있을 수가 없어 무덤에 흙을 덮은 뒤에는 곧바로 돌아가려 합니다. 와도 뵐 수가 없고 간다 해도 말씀이 없으니, 이 마음은 갈팡질팡 어느 곳에 머물러야 한단 말입니까? 본래는 평소의 애통한 심정을 다 토로하여 영원한 결별을 하려고 하였으나, 눈물이 앞을 가리고 슬픔으로 가슴이 먹먹하여 붓을 잡아도 글을 지을

수가 없습니다. 내년에 무덤을 옮겨 영구히 묻을 때 실낱같은 이 목숨
이 살아 있으면 마땅히 다시 와서 통곡할 것이니, 그때 다시 응당
글을 지어 속마음을 아뢸 것을 맹서하나이다. 아아, 누님은 아직도
나의 말을 들을 것이고 나의 슬픔을 아실 것입니다. 아아, 슬픕니다.

奠告[1] 姉氏文

嗚呼姉氏[2]。常以弟等之衰病蟄伏, 不能源源[3]爲至戀, 今弟等具來矣。
姉氏何之矣? 音容已隔, 無處瞻睹, 終天[4]悔痛, 更何逮及? 嗚呼痛哉! 每於
書中, 唯以速化, 永忘無限悲惱爲願, 今而後姉氏, 則庶遂願矣。而其如弟
等之鮮民[5]餘生, 更無依恃, 何哉? 嗚呼痛哉! 昨年慘禍之後[6], 亟欲奉以
南歸, 冀以暫遠喪所, 或紓衰苦之萬一, 而終不肯許, 及至今春, 始有秋後
之敎, 方將營搆一室, 以爲子女婦孫團聚侍奉之計, 唯日屈指以待矣。孰
謂此禍, 又迫於冥冥[7]而莫之覺耶? 天乎天乎! 以我姉氏之淑德懿行, 仁心

---

1) 奠告(전고) : 과일 없이 술 한 잔과 찬으로만 차리고 고하는 형식.

2) 姉氏(자씨) : 魯西 尹宣擧(1610~1669)와 李長白의 딸 公州李氏는 2남1녀를 두었으니,
   아들로는 尹拯(1629~1714)·尹推(1632~1707)가 있고, 딸은 朴世垕(1627~1650)에게
   시집갔는데, 바로 이 딸임. 이 딸은 1690년 3월 25일에 죽었다. 박세후의 본관은 潘南,
   자는 叔厚. 아버지는 이조참판 錦洲君 朴炡이며, 어머니는 관찰사 尹安國의 딸로 貞夫人
   楊州尹氏이다. 박세후는 西溪 朴世堂의 형이며, 박세당의 작은아들 朴泰輔(1654~1689)
   를 양자로 들였으나, 박태보는 1689년 기사환국 때 진도로 유배 가던 도중에 죽고
   말았다.

3) 源源(원원) : 연이어 끊어지지 않음.

4) 終天(종천) : 이 세상의 끝이라는 뜻으로, 영원이나 영구를 이르는 말.

5) 鮮民(선민) : 가난하고 부모가 없는 외로운 사람.

6) 昨年慘禍之後(작년참화지후) : 1689년 5월 仁顯王后의 廢位를 반대하다가 肅宗의 노여
   움을 사 심한 鞫問을 받고 유배를 떠나던 아들 朴泰輔가 露梁津에서 죽은 것을 일컬음.
   숙종은 후회를 하고 이조판서에 추증하였다. 그 뒤 다시 영의정으로 가증되었다.

至性, 揆之以理, 宜獲百福之報, 而乃反至於此極者, 何耶? 嗚呼痛哉!
金陵舊墓[8], 以山運[9]之不合, 將權厝於此中[10]。 竊惟姊氏之意, 必欲歸近
於舊墓, 而骨肉歸復, 魂氣流通, 抑何遠近之有間? 新墳[11]在後, 姑且相
依, 明春遷祔, 亦復匪遠。 且念存歿之託, 唯在此家, 而此家零丁[12], 亦可
恝然。 其勢可相保[13], 而不可相離, 更容一家之商量, 奉遷舊墓於此中, 以
便久遠香火之圖, 亦或一道。 念及於此, 只增嗚咽。 嗚呼哀哉! 弟等不能
久留, 復土[14]之後, 將又旋歸。 來無所覩, 去無所辭, 此心皇皇[15], 何所止
泊? 本欲畢抒平生哀痛之意, 以爲千古之訣, 而淚暗于眸, 悲塞于胸, 把筆
而不能成文。 明年永窆之日, 殘喘若存, 當復來哭, 其時更當矢辭而告
衷。 嗚呼! 姊氏尙有以聽我之言, 而知我之悲也。 嗚呼哀哉!

[明齋先生遺稿, 卷34]

윤증尹拯, 1629-1714

☞ 111면 참조.

---

7) 冥冥(명명) : 어떤 사실을 전혀 모르거나 잊은 상태를 일컫는 말.

8) 金陵舊墓(금릉구묘) : 박세후와 그의 부친 朴炡의 묘가 김포의 馬山里에 있었음을 일컫
는 말. 金陵은 지금의 金浦이다.

9) 山運(산운) : 묏자리의 좋고 나쁨에 따라 생긴다는 운수.

10) 此中(차중) : 楊州의 水落山 서쪽 기슭을 가리킴. 양자 박태보의 묘가 있는 곳이다.

11) 新墳(신분) : 양자 박태보의 무덤을 가리킴.

12) 零丁(영정) : 세력이나 살림이 줄어들어 보잘것없이 됨.

13) 相保(상보) : 서로 의지하며 보살핌.

14) 復土(복토) : 下棺한 후에 파낸 흙으로 덮고 봉분을 만드는 일.

15) 皇皇(황황) : 遑遑. 갈팡질팡 어쩔 줄 모르게 급함.

돌아가신 누님 제문

祭亡姉文

박세채

아아, 저는 온갖 환난을 당하여 일찍이 부모님을 여의었고 끝내 형제가 적었습니다. 외로운 홀몸으로 의지할 곳이 없어 오직 누님만을 의지하였으나, 또한 저보다 먼저 죽는데 이르렀습니다. 훌륭한 분[李恒]에게 시집을 갔고 집도 멀지 않으며 뜻도 맞고 사이가 좋아 자주 만나곤 했었는데, 그 누가 근래에 또 이 즐거움마저 앗아갈 줄 알았겠습니까?

제가 앞서 서쪽으로 유배 갔을 적에 비 오듯 눈물 쏟으며 애타게 그리워하다가, 언젠가 호장(湖庄 : 호숫가의 집)을 찾았을 때 그 기쁨은 보기 드물 정도였습니다. 마침 병에 걸렸다는 소식을 듣고 한 통의 편지를 부쳐 서로 이야기하면서 초가을에 만나기로 했거늘, 곧 돌아가셨다는 부음을 받자왔습니다. 병들었을 때 제대로 치료해주지도 못했고 염(殮)할 때에 참례도 못 했으니, 이는 옛 현인들이 상심하는 바인데 제게 있어서야 어찌 견디겠습니까?

아름다운 누님은 인자함으로 화목하여 위로 섬기고 아래로 미치게 하였으니 처음부터 끝까지 어긋남이 없었습니다. 밝고 밝으신 시아버님[李時昉]께서 "훌륭한 우리 며느리."라고 칭찬하셨으며, 비록 제가 성격이 좁을지라도 진실로 그 지닌 것을 탄복하였습니다. 의당

신의 보살핌을 받아 길이 백 년을 누려야 하거늘 도리어 이토록 크게 잘못되었습니다, 저 한없이 높고 푸른 하늘이여!

슬프게도 저 붉은 만장(輓章)이 남쪽으로부터 돌아오고, 저 또한 엉금엉금 힘없이 기어 와서 땅속에 묻히는 것을 보고 있습니다. 생각이 있어도 펼치지 못하고 서러움이 있어도 풀지 못하나, 한 잔 술로 영원히 이별하고자 하니 부디 와서 흠향하기 바라나이다.

祭亡姊文

嗟嗟小弟, 百罹是丁, 早失怙恃[1], 終鮮弟兄[2]。孑孑靡依, 賴有姊氏[3], 亦逮先子。于歸[4]之美, 室匪遠而, 情融會數, 孰謂邇來, 又替斯樂? 弟先西遷[5], 出涕眷眷[6], 揭訪湖庄, 其喜則偏。屬聞遘疾, 一書相告, 期以秋初, 旋承不淑[7]。病不克療, 斂不克臨, 昔賢所傷, 在弟何

---

1) 怙恃(호시) : 부모. 《詩經》〈小雅·蓼莪〉의 "아버지 아니시면 누구를 의지하며, 어머니 아니시면 누굴 믿을까.(無父何怙, 無母何恃.)"에서 나온 말. 여기서는 박세채(1631~1695)의 아버지 朴澒(1600~1644)와 어머니 平山申氏(1601~1635)를 가리킨다. 그의 어머니는 영의정 申欽의 딸이다. 곧, 박세채는 5살 때 어머니를, 14살 때 아버지를 잃었다.

2) 終鮮弟兄(종선제형) : 박세채는 3남매인데, 요절한 형님 朴世來를 가리킴.

3) 姊氏(자씨) : 박세채의 누님(1628~1679)은 李恒(1628~1700)에게 시집갔음. 이항은 李時昉(1594~1660)의 아들로, 본관은 延安이다. 할아버지는 仁祖反正의 주역인 延平府院君 李貴(1557~1633)이고, 큰아버지는 延陽府院君 李時白(1581~1660)이다.

4) 于歸(우귀) : 《詩經》〈周南·桃夭〉의 "야들야들 복사꽃, 열매가 주렁주렁. 이분 시집감이여, 가실 화순케 하리로다.(桃之夭夭, 有蕡其實. 之子于歸, 宜其家室.)"에서 나온 말.

5) 西遷(서천) : 1674년 숙종이 즉위하고 남인이 집권하자 기해복제 때(1659)에 기년설을 주장한 서인 측의 여러 신하들이 다시 追罪를 받게 되었는데, 이에 박세채는 관직을 삭탈당하고 楊根·砥平·原州·金谷 등지로 전전하며 유배생활을 하였던 것을 일컬음.

6) 眷眷(권권) : 애타게 그리워하는 모습.

堪？ 惟姊之懿，克仁以和，上事下逮，始終無訛。顯顯皇舅[8]，曰吾佳婦，雖弟褊性，寔服其有。宜受神佑，以永百年，乃反大謬，悠悠蒼天！哀彼丹旐，歸自南域，弟亦扶服[9]，來相窀穸。有懷莫展，有痛莫洩，一觴永訣，尙垂歆格。

[南溪先生朴文純公文正集, 卷71]

박세채朴世采, 1631-1695

☞175면 참조.

---

7) 旋承不淑(선승불숙) : 초가을에 만나기로 했던, 박세채의 누님이 6월 15일에 죽은 것을
   일컬음.
8) 皇舅(황고) : 시아버지.
9) 扶服(부복) : 匍匐.

육촌누님 정경부인 신씨 제문
祭從姉貞敬夫人申氏文

신익전

   아아, 저는 누님과 작별하며 지난 가을에 송도(松都) 유수(留守)로 떠났습니다. 누님은 그때 이미 병을 앓아누워 있었는데도 베개에 기대어 앉고는 저를 그 자리로 불러들였었습니다. 말하기가 어려웠는데도 오히려 제가 외직으로 나가는 것을 위로하면서, 병으로 인해 미리 앞날을 기약하기가 어려운 것을 스스로 탄식하였고, 게다가 집안사람들이 하나 둘 돌아가시어 날로 삭막해진다고 염려하였는데, 몇 마디를 하고는 숨이 가빴습니다. 안색을 가만히 살펴보니 몸이 매우 수척하였으므로 정말 걱정되었지만, 정신만은 어지럽지 아니함을 믿고서 몇 마디를 비유적으로 말하여 염려를 덜어주고 물러나왔습니다. 지난 가을부터 지금까지 몇 달이 지났다고는 하지만 누님의 당(堂)에 올라서 빈소 차려진 것만 보아야 하고, 지난번에 말씀하신 앞날의 기약은 한 번 통곡하고 술잔 올리는 것으로 대체해야 할 뿐이란 말입니까? 아아, 슬픕니다.

   누님의 숨겨진 행실은 비록 문지방 밖으로 나가지는 않았지만, 부인으로서 어미로서 한 본보기는 실로 옛날 현철한 부인들의 풍모가 있었으며, 영광스러운 봉양을 누리든가 슬픈 일을 겪든가 하나같이 예(禮)로 어긋남이 없게 하였으니, 추잡한 부녀자[醜婦]들이 부끄러워하고 겸손해야 할 것들이 많았습니다. 아아, 슬픕니다.

누님의 나이를 헤아려보니 50세는 넘었고 60세는 채 되지 않았지만, 병을 앓아누웠던 것은 참으로 저 정축년(1637)에 부군(夫君 : 洪鳴耉)의 죽음을 겪은 뒤부터였습니다. 기필코 목숨을 끊어 부군의 뒤를 따르고자 하였고, 멀건 죽을 먹는 시절임에도 남편이 죽은 슬픔을 당하여 세 때 번갈아 음식을 올리고 향 사르기를 하루같이 하셨고, 세월이 오래 흐를수록 더욱 스스로 맹세하여 자손들의 영화와 경사가 무성하였어도 조금도 변치 않으면서 또 13년 동안 하루같이 하셨으니, 저는 누님의 가슴속에 겹겹이 쌓인 소원이 무덤을 같이하는 것임을 알겠습니다. 아아, 슬픕니다.

저와 누님은 6촌지간이라고들 합니다. 그러나 돌아가신 아버님[申欽]이나 숙부님[申鑑]께서 서로 저와 누님을 보시는 것이 참으로 마치 당신들이 낳은 자식으로만 여기는 정도가 아니었습니다. 그러나 제가 하늘로부터 복을 받지 못하여 이가 나기 전인 어려서부터 장성하기까지 위로는 부모님 및 부모님 같은 분들을 갑자기 잃었고, 옆으로는 친형제들 및 친형제 같은 이들을 점차로 잃었습니다. 이 세상에 외톨이 신세가 되어 살맛이 장차 다 없어지려 함에, 누님이 저와 작별하던 때 염려하시던 말씀을 생각하면 눈물이 줄줄 쏟아지려는 것을, 제가 이 술잔을 올리면서도 억제할 수가 없습니다. 아아, 슬픕니다. 누님은 아십니까, 모르십니까? 적지만 흠향하소서.

祭從姉貞敬夫人申氏文

嗚呼! 某之訣姉氏[1], 蓋在去秋出守松都日[2]矣。姉時已寢瘵, 尙能倚

枕, 延某坐。 倦于出言, 猶慰某出外, 自歎美疢[3]難逆前期, 仍感念親黨
靡靡[4]日索, 言下幾乎莀莀[5]。 竊瞷顔色, 固憂其瘁甚, 抑恃神精不爽,
聊寬譬數語退矣。 去秋距今, 幾何日月, 而升妣之堂, 秪覩所以象設[6],
而所云前期, 只可替以一哭奠耶? 嗚呼哀哉! 妣之潛行, 雖不出閫閾[7],
其爲婦爲母之則, 實有古哲媛風, 而其居榮處戚, 一禮無愆, 卽多髥婦所

---

1) 妣氏(자씨) : 신익전의 숙부 申鑑(1570~1631)의 딸. 신감의 본관은 平山, 자는 明遠,
   호는 笑仙·慢翁. 아버지는 개성도사 申承緒이며, 어머니는 恩津宋氏로 宋麒壽의 딸이
   다. 영의정 申欽(1566~1628)의 동생이다. 숙부인 申光緒에게 양자로 갔다. 1597년 별
   시문과에 병과로 급제, 여러 관직을 거쳐 1599년 평안도평사로 나갔다가, 1601년 司諫
   院正言·世子侍講院司書 등을 지내고, 이듬해 예조·병조정랑을 거쳐 1603년 행용양위
   부사직 겸 춘추관기주관이 되어 임진왜란 때 소실된 실록의 재간에 참여하였다. 1605년
   봉산군수로 나갔으며 광해군 때는 원주목사를 지냈다. 인조 초에는 충청도관찰사로서
   공주산성을 수축하여 국난에 대비하였다. 그 뒤 형조참판을 역임하였고, 남원부사로
   선정을 베풀었으며, 1628년 강화부유수가 되었다.
      신감은 2남1녀를 두었는데, 申翊亮(1590~1650)·申翊隆(1602~1657) 형제와 洪命耈
   에게 시집간 딸이다. 홍명구(1596~1637)의 본관은 南陽, 자는 元老, 호는 懶齋. 아버지
   는 參議 洪瑞翼이며, 어머니는 沈宗敏의 딸이다. 영의정을 지낸 洪命夏의 형이다. 아들
   洪重普 또한 우의정이며, 손자 洪得箕는 孝宗의 駙馬로 益平尉였다. 1619년 謁聖文科에
   장원했고, 1625년 副修撰이 되었다. 1627년 直講, 이어 校理·吏曹佐郎·左副承旨 등을
   지내고, 1633년 右承旨, 1635년 대사간·副提學을 거쳐 이듬해 평안도 관찰사로 나갔
   다. 이해에 병자호란이 일어나자 勤王兵 2천명을 거느리고 남하, 金化에 이르러 적을
   만나 수백 명을 살상하고 전사했다. 이조판서에 추증되었고, 뒤에 좌의정이 더해졌다.
      홍명구의 아내는, 시동생 홍명하가 친정 사촌오빠 申翊聖(1588~1644)의 딸을 아내로
   맞이함으로써, 친정 5촌 질녀와 동서지간이 되었다.
2) 去秋出守松都日(거추출수송도일) : 신익전이 47세 때인 1651년 松都 留守가 된 것을
   일컬음.
3) 美疢(미전) : ≪左傳≫〈襄公二十三〉의 “아름다운 病은 나쁜 藥만 못하다.(美疢不如惡
   石.)”에서 나온 말.
4) 靡靡(미미) : 다해 없어지는 모양.
5) 莀莀(속속) : 구차하고 누추한 모양. 여기서는 숨이 차는 모양이다.
6) 象設(상설) : 무덤 앞에 사람이나 짐승의 형상을 본떠 만든 石物.
7) 閫閾(곤역) : 두 글자가 다 문지방을 말하는데 문지방 안에서 일어나는 일은 이 문지방
   밖에서는 모른다는 말로, 사정에 따라 ‘남이 모르는 숨은 영역’을 뜻하는 말.

媿遜焉。嗚呼哀哉！ 計姊之齡， 踰艾未耆， 而其寢瘵， 寔自丁丑[8]遘鉅
創[9]矣。其必欲捐生下從[10]， 稀糜之節， 崩城之慟[11]， 三更穀燧如一日，
而其彌久彌自矢， 值榮慶芬華而不少渝， 又十三霜如一日， 則某知姊之所
嬖積至願， 唯竝穴始克售矣。嗚呼哀哉！ 某於姊屬云堂從[12]耳。吾先君
吾叔父， 胥視姊與某， 儘如己出[13]不翅。而某也不天[14]， 自齒未及壯，
而上奄失所怙如所怙， 而旁漸亡同胞如同胞矣[15]。踽踽[16]斯世， 生趣行
盡， 卽姊之別日所感念， 欲蔌蔌[17]者， 乃于某奠茲斝而不可制矣。嗚呼
哀哉！ 姊其知耶？ 其不知耶？ 尙饗。

[東江先生遺集, 卷12]

신익전申翊全, 1605-1660

☞ 303면 참조.

---

8) 丁丑(정축) : 仁祖 15년인 1637년.

9) 鉅創(거창) : 부군 홍명구의 죽음을 일컬음.

10) 下從(하종) : 아내가 죽은 남편의 뒤를 따라 자결하는 것.

11) 崩城之慟(붕성지통) : 부인이 남편이 죽는 슬픔을 겪는 것을 이르는 말. 《春秋左氏傳》
〈襄公23年〉을 보면, 춘추시대 齊나라의 杞梁이 전쟁에 나가 죽자, 그의 아내가 시체를
찾아서 성 아래에서 10일 동안을 서럽게 우니 성이 무너졌다고 한 고사에서 나오는
말이다.

12) 堂從(당종) : 6촌지간. 신익전과 누님은 원래 4촌간이었으나, 신익전의 숙부이자 누님
의 아버지인 신감이 종조부 申光緖에게 양자를 갔기 때문에 6촌지간이 되었다.

13) 己出(기출) : 자기가 낳은 자식.

14) 不天(불천) : 하늘로부터 복을 받지 못함.

15) 신익전(1605~1660)이 1623년 어머니, 1628년 아버지, 1631년 숙부, 1637년 사촌자형
홍명구, 1643년 첫째누님, 1644년 첫째형님, 1650년 사촌형님 申翊亮 등을 잃은 것을
일컬음.

16) 踽踽(우우) : 친한 바가 없는 모양.

17) 蔌蔌(속속) : 눈물이 줄줄 쏟아지는 모양. 여기서는 앞서의 쓰임과 다르다.

막내여동생 제문

祭季妹文

윤문거

부모님께서 우리 8남매를 낳으셨는데, 네가 가장 어려서 부모님이 제일 어여삐 여기셨다. 너는 유순하고 선량하며 침착하고 신중한데다 온화하고 상냥하며 맑고 공평하였으니, 그 아름다운 행실을 미루어 모두들 오랫동안 복 누리기를 기대하였다. 이미 남편[權儁]을 받들게 되었을 때 더욱이 공경한 부덕(婦德)이 알려졌고, 친숙하며 즐거운 얼굴로 삼가고 두려워하며 부녀자가 마땅히 지켜야 할 도리를 힘썼다.

시부모님을 편안하게 해드리고 시누이들을 잘 따랐으며, 집안 내의 크고 작은 일들을 믿음직스럽게 해내었다. 가장 곤궁한 생활은 남자들도 어려워하는 것인데, 작은 술그릇이 채워지지 못하면 큰 술그릇의 수치가 되는 법이니 변변치 않은 음식 적게나마 환대하였다. 자식과 조카들이 모여들어 그 신발이 문에 가득했지만, 여유롭고 관대하게 지내니 모든 것이 법도가 있었다.

맛 좋은 음식을 올려서 어버이 봉양하는데 흠이 없었으며 굶주리고 목마름을 모두 잊었으니, 운곡(雲谷)에서의 10년은 저 양홍(梁鴻)과 그의 아내 맹광(孟光)처럼 서로 공경하였다. 여치처럼 자손도 이미 번성하여 교육과 양육을 겸하였는데, 딸들을 훈계하여 인도할 때도 반드시 《소학(小學)》부터 먼저 가르쳤다. 매일 과제를 내되 아침저녁으로 알맞게 하였으며, 오직 부지런하고 검소하게 하여 집안에 좋은 일이 있었다. 더욱이 궤향조(饋享條)를 보고는 제사를 받들 때 예법에 따랐고, 반드시 먼저 솔선수범하기를 늙도록 그만두지 않았다. 부녀자로서의 아름다운 덕과 법도는 지금의 세상에서 볼 수가 없고, 늘 그막에 여러 지방을 다니며 영화로운 봉양을 받았지만 터럭만치도 사사로이 더하지 않았다.

집안에서의 행실이 이미 고결한 데다 집밖에서의 명성도 더욱 자자하였는데, 월천(月川 : 남편 權僑의 호)이 돌아와 성 서쪽에 집 하나를 마련했다. 이때 "이 봉록은 보전하기를 구해서는 아니 되며 진실로 그치고 만족할 줄 알아야 하니 내가 더 이상 무엇을 바라겠는가?" 하였다. 평소 마음속에 품었던 바가 교만하고 망령됨이 전혀 없어서 종과 같은 비천한 사람들에게조차 나쁜 말을 한 적이 없었다. 서로 친해진 정에 합당하도록 힘썼고 말씨도 부드러웠다.

그 누가 요사스런 재앙의 조짐이 도둑이 주인을 미워하듯 달갑잖은 데서 일어날 줄 알았을 것이며, 어찌 하찮은 것이 길흉화복을 마음대로 내릴 줄 생각이나 했겠느냐? 43년 동안 크고 작은 초상을 치루면서 두려움에 벌벌 떨며 살았고 노잣돈까지 뿔뿔이 흩어야 했다. 또한 풍수가의 말을 두려워하여 묏자리를 조성하는데 마음과 정성을 다하였으며, 무덤 옮기는 예를 다하여 마음은 후련하나, 집안의 법도가 따라 무너졌다. 아주 어려운 지경에 놓이게 되었어도 정성을 다한 효성이 하늘을 감동시켰고, 쓸쓸하고도 외로운 마음으로 자식과 어미는 서로 가엾게 여겼었다.

거의 하늘은 재앙을 내렸다가 후회하고 없애주기도 하는데, 어찌

하여 귀신은 어진 사람을 도와주지 않는단 말인가? 죽여 없애는 참
혹함으로 하루아침에 목숨을 다 앗아갔으니, 무슨 죄가 있고 무슨
허물이 있어서 이렇게 끝난단 말이냐? 하늘은 아득하기만 하니 나는
누구와 더불어 바로잡겠으며, 나의 삶도 기구하니 하늘이 재앙을 내
린 것일러라. 다만 하나 남은 여동생마저 남북으로 떨어져 살다가,
이런 간난신고(艱難辛苦)를 만났지만 마음은 있어도 가지 못하는구나.
날마다 단란하게 모여 살기를 바라는 것으로 이내 시름겹고 고통스
러운 마음을 위로했는데, 이제는 아주 끝나버렸으니 나는 누구를 의
지하며 살아야 한단 말이냐? 이 늙고 병약하여 등 굽은 늙은이가 능
히 떨치고 날아갈 수도 없으니, 살아서나 죽어서든 이승에서나 저승
에서든 사람의 도리가 모두 사라지고 말았다. 골육을 나눈 남매로서
의 사랑과 정을 절로 펼 곳이 없게 되었으니, 하늘을 우러러보고 땅
을 굽어보아도 이것이 어찌 사람이란 말인가? 무덤 앞에서 영원히
이별하며 이 변변찮은 제문을 부치노니, 영령(英靈)은 어둡지 않고 밝
거든 행여 이 심정을 굽어 살펴다오.

祭季妹文

父母生我, 兄弟八人[1], 惟妹最季, 父母所憐。柔嘉[2]靜愼, 和易淑均,
其推令儀, 咸期遠福。旣奉君子[3], 尤聞敬德, 婉愉齊慄[4], 婦道是飭。

---

1) 父母生我, 兄弟八人(부모생아, 형제팔인) : 尹煌과 昌寧成氏 사이의 6남2녀를 가리킴.
   尹勳擧(1591~1639)·尹舜擧(1596~1669)·尹商擧(1603~1668)·尹文擧(1606~1672)·
   尹成擧(조졸)·尹宣擧(1610~1669) 등 6형제와, 李正興·權儁에게 시집간 2자매가 있다.
   장녀는 1663년에 둘째딸은 1671년에 죽었다.
2) 柔嘉(유가) : 성품이 유순하고 선량함을 이르는 말.

舅姑安之, 姊妹順之, 門闌之內, 小大信孚。最是窮途, 男子所難, 瓶罍
罄恥[5], 菽水[6]勉歡。子姪萃止, 履舃盈戶, 居之綽寬, 百爲有度。旨
甘[7]無虧, 飢渴共忘, 雲谷十載, 伯鸞孟光[8]。螽斯[9]旣繁, 敎養兼爲,
訓迪[10]諸女, 必先小學。及日有程, 晨夕有節, 惟勤惟儉, 有家之吉。
尤見饋享, 奠獻式禮, 必躬必親, 至老不廢。閨懿閫範, 未見今世, 晚
榮[11]數郡, 毫末不加。內修旣淸, 外聞益嘉, 月川[12]歸來, 城西一
塵[13]。嘗謂斯祿, 不可求全, 苟知止足[14], 吾何所望？平生所存, 甚薄

---

3) 君子(군자) : 아내가 자기 남편을 이르던 말.

4) 齊慄(제율) : 삼가고 두려워하는 뜻.

5) 瓶罍罄恥(병뢰경치) : 瓶罄罍恥. 《詩經》〈小雅·蓼莪〉의 "작은 술그릇 다 비워짐은 큰
   술그릇의 수치로다.(缾之罄矣, 維罍之恥.)"에서 나온 말. 충분히 도와주지 못해 안타깝
   다는 말이다.

6) 菽水(숙수) : 콩과 물. 곧, 변변치 못한 음식.

7) 旨甘(감지) : 어버이가 좋아하는 맛있는 음식이라는 말. 《禮記》〈內則〉의 "새벽에 어버
   이에게 아침 문안을 하고 좋아하는 음식을 올리며, 해가 뜨면 물러 나와 각자 일에
   종사하다가, 해가 지면 저녁 문안을 하고 좋아하는 음식을 올린다.(昧爽而朝, 慈以旨甘,
   日出而退, 各從其事, 日入而夕, 慈以旨甘.)"에서 나온 말이다.

8) 伯鸞孟光(백란맹광) : 백란은 梁鴻의 자로, 백란과 맹광은 부부임. 後漢의 양홍은 가난
   하면서도 학문을 좋아하고 벼슬을 구하지 않았으며, 현숙한 아내 맹광은 남편을 극진히
   공경한 나머지 남편의 밥상을 눈썹 높이로 받쳐 들고 들어왔다고 한다. 覇陵山 속에
   들어가 밭을 갈아 먹고살면서도 서로 공경한 것으로 알려져 있다.

9) 螽斯(종사) : 《詩經》〈周南·螽斯〉의 "수많은 여치들 화목하게 모여들듯, 그대의 자손
   또한 번성하리라.(螽斯羽, 詵詵兮, 宜爾子孫, 振振兮.)"에서 나온 말.

10) 訓迪(훈적) : 훈계하여 인도함.

11) 榮(영) : 榮養. 부모를 영화롭게 봉양함.

12) 月川(월천) : 權儁(1610~1665)의 호. 본관은 安東, 자는 秀夫. 아버지는 형조참판 權怗이
    다. 尹煌의 둘째딸과 결혼하여 尹宣擧의 매부이며, 명재 尹拯의 둘째고모부이다. 또한
    尹鑴의 처남이기도 하다. 1633년 증광시 생원에 합격하였다. 蔭仕로 나아가 큰 벼슬은
    하지 않았지만 송준길, 송시열, 권시, 이유태, 윤선거 등과 교류하였다. 1664년에 사도
    시 정의 직임을 맡았는데, 사도시는 궁중의 미곡과 소금, 장을 담당하는 관부이다.

13) 一塵(일전) : 한 丈夫가 거주하는 지역으로 매우 좁은 땅을 말함.

14) 苟知止足(구지지족) : 《老子》〈立戒〉의 "만족할 줄을 알면 욕되지 않고 그칠 줄을 알면

驕妄, 僕隷之賤, 未嘗惡言。務合情誼, 辭氣誾誾[15]。誰知妖孽[16], 嫌
起盜憎[17]？ 豈謂幺麽, 福禍是能？ 四三年中, 大喪小慼, 惴惴危居, 旅
資蕩析。亦懼山家, 經營殫竭, 遷禮恔心, 家道隨覆。成於至難, 誠盡孝
格, 煢煢孤懷, 子母相憐。庶幾天道, 禍悔災蠲, 如何鬼神, 不佑仁人？
殄滅之慘, 一朝竝命, 何罪何辜, 以此終竟？ 天乎茫茫, 我誰與正？ 我
生奇釁, 逢天降割。只餘一妹, 離居南北, 遇此艱難, 有意未就。日望團
會, 慰此愁苦, 今焉已矣, 我生疇依？ 抱茲癃疾, 莫能奮飛, 死生幽明,
人理都盡。骨肉恩義, 無地自伸, 俯仰天地, 此何人哉？ 臨穴之訣, 付此
荒辭, 精靈不昧, 倘或鑑茲。

[石湖先生遺稿, 卷6]

윤문거尹文擧, 1606-1672

☞ 166면 참조.

위태롭지 않아서 한없이 장구할 수가 있다.(知足不辱, 知止不殆, 可以長久.)"에서 나온
말.

15) 誾誾(은은) : 《論語》〈鄉黨篇〉의 "조정에서 하대부와 말을 할 적에는 강직하게 하고,
　　상대부와 말을 할 적에는 부드러운 태도로 간쟁하였다.(朝與下大夫言, 侃侃如也, 與上
　　大夫言, 誾誾如也.)"에서 나온 말.

16) 妖孽(요얼) : 재앙의 조짐.

17) 盜憎(도증) : 간사한 사람이 정직한 사람을 미워한다는 것을 비유적으로 이르는 말.
　　《春秋左氏傳》〈成公 15年〉에 의하면, 伯宗의 아내가 아침마다 백종을 경계하기를, "도
　　둑이 주인을 미워하고 백성들이 임금을 원망하는 세상인데, 그대가 바른말을 좋아하다
　　가는 반드시 어려움을 당할 것이요.(盜憎主人, 民惡其上, 子好直言, 必及於難.)"하였으
　　나 백종은 그 충고를 따르지 않았기 때문에 뒤에 난을 당하였다.

김씨에게 시집간 여동생 제문

祭金氏妹文

이휘일

아아, 애통하다. 너는 타고난 바탕이 밝고 순수한데다 성품이 온화하였다. 어른들에 대한 효성과 공경이 독실하기는 어린 시절부터 그랬고, 형제간 우애하는 마음은 자라면서 더욱 돈독했다. 지나간 과거사에 훤하고 좋은 일 하는 것에 즐거이 했다. 측은하게 여기는 마음이 궁핍한 사람에게까지 미쳤고, 자애롭고 어진 속마음이 비복(婢僕)에게까지 미쳤다. 시집가서는 남편[金磏]을 예로써 대하고 시부모님을 정성으로 섬겼는데, 법도에 어긋남이 없으니 사람들이 다투어 칭송하였다. 어찌 단지 부녀자의 법도에만 부합했겠는가? 또한 군자의 마음까지도 지녔다고 말하더라도, 나의 이 말에 대해 남들이 이의를 달지 못할 것이다.

아아, 애통하다. 우리 형제자매 10명 가운데 정이야 누구에겐들 가지 않겠느냐? 그러나 나와 너만은 나이 차가 크지 않았으니, 때때 옷도 함께 입었고 부모님 슬하에서도 같이 자랐다. 너는 나의 등에 업히고 나는 네 옷자락을 잡고 다녔으며, 잠깐인들 혹여 떨어지기라도 하면 서로를 부르며 울곤 했었다. 이미 장성한 뒤에는 비록 남녀가 따로 지내야했지만, 내가 고서(古書)를 배울 때면 너는 나의 책 읽는 소리를 좋아했고, 내가 옛 예절을 익힐 때면 너는 반드시 기뻐하며 따라했다. 아침에 문안인사 드리고 저녁에 잠자리를 보살펴 드리는 것을 함께 했고, 내가 물을 뿌리면 너는 비질을 했다. 서로를 보게 되면 기쁘고 기쁜 얼굴이었고, 잠시라도 떨어져 있으면 답답하여 활기가 없는 마음이었다. 몸이야 비록 나뉘어 있지만 마음만은 하나와 같았던 것이다. 옆집에서 살기로 항상 서로에게 약속하고는 말하기를, "김 서방(金碩을 가리킴)이 행여 와서 살 의향이 있다면, 부모님 곁을 떠나지 않고 같이 맛있는 음식을 갖추어 봉양할 수 있을 것이고, 아울러 우애하는 즐거움을 이룰 수 있을 것이련만." 하였다. 그러나 이제는 모두 끝나고 말았다. 만사가 산산이 부서졌으니 말이 여기에 이르면 뼛속까지 끓어오른다.

계미년(1643) 여름 온 집안이 역질에 걸려서 위로 부모님께도 미치자, 이때 형제들은 뿔뿔이 흩어지고 친척들도 돌보는 이가 없었다. 오직 너만은 자신도 죽을 수 있는 병에 걸렸지만 온 정성을 다해 모시고 약과 음식으로 봉양하니, 부모님이 비로소 소생하셨다. 네가 온 정성을 다한 효심이 하늘을 감동시킨 것이 아니라면, 어찌 능히 여기에 미칠 수 있었겠는가? 그 다음해에도 역질이 거듭 이르렀는데 부모님은 겨우 소생하셨으나 할머님께서 별세하시니, 그때서야 사람들이 모두 부모님의 위태로움을 생각하였다. 나는 밖에서 갖추고 너는 오로지 안에서 이바지하였는데, 이른 아침부터 밤늦도록 조금도 게으르지 않고 조석반(朝夕飯)을 힘껏 봉양하였다. 마침내 부모님이 완전히 회복되시고 아무 일 없이 병을 물리치자, 그 뒤에 눈물을 훔치며 서로 축하하고 기쁨이 몹시 컸다.

내 생각에 이미 평탄한 길로 나가 다시는 걱정할 일이 없어서, 위로는 부모님을 섬기고 아래로는 형제들과 즐겁게 지낼 수 있을 것으로 생각했다. 봄에 꽃 피고 가을에 단풍질 때 장수를 비는 잔을 올리며 즐기고, 푸른 시냇가에서 고기 낚아 봉양하면서, 아무 일이 없었던 때처럼 부모님을 즐겁게 해드리며 하루하루 지나가는 것을 안타깝게 여기는 정성을 다할 수 있기를 바랐다. 어찌하여 하늘은 재앙 내린 것을 후회할 줄 모르고 귀신은 방자히 그런 못된 짓을 하여서, 네가 청춘의 나이에 갑자기 부모님을 하직할 줄 알았겠느냐? 네가 세상을 등진 이후로 부모님은 늘 눈물만 지으시고 모습이 날로 수척해지신 데다 머리도 희끗희끗해지시고 낯빛도 창백하시니, 이미 다시는 옛날의 모습이 간데없으셨다. 비록 지난날 하신 말씀대로 하시고자 해도, 보이는 것마다 마음만 쓰라리고 좋은 경치를 보아도 슬픔만 자아내니, 어디에선들 즐거우실 수 있었겠느냐? 네가 살아있을 때는 오직 부모님께서 마음 불편해 하시는 것을 걱정했었는데, 이렇게 한없이 부모님 마음을 아프게 하고 있으니, 죽었을망정 만약 이를 안다면 어찌 편안히 눈을 감고 있을 때가 있겠느냐?

아아, 애통하다. 네 시댁에서 처음에는 예안(禮安)의 선영에 장사지내고자 했다. 그러나 부모님께서 차마 유해(遺骸)를 멀리 떠나보내지 못하시어 임시로 집 뒷산에다 너를 묻었다. 이곳은 네가 평소에 즐겨 노닐며 오르던 곳이다. 아아, 애당초 어찌 이곳이 너를 묻을 곳이 되리라고 생각이나 했겠느냐?

아아, 애통하다. 김 서방은 어려서 어머니를 잃고 고생스럽게 성장하였지만, 다행히 너를 만나 의지하며 살았거늘 중도에 네가 갑자기 죽자, 의지할 만한 사람 없이 외로운 신세가 되어 슬퍼하고 있으니, 보는 너도 참담하여 생각건대 필시 어둡고 어두운 지하에서 울음을 삼키고 있겠구나. 김 서방이 훗날에 혹 다시 장가들어 아들을 낳는다면, 내 반드시 네 아들로 여겨 데려다 가르칠 것이다. 그 아이로 하여금 네 제사에 정성을 다하도록 하려는 것이 내가 밤낮으로 생각하는 것이란다. 다만 세상일은 흔히 어그러지고 사람일은 쉬 변하니, 또한 어찌 반드시 그러리라고 능히 믿을 수 있겠느냐.

아아, 애통하다. 꽃 같은 자태, 낭랑한 음성을 천지 사방의 이 세상 어느 곳에서 다시 찾을 수 있으랴? 한 잔 술로 영원히 이별하노니 눈물이 옷깃을 적시누나. 혼령은 반드시 죽지 않으니 와서 흠향하기 바란다.

祭金氏妹文

嗚呼痛哉! 惟爾[1]稟質明粹, 資性溫和。孝敬之篤, 自于幼年, 友愛之情, 長而彌敦。通于往古, 樂於爲善。惻怛之念, 周于窮乏, 慈良之蘊, 及乎婢僕。曁于適人而于歸, 待君子[2]以禮, 事舅姑以誠, 儀度無虧, 人爭致譽。豈但閨範之足稱, 亦有君子之胸襟, 凡吾此言, 人必不間矣。嗚呼痛哉! 兄弟十人[3], 情孰不至? 惟我與爾, 年不相遠, 共服斑斕, 同長膝下。爾負我背, 我牽爾衣, 須臾或離, 招呼相哭。及其旣長, 雖男女異居, 我學古書, 爾必樂聽, 我習古禮, 爾必忻慕。晨昏[4]拜揖, 我灑爾

---

1) 爾(이) : 이휘일의 여동생으로 金礏에게 시집간 사람. 그녀는 25세에 출산 도중 죽었다.

2) 君子(군자) : 예전에, 아내가 자기 남편을 이르던 말.

3) 兄弟十人(형제십인) : 아버지 李時明(1590~1674)은 첫째부인 檢閱 金垓의 딸 光山金氏 사이에 1남1녀를, 둘째부인 張興孝의 딸 安東張氏 사이에 6남2녀를 둔 것을 일컬음. 광산김씨의 소생은 李尙逸(1611~1678)과 余國獻에게 시집간 딸이 있으며, 안동장씨의 소생은 李徽逸(1619~1672)·李玄逸(1627~1704)·李嵩逸(1631~1698)·李靖逸(1635~1704)·李隆逸(1636~1698)·李雲逸(1643~1672) 6형제와 金礏과 金怡에게 각각 시집간 2딸이다.

掃。相見有怡怡之容，暫離懷鬱鬱之愁。形體雖分，心腸若一。常相約爲接屋之計曰：“金郎5)幸有來居之意，庶得無違親側，共具甘旨之奉，而兼遂友于之樂。”今皆已矣。萬事瓦裂，言念及此，心骨沸蒸。癸未6)之夏，合家遘癘而上及嚴天，此時兄弟分離，親戚莫顧。惟爾身經死病，竭誠侍奉，以藥以饍，親乃得蘇。非爾之誠孝格天，何能及此？迨其次年，癘患疊至，父母纔蘇，王母7)別世，當此之時，人皆爲父母危之。而吾乃外具，爾惟內供，夙夜匪懈，朝夕力養。卒致親體復完，無事除制，此後拭淚相慶，忻喜方深。意謂已出坦途，無復可虞，上得以事我父母，下可以樂我兄弟。春花秋葉，稱觴以娛，碧溪靑坡，漁獵以養，庶以怡親於無故之日，而以盡我愛日之誠8)。豈料天不悔禍，鬼肆其惡，汝以靑春之歲，遽爾辭庭9)哉？自汝喪後，親淚常傾，親容日衰，斑鬢蒼顏，已復非昔時矣。雖欲如向時之云，觸物生酸，遇景興悲，何從而致其樂乎？爾之生時，唯恐父母之不樂，而乃貽此無涯之至痛，死若有知，寧有瞑目之時耶？嗚呼痛哉！汝之夫家，初欲返葬於禮之先壟。而父母不忍遺骸

---

4) 晨昏(신혼)：昏定晨省. 어버이를 정성껏 봉양하는 것을 이르는 말. 《禮記》〈曲禮 上〉의 “자식이 된 자는 어버이에 대해서, 겨울에는 따뜻하게 해 드리고 여름에는 시원하게 해 드려야 하며, 저녁에는 잠자리를 보살펴 드리고 아침에는 문안 인사를 올려야 한다. (冬溫而夏淸, 昏定而晨省.)”에서 나온 말이다.

5) 金郎(김랑)：金碟(1621~1668). 본관은 光山. 자는 士淨. 할아버지는 金垓(1555~1593)이며, 아버지는 金光岳(1591~1648)이다.

6) 癸未(계미)：仁祖 21년인 1643년.

7) 王母(왕모)：할머니. 할아버지 李涵(1554~1632)의 아내로, 李希顔(1504~1559)의 딸이다. 1644년 7월에 죽었다.

8) 愛日之誠(애일지성)：효자가 어버이를 섬길 시일이 얼마 남지 않았음을 안타까워하는 마음을 이르는 말. 漢나라 揚雄의 《法言》의 “오래 할 수 없는 것이란 어버이를 섬기는 것을 이르니, 효자는 부모를 모실 시일이 적음을 안타까워한다.(不可得而久者, 事親之謂也, 孝子愛日.)”에서 나온 말이다.

9) 辭庭(사정)：辭庭闈. 부모님을 하직함.

之遠離, 權且厝之於屋後山麓。是汝平日所嘗遊陟者。嗚呼! 初豈意此
爲葬汝之地耶? 嗚呼痛哉! 金郎早失慈親, 艱苦長成, 幸得託汝爲生,
而中道遽殞, 無所可賴, 孤影相弔, 見者慘目, 想必飮泣於冥冥中矣。金
郎他日, 儻能更娶而生子, 則吾必視爲汝子而取敎之。使之盡誠於汝之
祀事, 是吾朝暮之念也。但世故多舛, 人事易換, 亦安能信其必然也?
嗚呼痛哉! 英英之姿, 琅琅之音, 宇宙此生, 何處重尋? 一觴永訣, 涕下
沾襟。魂必不亡, 庶幾來歆。

[存齋先生文集, 卷5]

이휘일李徽逸, 1619-1672

본관은 載寧, 자는 翼文, 호는 存齋. 아버지는 李時明인데, 작은아버지 李時成에게 양
자로 갔다. 朴玏의 딸 務安朴氏와 결혼했는데 자식이 없어 李玄逸의 아들 李檥를 양자
로 들였다. 13세 때 외할아버지 張興孝에게 수학하였다. 朱子·退溪의 학문을 깊이 연
구하여 실천하였다. 金誠一·柳成龍를 거쳐 전수된 李滉의 心學을 얻었다. 학행으로
천거되어 慶基殿參奉에 제수되었으나, 사양하고 부임하지 않았다.

막내여동생 제문
祭季妹文

김수항

을묘년(1675) 11월 모일에 막내오빠 김수항(金壽恒)이 멀리서 제철의 제수를 갖추고 아들 김창협(金昌協)을 시켜 대신 여동생 숙인(淑人) 김씨의 영전(靈前)에 고하게 한다.

아아, 우리 어머니[延安金氏]는 무릇 8명의 자녀를 낳으셨으니, 아들이 3명이고 딸이 5명이다. 너는 그 순서에서 가장 막내였는데, 어머니께서 낳다가 잘못되어 아침에 너를 낳고 저녁에 돌아가셨다. 그때 큰 누님은 막 시집을 갔지만 둘째와 셋째 누나는 모두 아직 시집가지 않았고, 첫째형님[金壽增]과 둘째 형님[金壽興]은 모두 이를 갈 나이였지만 나와 넷째 여동생은 더 어려 둘 다 강보에 싸여 있어서 지금도 어머님의 모습과 목소리를 어렴풋이나마도 알지 못한다.

아아, 사람이 태어나 어머니가 아니면 누구를 의지하겠느냐? 그러나 우리 형제들은 어려서 어머니를 잃었으니, 하늘로부터 복을 받지 못함이 매우 심하였다. 하물며 너는 태어나자마자 어머니를 잃었으니, 운명의 기구함이 누가 이보다 심하겠느냐? 할아버지[金尙憲]께서 태어난 네가 으앙 울어도 의지할 데가 없는 것을 보시고는 불쌍히 여기셔서 데려다가 슬하에 두고 기르셨다. 또 너의 용모가 수려함을 유난히 아끼셔서 특별한 사랑을 쏟으시며 늘그막에 눈앞의 즐거움으로 여기셨는데, 마치 옥구슬이 손안에 있는 것과 같을 뿐만이 아니었다. 할아버지께서 청(淸)나라의 눈 쌓인 움막에 유폐되어 계실 때에도 너를 그리워 마지않으시며 여러 번 시로 읊으셨고, 우리 형제들에게 편지를 보내실 때마다 네가 아무 탈 없이 잘 있는지 여부를 묻지 않으신 적이 없었다. 할아버지께서 우리나라로 돌아오신 뒤에 너를 위해 짝을 고르시고 몸소 혼례를 보셨는데, 할아버지의 기뻐하심이 또 별나게 매우 지극하였다. 임종할 즈음에는 순순히 돌아보시며 하신 말씀이 또한 너를 염려하지 않음이 없으셨다. 아아, 너는 할아버지에게 보살펴주신 은혜로운 덕인 하늘같은 은혜에 보답하지 못하였거늘, 우리 할아버지께서 백세를 누리지 못하신 것은 진실로 우리 자손들이 죽을 때까지 함께 슬퍼할 것인데, 너야말로 어찌 슬피 사모하는 마음이 더하지 않겠으며, 그 운명의 기구함에 더욱 마음 상하지 않았겠느냐?

다행한 것은 좋은 배필[李光稷]이 이름을 날려 벼슬길이 날로 더해지고, 금슬이 서로 벗 사귀듯 하여 집안의 도리가 차츰 이루어진 것이다. 생각건대, 하늘이 먼저 너에게 기구한 운명을 주었던 것은 아마도 나중에 너에게 복을 주고 너에게 수명을 누리도록 하려는 것이라 여겼었다. 그런데 어찌하여 한창의 나이에 너는 남편을 잃어 외로운 몸으로 제 그림자를 애도하고 피눈물을 삼켰단 말이냐? 너의 마지막도 기구하였으니, 하나같이 이 지경에 이른단 말이냐? 그래도 핑계거리가 있는 것은 세 딸이 이미 장성했고 양자(養子 : 李秀衡)도 능히 선악을 분별하여, 며느리도 두고 사위도 둔데다 또한 이미 손자를 안고 있으니, 아마도 하늘이 손자들의 재롱을 보며 축수 받는 즐거움을 주어서라도 늘그막엔 너의 죽지 못한 고통을 조금이나마 위로해주는 것 같았다. 네가 늙기도 전에 갑자기 죽게 해서 도리어 아이들로 하여금 의지할 곳 없이 살아가게 하고, 이 세상에 남아 있는 우리 형제들에게 이런 끝없는 슬픔을 안게 할 줄을 그 누가 생각이나 했겠느냐? 하늘은 너에게만 기구한 운명을 주어놓고서 끝장에 가서도 또 너의 목숨마저 앗아가 버렸다. 무릇 만물을 아울러 길러주는 하늘이 어찌 유독 너에게만 어질지 못하고 이다지 가혹한 것이냐? 그 또한 이상하고, 그 또한 애달프구나.

너는 본디 연약해서 병에 잘 걸렸는데, 지극한 슬픔을 겪은 뒤로 깡마른 것이 날로 더해가더니 마침내 고질병에 걸렸다. 그러나 나았다 심해졌다 하면서 시간을 끌어 처음에는 깊은 걱정을 하지 않았다. 그때 마침 나는 사신(使臣)으로 연경(燕京) 가는 길에 올라서 갔다가 돌아오는데 몇 달이 걸렸으니, 그 사이에 서로 떨어져 지내며 너의 병에 대한 걱정이 진실로 계속 마음에 잊히지 않았지만, 또한 어찌 그때의 작별이 영원한 이별이 될 줄을 생각이나 했겠느냐? 귀국길에 올라 압록강(鴨綠江)에 이르러 해가 바뀐 뒤에야 비로소 너의 부음(訃音)을 들었다. 내가 아직 임금님께 보고를 드리기도 전에 너는 이미 멀리 떠나가 버렸으니, 미처 시신을 어루만지며 통곡 한 번도 못하고 말았다. 또 관직에 매여 제약이 따라 너의 관(棺)이 땅에 묻히는 것도 보지 못했다. 그러니 이승과 저승 사이에서 이 한스러움 어찌 끝이 있으랴?

아아, 부모를 잃어 돌보아주는 이 없는 나는 오직 형제만이 의지할 곳인데, 둘째와 셋째 두 누나가 앞뒤로 세상을 떠나고 가장 어린 네가 또 갑자기 이 지경에 이른단 말이냐? 넷째여동생은 시골로 시집갔는데, 문안도 또한 제때에 하지 못하고 있다. 첫째형님[金壽增]은 겨우 서쪽 땅에서 돌아오자마자 가족들을 이끌고 산골짜기로 들어가셨고, 둘째형님[金壽興]은 권력(영의정에 있었음)에서 쫓겨난 나머지 서울 근방에 숨어 지내신다. 오직 큰 누님만이 서울에 계신데, 연세가 지금 칠십을 바라보니 병들고 쇠약해짐이 매우 심하셨다. 나도 또 문책을 당하여 남쪽 변방[전남 영암]에서 귀양살이하고 있다. 죽은 사람은 할 수 없지만, 산 사람도 역시 각각 뿔뿔이 떨어져 있어 마치 삼성(參星)과 상성(商星)처럼 모이기가 아득하여 기약이 없다. 사람이 고서 정이 있는데, 그래도 이를 견딜 수 있어야 한단 말이냐? 저 부모님께서 모두 살아계시고 형제가 아무런 사고가 없는 사람은 어떠한 사람이란 말인가? 애통하고 애통하다.

　내가 연경에서 돌아온 뒤에 네게 술 한 잔을 올리고 나의 슬픔을 고하려 한 것이 오래되었으나, 국상(國喪 : 顯宗)을 당하여 한 해 내내 그렇게 할 겨를 없이 분주하였는데, 그만 갑자기 모함을 받아 강가에서 임금의 명을 기다리는 몸이 되었다가, 서울로 들어온 지 얼마 지나지 않아 또 다시 버림을 받고 남쪽(전남 영암)으로 왔다. 슬픔과 한스러움이 가슴속에 쌓여 있으나 이를 삼킨 채 말할 수가 없었는데, 이럭저럭 시간이 흘러 대상(大喪)이 다가온다. 이곳 산과 바다는 멀리 떨어져 있으니, 이미 빈소 옆에서 곡 한 번도 하지 못한데다 술이며 닭고기도 또한 직접 올릴 수가 없어 더욱 통탄스럽다. 북쪽을 바라보면 애간장이 끊어지고 눈물이 줄줄 흐른다. 글을 써 애달픈 마음을 보내려 하나, 슬픔으로 인해 제문조차 지을 수가 없구나. 영령(英靈)은 그 마음을 아는가, 모르는가? 아아, 슬프다. 적지만 흠향하여라.

祭季妹文

維乙卯[1]歲, 十一月乙酉朔, 某日干支, 季兄壽恒遠具時羞之奠, 使子昌協[2]替告于舍妹[3]淑人金氏之靈。嗚呼! 我先妣凡擧八子[4], 丈夫子三人, 女子子五人。汝於序爲最季, 先妣厄於産, 朝挽汝而夕不諱[5]。時惟伯姊纔施衿[6], 仲叔二姊俱未字[7], 伯仲二兄俱在毀齔, 吾與第四妹尤稚弱, 俱未離褓抱, 至今不省先妣容聲於髣髴。嗚呼! 人之生也, 非母何恃? 而吾兄弟幼而見背, 其不天[8]已甚矣。況汝甫墮地而已失之, 命之奇釁, 孰甚於斯? 先祖考[9]愍汝呱呱靡託, 取而鞠之膝下。又憐汝娟秀異

---

1) 乙卯(을묘) : 肅宗 1년인 1675년.

2) 昌協(창협) : 金昌協(1651~1708). 조선 중기의 문신·학자. 본관은 安東, 자는 仲和, 호는 農巖·三洲. 좌의정 金尙憲의 증손자이고, 영의정을 지낸 金昌集의 아우이다. 아버지는 영의정 金壽恒이며, 어머니는 安定羅氏로 해주목사 金星斗의 딸이다. 학문적으로는 李滉과 李珥의 설을 절충하였고, 그의 문장은 단아하고 순수하여 歐陽修의 정수를 얻었으며, 그의 시는 杜甫의 영향을 받았지만 그대로 모방하지 않고 고상한 시풍을 이루었다.

3) 舍妹(사매) : 여동생을 이르는 말. 1633년 태어나 1674년 12월에 죽었다. 향년 42세이다.

4) 同知中樞府事 金光燦과 金珛의 딸인 延安金氏(金悌男의 손녀) 사이에 태어난 3남 5녀를 말함. 아들로는 金壽增(1624~1701)·金壽興(1626~1690)·金壽恒(1629~1689)이고 딸로는 牧使 李挺岳·縣監 洪柱天·郡守 李重輝·司諫 宋奎濂·持平 李光稷에게 시집간 딸이다.

5) 不諱(불휘) : 죽음. 이때가 1633년이다.

6) 施衿(시금) : 施衿結帨. 여자가 시집갈 때 어머니가 옷깃을 펴서 허리에 차는 수건을 달아주는 것을 이르는데, 여기서는 시집가는 나이를 뜻함.

7) 未字(미자) : 혼인하지 않음.

8) 不天(불천) : 하늘로부터 복을 받지 못함.

9) 先祖考(선조고) : 金尙憲(1570~1652)을 가리킴. 본관은 安東, 자는 叔度, 호는 淸陰·石室山人·西磵老人. 아버지는 돈령부도정 金克孝이며, 어머니는 좌의정 鄭惟吉의 딸이다. 1590년 진사가 되고 1596년 임진왜란 중에 실시한 정시 문과에 병과로 급제하여 권지승문원부정자에 임명되었으며 이후 부수찬, 좌랑, 부교리를 거쳤다. 1626년 명장 毛文龍의 무고를 해명하기 위해 正使 南以雄, 書狀官 金地粹 등과 함께 성절사겸사은사로 명나라에 다녀왔다. 1637년 2월에 仁祖가 三田渡에서 청 태종에게 삼배고두의 치욕을 당하자 항복문서를 찢어버리고 곧바로 선영이 있는 현재의 경상북도 안동시 풍산읍

常，　鍾愛特甚，　以爲暮境眼前娛，　不翅若珠之在掌也。當祖考之幽雪
窖[10]也，思戀汝不置，屢發於吟詠，每寄書吾兄弟，未嘗不訊汝無恙否
也。及祖考東還，爲汝擇對[11]，親見結褵[12]之禮，祖考之悅喜，又特甚
至。其啓手[13]之際，諄諄[14]顧言，亦無非眷眷乎汝也。嗚呼！ 汝之於祖
考，顧復恩勤之德，卽昊天莫酬，則我祖考之不得享期頤[15]，固吾子孫
所共慟終身者，而在汝豈不益增其哀慕而益自傷其命之奇舋耶？ 所幸佳
耦揚名，雲路[16]日闢，琴瑟相友，家道稍成。意者天之所以奇舋汝於前
者，將有以福汝壽汝於後也。奈何汝鬒方華，而汝哭以晝[17]，煢煢然弔

소산리로 내려와 1년 동안 지내다가 이듬해 현재의 풍산읍 서미리로 들어가 木石居라는
산방을 짓고 은자적 삶을 영위하였다.

10) 雪窖(설교) : 漢나라 蘇武가 匈奴에게 사신으로 갔을 때 흉노가 연금시켜 놓았던 곳.
蘇武는 漢나라 武帝 때 中郞將으로 있다가 匈奴에 사신으로 갔을 때, 흉노의 선우(單于)
가 갖은 협박을 하여 항복시키려 했지만 굴하지 않으니 큰 구덩이[大窖] 속에 감금하고
음식을 주지 않으매, 소무가 눈을 먹고 깃발을 씹으면서 지냈으며, 뒤에 北海로 옮겨져
서 양을 치며 지내면서도 한나라의 지조를 그대로 지키고 있었다. 갖은 고생을 하면서
19년 동안 머물러 있다가 昭帝 때 흉노와 화친하게 되어 비로소 漢나라로 돌아왔다.
여기에서는 金尙憲이 병자호란 때에 청나라에 잡혀가 고생한 것을 말한다.

11) 擇對(택대) : 배필을 고름.

12) 結褵(결리) : 結縭. 딸이 시집갈 때 어머니가 딸에게 경계의 말을 하며 향주머니를 채워
주는 것으로, 결혼을 뜻함. ≪詩經≫〈豳風·東山〉의 “아가씨 시집가니, 누른 말과 얼룩말
이로다. 어머니가 향주머니 채워 주니, 그 위의 성대하도다.(之子于歸, 皇駁其馬. 親結
其縭, 九十其儀.)”에서 나온 말이다.

13) 啓手(계수) : 啓手足. 사람이 상처 없이 죽은 것을 아름답게 이르는 말. ≪論語≫〈泰伯
篇〉의 “증자가 병이 들었을 때, 제자들을 불러 말하기를, 이불을 걷어 내 발을 열어
보고 내 손을 열어 보아라. ≪시경≫에 ‘두려워하고 조심하라. 깊은 못에 임한 듯이.’
하였는데, 죽음에 임한 이제야 나는 부모님이 주신 몸을 상하지 않게 되었음을 알겠다.
제자들아.(曾子有疾, 召門弟子曰: 啓予足, 啓予手. 詩云戰戰兢兢, 如臨深淵, 如履薄氷.
而今而後, 吾知免夫. 小子.)”에서 나온 말이다.

14) 諄諄(순순) : 타이르는 태도가 아주 다정하고 친절함.

15) 期頤(기이) : 100세.

16) 雲路(운로) : 靑雲路. 벼슬길.

17) 哭以晝(곡이주) : 晝哭. 남편을 여읜 것을 말함. ≪禮記≫〈檀弓 下〉에 의하면, 춘추시대

影飮血？ 汝之終於奇釁, 一至此哉？ 然猶有所諉者, 三女[18]旣長, 螟
兒[19]克類[20], 有婦有壻, 亦旣抱孫, 庶幾天或以含飴[21]稱觴[22]之樂, 少
慰汝未亡之痛於晩景也。孰謂汝未老而遽殞, 反使兒女輩無所恃以爲生,
而吾兄弟之在世者, 抱此無涯之戚耶？ 天旣偏賦奇釁於汝之命, 而畢竟
又斬汝之壽。夫以並育群生之天, 奚獨不仁於汝此酷哉？ 其亦異矣, 其
亦哀矣。汝本羸脆善病, 自罹至慟, 柴削日加, 遂嬰沈痼之疾。然而乍歇
乍劇, 淹延歲月, 未始以爲深憂也。屬余飮水[23]燕路, 往返歷數箇月,
其間睽離之感, 疾病之憂, 誠有耿耿縈懷者, 而亦豈料此別之爲長訣也？
歸到鴨江, 始聞汝訃於改歲之後。我未反命[24], 而汝已卽遠, 旣未及撫
屍而一慟。又因繫官束制, 不得視汝棺之入于土。幽明之間, 此恨曷極？
嗚呼！ 孤露餘生[25], 唯同氣是依, 而仲叔二姊, 旣先後淪喪, 汝以最季,
而又奄忽至斯？ 第四妹于歸鄕曲, 聞問亦不以時。伯氏[26]纔從西土歸,

에 敬姜이 남편 穆伯의 상을 당해서는 낮에만 곡을 하고, 아들 文伯의 상을 당해서는
주야로 곡을 하였는데, 孔子가 이를 두고 禮를 안다고 평했던 고사가 있다. 남편 이광직
(1632~1664)이 1664년에 죽었다. 그의 본관은 韓山, 자는 子輝, 호는 希菴. 1650년
생원시에 1660년 式年試에 급제하여 여러 관직을 거쳐 사헌부 지평을 역임했다.

18) 三女(삼녀) : 光山 金鎭龜(1651~1704)·豊壤 趙命仁·淸州 韓永祚에게 각각 시집감.

19) 螟兒(명아) : 나방의 애벌레로, 나나니벌이 업고 가서 자기의 애벌레인 줄 알고 기른다
고 하여, 양자를 가리키는 말. 이광직의 아내는 첫째시숙 李興稷 아들인 李秀衡을 양자
로 들였다.

20) 克類(극류) : 선악을 능히 분별하는 것을 이르는 말.

21) 含飴(함이) : 含飴弄孫. 후한의 馬皇后가 "나는 엿이나 먹으면서 손자나 데리고 놀겠다.
더 이상 정사에는 간여하고 싶지 않다."고 말한 고사이다.

22) 稱觴(칭상) : 잔을 들어오래 살기를 비는 것.

23) 飮水(음빙) : 사신의 임무를 수행하기 위해 애쓰는 것을 이르는 말. 《莊子》〈人間世〉의
"오늘 아침에 내가 사신으로 가라는 명령을 받고는 속이 달아올라 저녁 때 얼음물을
마셨다.(今吾朝受命, 而夕飮氷.)"에서 나온 말이다.

24) 反命(반명) : 復命. 명령을 받고 일을 처리한 사람이 그 결과를 보고함.

25) 孤露餘生(고로여생) : 어릴 때 부모를 여의고 의지할 데가 없는 사람.

將挈家入峽。仲氏27)以貶逐之餘，屛居郊圻。獨伯姊在都，而年今望七，衰疾已甚。余又獲譴禦魅28)于炎徼29)。死者已矣，生者亦落落各天，如參商30)會合渺然無期。人而有情，尙可以堪此耶？ 彼父母俱存而兄弟無故者，顧何人哉？ 痛矣痛矣！ 自余之自燕歸也，久擬酹汝一觴，以告余哀，而荐丁國憂31)，終歲奔遑，旋遭駭機32)，竄命江干，入城未幾，仍又受玦33)南來。悲恨積中，呑不得宣，荏苒34)之頃，再朞35)將周。隔此嶺海之遠，旣無由一哭於靈几之傍，漬綿炙鷄36)，亦不得躬奠，尤可痛

---

26) 伯氏(백씨) : 金壽增(1624~1701). 조선 후기의 문신. 자는 延之, 호는 谷雲. 좌의정 金尙憲의 손자이다. 1650년 생원시를 거쳐 1652년 洗馬가 되었다. 그 뒤 형조정랑·공조정랑을 거쳐 各司의 正을 두루 역임하고, 1675년 동생 金壽恒이 宋時烈과 함께 유배되자 당시 성천 부사의 직을 그만두고 지금의 강원도 화천군 사내면 영당동에 籠水精舍를 짓고 은거하였다. 1694년 갑술옥사 이후 남인이 몰락하고 소론이 집권하였으나 1689년 송시열과 김수항이 기사환국으로 죽음을 당한데 충격을 받고 벼슬하기를 사양하였다. 그 후 1697년 12월 한성부 좌윤에 임명되었으며 이어 공조 참판을 제수 받았다.

27) 仲氏(중씨) : 金壽興(1626~1690). 1674년 갑인예송에서 서인이 패해 영의정이던 김수흥이 쫓겨난 사실을 일컫는다.

28) 禦魅(어매) : 귀양감을 이르는 말.

29) 炎徼(염교) : 남쪽 변방 지역을 뜻하는 말. 김수항은 1675년 7월에 應旨 進言하였다가 전남 靈巖으로 遠竄된 것을 일컫는다.

30) 參商(삼상) : 參星과 商星. 삼성은 서쪽에 상성은 동쪽에 서로 등져 있어 동시에 두 별을 볼 수가 없는데서, 떨어져 있어 서로 만나지 못하는 처지를 비유적으로 이르는 말.

31) 國憂(국우) : 國喪. 1674년 8월 顯宗이 승하한 것을 일컫는다. 이때 김수항은 摠護使가 되었다.

32) 駭機(해기) : 피할 수 있는 틈을 주지 않고 갑자기 쇠뇌를 쏘아 사람을 놀라게 하는 것으로, 곧 불의에 사람을 공격함을 뜻하는 말.

33) 受玦(수결) : 임금의 신임을 잃고 배척을 받았다는 말.

34) 荏苒(임염) : 세월이 흘러감을 이르는 말.

35) 再朞(재기) : 大喪.

36) 漬綿炙鷄(지면자계) : 술이며 닭고기라는 말. 後漢의 高士 徐穉가 평소 술에 담근 솜을 잘 말려 두었다가 문상을 갈 일이 있으면 구운 닭을 그 솜으로 싸 가지고 가서 솜을 물에 담궈 우러난 술과 닭을 무덤에 차려 놓고 제사를 올렸던 고사에서 나온 말이다.

矣。北望腸摧, 有隕如瀉。緘辭送哀, 哀不能文。靈其知耶? 其不知耶?
嗚呼哀哉! 尙饗。

[文谷集, 卷23]

김수항金壽恒, 1629-1689

본관은 安東, 자는 久之, 호는 文谷. 김창협 형제의 아버지이다. 1645년 泮試에 수석하고, 1646년 진사시와 1651년 알성 문과에 장원으로 급제, 典籍이 되었다. 1653년 동지사의 서장관으로 청나라에 다녀왔다. 육조의 판서를 두루 거쳤고, 1672년 44세의 나이로 우의정에 발탁되고, 좌의정에 승진해 世子傅를 겸하였다. 1674년 갑인예송에서 서인이 패해 영의정이던 형 金壽興이 쫓겨나자, 대신 좌의정으로 다시 임명되었다. 숙종 즉위 후 허적·윤휴를 배척하고, 추문을 들어 종실 (福昌君·福善君 형제의 처벌을 주장하다가 집권파인 남인의 미움을 받아 영암에 유배되고, 1678년 철원으로 이배되었다. 1680년 이른바 경신대출척이 일어나 남인들이 실각하자 領中樞府事로 복귀, 영의정이 되어 남인의 죄를 다스리는 한편, 송시열·박세채 등을 불러들였다. 이후 8년 동안 영의정으로 있다가 1687년 領敦寧府事로 체임되었다. 1689년 기사환국이 일어나 남인이 재집권하자, 남인의 명사를 함부로 죽였다고 掌令 金邦杰 등이 탄핵해 진도로 유배되었다가 사사되었다. 절의로 이름 높던 김상헌의 손자로 家學을 계승했으며 金長生의 문인인 송시열·송준길과 종유하였다.

죽은 여동생 제문

祭亡妹文

이민서

아, 나의 막내여동생아! 네가 정녕 나를 버리고 죽었단 말이냐? 부인 가운데 어진 행실이 있는 자로서 어느 누가 너보다 나을 수 있 겠으며, 세상에 가난하고 아버님을 여읜 재앙이 또 어느 누가 너 같 은 자가 있겠느냐? 그리고 또 오래오래 살지 못하고 어머님 상(喪)을 치르다가 끝내 죽으니, 하늘이 우리 집에만 거듭 재앙 내리는 것이 어찌 이같이 혹독하단 말인가? 아아, 애통하다.

어질고 사리에 밝은 너의 속마음도 슬퍼하고 즐거워함이 항상 과 할 수 있다는 것을 일찍 알지 못한 후회와 아픔이 내게 남아 있다. 하물며 내가 먼저 아버님[李敬輿]을 잃고 뒤에 어머님[豊川任氏]을 잃은 데다, 밖으로는 형제(둘째형 이민적과 넷째동생 이민채) 상(喪)을 치르고 안으로는 여동생 상을 치르면서도 같이 죽지 못하는 것은 대체 무슨 까닭이랴? 지금 나는 홀로 외롭고 의지할 곳 없이 애통하여 혼자 무 사한 것은 이치가 아니듯, 병으로 위태롭고 괴롭다. 겉모습은 아직 죽지 않았어도 마음은 이미 죽은 것인데, 어찌하여 너를 좇아 부모 형제 곁으로 가지 않고 절로 산 사람이 되어 죽은 자를 위해 곡해야 한단 말이냐?

병 때문에 그 마음을 다 풀어낼 수가 없고, 슬픔으로 인해 그 제문을 다 지을 수가 없다. 내 마음속에 있는 지극한 비통함이야 신명(神明)만은 아시리라. 그저 술 한 잔을 따르노니, 어찌 많은 말을 할 것이랴.

祭亡妹文

嗟吾季妹[1], 爾果棄我而死歟? 婦人之有賢行者, 孰有過於爾? 而天下之窮孤[2]禍毒, 又孰有如爾者耶? 而又不克永年, 竟死於苫塊[3], 何天荐禍吾家若是之偏且酷歟? 嗚呼痛哉! 哲人[4]之情, 哀樂恒過, 不早覺知, 悔痛在我。況吾先失所怙, 後失所恃, 外喪兄弟[5]而內喪吾妹[6], 冥然[7]不死, 抑獨何哉? 今余孤危[8]痛毒, 理無獨全, 疾病危苦。形未化而

---

1) 季妹(계매): 李敬輿(1585~1657)와 豊川任氏 사이에 4남2녀이니, 아들로는 원주목사 李敏章(1620~1694), 참판 李敏迪(1625~1673), 대제학·이조판서 李敏敍(1633~1688), 지평 李敏采(1635~1670)이며, 딸로는 李憰·朴世格에게 각각 시집간 두 딸인데, 여기서는 박세격에게 시집간 딸을 일컬음. 李憰(1631~1695)에게 시집간 딸은 1631년에 태어나 1695년 12월 29일에 죽었다. 이준도 1695년 1월 7일에 죽었다. 이준의 본관은 延安, 자는 景略, 호는 安分齋. 李貴의 손자이며, 李時昉의 아들이다. 현감, 宗廟署令을 지냈다.

2) 窮孤(궁고): 가난하거나 어버이를 여읨. 여기서는 친정아버지 李敬輿가 1657년에 죽은 것을 염두에 둔 표현인 듯.

3) 苫塊(점괴): 寢苫枕塊. 거적으로 자리를 삼고 흙덩이로 베개를 삼는다는 뜻. 居喪하는 예를 말한다. 아마도 친정어머니 豊川任氏가 1674년 가을에 죽은 것을 일컫는 듯하다.

4) 哲人(철인): 죽은 사람을 높여 부른 말. 《禮記》〈檀弓 上〉에 의하면, 孔子가 아침 일찍 일어나 지팡이를 끌고 문 앞에 한가로이 노닐며 노래하기를 "태산이 무너지고 대들보가 부러지고 철인이 죽겠구나.(泰山其頹乎, 梁木其摧乎, 哲人其萎乎.)"에서 나온 말이다.

5) 喪兄弟(상형제): 이민서의 넷째동생 李敏采가 1670년에, 둘째형 李敏迪이 1673년에 죽은 것을 일컬음.

6) 喪吾妹(상오매): 朴世格(1639~1669)에게 시집간 여동생을 일컬음. 박세격의 본관은 潘南, 자는 仲由. 아버지는 朴濠이며, 아들은 朴泰升·朴泰謙이다.

7) 冥然(명연): 혼연일체가 되어 나뉘지 않는 모양.

心已死, 幾何不從爾於吾父母兄弟之傍, 而自以生人而哭逝者耶? 病不
能致其情, 悲不能飾其文。至痛在心, 神明與通。聊奠一觴, 尙何多言?

[西河先生集, 卷11]

이민서李敏敍, 1633–1688

☞ 259면 참조.

---

8) 孤危(고위): 孤危之禍. 홀로 고독하여 의지할 곳이 없는 불행.

서씨에게 시집간 여동생 제문

祭妹徐妻文

이덕무

　우리 형제자매는 4명인데, 너보다 여섯 살 많은 나는 신유년(1741)에 태어났다. 너와 네 여동생은 정묘년(1747)과 무진년(1748)에 태어났고, 공무(功懋)는 정축년(1757)에 가장 늦게 태어났다. 너는 여동생이 너를 볼 수 없었던 어릴 때에 얌전하였는데, 잘 따르며 놀던 모습이 뚜렷하게 아직도 눈앞에 선하다. 업어주면 필히 두 어깨에 손을 걸쳤고 이끌어주면 꼭 두 손을 내밀었으며, 떡이 있으면 절반으로 나누었고 과일도 절반으로 쪼개었다. 단연(丹鉛)과 분묵(粉墨) 같은 필기구도 나누어 좌우에 가지런히 두고, 향기 그윽한 꽃잎을 따도 똑같이 나누어 가졌다. 내가 경전과 역사서를 읽을 때면 옆에 앉아서 따라 읽느라 재잘거렸으며, 삼강오륜을 읽을 때는 함께 풀어보며 이야기하였다.

　흉년이 들어 끼니 잇기가 어려운데다 어머니[潘南朴氏]가 병마저 많으셔서 강가를 떠돌아야 했으니, 그때가 을해년(1755)과 병자년(1756)이었다. 나물죽, 술지게미, 멀건 쑥물 등을 넘길 때면 가시나무가 입과 목구멍을 찌른 듯했으며, 서책에는 메주콩이 말라붙어 있었고 등잔불 그림자 아래에는 죽 그릇이 놓여 있었다. 먹다 남은 듯 비린내 나는 반찬은 하인이 배에서 주워온 젓갈이었는데, 우리가 머리를 맞대고 여러 번이나 씹으니 어머니의 눈시울이 뜨거워졌었다. 아버지께[李聖浩]서 멀리 계시다가 오랜만에 집에 오시곤 하면, 그간 굶주렸던 것을 말하지 아니한 것은 안타까워하실까 염려해서였었고, 한없이 기뻐하다가 다시 떠나실까 두려워하여 옷깃을 잡고 주위를 맴돌기만 하였다.

네 나이 18세(1764)에 서씨 집안 남자[徐理修]에게 시집갔는데, 서씨 남자는 걸출하였으니 훌륭한 인격에 풍채도 준수하였다. 딸은 아리땁고 사위는 훌륭하여 부모님은 매우 기뻐하셨으나, 이듬해(1765) 여름에 어머니가 세상을 떠나셨다. 우리 형제는 슬피 울부짖었고 가슴이 미어터졌지만, 평소보다도 더욱 더 서로를 도우며 아껴주었다. 네 여동생은 어머니 상을 마치고 원씨(元氏 : 元有鎭)의 아내가 되었고, 너와 나는 각각 아들 하나씩을 낳아 안고 옛날을 생각하면서 슬퍼하였다.

너희들이 그리우면 곧 가서 보곤 하는 것은 때를 가리지 않았는데, 가엾게도 너는 요즈음 들어 굶주리고 헐벗었다. 화로에는 숯불덩이 하나 피우지 못하고 소반에는 밥그릇 하나 오르지 못했는데, 너는 비록 태연한 척했을망정 얼굴에 부황기가 있었다. 기침소리가 목에서 떠나지 않았고 담(痰)은 어깨와 등에 두루 걸려 있었는지라, 작년 여름에 너를 데리고 와서 약을 먹였다. 네 시아버님께서 세상을 떠나셔서 너는 곡(哭)을 하며 돌아갔는데, 겨울에 또 병이 위중하여 내가 가서 약을 달여 주었다. 너를 집으로 데리고 왔지만 자리에 누워 피를 토하더니, 겨울이 지나고 봄이 되기까지 몇 달이 지나도 낫지 않았다. 그렇지만 오래 머물러 있을 수가 없어서 시댁으로 돌아가 시어머님을 모셨는데, 살은 다 빠지고 뼈만 앙상하게 남았으니 약으로도 지탱하기가 어려웠다. 그러다 늦봄에 다시 돌아왔으나 살아날 가망이 어려웠는데, 아버님께서 쇠하고 늙으셨지만 있는 힘을 다해 간호하셨다. 부엌은 밥 짓는 불조차 끊겼지만 고기와 생선을 구하시어, 그것을 네가 먹기를 바라시며 곁에서 돌보셨다. 나의 아내[水原白氏]는 죽을 쑤었고 서모(庶母)는 머리를 짚어주거나 등을 긁어주었으며, 몸종은 말동무를 해주었지만 손을 저으며 귀찮아하였다.

너는 죽을 줄 알면서도 마음이 조금도 흔들지 않았는데, 네 여동생이 와서 마지막 이별하며 눈물을 너의 뺨에 떨어뜨리고야 말았다. 너는 그저 아무 말 없이 눈물 고인 눈으로 자주 올려다보기만 하니, 내가 어찌 차마 볼 수 있었을 것이며 하늘까지도 흙비를 내리더구나. 서 서방이 와서 보며 무슨 할 말이 있냐고 물으니, 할 말이 없다며 서 서방에게 저녁밥만 권하였다.

6월 3일 큰 비가 주룩주룩 내리며 어두컴컴하였는데, 전날 저녁부터 다음날 아침까지 집안 식구들이 모두 밥을 굶었었다. 네가 이를 알고 얼굴을 찡그렸으며 병세가 그로 인해 더욱 심해졌는지라, 이에 아이를 집으로 돌려보내자 너는 그만 숨을 거두었다. 늙으신 부모님은 설움이 북받치셨고, 네 남편과 아들, 네 형제들이 이에 세 번 곡하였으니, 세상에 더할 수 없는 지극히 슬픈 울음소리였다. 너는 이제 영원히 잠들었으니 그 소리를 들으려 해도 들을 수가 없겠지만, 아버님께서는 예법(禮法)을 살피셨고 유모는 목욕시켜 수의를 입혔다. 나와 서 서방은 염습(殮襲)을 엄숙하면서도 다급하게 하느라, 손이 벌벌 떨렸고 이마에는 땀이 줄줄 흘렀다. 너의 시댁 식구들과 우리 형제들, 어진 사람들이 부조(扶助)를 하여 그 덕으로 서둘러 9일장을 치르고 너의 시댁 선영으로 돌아갔다.

돌아가신 어머니를 우리 4남매는 각자 한 가지씩 닮았는데, 네가 어머니를 닮은 것은 늘씬한 키였다. 내가 어머니를 닮은 것은 이마였으며, 네 여동생은 말씨를 닮았고 막내 공무는 머릿결을 닮았다. 그래서 각자를 눈여겨보면 어머니를 잃은 슬픔을 위로할 수가 있었는데, 이제 늘씬한 모습을 볼 수 없게 되었으니 애통한 마음을 막기가 어렵게 되었다.

내가 너의 집에 갈 때면 너는 늘 반가이 맞아주었다. 바느질품을 팔아 모아 두었던 돈으로 종에게 술을 사오도록 하여 웃으면서 내 앞에 내놓았다. 내가 그 술을 다른 그릇에 조금 따라 너에게 권하면 너는 그 술을 받았고, 술안주를 조금씩 나누어 아증(阿曾)을 먹였었다. 이제는 백 번을 가더라도 눈에 보이는 것마다 슬픔을 자아내기만 할 것이로다.

네 여동생은 금년 가을에 협현(峽縣 : 지금의 강원도 철원군 북쪽 안협면)으로 이사하려고 하였는데, 너의 병이 심해지고 있어 더욱 서러워하고 그리워했다. 매년 어머니 제삿날이면 둘이 와서 참례하였는데, 올해 오늘부터는 나는 더욱 비통하겠구나. 네가 일어나지 못할 줄 알면서도 네 여동생을 멀리 보내었으니, 내년 제삿날에는 두 사람 모두를 볼 수가 없을 것이기 때문이다. 막내 공무는 5월에 기해(畿海)에서 장가를 들었는데, 무소 가죽 띠에 검정색 모자를 쓰고 절하는 예[紗帽冠帶의 예]를 익숙하게 잘 마쳤었다. 그러나 네가 병중이라 슬픔을 머금고 있어서 신부를 예의 갖추어 대하기가 어려웠는데, 일마다 가슴 아픈 일일뿐이었으니 내가 죽어야 비로소 잊을 듯했다.

네가 내 동생이 된 지 28년 동안 언제 단 하루라도 정리로나 의리로나 그 떳떳함을 잃은 적이 있었더냐? 서 서방도 '마찬가지입니다.

제 아내가 된 지 11년 동안 말이 거의 없었고, 타고난 성품이 담백하고 고요하며 번거롭지 않고 단아하여, 제 편협한 마음이 사라질 수 있었고 제 조급한 마음이 진정될 수 있었던 데다, 동서끼리 시누이와 올케 사이에 서로 화목하여 조금도 틈이 없었습니다.'고 하였다. 이와 같은 여자로서의 품행은 응당 그 후손이 끊이지 않고 영원해야 하리로다. 아증이 5살로 너와 같은 병을 앓고 있는데, 부황이 들고 기침하는 것이 마치 네 모습을 보는 듯하다. 하지만 병마를 쫓아내고 보살펴서 너의 아픔을 위로할 수 있기를 바란다.

평소에 남들이 형제가 몇이냐고 물으면, 아무개 아무개 4명이 모두 동기(同氣)라고 하였지만, 이제부터는 남들이 물으면 4명이라 할 수가 없겠다. 네 몸이 삼대[麻木]처럼 야위고 뻣뻣하게 굳었으니, 내 살을 발라낸 것처럼 아프다. 형은 아우의 죽음을 애처롭게 여기고, 아우는 형의 죽음을 슬퍼하는 이 이치야 당연히 순종하고 어김이 없을 것이다. 네가 태어나고 죽는 것을 다 보았으니 나는 원통하고 괴로우며, 너야 비록 편하겠지만 나는 죽으면 누가 울어주겠느냐? 흙구덩이가 컴컴하니 차마 옥 같은 너를 묻으랴? 아아, 애통하다. 적지만 흠향하여라.

祭妹徐妻文

維我兄弟男女四人[1], 長汝六年, 我生在辛[2]。 汝曁汝妹, 丁卯戊辰[3],

---

1) 我兄弟男女四人(아형제남녀사인) : 2남2녀인데 李德懋(1741~1793)·徐理修(1749~1802)에게 시집간 여동생(1747~1774)·元有鎭(1751~1826)에게 시집간 여동생(1748~?)·李功懋(1757~1825)를 가리킴. 한편, 이덕무에게는 이복동생 李彦懋도 있다.

功懋丁丑[4], 其生最晚。不及見妹, 幼時婉娩, 婉娩遊嬉, 森然在眼。負
必二肩, 携必雙手, 餠餌中判, 果苽半剖。丹鉛[5]粉墨[6], 分劑左右, 芳
菲花葉, 勻排北南。我念經史, 雙坐呢哺, 三綱五常, 幷解同譚。荒年艱
食, 先妣多病, 播遷江干[7], 歲在乙丙[8]。糝麯淘艾, 口刺喉梗, 黃卷[9]
末醬, 燈影在麋。殘肴腥鼻, 婢拾船鮦, 聚首數噍, 以溫慈眉。家君[10]
遠遊, 久或歸家, 諱訟前飢, 恐挑新嗟, 驪劇畏離, 守裾逶迤[11]。汝年二
九, 歸于徐子[12], 徐子嶷嶷, 丰韶娟美。女令壻佳, 父母孔喜, 越明年
夏[13], 先妣捐世。兄叫弟嗁, 漏刻心肺, 較厥平日, 盒相扶衛。汝妹服
闋, 爲元氏[14]妻, 各抱一子, 撫古心悽。有懷則往, 時月莫睽, 憐汝邇
來, 載飢載寒。炭不熾爐, 飡不登槃, 汝雖怡然, 萎黃上顔。嗽轟肺喉,
痰簇肩脣, 去年惟夏, 邀女藥汝。汝舅捐館[15], 汝哭而去, 冬又急病, 余

---

2) 辛(신) : 英祖 17년인 1741년.

3) 丁卯戊辰(정묘무진) : 英祖 23년인 1747년과 24년인 1748년.

4) 丁丑(정축) : 英祖 33년인 1757년.

5) 丹鉛(단연) : 책을 교정할 때 쓰는 필기구를 가리킴.

6) 粉墨(분묵) : 筆墨. 붓과 먹을 아울러 이르는 말.

7) 播遷江干(파천강간) : 이덕무의 연보에 의하면 이때 麻湖(지금의 마포대교 부근)의 朴淳
源 집에 寓居했던 것으로 나옴. 이 시기를 전후하여 우거지를 옮겨 다닌 것이 5회나
된다.

8) 乙丙(을병) : 1755년 을해년과 1756년 병자년.

9) 黃卷(황권) : 책을 가리킴. 옛날에 좀이 슬지 않도록 黃蘗나무의 즙을 짜서 서책에 발랐
던 데에서 유래한 것이다.

10) 家君(가군) : 家親. 아버지를 이르는 말.

11) 逶迤(위이) : 구불구불하다는 뜻이나, 여기서는 맴돈다는 의미.

12) 徐子(서자) : 檢書官 徐理修(1749~1802)를 가리킴. 본관은 達城, 자는 而中이다.

13) 越明年夏(월명년하) : 1765년 여름에 이덕무의 어머니가 죽은 것을 일컬음. 이해에 6월
에는 이덕무의 아들 李光葵가 태어나기도 했다.

14) 元氏(원씨) : 元有鎭(1751~1826)을 가리킴. 본관은 原州. 元重學(1719~1790)의 장남
이다.

往灌藥。邀來于家, 臥第咯咯, 歷冬跨春, 沈綿旬朔。不敢久留, 歸而謁
姑, 肉澌骨稜, 藥亦難扶。暮春復歸, 難其回蘇, 家君衰晚, 竭力以護。
廚則絶炊, 魚肉必具, 庶幾其啖, 在房諦顧。孺人[16]者糜, 庶母抑搔, 婢
子偶語, 揮手牢騷。汝知不諱[17], 心不搖搖, 汝妹來訣, 淚落汝腮。汝
只無言, 淚眼頻攪, 我何忍見, 天日爲霾。徐君來觀, 謂有何言, 答曰無
言, 勸君夕餐。六月三日, 大雨陰昏, 昨夕今朝, 家人缺食。汝知顰蹙,
病以之革, 送兒歸家, 奄然絶食。老親俍俍, 父子兄弟, 惟玆三哭, 天下
至聲。汝今大寐, 其聽不聽, 家君按禮, 乳母浴襲。我與徐君, 絞斂嚴
急, 手爲之戰, 顙泚濈濈。汝之夫黨, 我之朋儔, 君子仁人, 贈賻[18]聿
修, 渴葬[19]九日, 歸于舅丘。先妣四子, 各肖一像, 汝之肖妣, 頎然其
長。我於先妣, 爰肖其顙, 汝妹肖語, 功懋肖髮。各自凝睇, 足慰悲怛,
不見頎然, 痛悼難遏。每到汝家, 汝必驩然。爲人縫鍼, 篋收傭錢, 喚婢
沽酒, 笑置我前。我澆它器, 勸汝汝承, 略分肴菜, 以啖阿曾。今雖百
往, 觸目悲增。汝妹今秋, 將移峽縣[20], 汝病方劇, 益篤愁戀。每年妣
忌, 雙來參見, 今年是日, 余益悲慟。知汝不起, 汝妹遠送, 明年此日,
二位俱空。功懋五月, 取婦畿海, 犀鞓烏帽, 爰習其拜。病裏含愴, 婦歸
難待, 事事傷心, 我死方忘。爲吾弟者, 廿八星霜, 何嘗一日, 情義失
常? 徐君曰然, 爲吾妻者, 十有一載, 言談盍寡。天資澹靜, 不煩而雅,

---

15) 捐館(연관): 세상을 떠남. 곧 죽음을 의미한다.

16) 孺人(유인): 아내를 일컫는 말. 이덕무의 아내 水原白氏로, 白師宏의 딸이다.

17) 不諱(불휘): 죽음을 일컫는 말.

18) 贈賻(증부): 죽은 자를 알아 물품을 보내는 것을 贈이라 하고, 산 자를 알아 물품을
보내는 것을 賻라 함. 곧 장례 물품을 보내는 것을 이르는 말이다.

19) 渴葬(갈장): 禮月을 기다리지 않고 급히 서둘러 장사지내는 것을 이르는 말.

20) 峽縣(협현): 지금 강원도 철원군의 북쪽 안협면.

褊悍可戢，躁薄可鎭。妯娌娣姒[21]，穆然無釁。似此女行，應永其胤。阿曾五齡，與汝疾同，羸黃而嗽，如覩汝容。摩之煦之，庶慰汝痾。平昔人言，兄弟凡幾，曰四某某，是係同氣，從今人問，爲四則未。痲木不仁[22]，如剮肉骨。兄憐弟降，弟慘兄均，是理犁然，有順無越。閱汝生死，我則寃酷，汝雖便宜，我死誰哭？土坎幽墨，忍埋如玉？嗚呼慟哉！尙饗。

[雅亭遺稿, 卷5]

이덕무李德懋, 1741-1793

조선 후기의 實學者. 본관은 全州, 자는 懋官, 호는 靑莊館·炯菴·雅亭·蟬橘堂·端坐軒·四以齋居士·注蟲魚齋·鶴上村夫·學草木堂·香草園·寒竹堂. 아버지는 通德郎 李聖浩이며, 어머니는 朴師濂의 딸 潘南朴氏이다. 아버지 이성호가 조부 이필익의 서자였던 까닭에 이덕무도 서얼 신분을 벗어날 수가 없었다. 빈한한 환경에서 자랐으나 박학다재하여 經史에서 奇文異書에 이르기까지 통달했고, 문장에 개성이 뚜렷하여 文名을 떨쳤다. 朴齊家·柳得恭·李書九와 함께 약관의 나이에 《巾衍集》이라는 四家詩集을 내었는데, 이것이 청나라에까지 전해져서 이른바 四家詩人의 한 사람으로 이름을 날리게 되었다. 庶出이었기 때문에 크게 등용되지 못했다. 1778년 沈念祖를 따라 北京에 가서 그곳의 학자들과 교유하면서 학문을 닦고, 山川·道里·宮室·樓臺·草木·蟲魚·鳥獸에 이르기까지 이름을 적어 와 더욱 명성을 날렸다. 돌아와서는 北學을 제창했고, 1779년 奎章閣 檢書官이 되었고, 그 후 積城 縣監을 거쳐 1791년 司饔院 主簿에 올라 재직 중에 죽었다.

---

21) 妯娌娣姒(축리제사) : 妯娌는 동서사이를 일컫고, 娣姒는 시누이와 올케사이를 일컬음.
22) 不仁(불인) : 몸이 마비되어 움직이지 못함.

서출 사촌여동생 제문

祭庶從妹文

권시

　모년 모월 모일에 사촌오빠 순곡거사(淳谷居士)는 마른 포 몇 마리와 술 한 잔을 갖추어 중부(仲父 : 權正己)의 서녀(庶女)로 이씨 집안[李時俊]에 시집간 여동생의 영령에게 제사지낸다.

　사람이고서 누군들 죽지 않을 것이며, 죽음을 누군들 슬퍼하지 않을 것이랴? 그렇지만 통탄할 만한 인간으로 어찌 다시 너와 같겠느냐? 너는 일찍 부모를 잃고, 장성하여 시집갈 때가 되어서 다행히 어진 남편에게 시집을 갔으나, 결혼한 지 몇 달 만에 부부가 함께 죽었다. 옛사람은 '인간 세상 꿈같고 허깨비 같다.'고 했지만, 나는 일찍이 "만약 좋은 꿈을 꾸면 그래도 마음이 즐겁고 기분이 좋아진다. 하물며 인생살이 백 년 동안 좋은 일이 뜻대로 되기만 하면 유쾌할 것이니, 어찌 그리도 간단히 인간 세상을 꿈같고 허깨비 같다고 할 수 있겠는가? 결코 통설이라 할 수 없다."고 말한 바 있다. 그런데 진실로 너와 같은 신세는 거의 단 한 번도 좋은 꿈이었다고 할 만한 적이 없었다.

　아아, 사는 것이 이와 같다면 살지 않는 것만 못하다. 네 나이는 바야흐로 19세이고 네 남편의 나이는 27세이며 네 오빠의 나이는 26세인데, 네 남편이 죽은 것이 7월 1일이고, 9일 뒤에 네 오빠가 죽었으며, 네가 27일에 죽었다. 한 집에 살던 사람들이 한 달 안에 3명이나 죽었는데, 모두 젊고 연약한 데다 자식 없이 일찍 죽었던 것이다.

아아, 설사 보통사람에게 이런 일이 있다 해도 오히려 그 슬픔을 감당하기 어려웠거늘, 하물며 너희 같은 형제임에랴. 아아, 그 슬픈 마음을 어떻게 가누겠느냐? 죽은 형 겸수(謙受)씨는 19세에 장가를 들자마자 죽었다. 당시 홀로된 형수의 나이가 16세였고 올해로 9년이 되었는데, 초봄에 그 형수도 또한 죽었다. 남들이 그 복을 누리지 못하고 일찍 죽은 것을 애도하였거늘, 어찌 우리 집안에 너같이 박명한 자를 다시 보리라고 생각이나 했겠는가? 우리 집안의 형제 자손들 대부분이 일찍 죽었으니, 아마도 자손들이 박복하여 조상들의 음덕을 받지 못한 것이런가? 아니면 자손들이 못나서 선대의 공덕을 이어 지키지 못하니 흉하여 나무라시는 것이더냐? 어찌하여서 우리 조상들이 쌓은 선행으로도 자손들에게 남긴 재앙이 이 같을 수 있단 말이냐?

아아, 이(李) 서방이 너보다 어질었고, 너는 실로 이 서방에게 미치지 못했다. 그래서 나는 이 서방의 죽음은 너의 팔자가 사나워서이니, 마땅히 어진 남편을 보호할 수 없었을 것이라고 생각했다. 어찌한 달이 되지 않아서 너 또한 일찍 죽을 줄 생각이나 했겠느냐?

아아, 이 서방의 집안은 이 서방을 장례 지내려고 하면서 아울러 너를 같은 무덤에 묻으려고 한다. 아아, 백년해로(百年偕老)하자던 약속이 여기에서 그치고 마는 것인가? 듣자니, 네가 임종할 즈음에 우리들을 보고 싶어 했다는데, 우리는 네가 죽는 것을 보지 못하고 말았다. 지금 우리는 너에게 한 잔 술을 따르지만, 네가 너무나 멀리 있어서 술잔을 우리와 주고받을 수가 없구나. 아아, 아느냐? 모르느냐? 아아, 슬프다.

祭庶從妹文

維年月朔干支, 從兄淳谷居士[1], 以數脡脯一杯酒, 奠于從父[2]庶妹[3] 李家[4]娘子之靈。人誰不死, 死孰不哀? 人間可慟, 寧復如爾者乎? 惟妹早孤, 旣長而嫁, 幸適賢夫, 爲婚數月, 夫婦俱歿。古人謂‘人世如夢幻.’ 吾嘗曰 :“苟得吉夢, 猶且心悅氣豫。矧是人生百年, 好事稱意快樂, 夫豈淺淺[5], 謂人世夢幻? 未爲通論也.” 苟如妹之身世, 殆未若一吉夢。嗚呼! 有生如此, 不如無也。妹年方十九, 妹壻秀夫[6]年二十有七, 妹有兄年二十有六, 秀夫之亡, 在七月朔庚申[7], 後九日戊辰, 妹之兄死, 妹以二十七日丙戌逝。同宮之人, 一月三死, 而皆少弱而皆無子以

---

1) 淳谷居士(순곡거사) : 權諰(1604~1672)의 호인 듯. 지금까지 잘 알려진 호는 아닌 듯하다.

2) 從父(종부) : 권시의 仲父 權正己(1562~1611)를 가리킴. 권정기는 조선 중기의 문신. 본관은 安東. 자는 謹之, 호는 穀晦. 아버지는 이조판서 權克禮이며, 어머니 大丘徐氏는 參議 徐固의 딸이다. 아내 溫陽鄭氏는 鄭之臨의 딸로, 北窓先生 鄭𥖝 의 손녀인데, 5남1녀를 두었다.

3) 庶妹(서매) : 권정기는 측실에서 3남 2녀를 두었는데, 장녀를 가리킴. 尹拯이 지은 권정기의 묘갈명에 의하면, 아들로는 譿·誅·譋이며 딸로는 李時俊과 南宮煜에게 각각 시집간 딸이 있는데, 맏아들 혜도 일찍 죽은 것으로 되어 있다. 측실의 소생도 나주정씨가 낳은 권혜와 이시준에게 시집간 딸과, 전주이씨가 낳은 침과 격 두 아들과 남궁욱에게 시집간 딸로 나뉜다. 따라서 이 제문에서 언급된 주인공은 바로 측실 나주정씨의 소생 남매이다.

4) 李家(이가) : 李時俊을 가리킴. 尹拯이 지은 권정기의 묘갈명에서 알 수 있으나, 구체적인 사항에 대해서는 알려져 있지 않다.

5) 淺淺(천천) : 물이 깊지 않은 모양을 뜻하나, 여기서는 단순하고도 간략하게라는 의미임.

6) 秀夫(수부) : 李時俊의 字인 듯.

7) 庚申(경신) : 27일의 일진을 병술이라 했으므로, 이 날은 초하루가 됨.

天也。嗚呼！ 使人有此，猶且不堪其悲，況爾骨肉之親？ 嗚呼！ 其何以
爲懷耶？ 亡兄謙受[8]氏，年十九，娶而卽亡。當時寡嫂年十六，今茲九
年，而春初，寡嫂亦亡。人悼其不祿[9]，豈謂吾家復見如爾之薄命者乎？
吾家兄弟子孫多夭殤，將子孫薄福，不得蒙祖先餘慶乎？ 抑子孫不肖，
不得承守先烈，以致凶咎乎？ 奈何以吾祖先之積善，而子孫之遺殃有如
是耶？ 嗚呼！ 秀夫賢於妹，而妹實不及秀夫。吾謂秀夫之死，妹之薄命，
宜其不能保此賢郞君也。豈謂未閱月而爾亦夭折也？ 嗚呼！ 秀夫家將葬
秀夫，竝葬爾同穴。嗚呼！ 百年之約，其止此而已耶？ 聞妹之臨絶，要
見吾輩，而吾不能見爾死。今吾奠妹一酌，而爾漠然不吾酬酢也。嗚呼！
其有知耶？ 其未知耶？ 嗚呼哀哉！

[炭翁先生集, 卷12]

권시權諰, 1604~1672

☞ 297면 참조.

---

8) 謙受(겸수) : 권시의 伯父인 權守己의 맏아들 訏를 가리키는 듯. 일찍 죽은 것으로 나온다.
9) 不祿(복록) : 복을 누리지 못했다는 뜻으로, 죽음을 이르는 말.

아내·형수·제수·첩

죽은 아내 오씨 제문

祭亡耦吳氏文

변계량

아아, 해로하자고 기약을 했건만 2년도 채 되지 않아서 이 지경에 이른단 말이오? 생각하면 지난날 친정 부모님 뵈러 갈 때 용구(龍駒 : 경기도 용인)의 동쪽에서 '응당 아들을 낳아 나의 혈통을 잇겠다.'고 하더니, 어찌 어느 날 밤 갑자기 이 지경에 이를 줄을 생각이나 했겠소? 아아, 어찌해야 하오? 어찌하면 좋단 말이오?

병들었을 때는 약 한번 지어주지도 못했고, 죽을 때는 임종조차 지켜보지도 못했는데, 한갓 안치된 관만을 어루만지고 있으니 나의 억장이 무너지는구려. 병이 있을 적엔 보통사람도 삼가는 법이거늘, 더구나 태기를 가져서 치료하는데 응당 마음을 다해야함에라? 처음에 몸이 아팠을 때 어찌하여 일찍 치료하지 않아서 목숨이 끊어지는 지경에까지 이르러 나를 그르치게 한단 말이오?

부음(訃音)이 처음 이르렀을 때는 그것이 꿈인지 생시인지 알지 못했소. 지난 일을 가슴 아프게 생각하니, 애타는 슬픔에 마치 정신이 나간 것 같았소. 친정 부모님을 뵈러 가지 못하게 했더라면 혹여 이 재앙을 면했을 것이던가? 하늘과 땅은 변하지 않으니 나의 한스러움도 끝이 있으랴? 죽고 사는 것과 오래 살고 일찍 죽는 것은 저 하늘로부터 부여받는 것이고, 으레 정해진 운수가 있음은 만고에 다 그러하였던 것이니, 어찌 약을 써서 구할 수 있었을 것이며, 어찌 거처 때문에 생긴 일이겠는가? 나는 글을 읽은 적이 있어 이러한 이치를 환히 깨달았는데, 그래도 이처럼 까마귀의 암수를 알지 못하듯 답답하여 스스로를 위로하지 못하는구려.

그대는 내가 병이 많음을 염려하여 음식 따위를 보살펴 준 덕이 매우 컸는데, 누가 주관하여 누가 보살펴서 나를 건강하게 해준단 말이오? 게다가 양친께서 백발로 생존해 계시는데 갑자기 죽어서 다시는 돌아오지 못하게 되었으니, 구천(九泉)에 있더라도 여한(餘恨)이 있을 것이라 생각하오. 아아, 운명이로니 또한 다 끝났구려.

오직 마땅히 〈원문 빠짐〉 장례 치르는데 정성을 다하여 혹시라도 후회가 없도록 하여 나의 슬픔을 달래려고 하오. 차와 떡을 갖추어 올리고 이 제문으로 흠향하기를 권하오. 가슴 치며 통곡하니 눈물이 줄줄 흐르는구려. 아아, 맑은 영령(英靈)이여, 아시는가 모르시는가?

祭亡耦吳氏[1]文

嗚呼! 偕老之期, 曾未再朞, 而至斯耶? 念昔告歸[2], 龍駒[3]之東, 謂

---

1) 亡耦吳氏(망우오씨) : 변계량은 安東府使 權緫의 딸인 安東權氏 첫째부인 사이에 아들 卞智祥과 趙乘에게 시집간 딸이 있었는데도 그 첫째부인을 쫓아내고 다시 얻은 부인임. 이 부인에 대해서는 알 수 없다. 참고로 변계량의 셋째부인은 李村의 딸이었는데, 변계량이 그녀를 무척이나 모질게 학대하여 소송을 당하기도 했다. 1412년 부인과 이혼을 하지 않은 상태인데도 변계량은 도총제 朴彦忠의 딸에게 새장가를 갔고, 이 일이 알려져 사헌부의 탄핵을 받는다. ≪태종실록≫1412년 6월 26일조 첫 번째 기사로 기록되어 있다.

2) 告歸(고귀) : 歸寧을 고함. 곧, 시집간 딸이 친정에 가서 부모를 뵙고 돌아올 것을 아룀.

3) 龍駒(용구) : 경기도 용인시의 옛 이름.

當生子, 以嗣吾宗, 豈意一夕而至斯耶? 嗚呼! 奈何奈何? 病未得投以藥, 歿未及見其終, 徒撫斂殯[4], 以摧我衷。疾病之際, 平人所愼, 況復懷孕, 救療當盡? 曰初不豫[5], 何不早圖, 乃至隕命, 而以誤吾? 訃音初至, 其夢其眞? 痛念昔故, 怛若抽神。謂言不歸, 儻免此災? 天長地久, 爲恨可涯? 夫死生壽夭, 稟於彼天, 自有定數, 萬古皆然, 豈藥餌之所救? 豈居處之所致? 我嘗讀書, 洞觀此理, 尙此烏悒[6], 未能自慰。念余多病, 供[7]給孔將, 誰主誰視, 俾我而康? 又況雙親, 白髮在堂, 遽然長逝, 而不復返, 九泉之下, 想有遺恨。嗚呼命也, 亦已焉哉。惟當〈缺〉謹於葬埋, 庶無或悔, 以塞我哀。奠以茶餠, 侑以此詞。拊膺一痛, 揮涕漣洏。嗚呼淑靈, 知乎不知?

[春亭先生文集, 卷11]

변계량卞季良, 1369-1430

☞ 134면 참조.

---

4) 斂殯(염빈) : 입관하여 안치함.

5) 不豫(불예) : 몸이 편치 않음을 이르는 말.

6) 烏悒(오읍) : 《詩經》〈小雅·正月〉의 "저마다 제가 훌륭하다고 말하지만, 누가 까마귀의 암수를 알겠는가?(具曰予聖, 誰知烏之雌雄?)"를 염두에 둔 표현. 이치를 쉽게 깨닫지 못하고 답답함을 이르는 말이다.

7) 供(공) : 支供. 음식 따위를 대접하여 받듦.

죽은 아내 숙인 제문

祭亡妻淑人文

김종직

모월 모일에 남편 김종직(金宗直)은 삼가 맑은 술과 제철의 제물을 갖추어 감히 죽은 아내 조씨(曹氏) 숙인(淑人)의 영전(靈前)에 슬피 고하오.

아아, 숙인이여. 나를 버리는 것이 어찌 그리도 빠르단 말이오? 백년해로하자던 약속이 겨우 3분의 1이 지났을 뿐이외다. 30년 함께 했던 부부가 하루아침에 영원한 이별을 해야 한단 말인가. 지난 일들을 생각하면 어찌 차마 말을 할 수 있으리까? 아아, 슬프나이다.

그대는 명문가에서 태어나 나 같은 유생(儒生)의 짝이 되었는데, 유순하고 현숙하며 너그럽고 인자하면서 마음속에는 일정한 법도가 있었소. 어머님[密陽朴氏]을 공경하며 따랐고 늘그막엔 더욱 온화하게 받드니, 돌아가신 어머님께서 늘 "우리 며느리는 본받을 만하다."고 하셨소. 나의 누님 및 여동생들과 의좋게 서로 감싸주었고, 동서들과 단 한 번이라도 혹 거스른 적이 없었소. 고향의 친척들과도 누구만을 좋아하거나 싫어하기를 했겠소? 덕은 그리도 온전한데 수명은 어찌 이리도 갖추지 못했단 말이오? 아아, 슬프나이다.

나는 천성이 비둘기처럼 가정을 잘 꾸릴 줄 몰라서 쌀 한 톨조차도 자주 떨어졌었소. 그대 또한 가난을 잘 견디고 전혀 이익을 도모하지 않았으며, 변변찮은 음식을 먹고 너절한 의복을 입어도 끝내 변함이 없었소. 손님을 접대할 때나 제사를 지낼 때에는 음식이나 제물을 반드시 갖추었으며, 그대가 짜고 신 맛을 맞추어 조리하니 콩잎무침 아욱국조차도 맛이 좋았었소. 저 오희가(五噫歌)를 함께 부른 맹광(孟光)과 시상산(柴桑山)에서 손수 땔나무한 책씨(翟氏)를, 그대가 실로 닮아서 나는 깊이 의지하였소. 이제 막 벼슬살이를 그만두고 산나물이나 캐며 낚시질이나 하면서, 백발이 되도록 서로 의지하고 여생을 보전하려 하였었소. 이 계획이 거의 이루어지려는데 어찌하여 갑자기 이 지경에 이른단 말인가? 아아, 슬프나이다.

그대는 세상에 태어난 이래 가난함에 액운까지 겹쳤었소. 십여 세가 채 되기도 전에 어머니[河濱李氏]가 병을 앓다가 돌아가시자, 외증조[李況] 내외분이 불쌍히 여겨 길러주시었소. 미처 출가하기도 전에 연이어 의지할 곳을 여의고, 외할머니[奉化琴氏] 밑에서 여자의 법도를 이어받았거늘, 그 외할머니마저 또 돌아가셨으니 애통함을 이루 말로 다 할 수 있었겠소? 나에게 시집와서도 길흉사가 번번이 찾아들었소. 기쁜 일이 눈에 가득하지 못하고 화를 겪은 것이 더욱 많았으니, 두 차례나 3년상을 치르는 동안 온갖 정성을 다하여 제사를 받들었소. 나는 도를 깨치지 못하여 온갖 귀신들이 해를 끼쳤으니, 2살 난 딸과 5살 난 아들이 서로 잇따라 넋이 되어 하늘로 올라갔소. 그대는 억장이 무너지고 오장이 찢어져서 묵은 병이 점점 더치게 되고 말았소. 아아, 슬프나이다.

예전 그대가 병을 얻음은 실로 해산(解産)으로 말미암은 것인데, 풍사(風邪)와 어혈(瘀血)의 독이 몸 안에서 돌고 돌았소. 10년 동안 약을 복용한 끝에 가슴속에 뭉쳐있던 것들이 거의 없어졌는데, 이따금 다시 아프기는 하나 그 증세 또한 깊지 않았었소. 시일이 지나면 의당 다 나아질 것이라 여기고 무사하기만을 바라면서, 마침내 내버려 둔 채로 치료에 힘쓰지 않았소. 끝내 그 병으로 세상을 등지고 마니, 나로 하여금 몹시도 부끄럽게 하노이다. 아아, 슬프나이다.

그대의 친정아버님[曺繼文] 강건하게 집에 살아계시는데, 좋은 때 아름다운 계절이면 뉘가 오래살기를 바라면서 술잔을 올린단 말이오? 그대가 낳은 두 딸 가운데 작은딸이 아직 방에 있거늘, 훗날 시집갈 때면 누가 혼수를 마련해준단 말이오? 그대의 친정 동생들은 칭송과 명예가 모두 자자한데, 수염을 태워가며 끓인 죽은 누가 받아서 먹어야 한단 말이오? 뜰에 가득한 노비들은 감싸주던 상전을 잃고서 허둥지둥하는데, 이리저리 일 부리는 것은 누가 주장해야 한단 말이오? 이제 새로 지은 집에는 정원도 있고 연못도 있는데, 그대가 머물러 주지 않으니 누구와 함께 돌아본단 말이오? 아아, 슬프나이다.

적막하고 쓸쓸한 서편 방은 그대가 있던 곳이었고, 옷 이불 세숫대야 빗자루는 그대의 물건 그대로 있소. 제사음식 받들 때 필요한 그릇도 또한 알맞게 갖추었지만, 그대가 예전에 자식 낳느라 고생했건만 끝내 아이 하나 없구려. 상복 입을 사람 누구인가? 아아 모두가 끝났구나.

나는 병으로 사직하고 그대를 위해 1년 복을 입으려 했소. 그런데 외람되게도 임금의 은혜를 입어 약을 하사하시고 치료하게 해주시니, 은명(恩命)을 저버리기가 어려워서 장차 서울로 가려 하오. 그대의 장례 때는 내 장차 돌아올 것이니, 이승이든 저승이든 아무런 차이가 없을 것이매 응당 나의 슬픈 마음을 알아주오. 아아, 슬프나이다.

미곡(米谷)의 둔덕에는 소나무와 가래나무가 울창한데, 옥과(玉果: 창녕조씨의 외할머니 아버지, 곧 하빈이씨의 외할아버지) 부부의 두 무덤이 그 가운데에 안장되어 있소. 그대의 모친[河濱李氏]과 아들[막내아들: 金紐]은 그 두 무덤의 동편에 있는데, 그대의 묏자리를 만들고 좋은 날을 가려 겨울철에 장례 치르려고 하오. 구천(九泉)에서 함께 모이면 그 즐거움이 넘치리니, 죽은 자는 그렇거니와 산 자는 누구를 의지한단 말인가? 술을 부어 고하니 슬픈 통곡의 소리 그칠 줄 모르오. 아, 슬프나이다.

祭亡妻淑人文

月日, 夫具位[1]金宗直, 謹以淸酌時羞之奠, 敢哀告于亡室曹氏[2]淑人[3]之靈。嗟嗟淑人, 棄我何亟。百年之約, 三分纔一。卅年伉儷[4], 一朝而訣。追惟往事, 胡寧忍說? 嗚呼哀哉! 君生名族, 配我儒素[5]。柔淑寬慈, 中有尺度。祗順先妣, 晚益和裕。先妣每云, 吾婦可慕。我姊我妹, 驩然相護。妯娌[6]之間, 一無或忤。鄕里親戚, 孰偏好惡? 德何克全, 壽何不

---

1) 具位(구위) : 具官. 문장을 쓸 때 마땅히 써야할 관작을 생략하고 겸손을 나타내어 쓰는 말.

2) 曹氏(조씨) : 김종직이 1451년 혼인한 昌寧曹氏. 울진현령 曹繼文과 河濱李氏의 소생 맏딸이다. 하빈이씨는 繕工正 李好信의 딸이다. 김종직은 창녕조씨가 1482년 죽자 1485년 사복첨정 文克貞의 딸인 南平文氏와 재혼하였다. 한편, 曹繼文은 하빈이씨가 죽자 柳汶의 딸인 文化柳氏와 결혼하여 김종직의 문인 梅溪 曹偉(1454~1503) 등 3남을 낳았고, 또 閔氏와 결혼하여 曹信 등 1남3녀를 낳았다. 따라서 점필재의 처와 매계는 이복남매이다.

3) 淑人(숙인) : 조선시대에, 정3품 당상관의 아내에게 내리던 외명부의 품계.

4) 伉儷(항려) : 부부.

5) 儒素(유소) : 儒家의 사상에 부합하는 고상한 품격과 덕행을 갖춘 것을 이르는 말.

具? 嗚呼哀哉! 我性鳩拙[7], 甔石[8]屢匱。君亦安貧, 不事嬴利。菲食惡衣, 始終罔異。如值賓祭, 儀物必備。君調醎酸[9], 藜藿[10]亦美。五噫[11]孟光[12], 柴桑[13]翟氏[14]。君實似之, 我所深倚。方謀休官, 採山釣水。白首相依, 以保餘齒。兹計幾就, 胡遽至此? 嗚呼哀哉! 君之生世, 艱厄重仍。年未周星[15], 母疾不興。外曾考妣[16], 鞠育哀矜。未及于笄[17], 累失所憑。從外王母[18], 女範其承。王母又沒, 沉痛曷勝? 及歸于我, 休

---

6) 妯娌(축리) : 同壻. 형제의 아내가 서로 부르는 칭호.

7) 鳩拙(구졸) : 비둘기는 본디 둥지를 지을 줄 모른다는 고사에서 나온 말로, 가정을 잘 꾸려가지 못함을 의미하는 말. 지금은 본성이 좋다는 겸사로 쓰이기도 한다. 《禽經》의 "비둘기는 졸해도 편안하다.(鳩拙而安.)"고 한 주석에, "鳩는 鳲鳩인데 方言에 비둘기를 蜀나라에서는 拙鳥라 한다. 집짓기를 좋아하지 아니하고, 새 집을 빼앗아서 사는데, 비록 졸해도 편안히 거처한다." 하였다.

8) 甔石(담석) : 儋石. 한두 섬의 소량을 이르는 말.

9) 調醎酸(조함산) : 짜고 신 것을 맞추다는 뜻으로, 간을 맞추어 조리하다는 의미.

10) 藜藿(여곽) : 명아주 잎과 콩잎을 이르는 말로, 전하여 빈천한 사람의 거친 음식을 뜻함.

11) 五噫(오희) : 五噫歌. 後漢 때 隱士 梁鴻이 부인 孟光과 함께 霸陵山에 은거하다가 뒤에 京師를 지나면서 부른 노래. 그 노래에 "저 북망산을 오름이여 슬프다. 제경을 돌아봄이여 슬프다. 궁실들의 우뚝함이여 슬프다. 사람들의 수고롭게 삶이여 슬프다. 아득하여 다하지 않음이여 슬프다.(陟彼北芒兮噫. 顧覽帝京兮噫. 宮室崔嵬兮噫. 人之劬勞兮噫. 遼遼未央兮噫.)" 하였다.

12) 孟光(맹광) : 본디 부유한 집안 출신이었으나 남편 梁鴻의 뜻을 따라 화려한 의복을 벗어던지고 가시나무로 만든 비녀를 착용하는 등 검소하게 지내며 기꺼이 함께 霸陵山에 은둔하여 지낸 인물.

13) 柴桑(시상) : 산 이름. 중국 江西省 九江縣 서남쪽에 있는데, 晉나라의 高士 陶潛이 살던 곳이다.

14) 翟氏(책씨) : 陶潛의 부인. 白居易의 〈贈內詩〉에 "도잠은 생산을 경영하지 않아서 책씨가 손수 나무 해다 밥 지었고, 양홍은 벼슬하려 하지 않으니 맹광은 베치마를 만족히 여겼네.(陶潛不營生, 翟氏自爨薪, 梁鴻不肯仕, 孟光甘布裙.)" 하였다.

15) 周星(주성) : 歲星. 세성이 12년을 주기로 하늘을 한 바퀴 돌기 때문에 1주성은 보통 12년의 시간을 가리킨다.

16) 外曾考妣(외증고비) : 창녕조씨의 외증조부 李況 부부. 이예는 李好信의 아버지이다.

17) 于笄(우계) : 비녀를 머리에 꽂는다는 뜻으로, 여기서는 시집가다는 의미.

咎[19]輒徵。歡不滿眼，得禍尤弘。兩更三年[20]，黽勉嘗蒸[21]。我蔑聞道，
百鬼侵陵。二女五男[22]，相踵魂升。君以摧裂，夙瘵轉增。嗚呼哀哉！昔
君得疾，實因解娩。風邪[23]血毒，于中旋轉。十載服藥，積聚銷臞。往往
復患，厥證亦淺。久而當已，庶幾平善。遂致因循，治療不勉。竟以此
終[24]，令我慚靦。嗚呼哀哉！君之嚴君[25]，康强在堂。良辰佳節，誰侑酒
觴？君之兩女，少者[26]在房。他日于歸，誰辦其裝？君之諸弟，譽聞俱
良。爇鬚煮粥[27]，誰爲而當？奴婢滿庭，失廕倀倀[28]。左右使喚，誰其主

---

18) 外王母(외왕모) : 창녕조씨의 외할머니 奉化琴氏를 가리킴. 봉화금씨는 琴克和의 딸이
다. 금극화는 1393년 문과에 급제하여 청환을 역임하고, 玉果縣令을 지냈다. 묘는 金山
米谷에 있다.

19) 休咎(휴구) : 아름다운 징조[休徵]와 나쁜 징조[咎徵]를 말함.

20) 兩更三年(양갱삼년) : 김종직이 겪은 1456년의 부친상과 1478년의 모친상을 일컬음.

21) 嘗蒸(상증) : 제사를 일컬음. 《禮記》〈祭統〉의 "禘와 嘗과 蒸 세 가지 제사는 협제로
지낸다.(禘嘗蒸祫.)"에서 나온 말이다.

22) 二女五男(이녀오남) : 2살 난 딸과 5살 된 아들. 1474년 2월 28일 5세의 막내아들 金紓
이 斑疹으로 죽었고, 여름에 2세의 첫딸이 죽었으며, 가을에 첫째아들 金繒이 죽은
것을 일컫는다. 점필재연보에 의하면 5세의 막내아들을 金木兒라 하여 죽음을 애도한
시가 나온다.

23) 風邪(풍사) : 六淫의 하나. 바람이 병의 원인으로 작용한 것을 이르는 말이다.

24) 竟以此終(경이차종) : 昌寧曹氏는 김종직 사이에 3남2녀를 두었는데, 1474년 첫째아들
과 셋째아들 그리고 딸을 잃었고, 1478년 시모가 죽어 상을 치르는 중에 1481년 10월
11일 17세난 둘째아들 金緄마저 잃었으며, 뿐만 아니라 둘째아들이 낳은 젖먹이 손자까
지 둘째아들보다 앞세운 바 있다. 이 둘째아들은 金孟性의 딸과 결혼하였지만 결국
절손되고 말았다. 이로 인해 창녕조씨는 1482년 4월 30일 둘째딸 하나만 남긴 채로
한 많은 생애를 마감했다.

25) 嚴君(엄군) : 家親. 아버지를 높여 이르는 말. 창녕조씨의 아버지 曹繼文을 가리킨다.
1489년에 죽었다.

26) 少者(소자) : 창녕조씨의 둘째딸. 선산김씨 대동보에 의하면 全州柳氏 柳世湄에게 시집
간 것 같다.

27) 爇鬚煮粥(열수자죽) : 唐나라 때의 名相 李勣이 자기 누님이 병들었을 때 누님을 위하여
손수 죽을 끓이다가 수염을 태웠는데, 그의 누님이 그것을 보고 말하기를 "僕妾이 많은
데, 어찌 친히 이렇게 애를 쓰는가?" 하니, 이적이 대답하기를 "어찌 사람이 없어서

張? 新築屋廬, 有園有塘。君不留居, 誰與周章[29]? 嗚呼哀哉! 寂寥西閤, 君其在玆。衣衾盥櫛, 象君平時。飮食供具, 亦且隨宜。君昔劬勞, 終無一兒。執喪者誰, 嗚呼已而。我欲辭疾, 爲服杖期[30]。謬蒙上眷, 賜藥以醫。難辜恩命, 將赴京師。君之襄事[31], 吾將遄歸。幽明無間, 當知我悲。嗚呼哀哉! 米谷之原[32], 松楸鬱葱。玉果[33]兩壟, 安厝其中。君母及子[34], 在兩壟東。營君宅兆, 卜以玄冬[35]。九泉會合, 其樂融融。逝者然矣, 生者曷從? 奠酹以告, 號慟莫窮。嗚呼哀哉!

[佔畢齋文集, 卷1]

김종직金宗直, 1431-1492

조선의 성리학자. 본관은 善山, 자는 季昷, 호는 佔畢齋. 아버지는 司藝 金叔滋이고, 어머니는 密陽朴氏로 司宰監正 朴弘信의 딸이다. 정몽주와 길재의 학통을 계승하여 김굉필-조광조로 이어지는 조선시대 도학 정통의 중추적 역할을 하였다. 학문과 문장이 뛰어나 영남학파의 宗祖가 되었고, 성종의 특별한 총애를 받아 자기 문인들을 관직에 많이 등용시켰다. 생전에 지은 〈弔義帝文〉은 戊午士禍가 일어나는 원인이 되었다.

그러겠습니까? 지금 누님이 연로하시고 저 또한 연로하니, 오래도록 누님을 위해 죽을 끓여 드리려 한들 그렇게 되겠습니까?"고 했다는 고사에서 온 말.

28) 倀倀(창창) : 어디로 가야 할지 알지 못하는 모습을 이르는 말.

29) 周章(주장) : 두루 돌아다니며 놂.

30) 服杖期(복장기) : 喪杖을 짚고 居喪하는 朞年服. 齊衰 3년 다음으로 무거운 복이다.

31) 襄事(양사) : 장사지내는 일.

32) 米谷之原(미곡지원) : 창녕조씨를 1482년 11월 20일 이곳에 장사지냈음. 미곡은 경북 김천에 있는 골짜기 이름이다.

33) 玉果(옥과) : 창녕조씨의 외할머니가 奉化琴氏인데, 그 외할머니의 아버지 琴克和가 玉果縣令을 지낸데서 이른 말. 금극화의 묘가 김천의 미곡에 있다.

34) 君母及子(군모급자) : 창녕조씨의 어머니 하빈이씨와, 목아라고 일컬어졌던 막내아들 金紐이 김천의 미곡에 묻혀 있는 것을 일컬음.

35) 玄冬(현동) : 겨울을 달리 이르는 말.

부인 안씨 담제문

夫人安氏禫祭文

노진

아, 그대가 죽고 벌써 담제(禫祭)하기에 이르렀으니, 사람으로서 해야 할 일이 다 끝났고 부부간의 정도 영원히 끊어지는가 보구려. 평소의 일을 돌이켜 생각하면 어찌 차마 말할 수 있을까마는, 말하려고 하니 그지없고 하늘을 쳐다보니 시름겨워 어둡기만 하오.

아, 우리 셋째아들[盧士訢]과 막내딸까지 이미 혼인할 때가 되었으니 누구와 함께 혼처를 의논하리까? 옛집이 이미 완성되고 새 거처도 마련되었지만, 그대가 지금 있지 않으니 누구와 함께 사리까? 훗날 구천(九泉)에서 만약 혹시 함께 살든 만약 그렇지 못하든, 거듭 나는 억장이 무너질 것이외다.

지금 관직에 얽매여 몸소 제사를 받들지 못하고, 대신 제사를 받들게 하면서 제수까지 변변치 못하지만 마음만은 영원하다오. 부디 이 제사를 흠향하여 그대의 자손들을 편안케 하시구려. 아아, 슬프나이다.

夫人安氏禫祭文

嗚呼君[1]亡，已及禫澹[2]，人事已了，恩愛永斬。追惟平昔，胡寧忍言? 欲言難窮, 視天愁昏。嗟我三男[3], 爰及季女[4], 已迫婚媾, 誰與謀處? 舊室已完, 新居亦成, 君乎不在, 誰與爲生? 他日重泉, 倘或相從, 如其不然, 重我摧胸。今繫官箴[5], 未躬奠供, 代薦終事[6], 物菲情永。庶幾格思, 綏爾子姓。嗚呼哀哉!

[玉溪先生文集, 卷2]

노진盧禛, 1518-1578

☞ 214면 참조.

---

1) 君(군) : 노진의 아내 順興安氏를 가리킴. 判官 安處順(1493~1534)의 딸로, 1568년에 죽었다. 두 사람 사이에 7남2녀를 두었다.

2) 禫澹(담담) : 《小學》〈嘉言〉의 "담은 제사 이름이다. 대상이 지난 후 한 달 사이에 담제를 지내는 시기이다. 담제라는 것은 담담하고 편안하다는 뜻이다. 초상에서부터 담제에 이르기까지 무릇 27개월이다.(禫者, 祭名, 大祥之後, 間一月而禫. 禫者, 澹澹然平安之意. 自喪至此, 凡二十七月.)"에서 나온 말.

3) 三男(삼남) : 1550년에 태어난 셋째아들 盧士訢을 가리킴. 넷째아들 盧士諤(1552~1566)은 순흥안씨보다 먼저 죽었고, 다섯째아들 盧士詮은 1555년에 태어나 아직 혼기에 미치지 못했다.

4) 季女(계녀) : 許成弼에게 시집간 딸을 가리킴.

5) 官箴(관잠) : 관리의 規戒.

6) 終事(종사) : 죽은 뒤의 일. 곧 장례를 가리킨다.

죽은 아내 제문

祭亡室夫人文

윤근수

모년 모월 모일 해평부원군(海平府院君) 윤근수(尹根壽)는 감히 죽은 아내 정경부인 풍양조씨(豐壤趙氏) 영전(靈前)에 고하오.

아아, 사람이라면 진실로 한번은 죽는다지만, 부인의 죽음에 대해서는 차마 말할 수가 없는 것이라오. 바야흐로 계사년(1593) 봄여름에 부인은 천리 먼 곳에서 타관살이를 하였는데, 정주(定州 : 평북)에 머물며 살 때 병으로 앓아누웠었소. 그런데 나는 나랏일로 용만(龍灣 : 평북 의주)에서 선성(宣城 : 평북 宣川)으로 돌아와 머물며, 다만 경략(經略 : 명나라 宋應昌)을 접대하느라 군문(軍門)을 잠시도 떠날 수가 없었소. 부인의 병이 위독하다는 소식을 듣고서야 달려가 보살피기를 청하였고, 달려가는 도중에 그만 부음(訃音)을 듣고 말았소.

난리를 겪느라 근심하고 걱정해야 하는 상황에서 병을 앓느라 참담하고 고통스런 심정이었으니, 나에게 하고 싶은 말이 생각건대 응당 천 가지 만 가지이었을 것이오. 일찍이 얼굴조차 제대로 보지도 못하고 서로 헤어졌는데도 갑작스레 영영 가시었으니, 부인은 그곳에서 눈을 어찌 감을 수 있었겠소? 애통하고 애통하외다.

마음속으로 그리던 사람들이 눈앞에서 꺾이고 부러져 저승 사람 된 것이야 한두 번에 그치지 않았지만, 정을 쏟았던 사람을 떠나보내야 하는 애통함은 어찌해야 한단 말이오? 내가 직위가 강등되어 물러나오게 되었을 때, 부인은 나를 따라 바닷가[황해도]에까지 왔었으니, 시골마을에서 일없이 노닐며 마음대로 편안히 지내기를 바랐었소. 그러나 그만 셋째아들(尹晛, 1559~1590)의 부음이 또 들려오자, 놀라고 슬퍼함이 더욱 심하였으니 그때 마음을 손상한 것이 어찌 한정할 수 있었겠소? 이어서 임진왜란 때 장모님[풍양조씨의 친정어머니 안동권씨]마저 세상을 떠나시니 비통함이 그대의 마음에 사무쳤었소. 평안북도로 저 서쪽 먼 길에 올랐을 때, 마침 한겨울 추위였는데도 마음속에서 북받치는 화가 타올라 매번 얼음과 눈을 씹으면서 그 열을 식혔지만, 이것이 어찌 오래 살 수 있는 방도였겠소? 타고난 수명이 다하지 않았건만 갑자기 죽고 말았구려. 애통하고 애통하외다.

이번 전쟁은 개벽 이래로 드문 것이었으니, 허둥지둥 별처럼 뿔뿔이 흩어지며 한집안이 서로 보호하지도 못했소. 전쟁이 겨우 그쳐서 나라가 다시 안정되면 서울로 돌아가서 다시금 저 진(晉)나라 극결(郤缺) 부부처럼 서로 공경하고 저 후한(後漢) 맹광(孟光)의 거안제미(擧案齊眉)를 다시 보며 남은 생을 즐기기를 바랐었는데, 부인이 기다려주지를 않는구려. 애통하고 애통하외다.

나는 살아나가는 방도에도 서툴었고 살림이 있는지 없는지도 알지 못했으나, 그래도 부인이 집안일을 보살펴 잘 처리한 것에 힘입어 가난하고 곤궁한데도 온화하게 넉넉한 듯 살았고, 나로 하여금 살림을 걱정하지 않게 하였소. 마침내 늘그막에 나의 어진 내조자를 잃었으니, 지금부터 한 집안의 세세하고 자질구레한 일까지 모든 것이 나와 상관있게 되었소. 그렇지만 내가 견딜 수 없는 것은 반쪽을 하나로 합한 의리와 백년해로하자던 소원이 모두 허사로 돌아간 것이오. 애통하고 애통하외다.

아득히 먼 타향에다 외로이 임시로 묻었던 것은 내가 다시 왕명을 받들고 분주하여 장례치를 겨를이 없었기 때문이었소. 4년이 지난 뒤에서야 고향으로 장사지내려는데, 임단(臨湍)의 장지가 비록 선영(先塋) 가까이에 있어도 실은 새 묏자리라오. 이미 길일을 택하였으니 이번 달 16일이라, 새 무덤으로 받들고 나아가면 영원히 묻히게 될 것인데 영령(英靈)은 아는 것이오? 아아, 슬프외다. 적지만 흠향하오.

祭亡室夫人文

維年月日, 海平府院君尹, 敢告于亡室貞敬夫人豐壤趙氏[1]之靈。嗚呼! 人固有一死, 而在夫人則有不忍說者。方癸巳[2]春夏, 夫人覊旅千里, 棲息定州[3], 疾病沈綿。余以王事, 自龍灣[4]回駐宣城[5], 顧以接待

---

1) 豐壤趙氏(풍양조씨) : 趙安國(1501~1573)의 딸. 윤근수와 결혼하여 6남1녀를 두었다. 한편, 조안국의 본관은 豐壤, 자는 國卿. 아버지는 수군절도사 趙賢範이며, 어머니는 坡城君 尹贊의 딸이다. 1524년 무과에 급제, 이듬해 선전관이 되었으며, 1535년 문관직으로 발탁되어 동부승지를 지내고, 1548년 光州牧使·종성부사 등으로 외보되었다. 1551년 경상좌도병마절도사 재직 중 賜死된 중종 때의 권신 金安老에게 아부하였다는 탄핵으로 장단부사로 좌천되었으나, 1553년 관내의 도적을 일소한 공으로 경상우도병마절도사로 전임되었다. 1555년 을묘왜변이 일어나자 전라병사 겸 방어사로 순변사 南致勤과 함께 나주일대에 침구한 왜적들을 소탕하였다. 뒤에 제2차 작전에서 실패하자, 이로 인하여 관직을 박탈당한 채 鹿島에 장류되었으나 1557년 장단부사에 다시 서용되고, 1561년 함경남도병마절도사, 1567년 경기도수군절도사를 거쳐 포도대장·오위장·부총관 등을 역임하였다.
2) 癸巳(계사) : 宣祖 26년인 1593년.
3) 定州(정주) : 평안북도에 있는 지명.
4) 龍灣(용만) : 평안북도 義州를 달리 이르는 말.
5) 宣城(선성) : 평안북도 宣川의 이칭.

經略[6], 不得輒離軍門。迨聞病革, 請告馳省, 而中路乃聞凶訃。喪亂憂愁之狀, 疢疾慘痛之懷, 所欲開陳於我者, 想應千緒萬端。曾不得面相訣而奄然長辭, 夫人於此, 目豈瞑乎? 痛哉痛哉! 懷抱中物, 眼前摧折, 化爲黃壤者, 匪止一再, 情鍾之痛爲如何? 而當我鐫職[7]退居之日, 夫人隨我於海濱[8], 庶得優游鄕曲, 偃息自如。而子訃[9]又到, 驚悼更深, 其所以損減性靈者何限? 繼於亂離之際, 慈親[10]見背, 痛貫肝肺。長途西邁, 適屬冬寒, 心火內焚[11], 每嚼氷雪以救其熱, 此豈久存之道乎? 未盡天年, 遽卽長夜[12]。痛哉痛哉! 今玆兵禍, 開闢所稀, 奔迸星散, 一家不相保。庶幾干戈稍戢, 疆土再安, 獲返京洛, 更伸郤[13]敬, 復見孟案[14],

---

6) 經略(경략) : 임진왜란 때 명나라의 조선원정군 모든 사무를 관장하는 총사령관 격. 1593년 봄여름 때는 명나라 宋應昌이 경략이었다. 1593년 12월에 그의 뒤를 이어 顧養謙이 부임했다.

7) 鐫職(전직) : 직위가 강등됨. 1582년 한성부좌윤으로 정2품이었던 것이 1583년 황해도 관사로 나가 종2품으로 강등된 것을 일컬음.

8) 海濱(해빈) : 황해도를 가리킴. 윤근수의 묘가 황해도 長湍 江西面 古臨江縣에 있는 연유이기도 하다.

9) 子訃(자부) : 풍양조씨와 윤근수 사이의 셋째아들 尹晧(1559~1590)이 32세에 1590년 5월 20일 죽은 사실을 일컬음.

10) 慈親(자친) : 윤근수의 아버지 尹忭(1493~1549)은 李嵸의 딸 韓山李氏 첫째부인 사이에 2남을 두었고, 玄允明의 딸 八莒玄氏 둘째부인 사이에 2남을 두었는데, 팔거현씨가 바로 윤근수의 어머니이지만 1584년 죽었기 때문에 이 문맥에 맞지 않음. 풍양조씨의 친정아버지 趙安國은 宋輯의 딸 礪山宋氏 첫째부인 사이에는 자식이 없었고, 權世任의 딸 安東權氏(1511~1592) 둘째부인을 맞이했는데, 이 부인이 임진왜란 때 8월 23일 죽었다. 따라서 망자에게는 친정어머니를, 글쓴이에게는 장모님을 일컫는 말이었다.

11) 心火內焚(심화내분) : 心火內熾. 心熱이 지나치게 왕성하여 심신이 어지러워지는 병증.

12) 長夜(장야) : 영원히 깜깜한 땅속 무덤을 뜻함.

13) 郤(극) : 郤缺. 중국 춘추전국시대 晉나라의 대부. 冀邑에서 농사를 짓고 살면서 부부간에 서로 공경하기를 손님을 대하듯이 했는데, 臼季의 천거를 받아 下軍大夫가 되었다.

14) 孟案(맹안) : 孟光의 擧案齊眉 고사를 일컬음. 後漢의 양홍은 가난하면서도 학문을 좋아하고 벼슬을 구하지 않았으며, 현숙한 아내 맹광은 남편을 극진히 공경한 나머지 남편의 밥상을 눈썹 높이로 받쳐 들고 들어왔다고 하는 고사이다.

以娛餘生, 而夫人不待矣。痛哉痛哉！ 我拙生理[15], 罔知有無, 尙賴夫人善於治家, 處貧約若溫裕, 使我無內顧之憂。屬玆衰境, 失我賢助, 從此一家纖微零瑣之事, 皆關於我。有不可堪者, 而一體胖合之義, 百年偕老之願, 竝歸於虛。痛哉痛哉！ 邈矣異鄕, 孑然權厝, 余復銜命, 奔走不暇。四年而後, 乃克返葬[16], 臨湍[17]之兆, 雖近先塋, 實是新阡。已涓吉辰, 將以今月十六日壬子, 奉詣眞宅, 永就窀穸, 靈其知也耶？ 嗚呼哀哉！ 尙饗。

[月汀先生集, 卷7]

윤근수 尹根壽, 1537-1616

조선 중기의 문신. 본관은 海平, 자는 子固, 호는 月汀. 아버지는 軍資監正 尹忭이며, 어머니는 副司直 玄允明의 딸이다. 영의정 尹斗壽의 동생이다. 1558년 별시 문과에 병과로 급제해 승문원권지부정자에 임용된 뒤 승정원주서·춘추관기사관·연천군수·홍문관부수찬·홍문관부교리·이조좌랑·이조정랑·부응교 등을 역임했으며, 1572년 동부승지를 거쳐 대사성에 승진, 1573년 奏請副使로 명나라에 가서 宗系辨誣(명나라 《태조실록》과《대명회전》에 이성계의 가계가 고려의 권신 李仁任의 후손으로 잘못 기록된 것을 시정하도록 요청한 일)를 하였다. 그 뒤 경상도감사·부제학·개경유수·공조참판 등을 거쳐 1589년 聖節使로 명나라에 파견되었으며, 귀국할 때 《大明會典全書》를 가져왔다. 1590년 종계변무의 공으로 光國功臣 1등에 海平府院君으로 봉해졌다. 1591년 鄭澈의 建儲(세자 책봉) 문제로 화를 입었다가, 임진왜란이 일어나자 예조판서로 다시 기용되었으며, 問安使·遠接使·주청사 등으로 여러 차례 명나라에 파견되었고, 국난 극복에 노력하였다. 그 뒤 판중추부사를 거쳐 좌찬성으로 판의금부사를 겸했고, 1604년 扈聖功臣 2등에 봉해졌다. 1606년 선조가 죽자 왕의 묘호를 祖로 할 것을 주장해 실현시켰다.

---

15) 拙生理(졸생리) : 唐나라 顔眞卿이 李太保에게 보낸 乞米帖의 “내가 생계에 졸렬하여 온 집안이 죽을 먹은 지 이미 수개월이 되었는데, 지금은 죽도 다 떨어졌다.(拙於生事, 擧家食粥, 而已數月, 今又罄矣.)”에서 나온 말.

16) 返葬(반장) : 객지에서 죽은 이의 시체를 제가 살던 곳이나 고향으로 옮겨 장사를 지냄.

17) 臨湍(임단) : 황해도 長湍 옆에 있는 지명. 長湍 江西面 古臨江縣을 일컫는다.

죽은 아내 제문

祭亡妻文

허균

　삼가 영령(英靈)은 성품이 오로지 공손하고 삼갔으며 그 행실이 그
윽하고 고요하였으니, 일찍이 시어머님[江陵金氏]을 섬겼을 때 시어머
니의 마음은 몹시도 기뻐하셨소. 죽어서도 시어머니를 따라 이 산에
와 묻혔거늘, 자욱한 안개에 넝쿨만 우거졌고 쓸쓸한 달빛에 서리도
차갑구려.

　쓸쓸히 외로운 넋은 의지할 사람 없는 신세로 얼마나 슬펐소? 18
년이 지나서야 남편이 귀하게도 높은 벼슬에 올랐소. 은혜롭게도 추
봉(追封)하라는 조서(詔書)까지 내려졌으니, 미천할 때 가난을 함께하
면서 나로 하여금 높은 벼슬에 오르도록 기도한 결과라오.

　높은 벼슬살이 하게 되었으나 그대는 벌써 죽어 없는데 추봉의 어
명만 부질없게 내렸다오. 어찌하면 영화를 같이 누리랴, 내 마음만
하염없구려. 생각건대 그대가 이를 안다면 또한 눈물 줄줄 흘릴 것이
니, 관가의 술 한 잔을 따르는데 슬픔이 솟구쳐 눈물이 줄줄 흐르오.

祭亡妻文

惟靈[1]性惟恭恪，德則幽閑，早事先姑，姑志甚驩。死而從姑，來窆玆山[2]。荒煙野蔓，月苦霜寒。孑孑孤魂，悲影之單，踰十八年，夫貴陞班[3]。恩賁追封，紫誥[4]回鸞[5]，賤時共貧，祈我高官[6]。及官已歿，寵命徒頒，焉得同榮? 我懷漫漫。想魂有知，其亦汍瀾，一酌官醪，悲來涕濟。

[惺所覆瓿稿，卷15 文部12]

허균許筠, 1569-1618

본관은 陽川, 자는 端甫, 호는 蛟山·白月居士·惺所. 아버지는 許曄이고, 어머니는 江陵金氏이다. 1589년 생원시 합격, 1594년 문과 급제, 1597년 문과 중시 장원, 내외직을 두루 역임한 후 벼슬이 좌참찬에까지 올랐고, 정부사로 명나라를 5차례나 다녀왔다. 시문에 뛰어났고, 소설·희곡·비평 등에도 조예가 상당히 깊었으며 《惺所覆瓿藁》, 《鶴山樵談》, 《惺叟詩話》등이 있다. 한편, 同知中樞府事 許曄은 3남3녀를 두었는데, 西平君 韓叔昌의 딸 淸州韓氏 사이에 1남2녀, 參判 金光轍의 딸인 江陵金氏 사이에 2남1녀이다. 청주한씨 소생은 許筬과 朴舜元·禹性傳에게 각각 시집간 2딸, 강릉김씨 소생은 許筠·許楚姬·許筠이다.

---

1) 惟靈(유령) : 안동김씨 金大涉과 觀察使 沈銓의 딸인 靑松沈氏 사이의 둘째딸(1571~1592). 1585년 허균과 결혼하여 1592년 22살 때 임진왜란 피난 중 端川에서 첫아들을 낳고 사망하였다. 한편, 김대섭(1549~1594)의 본관은 安東, 자는 士亭. 할아버지는 경상도 병마절도사 金胤宗이고, 아버지는 활인서별좌 金震紀이며, 어머니는 驪興李氏로 생원 李敏生의 딸이다.

2) 玆山(자산) : 안동김씨는 1592년에 죽었지만 1595년에야 강릉 外舍에 묻혔다가, 1600년 시어머니 따라 원주 서면 蘆藪에 안장된 산.

3) 踰十八年, 夫貴陞班(유십팔년, 부귀승반) : 허균이 1609년 堂上官으로 승직하여 刑曹參議에 임명된 것을 일컬음.

4) 紫誥(자고) : 비단 주머니에 담아 紫泥로 입구를 봉한 뒤 印章을 찍어서 반포하는 임금의 詔書. 紫鳳은 紫誥를 물고 오는 봉황이라는 말인데, 회란도 이에서 유래한 것이다.

5) 恩賁追封, 紫誥回鸞(은분추봉, 자고회난) : 허균이 1609년이 당상관 형조참의에 임명되어, 예에 따라 안동김씨가 죽은 지 18년 만에 淑夫人으로 추봉케 된 것을 일컬음.

6) 賤時共貧, 祈我高官(천시공빈, 기아고관) : 이에 대한 구체적인 내용은 허균이 직접 쓴 〈亡妻淑夫人金氏行狀〉에 자세함.

죽은 아내 청해이씨 제문

祭亡妻青海李氏文

고용후

아아, 그대와 부부가 된 뒤로 우리 부부 사이는 다른 부부의 정보다 백배나 특별했소. 그대의 손을 잡고서 백년해로하기를 함께 빌며 이 맹세 저버리지 말자 했는데, 그대는 어찌하여 영영 떠나버렸소? 단아한 자태에 영특한 기질을 지녔던 그대가 하나의 목관(木棺)에 가두어져서, 나로 하여금 볼 수 없게 하니 마음이 찢어지는 것만 같소. 그대가 나를 저버린 것이요? 내가 그대를 저버린 것이요?

어여쁜 목소리와 귀여운 모습이 귓가에 가득 쟁쟁하고 눈앞에 선하건만, 보려고 해도 보이지 않고 들으려고 해도 들리지 않는구려. 마음을 다하여도 적막하기만 하나 꿈속에서만은 은근하고, 횃대에 걸린 예전 옷에는 아직도 그대의 향기가 여전히 남아 있소. 마음이 서로 통한 짝을 잃은 슬픔이 그대가 나보다 더 심하리까, 내가 그대보다 더 심하리까? 만일 그대가 한 명의 아이라도 남겼다면, 나의 깊은 슬픔은 또한 조금이라도 덜 수 있을 것이오. 그런데 어찌하여 그대가 낳은 두 딸마저 모두 1년도 되지 않아서 잃었고, 끝내 그대 또한 나를 버리고 떠나간단 말이오? 천하의 슬픔을 다하였고 인간세상의 참혹함을 다하였으니, 이보다도 더 심한 것이 있으랴?

몇 년 전부터 그대는 자주 "제가 죽은 후면, 당신은 반드시 저를 잊어버리는 때가 있을 거예요.” 했소. 그때마다 나는 얼굴빛을 바꾸며 이르기를 “그대는 어찌 이런 말을 할 수가 있단 말이오? 난리를 만나서 언제 끝날지 몰라 시국이 매우 위급하지만, 내가 요행히 입신하여 임금을 섬길 수 있다면, 아버님[高敬命]과 형님들께서 남기신 공업을 어찌 감히 실추할 수 있으리까? 벼슬아치들과 함께 나라를 위해 같은 날 죽으려는데 옛사람들(고경명, 고종후·고인후 가리킴)처럼 하는 것이 바로 나의 뜻이오.” 하였소. 그대는 내 말을 듣고서 도리어 나를 놀리며 “조금 전에 한 말은 농담이었어요.” 말했소. 아아, 그때는 단지 잠자리에서 우스갯말로 지어낸 것으로 여겼었는데, 어찌 그 말이 천고의 한이 될 줄을 알았으랴?

휘장 처진 한밤중에 구슬프게도 바람소리 울리는데, 붉은 명정(銘旌)이 눈앞에 있고 갈대주렴이 창문에 드리워져 있소. 백옥 같은 그대가 빛을 감추고 붉은 난초 같은 그대가 향기를 묻으니, 궂은비가 추적추적 내리고 어두운 등불마저 가물거리는구려. 저 황하(黃河)는 메울 수 있을지라도 이 원통함은 잊기 어려워라.

아, 외로운 이내 몸은 단지 그대 한 사람뿐이었소. 그런데 천리 먼 곳에 빌붙어 사는 나그네 신세로 그대마저 관속에 누워있으니, 나는 또한 누구를 의지하리까? 고향 가는 길이 멀어 어머님[蔚山金氏] 얼굴 또한 뵙지 못하였으니, 산사람과 죽은 이에 대한 감회는 이 가슴을 찢어놓는 듯하오.

지난 세월 생각느니, 그대는 나와 자리를 나누어 앉아서 웃으며 이야기를 주고받은 적이 있었는데, 갑자기 나를 보며 빙그레 웃더니 “저는 하늘나라 사람으로 응당 당신보다 먼저 죽을 것이에요. 자식의 일은 제가 끝까지 묵묵히 도우리다.” 하였소. 그때 나는 무심히

들고 꺼림칙하게 여기지도 않았소. 아아, 그대는 이런 날이 있을 줄 어찌 알고서 그와 같은 말을 했단 말인가? 귀신은 말이 없는데 나는 피눈물만 부질없이 훔친다오.

祭亡妻靑海李氏文

嗚呼! 自與爾[1]爲夫婦, 琴瑟之間, 特百常情。執子之手, 偕老共祝, 而毋負是盟, 爾胡爲而永逝? 端姿英氣, 戢于一木, 而使我不得見, 肝腸若裂。爾負我耶? 我負爾耶? 音容婉變, 盈乎耳而森乎目, 視之而不見, 聽之而不聞。精意寥落, 夢想慇懃, 架上故衣, 尙留餘薰。斷絃[2]之痛, 君甚於我耶? 我甚於君耶? 使汝有一箇嬰孩, 則我之深悲, 亦可以少殺。而奈何生二女, 俱未碁而失之, 畢竟爾又棄我而去之? 窮天下之悲, 極人世之慘, 有甚於斯者乎? 數年來, 爾頻言:"吾死之後, 君必有忘我。"時余作色謂:"爾烏得出此語? 亂離斯瘼, 時事孔棘, 余幸立身而事君[3], 則父兄餘烈, 余豈敢墜? 要與卿爲國同日死, 若古人[4], 是吾志

---

1) 爾(이) : 고용후의 아내 靑海李氏로 李麟奇(1549~1631)의 딸인데, 1603년에 죽었음. 이인기의 본관은 靑海, 자는 仁瑞, 호는 松溪. 1589년 문과에 급제하여 형조좌랑·軍器寺正·동지중추부사 등을 역임하였으며, 만년에는 시를 짓고 글씨를 쓰면서 청음 김상헌과 鄭磏 등과 친교를 맺었다. 한편, 고용후의 둘째부인 幸州奇氏는 奇弘獻의 딸인데 1633년 목매어 자살했다.

2) 斷絃(단현) : 거문고의 명인 伯牙가 자기의 소리를 잘 이해해 준 鍾子期가 죽자 자신의 거문고 소리를 아는 자가 없다고 하여 거문고 줄을 끊었다는 고사를 일컬음. 곧, '伯牙絕絃'의 고사로, 마음이 서로 통한 이를 잃은 것을 이르는 말이다.

3) 立身而事君(입신이사군) : 고용후가 1606년 증과문과에 급제하여 1607년에 들어서야 예조좌랑이 되는 등 벼슬길로 들어섰고, 고용후의 첫째부인 청해이씨는 1603년에 죽었음을 유의해야 할 대목임. 곧, 희망사항을 가정한 것으로 보아야 할 것이다.

4) 若古人(약고인) : 1592년 錦山전투에서 高敬命과 高因厚 부자가 죽었고, 아버지와 동생의 복수를 하려다가 1593년 진주성에서 순절한 高從厚의 사적을 가리킴.

也."爾聞吾言, 而反責余曰：“前言戲之耳.”嗚呼！ 其時, 只以爲衽席諧浪之攸撰, 孰知此言便成千古之恨也耶？ 素帷中夜, 悲風泠泠, 丹旐當前, 葦簾低局。白玉鑽彩, 紫蘭埋香, 陰雨啾唧, 暗燈無光。黃河可塞, 此怨難忘。噫！ 伶仃[5]此身, 只爲汝一人。而客寓千里, 汝棺已蓋, 我又何恃？ 鄉山路遙, 慈顔又隔[6], 感念存沒, 此心若割。憶向歲, 爾嘗與余, 分席而坐, 笑語相和, 忽眄吾而莞爾曰：“我乃天上人,當先卿死。子之事,　我終始默佑."　余泛聽而不疚之。嗚呼！　爾豈知有此日而爲彼言耶？ 鬼神無語, 血淚空捫。

[晴沙集, 卷2]

고용후高用厚, 1577-1652

☞ 222면 참조.

---

5) 伶仃(영정)：외로운 모양.

6) 慈顔又隔(자안우격)：고용후의 어머니 蔚山金氏는 金百鈞의 딸인데, 1608년 12월 12일에 죽었음을 일컬음.

죽은 부인 묘제문

祭亡夫人墓文

이명한

무덤 위에다 흙을 더 쌓는 날에 내가 할 말이 있어서 영령(英靈)에게 속으로 고하나니, 영령은 이를 듣기라도 하오.

사람은 사는 것을 어찌 한정할 수 있으랴만 마침내는 모두 죽는 법이고, 망하고 흥하는 것이 영원하기 어려우니 화(禍)와 복(福)이 서로 잇따른다오. 신미년(1631) 이전만이 곧 내가 누려야 할 삶이었고, 그 밖의 것은 아득하여 마치 일장춘몽 같구려.

그대는 딸로서 부모님을 모두 기쁘게 해드렸고, 그대는 아내로서 예법(禮法)에 흠이 없었소. 그대가 어미로서 의로운 훈계는 바람직하였고, 갖가지 좋은 자질이 모두 갖추어졌으니 그만하면 족하다고 할 것이오. 내가 나라의 은혜를 입어 강원도 번신(藩臣 : 관찰사)에 제수되었소. 그대 원래 맑고 곧은 덕을 지녔음에도 사람들은 그대의 인생 꽃이 피었다고 하니, 그대에게 무슨 상관이리까, 다만 내 마음이 아플 뿐이라오.

세상엔 여자가 적지 않아서 사람들 모두 짝할 수 있다고 하나, 마음이 맞는 여자는 거의 없으니 누가 나를 알아주리까? 청초하고 가녀린 자태, 맵시 있고 아름다운 용모, 굳고 정결한 덕행, 환하게 통달한 식견. 이것들이 흙과 함께 묻히고 있으니 어찌 이런 일을 참을

수가 있으랴마는, 천 년 세월은 뒤에 남아있고 이 이별은 그리 오래
지 않을 것이오. 한 잔 술로 하직노니 눈물만 뚝뚝 땅을 적시는구려.

祭亡夫人墓文

封墓之日, 我有成說, 默告于靈[1], 靈其或聽。人生何限？畢竟同盡,
衰盛難恒, 倚伏[2]相仍。辛未[3]以前, 卽爲吾年, 餘外茫茫, 似夢一
場[4]。子爲人子, 父母皆喜, 子爲人室, 禮式無缺。子爲人母, 義訓可
取, 衆美皆備, 如斯足矣。余承國恩, 授節東藩[5]。自淑而貞, 人謂子
榮, 於子何有？但我心疚。世不乏婦, 人皆可耦, 合心蓋寡, 誰知己者？
淸弱之姿, 婉孌之儀, 堅貞之德, 敏達之識。與土同埋, 胡寧忍斯？千年
在後, 此別非久。一杯爲辭, 淚落土滋。

[白洲集, 卷20]

---

1) 靈(영) : 이명한의 아내 羅州朴氏로 錦溪君 朴東亮의 딸을 가리킴. 1637년에 죽었다.

2) 倚伏(의복) : 화가 변해 복이 되고 복이 변해 화가 되는 것을 뜻하는 말. 《老子》 58장의
   "화는 복이 기대는 바이고, 복은 화가 엎드려 있는 바이다.(禍兮福之所倚, 福兮禍之所
   伏.)"에서 나온 말이다.

3) 辛未(신미) : 仁祖 9년인 1631년.

4) 似夢一場(사몽일장) : 1635년 부친 李廷龜가 죽었고, 1637년 병자호란에 의해 강화가
   함락되어 1월 23일 아우 李昭漢의 아내 驪州李氏가 순절하였고, 1월 25일 장남 李一相
   아내 全州李氏가 자결하였고, 1월 27일 차남 李嘉相이 우물에 몸을 던져 죽었고, 1637년
   2월 10일 어머니 安東權氏가 죽었고, 보름이 지난 2월 25일 아내 나주박씨가 수원의
   쌍부촌에서 병사한 것을 이른 말.

5) 東藩(동번) : 동쪽의 藩臣. 번신은 중앙에서 먼 곳에 있는 감영의 관찰사를 일컫는 말로,
   이명한이 1639년 喪期를 마치고 10월에 강원감사가 된 것을 이른다.

이명한李明漢, 1595-1645

본관은 延安, 자는 天章, 호는 白洲. 아버지는 李廷龜이며, 어머니는 安東權氏로 判書 權克智의 딸이다. 대사간·부제학을 지내고, 한성부우윤을 거쳐 대사헌·도승지·대제학·이조판서 등을 역임했다. 1616년 증광문과에 급제하여 승문원권지정자·전적·공조좌랑을 지냈으나, 仁穆大妃의 廢母論이 일어났을 때 참여하지 않아 파직되었다. 1624년 李适의 난 때에는 왕을 공주로 扈從하고 李植과 함께 팔도에 보내는 敎書를 지었다. 병자호란 때의 斥和派라 하여 1643년 李敬興·申翊聖 등과 함께 瀋陽에 잡혀가 억류되었다가 이듬해에 世子貳師로 昭顯世子와 함께 돌아왔다.

죽은 아내 생일 제문
亡室生辰祭文

이소한

　영령(英靈)은 군자의 행실과 부녀자의 덕을 하나라도 갖추어지지 않은 것 없이 참으로 여자의 도리를 다했소. 장수를 누리다가 죽는 것을 복이라 하는데, 어찌하여 그러지 못하고 이에 그치고 만단 말이오? 아마도 하늘이 무지하여 시행할 바를 잊은 것인가, 세상에서 벌어진 일에 해야 할 바를 잃으니 하늘은 또한 어찌 하리오? 말하려니 가슴이 무너지나, 어찌 말을 하지 않을 수 있겠소?

　아아, 사람이 살아가면서 더할 수 없이 어려운 것은 죽음인데, 마치 나그네가 집에 가듯 죽었으니 살아있는 것이 부끄럽소. 여자이고서도 이런 일을 하는데 나도 어찌 그렇게 하지 않으랴마는, 뜻대로 하지 못하는 것은 어머님[安東權氏]이 살아계시기 때문이오. 슬픔을 머금고 너무나 애통해하면서도 꾹 참으며 이처럼 살아있소만, 덕은 갚지 않음이 없으니 아이들 모두가 목숨을 보전하였소. 어찌 내가 구제할 수 있었겠소? 영령이 반드시 보살펴 주었을 것이니, 평소에 사랑했던 아이들과 멀리 남쪽 지방[진주를 가리킴]에 내려갔소. 내가 지난번 몸소 나갔다가 데려와서 함께 머물고 있으니, 영령도 응당 의지할 곳이 있다면 나 또한 걱정하는 마음을 늦출 수 있을 것이오. 늙은 계집종도 살아남아 있다가 어제 또 따라왔으니, 산 사람들은 다 모였거늘 죽은 사람들은 어디로 돌아갔단 말이오?

아아, 돌아가신 어머님께서 임종하실 때에 나의 손을 잡고 말씀하시기를, "네 처는 어질어서 죽기로 바른 도를 지켰으니 어찌 원통하겠느냐?" 하셨소. 또 들으니, 큰 아이가[李殷相을 가리킴] 영남에서 돌아와 "영남의 많은 선비들이 우리 집안을 칭찬해 마지않는다."고 하오. 영령은 응당 이를 알게 되면 구천에서 웃음을 머금었을 것이오.

아아, 드높이 빛나는 영령이 아직도 얕은 땅속에 있는 것은 미처 겨를이 없어서 그런 것이 아니고, 새 무덤을 쓰려는데 뜻을 두었기 때문이오. 경기도나 충청도 가운데서 가까운 장래에 새 묏자리를 잡으려고 하는데, 예로부터 착한 사람은 반드시 좋은 묏자리를 얻는다고 하였소. 정렬을 표창하는 정려(旌閭)가 내렸으니, 영령을 무덤에 편안히 모시고 제사 잘 받드는 것을 애써 주선하고 보살필 것이오. 어린 것들은 자라고 큰 아이들은 자립하여 아들은 장가가고 딸은 시집가야 하니, 잠시라도 죽지 않고 더 살아서 나의 책임을 다할 수 있기 바란다오.

아아, 일은 참으로 알기 어려워도 모질지 못한 것이 목숨이니, 원통함이 몸에 쌓여 있으면서도 여전히 마음에 그리움이 간직되어 있소. 홀로 남은 외톨이 신세 어디로 가겠소만 더는 세상에 대한 미련이 없는데, 긴 대자리는 적막하고 하얀 휘장만 하늘거리오. 슬픈 일을 당하면 슬픈 것이 이치에 있어서 정상적인 것이나, 기쁜 일을 만나도 슬프니 어느 곳에선들 잊을 수 있으리까? 지금 살아 있는 이 마음도 날마다 상하지 않는 날이 없으니, 설령 훗날 집에 영화와 경사가 이어진다 해도 홀로 누린다면 어찌 즐거우리까, 단지 눈물만 줄줄 흐르는구려.

아아, 밤이면 반드시 당신이 꿈에 나타나는데 목소리와 모습이 완연히 옛날 그대로이니, 꿈이 깨지 않기만 한다면 내 또 어찌 슬퍼하리까? 그러나 깰 때마다 그 무엇을 잃은 것 같아 어린아이를 어루만지며 통곡하니, 누구에게 그 마음을 토해낼 수 있으리까, 슬픔이 가슴을 메우는구려. 오늘 생일을 맞이하여 약소하지만 변변찮은 제수를 올리오. 우리 둘은 태어난 날이 같은 달에 있어서 늘 자랑삼아 세상에 보기 드문 일이라 하였는데, 영령은 기억하는지 모르겠소만 그 말이 귓가에 맴도는 것 같소.

나는 상중(喪中)에 있어서 한동안 글을 짓지 않았소만, 계율을 모를 바 아니나 그리는 정을 어찌 그칠 수 있으리까? 제문을 지어 술 한 잔을 권하려니, 목이 메어 가슴 속의 뜻을 다하지 못하오.

亡室生辰祭文

唯靈[1]君子之行, 婦人之德, 無一不備, 展也女則[2]。謂享遐齡, 以訖乃福, 云胡不然, 而止於斯? 豈天無知, 昧其所施? 失之人事, 天亦奚爲? 欲說摧心, 寧欲無辭? 嗚呼! 人之有生, 莫難者死, 視如旅歸, 以生爲恥。女而辦此, 我胡不尒, 所未經情, 爲親[3]故耳。銜哀茹痛, 忍而

---

1) 唯靈(유령) : 이소한의 아내 驪州李氏로, 李尙毅(1560~1624)의 딸을 가리킴. 병자호란 때 강화도가 함락되자 순절하였다. 이상의의 본관은 驪州, 자는 而遠, 호는 少陵. 1586년 문과에 급제하여 사간, 대사성, 이공조판서, 좌찬성을 역임하였다. 衛聖功臣으로 여흥부원군에 봉해졌다.

2) 女則(여칙) : 唐나라 太宗의 황후인 文德皇后가 옛날 여인들의 훌륭한 사적을 모아 10권으로 편찬한 책. 여기서는 여자로서 지켜야 할 법도를 일컫는 것으로 쓰였다.

3) 親(친) : 이소한의 어머니 정경부인 安東權氏(1569~1637)를 가리킴. 이소한의 아내 여주이씨가 1637년 1월 23일 순절하였고, 어머니 안동권씨가 2월 10일 죽었다.

取此, 仁無不報, 子女俱保。豈我能濟? 靈必有護, 平生所嬌[4], 遠落南陬[5]。我頃躬往, 率來同留, 靈應有依, 我亦弛憂。老婢殞後, 昨又隨來, 生者畢會, 死者曷廻? 嗚呼! 先妣臨終, 執余手言, 汝妻之賢, 死善[6]何冤? 又聞長兒[7], 回自嶺云, 嶺中多士, 嘖嘖吾門。靈應自知, 含笑九原[8]。嗚呼! 烈烈英靈, 尙在淺土, 匪緣未遑, 意在營墓。或圻或湖, 近將新卜, 從古善人, 必得吉宅。表烈棹楔[9], 安靈窀穸, 經紀[10]享祀, 拮据撫育。小長長立, 男娶女適[11], 須臾母[12]死, 期塞吾責。嗚呼! 事固難諶, 莫頑者命, 積痛在身, 尙保心性。踽踽焉如, 無復世念, 長簟闃闃, 素帷襜襜。當悲而悲, 固理之常, 遇喜亦悲, 何處可忘? 此生此心, 無日不傷。縱使他年, 家綿榮慶, 獨享何樂? 但有淚迸。嗚呼! 夜必入夢, 音容宛昔, 使夢無覺, 我又何憾? 覺輒若失, 撫兒而哭, 向誰吐懷? 有哀塡臆。今當誕辰, 略薦菲薄。維我兩降, 同在一朔, 每常詑說, 世所罕覯, 靈其記否, 言若在耳。余方在憂, 久廢文字, 戒非不知, 情豈可已? 銜辭侑酌, 咽不盡意。

[玄洲集, 卷7]

---

4) 平生所嬌(평생소교) : 평소 사랑받던 아이. 杜甫의 〈北征〉 시에 나오는 말이다.

5) 南陬(남추) : 이소한은 服을 마치고 1939년 晉州牧使가 되어 외직으로 나갔고, 또 全州에 우거하기도 했던 것을 표현한 말.

6) 死善(사선) : 守死善道. 《論語》〈泰伯篇〉의 "독실하게 믿고 배우기를 좋아하며 죽음으로 지켜 도를 선하게 할 것이니라.(篤信好學, 守死善道.)"에서 나온 말.

7) 長兒(장아) : 李殷相(1617~1678) : 본관은 延安, 자는 說卿, 호는 東里. 顯宗 때 승지·대사간·도승지를 지냈다.

8) 九原(구원) : 저승.

9) 棹楔(도설) : 旌閭.

10) 經紀(경기) : 경륜하여 잘 처리함.

11) 男娶女適(남취여적) : 이소한과 여주이씨 사이에는 4남3녀가 있음.

12) 母(모) : '母'의 오자인 듯.

이소한李昭漢, 1598-1645

조선 중기의 문신. 본관은 延安, 자는 道章, 호는 玄洲. 아버지는 좌의정 李廷龜이며, 어머니는 安東權氏로 判書 權克智의 딸이다. 예조판서 李明漢의 동생인데, 공교롭게도 형의 죽음을 애통해하다 같은 해에 죽었다. 1612년 진사시를 통해, 1621년에 문과에 급제하고 승문원에 들어갔다. 1623년 인조반정으로 승문원주서와 홍문관정자 등 가장 권위 있는 경로를 통해 관계에 진출하였다. 그 뒤에도 삼사의 관직을 두루 맡았고, 1626년에는 수찬으로 중시문과에 급제하였다. 1632년에 인조가 생부 定遠大院君을 王號로 높이려는 것에 반대하다가 파직되었다. 그 뒤 충원·진주 등의 수령과 예조참의 등을 역임하고 1643년 세자가 볼모로 청나라에 잡혀갈 때 세자우부빈객이 되어 수행하였다. 이듬해 귀국하여 형조참판과 비변사당상에 올랐다.

죽은 아내 이씨 제문
祭亡室李氏文

송시열

　정사년(1677) 5월 4일, 형벌을 기다리고 있는 사람으로 은진(恩津) 송시열(宋時烈)이 듣건대, 죽은 아내 이씨(李氏)의 관이 급박한 조정의 논의 때문에 길일을 택할 겨를도 없이 매우 급작스럽게 유성(儒城)의 산기슭에 임시로 묻힌다고 하니, 멀리서 제수(祭需)를 보내고 작은 손자 송회석(宋晦錫)을 시켜 영전(靈前)에 대신 고하오.

　아아, 내가 그대와 부부된 지도 지금까지 53년이 되었소. 그 사이에 내가 가난했던 탓으로 변변치 못한 음식조차 배불리 먹은 적이 없고, 무진 애를 쓰며 고생하던 모습은 이루 말할 수가 없소. 또한 내가 쌓은 재앙 때문에 아이들이 대부분 일찍 죽었으니, 그 슬픔은 살을 도려내는 쓰라린 고통이었고 사람으로서 감당할 수 없는 것이었소. 근년에 이르러서 화(禍)를 입고 그대와 멀리 떨어져 있은 것이 어언 4년이나 되었소. 때때로 나에 대해 소문으로 전해들은 것이 놀랍고 두려운 것들이었으니, 애태우고 속 끓이며 두려워 가슴 졸였던 것이 어찌 다함이 있었으랴? 졸지에 여위고 병이 들어서 이 지경에 이르렀으니, 그 처음부터 끝까지 살펴보면 나로 말미암지 않은 것이 없소. 운명이 평탄하지 못했던 것은 이 못난 사람과 짝이 되었던 것이니, 그대야 비록 원망하지 않았을지라도 나는 어찌 부끄럽지 않았으랴?

지난해 급히 가서 만나고 싶었지만 여러 사람들의 의견에 막혀 번
번이 다시 주저앉고 말았소. 어쩌다가 당시의 공론이 조금이라도 잦
아지고 위태로운 목숨을 조금이라도 연명할 수 있다면 손을 맞잡고
살 기회를 만들 요량이었고, 그런 날이 있으리라고 생각했소. 주고
받은 편지글이 모두 이 일이 아닌 것이 없었으나, 이 뜻은 끝내 이루
지 못했으니 눈을 감으려고 해도 더욱 감기가 어려웠을 것이오.

얼마 전에 부음(訃音)을 듣고 시급히 자손들로 하여금 만의(萬義 :
수원시 무봉산에 있는 마을)에 고이 안장케 하여 며느리[全州李氏]와 서
로 의지하며 지내게 하려고 했었소. 그런데 갑자기 이것조차도 일이
급하여 또 뜻대로 하지 못하니 불행이라 하겠소.

비록 그렇지만 지금 사람들이 나를 처벌하라는 주장이 한창 심하고,
바닷가의 독한 기운이 내 살갗을 이미 다 녹이고 있으니, 이 인생
다하는 날도 머잖아 아침 아니면 저 저녁일 것이오. 나의 자손들과
형제들이 선산에 뼈를 묻어준다면 또한 마땅히 그대의 무덤도 이장하여
합장할 것이오. '살아서는 떨어져 지냈어도 죽어서는 한 무덤에 묻힌
다.'고 한 것은 오직 이때일 것이외다. 이것 외에 다시 무슨 말을 하겠소?

아아, 지금 나에 대한 떠도는 소문이 매우 심상치 않으니, 그대가
살아있다 해도 한이 없는 슬픔을 어찌 견딜 수 있겠소? 그러니 훌쩍
먼저 가서 까마득히 모르는 것이 도리어 뒤에 남은 사람의 부러움을
사는구려. 아아, 과연 그러한 것이오? 평소같이 선량한 마음으로 어
둠속에서도 가슴을 치며 발 구르고 있소?

아아, 일이 창졸간에 일어난 데다 인편(人便)이 떠나려 하니, 마음만
은 하염없으나 말로 다할 수가 없소. 그대는 어둡지 않고 밝으시니
나의 슬픈 마음을 헤아려 주오. 아아, 슬프나이다. 아아, 슬프나이다.

祭亡室李氏文

維崇禎丁巳[1], 五月初四日, 待刑[2]人恩津宋時烈, 聞亡室李氏[3]之柩, 以朝論之急, 不暇擇吉, 倉皇權厝[4]于儒城之山麓, 遠遣奠具, 使少孫晦錫[5]代告于柩前曰。嗚呼！吾與君爲夫婦, 五十三載[6]于斯矣。其間迫於吾之貧, 糟糠[7]未嘗厭, 而拮据[8]勤苦之狀, 有不可勝言。且以吾之積殃, 子女[9]多夭, 其悲割痛毒, 有非人之所能堪者。及至近歲, 遭罹禍釁, 與

---

1) 崇禎丁巳(숭정정사) : 숭정은 명나라 毅宗의 연호(1628~1644)로, 명나라가 망한 뒤에도 청나라 연호를 쓰는 것을 꺼려 이 연호를 사용한 것이니, 정사년은 1677년임.

2) 待刑(대형) : 1674년 孝宗妣의 복상문제로 인한 2차 禮訟에서 패하여 송시열이 예를 그르친 죄로 파직, 삭출되었으며, 이어 1675년 1월에는 德源으로 유배되었다가 뒤에 長鬐, 巨濟 등으로 이배되었는데, 유배 기간 중에도 남인들의 가중 처벌 주장이 일어나 생명의 위협을 받은 것을 일컬음.

3) 李氏(이씨) : 李德泗의 딸 韓山李氏. 2남2녀를 낳았으나 두 아들은 요절하였고, 權惟·尹博에게 시집간 2딸이 있었다. 큰딸은 1678년에, 작은딸은 1685년에 죽었다. 두 아들이 일찍 죽어 양자를 들여야 했는데, 1658년 송시열은 넷째백부 宋邦祚의 아들 宋時瑩과 尹煃의 딸 坡平尹氏 사이의 둘째아들 宋基泰를 양자로 들였다. 宋基泰(1629~1711)는 李挺漢의 딸 全州李氏(1627~1661) 사이에 5남1녀를 두었다.

4) 權厝(권조) : 임시로 묻음.

5) 晦錫(회석) : 宋晦錫(1658~1688) 본관은 恩津, 자는 希文, 호는 東谿. 宋時烈의 손자이고, 宋基泰의 아들이다. 할아버지 밑에서 교육을 받다가 1675년에 할아버지가 服喪문제로 德源, 熊川을 거쳐 1679년 巨濟島로 유배되자 할아버지를 따라 거제도까지 갔으며, 1680년 할아버지가 석방된 후 고향으로 돌아왔다. 1683년 鄕試에 일등으로 합격하고 이듬해 小科에도 합격했으나 奇疾에 걸려 5년간의 病苦 끝에 30세로 사망했다.

6) 五十三載(오십삼재) : 1625년 결혼하여 1677년 3월 22일 사망하기까지의 시일을 말함.

7) 糟糠(조강) : 지게미와 쌀겨라는 뜻으로, 가난한 사람이 먹는 변변치 못한 음식을 이르는 말.

8) 拮据(길거) : 손과 입을 함께 움직여 일하는 모양. 《詩經》〈國風·鴟鴞〉의 "나는 내 입과 손이 다 닳도록 나의 갈대 이삭 뽑아오고 나의 띠 풀 모아 쌓았도다.(予手拮据, 予所捋荼, 予所蓄租.)"에서 나온 말이다.

9) 子女(자녀) : 송시열과 한산이씨 사이에 2남2녀가 있었으나 2남이 모두 일찍 죽었는데, 연보에 의하면 宋純이라는 아들은 1634년에 태어나 1637년에 죽은 것으로 되어 있고, 나머지 아들에 대해서는 언급이 없음.

之契闊[10]者, 于兹四年矣。時時傳聞駭懼, 其所以消心煎腸, 驚怖炒迫者, 曷有其極? 卒之致羸嬰疾, 以至於斯, 究厥始終, 罔非由我。命之不淑, 配此無良, 君雖不怨, 我何勝恧? 粤自去歲, 亟欲來會, 而群議所沮, 輒復趑趄。謂或時議稍緩, 危喘少延, 則相携乘便, 似有其日。書辭往復, 無非此事, 此志終孤, 目尤難瞑。日者承凶, 亟令子孫歸葬於萬義[11], 使與子婦相依。忽此事急, 又不如計, 亦一不幸也。雖然, 時人之論罪方劇, 瘴海[12]之鑠肌已深, 此生之盡, 匪朝伊夕。吾之子孫與諸弟, 倘歸骨於故山, 亦當遷君而合祔矣。穀異死同[13], 此維其時。此外復何言哉? 嗚呼! 目今流聞甚惡, 君如在世, 何耐罔極? 然則儵然先逝, 冥然不知, 還爲後死者所羨也。嗚呼! 其亦然乎? 其亦如平日之善懷而椎胸躑躅於暗中耶? 嗚呼! 事出倉卒, 行人臨發, 意無窮而言不能盡。惟君不昧, 鑑我悲誠。嗚呼哀哉! 嗚呼哀哉!

[宋子大全, 卷153]

송시열宋時烈, 1607~1689

☞25면 참조.

---

10) 契闊(결활) : 멀리 떨어져 있어 서로 소식이 끊어짐.

11) 萬義(만의) : 수원시 舞鳳山 만의리. 이곳은 송기태의 아내 全州李氏 곧 송시열의 며느리가 1661년에 죽어 묻힌 곳이다.

12) 瘴海(장해) : 경북 포항시 長鬐를 일컬음.

13) 穀異死同(곡이사동) : 《詩經》〈王風·大車〉의 "살았을 때는 헤어져 지내도 죽어서는 한 무덤에 묻히길 바랬는데 내 말이 믿어주지 않는다면 하늘의 해만은 알 것이다.(穀則異室, 死則同穴, 謂子不信, 有如曒日.)"에서 나온 말.

부인 제문

祭夫人文

조복양

　모년 모월 모일에 삼가 변변찮은 제수를 갖추어 죽은 아내 정부인(貞夫人) 덕수이씨(德水李氏) 영전(靈前)에 제사지내며 통곡하오.

　아아, 나와 부부가 되고부터 지금에 이르기까지 44년이 되었소. 반쪽을 하나로 합함이 마치 비파와 거문고를 타는 것 같았고, 정리로나 의리로나 중한 것이 시종 변함이 없었소. 늙도록 서로 의지하며 백 년을 같이 살자고 약속했는데, 어찌 하루아침에 나를 버리고 죽을 줄 알았겠소? 나로 하여금 외롭고 쓸쓸한 몸으로 아내도 없고 가정도 없게 하여, 유독 끝없는 고통을 안긴단 말이오? 부부의 의리는 진실로 인물의 어질고 어질지 못함, 후덕하고 천박함에 달려있지 않으나, 그대의 지극한 행실과 아름다운 덕이 남보다 매우 뛰어나지 않았다면 또한 어찌 나로 하여금 그대가 살았을 때는 성심을 다하여 기뻐하며 따르고, 그대가 죽었을 때는 심장이 도려내듯 찢어짐이 이 같이 극심하겠소?

　그대의 어질고 자애로운 성품, 착하고 아름다운 자질은 하늘로부터 타고난 것이었소. 시집오기 전에는 친정 부모님을 섬기기에 그 마음을 다 쏟고, 나에게 시집와서는 시부모님을 봉양하기에 그 정성과 효도를 극진히 하였으니, 친정부모와 시부모의 옷가지와 음식은 반드시 온 힘을 다해 마련하고 직접 손수 갖추었소. 조카들을 어루만져 사랑하기를 친자식과 다름이 없었소. 무릇 얻은 것이 있으면 크고 작음을 가리지 않고 번번이 친족이나 서로 아는 사람들에게 다 나누어주었고, 심지어 집에 남은 것이 전혀 없을 때도 조금만치 아까워하는 기미가 없었소. 남들이 환난과 곤궁을 겪는 것을 보면 반드시 슬퍼하며 구해주었는데, 내가 나누어주고자 하면 먼저 이미 행하였었고, 돌보아 구제하고자 하면 듣는 즉시 베풀었었소. 집안의 대소사에도 번거롭게 내가 염려하지 않도록 하였소. 그래서 멀거나 가까운 친척들이든 위아래의 마을사람들이든 칭찬하고 감탄하며 공경하여 우러르지 않은 이가 없었소. 그 아름다운 덕이 드러난 것이 대략 이와 같으니, 실로 여중군자(女中君子)라 할 만했소.

우리 집이 너무나 가난하여 타향살이를 해야 했고, 양식이 떨어진 것도 여러 번이었소. 그리하여 그대가 손수 삯바느질을 밤늦게까지 계속해서 죽이라도 마련하여 먹을 수 있었소. 그리고 서울에 와서 녹봉(祿俸)을 받을 때에도 입에 풀칠하기에 넉넉하지 않았고, 집은 늘 궁핍하여 날마다 양식을 꾸어야 했었소. 또 살 집이 없어서 마침내는 남의 집에 몸을 붙여 살아야 했으니, 정한 거처가 없이 떠돌아다니느라 거의 도성 안을 두루 옮겨 다녔소. 이것들은 다 사람들이 그 고통을 견디지 못하는 것인데도, 그대는 담담하게 지냈고 근심하거나 한탄하는 기색을 보인 적이 없었소.

비록 늘 곤궁하며 굶주리고 있었을망정, 누군가 먹을 것을 보내오더라도 조금만치 이치에 맞지 않으면 나의 말을 기다리지 않고 모두 사양하여 받지 않았소. 성품이 화려하게 꾸미는 것을 좋아하지 않아 스스로 검소한 옷을 입었으며, 세상의 권세와 이익을 원하지 않아 스스로 가난한 생활을 하면서 검약하였으니, 평생 동안 터럭만큼이라도 구차히 남들에게 구걸한 것이 없었소. 아무리 가까운 친척이 내직과 외직의 벼슬길에 나갔어도 전혀 청탁한 일이 없었고, 재물과 잇속에 대해서는 더욱 담담하였으며, 비루하고 자질구레한 말조차도 입 밖으로 내지 않았소. 분노하거나 고지식한 기색은 얼굴에 조금도 드러내지 않은 채, 부드럽고 정중하게 위아래 사람들을 대하였소. 이것들은 다 사람들이 미치기가 어려운 행동이었소. 비록 옛날에 이른바 어진 부인이라 할지라도 어찌 이보다 더할 수 있으리까?

나는 어리석고 둔함으로 가장 못난 사람인데도 큰 허물을 면하고 몸과 명예를 보전할 수 있었으니, 그대의 내조로부터 기인한 바가 많았소. 그런데 지금 갑자기 백년해로하자던 약속을 어기고 내 곁을 떠나는 바람에 하나의 좋은 벗을 잃었으니, 내가 길이 통곡하면서 애석해하는 것을 어찌 남아있는 남편이 죽은 아내를 애도하는 것에만 비길 수 있으리까?

슬퍼할 만한 것은, 살아서 가난한 선비의 아내가 되어 죽도록 고생만 실컷 다한 것이고, 또 일찌감치 가슴과 배에 고질병이 들어 한두 달만이라도 편안히 지낸 적이 거의 없었던 것이오. 온몸이 바싹 여위고 몸의 원기(元氣)가 삭아 약해지더니, 끝내 한질(寒疾 : 감기)에 걸려 한 번 눕고 나서 다시는 일어나지 못했소. 나이 겨우 60에 돌연히 죽은 사람이 되었으니, 그 깊은 사랑과 아름다운 덕으로도 장수하는 크나큰 복을 다 누리지 못하는구려. 이것은 실로 이치 가운데 알 수 없는 것이라오. 병중에 있을 때, 비록 매우 위급해졌을지라도 정신은 오래도록 분명한지라, 신명께서 도와주시고 약물이 효과가 있기를 바랐었소. 그 누가 문득 눈을 감아 죽는 것이 마치 바람 앞의 등불처럼 그리도 빨리 사라지는 것인 줄을 생각이나 했겠소? 아아, 애통하나이다.

늙었으면서 아내 없는 것을 홀아비라 하는 것은 실로 맹자(孟子)가 말한 사궁(四窮)의 첫머리에 있으니, 예로부터 천하에 하소연할 데가 없어 늘 마음속으로 슬퍼하는 것을 말한 것이오. 내가 지금 그 처지가 되었으니, 신세가 처량하여 내 그림자만 홀로 드리우는데다, 네 벽은 시름겹게 그대로 있으나 눈을 들어도 그대는 보이지 않는구려. 오로지 날마다 어린 아이들이 가슴을 치며 호곡하는 소리를 들어야 하고, 상을 치르느라 여위고 지친 모습을 보아야 하니, 아무리 슬퍼하지 않고자 해도 어떻게 할 수가 있으리까?

죽고 사는 이치는 아침과 저녁이 교차하는 것과 같으니, 소년이 장년이 되고 장년이 노년이 되며, 노년이면 병들게 되고 병들면 죽게 되는 것을, 인간이라면 반드시 면치 못할 것임을 알지 못하는 것이 아니라오. 경청(景倩 : 奉倩의 오기, 荀粲의 자)처럼 상심하는 것은 실로 무익한 것이고, 장자(莊子)처럼 동이를 두드리며 노래하는 것은 진실로 달관한 것이오. 그러나 부인의 아름답고 정숙했던 모습을 생각하고 나의 삶이 쓰라리게 괴로울 것을 염려하니, 나도 모르게 통곡의 소리가 하늘에 사무치고 눈물이 구천(九泉)에 사무친다오.

생각건대, 영령(英靈)은 응당 모른 체하지 않고 반드시 하늘 위에 있으리니, 인간 세상을 굽어 살피면서 내가 이처럼 슬퍼하는 것도 살피는 것이오? 깨끗하고 맑은 마음과 온화한 모습을 어떻게 다시 볼 수 있을 것이랴? 온화하고 부드러운 표정과 낭랑한 음성은 길이길이 마음과 눈에 남아 있으리로다. 나의 이 삶이 마치도록 이 비통함은 어찌 끝이 있으리까?

지금 묏자리를 쓰기 위한 길일을 잡는 일이 쉽지가 않아서 임시로 광릉(廣陵 : 경기도 廣州)의 산에 묻으나, 실로 어렸을 때 살았던 곳이라오. 그 오른편에는 부모의 묘가 있고, 그 왼편에는 조부모의 묘가 있으니, 정령(精靈)도 이 언덕이 좋은 곳임을 응당 알 것이오. 영령은 이곳에 잠시만 편안히 있으면서 복된 묏자리를 잡을 때까지 기다려주오. 발인하기로 한 날이 내일 새벽이기에, 한 잔 술로 제사하노니 온갖 정이 다 끊어지는 듯하오. 아아, 슬프나이다.

祭夫人文

維年月日, 謹具薄奠, 祭于亡室貞夫人德水李氏[1]之靈而慟哭曰 : 嗚呼! 自我爲夫婦, 于今四十有四年矣。一體胖合, 如鼓琴瑟, 情義之重, 始終若一。到老相依, 期以百歲, 那知一朝, 捨我長逝? 使我煢煢孑子, 無室無家, 獨抱無涯之痛哉? 伉儷之義, 固不係人物賢否而厚薄, 而若非至行懿德之迥絶於人, 亦何以使我, 生而誠乎悅服, 沒而心焉割裂, 若是之極也? 惟君仁慈之性, 淑美之姿, 得之天賦。在家則事其父母[2], 竭其心慮, 歸我而奉侍舅姑[3], 極其誠孝, 父母舅姑之被服旨甘, 必盡力營辦, 躬自備具。撫愛諸姪[4], 無異己子。凡有所得, 毋論巨細, 有輒散盡

---

1) 德水李氏(덕수이씨) : 觀察使 李景容(1580~1635)의 딸.

2) 父母(부모) : 아버지 李景容과 어머니 安東權氏를 가리킴. 이경용의 본관은 德水, 자는 汝復, 호는 杜谷·桂谷. 1609년에 진사시에 합격하고 1618년에 문과에 급제하였다. 1623년 인조반정 후 삼사·육조·성균관·승정원의 여러 관직과 외직을 두루 역임하였으며, 관직이 黃海道觀察使와 全羅道觀察使에 이르렀다. 한편, 안동권씨는 僉正 權耉의 딸이다.

3) 舅姑(구고) : 시아버지 趙翼(1589~1655)과 시어머니 星州玄氏를 가리킴.

4) 諸姪(제질) : 조복양은 5남1녀의 형제남매가 있었음. 게다가 조복양 자신의 슬하에도

於親族相知之人, 至於家無所餘, 而無少慳惜之意。見人之患難窮困, 必加哀念而相救, 凡吾欲有分與者, 先已行之, 欲有顧濟者, 聞卽施之。門內大小, 不煩吾之致念。門黨親疏隣里上下, 莫不稱歎而敬仰。此其德美之著見者, 大略如斯, 實可謂女中之君子也。吾家至貧, 流落鄕谷, 至於絶食者累矣。君手自傭縫, 夜以繼晷, 以資粥飯。及來京師[5]廩祿, 不足以繼糊[6], 家常空乏, 日事稱貸[7]。又無居宅, 到底僑寓[8], 遷徙無定, 殆遍都中。是皆人所不堪其苦, 而處之泊如, 未嘗見愁恨之色。雖常在窮餓之中, 人或有饋遺, 稍不當義, 則不待吾之有言, 亦皆辭而不受。性不喜芬華, 而躬服儉素, 不願人勢利, 而自安貧約, 平生無一毫苟且求丐於人者。雖於至親之任官內外, 絶無干請, 財利之間, 尤所淡然, 鄙瑣之言, 不出於口。忿狷之氣, 不設於面, 怡愉端肅, 以居尊卑。此皆人所難及之行也。雖古所謂賢婦人, 何以加此? 余之鈍愚, 最居人下, 其得免大咎, 保有身名, 得於輔助者居多。今忽違背, 失一良友, 則吾之所以長慟而永惜, 夫豈餘人悼亡者比哉? 所可悲者, 生爲貧士之妻, 終身喫盡艱苦, 又早嬰胸腹之毒疾, 殆少一二月寧處。肌肉消脫, 眞元爍弱, 終遇寒疾, 一臥不起。年纔六十, 倏爲異物, 以其深仁懿德, 不克享有遐福。此實理之不可知者也。方其病也, 雖甚危劇, 精神久猶分明, 尙冀神明之扶佑, 藥物之收功。孰謂其奄忽溘然, 有若風燭之迅滅也。嗚呼痛哉! 老而無妻曰鰥, 實居四窮之先[9], 自古稱爲天下之無告, 常竊悲之。我今

　4남3녀가 있었다.

5) 京師(경사) : 서울. 수도를 일컫는 말이다.

6) 糊(호) : 糊口. 입에 풀칠을 한다는 뜻으로, 겨우 끼니를 이어 감을 이르는 말.

7) 稱貸(칭대) : 이자를 받고 돈이나 물건을 꾸어 줌. 여기서는 양식 따위를 꾼다는 의미이다.

8) 僑寓(교우) : 寄寓. 임시로 남의 집에 몸을 의지하고 지냄.

9) 實居四窮之先(실거사궁지선) : 《孟子》〈梁惠王章句 下〉의 "늙었으면서 아내 없는 것을

遭之, 身事凄涼, 形影獨餘, 四壁悄然, 擧目無覩。惟日聞兒息號擗之
聲, 而見纍纍[10]之容, 雖欲不悲, 何可得也? 非不知死生之理, 如夜朝
之常, 少而壯, 壯而老, 老而病, 病而死, 人之所必不免。景倩[11]之傷
性, 實爲無益, 莊生之叩盆[12], 誠是達觀。而思夫人之令淑, 念吾生之
酸苦, 自不覺聲之徹天, 淚之徹泉也。想惟英靈, 不應昧昧, 必在雲霄之
上, 其果俯視人世, 而鑑余之此哀也耶? 潔淸之志, 雍和之儀, 何可復
得? 溫溫之色, 琅琅之音, 長在心目。終我此生, 此慟何涯? 今以幽宅
卜吉之不易, 權窆於廣陵[13]之山, 實惟少時居長之地。其右則父母之墓,
其左則王父母之墓, 應識精靈, 樂於斯丘。靈其姑安于此, 以待福兆之
擇。發靷之期, 只在明發, 一觴告侑, 五情斷絶。嗚呼哀哉!

[松谷先生集, 卷9]

을 홀아비라 하고, 늙었으면서 남편 없는 것을 과부라 하며, 늙었으면서 자식 없는
것을 독거자라 하고, 어리면서 부모 없는 것을 고아라 하나니, 이 네 가지는 천하의
곤궁한 백성으로서 하소연할 곳이 없는 자들이다.(老而無妻曰鰥, 老而無夫曰寡, 老而無
子曰獨, 幼而無父曰孤, 此四者, 天下之窮民而無告者.)"에서 맨 첫머리에 나오는 것을
일컫는 말.

10) 纍纍(누루) : 상을 치를 때 여위고 지친 모습.

11) 景倩(경청) : 景倩은 奉倩의 오기. 《삼국지 · 위서》〈순욱전〉에 의하면, 경청은 삼국시
    대 荀顗의 자로, 荀彧의 아들이다. 魏나라에서 벼슬하여 臨淮公에 봉해졌으며, 晉나라
    에 들어와서는 侍中과 태위를 지냈는데, 후손이 없어서 형의 손자를 후사로 삼았다.
    반면, 봉창은 荀顗의 아우 荀粲의 자이다. 순찬은 자기 아내에 대한 애정이 너무 깊은
    나머지, 아내가 일찍 병들어 죽자, 이것으로 상심하여 그 역시 젊은 나이로 요절하였다.

12) 叩盆(고분) : 아내 잃은 슬픔을 이르는 말. 《莊子》〈至樂〉의 "莊子의 아내가 죽었을 때
    惠子가 조문을 가서 보니, 장자가 바야흐로 두 다리를 뻗치고 동이를 두드리며 노래를
    부르고 있었다.(莊子妻死, 惠子弔之, 莊子方箕踞叩盆而歌.)"에서 나온 말이다.

13) 廣陵(광릉) : 경기도 廣州.

조복양趙復陽, 1609-1671

조선 후기의 문신. 본관은 豊壤, 자는 仲初, 호는 松谷. 아버지는 좌의정 趙翼이며, 어머니는 星州玄氏로 玄德良의 딸이다. 金尙憲의 문인이다. 1633년 사마시에 합격하고, 1638년 정시문과에 병과로 급제한 뒤, 검열을 거쳐 지평 등을 역임하였다. 1641년 정언으로 있을 때, 仁祖의 아우인 綾原大君의 客廳에 국고의 음식을 공급하는 데 반대하다가 체직되었으나 趙錫胤의 구원으로 다시 정언에 임명되었다. 이후 헌납·교리를 지냈다. 1649년 지평을 거쳐 부교리가 되었는데, 붕당의 폐를 주장하다가 오히려 元斗杓의 당으로 지목되어 왕의 미움을 샀으나 조석윤 등의 신구로 무사하였다. 1657년 侍講官으로 궁중음악의 타락을 지적, 古樂을 본받아 이를 시정할 것을 주장하고, 樂章玉冊敎文을 지었다. 현종이 즉위하면서 적극적인 진휼정책의 이행을 주장하였다. 1660년에 대사성, 이듬해에는 대사간으로 별도로 설치된 賑恤廳堂上이 되어 흉년으로 기아에 있는 백성들을 구제하는 데에 힘썼다. 이어 부제학·예조참판·병조참판·동지성균관사·강화유수를 역임하고 여러 차례 대사성을 지낸 뒤 元子의 輔養官이 되었다. 그 뒤 우참찬·대제학·이조판서·예조판서를 역임하였다.

죽은 아내 제문

祭亡室文

김석주

　그대가 떠나가고 난 뒤, 달은 돋았다가 지고 찼다가 이지러지지만, 그지없는 이 비통함이야 어찌 다시 끝이 있으리까? 말로 드러내고자한들 슬픔을 묘사할 수 있을 것이며, 슬픔에 잠겨 겨를이 없다한들 잊어버린 척 할 수 있으리까? 마음속에 쌓아둔 정을 글로 또한 어찌 표현할 수 있으리까, 이승이든 저승이든 차이가 없을 것이니 그대는 반드시 헤아려주오.

　지난밤에 연달아 꿈에서 그대를 보았더니, 모습은 생전 그대로였고 미소와 말소리도 아름다웠소. 깨어나니 그대가 보이지 않아 오직 눈물만 흐르는데, 상여는 먼 곳에 이르러 영원히 있을 터에 자리 잡는구려. 우천(牛川 : 경기도 광주에 있는 지명)의 옛 무덤은 우리 선조들의 무덤이니, 생각하기에 그대의 영혼이 이 무덤에서는 편할 것 같았소.

　나는 그대의 행적을 기록하여 행장(行狀)과 묘지명(墓誌銘)을 지었고, 같은 무덤에 묻히자고 한 시는 나의 맹서라오. 비록 같이 산 지 잠깐 사이에 헤어졌을지라도 모이기만 한다면 그 얼마나 길이 진진하리까, 바라건대 이 글로 그대를 위로하니 그대는 슬퍼하지 마오. 한 마디의 말을 마음으로 올리오니, 이 심향(心香)을 흠향하오.

祭亡室文[1]

自子[2]之云逝，月生而死，盈又虧只，悠悠此慟，寧復涯只？ 欲敍以
辭，而寫愴只，悲撓不遑，若遺忘只？ 情之所蘊，文亦竭狀只？ 幽明弗
間，子必諒只。宿昔之夜，連夢子只，容儀若常，笑語嫩只。覺而無見，
唯涕淚只，靈輀[3]遠戾，卜永居只。牛川[4]舊園，吾祖廬只，意者子魂，
安此隧只。吾紀子行[5]，狀且誌只，同穴之詩，吾所矢只。雖短而離，聚
何長只？ 庶以慰子，子莫傷只。一言薦心，歆此芳只。

[息庵先生遺稿, 卷18]

---

1) 원문에는 "장례 지내기 하루 전, 아침 제수를 올리며 고한다.(葬前一日, 因朝奠告之.)"
   는 협주가 있음.

2) 子(자)：右議政 李厚源의 딸 全州李氏(1634~1658)를 가리킴. 김석주는 전주이씨를 첫
   째부인으로, 전주이씨가 자식 없이 죽자 府尹 黃一皓의 딸 昌原黃氏를 둘째부인으로
   두었다.

3) 靈輀(영이)：상여를 실은 수레.

4) 牛川(우천)：경기도 廣州에 있는 지명.

5) 紀子行(기자행)：그대의 행적을 기록함. 김석주는 전주이씨의 행장 〈亡室孺人李氏行
   狀〉과 묘지명 〈亡室孺人李氏墓誌銘〉을 지었으니, 《息庵先生遺稿》 권22와 권23에 각
   각 수록되어 있다.

김석주金錫冑, 1634-1684

조선 중기의 문신. 본관은 淸風, 자는 斯百, 호는 息庵. 할아버지는 영의정 金堉이고, 아버지는 병조판서 金佐明이며, 어머니는 五衛都摠部都摠管 申翊聖의 딸이다. 1657년 진사가 되었으며, 1661년 왕이 직접 성균관에 거둥해 실시한 시험에서 성적이 우수해 곧바로 殿試에 응시할 수 있는 특전을 받았다. 이듬해 증광문과에 장원, 典籍이 된 뒤 이조좌랑·正言·持平·副校理·修撰·獻納·교리 등을 차례로 역임하고, 1674년 兼輔德에 이어 좌부승지가 되었다. 그 뒤 1674년 慈懿大妃의 복상 문제로 제2차 예송이 일어나자, 남인 許積 등과 결탁해 宋時烈·金壽恒 등을 숙청하고 守御使에 이어 도승지로 특진되었다. 그러나 남인의 정권이 강화되자 이를 제거하기 위해 다시 서인들과 제휴해 송시열을 제거하려는 남인들의 책동을 꺾어, 이때부터 송시열과 밀접한 관련을 맺었다. 1682년 우의정으로 扈衛大將을 겸직하였다.

죽은 아내 박씨 묘제문
祭亡室朴氏墓文

안석경

갑자년(1744) 한식날에 지아비 홍주(興州 : 순흥) 안석경(安錫儆)은 삼가 변변찮은 제수를 갖추고 유인(孺人) 반남박씨(潘南朴氏)의 묘에 제사를 지내며 제문 지어 고하오.

아아, 세상 사람들이 아마도 짝을 잃고 슬퍼하며 마음 아파하는 것은 평소에 기뻐하고 좋아한 일이 많았기 때문에 젊고 예쁜 모습이 남아서 잊을 수가 없어서일 것이오. 아아, 특별히 나는 그대에게 기뻐하고 좋아한 일로 말할 것이 없고, 유독 시름겹게 살다가 한스럽게 죽은 것이 가여울 뿐이니, 마음이 참담하여 차마 잊을 수가 없소. 내가 생각건대, 젊고 예쁜 모습의 여운에서 생겨난 슬픔은 새 짝을 만나서 오래도록 지내면 점차 옮겨가기가 쉬울 것이나, 참담한 마음에서 생겨난 슬픔은 새 짝을 만나서 오래도록 지낸다 해도 쇠해지지 못할 것이오.

아아, 그대가 이를 안다 해도 나에게 무슨 마음 있다 할 것이며, 그대가 이를 모른다 해도 내 할 도리만 힘쓸 따름이오. 산 푸르고 물 푸르러 그윽한 곳에 외로운 무덤 있으니, 애달프다한들 또한 무슨 말을 할 것이며 말한들 또한 무슨 글을 쓰리오? 아아, 슬프나이다. 적지만 흠향하오.

祭亡室朴氏墓文

惟歲甲子[1]寒食日，夫興州[2]安錫儆謹以薄具，祭于孺人[3]潘南朴氏[4]
之墓，爲文以告曰：嗚乎！世之人，盖亦有喪耦而悲傷，顧多以平昔之
歡好也，餘婉孌而未可忘。嗚乎！吾於君，別無歡好之可言，獨憐其生愁
而死恨也，中慘怛而不忍諼。吾謂悲生於婉孌之餘者，易以新遇曁久而
漸移，悲生於慘怛之中者，不以新遇曁久而或衰。嗚乎！君若有知，謂我
何情？若其無知，亦勉我誠。山靑水綠，藹然孤墳，哀亦何語？語亦何
文？嗚乎哀哉！尙饗。

[雪橋集，卷6]

안석경安錫儆, 1718-1774

조선 후기의 학자. 본관은 順興, 자는 淑華, 호는 完陽·雪橋. 아버지는 安重觀이다.
1752년 아버지가 죽을 때까지 이곳저곳 아버지의 任所를 따라 생활하였다. 당시 신흥
도회가 형성된 홍천·제천·원주 등이 그곳으로 청년기를 이러한 도회적인 분위기 속
에서 지냈다. 세 차례 과거에 응하지만 모두 낙방하였다. 출세지향의 공부를 힘쓰지
않았던 그에게 낙방은 오히려 당연하기도 하다. 1752년은 과거에 응한 마지막 해이기
도 하지만, 그 해 아버지가 죽자 그는 곧 강원도 두메산골인 횡성 雪橋에 은거한다.
한편, 아버지 안중관은 金昌翕의 문인으로 李秉淵·閔遇洙 등 당시 노론계 인사 및 洪
世泰 같은 중인 출신 시인과도 교유한 노론계 학자였다.

---

1) 甲子(갑자) : 英祖 20년인 1744년.

2) 興州(흥주) : 경상북도 영주지역의 옛 지명. 順興이라고도 한다.

3) 孺人(유인) : 생전에 벼슬하지 못한 사람의 아내의 신주나 銘旌에 쓰던 존칭.

4) 潘南朴氏(반남박씨) : 안석경의 첫째부인. 아버지는 朴師漢(1688~1773)이며, 어머니
   는 安東金氏(1685~1761)로 金昌協의 딸이다. 한편, 안석경은 朴礑의 딸 密陽朴氏 둘째
   부인과 측실을 두었다.

부인 예안이씨 애서문

夫人禮安李氏哀逝文

김정희

임인년(1842) 11월 13일 부인이 예산(禮山)의 고향집에서 일생을 마쳤는데, 다음달 15일 저녁에야 비로소 부음(訃音)이 바다 건너 제주도에 전해져서 남편 김정희(金正喜)는 자리를 마련하고 슬피 통곡하였소. 살아서 떨어져 있었는데 죽어서 아주 헤어짐을 슬퍼하고, 영원히 가면 돌이킬 수 없음을 한스러워하면서 몇 줄의 제문을 지어 집안 사람에게 부치고는, 글이 도착하는 날 제물을 올릴 때 영전(靈前)에 고하게 하였소.

아아, 형벌을 받거나 먼 곳에 유배되더라도 내 마음이 동요된 적이 없었소. 지금 일개 여자의 상(喪)을 당해서는 몹시 놀라 넋이 달아나고 얼이 빠져서 그 마음을 단단히 다잡을 수가 없으니, 이 무슨 까닭이란 말이오?

아아, 무릇 사람은 모두 죽게 마련일지라도, 부인만은 죽어서는 아니 되었소. 죽어서는 아니 되었는데도 죽었기 때문에 죽어서도 지극한 슬픔을 머금고 기막힌 원한을 품었으니, 장차 뿜어내면 무지개가 되고 맺히면 우박이 되어, 남편의 마음을 동요시키기에 충분하니, 형벌을 받거나 먼 곳에 유배 가는 것보다 더 심함이 있는 것이오.

아아, 30년 동안의 효성스런 덕행은 친척들이 칭찬하였고, 벗들이나 외부 사람들까지도 모두 감격하여 칭송하지 않은 이가 없었소.
하지만 사람이 늘 행하여야 할 도리라며 부인은 칭찬을 받으려 하지
않았소. 그러나 어떻게 잊을 수가 있단 말이오?

예전에 장난삼아 말한 적이 있었으니, "부인이 죽더라도 내가 먼
저 죽는 편이 낫소. 돌이켜 보아도 더 나을 것이오."라고 했었소. 부
인은 이 말이 내 입에서 나오자 크게 놀라며 곧장 귀를 막고 멀리
달아나 들으려고 하지 않았소. 이는 진실로 세속의 부녀자들이 몹시
꺼리는 것이지만, 실제로는 이와 같은 경우가 있었으니 내 말이 모
두 장난에서 나온 것만은 아니었소.

이제 끝내 부인이 먼저 죽고 말았는데, 먼저 죽는 것이 무슨 만족
스러움이 있어서 나로 하여금 두 눈만 말똥말똥 홀로 살게 한단 말이
오? 푸른 바다 넓은 하늘에 한이 끝없이 사무칠 뿐이라오.

夫人禮安李氏哀逝文

壬寅, 十一月乙巳朔, 十三日丁巳, 夫人[1]示終於禮山之楸舍[2], 粤一
月乙亥朔十五日己丑夕, 始傳訃到海上[3], 夫金正喜具位哭之。慘生離而
死別, 感永逝之莫追, 綴數行文, 寄與家中, 文到之日, 因其饋奠而告之
靈几之前曰。嗟嗟乎! 吾桁楊[4]在前, 嶺海[5]隨後, 而未嘗動吾心也。今

---

1) 夫人(부인) : 김정희는 15살 때 韓山李氏 李羲民의 딸과 혼인하였으나 5년 뒤에 사별하
   고, 23살 때 재혼한 禮安李氏 李秉鉉의 딸을 가리킴.
2) 楸舍(추사) : 선조의 무덤이 있는 고향. 여기서는 고향집을 이른다.
3) 海上(해상) : 김정희는 尹尙度가 올린 凶疏의 배후 인물로 지목되어 濟州 大靜縣에 유배
   된 것을 일컬음.
4) 桁楊(행양) : 목과 다리에 채우는 刑具.

於一婦人之喪也, 驚越遁剝, 無以把捉[6]其心, 此曷故焉? 嗟嗟乎! 凡人
之皆有死, 而獨夫人之不可有死。 以不可有死而死焉, 故死而含至悲茹
奇寃, 將噴而爲虹, 結而爲雹, 有足以動夫子[7]之心, 有甚於桁楊乎嶺海
乎。 嗟嗟乎! 三十年孝德, 宗黨稱之, 以至朋舊外人, 皆無不感誦之。 然
人道之常, 而夫人所不肯受者也。 然俾也可忘? 昔嘗戲言, "夫人若死,
不如吾之先死. 反復勝焉." 夫人大驚此言之出此口, 直欲掩耳遠去, 而
不欲聞也。 此固世俗婦女所大忌者, 其實狀有如是者, 吾言不盡出於戲
也。 今竟夫人先死焉, 先死之有何快足, 使吾兩目鰥鰥[8]獨生? 碧海長
天, 恨無窮已。

[阮堂先生全集, 卷7]

---

5) 嶺海(영해) : 먼 변방을 이르는 말. 조정에서 쫓겨나 유배되거나 좌천되어 가는 곳을
   표현할 때 흔히 쓰는 말이다.
6) 把捉(파착) : 마음을 단단히 가다듬어서 다잡고 늦추지 않음.
7) 夫子(부자) : 남편의 높임말.
8) 鰥鰥(환환) : 눈이 말똥말똥하여 잠이 안 오는 모양.

김정희金正喜, 1786-1856

조선 후기의 문신·실학자. 본관은 慶州, 자는 元春, 호는 秋史·阮堂·禮堂·詩庵·老果·農丈人·天竺古先生. 아버지는 병조판서 金魯敬이며, 어머니는 杞溪俞氏 俞駿柱의 딸이다. 장남으로 태어나 큰아버지 金魯永에게 양자가 되었다. 1809년 생원이 되고, 1819년 문과에 급제하여 世子侍講院說書·충청우도암행어사·成均館大司成·이조참판 등을 역임하였다. 북학파의 일인자인 朴齊家의 눈에 띄어 어린 나이에 그의 제자가 되었으며, 학문 방향은 청나라의 고증학 쪽으로 기울어졌다. 24세 때 아버지가 동지부사로 청나라에 갈 때 수행하여 연경에 체류하면서, 翁方綱·阮元 같은 이름난 유학자와 접할 수가 있었다. 1830년 생부 김노경이 尹尙度의 옥사에 관련된 혐의로 古今島에 유배되었다가 순조의 배려로 풀려나는 사건이 발생했다. 그 뒤 헌종이 즉위하자 이번에는 자신이 윤상도의 옥사에 연루되어 1840년에 제주도로 유배되었다. 1848년 만 9년 만에 풀려났으나, 다시 1851년에 憲宗의 묘를 옮기는 문제에 대한 영의정 權敦仁의 禮論에 연루되어 함경도 북청으로 유배되었다가 2년 후 풀려났다.

큰형수 영인 민씨 제문

祭伯嫂令人閔氏文

송덕상

제가 첫째형님[宋述相]을 잃은 지 어느덧 21년째가 되었습니다. 다행히도 형수님[驪興閔氏]이 살아계셔서 저는 형님이 살아계신 듯했습니다. 끝내 형제들 모두 잃은 아픈 마음을 형수님에게 의지하며 달랬습니다. 형수님을 바라보고 의지하는 마음이 백년 갈 듯했습니다.

형수님이 이제 돌아가시니 저는 누구를 의지해야 하리까? 삼가 형수님은 저희 집에 시집오셔서 인자하고 은혜로우셨으며, 엄숙하고 조용하셨습니다. 하여 부귀영화를 누리시고 마땅히 복이 모여들어야 했습니다. 한데 빈곤하였고 거듭되는 상을 겪었으니, 사리는 어찌하여 그와 반대란 말입니까?

다행히도 근년에 들어 조금이나마 편안하고 좋아졌습니다. 네댓 명의 아이들이 시집도 갔고 장가도 들었습니다. 게다가 환오(煥五 : 송술상의 첫째아들)는 벼슬하고 환억(煥億 : 송술상의 셋째아들)이는 급제하여, 형수를 영화롭게 봉양할 수 있게 되었습니다. 형수님도 건강하시어 나이 80은 마땅히 누릴 수 있었습니다. 늘그막에 뒤늦은 경사라며 사람들은 바야흐로 기대하고 있었습니다. 그런데 어찌 하루 아침에 초상이 연거푸 이를 줄 생각이나 했겠습니까?

환억이의 아내[光山金氏]가 죽은 것은 길 가던 사람들도 하염없는 눈물을 흘립니다. 우리 집안의 운수가 형통하는 듯했다가 도리어 꽉 막히고 말았습니다. 조상들이 쌓은 덕이 자손들에게 두루 미치지 않은 것입니다. 하늘을 보니 흐리멍덩하기만 하여 이치를 따져 물을 수가 없습니다. 여한이 맺히는 것은 아이들에 대해서가 가장 큽니다. 이승이든 저승이든 차이가 없을지니, 형수님은 이를 슬퍼하지 않으리까?

매년 두 번씩 찾아뵐 때마다 형수님은 번번이 이별을 아쉬워하셨습니다. 이제 무덤에서 영결하고 궤연(几筵) 곁으로 가야합니다. 기쁘게 왔다가 슬프게 가는 것은 생각건대 평소와 다름없습니다. 형수님의 말씀을 받들 길이 없고, 모든 일을 돌이킬 수가 없습니다. 천년 세월을 뒤에 남겨두고 이제 영영 뵐 수가 없게 되었습니다. 옛날의 아픔과 오늘의 슬픔을 한 잔 술로 고하나이다.

祭伯嫂令人閔氏文

我失伯氏[1], 歲廿一易。幸有我嫂[2], 我視如伯。終鮮[3]餘恫, 賴嫂以

---

1) 伯氏(백씨) : 宋述相. 宋婺源(1677~1736)과 判書 金鎭龜의 딸인 光山金氏 사이에 3남1녀를 두었는데, 그 첫째아들이다. 송술상(1699~1745), 宋學相(1701~1754), 송덕상 등 세 아들, 그리고 姜柱立에게 시집간 딸이 있다.

2) 我嫂(아수) : 송술상의 아내 驪興閔氏(1701~1766)로, 閔彦述의 딸. 3남2녀를 두었으니, 송환오, 宋煥九, 송환억 등 세 아들과 朴亨陽과 朴忠煥에게 각각 시집간 두 딸이다. 여흥민씨의 몰년은 송덕상의 제문에 '丁亥'라는 협주가 있어 1767년일 것으로 생각되었으나, 송덕상의 백씨가 1745년에 죽었고 이 제문에서 그로부터 21년이 지났다고 한 점과 상치될 뿐만 아니라, 송덕상이 여흥민씨의 묘를 옮기며 지은 제문 〈祭伯嫂令人閔氏遷葬文〉에서 여흥민씨가 죽은 지 6년이 지났다고 하였는데 그 제문의 협주에 辛卯年(1771)으로 되어 있어 몰년이 어긋나 있다. 그리하여 그 후손에게 문의한 결과, 족보상 여흥민씨의 졸년이 1766년 12월 8일로 기록되어 있음과 아울러 송환억의 첫째부인

寬。瞻依之懷, 如將百年。嫂今不淑[4], 我尙疇仰? 惟嫂有行[5], 仁惠莊
靜。貴富尊榮, 宜福之萃。貧窘憂哀[6], 事胡反是? 惟幸近歲, 粗獲安
吉。四五子女, 有家有室。五[7]仕億[8]科, 可期榮養[9]。抑嫂康强, 大
耋[10]宜享。暮歲晚慶, 人方爲企。何意一朝, 喪禍洊摯? 億婦之殞, 行路
亦泗。惟玆家運, 若亨還否[11]。祖先積德, 庥廕[12]罔曁。視天夢夢[13],
理莫詰究。遺恨結轖, 最在諸兒。幽顯無間, 不其爲悲? 每歲兩拜, 嫂輒
惜別。今趁壙訣, 趨詣筵側。喜至悵去, 想同平昔。謦欬[14]莫承, 萬事無

光山金氏의 졸년이 1767년 1월 4일임을 확인하였다. 따라서 송덕상의 제문은 질부가
죽은 다음에 지은 제문이었던 것이다.

3) 終鮮(종선) : 《詩經》〈鄭風·揚之水〉의 "치솟는 물결 한 묶음 나무도 흘려보내지 못한
다. 끝내 형제는 적어 오직 나와 너, 남의 말 믿지 마라. 남들은 사실 너를 속인다.(揚之
水, 不流束楚. 終鮮兄弟, 維予與女, 無信人之言. 人實迋女.)"에서 나온 말. 송덕상이
첫째형님을 1745년에, 둘째형님을 1754년에 잃은 것을 염두에 둔 표현으로 생각된다.

4) 不淑(불숙) : 불미스러운 일. 여기서는 죽음을 일컫는다.

5) 有行(유행) : 《詩經》〈邶風·泉水〉의 "여자가 시집가면 부모 형제와도 멀어진다던가,
고모들 안부도 묻고 싶고 언니들 얼굴도 보고 싶네.(女子有行, 遠父母兄弟, 問我諸姑,
遂及伯姊.)"에서 나온 말.

6) 憂哀(우애) : 丁憂哀毁. 부모의 상사를 만나 슬퍼하여 몹시 여윔. 1736년 시부상, 1749
년 시모상, 1745년 남편상, 1754년 시동생 宋學相의 상 등 거듭되는 상을 겪었음을
일컫는 듯.

7) 五(오) : 송술상의 첫째아들 宋煥五(1724~1770).

8) 億(억) : 송술상의 셋째아들 宋煥億(1741~1783). 첫째부인은 光山金氏로 현령 金相聖
의 딸인데 1767년 1월 4일에 죽었고, 둘째부인은 韓山李氏(1751~1791)로 李憲永의 딸
이다.

9) 榮養(영양) : 부모를 영화롭게 봉양함.

10) 大耋(대질) : 나이 80세를 가리키는 말.

11) 否(비) : 否塞. 운수가 꽉 막힘.

12) 庥廕(휴음) : 과거에 의하지 않고 父祖의 공으로 얻는 벼슬.

13) 視天夢夢(시천몽몽) : 《詩經》〈小雅·正月〉의 "백성들은 지금 위태로운데, 하늘 보면
흐리멍덩하기만 하네.(民今方殆, 視天夢夢.)"에서 나온 말.

14) 謦欬(경해) : 윗사람을 공경하여 그의 말씀을 이르는 말.

及。千古在後，從茲永隔。舊痛新哀，告以一酌。

[果菴先生文集，卷10]

송덕상宋德相, 1710-1783

조선 후기의 문신. 본관은 恩津, 자는 叔咸, 호는 果菴. 宋時烈의 현손으로, 아버지는 교관 宋婺源이다. 아내는 全州李氏로 李蓍徹의 딸이다. 1753년 좌의정 李天輔의 천거로 世子翊衛司洗馬에 임명되었고, 1767년 司憲府持平에 임명되었다. 정조가 즉위한 뒤 洪國榮의 뒷받침으로 1776년 동부승지·이조참의·예조참의·한성부좌윤·司成 등을 거쳐, 1779년 이조판서에 임명되었다. 그러나 그해 홍국영이 실각하자 三水府에 안치되었다. 대학자의 후예로서 한때 세도세력에 힘입었으나 결국 함께 몰락하였으며, 老論辟派로 몰려 의금부에서 죽었다.

큰형수 청송심씨 제문
祭伯嫂青松沈氏文

서명응

아아, 한결같은 마음으로 부녀자로서 갖추어야 할 덕들을 아울러 겸비하는데 형수님[靑松沈氏]은 실로 모범이 되셨으니 집안사람들이 우러러 보았습니다. 젊은 나이에 지아비[徐命翼]를 읽고 모질게 절개를 지키는데 변함이 없었으니, 겨울에는 두터운 갖옷을 입지 않으셨고 여름에는 주렴을 걷지 않으셨습니다. 규방의 예절은 늙어갈수록 더욱더 엄하셨으며, 양자로 들인 자식[徐浩修]으로 하여금 착함을 본받게 하는데 이르렀으니 후손에게 경사가 있으리라고 점칠 수 있었습니다. 아들은 과거에 급제하여 붉은 관복을 입었고 손자는 서책을 읽으니, 머지않아 영화가 빛나고 저 가종(賈琮)처럼 휘장을 걷어 어진 정사를 펴게 되었습니다.

그런데 누가 솥을 메고서 흙덩이로 베개 삼을 것이라 생각이나 했겠습니까? 우리가 함께 살아온 지 40년 세월이옵니다. 먼저 가신 형님을 생각하면 보살피고 아껴주신 것이 새록새록 떠오르고, 지난 환갑을 기억해보면 당(堂)의 모퉁이에서 잔치를 베풀었었습니다. 조손(祖孫)들이 줄을 지어 장수를 축원하는 술잔을 다함께 올렸고, 아우[徐命善]는 어머님 얼굴을 뵙는 것 같다고 했으며 형수님은 노년임을 잊으셨습니다. 세월이 얼마나 흘렀다고 형수님의 음성과 모습은 영

원히 사라졌는데, 상여가는 길은 어찌 단산(湍山)의 봉우리를 향한 것
입니까? 형수님 돌아가신 뒤에 남겨진 사람들의 책임은 비석을 깎고
마음 아프게 비문을 짓는 것이니, 지하에서 형님을 만나시거든 이것
들을 차곡차곡 말해주십시오.

祭伯嫂靑松沈氏文

猗嗟貞一, 婦德攸兼, 嫂[1]實儀之, 家人是瞻。早歲不天[2], 苦節無砭,
冬不重裘, 夏不軸簾。閫門[3]之禮, 到老愈嚴, 施及式穀[4], 餘慶[5]可占。
兒[6]穿緋袍[7], 孫閱書籤, 朝暮[8]榮耀, 襃彼帷幨[9]。誰謂鼎釜, 擔以出

---

1) 嫂(수) : 徐命翼의 아내 靑松沈氏. 참판 沈珙(1681~?)의 딸이다. 후사가 없었다. 서명응
   의 장남 徐浩修(1736~1799)를 양자로 들였는데, 그는 徐有榘의 아버지이다. 서명익은
   徐宗玉과 德水李氏 사이에 4남1녀가 있었는데 그 장남이다. 곧, 4남1녀는 서명익, 서명
   응, 徐命善(1728~1791), 徐命誠(1731~1750) 등 네 아들과, 李徽中에게 시집간 딸이다.
2) 不天(불천) : 하늘로부터 복을 받지 못함. 남편의 죽음을 이르는 말이다.
3) 閫門(위문) : 寢門을 반쯤만 여는 것을 이름. 춘추시대 魯나라 公父文伯의 어머니는 季康
   子의 從祖叔母였는데, 계강자가 찾아가면 그녀가 침문을 반쯤만 열고서 그와 얘기를
   나누고 서로 문턱을 넘지 않았던 데서 온 말로, 남녀 간의 분별이 엄절했음을 의미한다.
4) 式穀(식곡) : 양자로 들인 자식을 착하게 한다는 말. 《詩經》〈小雅·小宛〉의 "뽕나무
   벌레 새끼들이 있거늘 나나니벌이 업고 가서, 자기 자식처럼 가르치고 깨우쳐 착함을
   본받아 근사하게 하라.(螟蛉有子, 蜾蠃負之. 敎誨爾子, 式穀似之.)"에서 나온 말이다.
5) 餘慶(여경) : 《周易》〈坤卦·文言〉의 "선을 쌓은 집안에는 후손에게 반드시 경사가 있게
   마련이고, 불선을 쌓은 집안에는 후손에게 반드시 재앙이 돌아오게 마련이다.(積善之
   家, 必有餘慶, 積不善之家, 必有餘殃.)"에서 나온 말.
6) 兒(아) : 徐浩修(1736~1799)를 가리킴.
7) 緋袍(비포) : 붉은 비단 도포. 과거에 합격한 사람은 사모에 임금이 내린 꽃을 꽂고
   비단 도포를 입는데서, 과거에 급제했다는 말이다. 서호수는 1756년 생원이 되고, 1764
   년 七夕製에 장원했으며 이어 1765년 식년문과에 다시 장원하였다.
8) 朝暮(조모) : 早晚間. 머지않아.
9) 襃彼帷幨(건피유첨) : 청렴한 정사를 펴는 지방관의 풍모를 이르는 말. 後漢의 賈琮이

苫[10]？ 自我同居，四十寒炎。先兄之思，撫愛沾沾，憶昨周甲，肆筵堂廉。祖孫成行，獻壽惟僉，弟[11]疑慈顔，嫂忘嵫崦[12]。日月幾何，音容永潛，轜塗曷指，湍山之尖？後死餘責，瘁石呻佔，泉下逢兄，話此纖纖。

[保晩齋集，卷10]

冀州刺史가 되어 수레에 오르면서, "자사는 멀리 보고 널리 들으면서 선악을 규찰해야 마땅하다. 어찌 거꾸로 휘장을 드리워 스스로 엄폐해서야 되겠는가." 하고는, 수레의 휘장을 걷어버리라고[褰帷] 지시한 고사에서 나온 말이다.

10) 誰謂鼎釜, 擔以苫（수위정부, 담이괴점）: 枕苫蔬食을 염두에 둔 표현인 듯. 枕苫은 寢苫枕塊의 준말로 거적으로 자리를 삼고 흙덩이로 베개를 삼는다는 뜻이며, 蔬食은 거친 밥을 먹는다 뜻이다. 이 모두 居喪하는 예를 말한다.

11) 弟（제）: 徐命善(1728~1791)을 가리킴. 徐命誠이 일찍 죽었기 때문이다. 서명선의 본관은 達城, 자는 繼仲, 호는 歸泉·桐源. 1753년 생원이 되고, 1763년 증광문과에 을과로 급제하였다. 곧 弘文館副校理에 처음으로 제수되고, 다음날 왕의 특명에 의해서 교리가 되었다. 1764년 홍문관 관원들이 올린 소로 왕의 노여움을 사서 洪樂命 등 8인과 함께 갑산부에 일시 유배되었다. 곧 재기용되어 司憲府持平·司諫院獻納, 부교리·豊山萬戶·弘文館應敎 등을 역임하였다. 1767년 知製敎의 능력을 평가하는 시험에서 우등해 말을 하사받았고, 중시문과에 병과로 급제하였다. 이 후 부교리·승지를 거쳐 1769년 강원도관찰사가 되었으나 삼촌이 피체되자 연루되어 체직 당하였다. 이어서 이조참의·대사성·대사헌·승지·부제학을 역임하고 이조참판이 되었다. 또 예조판서·병조판서·이조판서 등의 요직을 역임하였다. 정조가 즉위하자 더욱 중용되어 守禦使·摠戎使를 겸임해 군사권까지 장악했고, 우참찬·판돈녕부사를 거쳐 1777년 우의정, 다음해 좌의정, 그 다음 해 영의정에 임명되었다. 1780년 일시 한직에 물러났다가 곧 좌의정·영의정을 역임하였다. 1783년 판중추부사가 되었고, 1791년 영중추부사로 죽었다.

12) 嵫崦（자엄）: 崦嵫山. 해가 지는 산. 여기서는 노년을 이르는 말이다.

서명응徐命膺, 1716-1787

조선 후기의 문신. 본관은 達成, 자는 君受, 호는 保晚齋. 보만재라는 호는 정조가 내려준 것이다. 아버지는 이조판서 徐宗玉이며, 어머니는 德水李氏로 李埰의 딸이다. 영의정 徐命善의 형이다. 1754년 증광문과에 병과로 급제해 副提學·이조판서를 거친 뒤, 청나라 燕京에 사행하여 다녀왔다. 그 뒤 대제학을 거쳐 정승에 오르고 奉朝賀에 이르렀다. 정조가 동궁에 있을 때 賓客으로 초치되어 학문 수련에 큰 도움을 주었다. 정조 즉위 직후 규장각이 세워졌을 때 提學에 첫 번째로 임명되었으며, 죽을 때까지 규장각 운영에 절대적인 영향을 끼쳤다. 흔히 北學派의 鼻祖로 일컬어지며, 利用厚生을 추구하는 그의 학문 정신은 아들 徐浩修, 손자 徐有榘에로 이어져 家學의 전통이 세워지기도 하였다.

형수 공인 한씨 제문

祭兄嫂恭人韓氏文

유한준

기사년(1809) 정월 27일은 곧 돌아가신 형수 공인(恭人) 청주한씨(清州韓氏)의 생신날입니다. 시동생 유한준(俞漢雋)은 삼가 술과 제수를 갖추고 제문을 지어 영전(靈前)에 곡하며 영결하나이다.

아아, 형수가 우리 형님[俞漢邴]에게 시집왔을 때 저는 6살이었습니다. 형수는 빗질도 해주시고 밥도 먹여 주시면서 키워주셨습니다. 형수의 모습은 풍채(風采)가 좋고 아름다웠으며 형수의 성품은 무던하였습니다. 만복을 같이하는 것이 마땅하다고들 했으나 하늘은 이에 액운을 겪게 했습니다. 미망인이라 일컬어지며 지내온 세월은 지난해가 60년이었습니다.

제 아들[俞晩柱]을 양자로 들였는데 효성도 있고 재주도 있었습니다. 또한 두 손주들[俞久煥·俞敦煥]이 있었는데 모두 살아 있어야 했습니다. 그랬으면 형수의 만년에 위로라도 되었을 것입니다. 어찌 그리도 모두 죽어서 형수의 슬하를 끝내 텅 비게 한단 말입니까? 다시 어린 것[俞雉弘]을 양자로 세워서 조상의 제사를 받들 증손(曾孫)으로 삼았습니다. 애통함은 진실로 끝이 없고 곤궁함 또한 짝할 것이 없었습니다.

시동생으로 저 같은 자가 있었지만, 가난하고 옹졸하고 늙고 어그

러졌습니다. 또 형수를 부모님처럼 모시고자 해도 봉양할 만한 능력
도 없었습니다. 그래서 형수의 여생을 즐거움은 없고 괴로움만 더
있게 했습니다. 타고난 수명은 다 누리셨지만 일신상은 누리지 못한
것이 많았습니다. 형수의 평생을 돌아보니 슬픔과 한스러움이 가슴
에 맺힐 따름입니다.

올해는 운수가 나빠서 합장하지 말라고 하여 운수 좋은 때를 기다
리고 있습니다. 오늘 생일을 맞아서 변변찮은 제수와 술을 갖추었습
니다. 제문을 지어 영결을 고하니, 영령(英靈)은 멀리 떠나시지 않기
를 바랍니다. 아아, 슬프나이다. 적지만 흠향하소서.

祭兄嫂恭人韓氏文

維歲次己巳[1], 正月辛酉朔, 二十七日丁亥, 卽亡嫂恭人淸州韓氏[2]晬
辰[3]也。夫弟兪漢雋, 謹具酒羞爲文, 哭訣于靈筵曰:嗚呼! 嫂歸我兄,
在我六歲。梳我哺我, 以長以大。嫂貌豊吉[4], 嫂性恢怡。謂福攸[5]宜,
天乃窮之。其稱未亡, 去年甲回。子以我子[6], 有孝有才。亦有二抱[7],

---

1) 己巳(기사) : 純祖 9년인 1809년.

2) 淸州韓氏(청주한씨) : 兪漢邠(1722~1748)의 아내. 아버지는 韓範昌이다.

3) 晬辰(수진) : 晬日. 글에서 생신을 이르는 말.

4) 豊吉(풍길) : 風采가 좋고 아름다움.

5) 福攸(복유) : 萬福攸同. 온갖 복이 모여듦을 이르는 말.

6) 我子(아자) : 兪晩柱(1755~1788)를 가리킴. 본관은 杞溪, 자는 伯翠, 호는 通園. 그는
   유한준과 順興安氏 사이에서 태어났으나, 백부 유한병의 양자가 되었다. 벼슬하지 않은
   채 독서인으로 생활하여 비록 학문이나 정치적으로 크게 부각된 인물은 아니지만 서울지
   역 상류층 사대부들인 京華士族의 학술과 문예취향을 잘 대변했고 무엇보다도 《欽英》
   이라는 방대한 일기를 통해 서화 관련 글을 가장 많이 남겼기 때문이다. 이것을 그의
   아버지 유한준이 60세에 정리하고 서문을 썼다.

使皆生在。猶足爲嫂, 暮景之慰。奈何死盡, 膝下遂空? 立一稚螟[8], 承重[9]之曾。慟固靡極, 窮亦無對。有弟如我, 竇拙老誖。莫能於養, 事嫂如母。使嫂餘年, 無樂有苦。天年一極[10], 人事百缺。回首始終, 悲恨中結。年忌莫祔, 會待吉運。今逢晬辰, 薄薦羞醢。文以告訣, 庶神無遠。嗚呼哀哉! 尙饗。

[自著續集, 册4]

유한준俞漢雋, 1732-1811

조선 후기의 문장가. 본관은 杞溪, 초명은 漢炅, 자는 曼倩·汝成, 호는 著菴·蒼厓. 아버지는 直長 俞彦鑑이며, 어머니는 昌寧成氏로 成必升의 딸이다. 安取範의 딸인 아내 순흥안씨 사이에 2남을 두었는데, 첫째아들 유만주는 형님에게 양자로 주었고, 둘째아들 俞冕柱는 6세에 죽었기 때문에 俞晦柱를 양자로 들여야 했다. 1768년 진사시에 합격한 뒤 1794년 김포군수 등을 역임하고 1811년 형조참의에 이르렀다. 南有容의 제자로 宋時烈을 추모하여 《宋子大全》을 놓지 않았다고 한다.

---

7) 抱(포) : 抱兒. 유만주의 두 아들을 가리킴. 俞久煥(1773~1787)과 俞敦煥(1787~1806)인데, 둘째아들조차 자식 없이 죽었다. 유만주는 吳載綸의 딸을 첫째부인, 朴致一의 딸을 둘째부인으로 두었다.

8) 螟(명) : 나방의 애벌레로, 나나니벌이 업고 가서 자기의 애벌레인 줄 알고 기른다고 하여, 양자를 가리키는 말.

9) 承重(승중) : 장손이 아버지와 할아버지를 대신하여 조상의 제사를 지내는 일. 유만주의 둘째아들 유돈환이 자식 없이 죽자, 俞雉弘을 양자로 들인 것을 일컫는다. 이 유치홍은 俞吉濬(1856~1914)의 할아버지가 된다.

10) 一極(일극) : 《朱子語類》 권94의 "물건마다 하나의 태극을 지니고 있고, 사람마다 하나의 태극을 지니고 있다.(物物有一太極, 人人有一太極.)"에서 나온 말.

제수 해녕군 부인 광주김씨 제문

祭弟嫂海寧君夫人光州金氏文

이건

    강희(康熙) 원년인 임인년(1662) 정월 11일, 승헌대부(承憲大夫) 해원군(海原君)은 경건하고도 정성스레 슬픔을 머금고 삼가 변변찮은 제수(祭需)를 갖추어 죽은 제수 광주김씨(光州金氏) 영전(靈前)에 공경히 제사를 드리면서 제문을 지어 곡하나이다.

    영령께서는 명문가에서 나서 자라고 왕손에[李俒]게 시집왔는데, 일찍이 받은 여교사의 가르침을 따르니 집안에 모범이 되었습니다. 공경하고 삼가여 남편의 뜻을 어기지 않았고, 형님을 잘 받들며 아우를 잘 다스렸으니 종족들의 기쁨이었습니다. 집을 다스리는데 법도가 있어서 많은 식구들이 주리지 않았고, 길쌈하는데 게으르지 않아 온 집안이 옷을 갖추게 되었습니다. 절굿공이로 절구질이라도 하고 등잔불 아래 바느질이라도 하면 밤도 새벽도 가리지 않고 여자의 할 일을 힘쓰고 힘썼습니다. 가난하면서도 부유함을 필적할 수 있었던 것은 오로지 제수씨의 어진 행실 때문이었고, 거문고 타듯 비파 타듯 기쁘고 즐거운 마음이 넘쳤습니다. 아들 손자들이 있었는데 난옥(蘭玉) 같은 훌륭한 자녀들이 가득하였으니, 경사가 후손들에게 미치리라고 생각했습니다.

    목숨을 다하기까지 함께 늙으며 장수하는 크나큰 복을 영원히 누려야 하는데, 누가 도중에 하늘의 뜻과 어긋났다고 했단 말입니까? 아주 사소한 병이 빌미가 되어 백년해로해야 할 삶이 천명을 다하지 못하고 꺾이니, 금실이 좋았던 원앙의 꿈은 깨어지고 두견새의 울음 소리 처량합니다. 꽃이 지니 자취도 없고 달이 가라앉으니 그림자도 없습니다. 적막한 텅 빈 집에 외로운 이는 홀아비뿐이고, 처량히 영전(靈前)에서 아이고아이고 슬피 곡하는 이는 아이들입니다. 늘 형제들을 생각하면 요절하거나 홀아비가 되는 일이 연이어졌으니, 요절도 않고 홀아비도 되지 않은 것은 우리 두 형제뿐이었습니다. 집을 맞대고 담을 연이었는데 함께 입고 함께 먹으면서 아침부터 저녁까지 화락하게 지내며 제수와 시숙(媤叔)은 허물없이 가깝게 살았습니다. 동생은 지금 짝을 잃고 슬퍼하며 죽게 생겼는데, 형만 무슨 마음으로 예전처럼 제수씨를 평안히 모시겠습니까? 말이 이에 미치니 정신은 온전치 못하고 기운이 막힙니다.

어느덧 장례 치를 날이 다가오니 묏자리는 이미 정해놓았는데, 그곳을 보니 울창한 곳으로서 만세토록 갈 무덤이었습니다. 금년에 큰 흉년이 들어서 한 번 지내는 제사인데도 변변치 않습니다. 훗날 다시 뵐 날은 구천(九泉)일 것입니다. 어둡지 않고 밝은 영령이 계시거든 부디 강림하소서. 아아, 슬프나이다. 적지만 흠향하소서.

祭弟嫂海寧君夫人光州金氏文

維康熙元年[1] 歲次壬寅[2], 正月乙亥朔, 十一日乙酉, 承憲大夫[3] 海原

---

1) 康熙元年(강희원년) : 원문에 "無康熙元年四字"라는 주가 있음.

2) 壬寅(임인) : 顯宗 3년인 1662년.

君某, 虔誠含哀, 謹具菲薄之羞, 敬奠于亡嫂[4]光州縣夫人金氏之靈筵, 而哭之以文曰：惟靈生長名閥, 于歸[5]王孫, 早循姆敎[6], 儀範閨門。以敬以愼, 無違夫子[7], 宜兄宜弟[8], 宗族之喜。理家有道, 百口無饑, 紡績匪懈, 渾舍攸衣。或杵而舂, 或燈而縫, 靡夜靡晨, 孜孜女工。以貧敵富, 維嫂之賢[9], 如瑟如琴[10], 載歡載樂。有子有孫, 森如蘭玉[11], 竊謂餘慶, 爰有所及。終身偕老, 永享遐福, 誰云中道, 獲螯[12]于天? 微恙爲祟, 夭閼百年, 鴛鴦[13]夢驚, 鶗鴂[14]聲悲。花謝無迹, 月沈不規。寂

---

3) 承憲大夫(승헌대부)：조선시대의 정2품 宗親의 품계. 승헌대부의 아래로, 1865년에 문관의 품계인 자헌대부로 통합하였다.

4) 亡嫂(망수)：金有海의 딸 광산김씨(1622~1661). 1639년 해녕군과 결혼하였고, 1661년 10월 25일에 죽었다.

5) 于歸(우귀)：《詩經》〈周南·桃夭〉의 "우리 아가씨 시집을 가심이여, 시가를 의당 화목하게 하리로다.(之子于歸, 宜其室家.)"에서 나온 말.

6) 姆敎(모교)：《禮記》〈內則〉의 "여자 아이는 열 살이 되면 규문 밖에 나가지 아니하며, 여자 교사로부터 상냥한 말씨와 유순한 태도와 어른의 말을 듣고 순종하는 법을 가르침 받는다.(女子十年不出, 姆敎婉娩聽從.)"에서 나온 말.

7) 夫子(부자)：남편을 높여 이르는 말로, 海寧君 李伋(1615~1690)을 가리킴. 인성군의 넷째아들이다. 본관은 全州, 자는 子聖이다. 1628년 인성군이 역모에 연루되었을 때 제주에 유배되었다가 1635년 襄陽에 이배되었으며, 1636년 동생 海安君과 함께 어머니를 모시고 한양으로 돌아왔다. 1637년 남한산성으로 인조를 호종하여 들어가서 인조에게 인정을 받았고, 다음해 환도한 후 海寧都正에 특배되었다. 1651년 해녕군에 봉해졌으며, 9남5녀를 두었다.

8) 宜兄宜弟(의형의제)：《詩經》〈小雅·蓼蕭〉의 "형제간에 우애 좋으니, 아름다운 덕이 오래 가고 즐겁네.(宜兄宜弟, 令德壽豈.)"에서 나온 말.

9) 之賢(지현)：원문에 "作賢德"이라는 주가 있음.

10) 如瑟如琴(여슬여금)：《詩經》〈小雅·常棣〉의 "처자가 서로 좋아하고 화목하는 것이 거문고 비파를 타는 것과 같다.(妻子好合, 如鼓瑟琴.)"에서 나온 말.

11) 蘭玉(난옥)：芝蘭玉樹. 《世說新語》〈言語〉에서 晉나라 謝安이 여러 자제들에게 어떤 자제가 되고 싶은지 묻자, 그의 조카인 謝玄이 대답하기를 "비유하자면 지란옥수가 뜰 안에 자라게 하고 싶습니다.(譬如芝蘭玉樹, 欲使其生於階庭耳.)"고 한 데서 나온 말.

12) 螯(주)：원문에 "螯作戾"라는 주가 있음.

寞空齋, 踽踽鰥夫, 凄涼靈筵, 呱呱諸孤。常念同氣, 夭鰥相繼15), 不夭
不鰥, 唯我兄弟。接屋連墙, 同衣幷食, 晨昏湛樂, 無間嫂叔。弟今失
侶, 扣盆16)自盡, 兄獨何心, 安享如昔? 興言及此, 神短氣塞。日月有
時17), 佳城已卜, 瞻彼鬱鬱, 萬歲之宅。歲丁大無18), 一奠猶薄。他年
重拜, 九原19)是期。不昧者存, 願垂格思。嗚呼嗚呼! 尙饗。

[葵窓遺稿, 卷12]

---

13) 鴛鴦(원앙) : 금실이 좋은 부부를 비유적으로 이르는 말.

14) 鶗鴂(제결) : 두견새. 그 울음소리를 歸蜀道라 한다. 옛날 蜀나라에 杜宇라는 왕이 있었
    는데, 뒤에 王位를 신하에게 빼앗기고 그의 魂이 子規가 되어 타향에 나와서 울기를,
    "촉도로 돌아가자, 돌아감만 못하다(歸蜀道, 不如歸.)." 부르짖었다는 고사에서 유래하
    였다.

15) 夭鰥相繼(요환상계) : 이건의 형제들이 일찍 죽거나 홀아비가 된 경우가 이어졌음을
    일컬음. 5남2녀 중 5형제는 李佶(1605~1654), 李億(1613~1655), 이건, 李伋(1615~
    1690), 李僐(1620~1682)인데, 형들은 50세를 넘기지 못하고 죽었고 동생들은 일찍
    홀아비가 되었다. 특히 막내 동생은 순흥안씨, 광산정씨, 한산이씨, 덕수이씨 등 네
    부인을 두었다.

16) 扣盆(구분) : 叩盆. 아내 잃은 슬픔을 이르는 말. 《莊子》〈至樂〉의 "莊子의 아내가 죽었
    을 때 惠子가 조문을 가서 보니, 장자가 바야흐로 두 다리를 뻗치고 동이를 두드리며
    노래를 부르고 있었다.(莊子妻死, 惠子弔之, 莊子方箕踞叩盆而歌.)"에서 나온 말이다.

17) 日月有時(일월유시) : 《禮記》〈檀弓 下〉의 "시일이 정한 바 있어서 장차 장사를 거행하
    게 되었소. 청컨대 시호를 내려주어 그 이름을 바꾸게 해주오.(日月有時, 將葬矣. 請聊
    以易其名者.)"에서 나온 말.

18) 大無(대무) : 大無麥禾. 큰 흉년이 들어 보리·벼 등의 곡물이 전멸 상태가 된 것을 이름.

19) 九原(구원) : 九泉.

이건李健, 1614-1662

조선 중기의 종친이자 예술가. 본관은 全州, 자는 子强, 호는 葵窓. 할아버지는 宣祖, 아버지는 선조의 일곱째 아들 仁城君 李珙이며, 어머니는 海平尹氏로 尹承吉의 딸이다. 아내는 豊山沈氏로 沈闊의 딸이다. 아버지 인성군이 광해군 때 인목대비 폐위를 적극 지지한 것이 화근이 되어 반정공신 李貴로부터 광해군 복위를 모의하고 있는 것으로 무고 당하였다. 1628년 인성군은 대역 처분을 받았고 가족들은 제주로 유배되었다. 이건은 형 李佶·李億 등과 더불어 제주도 정의현에서 유배 생활을 하다가, 인조의 배려로 1635년 울진으로 이배되었다. 이귀가 죽은 후 무고였음이 밝혀져 1637년 유배에서 풀려났다. 1657년 海原君에 봉해졌다.

제수 묘제문

祭弟嫂文

이복원

　무술년(1778) 4월 모일 남편의 형 이복원(李福源)은 아들 이시수(李時秀)로 하여금 숙인(淑人) 정씨(鄭氏)의 묘에 변변찮은 제수와 술을 대신 올리며 이르나이다.

　아아, 숙인의 묘에 난 풀이 이미 두 해나 묵었지만, 늙은 데다 병까지 밀어닥쳐서 지금에서야 비로소 와 곡합니다. 그리고 선영에 큰일이 있어 몸과 마음이 다 바빴기 때문에 직접 변변찮은 술조차 올리지도 못했었고, 또 얽히고설킨 일들을 다 털어놓을 겨를도 없습니다. 지난 시절을 돌아보니 갖가지 느낌이 마음속에서 교차합니다. 머잖아 마땅히 숙인의 뜻과 행실을 적어 무덤 곁에 넣어서 저승에 고하게 하는 한편, 후손에게 알려서 30년 형제의 정을 나타내려 합니다. 아아, 적지만 흠향하소서.

祭弟嫂文

戊戌¹⁾四月日, 夫兄李福源使男時秀²⁾, 替奠酒果於淑人鄭氏³⁾之墓曰

---

1) 戊戌(무술) : 正祖 2년인 1778년.
2) 時秀(시수) : 李時秀(1745~1821)를 가리킴. 이복원은 尹東源의 딸인 坡平尹氏 첫째부인

: 嗚呼! 淑人之墓, 草已再宿, 衰病相仍, 今始來哭。而有事先塋, 心身
俱忙, 旣不能躬奉薄觴, 又不暇悉吐纏綿。俯仰疇昔, 百端交中。早晚當
書淑人志行, 納之壙旁, 以告諸幽, 以示於後, 以表三十年兄弟之誼。嗚
呼尙饗。

[雙溪遺稿, 卷9]

이복원李福源, 1719-1792

조선 후기의 문신. 본관은 延安, 자는 綏之, 호는 雙溪. 아버지는
판서 李喆輔이며, 어머니는 潘南朴氏로 朴弼純의 딸이다. 1738년
사마시에 합격하고, 門蔭으로 양구현감이 된 후 1754년에 문과
에 급제하였다. 영조 때에 삼사와 이조의 淸要職과 승지, 대사간,
이조참의, 예조·병조·이조의 참판, 대사헌, 대제학, 형조판서를
지냈으며, 정조 즉위 후에 우참찬, 병조판서, 형조판서, 규장각
제학, 한성부 판윤, 우의정, 좌의정 등을 거쳐 1783년에 瀋陽問
安使로, 1790년에는 동지사로 청나라에 다녀왔다.

과는 자식 없이 사별하였고, 安壽坤의 딸인 順興安氏 둘째부인과는 2남1녀를 두었으며,
측실과는 2남1녀를 두었다. 이시수는 순흥안씨의 첫째아들인데, 본관은 延安, 자는
稚可, 호는 及健齋이다. 이정구·이명한 부자의 직계으로, 이명한의 손자 이봉조와 그
아들 이철보로 이어지는 가계의 후손이다. 1773년 문과에 급제, 여러 벼슬을 거쳐 1780
년 영남암행어사고 나갔다가 홍문관 교리, 춘천부사, 이조참의, 황해도관찰사, 호조판
서, 예조판서, 우의정에 올랐다. 1805년 동지사에 발탁되어 청나라에 다녀오고, 1806년
다시 좌의정에 복직하였다가 이어 영의정에 올랐다.

3) 鄭氏(정씨) : 이복원의 동생 李學源(1732~1790)의 아내로, 鄭元淳의 딸인 東萊鄭氏
(1732~1776). 이학원은 삼척부사, 합천군수, 상주목사, 서원현감, 청주목사 등을 역임
했는데, 江界府使에 임명된 1790년 5월에 죽었다. 한편, 정원순(1710~1775)의 본관은
東萊, 자는 子厚. 아버지는 鄭錫慶이며, 어머니는 徐宗泰의 딸이다. 鄭錫命에게 양자로
갔다. 아내는 李蓍迪의 딸이다. 동생은 鄭景淳·鄭持淳이다. 1739년 정시문과에 급제하
여, 正言을 역임하였다.

동생 부인 원씨 제문

祭弟婦元氏文

박윤원

계묘년(1783) 8월 29일에 제수(弟嫂) 유인(孺人) 원주원씨(原州元氏)가 여주(驪州)의 고향집에서 죽었고 11월 9일에 여주 지역 안의 항금평(亢金坪)에다 장사지냈지만, 박윤원(朴胤源)은 몸에 질병이 있어서 땅에 묻히는 것도 몸소 보지 못했고 또 직접 가서 곡할 수도 없었습니다. 이에 포, 과일 및 제문(祭文)을 함께 보내어 동생[朴準源]으로 하여 금 모월 모일 영전(靈前)에 제수(祭需)를 진설하고 제문을 읽도록 하여 고하나이다.

저의 동생은 재주를 지녔지만 중년의 한창 나이에도 벼슬살이를 영예로 여기지 않아 대장부의 계획이 요원하니 〈장모 해평윤씨(海平尹氏)의 병환으로〉 여주 내에서 밭 갈며 살기로 하였습니다. 가족들을 이끌고 배에 올라 여주 강가로 돌아가서 집을 빌리고 밭을 일구었으며 제수씨도 힘써 일하셨습니다. 봄에는 누에가 발에 가득하였고 여름에는 오이가 밭에 펼쳐졌으니, 어찌 집 떠난 시름이 없었겠습니까마는 살림살이가 조금씩 나아졌습니다.

그런데 제수씨가 갑자기 돌아가셔서 모든 일들이 산산이 무너지고 흩어졌으니, 궁하게 된 제 동생은 어찌 살아가야 한단 말입니까? 키와 절구만 쓸쓸히 놓여 있으니 눈에는 여한으로 가득하였고, 10명

(실제로는 11명)의 아이를 낳아 여덟 자식을 길렀는데 시집가거나 장가 간 아이들이 겨우 반에 불과합니다. 저 어린 것들은 마치 밤송이가 표주박에 가득한 듯한데, 영령은 어찌하여 이 아이들을 버리시고 가셨는지 슬프게도 그 까닭을 알 수가 없습니다.

사람들은 제수에 대해 예의상 비록 밀어내어서 멀리하여 복(服)이 없다고 하지만, 이미 서로 복을 입은 것은 정이 실제로 얕지 않기 때문입니다. 동생의 배필이고 부모님께서 아끼시던 분이기도 하지만, 제가 제수씨에 대해 감동한 것은 그보다 훨씬 더한 것입니다. 제가 부모님을 여의고 끝내 형제가 적어서 형제라고는 단 둘뿐이었으니 서로 의지하며 살아야 했습니다. 가난하여 뿔뿔이 흩어지는 바람에 고단한 처지를 위로할 입장이 못 되었지만, 각자가 보내주는 것에 힘입어 살림살이가 빠짐없었습니다.

불행하게도 신축년(1781)에 갑작스레 아내[安東金氏]를 여의게 되었는데, 제수씨께서 조문하러 오기 위해 여주에서 거룻배로 건너 오셨습니다. 아내의 관(棺) 앞에서 호곡하기를 마치 친정 피붙이를 잃어 슬퍼하듯 하셨고, 떠나가야 할 때에 차마 가지 못하고 나의 궁한 신세를 돌보아주셨습니다. 다음해(1782) 봄에 다시 오시어 10달 동안 머무르면서 가난을 근심하고 걱정해 주시니 더욱 서로 의지하며 지탱할 수 있었습니다. 이때 총부(冢婦 : 맏며느리, 박윤원의 부인)가 없어 종가의 제사를 주관할 사람이 없자, 둘째며느리이면서도 대신하여 제수를 준비하는데 흠결이 없도록 하셨습니다. 제 식사도 해주시고 제 옷도 기워주셨으며, 종여(宗輿 : 박윤원의 외아들)를 어루만져 주신 것은 마치 또 한 분의 어머니 같았습니다. 날씨가 추워지자 바삐 돌아가려고 눈보라 속에 길을 떠나셨으니, 저와 아들은 마음을 가눌 수가 없었습니다. 종여가 이미 길복(吉服)을 입었는지라 신부(新婦 : 韓山李氏)를 맞이하니, 제수씨는 병중에도 듣고 기뻐하셨습니다. 병이 다 나으면 다시 서울에서 만나자고 하셨는데, 어찌 하룻밤 사이에 갑자기 흉한 소식을 들을 줄 알았겠습니까?

지난날엔 제가 혼자 슬퍼하면서 실로 아우를 부러워하며, 비파와 거문고 켜듯 부부가 화목한 것을 보면서 함께 늙어가기를 축원했었습니다. 해로하는 것이 무엇이 그리 어려웠으랴마는 또 형처럼 홀아비가 되었으니, 똑같이 고된 몸으로 서로를 이해하고 똑같이 궁한 처지로 서로를 가엾게 여길 것입니다. 다른 사람도 그러하거늘 하물며 형제임에야 더 말해 무엇 하겠습니까, 오직 이 때문에 나의 눈물이 더합니다.

부녀자에게 덕이 있으면서 재주와 지혜까지 겸하는 것은 드문데, 아! 제수씨께서는 거의 모두 갖추셨습니다. 조용하면서도 단단하시고 또 온화하면서 양순하셨지만, 법도대로 지휘하며 일 처리하는 능력에 뛰어나셨습니다. 눈썹 하나 찌푸림 없이 집안일을 스스로 처리하시니, 군자에 견준다면 옛날의 전운사(轉運使)라 할 것입니다. 이런 좋은 내조자를 잃었으니 어찌 깊이 슬퍼하지 않을 수 있단 말입니까? 제 동생의 슬픔은 이 형이 아나이다. 이제 제문을 지어 제수씨의 아름다운 행적을 대략이나마 거론한 것은 드러내어 찬양하려고 말하는 것이 아니라 애도하기 위한 말입니다.

祭弟婦元氏文

歲癸卯[1] 八月二十九日, 弟婦孺人原州元氏[2] 卒于驪州之鄕廬, 十一月

九日, 葬于州內兀金坪, 朴胤源身有疾病, 旣不能臨壙, 又不得往哭。玆
乃齋致脯果及文, 使家弟, 用某月某日, 陳于靈筵之前, 讀以告之曰 : 吾
弟[3]蘊才, 中歲不榮[4], 丈夫計迂, 藉內爲生[5]。携挈上舟, 歸驪江濱,
借屋治田, 孺人力勤。春蠶滿箔, 夏瓜施圃, 豈無離憂？生理粗就。孺
人忽逝, 百事破裂, 窮哉吾弟。何以計活？箕臼凄凉, 滿目餘恨, 十産八
育[6], 嫁娶僅半。彼幼穉者, 如栗盛瓢, 靈胡棄斯, 慘莫知由。人於弟
婦, 義雖推遠[7], 旣相爲服, 情實非淺。同氣攸配, 父母攸愛, 若余所感,

---

1) 癸卯(계묘) : 正祖 7년인 1783년.

2) 原州元氏(원주원씨, 1740~1783) : 元景游의 딸로 朴準源의 아내이며, 純祖(1790~1834)
   의 생모인 수빈 박씨의 어머니. 원경유(1708~1741)의 본관은 原州, 호는 遺安堂. 原平府
   院君 元斗杓의 4세손이다. 아버지는 元命龜(1680~1730)이다. 尹斗壽의 후손인 尹衡東
   의 딸 海平尹氏와 결혼하여 원주원씨 딸을 낳고 그 다음해에 죽었다. 한편, 朴準源
   (1739~1807)의 본관은 潘南, 자는 平叔, 호는 錦石. 金亮行의 문인이다. 1786년 사마
   시에 합격하여, 음보로 主簿가 되었다. 이듬해 딸이 綏嬪이 되자, 健元陵參奉·공조좌
   랑이 되었다. 1790년 수빈이 純祖를 낳자 通政大夫에 봉해지고, 호조참의가 되어 궁중
   에서 순조를 輔導하였다. 1800년 순조가 즉위하자 공조참판·판서를 거쳐 돈령부판사
   를 지내고, 摠戎使·어영대장·형조판서·禁衛大將 등을 역임하였다. 영의정이 추증되
   었다. 다른 한편, 綏嬪 朴氏(1770~1822)는 純祖의 생모로, 본관은 潘南이다. 아버지는
   좌찬성 朴準源이며, 어머니는 原州元氏이다. 1787년 정조의 빈이 되어 순조와 淑善翁
   主를 낳았다.

3) 吾弟(오제) : 朴準源을 가리킴. 박윤원의 아버지 朴師錫은 2남1녀를 두었는데, 아들로
   는 朴胤源·朴準源이고, 딸로는 金在淳에게 시집간 딸이 있었다.

4) 不榮(불영) : 《周易》〈否卦·象〉의 "하늘과 땅의 기운이 막혀서 통하지 않는 것이 비괘
   의 상이다. 군자는 이 상을 보고서 덕을 감추고 환란을 피하면서 녹위를 영예로 여기지
   않는다.(天地不交, 否. 君子以儉德辟難, 不可榮以祿.)"에서 나온 말.

5) 藉內爲生(자내위생) : 원주원씨의 친정어머니 海平尹氏가 병환으로 있어 박준원이 40
   세(1778) 전후로 하여 처가인 여주로 내려간 것을 일컬음. 해평윤씨는 尹斗壽의 후손인
   尹衡東의 딸이다. 결국 원주원씨는 여주에서 1783년에 죽었다.

6) 十産八育(십산팔육) : 朴準源(1739~1807)이 지은 〈亡室行狀〉에 6남5녀를 낳았다고 한
   것과 상치됨. 이 행장에 따르면 1남2녀가 요절한 것으로 되어 있는데, 현재 족보상에는
   朴宗輔(1760~1808)·朴宗慶(1765~1817)·朴宗翊(1773~1791)·朴宗喜(1775~1849) 등
   네 아들과 平山 申光誨·全州 李堯憲·正祖에게 각각 시집간 세 딸만이 등재되어 있어
   박준원 사후에 어느 때인지 알 수 없으나 1남이 더 죽은 것으로 보인다.

尤有偏倍。余失怙恃[8]，終鮮伯仲，兄弟二人，相與爲命。貧簍流散，莫慰孤單，所各賴遣，室家之完。不幸辛丑[9]，奄哭吾妻，孺人來弔，一葦自驪。號于棺前，如悲私親，將去不忍，眷我窮身。明春復來，十朔淹住，憂患艱難，益相依保。時無冢婦[10]，宗饋靡主，以介而代，罔缺蘋藻[11]。我食是供，我衣是補，輿[12]也在撫，如有一母。天寒催歸，風雪登途，吾與吾兒，不能爲懷。輿旣卽吉[13]，新婦[14]迎止，孺人臥床，亦聞而喜。將謂疾已，復聚京輦[15]，那知一夕，遽報凶聞？嚮余自悲，實羨阿弟，觀其琴瑟，祝以偕老。偕老何難？又如兄鰥，同苦相識，同窮相憐。他人猶然，矧伊昆季？惟是之以，增我涕泗。婦女有德，鮮兼才智，

---

7) 義雖推遠(의수추원)：《禮記》〈檀弓 上〉의 "상복에 형제의 아들에 대한 복을 아들과 같이 한 것은 대체로 끌어 당겨서 올린 것이고, 수숙의 사이에 복이 없는 것은 대체로 밀어내어서 멀리한 것일 것이다. 고모·자매에 대하여 복을 박하게 한 것은 대체로 나를 대신해서 후하게 해주는 사람이 있기 때문일 것이다.(喪服, 兄弟之子猶子也, 蓋引而進之也. 嫂叔之無服也, 蓋推而遠之也. 姑姊妹之薄也, 蓋有受我而厚之者也.)"에서 나온 말.

8) 怙恃(호시)：《詩經》〈小雅·蓼莪〉의 "아버지 아니시면 누구를 의지하며, 어머니 아니시면 누굴 믿을까.(無父何怙, 無母何恃.)"에서 나온 말. 박윤원은 1761년 어머니를, 1774년 아버지를 잃었다.

9) 辛丑(신축)：正祖 5년인 1781년. 박윤원은 1748년에 결혼했던 안동김씨를 1781년에 잃었다. 반면, 동생 박준원은 1754년에 결혼했던 원주원씨를 1783년에 잃었다.

10) 冢婦(총부)：맏며느리.

11) 蘋藻(빈조)：祭需. 빈이나 조는 모두 물풀의 이름으로, 옛날 사람들은 이를 채취하여 제수로 사용하였다.

12) 輿(여)：朴宗輿(1766~1815). 본관은 潘南, 자는 元得, 호는 冷泉. 박윤원과 안동김씨의 외아들이다. 아내는 李奎福의 딸이다. 1803년 蔭補로 康陵參奉에 등용되고 高陽郡守, 司饔院僉正 등을 거쳐 1809년 大興郡守, 延安府使 등을 지냈으며, 1813년 瑞興府使에 이르러 2년간 재직 중 죽었다.

13) 吉(길)：吉服. 3년상을 마친 뒤에 입는 보통 옷.

14) 新婦(신부)：박종여의 아내 韓山李氏로, 李奎福의 딸.

15) 京輦(경연)：서울.

猗嗟孺人，庶幾其備。旣靜且固，又和而順，揮霍其度，長於幹辦[16]。
不嚬一眉，梱事自理，君子比之，古轉運使[17]。失此良助，詎不深悲？
吾弟之悲，其兄知之。今玆酹文，畧擧壺徽，非曰表揚，悼惜之辭。

[近齋集, 卷27]

박윤원朴胤源, 1734-1799

조선 후기의 성리학자. 본관은 潘南, 자는 永叔, 호는 近齋. 아버지는 공주판관 朴師錫
이며, 어머니는 杞溪兪氏로 兪受基의 딸이다. 아내는 安東金氏로 金時筇의 딸이다. 金
元行과 金砥行의 제자이다. 1792년 학행으로 천거 繕工監役에 임명되었으나 사퇴하였
고, 1798년 元子를 위하여 講學廳이 설치되어 書筵官에 임명되었으나 역시 거절하였
다. 집이 몹시 가난한 형편이었지만, 끝내 벼슬하지 않고 학문 연구에 전념하였다.
오직 경전의 훈고와 성리학에 몰두하였다. 金昌協·李縡·金元行의 학통을 계승하였으
며, 다시 洪直弼에게 전수해 申應朝·任憲晦·趙秉德 등으로 이어지는 조선 후기 성리
학의 중요한 학파를 형성하였다.

---

16) 幹辦(간판) : 일 처리하는 능력.
17) 轉運使(전운사) : 조선 시대에, 稅穀의 운반을 맡아 하던 전운서의 벼슬아치.

죽은 첩 제문

祭亡妾文

정홍명

아아, 슬프도다. 자네 나이 16살에 내게 시집와서 지금 겨우 24살에 갑작스레 나를 버려두고 떠나갔으니, 덧없는 인생이 꿈같다고 하지만 그 어찌 슬퍼하지 않을 수 있으랴?

생각하면 지난 신유년(1621) 정월에 사계(沙溪) 김장생(金長生) 선생 댁에서 자네를 처음 맞았을 때, 용모와 행동거지가 단정하고 정숙하였으며 성품과 자질이 곧고 성실하였으니, 순수하게 이미 덕과 재주를 겸비한 사람의 덕을 지녔었네. 나는 본디 운수가 기박하였지만 다행히 의탁할 곳을 얻어 함께 살았는데, 얼마 지나지 않아서 자네를 데리고 남쪽 고향[전남 창평]으로 돌아왔었네. 살림살이가 몹시 보잘것없었는데도 자네는 가난한 집안을 잘 꾸렸네. 몸소 부지런히 꿰매고 길쌈하여 나로 하여금 입고 먹는 것에 아무런 걱정을 하지 않도록 하고, 생활하는 데도 매우 알맞도록 했네. 평상시 나를 섬기는데 정성과 공경을 다하였고, 집안사람들과도 사이가 좋고 화목하여 모두로부터 환심을 얻었는데, 이는 모두 천성이 온화하고 무던한 데서 나와 억지로 꾸미는 것에 관심을 두지 않았기 때문이었네. 그런데 불행히도 젊은 나이에 걸린 고질병이 오랜 세월 질질 끌어 시달렸었는데, 중간에 횡액[정철의 무고사건]을 만나 원기(元氣)가 손상되었지만, 분수에 따라 편안히 여겼기 때문에 우환에 처해서도 사는 것을 아마도 기대할 수 있었을 것이었네.

계해년(1623) 인조반정(仁祖反正)으로 나는 비로소 다시 등용되어 조정에서 벼슬하게 되었네. 그해 늦가을에 자네는 남쪽 고향집으로부터 서울로 올라와 나의 임시 거처에서 살게 되었지만 녹봉으로 주던 쌀은 자주 끊어졌었네. 늦겨울에 내가 암행어사로서 경기지방을 순행하고 임금님께 보고를 드렸을 때는 설을 막 지났을 무렵이었네. 곧바로 들으니, 온 집안이 불을 지피지 못한 지 여러 날이었는데, 같은 마을에 사는 이웃의 귀공자(貴公子 : 해숭위 윤신지)가 좁쌀 한 말을 보내어준 덕분에 굶어죽지 않을 수 있었다고 했었네. 그때 자네의 고생을 생각할 때면 번번이 측은하지 않은 적이 없었네.

몇 달이 되지 않아 역적 이괄(李适)의 변란을 만나서 온 나라가 동요하여 나라의 장래가 어찌될지 알지 못했었네. 한양을 버리고 몽진하기 며칠 전, 나는 옥당(玉堂 : 홍문관)의 숙직실에서 나와 집에 이르러 문 앞에 선 채로 쪽지를 써서 자네에게 주었는데, 자네가 눈물 흘리는 것을 보고는 "자신이 섬겼던 하늘과 같은 분을 위해 죽는 것은 신하나 마누라나 같은 법이네."라고 말했었네. 그때 자네는 바야흐로 만삭의 몸이었네. 허둥지둥 거리를 걷기도 하고 넘어지기도 하며 구사일생으로 살아서 겨우 충청도에 다다랐다가, 변란이 가까스로 평정되어 다시 서울로 돌아왔었네. 늘 나를 마주할 때면 말하기를, "지금의 나라 사정이 안정되지 않아서 변고가 변화무쌍한데, 일개 아녀자가 주인어른께 누를 끼친 것이 너무 많습니다. 차라리 여기를 버려두고 고향집에서 옷차림이나 대며 살렵니다. 왕실을 위해 있는 힘을 다하시는데 험난한 고비가 있더라도 또한 주인어른의 직분이옵니다. 주인어른이 나랏일을 마치고 고향으로 돌아오실 때를 기다리며 천천히 대비하는 것이 저의 바람이옵니다."라 하였네. 나는 그 말이 진심에서 우러나왔다는 것을 알았기 때문에, 마음 한편으로 일찍 물러날 것을 결심하지 못한 것이 절로 부끄러웠었네.

여름에 나는 다시 돌림병에 걸렸지만, 7월초에 자네는 정릉동(貞陵洞)에 있던 임시 거처에서 아들을 낳았으니 곧 바로 무구(無咎 : 鄭泣의 아명인 듯)라네. 나의 병이 말끔히 낫자, 자네는 돌이 된 어린애를 안고 나를 보살피러 왔는데, 나의 병이 사람들을 경계하고 금지하는 것이었기 때문에 위태로운 병을 앓고 있음을 보고도 돌볼 수 없었던 것이 몹시 한스러웠다고 했었네. 을축년(1625) 봄, 나는 또 턱에 종기가 나서 거의 죽을 뻔했다가 살아났었네. 병인년(1626) 봄부터 가을까지 나는 사신을 맞는 원접사(遠接使 : 金墱)의 종사관으로 멀리 평안도에 갔다가 돌아오자, 또 고시관(考試官)의 명을 받아 호남에 가게 되었는데, 그 왕복하는 길을 계산해보니 거의 6천여 리나 되었네. 한 해가 다 가도록 서로 떨어져 지낸 한탄스러움과 그 사이에 고생한 상황을 말하려고 하면 말이 길어질 뿐이네.

정묘호란(1627) 때 나는 분조(分朝 : 임시조정)를 따라 남하하느라 자네를 버려두고 왔었는데, 행차가 직산(稷山 : 충남 천안)에 도착해서야 강을 건너 남쪽으로 내려오고 있는 자네를 만났네. 나는 호종하는 행차가 완산(完山 : 전북 전주)에 도착했을 때, 전에 앓던 종기가 재발하여 여관에 쓰러져 누워있었더니, 자네가 연산(連山 : 충남 논산)으로부터 급히 달려와서 보살펴주어 살려내었네. 전란을 만나 엎어지고 자빠지고 하던 어려운 때라 몸을 제외하고 모든 생활도구들은 잃어버려 거의 다 없어졌는데도, 선조의 문적(文籍)으로 후손들이 참고할 만한 모든 것들을 자네는 몸소 안고 짊어지고 와 하나도 유실되지 않게 하였다가, 나의 병이 낫기를 기다려서 꺼내어 보여주었으니 내가 항시 탄복하는 일이네. 이내 적들이 물러갔다는 소식을 듣고, 내가 곧바로 세자를 모시고 강화도로 돌아와서 다시 강화도에서 서울로 들어왔을 때, 자네도 도성 서쪽의 옛집으로 돌아왔었네. 난리 끝에 늙은이 어린애 할 것 없이 모두가 목숨을 보전하였으니, 진실로 저 두보(杜甫)가 '서로 마주하고 보니 아직도 꿈만 같구나.' 한 것과 같았네.

무진년(1628) 8월, 나는 또 고시관이 되어 남쪽 지방으로 내려갔다가 돌아오는 길에 자네의 병이 위독하다는 소식을 듣고 말을 치달려서 집에 돌아오니, 자네는 비록 겨우 목숨을 부지하고 있었을망정 얼굴 기색이 예전 모습 아니었네. 이때부터 거의 하루도 쉴 날이 없이 끙끙 앓느라 원기(元氣)가 점점 쇠해만 갔었네. 금년(1629) 봄에 이르러서는 배가 팽팽하게 불러오는 비창(痞脹)이 갑자기 발병하여 헐떡헐떡 위급해져 조석(朝夕)을 보전하기가 어려운 지경이었네. 그러나 나는 때마침 선위사(宣慰使 : 일본 사신 玄方을 영접하던 임시 벼슬)로 임명되던 날 곧바로 폐하께 하직 인사를 올리고 빠듯한 일정의 길에 바삐 올랐었는데, 돌아올 날을 기약할 수 없었지만 의리상 개인적인 일을 챙기기가 어려워, 감히 많은 말을 당부하고 작별할 수가 없었네. 자네도 말과 얼굴에 조금만치도 싫어하는 기미를 나타내지 아니하고, 오직 술 자제하는 당부와 끼니 걱정하는 마음뿐이었네.

조정으로 돌아온 다음날, '어명을 욕되게 하고 일을 그르쳤다.' 하여 하옥하고 취조케 하였는데, 주상께서 노여워하시어 무슨 벌을 받을지 예측할 수가 없었네. 자네는 병중에 있으면서도 울부짖느라 먹는 것을 폐하였는데, 며칠 후 성은(聖恩)을 입고 풀려나와서 자네의 수척해진 것을 보니 이전보다 배나 더했네. 몸이 점차로 더 손상되어서 약을 써도 아무런 효험이 없었는데, 여름과 가을을 지나면서 살가죽과 뼈만 앙상하게 남아있어, 보는 사람마다 측은해하며 위태롭다고 여기지 않는 이가 없었지만, 그래도 믿었던 것은 나이가 매우 젊었던 데다 선한 사람은 반드시 오래 산다는 것이었네.

9월 그믐이 되기 전, 나는 몸조리를 잘못하여 종기가 재발하였는데 위태롭고 고통스럽기가 이전과 같았었네. 자네는 차갑고 쌀쌀한 날씨에도 홑옷에 짧은 치마를 입은 채 밤낮으로 노심초사 나의 병을 걱정하며 탕제(湯劑) 달이는 일부터 몸을 부축하는 일까지 반드시 손수 보살폈거늘, 나의 종기가 다 나았을 때 자네는 누워서 일어날 수가 없었네. 기진맥진하여 숨이 끊어질듯 말듯 10여일 지내다가 끝내 구원하지 못하는 지경에 이르렀으니, 곧 기사년(1629) 10월 16일이었네. 아아, 비통하도다. 아아, 비통하도다.

병이 위독해지자, 자네의 노모와 어린아이 및 병든 나까지 곁에서 어쩔 줄 몰라 하며 울부짖고 슬퍼해마지 않았네. 일에 따라 물어서 그 뜻을 시험한 것이 한두 가지가 아닌데, 끝내 한 마디 말도 없이 한 줄기 눈물로 영이별하는 슬픔을 나타내었네. 천륜의 지극한 정은 사람들이 참기 어려운 것인데, 연약한 어린애의 이마를 어루만지고 손을 잡으면서도 구질구질 슬퍼하며 울부짖는 모습을 짓지 않고, 마치 고해(苦海)를 떠나 극락(極樂)으로 가듯 하였네.

숨이 끊어지려는 무렵에 천천히 나에게 호소하였는데, 자네의 일생을 대강 다음과 같이 진술하였으니, 이렇다네. "저는 비록 미혹되고 어리석은 여자로 아는 것이 없지만, 선을 기리고 악을 미워해야 한다는 것은 대강 알았으니, 제 마음을 속이지도 하늘을 업신여기지도 않고자 하였습니다. 호화롭게 꾸민 사람이 몸에 비단옷을 걸친 것을 보아도 흠모하고 부러워한 적이 없었고, 집안이 몹시 가난하여 끼니를 잇지 못해도 남에게 슬피 울며 구걸하거나 애원하는 것을 수치로 여겼습니다. 남이 주는 물건을 사양하거나 받을 때, 비록 밤이나 포수(脯脩 : 말린 고기와 과일류)와 같은 하찮은 것일지라도 늘 주인 어른께 받아도 되는지 여쭈었으며, 컴컴하여 불분명하거나 구차한 일은 차마 하지 않았습니다. 어르신의 형제자매들을 섬기고 조카들을 대하는데 마음을 다하고 있는 힘을 다했으며, 가난한 사람들을 도와주는데 터럭만치도 싫어하거나 꺼리는 마음이 없었습니다. 조상님들의 제사를 지낼 때마다 반드시 정결하도록 힘썼으며, 때때로 손님들이 와서 모이는 것을 보고는 가난한 가운데서도 음식을 마련했습니다. 이것들은 하늘과 귀신들이 함께 굽어 살피시는 일입니다. 제가 마음을 쓴 것과 일을 처리한 것이 하늘의 뜻을 거스르지 않았던 것 같은데도, 끝내 이처럼 혹독하게 재앙을 받게 됩니다. 온갖 독(毒)들이 제 몸에 다 모여 있음에도 가녀린 목숨이 아직도 붙어 있으니, 죽기를 바라나 죽지 못하고 있습니다. 지금 만약 신령의 영험과 어르신의 복으로써 실낱같은 제 목숨을 빨리 끊어 영영 떠나는 영혼을 편안하게 해주신다면, 그보다 더한 다행스러움은 없을 것입니다. 그 또한 무슨 유감이 있겠사옵니까? 홀로되신 친정어머니와 어린애의 신세까지는 멍하니 염려할 겨를이 없었습니다." 이렇게 말하더니 긴 한숨을 몇 번 내쉬고는 다시는 말이 없었네. 아아, 슬프도다.

내 신세가 괴로이 낭패를 거듭 겪어서 자네에게까지 누를 끼치고 말았네. 함께 산 9년 동안 쓰라린 고통을 두루 겪으면서 진질(疢疾

: 열병)까지 걸린 것은 모두 내가 불러들인 것이라네. 단 하루도 편안하고 한가로울 틈이 없다가 끝내 한을 품고 요절하게 하고 말았으니, 너무도 부끄럽고 비통하여 자다가 자못 깨어나지 못하고 죽고만 싶네.

아아, 자네와 함께 사는 동안에 나는 자네 보기를 집 안의 좋은 친구로 여겼네. 나에게 잘못이 있으면 반드시 자네의 경계(警戒) 소리를 들어야만 했고, 어떤 일이 생기면 반드시 자네에게 물어 의논하였으니, 비록 '지기(知己)'라고 하는 벗들이라 해도 이보다 더하지는 않을 것이네. 자네는 아름다운 재주와 행실에다 고결한 절조(節操)까지 지니고 있어서, 거칠고 속된 말을 하는 것을 수치스럽게 여겼으며 취하고 버려야 할 때를 잘 살펴 가렸고, 곤궁할 때도 노여워하거나 슬퍼하는 기색이 전혀 없었으며, 재물을 볼 때도 구차하게 얻으려 하지 말라는 경계를 간직하고 있었네. 이 몇 가지는 비록 어진 사대부들에게서 찾을지라도 또한 많이 보지 못한 것들이었으니 늘 경외한 것이었지, 결코 과장되게 칭찬하기 위한 것이 아니라네.

아아, 나는 쇠하여서 세상에 아무런 뜻이 없네. 하나 있는 아들은 6살인데 아직 홍역도 치르지 않았으니 훗날의 일이야 알 수가 없네. 이번 장사 치르는 것을 마치고 나면, 다 걷어치우고 남쪽으로 내려가서 남아 있는 목숨이나마 편안히 머물다가 타고난 수명을 다 마치기를 바라는 것, 이 어찌 오늘날의 간절한 소원이 아니겠는가?

아아, 영결(永訣)을 앞두고서 장지(葬地)에 대해 여러 차례 물었던 것은 자네의 뜻을 알아서 그대로 따르기 위함이었네. 자네의 대답을 듣지 못했기 때문에 그 뜻에 맞는지 의심스럽게 여긴 것이 오래였는데, 처음에는 상여를 연산(連山 : 충남 논산의 옛 지명)으로 돌아가 그곳 선영에 묻으려고 했지만, 얼마 뒤에 생각해보니 연산 또한 내 고향이 아니었네. 제사를 올리는 것이 끊어지지 않고 계속되리라는 것을 보장하기가 어려웠기 때문에, 선영의 끝자락 계좌정향(癸坐丁向 : 남향을 말함)에 묏자리를 정하여 회곽(灰槨)을 마련하고 나서 시신을 묻었네. 그 동쪽 안 기슭에는 조부[鄭惟沈] 이하의 선영이 줄지어 있고, 그 아래에는 서(庶)누이가 묻혀 있네. 자네가 죽었더라도 이를 안다면, 기대어 의지할 곳이 없다고 여길 수는 없을 것이네. 만일 훗날 무구가 다 커서 나의 뜻을 이해하여 내가 마련한 묏자리로 자네의 무덤을 옮겨주든지 아니면 내 무덤 옆에 나란히 묻어준다면, 저승에서라도 오래도록 의탁하며 사는 것이 이 세상에서 초라하게 사는 것보다 오히려 나을 것이네. 이를 나는 쉬 기약할 수 없지만, 자네 역시 지하에서라도 묵묵히 도와주기를 진정 바라네. 아아, 말은 다해 가는데도 정은 끝이 없고, 울음소리가 나오지 않는데도 슬픔은 끝이 없네. 영령은 어둡지 않고 밝으니, 이 슬픈 마음을 굽어 살피게. 적지만 흠향하게나.

祭亡妾文

嗚呼哀哉! 汝[1]年十六而歸于我, 今纔二十有四歲, 奄忽棄我而逝, 浮生如夢, 其能不悲？ 念昔辛酉[2]新正, 始娶汝于沙溪[3]金先生門下, 見其容止端淑, 性質貞慤, 粹然已有成人[4]之德。我本畸窮, 幸得所託, 無何

---

1) 汝(여) : 金公輝(1550~1615)의 딸 光山金氏(1606~1629)로, 정홍명의 측실.

2) 辛酉(신유) : 光海君 13인 1621년.

3) 沙溪(사계) : 金長生의 호. 조선 중기의 정치가·禮學 사상가. 본관은 光山, 자는 希元, 호는 沙溪. 宣祖 때 西人의 중진인 金繼輝의 아들이자, 孝宗 때의 예학사상가인 金集의 아버지이다. 李珥와 宋翼弼의 문인이다.

挈歸南鄉。生事甚薄, 而汝能經紀貧家。躬勤縫織, 使我衣食無虞, 起居
甚適。居常事我, 極其誠愨, 敦睦門闌, 各得驩心, 是皆出於天賦之溫良,
而無事於勉強修飾也。不幸早罹痼疾, 沈綿時歲, ★5) 間遭橫厄, 耗傷神
氣, ★6) 而所以隨分而安, 處患而生者, 或庶幾焉耳。歲在癸亥7), 國家更
化8), 我始起廢9), 遊宦在朝。是年秋末, 汝自南中抵洛下, 隨我僑居10),
祿食11)屢絶。冬末, 我以暗行御史, 出巡圻內, 及至復命, 纔經歲時矣。
卽聞擧家不擧火累日, 賴一同隣貴介★12)捐斗粟, 救餓死。每念玆苦, 未
嘗不惻然也。未數月, 值賊适13)之變, 中外震動, 不知國家稅駕14)何所?

---

4) 成人(성인) : 재주와 덕을 겸비한 사람.

5) 원문에 "신유년 가을에 창평의 고향집에 있으면서 처음으로 흉복통을 매우 위중하게
   앓았는데 죽을 때까지 고질병이 되고 말았다.(辛酉秋, 在昌平鄉家, 始患胸腹痛極重,
   爲終身之疾.)"는 협주가 있음.

6) 원문에 "이때 선친의 일을 광해군의 정씨 궁희가 제멋대로 끌어다 붙이는 바람에 해를
   입었다.(時以先故事, 被廢朝宮姬鄭姓橫加侵毒.)"는 협주가 있음.

7) 癸亥(계해) : 仁祖 1년인 1623년.

8) 更化(경화) : 왕화를 혁신한다는 뜻으로, 계해반정 곧 인조반정을 이르는 말.

9) 起廢(기폐) : 免官된 사람을 다시 벼슬에 씀.

10) 僑居(교거) : 임시 거처.

11) 祿食(녹식) : 祿米. 녹봉으로 주던 쌀.

12) 원문에 "해숭위(海嵩尉.)"라는 협주가 있음. 해숭위는 尹新之(1582~1657)의 봉호. 본관
    은 海平, 자는 仲又, 호는 燕超齋. 선조와 仁嬪金氏와의 소생인 貞惠翁主와 결혼하였다.
    사람됨이 총명하였으므로 선조는 때때로 시를 지어 바치게 하여 사랑을 받았다.

13) 适(괄) : 李适(1587~1642). 조선 인조대의 무신. 본관은 固城, 자는 白圭. 병조참판을
    지낸 李陸의 현손이다. 申景裕의 권유로 광해군을 축출하고 새 왕을 추대하는 계획에
    가담하여, 1623년 3월에 일어난 인조반정 때 큰 공을 세웠다. 인조반정 후 정사공신
    2등에 녹훈되어 한성부판윤에 임명되었다가 평안북도 병마절도사 겸 부원수가 되어
    영변에 부임하였다. 이괄은 반정 후 주도 세력과의 불화로 인사에 불만이 있었다. 1624년
    1월 구성부사 韓明璉과 합세하여 서울로 진격하여 2월 입성하였다. 인조가 공주로 피난
    을 가고 없었기 때문에 선조의 10번째 왕자 흥안군 李瑅를 왕으로 추대하였다. 그러나
    張晩과 鄭忠信 등이 이끄는 관군과의 鞍峴[지금의 서울특별시 종로구 무악재] 싸움에
    참패하여 경기도 이천까지 달아났다가 부하 奇益獻과 李守一에게 암살당하였다.

去邠[15]前數日, 余自玉堂[16]直所[17]到家, 立門手書小紙以付汝, 見汝垂
涕而言曰：“死於所天, 臣妾等耳.” 是時汝方彌娩月矣. 倉遑道路, 且步
且顚, 百死一生, 僅得達于湖中, ★[18] 亂纔平定, 復還于京。常對余言：
“時事未定, 變故無常, 一兒女累家公[19]多矣。毋寧[20]棄置鄕廬, 供給冠
裳。惟其勤力王室, 夷險以之, 亦家公職分耳。待公倦而還鄕, 徐爲之
所, 是妾願也.” 我知其言之出於悃愊, 而且自媿不早決退也。夏間, 余再
染瘟疫, 而七月初, 汝在貞陵洞寓處, 産得男子, 卽無咎[21]也。我病良
已, 汝抱晬孩來省我, 以我病中禁戒, 不得救視危疾, 爲至恨云。乙丑[22]
春, 余又患頷瘇, 幾死而甦。丙寅[23], 自春至秋, 余以擯接從事[24], 遠役
西路, 旣還, 又受命考試湖南, 計程往返, 殆六千餘里。終歲分離之嘆,

---

14) 稅駕(탈가) : 휴식하기 위해 수레 끌던 말을 풂. 秦나라의 재상 李斯가 부귀가 극도에
　　이르자 “내가 탈가할 곳을 아지 못한다.(吾未知所稅駕也.)”고 한데서 나온 말로, 장래의
　　사태가 어찌 될지 모름을 비유하는 말이다.

15) 去邠(거빈) : 蒙塵을 가리킴. 옛날의 匈奴인 薰育이 빈 땅을 쳐들어오자, 周나라 太王
　　즉 古公亶父가 이를 피해 岐山 아래로 도읍을 옮긴 데서 나온 말이다.

16) 玉堂(옥당) : 弘文館.

17) 直所(직소) : 番을 드는 곳.

18) 원문에 “이때 김사강이 부여군수로 있었기에 가서 의지한 것이다.(時金士剛爲扶餘守,
　　往依焉.)”는 협주가 있음. 사강은 김장생의 아들 金集(1574~1656)의 자. 본관은 光山,
　　호는 愼獨齋. 아버지는 文元公 金長生이며, 어머니는 昌寧曹氏로 첨추 曹大乾의 딸이다.

19) 家公(가공) : 자기 부친을 일컫기도 하지만, 여기에서는 자기집 주인을 말한 것임.

20) 毋寧(무녕) : 차라리.

21) 無咎(무구) : 정홍명은 兪大頤의 딸인 杞溪兪氏 첫째부인과 尹廷瑾의 딸인 南原尹氏 둘
　　째부인 사이에는 소생이 없었고 측실에서 유일하게 鄭浛가 있었는데, 아마도 정이의
　　아명인 듯. 《司馬榜目》에 따르면, 許通되었고 1669년 식년시에 급제한 것으로 되어
　　있다. 동복현감을 지냈다.

22) 乙丑(을축) : 仁祖 3년인 1625년.

23) 丙寅(병인) : 仁祖 4년인 1626년.

24) 擯接從事(빈접종사) : 정홍명이 1626년 3월에 원접사 金瑬의 종사관으로 關西에 가서
　　詔使 姜曰廣과 王夢尹을 접대한 것을 일컬음.

其間艱苦之狀, 言之長也。丁卯胡變, 余隨分朝[25]南下, 棄汝而行, 行到
稷山[26], 值汝渡江南來。及我陪扈到完山[27], 舊瘴復發, 委頓旅次, 汝自
連山[28]馳來救活。遭亂顚沛, 身外諸具, 蕩失殆盡, 而凡干先世文籍可爲
後來考據者, 汝躬自抱負, 一無遺失, 俟我痛定, 撿出相示, 余之所常嘆
服者也。旋聞賊退, 余卽隨鶴駕還江都[29], 自江都入京, 而汝亦得還城西
舊寓矣。亂離之餘, 老稚獲全, 眞所謂相對如夢寐[30]者也。戊辰[31]八月,
余又以試官南下, 歸路, 聞汝病篤, 疾馳還家, 則汝雖僅晚死域, 而形色
非復昔日矣。自此以後, 呻楚殆無虛日, 眞元漸就銷鑠。到今年春, 痞
脹[32]猝發, 喘喘危急, 難保朝夕。而余適以宣慰使[33]受命之日, 卽爲陛
辭[34], 嚴程催迫, 歸期杳然, 而義難顧私, 不敢刺刺語[35]別。汝亦略無幾
微見於辭色, 惟以止酒加餐相勸而已。還朝翌日, 以辱命誤事, 下理置
對, 天威赫然[36], 罪不可測。汝於病中, 號泣廢食, 數日后蒙宥以出, 見

---

25) 分朝(분조) : 本朝廷과 별도로 임시로 설치한 조정. 정홍명은 이때 세자를 호종하였다.

26) 稷山(직산) : 충청남도 천안지역의 옛 지명.

27) 完山(완산) : 전라북도 전주의 옛 지명.

28) 連山(연산) : 충청남도 논산지역의 옛 지명.

29) 江都(강도) : 지금의 강화도..

30) 相對如夢寐(상대여몽매) : 두보의 시 구절. 〈羌村1〉의 "밤이 무르익어 다시 촛불을 들
고는, 서로 마주하고 보니 아직도 꿈만 같구나.(夜闌更秉燭, 相對如夢寐.)"에서 나온
말이다.

31) 戊辰(무진) : 仁祖 6년인 1628년.

32) 痞脹(비창) : 가슴이 더부룩하고 그득하며 배가 팽팽하게 불러 오는 증상.

33) 宣慰使(선위사) : 조선 시대에, 외국 사신을 영접하는 일을 맡아보던 임시 벼슬. 정홍명
이 일본 사신 玄方이 오자 宣慰使로 뽑혔던 것을 일컫는다.

34) 陛辭(폐사) : 신하가 왕을 작별하고 물러감.

35) 刺刺語(자자어) : 韓愈의 〈送殷員外序〉의 "지금 세상 사람들은 수백 리만 가려도 문을
나서면 망연자실하여 이별의 가련한 기색이 있고, 이불을 가지고 삼성에 숙직만 들어가
려도 여종을 돌아보고 시시콜콜 여러 가지 당부를 하여 마지않는다.(今人適數百里,
出門惘惘, 有離別可憐之色, 持被入直三省, 丁寧顧婢子, 語刺刺不能休.)"에서 나온 말.

其萎薾倍前。展轉傷損, 藥餌無效, 涉夏經秋, 皮存骨立, 見之者無不慇然[37]危之, 而所恃, 年甚少而善必壽也。九月晦前, 余因失攝腫發, 危苦如前。汝當寒凜, 衣裙單薄, 而晝夜焦勞, 憂我之疾, 凡湯劑臥起, 必親扶護, 及余腫潰, 而汝則臥不能起矣。奄奄甦絶十數日, 竟至不救, 卽己巳[38]十月十六日也。嗚呼痛哉! 嗚呼痛哉! 疾革, 汝之老母稚兒及我衰病, 在傍遑遽, 不禁號傷。其所以隨事問試者非一二, 而終無片言, 一涙辭訣怛化。天倫至情, 人所難忍, 孩提[39]婉弱, 撫頂握手, 而亦不作屑屑[40]悲慘之態, 有若離苦海而就樂土。垂絶, 徐呼告我, 略述平生曰: "妾雖迷劣[41]女子, 無所知識, 粗知慕善而嫉惡, 不欲欺心而慢天。見人奢華粉飾, 身被綺紈者, 未嘗歆艷而企羨, 家徒四壁[42], 飱粥不繼, 而猶恥向人鳴哀而乞憐。辭受之際, 雖榛栗脯脩之微, 一稟於家公可否, 不忍爲黯黮[43]苟且之事。事公兄姊[44], 待諸姪甥, 殫心隨力, 貧之相資, 毫無厭倦之心。每値先世祭祀, 必務精潔, 時見賓客來集, 拔貧爲具。此皆天

---

36) 天威赫然(천위혁연) :《仁祖實錄》 7년(1629) 윤4월 23일조의 "接慰官 鄭弘溟이 왜차의 공갈에 겁을 먹고 그의 교자 타는 것을 금지하지 못하여 전에 없던 폐단을 열어 놓았고, 하잘것없는 추물에게 업신여김을 당하여 국가 체면을 훼손하였으니, 그를 잡아들여 추고하라."는 1번째 기사를 일컬음. 처음에는 정홍명이 宣慰使 자격으로 내려갔지만, 그 왜차가 국왕의 사신이 아니었기 때문에 조정에서 접위관으로 개칭하였다고 설명까지 되어 있다.

37) 慇然(민연) : 측은한 느낌을 나타내는 말.

38) 己巳(기사) : 仁祖 7년인 1629년.

39) 孩提(해제) : 두세 살 어린아이.

40) 屑屑(설설) : 번거롭고 침착하지 못한 모양.

41) 迷劣(미열) : 미혹되고 어리석음.

42) 家徒四壁(가도사벽) : 집의 사방에 벽뿐이라는 뜻으로, 빈궁한 생활을 일컫는 말. 漢나라 司馬相如가 卓文君과 함께 成都로 도망친 뒤에 "살림살이는 하나도 없이 그저 사방에 벽만 서 있었다.(家居徒四壁立.)"는 고사에서 나온 말이다.

43) 黯黮(암담) : 구름이 검게 낀 모양.

44) 公兄姊(공형자) : 정홍명의 아버지 정철은 4남3녀를 두었는데, 정홍명은 넷째아들임.

與鬼神所共監臨。妾之用心處事, 似無獲戾于天, 而終至降殃斯酷。百毒
叢身, 一息猶存, 薪死不得。今若以神之靈及公之福, 速殄如線之命, 以
安長逝之魂, 則幸莫大焉。其又何憾? 至若孀親弱子之身世, 惝然無暇於
念及也.” 仍長吁數聲而不復言矣。嗚呼哀哉! 以余身命之蹇連[45], 未免
累及於汝。首尾九年, 備嘗酸苦, 疢疾之集, 皆由我致。無一日安閑之
隙, 卒使抱恨而夭歿, 慙慟之極, 殆欲無窮。嗚呼! 與汝同居之日, 我視
以爲閨門良益[46]。有過而必聞規儆, 有事而必資諮議[47], 雖交遊之號爲
知己, 無以加也。若其才行之美, 節操之潔, 羞爲粗俗之言, 審擇取舍之
分, 處窮而無慍戚之容, 臨財而存苟得之戒[48]。茲數者, 雖求諸賢士大
夫, 亦未多見, 常所敬憚, 而非敢溢美者也。嗚呼! 吾衰而無意於世矣。
一子六歲而未經大疫[49], 日後之事, 有不可知。將欲了此空事, 卷還南
中, 庶使存者安頓而得終其天年, 此豈非今日之至願耶? 嗚呼! 臨訣而屢
問葬地者, 欲以知汝之志而從之也。以其不見答而持疑者久, 初欲歸櫬連
山[50], 依于先麓, 旣而思之, 連亦非吾鄉也。香火之薦, 難保爲繼, 故茲

---

45) 蹇連(건련) : 발을 저는 사람이 먼 길을 가듯 세상 살아가는 모습이 몹시 힘들고 괴로운
    모습.
46) 良益(양익) : 《論語》〈季氏篇〉의 “유익한 벗 셋이 있고 해로운 벗 셋이 있으니, 정직한
    사람을 벗하고 성실한 사람을 벗하고 견문이 많은 박학다식한 사람을 벗하면 유익하느
    니라.(益者三友, 損者三友, 友直友諒友多聞, 益矣.)”에서 나온 말.
47) 諮議(자의) : 남에게 의견을 물어 의논하는 일.
48) 臨財而存苟得之戒(임재이존구득지계) : 《禮記》〈曲禮 上〉의 “재물을 보면 구차하게 얻
    으려 하지 말고, 난리를 당해서는 구차하게 면하려 하지 말라.(臨財毋苟得, 臨難毋苟
    免.)”에서 나온 말.
49) 大疫(대역) : 紅疫. 홍역 바이러스가 비말 감염에 의하여 일으키는 급성 전염병. 1~6세
    의 어린이에게 많고 봄철에 많다. 잠복기는 약 10일로, 감기와 비슷한 증상으로 시작하
    여 입안 점막에 작은 흰 반점이 생기고 나중에는 온몸에 좁쌀 같은 붉은 발진이 돋는다.
    한 번 앓으면 다시 걸리지 않는다.
50) 連山(연산) : 충청남도 논산 지역의 옛 지명.

卜先塋支麓癸坐丁向之原, ★[51] 具灰槨[52] 藏體魄。其東內麓。則祖考[53]
以下塋域比列, 其下則孼妹之所瘞也。歿若有知, 亦不可謂無所憑依也。
萬一他日無咎成立, 能體我志, 隨我卜葬之處, 或遷汝兆, 或連我壟, 則
泉壤悠久之託, 猶勝在世之草草[54]。是我不敢期, 而敢望汝亦默佑於幽
冥者也。嗚呼! 言欲盡而情不窮, 聲欲絶而哀無已。英爽不昧, 監此哀
曲。尙饗。

[畸庵集續錄, 卷11]

정홍명鄭弘溟, 1582-1650

조선 중기의 학자. 본관은 延日, 자는 子容, 호는 畸庵·三癡. 아버지는 우의정 鄭澈이
며, 어머니는 文化柳氏로 柳强項의 딸이다. 정철의 4남이자 막내아들이다. 宋翼弼·金
長生의 문인이다. 1616년 문과에 급제, 승문원에 보임되었으나 반대당들의 질시로 고
향으로 돌아가 독서와 후진 양성에 힘썼다. 1623년 예문관검열을 거쳐, 홍문관의 정
자·수찬이 되었다. 이때 李适의 난이 일어나자, 임금을 모시고 공주까지 몽진 갔다
돌아와 사간원의 정언·헌납과 교리, 이조정랑을 거쳐 의정부의 사인으로 휴가를 받
아 湖堂에 머물면서 독서로 소일하였다. 1627년에 사헌부집의·병조참지·부제학·대
사성을 역임하고, 자청해서 김제군수로 나가 선정을 베풀었다. 仁烈王后 상을 마친
뒤 예조참의·대사간에 임명되었으나 모두 사양하고 고향으로 돌아갔다. 1636년 병자
호란이 일어나자 召募使로 활약하였다. 적이 물러간 뒤 고향으로 돌아가 벼슬을 사양
하다가 다시 함양군수를 지내고, 1646년 대제학이 되었으나 곧 병이 들어 귀향하였
다. 1649년 인조가 죽자 억지로 불려 나왔다가 돌아갈 때 다시 대사헌·대제학에 임명
되었으나 모두 나가지 않았다.

---

51) 원문에 "고양의 선산 서쪽, 숙부인 부정공과 귀인의 장지 바깥쪽에 별도로 있는 남향의
　　기슭이다.(高陽先山白虎之外, 叔父副正公及貴人葬所之外, 有別麓南向.)"는 협주가 있
　　음. 부정공은 鄭滉을 가리키며, 貴人(1557~1579)은 정황의 딸로 宣祖의 후궁이다. 정황
　　의 본관은 延日, 자는 叔涵. 明宗 때 사마시에 합격하고 蔭補로 군기시 첨정(軍器寺僉正)
　　을 지낸 후 내섬시 부정(內贍寺副正)에 올랐으며 光國原從功臣에 책록되었다.

52) 灰槨(회곽) : 석회로 만든 관을 담는 궤.

53) 祖考(조고) : 鄭惟沈(1493~1570)을 가리킴.

54) 草草(초초) : 갖출 것을 다 갖추지 못하여 초라함.

운낭 제문

祭雲娘文

유언호

운낭(雲娘)이 이미 죽은 지가 7일이나 되어 땅속에 묻으려 하니, 곧 임인년(1782) 7월 6일이네. 전날 저녁, 부군(夫君)은 본부인[驪興閔氏]이 제물을 차리고 제사를 지내는 자리에 제문을 지어 흠향하기를 권하네.

아아, 생(生)이 있으면 사(死)도 있는 것이거늘, 일찍 죽는 것이 급한 것은 아니네. 아, 이 이치를 자네가 어찌 능히 알았으랴? 이제 문득 눈을 감았으니, 기쁘거나 슬픈 일인들 어찌 있으랴? 자네가 처음 왔을 때를 생각노니, 그 일은 우연한 것이 아니었던 것 같네. 이슬이었던가, 번갯불이었던가, 물거품이었던가, 어쩌면 하나같이 금방 사라진단 말인가? 꿰매어도 옛 흔적은 남고, 태워도 재는 남는 법이네.

보이는 것마다 그리움이 생겨나고, 흐릿하게나마 모습이 보이는 듯하네. 붉은 만장(輓章)이 갈 곳은 어디일런가? 바로 나의 선영 곁이라네. 선영 가는 길 왼편의 외로운 무덤에 응당 내 왕래할 것이네. 그러니 편안히 그 길을 떠나고, 부디 혹시라도 주저하거나 머뭇거리지 말게나.

祭雲娘文

雲娘[1]旣死之七日, 將入土中, 卽壬寅[2]七月六日辛丑也。前夕, 其君因其女君[3]之設奠以祖, 爲文以侑之曰︰嗚呼! 有生則死, 早終非促。嗟哉玆理, 爾詎能識? 今却冥然, 欣戚奚有? 念爾初來, 事若不偶。露電泡沫, 一何倏忽? 縫有舊痕, 燔有餘蓺。觸物興思, 暧其如覿。丹旐何之? 予先壟側。路左孤墳, 當予往來。安以就埏, 毋或遲徊。

[燕石, 册9]

유언호俞彦鎬, 1730-1796

조선 후기의 문신. 본관은 杞溪, 자는 士京, 호는 則止軒. 아버지는 右尹 俞直基이며, 어머니는 慶州金氏로 金有慶의 딸이다. 아내는 驪興閔氏로 閔遇洙의 딸이다. 李縡의 문인이다. 1761년 庭試文科에 급제하여, 檢閱·說書 등을 역임하고, 金龜柱의 일당인 僻派로서 時派인 洪鳳漢을 규탄하다가 정조의 즉위와 함께 시파로 태도를 바꾸어 정조의 총애를 받아 이듬해 이조참의로 발탁되었다. 이어 홍문관제학·이조참판 등을 거쳐 1781년 형조판서가 되고 1787년 우의정으로서 冬至兼謝恩使가 되어 청나라에 다녀왔다. 이듬해 判中樞府事로서 趙德麟의 사건으로 大靜縣에 위리안치되었다가 1791년 풀려 나오고, 1795년 좌의정에 올랐으나 사퇴, 領敦寧府事에 이르렀다.

---

1) 雲娘(운낭) : 유언호는 여흥민씨 본부인 외에 측실을 두었는데, 이를 가리키는 듯. 측실과는 아들 하나를 두었다.

2) 壬寅(임인) : 正祖 6년인 1782년.

3) 女君(여군) : 正室 또는 嫡室. 여기서는 여흥민씨를 이르는데, 측실보다 4년 뒤인 1786년 4월에 죽었다.

아들·딸·조카·질녀·며느리·질부

죽은 아들 제문

祭亡子文

상진

지난해는 네가 자식을 잃었고, 올해는 내가 너를 잃었구나. 부자 간의 정은 네가 먼저 알았을진댄, 네가 죽어 내가 곡하니 내가 죽으면 누가 곡할런가? 너의 장례 내가 치르니 나의 장례 누가 치를 것이랴? 백발의 늙은이 통곡노니 청산(靑山)도 찢어지려 하누나.

祭亡子文

前年汝[1] 喪子, 今年吾喪汝。父子之情, 汝先知之, 汝哭我哭[2], 我哭

---

1) 汝(여) : 尙震과 介山副守 李孝智의 딸인 全州李氏(?~1545) 사이에 태어난 외동아들 尙鵬南(1511~1542). 柳藕의 문하생이다. 蔭補로 벼슬에 등용되어 判決事에 이르렀다. 경사에 능통했으나, 벼슬에 뜻을 두지 않고 詩書로 일생을 살았다. 아내는 절도사 李順亨의 딸인 全州李氏이다. 둘 사이에 2남1녀를 두었는데, 아들 尙著孫(1537~1599), 현감 鄭麟壽와 예문관 검열 李濟臣(1536~1584)에게 시집간 두 딸이다. 상진은 아울러 측실에서도 尙存省을 두었으나 절손되었다. 한편, 상시손은 2부인과 측실 사이에 5남1녀를 두었다. 곧, 尙子儀(1557~1567), 尙子産(1577~1619), 尙子華(1581~1642), 尙子容(1583~1627), 尙子賤(1576~1654) 등이다. 따라서 이 제문에 등장하는 상붕남의 아들 곧 상진의 손자는 1541년에 죽었을 것으로 짐작되는 바, 상시손을 고려하면 6,7세 정도였을 것으로 짐작된다. 현재 족보상이나 후손들의 증언을 통해서는 확인할 수 없었다.

2) 汝哭我哭~靑山欲裂(여곡아곡~청산욕열) : 宋純(1493~1583)의 〈哭子文〉 전문. 이 글은 본 제문뿐만 아니라 鄭仁弘의 〈祭子文〉에도 역시 전문이 인용되어 있다.

誰哭。汝葬我葬, 我葬誰葬, 白首痛哭, 青山欲裂。

[泛虛亭集, 卷5]

상진尙震, 1493-1564

조선 중기의 문신. 본관은 木川, 자는 起夫, 호는 松峴·嚮日堂·泛虛齋. 아버지는 察訪 尙甫이며, 어머니는 延安金氏로 博士 金徽의 딸이다. 일찍이 부모를 여위고 매부인 夏 山君 成夢井의 집에서 자랐다. 1516년 생원시에 합격하고, 이어 1519년 별시문과에 급제하여 藝文館檢閱이 되었다. 곧이어 奉敎·예조좌랑을 거쳐 사헌부지평에 특진되 었다. 1528년 司憲府掌令에 오르고 다시 장령·弘文館校理 등을 역임하였고, 1533년 대사간이 되었으며 이어 부제학·좌부승지를 역임하면서 언론의 중요성을 역설하였 다. 그 뒤 형조참판을 지내고 경기도관찰사가 되어 민정을 잘 다스렸다. 1539년 중종 의 특명으로 嘉善大夫에 올라 형조판서가 되었는데, 전례가 없는 특진이라 하여 사간 원의 탄핵을 받고 한성부좌윤으로 체직되었다가 대사헌이 되었다. 이어 한성부판윤 을 연임하고 1543년 공조판서가 되었다. 이듬해 聖節使로 명나라에 다녀온 후 병조판 서가 되어 국방을 총괄하였다. 특히 중종의 신임을 얻어 右贊成에 제수되었으나 대간 의 탄핵으로 知敦寧府事에 체직되었다. 곧 이어 형조판서가 되었으나 尹元老와 결탁 했다 하여 인종 즉위와 함께 경상도관찰사로 좌천되었다. 1548년 우찬성이 되었으나, 질병으로 사임하였다. 이듬해에 이기·尹元衡의 추천으로 이조판서가 되었고, 이어 우 의정에 올랐다. 1551년 좌의정에 올랐고, 1558년 영의정이 되어 그 뒤 5년 동안 국정 을 총괄하였다.

죽은 아들 동한 묘제문

祭亡兒東韓墓文

이안눌

　　아들이 무신년(1608) 2월 23일에 태어나서 이름을 동한(東韓)이라 하였으니, 창려(昌黎) 한문공(韓文公 : 한유)이 태어난 해와 같은데다 동방(東方)에서 태어났기 때문이었다. 다음해 기유년(1609) 12월 18일에 홍역을 앓다가 일찍 죽어서 양주(楊州)의 해촌(海村)에 있는 조부의 묘 옆에 묻었는데, 금년 3월 13일에 이장하면서 제사지낸다.

　　모년 모월 모일 아비가 술과 과일을 차려 죽은 아들 동한의 묘에 제사를 지낸다. 네가 태어나니, 너는 자식이 되고 아비가 있었으며, 나는 아비가 되고 자식이 있었다. 네가 죽으니, 너는 땅속에서 외롭겠지만 나는 이 세상에서 외롭구나. 너는 겨우 한 살이었으니 도대체 무엇을 알 수 있었겠는가만, 나는 이미 40이 되었으니 다시는 별다른 기대가 없구나. 생각하건대 네가 일찍 죽은 것은 바로 나의 죄인데도, 너의 목숨은 어찌 그리도 짧고 나의 슬픔은 어찌 이리도 길단 말이냐? 갓난아이의 웃음은 눈앞에 또렷하고 울음소리는 귓가에 맴도는데, 세월이 간들 어찌 그것을 잊을 수 있으랴? 아아, 슬프구나. 나의 생이 다하도록 너만을 그리워하리로다.

祭亡兒東韓墓文

兒生於戊申[1]二月二十三日, 名曰東韓, 謂與昌黎[2]韓文公所生歲同[3]而生於東方也。越明年己酉[4]十二月十八日, 患大疫, 夭歿, 殯於楊州海村[5]先祖考墓側, 今年三月十三日, 改窆而祭之。

年月日, 阿爺[6]以酒果祭于亡兒東韓之墓。爾生也, 爾爲子而有父, 我爲父而有子。爾歿矣, 爾則孤於地中, 我則孤於人間。爾纔周歲, 抑有何知? 我已四十, 無復他望。念爾之夭, 寔我之罪, 爾命何短? 我悲何長? 孩笑在目, 啼號在耳, 日往月來, 曷維其忘? 嗚呼哀哉! 終吾生而, 惟汝之思。

[東岳先生集, 卷26]

이안눌李安訥, 1571-1637

☞54면 참조.

---

1) 戊申(무신) : 光海君 원년인 1608년.

2) 昌黎(창려) : 韓愈(768~824)의 호. 중국 당나라 문장가·정치가·사상가. 자는 退之. 문집으로 《昌黎先生集》이 있다.

3) 所生歲同(소생세동) : 한유가 태어난 768년이 무신년이기 때문에 일컫는 말.

4) 己酉(기유) : 光海君 1년인 1609년.

5) 海村(해촌) : 양주의 서쪽에 있는 마을 이름.

6) 阿爺(아야) : 아버지를 일컫는 말.

죽은 아들 제문

祭亡子文

송준길

갑진년(1664) 10월 15일은 죽은 아들 정랑(正郎 : 장남 宋光栻)의 상여가 떠나는 날이다. 바로 그 전날 늙은 아비는 조전(祖奠 : 발인 전날 저녁에 지내는 제사)을 통해 통곡하고 고한다.

옛말에 이르기를, "마음이 지극하면 글이 되어 나타나지 않으며, 슬픔이 지극하면 말이 되어 나오지 않는다."고 하였으니, 나는 오늘 다시 무슨 글이 있을 것이며, 다시 무슨 말이 있을 것이랴? 다만 절로 하늘에 울부짖으며 길이 슬퍼하노니, 부디 속히 눈을 감아서 아무것도 모르고 싶으나 그렇게 되지를 않는구나. 이는 실로 내가 복이 넘쳐 죄가 너무 커서 귀신과 하늘로부터 노여움을 샀기 때문일 것이다. 거의 죽게 된 나이에 갑자기 아들이 없는 사람이 되고 말았으니, 다시 무슨 말을 하겠으며, 다시 무슨 말을 하겠느냐? 네가 죽었을 때, 길가는 사람들도 또한 비탄에 잠기며 슬퍼하고 아까워하지 않는 사람이 없었는데, 하물며 나의 마음은 그 비통함을 어떻게 견딜 수 있을 것이라 생각하느냐? 하늘이여, 하늘이여! 비통하고 비통하구나.

너는 병이 질질 끌어 거의 반년이 지났는데도 조용히 조리하면서 원기(元氣)가 절로 회복되기만을 기다렸지, 짜증을 부리거나 성내는 기색을 한 번도 처자식들에게 드러낸 적이 없었으니, 이것은 나도 차마 못하는 바라 마음으로 늘 탄복하였다. 또한 한 번도 '죽음[死]'이란 말을 나의 귀에 들리도록 한 적이 없었으니, 네가 나의 마음을 위로하고자 한 것으로 지극하다고 할 만한 것이었다. 그리고 나는 네가 의술(醫術)을 다소 이해하고 있는 것으로 늘 생각하여 병이 아무리 깊어도 정녕 죽으리라고는 걱정하지 않았으니, 이 때문에 믿었었다. 어느 날 저녁에 가족들이 단란하게 모여 서로 이야기를 나누고 있을 때, 너의 처가 "금년 겨울에는 딸을 시집보내고 내년 봄에는 아들의 초례(醮禮 : 전통 혼례)를 치르면 우리 집안의 큰 경사입니다."고 말하는지라, 나는 "아닌 게 아니라 그렇게만 된다면 그 큰 경사는 시집보내고 장가보내는 데만 있는 것이 아닐 것이다."고 했는데, 두 사람의 말은 모두 앓고 있는 네 마음을 위로하려 한 것이었으나, 너는 갑작스레 줄줄 눈물을 흘리더니만 그치지 않았다. 나는 그제야 처음으로 네가 비록 죽음이란 말을 하지 않았을지라도 스스로 병석에서 일어나지 못하리라는 것을 알고 있는 것이 아닌가 생각했었다. 그러면서도 오직 한 가지 생각은 늘 병이 회복되기를 바랐었는데, 이를 나는 보지 못했던 것이로구나.

온갖 것을 돌이켜 생각하니 내 속이 찢어지는 듯하구나. 아, 누가 사람의 일이 이 지경에 이를 줄 알았으랴? 내가 잘 알지 못하겠으나, 목숨의 길고 짧은 것은 한번 성품을 타고날 당초에 정해지면, 하늘도 역시 그 길고 짧은 것을 바꾸지 못한단 말이던가? 아니면 치료하고 보살핀 것이 온당하지 못하고, 사람으로서 해야 할 일이 미진한 것이 더러 있어서 서로 어우러진 것인가? 이 참으로 알 수 없는 일이구나.

나는 평생 병을 안고 살아서 조석(朝夕)도 보전하지 못할 듯했는데, 어이하여 오늘까지 살아 있는 것인지 알지 못하겠다. 네 어머니[晉州鄭氏]도 먼저 떠났고(1655), 몇 해 전에는 또 네 누이의 죽음(나명좌의 부인, 1662)을 차마 보았으니 나의 심정이 어찌 다함이 있으랴만, 그래도 스스로 슬픔을 잊고 마음을 달랬던 것은 네가 살아 있었기 때문이었다. 이제 너조차 갑자기 내가 죽기 전에 먼저 죽으니, 나는 다시 누구를 믿고서 조금이라도 내 마음을 달랠 수 있으랴? 내가 이 세상에 살날도 응당 또한 그리 오래지 않을 것이다. 옛 사람[당나라 韓愈]이 "우리가 떨어져 지낼 날이 며칠이나 되랴?"고 일컬은 것, 이것이야말로 마음을 스스로 달랠 만한데, 다만 구천(九泉)에서도 가족들이 단란하게 모이는 즐거움이 과연 이 세상과 같은지 아닌지 잘 알지 못하겠으나, 아마도 그렇지 못한 것 같구나. 어찌한단 말인가, 어찌하겠느냐?

올해는 네 어머니가 태어나신 지 환갑이 되는 해라, 너는 병중에도 늘 절절히 슬픔에 잠겨서 여러 차례 나에게 청하여 묘소에 별제(別祭 : 기제사가 아닌 특별한 제사) 지내기를 바랐었다. 나는, 예법을 지키는 집안에서 허용하지 않는 것이니 의당 처음으로 행해서는 안 된다고 했지만, 너를 위해 생일날에 시제(時祭)를 지내기로 했었다. 네 어머니의 기제사(忌祭祀)가 또 다가오자, 너는 병중에도 제수(祭需)를 장만했는데, 그 지극히 정성스럽고 간절한 마음은 주위 사람들을 감동시켰지만 두 제사를 모두 미처 지내지 못하고 말았다. 하늘이여, 하늘이여! 비통하고 비통하구나.

공산(公山 : 충남 공주 산성동에 있는 산)의 옛날 향교(鄕校) 터는 네가 평소 아끼고 좋아하던 곳으로, 도모하여서라도 네 어머니를 옮겨 모시고자 했던 땅이다. 지금 유자(儒者)들이 그곳을 써도 된다고 허락하였다. 그 땅은 비록 손상되고 파손되는 것을 면치 못하겠지만, 산천이 수려하고 모양새가 예쁘며 아담하여 실로 그 짝을 찾기가 힘들 것이다. 메우고 쓸어낸 다음에 매우 정갈한 묏자리임을 알고서 나는 너무도 좋아했는데, 우암(尤庵 : 송시열)도 늘 그곳을 쓰라고 권했었다. 내일 너를 데리고 그곳을 향하다가 명탄(鳴灘 : 충남 연기에 있는 지명)에서 묵을 예정이고, 26일은 바로 너의 장례일이다. 너는 의심하지도 두려워하지도 말고 나를 따라 잘 가서, 천추만세토록 혼령이 길이 편안하기만 하다면 얼마나 다행이겠느냐?

명탄에 있는 산은 헐뜯는 말이 비록 많기는 하지만 내가 참으로 좋아하는 곳이니, 조금도 마음을 쓰지 말거라. 또한 훗날 사람의 일이 다시 어떻게 될지는 알지 못하는 것이다. 명탄에 있는 산에서 묵는 것, 이것도 역시 참을 수 없는 고통이겠지만, 영혼이야 진실로 가지 못할 곳이 없는 것이다. 두 곳의 떨어진 거리가 또 그리 멀지 않으니, 어찌 반드시 깊이 한스러워할 것이랴? 너는 마음을 스스로 달랠 만하지만, 단지 너의 어머니가 오늘 지하에서의 생각이 어떠할지 모르겠구나. 슬프고 슬프구나.

아, 오늘날 바라는 바는 오직 너의 아이들에게만 있을 뿐인데, 또한 아닌 게 아니라 장성하여 자립하는 것이 나와 네가 바라는 마음대로 될지는 모르겠구나. 실로 타고난 운명과 운수에 관계된 것이니, 우리 부자가 어찌 힘쓸 수 있겠느냐? 오늘은 성아(聖兒 : 망자 송광식의 둘째아들 宋炳夏)의 생일인데, 그의 아내[安定羅氏 : 송병하의 아내]가 술과 음식을 장만해서 조전(祖奠)을 겸하여 행한다. 네 며느리[牛峰李氏 : 송병문의 아내]와 경아(敬兒 : 망자 송광식의 첫째아들 宋炳文)는 네가 아픈 동안에 너를 생각하며 보고 싶어 했으나 결국 보지 못했는데, 너는 이를 아느냐 모르느냐?

눈물이 떨어져 글자를 적시니 말을 하려다가 그만둔다. 네가 만약 이를 안다면 또한 차마 나의 말을 듣고 있을 수 없을 것이다. 하늘이여, 하늘이여! 너는 응당 흠향하여라.

祭亡子文

維崇禎歲次甲辰[1], 十月十五日癸酉, 卽亡子正郞[2]發引之期也。前一日, 老父因其祖奠[3], 痛哭而告之曰 : 古語云 : "至情無文, 至哀無辭." 吾於今日, 更有何文? 更有何辭? 但自號天而長慟, 願速溘然無知而不可得也。此實余福過罪大, 見怒神天。垂死之年, 遽作無子之人[4], 尙復何言? 尙復何言? 汝之死也, 行路之人, 亦無不傷嗟而悼惜之, 況余之心, 其何以爲堪? 天乎天乎! 痛矣痛矣。汝之疾沈綿, 殆過半歲, 而從容調攝, 以竢眞元之自復, 未嘗以嗔恚之色, 一加於妻兒, 此則吾所不

---

1) 甲辰(갑진) : 顯宗 5년인 1664년. 여기의 숭정은 명나라 毅宗의 연호(1628~1644)로, 명나라가 망한 뒤에도 청나라 연호를 쓰는 것을 꺼려 이 연호를 사용한 것에 불과하다.

2) 正郞(정랑) : 송준길과 진주정씨 사이의 1남2녀 중 장남 宋光栻(1625~1664)을 가리킴. 본관은 恩津, 자는 希張. 1638년 愼獨齋 金集 문하에 들어가 수업하였다. 1654년 식년시에 합격한 후, 工曹正郞을 역임하였다. 어릴 때부터 남들과 淸明하게 교류하였고 가정에서 훌륭한 교육을 받아 들어가면 부모에게 효도하고 나가서는 어른을 공경하는 등 士友의 推重을 받았는데 불행히도 겨우 40세에 요절하였다. 아내는 白川趙氏(1625~1683)로 趙錫胤의 딸인데, 사이에 4남1녀를 두었다.

3) 祖奠(조전) : 발인 전날 저녁에 제물을 차리고 지내는 제사.

4) 遽作無子之人(거작무자지인) : 송준길은 진주정씨 사이에 1남2녀를 두었는데, 외동아들이 죽으면서 아들이 없어진 것을 일컫는 말. 2녀는 羅明佐·閔維重(1630~1687)에게 각각 시집갔다. 한편, 송준길은 측실 사이에 3남을 두었다.

能, 心常歎賞。亦未嘗以一死字, 說到我耳, 汝之欲慰我心, 可謂至矣。
而吾常謂汝稍解醫方, 病雖深, 必無死憂, 以是爲恃。一夕, 團圓相話之
際, 汝妻言曰：“今冬嫁女, 明春醮子, 吾家大慶也.” 余曰：“果爾則其
大慶, 不但在於嫁女醮子而已.” 兩言皆欲寬慰汝病懷, 而汝忽泫然流涕
而不能已。余於是始疑汝雖不以死字爲說,　而自知病之終不能起也。然
猶一念, 每望其回蘇, 此則吾之暗處也。追思凡百, 五內若割。噫! 孰知
人事之至於此耶？ 吾不知數之脩短,　一定於稟氣之初,　天亦不能移易於
其間耶？ 抑醫治護養之不得其當,　而人事之未盡者或有以相參耶？ 是未
可知也。余平生抱病,　若不保朝暮,　而不知何故延到今日？ 汝母先逝[5]，
年前又忍見汝妹之死[6]，吾之情事, 曷有其極？ 而猶自忘哀而寬意者,　以
汝之在故也。今汝遽夭於吾死之前, 吾復何恃而少寬吾心耶？ 吾之在世,
應亦不久。古人所謂其幾何離[7]者,　此可以自寬,　而第未知泉裏團圓之
樂, 果如此世界否, 恐不能然矣。亦復奈何？ 亦復奈何？ 今年是汝母生
歲周甲[8]，汝於病中, 每切愴感, 屢請於我, 願設別祭[9]於墓所。余謂禮
家之所不許, 不宜創始, 當爲汝設行時祀[10]於是日矣。汝母諱祀[11]又迫,
汝於病中, 料理祭需, 其至誠懇惻, 感動傍人, 而兩祭俱不及行矣。天乎

---

5) 汝母先逝(여모선서)：愚伏 鄭經世의 딸인 晉州鄭氏(1604~1655)가 1655년 7월 죽은 것
　을 일컬음.

6) 汝妹之死(여매지사)：1648년 羅明佐에게 시집간 큰딸이 남편이 죽은 후에 동서의 아들
　이라도 후사로 이으려고 했으나 동서가 아들을 낳지 못하자 결국 1662년에 자결한
　것을 일컬음. 송준길의 〈祭甥女羅氏婦文〉에 자세하다. 한편, 민유중에게 시집간 둘째
　딸도 1672년에 죽고 만다.

7) 其幾何離(기기하리)：韓愈의 〈祭十二郎文〉에 나오는 구절.

8) 周甲(주갑)：還甲. 육십갑자의 ‘甲’으로 되돌아온다는 뜻으로, 예순한 살을 이르는 말.

9) 別祭(별제)：忌日이 아닌 명절이나 특별히 날을 정하여 베푸는 제사.

10) 時祀(시사)：時祭.

11) 諱祀(휘사)：忌祭祀.

天乎！ 痛矣痛矣。公山[12]舊校之基， 是汝平日所愛樂， 願圖得而遷奉汝母之地也。及今諸儒許用之。其地雖不免傷破， 而山川秀麗， 體勢妙雅， 實鮮其比。補而掃之， 覺甚淨佳[13]， 吾甚愛之， 尤庵[14]亦每勸用。明日將率汝向其地， 過宿鳴灘[15]， 廿六[16]甲申， 寔是葬期。汝其毋疑毋懼， 隨余好往， 千秋萬歲， 體魄永寧， 豈勝幸甚？ 鳴灘之山， 毁言雖多， 吾誠樂之， 無動意。亦未知日後人事之更如何耳？ 鳴山過宿， 是亦不可忍之痛， 而魂氣固無不之[17]。兩地相去， 又不甚遠， 何必深恨？ 汝可自寬， 第未知汝慈此日地中之懷如何也？ 悲哉悲哉！ 噫！ 今日所望， 只在於汝之諸子， 亦未知果能成立， 如吾與汝企望之心耶？ 實係於命與數， 吾父子何能容力？ 今日是聖兒[18]生日， 其妻[19]持酒饌， 兼行祖奠。此婦與敬兒[20]， 汝之病中所思想欲見而未及者， 汝其知耶？ 不知耶？ 淚落濕字， 欲言而止。汝若有知， 亦不忍聽余言矣。天乎天乎！ 汝其享之。

[同春堂先生文集, 卷17]

---

12) 公山(공산) : 충청남도 공주시의 산성동에 위치하고 있는 산 이름.

13) 佳(가) : 佳城. 무덤을 아름답게 이르는 말.

14) 尤庵(우암) : 宋時烈(1607~1689)의 호.

15) 鳴灘(명탄) : 충남 연기군 금남면 영대리. 송준길의 묘가 애초 이곳에 있다가 충청남도 공주 등 여러 곳으로 옮겨졌다가 1700년 대전시 서구 원정동으로 이장하여 오늘에 이르렀다.

16) 廿六(입육) : 1664년 10월 26일. 그 일진이 甲申이다.

17) 魂氣固無不之(혼기고무불지) : 《禮記》〈檀弓 下〉의 "혼기와 같은 것은 흩어져 가지 않는 곳이 없다.(若魂氣則無不之也.)"에서 나온 말.

18) 聖兒(성아) : 송광식의 둘째아들 宋炳夏(1646~1697)를 가리킴. 그의 생일이 10월 14일이다. 수원부사, 의주부윤, 장악원 정을 지냈다.

19) 其妻(기처) : 송병하의 아내 安定羅氏(1647~1737)를 가리킴. 아버지가 羅星遠이다.

20) 此婦與敬兒(차부여경아) : 송광식의 첫째아들 宋炳文(1640~1682)과 그 아내 李翔의 딸인 牛峰李氏(1641~1749)를 가리킴. 송병문은 제천현감을 지냈다. 셋째 宋炳遠(1651~1690)과 넷째 宋炳翼(1655~1718)은 이때 나이가 너무 어리기 때문이다.

송준길 宋浚吉, 1606-1680

조선 후기의 문신·학자. 본관은 恩津, 자는 明甫, 호는 同春堂. 아버지는 榮川郡守 宋爾昌이며, 어머니는 光州金氏로 僉知中樞府事 金殷輝의 딸이다. 아내는 晉州鄭氏로 愚伏 鄭經世의 딸이다. 어려서부터 李珥를 私淑했고, 20세 때 金長生의 문하생이 되었다. 1624년 진사가 된 뒤 학행으로 천거 받아 1630년 洗馬에 제수되었다. 이후 관직에 나가지 않았고, 단지 1633년에만 잠깐 동몽교관직에 나갔다가 장인 鄭經世의 죽음을 이유로 사퇴하였다. 1649년 김장생의 아들로 山堂의 우두머리인 金集이 이조판서로 기용되면서 宋時烈과 함께 발탁되어 副司直·進善·사헌부장령 등을 거쳐, 사헌부집의에 올랐고 통정대부로 품계가 올랐다. 이 해에 인조 말부터 권력을 장악한 金自點·元斗杓 등 반정공신 일파를 탄핵하여 몰락시켰으나, 김자점이 효종의 반청정책을 청나라에 밀고하여 그도 벼슬에서 물러났다. 계속 사퇴하다가 1658년(효종 9) 대사헌·이조참판 겸 좨주를 거쳤다. 1659년 병조판서·知中樞院事·우참찬으로 송시열과 함께 국정에 참여하던 중, 효종이 죽고 현종이 즉위하자 慈懿大妃의 복상 문제로 이른바 禮訟이 일어났는데 송시열이 朞年祭(만 1년)를 주장할 때 그를 지지하였다. 이에 南人의 尹鑴·許穆·尹善道 등의 3년설과 논란을 거듭한 끝에 일단 기년제를 관철시켰다. 이 해에 이조판서가 되었으나 곧 사퇴하였다. 이후 1673년 1월 영의정에 추증되었으나 1674년 효종의 왕비인 仁宣大妃가 죽자 또 한 차례 자의대비의 복상 문제가 일어나게 되었다. 그런데 이번에는 남인의 기년제설이 서인의 大功說(9개월)을 누르고 남인의 주장을 관철, 남인이 정권을 장악하였다. 이에 1675년 許積·윤휴·허목 등의 공격을 받아 관작을 삭탈당하였다. 이어 1680년 경신환국으로 서인이 재집권하면서 관작이 복구되었다.

죽은 딸 묘제문

祭亡女墓文

이세백

    조정에 말미를 청해서 선영에 성묘하러 왔는데, 가엾게도 너의 외로운 무덤에는 오래 전부터 풀이 우거졌구나. 또한 두 손자[함종어씨의 죽은 아들들]의 무덤이 네 옆에 붙여 있어, 눈길 닿는 곳마다 슬프고 쓰라리니 내 슬픔이 어찌 끝이 있으랴? 지금 네 올케[咸從魚氏 : 이의현의 아내]가 아주 가까이에 새로 묻혔으니, 황천길에서 서로 따르면 너라도 조금이나마 위로가 되겠구나. 나의 늙고 병든 몸을 돌아보건대 장차 누구를 의지하고 기대어야 할 것이랴? 이러한 정경은 너 또한 남몰래 슬퍼할 것이다.

    대략 제사에 쓰고 남은 것으로 술 한 잔을 따르나니, 너는 그래도 어둡지 않거든 내가 왔다가는 것을 알기나 할런지.

祭亡女墓文

乞暇于朝, 來省先墓, 憐汝[1]孤塚, 久已宿草。亦有兩孫[2], 寄在汝側,

---

1) 汝(여) : 이세백은 1남4녀를 두었는데, 그 셋째 딸. 셋째 딸은 尹溥(1661~1680)에게 시집갔다. 尹溥의 아버지는 尹世興(1635~1690)이며, 어머니는 鄭與載의 딸인 晉州鄭氏 (1636~1690)로, 그 장남이다. 족보상으로는 6남6녀가 있으나, 진주정씨 소생은 3남까지인 것으로 짐작된다. 재종형 尹尙明(1659~1708)의 아들 尹得重(1687~1756)을 사후

觸目悲酸, 余懷曷極? 今汝兄婦[3], 新窆密邇, 泉路相隨, 汝可少慰。顧我衰疾, 將何倚靠? 惟此情境, 汝亦潛悼。略將奠餘, 用酹一杯, 汝猶不昧, 倘知我來。

[雩沙集, 卷10]

이세백李世白, 1635~1703

본관은 龍仁, 자는 仲庚, 호는 北溪·雩沙. 아버지는 파주목사 李挺岳이며, 어머니는 안동김씨로 동지중추부사 金光燦의 딸이다. 淸陰 金尙憲의 외증손이며, 외삼촌은 문곡공 金壽恒이다. 아들 李宜顯은 영조 때 영의정을 지냈는데, 父子 정승으로 유명하였다. 1657년 진사시에 합격하여 성균관에 들어갔고, 1666년 의금부도사를 거쳐 홍천현감을 지냈다. 1675년 증광문과에 급제한 뒤 지평·정언·교리·이조좌랑·동부승지 등을 역임했다. 황해도관찰사를 거쳐 1685년 평안도관찰사로 선정을 베풀어 그곳 도민들이 李元翼의 祠堂에 竝享했다. 1689년 禧嬪張氏 소생의 아들을 세자로 삼는 것을 반대한 서인 宋時烈을 유배시키라는 숙종의 傳旨를 쓰지 않아 파직되었다. 1694년 갑술옥사로 서인이 집권하자 도승지·한성부판윤·예조판서를 거쳐 동지사로 청나라에 다녀왔다. 그 뒤 호조판서·이조판서를 지내고 1698년 우의정이 되었으며 1700년 좌의정으로 世子傅를 겸했다. 1701년 仁顯王后가 죽자 國葬都監摠護使를 겸했다.

양자로 들였다. 한편, 이세백은 셋째 딸을 제외한 나머지 자식들, 곧 아들 李宜顯(1669~1745), 安東 權尙明(1652~1684)에게 시집간 첫째 딸(1652~1712), 南陽 洪德普(1658~1688)에게 시집간 둘째 딸(1656~1740), 淸風 金希魯(1673~1753)에게 시집간 넷째 딸(1671~1742) 등이다.

2) 兩孫(양손) : 이의현은 1683년 魚震翼의 딸인 咸從魚氏(1667~1700)와 결혼하여 아이를 낳지 못하다가 1690년부터 두 아이를 낳았으나 모두 4살에 죽고 말았던 아이. 1700년 함종어씨가 죽었을 때 6살의 아들과 4살이 딸이 있었는데, 이세백이 1703년에 죽은 뒤 1704년 6월 7일에 딸아이가 8일에 아들까지 두 남매마저 죽고 말았다. 〈亡室贈貞敬夫人魚氏行狀〉에 자세하다. 이의현은 宋夏錫의 딸인 恩津宋氏 둘째부인 사이에 1남2녀, 柳寅의 딸인 全州柳氏 셋째부인 사이에 2녀를 두었는데, 그 장남 李普文도 1740년에 죽었다.

3) 今汝兄婦(금여형부) : 李宜顯의 첫째부인 咸從魚氏가 1700년 4월에 죽은 것을 일컬음.

죽은 딸 이씨 부인 제문

祭亡女李氏婦文

홍세태

　무술년(1718) 윤8월 8일은 죽은 딸 이씨[李後老] 부인의 관(棺)이 양산(楊山)에 있는 시댁의 선영으로 떠나는 날이다. 5일 전에 그 늙은 어미는 손수 술과 음식을 장만해서 딸의 혼백에게 제물로 올리도록 보내고, 늙은 아비는 병든 몸으로 애써 붓을 잡고 눈물 흘리며 제문을 지어 고한다.

　아아, 나는 몸가짐이 형편없어서 하늘로부터 죄를 얻어 젊어서부터 잇달아 8명의 아들과 1명의 딸을 잃었다. 늙바탕에 얻은 너희 자매가 너무나도 가련하고 사랑스러웠을 뿐, 아들이 아니라는 사실조차도 알지 못했다. 나는 때가 궁핍하고 곤궁하여 세상에 뜻이 없었으나, 너희 자매가 곁에 있는 것을 볼 때면 흐뭇한 마음으로 입을 벌리고 웃을 수 있었다. 너희들이 장성하여 혼인한 뒤에는 살림살이가 다소 나아져서 부모 자식이 서로 함께 의지하였고, 이후로는 살아갈 수 있으리라 여겼고 그렇게 살아갈 수 있기를 바랐다. 그런데 어찌하여 하늘의 노여움은 다하지 않고 남은 화가 있어 거듭 내린단 말이냐? 이미 네 동생을 빼앗아 가더니, 이제 또 너마저 앗아 가버렸구나. 나로 하여금 다시는 골육 하나 없게 하여 늘그막에 자식을 잃어버린 외로운 아비로 만들어버렸으니, 이를 어찌해야 한단 말이냐?

이를 어찌해야 한단 말이냐?

아아, 사람이 자식을 잃고 통곡하는 것은 그 누구라도 슬프지 않으랴마는, 내가 너에게 통곡하는 까닭은 실로 남들과 다른 점이 있었기 때문이다. 너는 타고난 자질이 매우 아름다워 5살에 글을 읽을 줄 알았고, 붓을 잡아 글자를 써 춘첩(春帖 : 입춘에 써 붙이는 것)도 쓸 수 있었으니, 나는 매우 기특하게 여겼다. 그렇지만 생각해보건대 예로부터 문장을 잘하던 부인들은 대부분 운명이 기구하였기 때문에 그만두게 하고 배움을 궁구하지 못하게 했다. 참으로 그 풍성한 모습과 아름다운 덕성은 보통사람들보다 훨씬 빼어났다. 겉으로 보기에도 너그럽고 후덕하며 화평하여 사리에 거스르는 기색이 전혀 없었고, 안으로도 실로 총명하고 사리에 통달하여 분별할 줄 알아 일을 처리하거나 사람을 응대할 때에 모두 마땅하게 행했다. 부모를 섬길 때에는 효성스러웠고, 남편을 따를 때에는 순종하였으며, 종들을 부릴 때에는 매우 은혜롭게 대했고, 길쌈질과 같은 여자가 해야 할 일에도 능하지 못한 것이 없었다.

네가 죽은 뒤에 네 어미[李氏]가 너의 상자를 열어보니, 옷감과 패물이며 옷보자기와 수건이며 비단 조각과 실 꾸러미 등속들이 간직되어 있었는데, 모두 다 봉해서 품목 이름을 써두었고 하나하나 반듯하여 손길이 마치 한 번도 닿지 않은 것 같았다. 이러한 것은 비록 사소한 일일지라도 그 사람의 현명함을 알 수 있었다. 애석하구나! 너로 하여금 장부가 되지 못하고 여자의 몸이 되게 하여 규방을 나서지도 못하게 하고, 세상에 능력을 드러내 보이지도 못하게 했던 데다, 목숨마저 또 길지 못하여 갑작스레 죽게 하였으니, 이 어찌 매우 슬퍼할 만한 일이 아니랴?

아아, 내 집이 본디 가난하여 너는 어려서부터 온갖 고생을 겪었는데, 시집을 가서도 남녀가 집안에 가득하여 곤궁함이 더욱 심하였다. 너는 몹시 애를 태우며 주선하여 임시변통으로 이리저리 살림을 메워서라도, 네 남편과 아이들로 하여금 굶주림과 추위를 면하게 하였지만 네 몸만은 돌보지 않았다. 나는 그것을 몹시 가련하게 여겨 너를 도와주려는 생각이야 있었으나 도와줄 힘이 없어서 다만 속으로 남모르게 가슴아파할 뿐이었지만, 잠시라도 잊은 적은 없었다.

올해 여름 5월에는 너의 아이가 마마로 죽어서 나와 너는 슬피 울었다. 그런데 가을 7월에는 네가 사내아이를 낳아서 나는 또 매우 기뻤고 크게 위로가 되었다. 그러나 가족들의 끼니거리가 떨어진 데다, 못 바친 구실에 대한 독촉까지 함께 있었다. 하는 수 없어 나는 서울로 올라가 돌아다녀 보려고 떠나기 위해 집을 나서면서 네 손을 잡고 말하기를, "잘 지내거라. 내 머잖아 돌아오마." 하였다. 내가 떠난 지 10일도 되지 않았을 때, 너의 큰 아이가 네 병이 위독하다는 급한 편지를 예성(藥城 : 충북 충주)의 객사(客舍)로 보내왔기에, 나는 작은 배 하나를 빌려서 급히 노를 저어 돌아왔는데, 문에 들어서니 너는 이미 죽었다. 아아, 비통하다. 이를 차마 말할 수 있으랴? 내가 이번에 떠날 때도 너는 나를 잡아주지 않더니, 내가 이번에 돌아왔을 때도 너는 나를 맞아주지 않으니, 네가 나를 속인 것이로다. 차마 이런 일을 할 수 있느냐? 네가 병들었을 때 나는 약이며 음식을 몸소 살피지 못했고, 네가 죽을 때 나는 얼굴을 보며 임종하지 못했으니, 슬프고 슬픈 이 한스러움은 저 하늘인들 어찌 끝이 있겠느냐?

아아, 나는 이미 여러 번 자식이 먼저 죽는 참혹한 슬픔을 겪어 가슴이 썩은 지 오래되었다. 네 여동생이 죽은 이후에는, 몸도 바짝 야위고 정신도 시든 것이 더욱 다시 꺾이고 말아 살아갈 뜻이 전혀 없었지만, 그래도 죽지 않은 것은 오직 네가 있었기 때문이었다. 이제 또 너의 죽음을 보았으니, 도리어 내가 무슨 마음으로 다시 세상에 머물면서 지낸단 말이냐? 오직 의당 속히 사라져야만 시원할 것이다.

네 어미의 말을 듣자니, 너는 병이 위독해지자 목이 메어 울고 눈물을 흘리며 네 어미에게 말하기를, "아버지를 보지 못하고 죽으려니, 이 눈을 감지 못하겠습니다. 어머니는 내가 죽는 것을 보고나면 반드시 죽으려고 하시겠지만, 저 어린 다섯 아이들은 어떻게 하겠습니까? 부디 어머니는 죽지 마십시오."라고 했다더구나. 아아, 이 말은 비록 목석같은 속내를 지닌 사람이 들었을지라도 또한 정신을 차리지 못할 것인데, 하물며 부모임에랴? 그러나 되돌아 생각해보건대, 우리 부부가 슬픔을 이기지 못하고 갑자기 죽어 너의 어린아이들로 하여금 의지할 곳을 없게 한다면, 네가 죽으면서 부탁한 것을 저버리는 것이 되고 만다. 내가 또 어찌 견디랴마는, 우리 부부는 슬픔을 억누르고 구차히 살아 몇 년 남은 인생이라도 네가 남겨놓은 아이들을 잘 길러서 장가도 보내고 시집도 보낼 수만 있다면 죽어도 여한이 없을 것이다.

하지만 나는 나이가 70에 가까웠는지라 늙고 병든 것이 이미 고질이 된데다, 지극한 슬픔에 안으로 골병들고 별별 근심에 밖으로 부대끼니, 이러한 기력으로 몇 명이나 기르겠느냐? 나는 억지로 살고자 하겠지만 그 또한 스스로 알지 못할 일이다. 아아, 지금 너는 이번에 가면 다시는 돌아오지 못할 것이다. 잠시라도 머물러 위로 부모를 받들고 옆으로 아이들을 이끌면서, 이 술과 음식을 맛보며 즐겁게 서로 보고 웃는 것을 평소처럼 할 수 없겠느냐? 내 마음으로는 말하고 싶은 것이 여기에서 그칠 수 없으나, 병들어 침침한데다 갑자기 슬픈 일을 당하여 능히 다 쓸 수가 없으니, 너는 응당 스스로 알 것이다. 아아, 비통하다. 적지만 흠향하여라.

祭亡女李氏婦文

維歲次戊戌[1], 閏八月初八日癸丑, 亡女李氏[2]婦之柩, 將引向楊山舅家之原。前五日, 其老母[3]手治酒食, 以酹其魂而送之, 老父力疾握筆, 濡淚爲文而告之曰 : 嗚呼! 余行己無狀, 獲罪於天, 自少連喪八男一女。晚得汝兄弟[4], 卽憐愛之甚, 不知其爲非男也。余時窮厄困極, 無意於世, 而見汝兄弟在傍, 輒欣然開口而笑。及其長成婚嫁之後, 家道粗安, 父子相依, 以爲自此以往, 庶可得以爲生矣。奈何天怒弗殄, 重降餘禍? 旣奪汝弟, 今又奪汝而去。使余無復有一箇骨肉, 而孑然爲白首窮獨之人, 此何爲哉? 此何爲哉? 嗚呼! 凡人之哭子者, 孰不爲悲? 而余於汝, 其所以哭之, 實有異乎人者焉。汝生質甚美, 五歲知讀書, 把筆作字, 能寫春帖[5], 余甚奇之。而念自古婦人之能文章者, 類多薄命, 以此止之, 不究學焉。盖其豐容懿德, 絶出倫類。外視之寬厚和平, 絶無乖忤之氣, 而內

---

1) 戊戌(무술) : 肅宗 44년인 1718년.

2) 李氏(이씨) : 李後老를 가리킴. 홍세태의 8남2녀 가운데 맏사위이다. 현재의 대동보에는 등재되어 있지 않아 더 이상의 기록을 확인할 수가 없다.

3) 老母(노모) : 鄭來僑가 찬한 〈墓誌銘〉를 보아도 단지 李氏로만 되어 있음. 역시 현재의 대동보에는 등재되어 있지 않아 더 이상의 기록을 확인할 수가 없다.

4) 汝兄弟(여형제) : 趙昌會에게 시집간 둘째딸은 1714년에 죽었고, 李後老에게 시집간 첫째딸은 1719년에 죽었는데, 이 두 딸을 일컬음.

5) 春帖(춘첩) : 입춘에 써 붙이는 것.

實明達辨知, 處事酬物, 咸得其宜。事父母孝, 從夫子順, 御婢僕甚有恩意, 至如女紅中饋之事, 無不能焉。汝死汝母發汝箱篋, 則凡其所藏衿佩幣帨尺帛寸絲之屬, 悉皆封有書志, 一一方正, 手若未曾觸者。此雖細微之事, 而其人之賢可知也。惜乎！ 使汝不爲丈夫而爲女子之身, 不出閨房之內, 無以表見於世, 而命又不永, 忽然而死, 此豈非可悲之甚者乎？ 嗚呼！ 余家素貧, 汝自幼備嘗艱難, 及其有歸[6], 男女滿室, 窮困益甚。汝乃苦心拮据[7], 彌縫塗抹[8], 能使汝郎與汝兒, 得免飢寒, 而身則不恤焉。余甚憐之, 思有以救汝而無力可施, 唯自隱痛于心, 未嘗斯須忘焉。今年夏五月, 汝兒以痘化去, 吾與汝哭之悲。及秋七月, 汝分娩得男, 余又喜甚, 大以爲慰。而家食告乏, 逋[9]責交至。余乃爲上游之行, 臨去下堂, 執汝手而語之曰：“好在。吾不久歸矣。”吾行未數十日, 汝長兒以病劇走書于藥城[10]之客舍, 余卽借一輕舸, 促櫓而歸, 入門汝已死矣。嗚呼痛哉！ 尙忍言哉？ 吾之此行, 汝不我挽, 吾之此歸, 汝不我待, 則是汝之欺我也。汝其忍爲此乎？ 汝病而吾不得躬視藥餌, 汝死而吾不得與之面訣[11], 哀哀此恨, 彼蒼何極？ 嗚呼！ 吾旣屢經慘戚, 喪心久矣。及哭汝弟以來, 形枯神瘁, 益復摧敗, 了無生人意思, 而猶且不死者, 徒以汝在耳。今又見汝之死, 顧余何心更留於世？ 唯當速滅之爲快也。聞汝母言汝疾革, 嗚咽流涕而語汝母曰：“不見父而死, 此目不瞑矣。母見我死則必欲死, 奈彼五稚兒何？ 願我母無死。”嗚呼此言, 雖使木心石腸者聞之,

---

6) 有歸(유귀) : 시집감.

7) 拮据(길거) : 갑이 을로부터 받은 돈을 병에게 넘겨준다는 뜻으로, 주선하다는 의미.

8) 塗抹(도말) : 이리저리 임시변통으로 발라 맞추거나 꾸며댐.

9) 逋(포) : 逋欠. 세를 납부하지 아니함.

10) 藥城(예성) : 지금의 충북 충주.

11) 面訣(면결) : 마지막으로 얼굴을 보고 결별함.

亦且殞絶, 況爲其父母乎? 然而顧念吾夫妻不勝悲而遽死, 使汝之遺稚無
所於歸, 則是負汝臨沒之托也。余又何忍? 吾且抑哀苟存, 拖得數年餘
生, 養成汝男女, 得以婚嫁, 則死無恨矣。然吾年迫七十, 老病已痼, 至
哀內蝕, 百憂外偪, 以此氣力, 其能作幾何人哉? 吾雖欲强存, 而其亦不
自知也。嗚呼! 今汝此去, 不復還矣。其且少留, 上奉父母, 傍挈子女,
嘗此酒食, 歡然顧笑, 一如平昔之爲否? 吾心所欲言者, 不止於此, 而病
昏哀遽, 書不能盡, 汝當自知之矣。嗚呼痛哉! 尙饗。

[柳下集, 卷10]

홍세태洪世泰, 1653-1725

조선 후기의 시인. 본관은 南陽, 자는 道長, 호는 滄浪·柳下. 아버지는 무관이었던
洪翊夏이며, 어머니는 江陵劉氏로 劉天雲의 딸이다. 뛰어난 재주를 타고났으나 신분
이 중인층이라 제약이 많았다. 시로 이름이 나서 金昌協·金昌翕·李奎明 등의 사대부
들과 절친하게 지냈다. 林俊元·崔承太·庚續弘·金忠烈·金富賢·崔大立 등의 중인들과
시회를 함께 하며 교류하였다. 1675년 식년시에 잡과인 譯科에 응시하여 漢學官으로
뽑혀 吏文學官에 제수되었다. 1682년 통신사 尹趾完을 따라 일본에 다녀왔다. 1698년
에 역과 합격 때에 제수된 이문학관에 실제로 부임하게 되었다. 당시 중국 사신이
우리나라의 시를 보고자 하였을 때에 좌의정 崔錫鼎이 숙종에게 그의 시를 추천하여
임금에게 호감을 얻었기 때문에 그 해에 제술관에 임명되었다. 어머니의 상으로 사직
하였다가 1702년에 복직하였다. 1705년에 屯田長, 1710년 通禮院引義, 1713년 西部主
簿兼纂修郎이 되었다. 1715년 제술관 되었다. 1716년에 義盈庫主簿가 되었다. 그러나
곧 파직되었다. 뒤에 그가 재능과 맞지 않게 궁핍하게 사는 것을 애석하게 여긴 李光
佐의 도움으로 1719년에 蔚山監牧官이 되었다. 1722년에는 제술관이 되었다. 이듬해
에는 남양감목관이 되었다. 문장의 재능을 인정받았기 때문에 제술관을 특히 많이
역임하였다. 평생 가난하게 살았다. 8남 2녀의 자녀가 모두 앞서 죽어 불행한 생애를
보냈다.

서녀 모애 애사

側出女母愛哀辭

조관빈

딸은 아들만 못하고 서자(庶子)는 적자(嫡子)만 못하다 하는데, 너는 곧 서출에다 딸이었으니 집안에 무슨 소용이 있었으랴? 그러나 내가 너에게 쏟은 정이 두터웠으니, 늙바탕에 얻은 데다 또한 자식이기 때문이었다. 맑기는 빙설 같고 예쁘기는 주옥같았는데, 아들이 아니니 한스럽고 적자가 아니니 애석하였다. 아비라 딸이라 한 것이 오직 20개월, 어찌 그리도 우연히 태어났다가 어찌 그리도 빨리 죽는단 말이냐?

생각건대, 조물주가 나를 희롱한 것이 유달리 심하여서, 비통함이 가슴속에 맺혀 병중에 겹치니 자리에 누웠다. 저 동쪽 골짜기를 바라보니 배와 밤들이 가을비에 젖는데, 인생백년 궁벽하게 산들 그 누가 외로운 나를 달래주랴? 너는 나의 말을 듣게 되면 필히 슬퍼할 것이고, 인륜의 지극한 정에 늙은 아비도 눈물이 한 움큼일러라.

側出女母愛哀辭

女不如男, 孽不如嫡, 爾[1]乃孽女, 在家何益? 然我於爾, 鍾情也篤,

---

1) 爾(이) : 崔氏 側室의 딸인 母愛. 조관빈은 俞得一의 딸인 昌原俞氏와 1705년 결혼하였

晩年所得, 亦言骨肉。皎如氷雪, 美似珠玉, 非男可恨, 非嫡可惜。曰父
曰女, 惟二十朔, 其生何偶？ 其死何速？ 意者造物, 戲我太劇, 哀結心
胸, 病添牀席。睠彼東峽, 梨栗秋滴, 百年窮居, 誰慰幽獨？ 爾聽我言,
必爲之憾, 人倫至情, 老淚一掬。

[悔軒集, 卷16]

조관빈趙觀彬, 1691-1757

 조선 후기의 문신. 본관은 楊州, 자는 國甫, 호는 悔軒. 아버지는
노론4대신인 趙泰采이며, 어머니는 靑松沈氏로 沈益의 딸이다.
1714년 증광문과에 병과로 급제, 이듬해 검열이 되어 수찬·정언
·부교리·교리·헌납 등을 역임하였다. 1719년 승지로 특채되고,
1720년 대사간·대사성·승지를 거쳐 이듬해 이조참의에 올랐다.
1723년 신임사화에 화를 당한 아버지에 연좌되어 興陽縣에 유배
되었다가, 1725년 노론이 집권하자 풀려나왔다. 이후 호조참의
·이조참의·강화유수·대사성·동지의금부사·호조참판·홍문관
제학 등을 역임하고, 대사헌으로 신임사화를 논핵하였다. 1727
년 동지돈녕부사로 임명되어 김창집과 이이명 등의 죄적 삭제를
요구하였다가 정미환국으로 파직되었다. 1731년 대사헌에 있으
면서 다시 신임사화의 전말을 상소하여 소론의 영수인 李光佐를
탄핵하였다가 도리어 大靜縣 海島에 유배되었고, 이듬해 풀려났
다. 1736년 도승지에 임명되고, 1740년 호조참판·예조판서를
거쳐 1742년 평안도관찰사를 지낸 뒤, 1744년 호조판서로 있으
면서 영의정 金在魯와의 불화로 면직되었다. 1745년 冬至使로 청
나라에 다녀왔다. 이후 당쟁의 와중에 유배와 파직을 거듭하며
관직생활을 했다. 1753년 대제학으로 竹册文의 製進을 거부하여
성주목사로 좌천되었으며, 이어 三水府에 유배되었다가 곧 端川
으로 이배되었다.

으나 1729년에 자식 없이 죽었고, 1730년 결혼한 지 23일 만에 李煒의 딸인 慶州李氏가
죽었으며, 朴聖益의 딸을 셋째부인으로 맞이하여 2남2녀를 두었다. 또한 최씨 측실과의
사이에 2남2녀를 두었다. 이 가운데 1남1녀가 일찍 죽었는데, 그 딸이 바로 태어난
지 20달 만에 죽은 모애이다.

조카 사준 제문

祭姪士俊文

노진

아아, 조카[盧士俊]야! 너는 지금 어디로 갔단 말이냐? 지금 이미 한 달이 넘었다. 날마다 너의 얼굴을 그리워해도 다시 볼 수 없고, 날마다 너의 음성을 찾아봐도 다시 들리지 않는구나. 너의 방에 들어가도 있지 않고, 너의 당(堂)에 올라가도 보이지 않는구나. 너를 다시는 볼 수 없는 게로구나. 너를 다시는 볼 수 없는 게로구나.

아아, 할머니[安東權氏]와 어머니[南原梁氏] 두 어른이 늙고 병들어 모두 위중하시는데도 너는 돌아보지 않고, 젊은 아내[羅州林氏]가 집에 있고 어린 아들[盧胄]이 상복을 입었는데도 너는 염려하지 않는구나. 두 동생이 울부짖고 사촌들이 슬피 울고 또 두 숙부가 하늘을 우러러 가슴 치는데도 너는 알지 못하는구나. 평소 효도하고 공경하며 자애롭고 미더운 성품은 어디로 가고, 너는 차마 이렇게 한단 말이냐?

너는 하늘에 무슨 죄를 지은 것이 있어서, 하늘 또한 너에게 잔인하단 말이냐? 더구나 선친(先親 : 노진의 아버지 盧友明을 가리킴)을 대신하여 조상의 제사를 지내야 하고, 선형(先兄 : 노진의 형 盧禧를 가리킴)의 종손 자리를 이어야 할 사람이 바로 너임에야. 그런데 네가 지금 갑자기 영영 가버리고 말았으니, 나의 어머니[노진의 어머니 안동권씨]

가 살아계시고 우리 형제가 세상에 있지만 장차 이 제사지내는 일을 저 아무것도 모르는 10살짜리 증손(曾孫 : 노주를 가리킴)에게 맡겨야 한다는 것, 이것은 내가 가슴이 무너져 내리고 뼈에 사무쳐서 눈물 흘리지 않을 수 없는 것이다.

네가 병들었을 때, 나는 제멋대로 약을 조제하면 해로울 수 있음을 알아 너로 하여금 복용하지 말라고 금한 것이 한두 번이 아니었다. 그런데 병이 점점 심해져 장차 어떻게 해볼 수가 없게 되자, 나는 원래 약방문에 어두워서 결정짓지 못하고 의심했지만 끝내 약방문대로 하는 것을 금할 수가 없었다. 그러나 너로 하여금 이 지경에 이르게 했으니, 어찌 우리들이 형편없는 것이 아니냐? 이것은 더더욱 내가 몹시 슬퍼하고 바다처럼 가책을 느껴 스스로 용납할 수 없는 것이다.

아아, 내 죽으면 거두어줄 사람이 너인데도 나로 하여금 너를 장사지내는 일에 마음 쓰지 않을 수 없게 하고, 내 죽으면 제사지내줄 사람이 너인데도 내가 도리어 제사지내며 너의 혼백을 부르게 하니, 사람으로서의 분수가 어그러짐과 하늘의 도가 아득함이 이 같을 수 있단 말이냐? 아아, 비통하다. 아아, 비통하구나.

지금 너를 땅으로 돌려보내고자 술과 과일을 갖추어 영결(永訣)한다. 그런데 마침 병들어 정갈하지 못한 몸이라, 제사를 주관하지 못하고 아들로 대신하여 술잔을 따르게 하나, 나 또한 여기에 있다. 너는 이를 아느냐? 아아, 비통하구나.

祭姪士俊[1]文

嗚呼! 姪乎, 汝今何所之乎? 今旣踰月矣。日念汝之容光而不得見, 日尋汝之音響而不復聞。入汝之室而無有也, 升汝之堂而無覩也。汝其亡矣夫, 汝其亡矣夫。嗚呼! 兩世二親[2], 耄病俱劇而汝不顧, 少婦[3]居室, 幼稚[4]蒙緤而汝不念。二季[5]籲呼, 羣從[6]悲啼, 抑余二父[7], 搥胸仰蒼而汝不知。平日孝恭子諒之性安在, 而汝其忍於此乎? 汝有何辜負於天, 而天亦忍汝乎? 況承先人之重[8], 繼先兄之體[9]者汝也。而汝今奄然長辭, 吾天只[10]在堂, 吾兄弟在世, 而將此享事, 付諸十歲藐然之曾孫,

----

1) 士俊(사준) : 盧士俊(1536~1566). 본관은 豊川, 자는 挺夫, 호는 剛齋. 아버지는 盧禧이며, 어머니는 南原梁氏로 梁應麒의 딸이다. 3남2녀 가운데 장남이다.

2) 兩世二親(양세이친) : 노진의 어머니 安東權氏(1490~1575)와 노사준의 어머니 南原梁氏를 가리킴. 두 사람은 고부간이다. 안동권씨는 生員 權時敏의 딸로 盧友明(1471~1523)의 둘째부인이며, 남원양씨는 梁應麒의 딸로 盧禧(1494~1550)의 둘째부인이다. 곧, 노사준의 입장에서 보면 둘째할머니와 친어머니이다.

3) 少婦(소부) : 노사준의 아내 羅州林氏를 가리킴. 林珏의 딸이다.

4) 幼稚(유치) : 盧胄(1557~1617)를 가리킴. 본관은 豊川, 자는 景承, 호는 風皐. 10세 때 부친을 잃고 어머니를 정성껏 모셨다. 종조부 玉溪 盧禛(1518~1578)이 申義齋에서 講導할 때, 매번 삭망 강의 때는 특별히 노주로 하여금 강론하게 하였다. 1588년에 유일로 齊陵參奉에 제수되었으나 나가지 않았다. 임진왜란 때 가산을 기울여 의병을 모집하고 무기를 만들어, 직접 의병을 통솔하여 큰 공을 세웠다. 아내는 星山李氏 李希朱의 딸이며, 아들로 盧亨運, 盧亨道가 있다. 한편, 노주의 동생 盧胖(1566~1604)이 있는데, 아마도 유복자인 듯하다.

5) 二季(이계) : 盧士豫(1538~1594)·盧士侹(1544~1603)를 가리킴.

6) 羣從(군종) : 사촌. 종형제.

7) 余二父(여이부) : 盧禛(1518~1578)과 盧禩(1522~1574)을 가리킴. 노희의 이복동생들로, 노사준의 숙부들이다.

8) 承先人之重(승선인지중) : 承重. 장손이 아버지와 할아버지를 대신하여 조상의 제사를 지내는 일.

9) 繼先兄之體(계선형지체) : 繼體. 종통을 잇는 종손의 자리를 이어받는 것.

10) 天只(천지) : 어머니를 말함. 《詩經》〈鄘風·柏舟〉의 "어머니는 하늘이시다.(母也天只.)"에서 나온 말이다.

此余之摧心燻骨而繼之以泣者也。方汝之疾也，余知快劑之有傷，禁汝勿服者非一再。而及其病之漸加，將不可爲，則余素昧於醫藥之方，猶豫疑沮，不能卒禁。使汝至此，豈非余輩之不良？此尤余之痛傷海疚而無所自容者也。嗚呼！吾死而收之者汝也，而使余不得不經心於襄汝之事，吾死而祭之者汝也，而吾反設祭而招汝之魂，人事之僭差[11]，天道之杳茫，有如是耶？嗚呼痛哉！嗚呼痛哉！今將送汝歸于土也，聊具酒果以永訣。而適病瘡不潔，不得執奠，代兒以酹而吾亦在此矣。汝其知也耶？嗚呼痛哉！

[玉溪先生文集, 卷2]

노진盧禛, 1518-1578

☞214면 참조.

---

11) 僭差(참차) : 분수에 어그러짐.

질녀 심씨 부인 제문
祭姪女沈氏婦文

신정하

모년 모월 모일, 숙부 반관거사(反觀居士)는 맑은 술과 제수(祭需)를 차리고 죽은 조카딸 심씨(沈氏:沈廷紳) 부인의 영전(靈前)에 곡하며 영결(永訣)한다.

아아, 네가 허약한 체질이어서 사람들이 모두 우려했지만, 약질(弱質)은 여자들의 타고난 체질이다. 네가 병들자 사람들이 모두 위태롭다고 했지만, 병들었다고 해서 반드시 죽는 것은 아니다. 더구나 네가 성정은 바르고 곧았으니 그 약질을 감당해낼 수 있을 것이고, 맑고 깨끗하여 욕심을 끊었으니 그 병을 제거할 수 있을 것이며, 효성과 우애로 친족에게 화목하였으니 그에 대한 보답을 받을 수 있을 것인데, 끝내 비명에 죽은 것은 그 이치를 궁구해도 알 수가 없다.

아아, 너는 나이가 나와 겨우 1살 차이이고, 아장아장 걸음마를 배울 때부터 시집가서 남편을 섬기기까지 단 하루도 잠시 떨어진 적이 없었다. 그래서 지금 너의 평소 일은 말할 수 있는 것이다. 품행을 엄숙히 하여, 웃고 즐기면서 이야기하는 데에도 실수하지 않았다. 검소함을 솔선하여, 화려하고 귀티 나게 꾸미지 않았다. 몸가짐을 단정히 하여, 바르지 않은 것에는 기웃거리지 않았다. 청렴함을 스스로 지켜, 의롭지 않은 것은 조금도 취하지 않았다. 대개 또한 여자로서 백이(伯夷)의 풍도를 지닌 것으로 세상의 선비들에게도 드문 것이어서, 이것은 나의 형님[申聖夏]께서 네가 아들이 아닌 것에 대해 탄식토록 한 까닭이었다. 그리고 시댁에 베풀어 행한 것에 대해서도 심씨(沈氏) 집안에 이런 며느리가 있음을 축하하지 않는 사람이 없었다. 내가 너라는 사람을 알아서 말할 수 있는 것은 이와 같은데, 만약 내외라도 했더라면 너라는 사람을 알 수가 없어서 말할 수 없는 것들이 또 그 얼마나 되었을지 모를 일이다.

아아, 네가 죽은 뒤로 보니, 아이를 낳고 일어난 사람이 있고, 젖먹이를 끌어안고 보살피는 사람이 있었으며, 음식을 먹이고 웃으며 즐거워하는 사람도 있었다. 그런데 너만은 그림자조차 간 곳을 알 수가 없고, 너의 아이들(두 딸)만 으앙으앙 울어댈 뿐이다. 말이 여기에 이르니, 죽은 사람이 눈 감기가 어려울까 두려우나, 산 사람들이 말할 수 없는 것을 위로한다.

아아, 도곡산(陶谷山)의 연미(燕尾) 언덕은 나의 어머님[林川趙氏]과 형수님[全州李氏]의 묘가 있는 곳이다. 소나무와 오동나무가 울창한데다 두 무덤이 서로 바라보고 있으니, 너를 그 곁에 묻어서 너의 혼령으로 하여금 서로 의지하도록 하였다. 나는 귀신의 이치가 격의 없음을 아나니, 그곳이 너에게 또 어찌 슬퍼할 곳이랴? 아아, 이 말을 너는 듣고 있느냐? 아니면 듣지 못하느냐? 다만 눈물만 흐를 뿐이구나.

祭姪女沈氏婦文

維年月日, 叔父反觀居士, 以淸酌肴羞之奠, 哭訣于故姪女[1]沈氏[2]婦之靈曰：嗚呼！ 汝之弱， 人所共憂， 而弱是女子之質也。汝之病， 人所共危， 而病非必死之物也。況以汝之貞直爲性， 足以勝其弱， 淸淨絶欲， 足以去其病， 孝友嬋睦， 足以獲其報， 而卒焉以夭而死者， 究厥理而莫測。嗚呼！ 汝年於余僅一歲參差， 自踉蹌學步， 以至於適人事君， 盖未嘗一日而暫離。今汝平生， 猶可得而言之。其能嚴以制行[3]， 不失乎言笑也[4]。其能儉以率身， 不餙乎華貴也。其能端以自持， 不視乎非正也。其能廉以自守， 不取乎非義也。盖亦女中之伯夷[5]， 而世士之所鮮有， 此所以起吾兄[6]非男之歎。而及其施之於夫家也， 莫不賀沈氏之有婦。余之知汝而能言者如此， 若其內外之所以隔， 而不能知而不能言者， 又未知其爲幾？ 嗚呼！ 自汝之歿， 有孩而起者矣， 有提抱而戱者矣， 有飮食而笑嬉者矣。獨汝影響不知所適， 獨汝諸幼[7]呱呱而泣。言之及此， 余恐逝者之難瞑， 而慰生者之無說矣。嗚呼！ 陶谷[8]之山， 燕尾之岡， 乃吾母[9]吾

---

1) 姪女(질녀) : 申聖夏(1677~1736)의 딸로 심정신의 첫째부인.

2) 沈氏(심씨) : 沈廷紳(1683~1735). 본관은 靑松, 자는 公垂. 아버지는 成川府使 沈益昌 (1652~1725)이며, 어머니는 泗川睦氏(1657~1699)로 현감 睦履善의 딸이다. 5남1녀 가운데 4남이다. 첫째부인 평산신씨는 신성하의 딸이고, 둘째부인 평산신씨는 진사 申益惇의 딸이다. 첫째부인 사이에는 趙重明·崔成遠에게 각각 시집간 두 딸이 있었으나, 둘째부인 사이에는 자식이 없었다. 그래서 沈師亮을 양자로 들였다.

3) 制行(제행) : 몸가짐. 품행.

4) 不失乎言笑也(부실호언소야) : 《論語》〈衛靈公篇〉의 "지혜로운 사람은 사람을 잃지 않으며 말을 잘못하지도 않는다.(知者不失人, 亦不失言.)"가 참고 됨.

5) 《孟子》〈盡心章句 下〉의 "백이의 풍도를 들은 자는 탐욕스런 사람도 청렴해지고, 나약한 사람도 홀로 불굴의 뜻을 세우게 된다.(聞伯夷之風者, 頑夫廉, 懦夫有立志.) 구절을 염두에 둔 표현임.

6) 吾兄(오형) : 신성하(1677~1736)를 가리킴. 조선 후기의 문신. 본관은 平山, 자는 成甫, 호는 和庵. 영의정 申玩의 아들이다. 연안부사를 거쳐 敦寧府都正에 이르렀으며 平雲君에 봉해졌다. 문장이 뛰어났고 72세에 죽었다.

7) 汝諸幼(여제유) : 趙重明·崔成遠에게 각각 시집간 두 딸을 가리킴.

8) 陶谷(도곡) : 경기도 廣州에 있는 산 이름.

嫂[10]之所藏。松櫡森行，墳塜相望，葬汝其側，俾汝魂而相依。吾知神
理之無隔，其在汝又何悲？嗚呼！此言，汝其聞乎也耶？抑不聞也耶？
徒有淚而沄沄。

[恕菴集，卷15]

신정하申靖夏, 1680-1715

조선 후기의 문신. 본관은 平山, 자는 正甫, 호는 恕菴. 할아버지는 申汝挺이고, 아버
지는 영의정 申琓(1646~1707)이며, 어머니는 林川趙氏로 황해도관찰사 趙遠期의 딸
이다. 숙부 申玩(1650~1671)에게 입양되었다. 金昌協의 문인이다. 1705년 증광문과
에 병과로 급제, 예문관검열·說書·부교리 등을 역임하였다. 1715년 獻納으로 있을
적에 俞棨의 《家禮源流》를 발간하면서 발문을 쓴 鄭澔가 尹拯을 비난한 일 때문에
윤증·유계의 제자들 사이에 일어난 소송사건에 연루되었다. 그의 아버지 신완은 윤
증의 제자였는데, 이때 그도 윤증을 옹호하는 편에 가담하여 정호를 반박하였다가
파직당하고, 노론이 득세한 병신처분이 있기 전에 죽었다.

---

9) 吾母(오모) : 林川趙氏로 황해도관찰사 趙遠期의 딸. 신정하의 생부 申玩은 첫째부인
　　임천조씨 사이에 신성하와 신정하 2남을 두었고, 첫째부인이 죽자 監役 鄭相冑의 딸인
　　草溪鄭氏를 둘째부인으로 맞이했다.

10) 吾嫂(오수) : 신성하의 아내 全州李氏. 禦侮將軍 李楷의 딸이다.

며느리 조씨 제문

祭子婦趙氏文

이종휘

경술년(1790) 12월 모일, 시아버지는 죽은 맏며느리 한양조씨(漢陽趙氏)의 영전(靈前)에 고한다.

음력 8월에 너는 나를 두고 서쪽으로 떠났다. 그때 안현(鞍峴 : 서울의 무학재) 아래에서 나와 작별하려고 가마를 땅에 내려놓아서, 주렴을 걷고 보니 젖먹이 아들은 품에 안겨있고 어린 딸은 무릎 곁에 앉아 있었다. 기뻐하는 얼굴빛에다 낭랑한 목소리로 내년을 기약하며 헤어졌었다. 나 또한 네가 좋은 여행을 하도록, 내가 앓고 있는 가운데의 작별이라고 해도 서운한 말을 하지 않았다. 오로지 역마(驛馬) 길에서 들었던 작별의 말들이 해맑으면서도 귀에 쟁쟁하였고, 고개 마루에 비낀 석양을 하염없이 바라보다 돌아왔었다.

그 이후로 두 차례 보내온 너의 편지를 받아보니, 서행 길의 뛰어난 경치며 연광정(鍊光亭 : 대동강 가에 있음)에 올랐던 이야기며 백상루(百祥樓 : 평안남도 안주에 있음)에 앉았던 이야기 등을 자세하게 말하여, 나로 하여금 네가 관람하고 경험한 것들을 알게 하였다. 또 젖먹이 손자가 지각이 날로 생겨 낯선 사람에게도 손을 내밀어 안아달라고 한다는 이야기며, 장난치며 웃을 줄도 알고 눈 맞출 줄도 알며 말을 하려고 한다는 이야기 등을 말하였다. 나는 가끔씩 사람을 시켜 그 편지를 읽게 하여 그것을 들으며 스스로 위로하였다. 그런데 얼마 되지 않은 어느 날에 해가 막 지려할 때, 늙은 종 지봉(芝奉)이 급히 달려와서 고하기를 "관아에서 편지가 왔습니다." 하면서 그 편지를 들였는데, 곧 관아에 묵고 있는 손님 정생(丁生)이 너의 부음(訃音)을 전하는 편지였다.

네 나이가 이제 29살이었다. 너는 골상이 단단하였고 게다가 병들었다는 소식도 없었으며, 또한 옷과 음식을 구하기 어려워 굶주리고 추위에 떠는 일도 없었는데, 어찌하여 이런 말을 한단 말이냐? 놀랍고 어리둥절하기만 하여 진정할 수도 없었고, 그 까닭을 헤아릴 수도 없었다. 아이의 죽음은 나는 아직 듣지 못했었는데, 만호(萬戶) 장씨(張氏)가 돌아와 하는 말이 '너의 관(棺)을 청석(靑石) 골짜기 밖에서 맞이하려는데, 앞에 쌍교(雙轎)가 있었고 작은 관이 큰 관 옆에 더 있어서 놀라 그 연유를 물으니까, 또 네 젖먹이 아들이 네가 죽은 뒤 62일 만에 또한 죽어서 앞의 상여수레 안에 있다.'고 했다는구나. 품에 안겨 있던 젖먹이가 두 달을 넘기지 못한 채 가만히 관에 안기어 포산(抱山)의 기슭으로 함께 돌아가고 말았다. 병이 깊어 숨이 끊어질 듯 말듯 하는 나에게 끝없는 슬픔과 감당할 수 없는 비통을 안겼지만, 평소의 네 효심으로 어찌 차마 했겠느냐? 아아, 비통하다.

네가 우리 집안에 시집온 지 겨우 10년이다. 처음에는 내가 상중(喪中 : 생부 李廷喆의 상)에 있어 궁핍하고 검약해야만 했던 때였다. 그래서 네가 애를 태우고 근심하며 고생한 것이 또한 몇 년이나 되었다. 지금에 이르러서 집안 살림살이가 겨우 나아지려는 때에 네가 또 허둥지둥 버리고 떠났으니, 이 어찌 한갓 네 타고난 복이 크지 아니한 탓이랴? 내 팔자가 본디 대부분 사납고 복이 없어, 늘그막에 거의 죽어가는 중인데도 맛있는 음식을 배불리 먹고 손자들의 재롱을 받는 즐거움을 못 얻었구나. 천운이니 어찌하랴?

너는 휴천(休川 : 趙重呂)의 후손이다. 우리 집안과는 여러 대에 걸친 교분이 있어서 절로 저 주씨(朱氏)와 진씨(陳氏)처럼 정이 두터웠으니, 나는 너를 딸처럼 여겼다. 게다가 너는 단정하고 아담한 자태며 뛰어나고 훌륭한 식견이며 행동거지가 번화한 서울에서 나고 자란 부인들과 다름이 없었다. 집안사람들 가운데 명문가의 자제라고 칭찬하지 않는 이가 없었으며, 나도 마음으로 가상히 여기고 기뻐하는데 다함이 있지 않았다.

그러나 나는 변변찮은 벼슬살이를 하느라 호남의 고을에 여러 해 동안 있어서 식솔들을 거느릴 수 없었으니, 네가 우리집안에 온 지 10년 동안 너에게 봉양을 받은 것이 3,4년에 불과하구나. 그런데 지금 급작스럽게 너를 잃고서 지난 일을 생각하니, 더욱이 어떻게 마음을 가누겠느냐? 하물며 너는 시어머니[해주최씨] 얼굴을 뵙지도 못했으니 내가 마땅히 시어머니의 정까지 겸했어야 하는데, 성품이 세심하지 못하고 거칠어서 가족들이 밥을 굶는지 먹는지, 옷을 따뜻하게 입는지 입지 않는지 살피지 못했다. 또 집안에 오랫동안 안주인이 없어 규방의 법도가 매우 어지러웠을 터에, 네가 우리 집안에 갓 들어오자마자 문득 물을 긷고 방아 찧는 안주인 일을 책임지느라 근심과 걱정으로 기쁜 일은 적었고 또한 당연히 마음이 상하였을 것이다. 진실로 오늘 이 지경에 이른 연유를 따지면, 그 허물이 누구에게 있으랴? 아아, 비통하다.

너의 피붙이는 단지 딸 하나일 뿐인데 보살피고 길러줄 사람이 없으니, 내가 죽는 날까지는 끝없이 슬퍼하지 않을 날이 없을 것이다.

그러나 슬퍼할 날이 며칠이나 되랴? 오히려 슬퍼하지 않을 날이 영원하리니, 머잖아 너를 따라 가지 않겠느냐?

오늘 우제(虞祭)를 지내고 돌아와서는, 네가 살던 옛집을 버리고 중문(中門) 밖에 마련한 작은 집을 네 신주(神主) 둘 곳으로 삼았다. 애당초 지아비 가 한 술 밥이라도 먹을 수 있는 곳을 얻어 배부르기를 구하는데 따라 나섰다가, 겨우 1달 만에 질병으로 끝내 죽어서 관이 되어 돌아오고 혼령이 되어 돌아왔구나. 빈 집 한 칸에 흰 장막이 드리웠으니, 길 가던 사람들도 눈물을 흘리거늘 부모가 된 자로서 그 심장이 남아 있겠느냐? 남아 있지 않겠느냐? 병든 데다 정신까지 혼미하여 생각은 말이 되어 나오지 않고, 말은 글이 되어 표현되지 않아서 한 번 소리를 내어 길게 울부짖는다. 늙은이의 눈물이 하염없는 것을 너는 아느냐? 모르느냐? 아아, 비통하다.

祭子婦趙氏文

維歲次庚戌¹⁾ 十二月日, 舅告于亡長婦²⁾ 漢陽趙氏³⁾ 之靈曰 : 仲秋之月,

---

1) 庚戌(경술) : 正祖 14년인 1790년.

2) 長婦(장부) : 이종휘의 2남1녀는 李東稷(1749~1804), 李東冕(1755~1817)과 宋永載에게 시집간 딸인데, 이동직의 아내를 가리킴. 이동직의 본관은 全州, 자는 巨卿. 1775년 生員으로 庭試文科에 급제하여, 弘文館 正字·著作·博士를 거쳐 1782년 監察이 되고 뒤에 修撰·校理 등을 역임했다. 1792년 副校理로 재직 중 朴趾源의 저서 《熱河日記》의 문체가 저속함을 상소했고, 다시 남인 李家煥을 西學敎徒라고 論斥하여 忠州 牧使로 좌천시키는 등 朱子學的 전통에 입각하여 신문학의 배척에 앞장섰다. 1800년 대사간에 오르고 그 후 대사헌·관찰사 등을 역임했다.

3) 漢陽趙氏(한양조씨) : 趙亮采의 딸로, 이동직의 둘째부인(1762~1790). 이동직은 朴順源의 딸 潘南朴氏를 첫째부인으로, 徐有集의 딸 達城徐氏를 셋째부인으로, 朴帥裕의 딸을 넷째부인으로 맞이하는 등 4번 장가들었다.

汝去我西。時與我別於鞍峴[4]下, 卸轎於地, 開簾而見, 乳男在抱, 穉女傍膝。愉顏澤貌, 語聲琅然, 指明年而爲辭。余亦爲其吉行[5], 不以我病中之別, 而爲悽語。惟聞馹路, 唱驪[6]之聲, 瀏然而盈耳, 嶺頭斜陽, 極望而歸矣。伊后兩見汝抵我書, 極言西路之勝, 登鍊光亭[7], 坐百祥樓[8], 使我知爲所經歷。又言乳孫知覺之日長, 能與手於人而求抱, 嬉笑而對而欲言。余時使人讀而聽之, 以自慰也。曾未幾何, 而日且入, 老奴芝奉急趨而告曰:"有衙便矣." 納其書。卽衙客丁生之所傳汝訃書也。汝年方卄九也。而骨相緊束, 且無病報, 且無憂衣食飢寒之事, 何爲而有此言也? 驚疑不定, 莫測所以然。兒慽[9]則余未聞, 張萬戶[10]之還, 聞逢汝柩於靑石谷外, 雙轎在前, 小柩加於大柩, 驚而問之, 則又汝乳男以汝亡後六十有二日而又不淑[11], 前之轎內。在抱之兒, 未逾二朔, 而居然爲柩上之抱, 而同歸抱山之麓。使我抱無窮之慽, 不堪之悲於沉病奄奄[12]之中, 以汝平日孝心, 何以忍爲? 嗚呼痛哉! 汝入我家僅十稔。始我草土[13]之中, 窮匱寒儉之時。汝焦勞愁苦, 亦復數年。而値今家道稍成之日, 汝又汲汲而棄

---

4) 鞍峴(안현) : 서울시 서대문구의 길마재. 무학재라고도 한다.

5) 吉行(길행) : 慶事에 참석하기 위한 여행.

6) 唱驪(창려) : 唱驪駒. 이별가를 부른다는 뜻이나, 여기서는 작별하는 정을 나타낸다는 의미로 쓰였음.

7) 鍊光亭(연광정) : 평양의 대동강가 德巖 위에 있는 정자. 중종 때 건립된 뒤 여러 차례 중수된 조선시대의 대표적 건물이다.

8) 百祥樓(백상루) : 평안남도 안주군 안주읍에 있는 고려시대의 누정.

9) 慽(척) : 慘慽. 자손이 부모나 조부모보다 먼저 죽는 일.

10) 萬戶(만호) : 각 道의 여러 鎭에 배치한 종4품의 무관 벼슬.

11) 不淑(불숙) : 불미스러운 일. 여기서는 죽음을 일컫는다.

12) 奄奄(엄엄) : 숨이 끊어지려고 하는 모양.

13) 草土(초토) : 상중에 있음을 이르는 말. 이종휘가 1779년 12월 생부 李廷喆의 喪을 당한 것을 일컫는다.

去之, 此豈徒汝賦福之眇也? 余命本多奇窮, 使衰境垂死之中, 不得有飽
甘含飴[14]之樂也。天也奈何? 汝以休川[15]孫。與我家有累世之誼, 自爲
朱陳之好[16], 余視汝如女。況以汝端雅之姿, 敏朗之識, 動容周旋[17], 無
異於京華生長之婦人。門內之人, 莫不稱爲名家子, 余心嘉悅, 無有其
極。然余麼於薄宦, 湖縣屢歲[18], 不能率眷, 十年之間, 就養於汝, 前後
不過三四歲。而今遽失汝, 撫念平昔, 尤何以爲懷? 況汝未拜姑顔[19], 余
當兼姑慈, 而性又濶疎, 不能察家小[20]飢飽寒煖。且家中久無內主, 閨政
厖亂, 汝纔入門, 而便持井臼[21], 憂愁少懽, 亦當內傷。苟究今日之由,
厥咎誰執? 嗚呼痛哉! 汝之塊血[22], 只有一女[23], 撫育無人, 無非余至死

---

14) 含飴(함이) : 含飴弄孫. 후한의 馬皇后가 "나는 엿이나 먹으면서 손자나 데리고 놀겠다.
더 이상 정사에는 간여하고 싶지 않다."고 말한 고사이다.

15) 休川(휴천) : 趙重呂(1603~1650)의 호. 본관은 漢陽, 자는 重卿. 宋英耆·任叔英의 문인
이다. 1630년 진사시에 합격하여 宣陵參奉·造紙署別提에 임명되었으나 나가지 않았
다. 1633년 증광문과에 병과로 급제하여 승문원정자가 되었다. 이어 시강원설서·형조
좌랑·병조좌랑 겸 지제교를 역임하고 삼사에 들어가 지평·장령·정언·헌납·수찬·교
리 등 淸要職을 여러 차례 지냈다. 그리고 세자시강원필선·성균관사예·尙衣院과 사도
시정 등을 역임하고, 어머니의 상을 당하여 벼슬에서 물러났다. 문관이었으나 將才에
뛰어났으며 효행이 널리 알려졌다.

16) 朱陳之好(주진지호) : 朱氏와 陳氏의 두터운 世誼. 徐州의 朱陳村에 주씨와 진씨만이
살아 대대로 혼인을 하였으므로 양가에서 대대로 通婚하는 사이라는 말이다.

17) 動容周旋(동용주선) : 행동거지. 몸가짐과 행동의 전체를 일컫는 말이다. 動容은 얼굴
표정 또는 몸가짐의 자세, 周는 圓의 법칙에 맞게 하는 행동이고, 旋은 方의 법칙에
맞게 하는 행동을 뜻한 것이다.

18) 湖縣屢歲(호현누세) : 한양조씨가 시집온 것이 1780년이고 죽은 것이 1790년 무렵인데,
그 사이에 이종휘는 전라남도 옥과 현감을 지냈으므로, 호현은 호남의 고을이라는 뜻
임. 공주 판관은 한양조씨가 죽은 이후로 보이는 1792부터 1793년에 지냈다.

19) 未拜姑顔(미배고안) : 이종휘는 아내 海州崔氏를 며느리 한양조씨가 시집오기 전인
1776년에 잃었음을 일컫는 말.

20) 家小(가소) : 가족.

21) 井臼(정구) : 물 긷고 방아 찧는 일을 이르는 말. 주부가 집안에서 하는 일을 말한다.

22) 塊血(괴혈) : 一塊血肉. 피붙이를 일컫는 말.

之年而無窮之悲也。然悲者無幾？不悲者無窮，幾何其不隨汝而去也？今日虞事之返[24]，捨汝之生存古屋，而中門[25]外小舍，爲汝安靈之所[26]。始也從夫得一喫飯處，求飽而去，僅一朔而疾病遂死，以柩而歸，以魂而返。空堂一間，總帳[27]垂垂，以行路之可涕，而爲人父母者，其心腸存乎？否乎？病困神昏，意不能言，言不能文，一聲長號。老淚無從，汝有知耶？其無知耶？嗚呼痛哉！

[修山集, 卷9]

이종휘 李種徽, 1731-1797

조선 후기의 양명학자. 본관은 全州, 자는 德叔, 호는 修山·覺齋·麟洲道人·涵海堂. 생부는 병조참판 李廷喆(1695~1779)이며, 생모는 大邱徐氏로 徐命遇의 딸이다. 양부는 셋째 큰아버지 李廷一이며, 양모는 平山申氏로 申載의 딸이다. 아내는 海州崔氏로 崔普興의 딸이다. 2남1녀를 두었다. 伯父 李廷傑이 尹拯의 문인인 관계로 그 학통을 계승했으며 소론파인 申大羽·洪良浩·趙重鎭과 교유가 깊었다. 1771년 진사시에 합격했고, 1783년 玉果縣監을 지내고, 1792년 公州判官을 지냈다. 소론 집안에서 태어나 양명학에 대해 긍정적이었다.

---

23) 只有一女(지유일녀) : 한양조씨의 외동딸은 커서 潘南 朴宗濂에게 시집감.

24) 虞事之返(우사지반) : 虞祭. 장사를 지낸 뒤 망자의 혼백을 평안하게 하기 위하여 지내는 제사. 우제는 장사 당일 지내는 初虞, 다음날 지내는 再虞, 그 다음날 지내는 三虞가 있다. 초우는 장사지낸 날 꼭 지내도록 규정하고 있다.

25) 中門(중문) : 가운데뜰로 들어가는 대문.

26) 安靈之所(타령지소) : 神主를 섬겨 모실 곳.

27) 總帳(혜장) : 궤연 앞에 내린 장막.

며느리 수양오씨 제문
祭子婦首陽吳氏文

유한준

계사년(1773) 7월 15일, 친시아버지는 술과 제수(祭需)를 갖추고 며느리 수양오씨(首陽吳氏 : 해주오씨)의 영전(靈前)에 눈물 흘리며 슬픔을 고하면서 제문을 지어 영결한다.

아아, 나는 네 시아버지로 너는 내 며느리로 지낸 것이 햇수로 6년이 넘지 않으니, 오래되었다고 어찌 할 수 있으랴? 어찌 나로 하여금 슬픔을 금할 수 없도록 하여 석 달이나 이미 지났는데도 갈수록 더 심하단 말이냐? 만일 〈네가 다시 살아나〉 나에게 '우리 시아버님'이라고 할 사람이 다시 있게 한다면, 비록 지금은 네가 죽었다지만 그래도 나를 위로함이 있을 것이다. 그러나 내 비록 심히 슬퍼하지만, 슬퍼한들 또한 어찌 그리되랴? 만일 너의 사람됨이 공경할 줄도 모르고 선하지도 않아서 나의 성정에 맞지 않았다면, 내 비록 네 죽음을 심히 슬퍼하지만 그 슬픔은 혹 끝이 있을 것이다. 설사 네가 나에 대하여 임종을 지켜 자식 된 도리를 다하지 않았을지라도, 너는 의지하고 나는 감싸주며 보호한 것이 가까이는 10년이고 멀리는 20년이니, 내가 아무리 깊이 슬퍼한들 그 슬픔이 이 깊은 정을 다함에는 이르지 못할 것이다.

네가 우리 집안에 시집와서 한 몸으로 두 집을 모시는 며느리가 되니, 너로 하여 대(代)를 잇고 네가 집을 지켜주기를 바라, 너를 아끼고 너를 귀히 여기며, 너를 중히 여기고 네가 잘 되기를 빌었다. 너는 또한 아름답고 부드러우며 이다지도 어진 며느리였으니, 추악한 말을 입에 올리지 않았고 치우침이 없는 몸가짐을 하여, 한 시아버지와 두 시어머니 사이에서 공경을 다하였다. 아아, 슬프구나.

누군들 병들지 않을 것이며, 누군들 자식을 낳아 기르지 않으랴마는, 내가 천지신명을 저버려 네가 화(禍)를 입고 말았구나. 시아비와 며느리로 지낸 것이 1500일이니 그래도 상당한 시간이었다고 하겠지만, 그 정분으로는 훌쩍 지나간 시간이었으니 내 진실로 몹시 슬퍼하고 너도 또한 응당 슬퍼하리로다. 아아, 비통하구나.

내 진정 너를 생각하여 네 아이를 잘 키우고, 너도 진정 나를 생각하여 이 아이를 저승에서라도 보살펴주어서, 만에 하나 이 아이가 잘 자란다면 너는 죽었어도 죽은 것이 아닐 것이다. 슬픈 심정을 말하려면 어찌 다함이 있으랴마는 여기서 그만 그치련다. 아아, 비통하구나. 적지만 흠향하여라.

祭子婦首陽吳氏文

維癸巳[1], 七月戊午朔, 十五日壬申, 本生[2]舅以酒食之奠, 瀝淚告哀于子婦首陽吳氏[3]之靈, 以與之訣。嗚呼! 我爲汝舅, 汝爲我婦, 歲未踰

---

1) 癸巳(계사) : 英祖 49년인 1773년.

2) 本生(본생) : 本生親. 양자로 간 사람의 생가의 부모. 유한준은 장남 俞晩柱(1755~1788)가 형님 俞漢邴(1722~1748)에게 사후 양자로 갔기 때문에 자신을 일컫는 말이다.

3) 首陽吳氏(수양오씨) : 유만주의 아내이자, 吳載綸(1731~1771)의 첫째 딸(1752~1773)을 가리킴. 오재륜의 자는 允言. 아버지는 吳瓘(1713~1740)이며, 어머니는 韓山李氏로

六, 於久何有? 胡爲使我, 悲不可禁, 三已易月, 去去盆甚? 使我復有, 謂我舅者, 雖則汝死, 尙有慰我, 吾雖甚悲, 悲亦何奈? 使汝其人, 或不能敬, 或不能善, 不適我性, 吾雖甚悲, 悲或有竟。 使汝於我, 終養[4]雖未, 汝之依倚, 我之覆庇, 近或十年, 遠二十禩, 吾雖甚悲, 悲不至此。 汝入我家, 兩家一婦, 以汝繼序, 望汝持戶, 愛汝貴汝, 重汝祝汝。 汝又嘉柔, 之賢婦人, 絶莠于口, 持衡于身, 翼翼[5]一舅, 二姑之間。 嗚呼哀哉! 孰不疾病? 孰不産育? 吾負神明, 汝罹禍阨。 其爲父子, 千五百日, 尙曰有間, 情倫倐忽, 吾固甚悲, 汝亦應悝。 嗚呼痛矣! 我苟汝思, 善保汝兒[6], 汝苟我思, 冥佑此兒, 萬一兒長, 汝死不死。 說悲何極, 惟此而已。 嗚呼痛矣! 尙享。

[自著, 卷22]

유한준俞漢雋, 1732-1811

☞ 425면 참조.

참봉 李秀蕃의 딸이다. 아내는 大邱徐氏(1730~1815)로 徐命華의 딸이다. 3녀만을 두어 6촌형 吳載純의 아들 吳淵常(1765~1821)을 양자로 들였다. 한편, 수양오씨는 조선 초기까지 불리던 海州吳氏의 이칭이다.

4) 終養(종양) : 부모의 임종을 마지막으로 봄.

5) 翼翼(익익) : 공경하고 삼가는 마음의 표현.

6) 汝兒(여아) : 해주오씨의 외동딸. 安東金氏 金礪行에게 시집가서 2남을 두었다.

질부 유씨 제문

祭從子婦兪氏文

이이명

    임진년(1712) 11월 24일 연동(蓮洞 : 창덕궁 동편에 있던 마을) 숙부[李頤命]와 숙모[光山金氏]는 술과 제수(祭需)를 갖추고 아들 이기지(李器之)로 하여금 질부 유씨(兪氏 : 이사명의 맏며느리 기계유씨)의 영전(靈前)에 고하도록 한다.

    우리 집안은 기막힌 액운으로 뜻밖의 불행을 겪었지만, 어찌 회복되기를 기대하고 빌 수 있었으랴? 다만 어진 며느리를 구하여 대(代) 이어줄 자식을 바랐을 뿐인데, 네가 우리 집안에 시집온 뒤로 조촐한 제사라도 맡길 만했다. 온화하고 공손한데다 까다롭지 않고 올곧았으며 효성까지 타고나서, 앞으로 가문을 회복시킬 날이 오리라고 기대하였다.

    시어머니[林川趙氏]는 늙고 시숙(媤叔 : 셋째 시동생 李偉之인 듯)은 일찍 죽어 한 몸에 온갖 책임 떠맡았다가, 친정아버지[兪命澤, 1711년 졸]와 친정어머니[順興安氏, 1708년 졸]가 이 세상에 계시지 않자 이승과 저승을 영원히 달리한 것이로구나. 재앙이 생기자 속으로 품었던 원통한 마음이 오래 맺혀서, 목숨이 화(禍)의 근원에 따라 기울고 말았으니 죽음은 또 어쩌면 그리도 가혹하단 말인가? 어린 딸이 훗날에 행여 얼굴이라도 기억해줄런가?

빈소(殯所)는 서쪽 거리에 있고 동쪽 성곽에 임시로 묻으니, 앞으로 장례치를 일들이 처량하고 길가는 사람도 슬퍼하였다. 네 시아버님[李師命]은 의기가 드높아 마땅히 후손들의 복록을 보살펴셨지만, 나로 말미암아 집안이 쇠하였고 너로 하여금 이런 지경에 이르게 했구나. 얼음과 눈이 땅에 가득한데 발인제(發靷祭)는 다가오고, 외로운 넋을 위로할 길이 없지만 맑은 술을 대신 따르게 한다. 내가 하늘에 무슨 죄를 지어 참혹하고 지독함을 당한단 말인가?

祭從子婦兪氏文

維歲次壬辰[1] 冬至日癸卯[2], 蓮洞[3] 叔父叔母具酒羞, 使子器之[4], 告于從子婦兪氏[5]之靈。我家窮釁[6], 奚復企祝? 但求賢婦, 望其嗣續, 自

---

1) 壬辰(임진) : 肅宗 38년인 1712년.

2) 至日癸卯(지일계묘) : 1712년의 겨울 계묘는 11월 24일에 해당함. 기계유씨는 9월 27일에 죽었다.

3) 蓮洞(연동) : 창덕궁 동편에 있던 마을.

4) 器之(기지) : 李器之(1690~1722). 본관은 全州, 자는 士安, 호는 一庵. 景宗 때 노론의 지도자인 좌의정 李頤命과 판서 金萬重의 딸 사이에서 태어난 1남5녀 가운데 외동아들이다. 1715년 진사시에 장원하였다. 아버지가 뒷날의 영조가 되는 延礽君에 대한 世弟册封을 주장하다 소론에 의해 제거되던 1721년 辛壬獄事 때, 남원으로 유배되었다가 서울로 다시 압송되어 심문을 받던 중 고문 끝에 옥사하였다.

5) 兪氏(유씨) : 아버지 대사헌 李敏迪과 어머니 昌原黃氏 사이의 4남3녀 가운데 장남 李師命(1647~1689)의 맏며느리 杞溪兪氏(1680~1712). 아버지는 監役 兪命澤(1638~1711)이다. 이사명은 牧使 羅星斗의 딸 安定羅氏(1649~1677) 첫째부인과 자식이 없었고, 府使 趙顯期의 딸 林川趙氏(1661~1722) 둘째부인 사이에는 3남을 두었는데, 그 장남 李喜之(1681~1722)의 둘째부인이 기계유씨이다. 이희지의 자는 士復·陽伯, 호는 凝齋. 老論에 속한 성균관 유생으로서, 1689년 기사환국으로 珍島에 유배되었다가 1694년에 풀려났다. 1721년 李夢寅의 상소로 長興에 유배되었다. 이듬해 鄭麟重 등과 함께 이이명을 추대하고 경종을 弑害하려고 꾀했다는 少論 睦虎龍의 무고로 杖殺되었다. 첫째부인

汝歸我, 蘋蘩[7]有托。溫恭易直, 孝誠天得, 庶幾方來, 門戶其復。姑[8]
老叔夭[9], 一身百責, 父母旣遠[10], 生死永隔。灾生懷抱, 病結心腹, 命
隨胎傾, 死又何酷? 稚女[11]他時, 倘記面目? 寄殯西街, 權葬東郭, 荒
凉後事[12], 行路愴惻。爾翁高義, 宜庇後祿, 由我門衰, 俾汝斯極。氷
雪滿地, 祖載[13]且迫, 孤魂莫慰, 替薦淸酌。何辜于天, 備見慘毒?

[疏齋集, 卷18]

坡平尹氏(1677~1696)도 둘째부인 기계유씨(1680~1712)도 셋째부인 延日鄭氏(1693~
1722)도 슬하에 아들을 두지 않아, 동생 李毅之(1687~1727)의 아들 李文祥(1712~1789)
을 양자로 들였다.

6) 窮釁(궁흔) : 1689년 기사환국 때 李師命이 죽었고, 그로 인해 이이명 본인도 1694년
갑술옥사 때까지 영해와 남해로 유배생활을 한데다, 1698년 형 이사명이 신원되지
못한 것을 문제 삼다가 다음해까지 공주로 유배되었으며, 이사명의 장남 이희지의 첫째
부인 파평윤씨가 자식 없이 1696년에 죽은 것을 일컬음.

7) 蘋蘩(빈번) : 개구리밥과 흰 쑥. 제사를 지내는 사람이 祭需가 변변하지 못함을 겸양하
여 이르는 말이다.

8) 姑(고) : 시어머니. 이사명의 둘째부인으로, 府使 趙顯期의 딸 林川趙氏(1661~1722)를
가리킨다. 1722년 신임사화 때 아들 이희지를 잃게 되자 大戟閣에서 순절했다. 기계유
씨의 뒤를 이어 이희지의 셋째부인으로 들어온 연일정씨가 시어머니 임천조씨와 이희
지의 장례를 치르고 난 뒤 투강하여 순절했다.

9) 叔夭(숙요) : 시동생의 요절. 시동생 가운데 李毅之(1687~1727)는 아닌 것이 분명하다.
그런데 李偉之는 1688년에 태어났고 그의 부인 慶州鄭氏는 鄭爾光의 딸로 1683년에
태어났지만, 둘 다 족보상에 몰년이 기록되어 않은 채로 4월 1일 죽은 것으로 되어
있다. 따라서 셋째 시동생이 기계유씨가 1712년 죽기 전에 죽은 것으로 보인다.

10) 父母旣遠(부모기원) : 기계유씨의 아버지는 監役 俞命澤(1638~1711)이며, 어머니는 順
興安氏(1641~1708)로 安克明의 딸이니, 기계유씨가 죽기 직전에 모두 죽은 사실을 일
컬음.

11) 稚女(치녀) : 어린 딸. 그런데 《全州李氏密城君派世譜》(1983년 간행) 권1에는 기록이
없어 확인할 수 없을 뿐만 아니라, 韓元震(1682~1751)이 지은 〈監役俞公行狀〉(《南塘
先生文集》 卷34)에도 '자녀가 없었다(無育).'고 되어 있다.

12) 後事(후사) : 장례치를 일. 이희지의 묏자리에 합장하지 아니하고 나란히 써서 쌍분을
두었다고 한다.

13) 祖載(조재) : 葬地로 출발하기 전에 靈柩를 수레 위에 싣고 祭奠을 올리는 것을 말함.

이이명李頤命, 1658-1722

조선 후기의 문신·학자. 본관은 全州, 자는 智仁·養叔, 호는 疎齋. 세종의 아들 밀성군의 6세손으로, 할아버지는 영의정 李敬輿이고, 아버지는 대사헌 李敏迪이며, 어머니는 昌原黃氏로 의주부윤 黃一皓의 딸이다. 4남3녀 가운데 셋째아들이다. 아내는 光山金氏로 金萬重의 딸이다. 당숙 李敏采의 양자로 들어갔다. 1680년 별시문과에 급제, 홍문관정자에 기용된 후 박사·수찬·응교·헌납·이조좌랑 등 淸要職을 역임했다. 1686년 문과 중시에 급제하여 강원도관찰사로 나갔다가 승정원의 승지가 되었다. 이 기간 동안 宋時烈·金錫胄 등 노론 거물의 지원 아래 노론의 기수로 활동했다. 1689년 기사환국으로 남인이 집권하면서 파직, 영해·남해에서 유배생활을 했고, 1694년 갑술옥사로 서인이 정권을 잡게 되면서 호조참의로 복귀했다. 그 후 대사간까지 승진했으나, 기사환국 때 송시열 등과 함께 죽은 형 李師命이 정치적으로 신원되지 못하자, 1698년 이를 문제 삼다가 공주로 유배되었다. 이듬해 유배가 풀렸으나 기용되지 못하다가 1701년에 예조판서로 특임되었으며, 이후 한성부판윤·이조판서 등을 지냈다. 1706년 우의정에 올랐으며, 1708년에는 좌의정에 올랐다. 숙종의 後嗣 문제에 깊이 관여하여, 獨對라는 형식으로 숙종과 비밀리에 만나, 세자(뒤의 경종)가 아닌 延齡君·延礽君(뒤의 영조)의 보호를 부탁받고 이들의 후원을 자임했다. 1721년 金昌集·趙泰采·李健命과 함께 老論四大臣의 한 사람으로 世弟(뒤의 영조)의 대리청정을 실현하려다가 실패했다. 이 일 때문에 소론의 격렬한 공격을 받아 관작을 삭탈당하고 남해로 유배되었다가 이듬해 죽음을 당했다.

유모·노비·시비

유모 제문
祭乳母文

김주신

경인년(1710) 10월 13일에 경은부원군(慶恩府院君) 김주신(金柱臣)은 삼가 술과 과일을 갖추고 청지기 서석망(徐碩望)을 시켜 유모 윤조이(尹召史)의 묘에 고하나이다.

아아, 조이가 죽은 것은 기묘년(1699) 1월 8일이었지만 부음(訃音)을 2월 10일경에야 듣고서, 신위(神位)를 설치하여 한 번 통곡하고 3개월 동안 시마(緦麻 : 3개월 입는 상복)를 입었습니다. 얼마 지나지 않아 관서(關西 : 평안남도 順安)의 현령으로 나아가게 되었던 데다 이어서 또 조정에 관직이 얽매어 있었습니다.

필마(匹馬)로 부임지를 향해 떠나게 되면서부터, 1년 뒤 무덤에 찾아가서 슬픔을 표하려던 계획이 지금까지 10년이 되도록 이루어지지 못했습니다. 가끔씩 생각이 이에 미치면 어느덧 흐느껴 눈물이 옷깃을 적시곤 했습니다.

이에 청지기와 사내종으로 하여금 무덤에 새로 떼를 입히고 흙을 덮은 뒤 무덤의 남쪽에 묘지(墓誌)를 묻도록 하였습니다. 그래서 시골의 농부와 목동으로 하여금 이 쓸쓸한 무덤이 나의 유모가 묻힌 곳임을 알게 하고자 하였습니다. 아아, 슬픕니다. 적지만 흠향하소서.

祭乳母文★[1]

維歲次庚寅[2], 十月壬戌朔, 十三日甲戌, 慶恩府院君[3]金柱臣, 謹具酒果之奠, 遣傔人[4]徐碩望, 告于乳母尹召史[5]之墓。嗚呼! 召史之沒, 在於己卯[6]正月初八日, 而承訃於二月之旬, 設位一慟, 服麻[7]三月。無何[8], 出宰關西[9], 因又繫官于朝。匹馬西行, 宿草[10]泄哀之計, 至今十年而未諧。有時念至, 不覺感淚之沾襟也。茲遣傔人蒼頭[11], 覆土[12]改莎[13], 埋誌壙南。使村里農人牧竪, 知此纍然[14]之塚, 爲吾乳媼之葬焉。嗚呼哀哉! 尙饗。

[壽谷集, 卷8]

---

1) 원문에 "묘는 안협에 있다.(墓在安峽.)"는 협주가 있음.

2) 庚寅(경인) : 肅宗 36년인 1710년.

3) 慶恩府院君(경은부원군) : 김주신은 1702년 9월에 둘째 딸이 숙종의 둘째 계비 仁元王后가 되었고, 그해 慶恩府院君에 책봉되었음.

4) 傔人(겸인) : 양반집에서 잡일을 맡아보거나 시중을 들던 사람.

5) 召史(조이) : 이두식 표기로, 평민출신의 처를 일컫는 말.

6) 己卯(기묘) : 肅宗 25년인 1699년.

7) 麻(마) : 緦麻. 五服의 하나. 가는베로 지은 상복이다. 종증조, 삼종형제, 衆玄孫, 외손, 내외종 따위의 喪事에 3달 동안 입는데, 庶母, 乳母와 사위, 장인, 장모에게도 마찬가지다.

8) 無何(무하) : 잠시 뒤. 얼마 안 되어서.

9) 出宰關西(출재관서) : 김주신은 1700년 여름에 順安(평안남도 평원지역의 옛 지명)의 현령이 된 것을 일컬음.

10) 宿草(숙초) : 1년 뒤. ≪禮記≫〈檀弓 上〉의 "붕우의 묘에 숙초가 있으면 곡하지 않는다.(朋友之墓, 有宿艸, 而不哭焉.)"는 註에 "오래된 풀은 진근이라 한다. 풀이 한 해를 묵으면 진근이 된다. 붕우끼리 서로 기년곡을 하는데 풀의 진근이 있으면 곡을 하지 않아도 되는 것이다.(宿草, 陳根也, 草經一年則根陳也. 朋友相爲哭一期, 草根陳乃不哭也.)"고 되어 있는 데서 나온 말.

11) 蒼頭(창두) : 사내종.

12) 覆土(복토) : 무덤에 흙을 덮는 일.

13) 莎(사) : 莎草. 무덤에 떼를 입혀 잘 다듬는 일.

14) 纍然(누연) : 쓸쓸한 모양.

김주신金柱臣, 1661–1721

☞152면 참조.

유모 제문

祭乳母文

이익

　모월 모일에 여흥(驪興 : 경기도 여주의 이칭) 이익(李瀷)은 삼가 유모의 영전(靈前)에 고합니다.

　무릇 은혜를 입은 사람에게 죽음으로써 보답하는 것은 의(義)에 있어 지극한 것이고, 관계명칭에 따라 상복(喪服)을 입는 것은 예(禮)에 있어 규범입니다. 사람은 태어나서 어린아이일 때 지각이 비로소 싹트니 배불리 먹여줄 사람이 필요한데, 부지런히 길러서 죽음을 면하고 살 수 있게 하면 그 공은 큰 것이며, 실정에 부합되도록 명명하여 더군다나 어머니에 견주는 것이면 그 명칭은 중요한 것입니다. 이것을 잊을 수 있다면, 잊지 못할 것은 거의 없습니다.

　아아, 내가 태어나 네다섯 살 때 유모가 죽었습니다. 그때는 어리석고 둔하여 아는 것이 없었지만, 그래도 유모의 이름이 '승정(承貞)'이고 얼굴에 마마자국이 있었으며, 성품이 유순하고 말씨도 차분했으며, 나를 얼싸안아 보살펴준 것이 매우 정성스러웠음을 기억합니다. 그렇지만 또 무슨 성씨인지 무슨 본관인지, 어느 해에 태어났는지, 몇 세까지 살았는지, 몇 월 며칠에 죽었는지, 어느 산등성이에다 장사지냈는지 알지 못합니다. 다만 유모가 일찍이 개에게 물린 적이 있었는데, 나중에 미친 개고기를 먹고 독이 퍼져 죽어서 도성 서대문 길옆에다 묻는 일을 양인(良人) 아무개가 실제로 맡아서 했다는 것을 들었습니다. 수십 년이 지난 뒤에 그 양인이란 자가 다시 와서 그를 따라가 묻힌 곳을 찾아보았지만 찾을 수가 없었습니다. 세월이 오래되어 흔적조차 없어진 데다 풀까지 우거져 식별할 수가 없었습니다. 슬픈들 어찌하겠습니까?

유모가 죽은 지 40여 년이 지난 지금, 나는 하늘을 이고 땅을 밟고 살면서 제철의 것들을 먹고 마시며, 아내도 있고 자식도 있으니, 자못 세상사는 즐거움을 누리고 있습니다. 그러나 유모에게는 아직까지 웅덩이의 물이라도 정성이 깃든 제사를 올리지 못했으니, 이는 멀다고 여겨 쉬 소홀해졌고 그로 인해 머뭇거리며 행하지 않았기 때문입니다.

또 유모에게는 본디 아들과 딸이 있었는데, 딸은 나보다 나이가 많았고 아들은 나보다 약간 어렸던 것으로 기억합니다. 그러나 지금은 모두 서쪽 땅으로 떠돌아다녀서 죽었는지 살았는지 알 수가 없습니다. 내 나이도 많이 들어서 죽을 날이 얼마 남지 않았으니, 지금이라도 제사지내주지 않으면 또한 제사를 받지 못할 것입니다.

아아, 마른자리는 내어주고 진자리에 거처하며 맛있는 음식조차 먹을 줄 모른다고 한 정성을 유모는 지니고 있었습니다. 사람들이 친모가 아닌 다른 어미에게서 젖 먹여 길러질 때면, 다른 어미는 거듭 돌보며 길러주고 아이는 몹시 따르는 것이 거의 천생의 피붙이와 조금도 다름이 없지만, 장성하고 나면 그것을 정성껏 보답하는 자가 거의 있지 않습니다. 필히 속으로 두렵게 반성하면서 유모의 입장이 되어 생각해보니, 어찌 유모가 지하에서 원망하지 않으리라고 보장하겠습니까? 이것은 나의 죄입니다.

내가 듣건대, 뼈와 살은 흙으로 되돌아가지만 넋은 가지 않는 곳이 없다고 합니다. 집 옆에 제단(祭壇)을 쌓고 1년에 1번씩 제사지내는 것을 내가 죽을 때까지는 폐하지 않기를 바라노니, 영령(英靈)은 내려와 흠향하소서.

祭乳母文

日月, 驪興[1]李濯, 謹告于乳母之靈。夫報生以死[2], 義之至也, 以名著服, 禮之節也。人生孩稺, 知覺始萌, 哺飼須人。勤斯鞠育, 免死以得生, 功則大矣。稱情而命之, 況諸因親, 名則重矣。此而可忘, 殆無所不忘也。嗚呼! 余生四五歲時, 乳母殁。當時顓且蒙, 無所識知, 猶記乳母諱曰承貞, 面有痘痕, 性婉而言徐, 扶抱余甚篤。又不知何氏何貫? 生于何歲? 壽至幾何? 殁在何月何日? 葬在何岡? 只聞乳母嘗被狗咬, 後啗瘠肉, 毒發而不起, 窆之國西門路旁, 良人某實主其役。後數十年而良人者復至, 從而尋之不能得。蓋歲久湮, 蕪而莫之別也。悲哉奈何? 乳母殁垂今四十有餘年, 余冠天履地, 時節飲食, 有室而有嗣, 頗享生世之樂。乃乳母尙闕潢汙[3]之薦, 是則遠而易忽, 因循以不擧也。又記乳母固

---

1) 驪興(여흥) : 驪州를 달리 이르는 말. 黃驪, 驪江도 그것들이다.

2) 報生以死(보생이사) : 《小學》〈明倫〉의 "삶을 보답함은 죽음으로서 하고 물건을 줌에 보답함은 힘으로 하는 것이 사람의 도리이다.(報生以死, 報賜以力, 人之道也.)"에서 나온 말.

3) 潢汙(황오) : 웅덩이의 물. 하찮은 제수일망정 정성이 중요하다는 말이다. 《春秋左氏傳》〈隱公 3년〉의 "진실로 지극한 정성만 있다면 시내나 못에서 자라는 水草와 부평이나 마름 같은 야채와 광주리나 솥 같은 용기와 웅덩이나 길에 고인 물이라도 모두 귀신에게 제물로 바칠 수 있고 왕공에게 올릴 수 있다.(苟有明信, 澗溪沼沚之毛, 蘋蘩蘊藻之菜, 筐筥錡釜之器, 潢汙行潦之水, 可薦於鬼神, 可羞於王公.)"에서 나온 말이다.

有男若女, 女長於余, 男則較少。然今皆流移西土, 其存亡未可知。余齒
且遲暮, 死歸無日, 於是不饗, 則亦不饗矣。嗚呼! 推燥居濕, 忘口食
甘, 乳母卽有之。每見人乳養他母, 顧復[4]孺慕, 幾與天屬無間, 及至壯
長, 亦鮮有誠報之者也。必內省惕然, 設以身思, 安知乳母不有怨咎於冥
漠之中歟? 此余之罪也。吾聞骨肉復于土, 魂氣則無不之也。築壇屋側,
歲一奠巵, 冀逮吾未死而無廢, 靈其降歆。

[星湖先生全集, 卷57]

이익李瀷, 1681-1763

조선 후기의 실학자. 본관은 驪州, 자는 子新, 호는 星湖. 아버지는 사헌부 대사헌을
지낸 李夏鎭이며, 어머니는 安東權氏로 權大後의 딸이다. 아버지가 1680년 庚申換局
때 평안도 운산에 유배되었다가 이듬해 그를 낳고, 1682년 유배지에서 세상을 떠났
다. 이로 인해 일찍 홀로되어 어머니와 함께 선산이 있는 경기도 광주 瞻星里(현재
경기도 안산시 성포동)에서 살았으며, 어려서부터 몸이 약해 10세까지도 글을 배울
수 없을 정도였다고 한다. 1705년 增廣文科에 응시하였다가 낙방하고, 이듬해 형 李潛
이 장희빈을 두둔하는 상소를 올렸다가 당쟁의 제물로 杖殺되자 벼슬할 뜻을 버리고
첨성리로 낙향하여 학문에만 몰두하였다. 1727년 그의 학문이 높다는 명성을 듣고
조정에서 繕工監 假監役을 제수하였으나 나가지 않았다. 1763년 83세 때 조정에서 노
인을 우대하는 예에 따라 첨지중추부사의 資級을 내렸으나 그해 세상을 떠났다.

---

4) 顧復(고복) : 부모가 자식을 걱정하며 길러줌.

계집종 계정 제문

醉婢桂貞文

권시

   기축년(1649) 5월 초하루에 주인 권 거사(權居士)는 네 친구 임향(壬香)으로 하여금 밥과 나물을 갖추고 너 계정(桂貞)의 영전에 제사지내도록 한다.

   네가 죽은 지도 벌써 11일이 되었으나 너의 넋이 돌아갈 곳이 없구나. 이에 너의 주인어른, 주인마님, 주인아씨가 너의 뜻대로 집안의 어른으로서 너를 위해 제사를 지내며 너의 넋을 위로한다. 네 신령이 있거든 이곳에 내려와서 흠향하고 누리다가, 영원히 의탁할 곳이 있기를 바란다.

   아, 너는 비록 천하게 태어났지만 성품과 행실이 실로 다른 사람보다 나았다. 처음 너를 데려다가 부릴 때 겨우 13살이었는데 지금은 16살이다. 그렇지만 장대한 남자종들이라도 거의 따라갈 수가 없었다. 네가 우리 집에 온 뒤로 굶주려도 배고프다고 말한 적이 없었으며, 추워도 춥다고 호소한 적이 없었으며, 고생해도 고생스럽다고 한 적이 없었다. 주인을 부모같이 보아서 극진히 충실해야 하는 것을 알았고, 또한 능히 멀리 생각할 줄도 알았으니, 이 어찌 천한 것들이 쉽게 할 수 있는 것이랴? 또한 어찌 나이 어린 아이들이 쉽게 할 수 있는 것이랴?

   이에 주인 부부가 너를 믿고 너를 아끼기를 마치 사람 눈처럼 하

고 어금니처럼 하였거늘, 어찌 병으로 이틀을 누워 있더니 하루아침
에 갑자기 죽는단 말이냐? 대장부로서 너라는 일개 어린 계집종이
죽었다고 하여 눈물 흐르는 것을 금치 못하겠으니, 그 정도가 지나
친 것이 아니겠느냐? 아아, 애석하다.

酹婢桂貞文

己丑¹⁾五月朔, 主人旅宂²⁾權居士, 使伊班婢³⁾壬香, 具飯蔬, 酹汝桂
貞之靈。汝死已浹旬有一日, 汝之魂無所歸。爰汝主人及主母及汝主娘
子, 依汝爲家長, 爲汝一祭, 以慰汝魂。惟爾有神, 尙其來格, 是歆是
妥, 永有依歸。噫! 汝生雖下賤, 乃性行實愈於人。始將汝使汝, 年纔十
三, 今玆十六也。而非長大童僕所幾及也。自汝之來, 飢未嘗言飢, 寒不
籲寒, 勞不告勞。視主猶父母, 能知盡忠, 又能知遠慮, 是豈下賤凡輩所
易能? 亦豈幼少稚年所易能乎? 乃主人翁姑恃汝惜汝, 若眼若牙齒, 豈
謂臥病信宿, 一朝奄然也耶? 以大丈夫, 爲汝一小婢之死, 乃不禁洒淚,
得無過度也否? 嗚呼惜哉!

[炭翁先生集, 卷12]

권시權諰, 1604-1672

☞ 297면 참조.

---

1) 己丑(기축) : 仁祖 27년인 1649년.
2) 旅宂(여용) : 쓸모없는 나그네라는 뜻이나, 여기서는 작자가 벼슬에 제수되어도 나아가
　 지 않은 자신에 대한 겸칭으로 쓰인 듯.
3) 班婢(반비) : 한 또래의 종.

죽은 여종 구춘 제문

祭故婢九春文

송시열

숭정(崇禎) 임술년(1682) 5월 17일에 주인어른은 먼 곳에서 술과 안주를 갖추어 죽은 여종 구춘(九春)의 묘에 고하노라.

너의 충성은 요즘 세상에서 보기 드문 것이었다. 무인년(1638) 봄에 종씨(從氏 : 宋時瑩)가 갑자기 돌아가셨을 때 너는 가슴 치며 호곡(號哭)하기를 마치 옛날의 효자처럼 했었다. 그 후에 한 일도 그와 같지 않음이 없었으니, 높이 받들어 존경하는 일을 우선하고, 보답 받는 일은 뒤로하는 것이 나이가 들수록 더욱 깊었다. 내가 너를 아끼고 존경하는 마음을 늘 간직하였던 것은 나의 어린 손자(孫子 : 宋殷錫)가 살아가는데 힘입은 것이 있었기 때문이다.

어이하여 지금 그만 흉한 일을 만났으며, 길가에서 죽었으니 더욱 경악스럽구나. 내가 너의 부음을 듣고 나서 어찌 애석하고 애도하는 마음을 견딜 수 있었으랴? 세상의 풍속도 쇠퇴하고 말세이더니, 사람이 지켜야 할 떳떳한 도리도 그지없구나. 자식은 효도하고 신하는 충성하는데서 인간의 도리를 구하면 얻을 수 있는 것이거늘, 하찮고 천한 너만은 그 해야 할 일에 혼미하지 않았었다. 그래서 너의 마음만은 하늘의 법칙에 부합한다고 생각했는데, 오늘 다시 너를 잃으니 신의 섭리를 헤아리기가 어렵구나.

여기에 한 말은 진실로 내 마음에서 우러나온 것이니, 너는 어둡
지 않고 밝거든 부디 내려와서 흠향하기 바란다.

祭故婢九春文

崇禎壬戌[1]五月十七日，　主父遠具酒肴，　告汝故婢九春之墓。汝之忠
誠，　今世罕覯。戊寅[2]之春，　從氏[3]奄忽，　汝之號擗[4]，　如古孝子。厥後
所爲，　無不如此，　追先報後，　老而彌深。余愛且敬，　每藏於心，　謂余小
孫[5]，　生計有賴。何故玆今，　乃與凶會？死於道側，　尤極驚愕。余聞汝
訃，　曷任悼惜？世道衰末，　民彝[6]罔極。子孝臣忠，　求之可得，　於汝賤
微，　不迷所職。常謂汝心，　獨合天則，　今復失之，　神理難測。凡此所言，
實出我臆，　汝其不昧，　庶其來格。

[宋子大全，卷153]

송시열宋時烈, 1607-1689

☞ 25면 참조.

---

1) 壬戌(임술) : 肅宗 8년인 1682년.
2) 戊寅(무인) : 仁祖 16년인 1638년.
3) 從氏(종씨) : 남에게 자기 사촌 형을 높여 이르는 말. 宋時瑩(1592~1638)을 가리킨다.
　　송시열의 4촌형이다.
4) 號擗(호벽) : 부르짖어 가슴을 치며 매우 슬퍼하는 것.
5) 小孫(소손) : 송시열은 4촌형 송시형의 둘째아들 宋基泰(1629~1711)를 양자로 들였는
　　데, 그 아들 宋殷錫(1645~1692)을 가리킴.
6) 民彝(민이) : 사람이 지켜야 할 떳떳한 도리.

금비 묘제문

祭琴婢墓文

홍세태

아아, 네 나이 11살 때 우리 집에 들어와 종살이를 했는데, 우리 어머니[江陵劉氏]를 받들어 아침저녁으로 곁에 있었다. 내 나이는 너보다 몇 살 어렸지만, 서로 생장하는 것을 보며 노년에 이르렀다. 명목상으로야 노비와 주인이었을지라도 정은 친동기(親同氣) 같았다. 우리 집이 본디 가난하여 다른 노비는 없이 너 혼자서 문을 내거나 우물을 파거나 아궁이를 고치는 일을 감당해야 하였는데도 참으로 매우 부지런하였다. 중년에 이르렀을 때도 집이 환난을 만나 고달픈 생활을 했었지만 더불어 생사고락을 같이하였다. 무릇 안으로는 근심과 걱정으로 두려운 마음이 다급했을 것이고, 겉으로는 굶주리고 헐벗음으로 어렵고 힘든 마음이 절박했을 것이다. 실로 산 사람으로서 견딜 수 없는 것인데도, 너만은 씀바귀를 냉이마냥 달게 먹으며 조금도 원망하는 기색을 보이지 않았으니, 진실로 그 충성스러움이 하늘에서 나온 것이 아니라면 가능했겠는가?

아버님[洪翊夏]이 멀리 천성(天城 : 부산 가덕도에 있는 지명)에 가셨을 때, 너는 따라가서 실로 그 자식처럼 봉양하였으니, 차마 아버님 혼자 보낼 수 없었기 때문이었다. 남쪽 지방에 풍토병이 돌아서 네가 그것을 면하지 못하고 끝내 백골이 되어 돌아왔으니, 슬프구나. 나

는 '네가 우리 집에서 한 일이 많은 데 비해 받은 복이 적다.'고 생각
한 적이 있어서, 한 번이라도 그 의식을 풍족하게 해주어 그 마음을
위로해주고 싶었지만 힘이 부쳐 못했으니, 늘 그것을 한스럽게 여겼
다. 나는 울산(蔚山 : 1719년 울산감목관이었음)에 부임해 있었고, 네가
죽은 지도 오래되어서, 애통하기가 그지없었다. 가끔씩 아내[李氏]와
더불어 네가 평소에 했던 일에 대해 말하면 눈물을 줄줄 흘리지 않은
적이 없었다.

그러나 너를 선영 아래에 장사지냈으니, 생각하건대 그 혼백은 모
시고 따르는 심부름꾼으로서 부지런히 일하는데 정성을 다하는 것
이 예전과 다름없을 것이고, 철마다 제사를 지내고 물린 음식을 얻
어먹을 수 있어서 아마도 굶주려 탄식하는 일은 없을 것으로 여겼다.
우리 집안 자손들도 제사를 또한 반드시 영구히 준수하여 감히 그만
두지 않을 것이다. 그러면 너에게도 불행하다고 말할 수 없을 것이
다. 오늘 나는 너에게 술 한 잔을 따르고 고하니, 너는 나의 말을
들었느냐? 비록 네가 알지 못한다고 하더라도, 나는 또한 내 마음을
다할 뿐이다. 아아, 슬프구나.

祭琴婢墓文

嗚呼! 汝年十一, 入吾家爲婢役, 奉我慈母[1], 朝夕于側。吾年後汝數
歲, 相視生長, 以至于老。名雖奴主, 情則骨肉。吾家素貧, 無他臧
獲[2], 而汝獨當門戶井竈之役, 盖其勤甚矣。至於中歲, 家難厄困, 與共

---

1) 我慈母(아자모) : 劉天雲의 딸 江陵劉氏로, 홍세태의 어머니.
2) 臧獲(장획) : 노비.

死生。夫以憂傷怵迫之情切於內，　而飢寒艱苦之患逼於外。實生人之所不可堪者，　而汝獨食荼如薺[3]，　無一怨色，　苟非其忠誠出於天者能乎？公[4]遠天城[5]之行，汝從之往，實爲其兒養，不忍捨故也。南中瘴毒，汝不能免，竟以枯骨歸，哀哉！吾嘗謂汝於吾家，功多報薄，思欲一豐其食衣，以慰其心，而力未能焉，常以此爲恨。及余赴蔚[6]，而汝亡已久，痛莫之追。時與室人道汝平日事，　未嘗不潸然出涕也。然汝之葬得近於先隴之下，想其魂魄，陪衛使令[7]，服勤誠恪，一如平昔，而四時香火，霑得餕餘[8]，庶無餒而之歎。爲吾家子孫者，亦必永遵而不敢廢矣。然則於汝亦不可謂不幸矣。今余以一觴告汝，汝其聞余此言否？雖汝不知，吾且盡吾心而已矣。嗚呼哀哉！

[柳下集, 卷10]

홍세태洪世泰, 1653-1725

☞ 477면 참조.

---

3) 食荼如薺(식도여제) : 《詩經》〈邶風·谷風〉의 "누가 씀바귀를 쓰다고 했나, 내게는 냉이처럼 달구나.(誰謂荼苦, 其甘如薺.)"에서 나온 말.

4) 公(공) : 홍세태의 아버지 洪翊夏.

5) 天城(천성) : 부산 가덕도에 있는 지명. 1544년 가덕도에 加德鎭과 天城萬戶鎭이 설치되었다.

6) 及余赴蔚(급여부울) : 홍세태가 1719년에 蔚山監牧官이 된 것을 일컬음. 재능과 맞지 않게 궁핍하게 사는 것을 애석하게 여긴 李光佐의 도움에 말미암았다.

7) 使令(사령) : 지방 관아에 딸려서 심부름하는 下奴의 하나.

8) 餕餘(준여) : 제사를 지내고 제상에서 물린 음식.

부록

십이랑 제문

祭十二郞文

한유

　모년, 모월, 모일에 막내 숙부인 나 한유(韓愈)는 네가 죽었다는 이야기를 들은 지 7일 만에 슬픔을 머금고 정성을 다해 건중(建中)을 시켜 먼 곳에서 제철 음식으로 제수를 갖추어 너 십이랑(十二郞)의 영전에 고하게 하노라.

　아, 슬프구나! 내 나이 어려서 아버지를 여의고 성장하며 의지할 곳을 알지 못했으나, 오직 형과 형수에게 의지하였다. 중년에 맏형[韓會]이 남방에서 돌아가셨을 때, 나와 너는 모두 어렸는지라 형수를 따라서 하양(河陽) 땅에 돌아와 장례를 지냈다. 이어서 또 너와 더불어 강남(江南)에서 객지생활을 할 때는 외로운 몸끼리 함께 고생하며 하루도 서로 헤어진 적이 없었다. 나는 위로 세 형님이 계셨지만 모두 불행히도 일찍 세상을 떠나고 말았다. 선대의 혈통을 이을 후손으로 손자로서는 너만 남고, 아들로서는 나만 남게 되었다. 2대에 걸쳐 각기 한 사람씩뿐이어서 몸도 하나 그림자도 하나로 몹시 외롭고 고독한 처지였다. 형수는 항상 너를 어루만지고 나를 가리켜 말씀하시기를, "한씨(韓氏) 집안은 두 대에 걸쳐 오직 너희들뿐이다."라고 하셨다. 너는 당시에 너무 어려서 응당 기억하지 못할 것이고, 나는 기억할 수 있지만 그때 또한 그 말씀의 슬픔을 미처 알지 못했다.

내 나이 19살 되던 해에 비로소 장안(長安)으로 왔으며, 그 후 4년 되던 해에 돌아가서 너를 보았다. 또 4년 후에 내가 하양 땅으로 가서 성묘를 했을 때, 형수의 시신(屍身)을 따라와 장사지내는 너를 만났다. 다시 2년 후에 내가 변주(汴州)에서 동승상(董丞相 : 董晉)을 보좌하고 있었을 때, 네가 나를 찾아와 그곳에서 1년을 머물다가, 가서 처자식을 데려오겠노라고 청했었다. 다음해에 동승상이 돌아가시고 내가 변주를 떠나게 되자, 너는 결국 오지 못했다. 그 해에 나는 서주(徐州)에서 군대의 일을 보좌하게 되어 너를 데리고 올 사람을 비로소 가게 했으나, 나는 또 관직을 그만두어 너는 또 올 수가 없었다. 내가 생각하기에 네가 동쪽으로 따라나선다 해도 동쪽 역시 객지라서 오래 머물 수 없으니, 오래 지속할 수 있는 대책을 도모하자면 서쪽으로 돌아가서 집안을 이루고 너를 불러오는 것 만한 것이 없었다.

아, 슬프구나! 네가 갑자기 나를 버리고 죽을 줄 누가 알았으랴. 나와 네가 모두 나이가 젊으니 비록 잠시 서로 헤어지더라도 결국에는 마땅히 오랫동안 서로 더불어 살 것이라고 생각하였기 때문에, 너를 버려두고 장안에서 객지생활을 하면서 얼마 되지 않는 봉록(俸祿)을 구하였던 것이다. 참으로 그것이 이렇게 될 줄을 알았더라면 비록 천자의 공경(公卿)과 재상(宰相)일망정 나는 단 하루도 너를 버려두고 나아가지 않았을 것이다. 지난해 맹동야(孟東野)가 갈 때, 내가 너에게 편지를 써 보내기를 "내 나이가 40이 되지 않았는데 눈이 침침하고 머리가 희끗희끗하고 치아가 흔들리기 시작했다. 백부와 숙부들과 형들이 모두 건강했음에도 일찍 세상을 떠난 것을 생각해볼 때, 나같이 쇠약한 사람이 어찌 오래 살 수 있겠느냐? 나는 갈 수 없고 너는 오려하지 않으니 하루아침에 갑자기 죽어서 네가 한없는 슬픔을 안게 될까 두렵구나.” 하였다.

　누가 젊은이가 죽고 늙은이가 살아남으며, 건강한 사람이 요절하고 병든 사람이 무사할 것을 알았겠느냐? 오호라! 참말인가? 꿈인가? 전해온 죽었다는 기별은 참말이 아니겠지? 참말이라면, 우리 형님의 훌륭한 덕으로도 자기 자식을 요절하게 하는가? 너의 순결함과 총명함으로 그 은택을 입을 수 없었단 말인가? 젊고 건강한 자가 요절하고, 나이 많고 쇠약한 자가 살아남아서 온전할 수 있단 말인가? 아직도 믿어지지 않는다. 꿈이런가? 전하는 것이 참말이 아닌 것인가?

　꿈이고 전한 소식이 사실이 아니라면, 맹동야의 편지와 경란(耿蘭)의 통지가 어찌하여 내 옆에 있는가? 오호라! 참말이로구나. 내 형님의 훌륭한 덕으로도 그 자식을 요절하게 만들었고, 너의 순결함과 총명함으로 마땅히 가업을 이어갈 자도 그 은택을 입지 못했구나. 이른바 하늘이란 진실로 헤아리기가 어렵고, 신령(神靈)이란 진실로 밝게 알기가 어렵구나. 이른바 하늘의 이치는 가히 미루어 알 수 없고, 인간의 수명이라는 것은 가히 알 수 없구나. 그렇다 해도 나도 금년부터는 희끗희끗하던 머리가 변해서 하얗게 되기 시작했고, 흔들거리던 치아가 간혹 떨어져 빠지게 되었다. 체력이 날마다 더욱 쇠약해지고 의지와 원기가 날로 쇠미해지니, 너를 따라서 죽지 않을 날이 그 얼마나 되겠는가? 죽은 이에게 지각이 있다면 그 헤어져 지낼 날이 얼마나 되겠으며, 지각이 없다면 헤어져 슬퍼할 날이 얼마 안 남았을 것이고, 슬퍼하지 않을 날이 영원할 것이다. 네 아들이 겨우 10살이고 내 아들이 겨우 5살인데, 나이가 어리고 튼튼한 사람도 목숨을 보존할 수 없으니, 이와 같은 어린 아이가 또한 어른이 되어 설 수 있기를 바랄 수 있겠는가?

아, 슬프구나! 아, 슬프구나! 네가 작년의 편지에 이르기를 "근래에 각기병에 걸려서 가끔가다 심해진다."고 했는데, 나는 말하기를 "이 병은 강남에 사는 사람이라면 늘 걸리는 병이다."고만 하고 처음에는 그것을 근심거리로도 여기지 않았다. 아, 슬프구나! 마침내 그 병 때문에 너는 목숨을 잃어야 했단 말이냐? 아니면 다른 질병이 있어서 이 지경에 이르게 되었느냐? 네가 보낸 편지에는 6월 17일에 쓴 것으로 되어 있는데, 맹동야의 편지에는 6월 2일에 네가 죽었다고 하였고, 경란의 통지에는 죽은 날짜가 없었다. 아마도 맹동야의 하인이 너의 식구들에게 죽은 날짜를 물어보아야 하는 것을 알지 못했을 것이고, 경란의 통지는 마땅히 날짜를 언급해야 하는 것을 알지 못했을 것이다. 맹동야가 나에게 편지를 써 보낼 때에야 하인에게 물으니, 하인이 제멋대로 날짜를 꼽아보고 대답했을 것이다. 그런 것이냐? 그렇지 않은 것이냐? 이제 내가 건중으로 하여금 너를 제사 지내게 하고, 너의 아들과 너의 유모를 조문하게 하였다. 그들이 먹을 것이 있어서 상(喪)을 마칠 때까지 빈소를 지킬 수 있다면 상기(喪期)를 마칠 때까지 기다렸다가 데리고 오라고 하였고, 만일 상기(喪期)를 마칠 때까지 지킬 수 없다고 한다면 즉시 데리고 오라고 하였다. 나머지 노비들은 모두 너의 상기를 지키게 하였다. 나의 힘으로 개장(改葬)할 수만 있다면 끝내 너를 선영에 장사 지낼 것이다. 그렇게 한 후에야 그들이 원하는 바를 다해 줄 것이다.

아, 슬프구나! 네가 병들었는데도 나는 그 때를 알지 못하였고, 네가 죽었는데도 내가 그 날짜를 알지 못하는구나. 살아 있을 때에도 서로 봉양하며 함께 살지 못했고, 죽어서도 너의 시신을 어루만지면서 슬픔을 다하지 못하는구나. 염을 할 때도 그 관에 기대지 못하고, 하관을 할 때도 너의 무덤에 가보지 못했구나. 나의 행실이 천지신명께 죄를 얻어 너를 요절하게 만들었고, 내가 또 효도를 다하지 못하고 자애롭지 못해서 너와 더불어 서로 봉양하면서 살아가며 서로를 지키다가 죽지도 못했구나.

한 사람은 하늘 끝에 있고 한 사람은 땅 끝에 있으니, 살아서도 너의 그림자가 나의 몸과 더불어 서로 의지하지 못하고, 죽어서도 너의 혼이 나의 꿈과 더불어 서로 만나지 못하는구나. 내가 진실로 그렇도록 했으니, 그 또한 무엇을 탓 하리오. 저 푸르고 푸른 하늘이시여, 어찌 나의 슬픔이 끝이 있으리오. 이제부터 나는 인간 세상에 아무런 살 의욕이 없을 것 같다. 마땅히 몇 이랑의 작은 전답(田畓)을 이수(伊水)와 영수(穎水)의 고향 근처에 마련하여 여생을 보내겠다. 내 아들과 네 아들을 가르쳐서 그들이 성장하기를 바랄 것이고, 내 딸과 네 딸을 길러서 그들이 시집가기를 기다리겠다. 다만 이와 같을 뿐이다. 슬프구나! 말은 다함이 있을지라도 슬퍼하는 정은 끝이 없구나. 너는 그것을 아느냐? 모르느냐? 아, 슬프구나! 흠향해다오.

祭十二郎文

年月日, 季父愈, 聞汝喪之七日, 乃能銜哀致誠, 使建中[1], 遠具時羞之奠, 告汝十二郎[2]之靈。

嗚呼! 吾少孤[3], 及長, 不省所怙, 惟兄嫂是依。中年, 兄歿南方, 吾

---

1) 建中(건중) : 십이랑에게 제사를 지내도록 파견된 한유의 사자(使者).
2) 十二郎(십이랑) : 한유의 둘째 형인 韓介의 아들로 맏형 韓會에게 입양된 韓老成을 가리킴.
3) 孤(고) : 아버지를 여의었을 때 표현하는 말.

與汝俱幼, 從嫂歸葬河陽[4]。旣又與汝, 就食江南, 零丁[5]孤苦, 未嘗一日相離也。吾上有三兄, 皆不幸早世。承先人後者, 在孫惟汝, 在子惟吾。兩世一身, 形單影隻[6]。嫂嘗撫汝指吾而言曰:"韓氏兩世, 惟此而已。"汝時尤小, 當不復記憶, 吾時雖能記憶, 亦未知其言之悲也。

吾年十九, 始來京城[7]。其後四年, 而歸視汝。又四年, 吾往河陽, 省墳墓, 遇汝從嫂喪[8]來葬。又二年, 吾佐董丞相[9]於汴州[10], 汝來省吾, 止一歲, 請歸取其孥。明年, 丞相薨, 吾去汴州, 汝不果來。是年, 吾佐戎[11]徐州[12], 使取汝者始行, 吾又罷去, 汝又不果來。吾念汝從於東, 東亦客也, 不可以久, 圖久遠者, 莫如西歸, 將成家而致汝。

嗚呼! 孰謂汝遽去吾而歿乎? 吾與汝俱少年, 以爲雖暫相別, 終當久相與處, 故捨汝而旅食[13]京師, 以求斗斛之祿[14]。誠知其如此, 雖萬乘之公相[15], 吾不以一日輟汝而就也。去年, 孟東野[16]往, 吾書與汝曰:

---

4) 河陽(하양) : 한유 집안의 先塋이 있는 곳. 현재의 河南省 孟縣을 가리킨다.

5) 零丁(영정) : 의지할 데 없이 외로운 모양.

6) 形單影隻(형단영척) : 형체가 하나이므로 그림자도 하나라는 뜻으로, 의지할 곳도 도움을 받을 곳도 없이 몹시 외롭고 고독한 처지를 이르는 말.

7) 京城(경성) : 당나라의 수도 長安.

8) 嫂喪(수상) : 형수의 靈柩. 곧, 십이랑의 어머니의 영구를 가리킨다.

9) 董丞相(동승상) : 董晉. 貞元 12년 宣武軍節度使 汴州刺史로 역임하였다. 재상을 역임한 적이 있으므로 동승상이라 한 것이다.

10) 汴州(변주) : 지금의 하남성 開封市.

11) 佐戎(좌융) : 군대의 일을 보좌함.

12) 徐州(서주) : 지금의 江蘇省의 銅山縣. 한유가 武寧節度使 張建封 밑에서 節度推官이 되었음을 이른다.

13) 旅食(여식) : 나그네로 먹는다는 말로, 즉 객지생활을 한다는 뜻.

14) 斗斛之祿(두곡지록) : 곡은 十斗이니, 두곡은 적은 양을 말함. 따라서 얼마 되지 않는 복록이라는 뜻이다.

15) 萬乘之公相(만승지공상) : 만승은 천자. 따라서 천자의 公卿과 宰相을 말한다.

16) 孟東野(맹동야) : 孟郊. 동야는 그의 자. 中唐의 시인으로 한유의 친구였다. 貞元 18년

“吾年未四十, 而視茫茫[17], 而髮蒼蒼[18], 而齒牙動搖。念諸父與諸兄, 皆康彊而早世, 如吾之衰者, 其能久存乎? 吾不可去, 汝不肯來, 恐旦暮死, 而汝抱無涯之戚也.”

孰謂少者歿而長者存, 彊者夭而病者全乎? 嗚呼! 其信然邪? 其夢邪? 其傳之非其眞邪? 信也, 吾兄之盛德而夭其嗣乎? 汝之純明而不克蒙其澤乎? 少者彊者而夭歿, 長者衰者而存全乎? 未可以爲信也。夢也? 傳之非其眞也? 東野之書, 耿蘭[19]之報, 何爲而在吾側也。嗚呼! 其信然矣。吾兄之盛德而夭其嗣矣。汝之純明宜業其家者, 不克蒙其澤矣。所謂天者誠難測, 而神者誠難明矣。所謂理者不可推, 而壽者不可知矣。雖然, 吾自今年來, 蒼蒼者或化而爲白矣, 動搖者或脫而落矣。毛血日益衰, 志氣日益微, 幾何不從汝而死也。死而有知, 其幾何離, 其無知, 悲不幾時, 而不悲者無窮期矣。汝之子始十歲, 吾之子始五歲, 少而彊者不可保, 如此孩提[20]者, 又可冀其成立邪?

嗚呼哀哉! 嗚呼哀哉! 汝去年書云, “比[21]得軟脚病[22], 往往而劇.” 吾曰 : “是疾也, 江南之人, 常常有之.” 未始以爲憂也。嗚呼! 其竟以此而殞其生乎? 抑別有疾而致斯乎? 汝之書, 六月十七日也。東野云, 汝歿以六月二日。耿蘭之報無月日。蓋東野之使者, 不知問家人以月日, 如耿蘭之報, 不知當言月日。東野與吾書, 乃問使者, 使者妄稱以應之

강남 漂陽縣尉로 부임했다.

17) 視茫茫(시망망) : 눈이 침침해지는 것.

18) 髮蒼蒼(발창창) : 머리털이 희끗희끗해지는 것.

19) 耿蘭(경란) : 한유의 하인 이름.

20) 孩提(해제) : 어린 아이.

21) 比(비) : 근래.

22) 軟脚病(연각병) : 오늘날의 각기병을 말함.

耳。其然乎? 其不然乎? 今吾使建中祭汝, 弔汝之孤與汝之乳母。彼有
食, 可守以待終喪, 則待終喪而取以來, 如不能守以終喪, 則遂取以來。
其餘奴婢, 並令守汝喪。吾力能改葬, 終葬汝於先人之兆[23]。然後惟[24]
其所願。

嗚呼! 汝病吾不知時, 汝歿吾不知日, 生不能相養以共居, 歿不能撫
汝以盡哀, 斂不憑其棺, 窆不臨其穴。吾行負神明[25], 而使汝夭, 不孝
不慈, 而不能與汝相養以生, 相守以死。一在天之涯, 一在地之角, 生而
影不與吾形相依, 死而魂不與吾夢相接。吾實爲之[26], 其又何尤? 彼蒼
者天, 曷其有極。自今以往, 吾其無意於人世矣。當求數頃之田, 於伊潁
之上[27], 以待餘年, 敎吾子與汝子, 幸其成, 長吾女與汝女, 待其嫁。如
此而已[28]。嗚呼! 言有窮而情不可終, 汝其知也邪? 其不知也邪? 嗚呼
哀哉! 尚饗[29]。

[昌黎先生文集]

한유韓愈, 768-824

중국 당나라 문장가·정치가·사상가. 자는 退之, 호는 昌黎. 문집으로 《昌黎先生集》
이 있다.

---

23) 先人之兆(선인지조) : 조상의 묘소.(先塋)
24) 惟(유) : 다함. 완성함.
25) 神明(신명) : 천지신명.
26) 爲之(위지) : 십이랑을 죽게 하도록 만듦.
27) 伊潁之上(이영지상) : 伊水와 潁水가 있는 근처.
28) 如此而已(여차이이) : 아들들을 가르치고, 딸들을 시집보내는 것을 기대함을 일컬음.
29) 尚饗(상향) : 제문의 끝에 쓰는 말로, 즉 신명께서 제물을 흠향하기를 바란다는 뜻.

조주 한유 묘비
潮州韓文公廟碑

소식

　필부이면서 백대(百代)의 스승이 되고, 한마디의 말이 천하가 본받아야 할 법도가 되었으니, 이는 모두 천지가 만물을 육성하는데 참여하고, 성하고 쇠하는 운수에 관계한 것이 있었다. 그 태어남은 유래가 있고 그 죽음은 이유가 있어서 신백(申伯)과 여후(呂侯)는 산악으로부터 세상에 내려왔고 부열(傅說)은 죽어서 별이 되었으니, 예나 지금이나 전하는 바가 거짓일 수 없다. 맹자께서 말씀하시기를 “나는 나의 넓고 맑은 기상[浩然之氣]을 잘 기른다.”고 하셨으니, 이 기운이 보통의 가운데 부쳐지고 천지의 사이에 가득 차서 갑자기 그것을 만나면, 왕공(王公)이 그 귀함을 잃고, 진(晉)나라와 초(楚)나라도 그 부유함을 잃으며, 장량(張良)과 진평(陳平)이 그 지혜를 잃고, 맹분(孟賁)과 하육(夏育)이 그 용맹을 잃으며, 장의(張儀)와 소진(蘇秦)이 그 언변을 잃는데, 이것은 누가 그렇게 만드는 것인가? 거기엔 반드시 몸을 기대어 서지도 않고, 힘을 믿고서 행하지도 않으며, 태어남을 기다려 존재하지 않고, 죽음을 따라서 멸망하지 않는 것이 있다. 그러므로 하늘에 있으면 별이 되고, 땅에 있으면 물과 산이 되며, 저승에서는 귀신이 되고, 이승에서는 다시 사람이 되니, 이것은 천리(天理)의 상도(常道)인지라 괴이쩍게 여길 것이 없다.

동한(東漢) 이래로 유도(儒道)가 무너지고 문장이 피폐해진데다 이단들이 아울러 일어나니, 당나라의 정관(貞觀)과 개원(開元) 성대에 내려와서 방현령(房玄齡), 두여회(杜如晦), 요숭(姚崇), 송경(宋璟) 등 어진 정승들이 올바른 곳으로 이끌려고 했으나 이루지 못했다. 오직 한문공(韓文公 : 韓愈)만이 포의(布衣 : 벼슬 없는 선비)로써 일어나 어떤 상황에서도 태연하게 그것들을 물리치매, 천하가 바람에 쏠리듯 공(公)을 좇아서 다시 바른 곳으로 되돌아온 것이 지금까지 거의 300년이 되었다. 그의 문장은 팔대(八代)에 걸쳐 쇠약해진 것을 일으켰고, 그의 도는 천하가 함께 타락한 것을 붙들어 구했으며, 그의 충성은 임금의 노여움을 범하였고, 용기는 삼군(三軍)의 장수를 빼앗았으니, 이것이 어찌 천지에 참여하고 성쇠에 관계하면서 정대하고도 꿋꿋했던 자가 아니겠는가.

대개 일찍이 하늘과 사람을 구별해야 함을 논하면서 ‘사람은 하지 못할 짓이 없지만, 오직 하늘만은 거짓을 용납하지 않는다.’고 하였으니, 지혜로 왕공을 속일 수는 있어도 돼지와 물고기를 속일 수 없으며, 힘으로 천하를 얻을 수는 있어도 평범한 사람들의 마음을 얻을 수 없다. 그러므로 공의 정성으로 형산(衡山)의 구름은 헤쳤어도 헌종(憲宗)의 미혹됨은 돌릴 수가 없었고, 포악한 악어를 잘 길들였으나 황보박(皇甫鎛)·이봉길(李逢吉)의 비방을 막을 수 없었으며, 남해(南海 : 潮州)의 백성에게 신임을 받아 백세토록 사당에서 제사를 받았으나 그 몸은 단 하루도 조정에서 편안할 수 없었으니, 공의 능한 바는 하늘이요 능하지 못한 바는 사람이다.

처음에는 조주(潮州) 사람들이 학문을 알지 못했는데, 공이 진사(進士) 조덕(趙德)으로 하여금 그들의 스승이 되게 하니, 이로부터 조주의 선비들은 모두 학문과 덕행이 돈독해지고 나아가서 일반 백성에게까지 미쳤으며, 지금에 이르러서는 여러 지역 가운데 가장 다스리기 쉬운 곳으로 일컬어진다. 믿을 만하구나, 공자(孔子)께서 "군자가 도를 배우면 백성을 사랑하고, 소인이 도를 배우면 부리기 쉽다."고 하신 말씀이여. 조주 사람들이 공을 섬김에 있어서 음식을 먹을 때면 반드시 제사 지냈고, 수해나 한해나 전염병 등이 생겨 무릇 구원을 바랄 일이 있을 때면 반드시 기도하였다. 그런데 묘당(廟堂)이 자사(刺史)의 관아 뒤편에 있어서 백성들이 출입하기에 쉽지가 않고 어려웠는지라, 이전의 태수(太守)가 이 점을 조정에 아뢰고 새로운 묘당을 짓고자 했지만 결과를 보지 못했다. 원우(元祐) 5년(1090), 조산랑(朝散郎 : 관직명) 왕척(王滌)이 이 고을의 태수로 와서 무릇 선비를 양성하고 백성을 다스리는 데에 하나같이 공을 스승으로 삼아 행하니, 백성들이 이미 기뻐하며 복종하매 명령을 내리기를, "새로이 공의 묘당을 짓기 원하는 것을 들어주겠다." 하였다. 백성들이 기꺼이 따르니, 고을 성의 남쪽 7리(里) 되는 곳에 터를 잡아서 1년 만에 묘당이 지어졌다.

어떤 사람이 말하기를, "공은 도성을 떠나 만 리나 되는 조주에 귀양을 왔다가 한 해도 못되어 돌아갔으니, 죽어서 영혼이 있다면 조주를 돌아보며 미련을 두지 않을 것이 분명하다."고 하기에, 나 소식(蘇軾)은 "그렇지 않다. 공의 영혼이 천하에 있는 것은 마치 물이 땅속 어디에나 있는 것과 같아서 어디를 가도 있지 않은 곳이 없다고 할 것이다. 그리고 조주 사람들은 유독 믿는 마음이 깊고 생각는 마음이 지극하여 향초를 태우며 슬퍼했는데, 만약 혹시라도 영혼을 뵙고는, 비유컨대 우물을 파서 샘을 얻고는 그곳에만 물이 있다고 말하는 것같이 한다면, 어찌 옳은 도리이랴."고 하였다.

원풍(元豊) 원년(1078), 공을 창려백(昌黎伯)으로 봉하는 조서가 내려졌던 까닭에, 편액하기를 '창려백 한문공의 묘우(昌黎伯韓文公之廟)'라 하였다. 조주 사람들이 그 일을 비석에 써주기를 청한지라, 시를 지어 남겨주며 노래하면서 제사지내도록 하였다. 그 노래는 다음과 같다.

「공이 옛날에 용을 타고 백운향(白雲鄕)에서 노닐면서
손으로 은하수를 갈라 하늘의 문채 나눠 얻었고,
천손(天孫) 직녀(織女)는 공을 위해 구름비단 옷을 짜주니
나부끼듯 바람 타고 날아 천제 곁으로 왔도다.
혼탁한 세상에 내려와 쭉정이들을 쓸어버리고는
서쪽으로 함지(咸池)에 노닐고 부상(扶桑)에 다다랐도다.
초목들까지 은하수 밝은 빛을 입게 되었고
이백(李白)과 두보(杜甫)를 따라서 함께 어울리니,
장적(張籍)과 황보식(皇甫湜)은 땀 흘리며 쫓아가다 넘어져
가물가물 넘어가는 해 그림자 같아 바라볼 수 없었도다.
글을 지어 불도(佛道)를 배척하고 임금을 꾸짖으니
남해[潮州]를 둘러보고 형산(衡山)과 상수(湘水)도 엿보면서
순(舜)임금 묻힌 구의산(九疑山) 거쳐 여영(女英)과 아황(娥皇)을 조문했고,
남해의 신 축융(祝融)이 앞서 달리고 북해의 신 해약(海若)도 숨어버리니
악어들을 한데 묶기를 양떼 몰듯이 하였도다.
균천(鈞天)에 사람이 없어 천제가 슬퍼하였으니
혼을 부르는 노래로써 영령을 아래로 이르게 하는 무양(巫陽)을 보냈도다.
희생을 올리고 닭 뼈로 점을 쳐서 우리의 술잔을 올리니,
아, 찬란한 붉은 여지(荔枝)와 누런 바나나이로다.
공이 잠시라도 머물지 않는다면 우리는 눈물 쏟을 것이니

머리 풀고 나는 듯이 황막한 들로 내려오소서.」

潮州韓文公廟碑

匹夫而爲百世師, 一言而爲天下法, 是皆有以參天地之化, 關盛衰之運。其生也有自來, 其逝也有所爲, 故申呂自嶽降[1], 傅說爲列星[2], 古今所傳, 不可誣也。孟子曰：“我善養吾浩然之氣.[3]” 是氣也, 寓於尋常之中, 而塞乎天地之間, 卒然遇之, 王公失其貴, 晉楚[4]失其富, 良平[5]失其智, 賁育[6]失其勇, 儀秦[7]失其辯, 是孰使之然哉？ 其必有不依形而立, 不恃力而行, 不待生而存, 不隨死而亡者[8]矣。故在天爲星辰, 在地爲河嶽, 幽[9]則爲鬼神, 而明[10]則復爲人, 此理之常, 無足怪者。

---

1) 申呂自嶽降(신여자악강)：申伯과 呂侯는 周나라 宣王의 공신들. 여후는 나중에 甫侯로 불렸다. 《시경》〈大雅·崧高〉에 “높디높은 산악이, 우뚝 하늘에 닿았도다. 이 산에서 신령을 내려, 보후와 신백을 내셨도다. 보후와 신백 두 사람은, 주나라의 기둥이라, 사국의 번병이 되어, 사국에 덕을 베풀도다.”고 되어 있다.

2) 傅說爲列星(부열위열성)：傅說은 殷나라 高宗의 어진 재상. 《장자》〈大宗師篇〉에 “부열이 道를 얻어 武丁의 재상으로 천하를 주재하다가 죽어서는 東維를 타고 箕尾에 올라 列星과 나란히 하였다.”고 되어 있다.

3) 《맹자》〈公孫丑章句 上〉에 나오는 구절.

4) 晉楚(진초)：춘추시대 때 五覇 중의 두 나라. 진은 먼저 開化한 북방의 강자였고 초는 남방의 강자였다.

5) 良平(양평)：張良과 陳平. 漢高祖의 신하 가운데 뛰어난 지략가이었다.

6) 賁育(분육)：齊나라의 孟賁과 衛나라의 夏育. 秦나라 武王 때 용맹한 장수였다. 맹분은 맨손으로 쇠뿔을 뽑았다고 하고, 하육은 1000균(鈞)의 무게를 들어 올렸다고 한다.

7) 儀秦(의진)：張儀와 蘇秦. 전국시대 뛰어난 유세가로서 장의는 連橫說을, 소진은 合縱說을 주장하였다.

8) 不待生而存, 不隨死而亡者(부대생이존, 불수사이망자)：인간의 性은 천지 만물과 함께 理로써 이루어진 것이라서 육신의 생성과 소멸에 관계없이 恒久不滅할 수 있다는 것임.

9) 幽(유)：어두운 저 세상.(저승)

自東漢[11]以來, 道喪文弊, 異端并起, 歷唐貞觀[12]開元[13]之盛, 輔[14]
以房杜[15]·姚宋[16], 而不能救。獨韓文公[17]起布衣[18], 談笑[19]而麾之,
天下靡然從公, 復歸于正, 蓋三百年於此矣。文起八代[20]之衰, 而道濟
天下之溺[21], 忠犯人主之怒[22], 而勇奪三軍之帥[23], 此豈非參天地關盛
衰, 浩然而獨存者乎?

蓋嘗論天人之辨, 以謂'人無所不至, 惟天不容僞.' 智可以欺王公, 不
可以欺豚魚。力可以得天下, 不可以得匹夫匹婦之心。故公之精誠, 能
開衡山之雲[24], 而不能回憲宗之惑, 能馴鰐魚之暴, 而不能弭皇甫鎛[25]

---

10) 明(명) : 밝은 이 세상.(이승)

11) 東漢(동한) : 東都인 洛陽에 도읍을 정하였으므로 後漢을 동한이라고 한다.

12) 貞觀(정관) : 당나라 太宗의 연호(627~649).

13) 開元(개원) : 당나라 玄宗의 연호(713~741).

14) 輔(보) : 輔導. 올바른 데로 이끌어 감.

15) 房杜(방두) : 房玄齡과 杜如晦. 당나라 太宗 정관 때의 어진 재상들이다.

16) 姚宋(요송) : 姚崇과 宋璟. 당나라 玄宗 개원 때의 어진 재상들로 중흥에 힘썼다.

17) 文公(문공) : 한유의 시호.

18) 布衣(포의) : 벼슬이 없는 선비를 비유적으로 이르는 말.

19) 談笑(담소) : 談笑自若. 위험한 상황에 직면해서도 보통 때와 변함없이 태연한 모습.

20) 八代(팔대) : 동한으로부터 魏·晉·宋·齊·梁·陳·隋를 말한다. 한유는 8대의 쇠퇴한 것
을 개혁하고 古文을 창도하였다.

21) 道濟天下之溺(도제천하지닉) : 한유가 儒道를 진흥시키기 위해 老佛 등 이단을 극력
배척한 것을 이름.

22) 忠犯人主之怒(충범인주지노) : 한유가 憲宗皇帝가 佛骨을 모신 것을 간하다가 潮州刺史
로 좌천된 것을 이름.

23) 勇奪三軍之帥(용탈삼군지수) : 한유가 監察御使로 있을 때 首都의 장관을 탄핵한 것을
이름.

24) 開衡山之雲(개형산지운) : 형산은 오악의 하나인 남악. 한유가 이 산에 올랐을 때 검은
구름이 하늘에 가득하여 금방이라도 가을비가 쏟아질 듯했으므로 형산의 사당에 시를
지어 정성을 다해 기도하니 마침내 구름이 걷혔다고 한다.

25) 皇甫鎛(황보박) : 당나라 憲宗 때의 재상. 헌종이 한유를 潮州로 보낸 것을 후회하여
다시 등용하고자 하나, 황보박이 한유의 강직함을 싫어하여 상소를 올려 그를 袁州로

李逢吉[26]之謗, 能信於南海[27]之民, 廟食百世, 而不能使其身, 一日安於朝廷之上, 蓋公之所能者, 天也, 其所不能者, 人也。

始潮人未知學, 公命進士趙德[28]爲之師, 自是潮之士, 皆篤於文行[29], 延及齊民[30], 至于今號稱易治。信乎孔子之言曰：“君子學道則愛人, 小人學道則易使也。”[31] 潮人之事公也, 飮食必祭[32], 水旱疾疫[33], 凡有求必禱焉。而廟在刺史公堂之後, 民以出入爲艱, 前守欲請諸朝, 作新廟, 不果。元祐[34]五年, 朝散郞[35]王君滌[36], 來守是邦, 凡所以養士治民者, 一以公爲師, 民旣悅服, 則出令曰：“願新公廟者聽.”民趨之, 卜地於州城之南七里, 期年[37]而廟成。

或曰：“公去國萬里而謫于潮, 不能一歲而歸, 沒而有知, 其不眷戀于潮也審矣.”軾曰：“不然。公之神, 在天下者, 如水之在地中, 無所往而不在也。而潮人獨信之深, 思之至, 焄蒿悽愴[38], 若或見之, 譬如鑿井

보내도록 하였다.

26) 李逢吉(이봉길) : 穆宗 때 재상. 한유와 李紳을 다투게 하여 한유를 兵部侍郎으로 몰아냈다.

27) 南海(남해) : 潮州. 한유를 기리는 사당이 세워졌는데, 1003년에 창건한 韓文公祠가 대표적이다.

28) 趙德(조덕) : 당나라 海陽 사람. 한유가 조주에서 발굴한 인재이다.

29) 文行(문행) : 학문과 덕행.

30) 齊民(제민) : 일반 백성.(평민)

31) ≪논어≫〈陽貨篇〉에 나오는 구절.

32) 飮食必祭(음식필제) : 조주 사람들이 한유의 덕행을 흠모하여 음식을 먹을 때 반드시 먼저 한유에게 제사지낸 뒤에 먹는다는 뜻이다.

33) 水旱疾疫(수한질역) : 홍수, 가뭄, 전염병.

34) 元祐(원우) : 송나라 哲宗의 연호(1086~1093).

35) 朝散郎(조산랑) : 散官. 덕망 있는 사람에게 내리는 벼슬로, 관직명만 있을 뿐 일정한 직무는 없다.

36) 王君滌(왕군척) : 王滌. 군은 존칭어이다.

37) 期年(기년) : 만 1년이 되는 날.

得泉而曰‘水專在是.’豈理也哉?”

　元豊[39]元年, 詔封公昌黎[40]伯故, 榜曰‘昌黎伯韓文公之廟.’潮人請書其事于石, 因爲作詩以遺之, 使歌以祀公. 其辭曰：

　「公昔騎龍白雲鄕[41], 手抉雲漢[42]分天章, 天孫[43]爲織雲錦裳, 飄然乘風來帝旁. 下與濁世掃粃糠, 西游咸池[44]略扶桑[45]. 草木衣被昭回光, 追逐李杜[46]參翺翔, 汗流籍湜[47]走且僵, 滅沒倒景不得望. 作書詆佛譏君王, 要觀南海窺衡湘[48], 歷舜九疑[49]弔英皇[50], 祝融[51]先驅海若[52]藏, 約束鮫鰐如驅羊. 鈞天[53]無人帝悲傷, 謳吟下招遺巫陽[54]. 犦牲鷄卜[55]羞

---

38) 焄蒿悽愴(훈호처창) : 《禮記》〈祭義〉에 보이는바, 焄은 내음이고 蒿는 기운이 蒸出하는
　　모양이며, 悽愴은 사람으로 하여금 숙연하게 함을 이름.

39) 元豊(원풍) : 송나라 神宗의 연호(1078~1085).

40) 昌黎(창려) : 한유가 살던 郡名.

41) 白雲鄕(백운향) : 천제가 사는 곳. 《莊子》〈天地〉의 “저 흰 구름을 타고 제향에 이른다.
　　(乘彼白雲, 至於帝鄕.)”에서 나오는 말이다.

42) 雲漢(운한) : 은하수. 《詩經》〈大雅·棫樸〉의 “찬란한 저 은하수는 밤하늘의 문채를 이
　　루었네.(倬彼雲漢, 爲章于天.)”에서 나오는 말이다.

43) 天孫(천손) : 織女星의 다른 이름.

44) 咸池(함지) : 해가 목욕을 한다는 천상의 못. 즉 서쪽 해가 지는 곳을 가리킨다.

45) 扶桑(부상) : 동해 끝에 있다고 하는 神木. 즉 해가 뜨는 곳을 가리킨다.

46) 李杜(이두) : 李白과 杜甫.

47) 籍湜(적식) : 張籍과 皇甫湜. 이 둘은 모두 한유의 문인으로 고문운동을 계승하였지만,
　　고문운동은 이미 쇠퇴하고 있었고 대중적인 호응도 받지 못했다.

48) 衡湘(형상) : 衡山과 湘水. 한유가 조주에서 원주로 옮겨갈 때 지나갔던 곳이다.

49) 九疑(구의) : 순임금이 묻힌 산 이름.

50) 英皇(영황) : 女英과 娥皇. 순임금의 두 妃로, 순임금이 蒼梧에서 죽자 그 뒤를 따라
　　상수에 빠져죽었다고 한다.

51) 祝融(축융) : 남방의 신인 火神. 여름철과 남쪽 바다의 신이기도 하다.

52) 海若(해약) : 바다의 신. 北海를 맡고 있는 신인데, 널리 海神을 지칭하기도 한다.

53) 鈞天(균천) : 하늘의 중앙. 즉 天帝의 도읍.

54) 巫陽(무양) : 하늘의 神巫. 天帝의 명을 받들어 죽은 사람의 영혼을 불러들인다고 한다.

我觴, 於粲荔丹⁵⁶⁾與蕉黃⁵⁷⁾。公不少留我涕滂, 翩然被髮下大荒.」

[古文眞寶]

소식蘇軾, 1036-1101

당송팔대가의 한 사람. 아버지 蘇洵. 아우 蘇轍과 함께 '三蘇'라 불려졌다. 왕안석의 新法에 반대하여 신종 때 杭州通判으로 내쫓겼으나, 뒤에 휘종 때에 크게 사면받고 朝奉朗이 되었다. 그의 문학은 호방하고 俊逸한 것이 특징이며, 시문은 물론 서예에도 뛰어났다. 문집에 ≪東坡集≫이 있다.

---

55) 鷄卜(계복) : 남방의 풍속 중에 닭 뼈를 태워서 祭日을 점치는 것을 말한다.

56) 荔丹(여단) : 荔枝의 붉게 익은 열매. 조주에서 나는 식물.

57) 蕉黃(초황) : 파초의 누런 열매. 조주에서 나는 식물인데 바나나를 말한다.

ㅈ

▌신해진 申海鎭

경북 의성 출생
고려대학교 국어국문학과 및 동대학원 석·박사과정 졸업(문학박사)
현재 전남대학교 인문대학 국어국문학과 교수

저역서 『증보 해동이적』(공역, 경인문화사, 2011) 『용문전』(지만지, 2010)
　　　　『장풍운전』(지만지, 2009)　　　　　　『소대성전』(지만지, 2009)
　　　　『조선후기 몽유록』(역락, 2008)　　　　『권칙과 한문소설』(보고사, 2008)
　　　　『서류 송사형 우화소설』(보고사, 2008)　『역주 내성지』(보고사, 2007)
　　　　이외 다수의 저역서와 논문

떠난 사람에 대한 그리움의 미학, 애제문哀祭文

2012년 2월 10일 초판 1쇄 펴냄

편역자 신해진
펴낸이 김흥국
펴낸곳 도서출판 보고사

책임편집 이경민
표지디자인 오동준

등록 1990년 12월 13일 제6-0429호
주소 서울특별시 성북구 보문동7가 11번지 2층
전화 922-5120~1(편집), 922-2246(영업)
팩스 922-6990
메일 kanapub3@chol.com
http://www.bogosabooks.co.kr

ISBN 978-89-8433-965-1 93810
ⓒ 신해진, 2012

정가 35,000원
사전 동의 없는 무단 전재 및 복제를 금합니다.
잘못 만들어진 책은 바꾸어 드립니다.